I

»Hast du eigentlich schon eine Idee«, fragt der Rothaarige und drückt sich noch tiefer in den Stuhl, »wie du ihn umlegen willst?« Seine Miene bleibt ausdruckslos, er schaut nicht mal hoch, als habe er sich nur beiläufig danach erkundigt, wie es einer kranken Tante geht oder einem alten Hund. Sein Gegenüber nimmt den letzten Schluck aus seinem Weinglas und blickt einen Moment lang in das dunkelblaue Wasser, auf dem sich der Mond spiegelt. »Auf welche Art man ihn ins Jenseits …«, beginnt er dann, verstummt aber mitten im Satz.

Der kleinste der vier Männer, die einen Halbkreis bilden und dadurch alle wie zufällig den einzigen Zugang zum Swimmingpool im Auge haben, legt einen Finger auf seine Lippen, erhebt sich dann blitzschnell und verschwindet in der Dunkelheit hinter den hölzernen gelben Badehütten. Die werden tagsuber zum Umkleiden benutzt. Nach ein paar Minuten kommt er zurück und setzt sich wieder hin. Er schüttelt den Kopf, seine schwarzen langen Haare fallen ihm in die Stirn: »Alles ruhig, niemand da. Weiter«, und spielerisch klopft er dem großen schlanken Mann auf die Schulter, den er unterbrochen hat.

Die Männer, die nachts hier am Pool sitzen, sind alle glattrasiert. Drei von ihnen sind so Anfang Vierzig, der Schwarzhaarige, der die Umgebung abgesucht hat, wirkt etwas jünger. Er trägt als einziger eine Brille. Der Große, der über Mord sprechen wollte, hat ein fischgrätengemustertes Jackett mit klassischen Lederflecken auf den Ellbogen über seine Schultern gehängt, aber mehr Lässigkeit erlaubt er sich nicht. Die weinrote Krawatte ist fest geknotet und farblich mit seinen kurzgeschnittenen braunen Haaren und den grünen Augen abgestimmt. Neben ihm, offenes Hemd und ohne Sakko, ein untersetzter Blonder mit schütterem Haar, der auf den ersten Blick gemütlich wirkt wie ein Kneipenwirt. Nur wer ihn näher betrachtet, wird feststellen, daß alles Muskeln sind, was wie die Folge vieler Biere aussieht. Dann folgt der Jüngere mit den langen schwarzen Haaren. Auch er ein unauffälliger Typ, an den man sich nicht unbedingt erinnern würde. Sein gewaltiger Brustkorb, der sich unter dem gelben Polohemd abzeichnet, paßt allerdings nicht zu seinem sonst so dünnen Körper. Letzter in der Reihe, ganz dicht schon am Pool, in den er immer wieder spielerisch eine Hand eintaucht, ist der hochaufgeschossene Rothaarige, von dem das nächtliche Gespräch mit der Frage eröffnet wurde, nach welcher Methode denn der nächste Mord erfolgen solle. Die Weste seines dreiteiligen weißen Sommeranzugs hat er geöffnet, das Jackett über den Stuhl gehängt. Alle Männer wirken durchtrainiert wie Sportler, die es nach dem Ende ihrer Karriere geschafft haben, in Wettkampfform zu bleiben. Der Rothaarige und der Blonde tragen einen Ehering, die beiden anderen sind unverheiratet. Sie gelten als nicht vermittelbar, so jedenfalls lästern ihre Freunde bei passender Gelegenheit, was vor allem der Schwarzhaarige nicht nur gern bestätigt, sondern noch verstärkt, indem er immer wieder über seine wunderbare Freiheit als Junggeselle schwärmt.

Am Nachmittag waren sie auf dem Flughafen in Charleston gelandet, aus verschiedenen Richtungen kommend, einer direkt aus Washington, die anderen drei, nach einem Zwischenstopp in Atlanta, aus Paris. Der Amerikaner war zuerst am Ziel gewesen und hatte nach seiner Ankunft schon mal den bestellten Leihwagen abgeholt. Dann wartete er an den automatischen Glastüren, auf denen »Arrival Gates« steht, auf die anderen. Falls ihn jemand beobachtet hätte, wäre dem nichts Besonderes an ihm aufgefallen: blond, beginnende Glatze, etwa Mitte Vierzig, die blauen Stoffhosen ein wenig zu kurz über blankgewienerten schwarzen Schuhen endend, das weiße Hemd fest in den Bund gestopft, neben sich Koffer und Golftasche. Der typische Durchschnittsamerikaner. Nur bei genauem Hinsehen hätte man bemerkt, daß seine Augen unablässig die Umgebung musterten.

Die meisten der Passagiere, die hier in Charleston landeten, arbeiteten für die amerikanische Marine, ein Standort ist ganz in der Nähe. Wenn sie mal keine Uniform trugen, hatte man früher die Angehörigen der US-Military Forces am kurzen Haarschnitt erkannt. Aber seit das selbst bei ehemaligen Kriegsdienstverweigerern zur Mode geworden war, blieben als berufsbedingte Kennzeichen nur die stets auf Hochglanz polierten schwarzen Halbschuhe, in denen sich der Feind würde spiegeln können. Falls sie den jemals so nahe an sich herankommen ließen.

So gesehen hätte man in dem Wartenden einen Offizier vermuten dürfen. Aber auch ganz zivile Touristen mit Golftaschen waren ein alltäglicher Anblick auf dem kleinen Flughafen, denn Golfplätze gab es in unmittelbarer Umgebung alle paar Meilen. Die drei Männer, die gemeinsam in die Ankunftshalle traten, begrüßte der Blonde laut und umarmte sie einzeln, als habe er sie lange nicht gesehen. Sie nahmen ihre Koffer, Golfbags und Tennisschläger vom Gepäckband und folgten ihm die paar Schritte zum schwarzen Cherokee-Jeep. Hätte jemand ihr Gespräch belauscht, und mit einer solchen Möglichkeit rechneten sie immer, wäre am Inhalt wiederum nichts auffällig gewesen: nur das übliche Geplänkel über Jetlag, die angeblichen Vorteile des hochgepriesenen Wundermittels *Melatonin* nach langen Flügen, und wer wohl wen auf dem Fairway morgen früh besiegen würde. Daran war nichts gespielt, denn in der Tat kannten die vier sich seit vielen Jahren und waren im Laufe der Zeit nicht nur durch ihren Beruf zu Freunden geworden. Sie sprachen Englisch miteinander, bei einem war ein winziger deutscher Akzent zu hören, aber nur ganz leicht, bei einem deutlicher der weiche Klang, der für Franzosen typisch ist, wenn sie die Sprache sprechen müssen, die sie eigentlich nicht für ihrer würdig halten. »Unsere Tee-Party beginnt präzise um neun Uhr«, hatte der mit den gelockten roten Haaren bemerkt, »der Platz ist gleich hinter dem Park.« Er war zuständig für das sportliche Programm, wann immer und wo immer die vier sich auch trafen. Das arrangierte er stets per Fax ein paar Wochen im voraus. Mit einem Handikap neun, wovon seine Golfpartner nur träumen konnten, machte der Engländer sich aber keine Gedanken darüber, wer denn wohl morgen gewinnen würde.

Sie fuhren auf der Interstate 26 vom Flughafen Charleston bis zum Exit 199 A nach Summerville, und da sie sich nicht um Geschwindigkeitsbegrenzungen kümmerten, dauerte die Fahrt nur knapp eine halbe Stunde. Der amerikanische Freund, der sie abgeholt hatte, saß am Steuer. Er hatte sich die Route durch die kleine Stadt genau eingeprägt, denn er verfügte über ein fotografisches Gedächtnis, wie schon manche seiner Geschäftspartner, die sich gut getarnt glaubten, feststellen mußten, wenn die Erkenntnis für sie zu spät kam. Am Rathaus von Summerville, einem klobigen Backsteingebäude, bemerkte er kurz: »Noch drei Meilen.«

Die Zufahrt zum Hotel war nicht gepflastert. Sie führte durch einen kleinen Wald, wand sich vorbei an einem Pavillon, zwei Tennisplätzen und einem für Kricket gestutzten Rasen hin zu einem zweistöckigen roten Klinkerhaus. Weiße Säulen aus Holz trugen das Dach über der breiten Treppe, die zum Eingang führte. Livrierte Bedienstete kümmerten sich um ihr Gepäck, und in der Halle wurden sie wie lang vermißte Freunde begrüßt. »Charles Polesmith«, stellte sich der Mann vor, der jedem einzelnen die Hand schüttelte. Der

Hotelier wirkte wie ein englischer Gutsherr, der fürs Wochenende seine ganz privaten Gäste eingeladen hatte. Trotz der spätsommerlichen Hitze draußen war er korrekt gekleidet: heller Leinenanzug, blaues Hemd, gepunktete Fliege. Er hätte in eine der gerade so beliebten Jane-Austen-Verfilmungen über das Landleben besserer britischer Kreise gepaßt und dort eine blendende Figur gemacht. Polesmith, der in der Tat britischer Abstammung war, sah nicht unbedingt nach Arbeit aus, aber auch dieser Eindruck täuschte, die gespielte Lässigkeit gehörte zum Image des Hotels. Der erfolgreiche Ex-Banker hatte sich mit dem Kauf der einstigen Plantage in South Carolina einen Traum erfüllt und legte vor allem anderen Wert auf Stil. Den Stil, den er im Sinn hatte, glaubte er nur in kleinem Rahmen verwirklichen zu können. Deshalb hatte er nie vorgehabt, mehr als zwanzig Zimmer zu vermieten, genau so viele, wie in den beiden Seitenflügeln des Gutshauses bequem unterzubringen waren. Jeder Raum war mit einem passenden Eigennamen wie *Oak* oder *Tulip* bezeichnet, einfache Nummern hielt der Hausherr für vulgär. Kein Zimmer war kleiner als dreißig Quadratmeter, und über jedem Himmelbett drehte sich träge ein klassischer Ventilator aus Teakholz. Lächelnd nahm Polesmith die Begeisterung seiner neuen Gäste über das Squirrel Tree entgegen, solches Lob hörte er zwar täglich, aber immer wieder gern.

Das Lächeln verdeckte auch seine Sorgen. Das Restaurant lief zwar gut, aber von den Zimmern stand oft über die Hälfte leer, und das konnte selbst er sich auf Dauer nicht leisten. Polesmith suchte deshalb intensiv, aber insgeheim, nach einem kapitalstarken Partner, am liebsten wäre ihm ein Europäer, der gute Verbindungen auf dem alten Kontinent hatte. Zahlkräftige Klientel mit Sinn für Stil und Lust auf Luxus erwartete er eher von dort als von der amerikanischen Ostküste. Wenn die Reichen aus Boston oder New York ausnahmsweise mal in South Carolina Ferien machten und nicht auf Cape Cod, gingen sie wie schon ihre Großeltern und ihre Eltern nach Sea Island und dort ins berühmte alte Hotel The Cloisters.

Der Amerikaner hatte für ihr Treffen das Squirrel Tree gerade deshalb gewählt, weil es nie ausgebucht war und man spontan kommen konnte. Er setzte sich in den Park, in den das einstige Herrenhaus eingebettet war, um bei den letzten warmen Sonnenstrahlen in der *New York Times* zu blättern. Die hatte er sich am Flughafen besorgt, als er auf die anderen warten mußte. Aufmacher auf Seite eins war die Hintergrundgeschichte von der erfolgreichen und abenteuerlichen Jagd des FBI auf den islamistischen Attentäter, der vor drei Jahren am Tor zum CIA-Hauptquartier in Langley wahllos herumgeballert und dabei zwei Angestellte des US-Geheimdienstes erschossen hatte. Im Aufruf der US-Regierung, der unter dem Titel **Reward of up to 2 million Dollars** weltweit in allen Zeitungen erschienen war, im Internet unter *http:/www.heroes.net* lief, und für alle Informationen diese hohe Belohnung anbot, war möglichen Informanten außerdem eine neue Identität versprochen worden, und dies, verbunden mit der riesigen Geldsumme, hatte letztlich den Durchbruch gebracht. Der Todesschütze war nach einem entsprechenden Tip von Spezialagenten aus Washington in einem kleinen Dorf nahe der Grenze von Pakistan zu Afghanistan aufgespürt und überwältigt worden. Bei Morgengrauen hatten sie ihn mit einem Hubschrauber auf einen Stützpunkt der US-Marine ausgeflogen, von dort nach Washington gebracht und, in Handschellen gefesselt, einem Team von CNN und einem Reporter der *New York Times* vorgeführt. Die Botschaft sollte weltweit verstanden werden: Wer amerikanische Bürger ermordet, wird gejagt. Egal, wie lange das auch dauern mag, wir kriegen euch alle.

Der Leser auf der Bank durchforstete den Artikel nach Details, die er noch nicht kannte, fand aber keine. Als sich behutsam die Dämmerung über den Rasen senkte und im Park automatisch die ersten Laternen aufleuchteten, stand er langsam auf, ließ die Zeitung in den Papierkorb fallen und ging zurück zur Terrasse. Er hatte sich vor dem Essen mit seinen Freunden auf einen Drink im Wintergarten verabredet. Von dort führte sie Polesmith, der inzwischen der Stunde angemessen einen nachtblauen Smoking trug, an einen der Tische im Dining-room des Squirrel Tree. Gegessen wurde im früheren Wohnraum des Hauses. Den reservierten Platz in der Mitte bei den Säulen lehnte der Engländer höflich ab. Sie wollten lieber in einer Ecke sitzen, die Wand im Rücken und einen freien Blick durch die großen Fenster auf die Magnolienbäume haben. Das Restaurant des kleinen Hotels war für seine französisch angehauchte kalifornische Küche berühmt, während des fünfgängigen Dinners wurde die Qualität des Essens kommentiert und über den Jahrgang der Weine gesprochen. Die beiden Verheirateten erzählten von ihren Kindern, die des Amerikaners studierten seit einem halben Jahr in Frankreich, der Engländer ließ sogar Fotos herumgehen, er war Vater von vier Mädchen. Small talk eben. Nichts daran war vorgetäuscht, alle wußten, was noch diskutiert werden sollte und waren dankbar für leichtes Vorgeplänkel.

Nur als der Blonde die Geschichte der Menschenjagd wiedergab, die er gerade gelesen hatte, lauschten sie gebannt, denn sie hatten auf ihrem Flug nur europäische Zeitungen gelesen. Manches dabei klang so authentisch, als sei er bei der Aktion dabeigewesen. Wer auf die abstruse Idee gekommen wäre, den Bericht in der *New York Times* mit dem zu vergleichen, was er gerade erzählte, hätte in der Tat feststellen können, daß er offenbar mehr wußte, als in der Zeitung stand. »Alle Achtung«, murmelte der Rothaarige am Schluß der spannenden Geschichte, »hervorragend gemacht.« Was der Küchenchef, der gerade an ihren Tisch trat, selbstverständlich auf seine Kunst bezog. Sie ließen sich von ihm die Zusammensetzung der Sauce zum gegrillten Grouper erklären und den Trick mit dem geeisten Apfelschaum auf der Mousse au Chocolat zum Nachtisch. Keiner der anderen Gäste, und der Koch schon gar nicht, konnte also in den vier Männern etwas anderes vermuten als ein paar reiche Manager mit gutem Geschmack, die sich auf ein langes Wochenende voller Golf und Tennis und gepflegtem Nichtstun einstimmen wollten.

Jetzt, eine halbe Stunde später, sitzen sie am Rande des Pools, dessen summende Umwälzpumpe um diese Zeit abgeschaltet ist. »Immer noch über achtzig Grad«, stellt der Engländer fest und läßt das Thermometer wieder ins Wasser fallen. »Fahrenheit natürlich. Aber schwimmen will ja keiner mehr von euch oder du vielleicht?«

Er stupst den Amerikaner auf dem hochgeklappten Liegestuhl an, der sich an seiner immer wieder ausgehenden Zigarre festhält und ab und zu automatisch nach den Mücken schlägt, die von den kleinen Lampen in den Büschen angelockt werden. Falls bei einem letzten Spaziergang vor dem Schlafengehen jemand vorbeischauen sollte, würde der nur vier Raucher sehen, die sich hierher zurückgezogen haben, ein paar Minuten vom Haupthaus entfernt und damit auch weit weg von allen anderen Bewohnern des Squirrel Tree. Was zwar kein Zufall ist, aber doch ein ganz alltägliches Bild, selbst mitten in der Nacht, denn Rauchen ist innerhalb des Gebäudes nicht gestattet. Manche rauchen nach dem Abendessen lieber direkt vor dem Haus und lassen sich Digestif und Kaffee in den Schaukelstühlen auf der Veranda servieren. Die sehen aus wie im Fundus des Südstaatenklassikers *Vom Winde verweht* entdeckt, aber sie sind selbstverständlich echt. So wie alles in dem renovierten Besitz eines längst verstorbenen Pflanzers, der sich einst aus dem feuchten Flußklima Charlestons für die Sommermonate hierher nach Summerville zurückgezogen hatte. Die meisten Gäste allerdings schlafen schon. Manche, animiert durch den schweren Duft des Südens, sogar mal wieder miteinander.

Ein besonders geschulter Beobachter hätte bemerkt, daß zwei der Männer am Pool offenbar keine geübten Raucher sind und eher widerwillig an dicken Zigarren ziehen. Vor allem zum jüngsten unter ihnen, der vorhin so schnell im Dunkeln verschwunden ist, würde viel eher eine Gauloise zwischen den Lippen passen, aber auch die mag der Franzose nicht. Wer nach Rauch riecht, lautet sein stets wiederholter Spruch, bekommt rein statistisch gesehen weniger Frauen ins Bett als Nichtraucher. Und zu vögeln ist mir allemal wichtiger als zu rauchen. Seine Freunde ziehen ihn gern auf, wenn er ihnen solche Vorträge hält, die er ernst nimmt, aber nicht ernst meint. Sag doch bitte noch einmal »To fuck is better than to smoke«, aber nur in deinem Englisch, *tu fugg is better tsan to smouge.* Worauf er ihnen stets den Mittelfinger zeigt und »Fuck you!« sagt, *fugg you*, aber auch das hören sie gern.

Der Kellner ist für ein großzügiges Trinkgeld sofort bereit gewesen, ihnen nach dem Essen vier Gläser, Korkenzieher, Zigarren und ein paar Flaschen eisgekühlten Sauvignon von Duckhorn in einen kleinen Korb zu legen, der nun vor ihnen steht. Eine Flasche ist bereits leer. Sie sind unter sich. An den Pool wird sich trotz dieser warmen Septembernacht kein anderer Hotelgast mehr verirren, und falls doch, würden sie auf dem Kiesweg schon früh jeden Schritt hören. Also genügend Zeit haben, das Thema zu wechseln, um beispielsweise über die vergangenen Play-offs der amerikanischen Basketball-Liga, der NBA, zu reden.

»Es müßte aussehen wie ein politisches Attentat von links«, beginnt erneut der mit dem leichten deutschen Akzent, den man von seiner Erscheinung und Kleidung her für einen typischen Briten halten würde, »noch besser natürlich, man könnte es so hinbiegen, daß die eigenen Leute verdächtigt werden. Vielleicht so etwas wie einen internen Machtkampf inszenieren. Ein sicherer Fluchtweg für mich wäre auch nicht schlecht, sonst seid ihr beim nächsten Fall nur noch zu dritt.« Er grinst und schnippt ein Stückchen Asche, das auf seine Krawatte gefallen ist, ins Nichts. Dann öffnet er die nächste Flasche. »Klingt wie der Schuß aus einem Schalldämpfer«, bemerkt er trocken und schenkt den kühlen Wein in die Gläser, die ihm entgegengestreckt werden.

»Wenn du nicht zu nahe rangehen willst oder kannst, nimmst du am besten ein G3-Gewehr, das ist auf weite Entfernungen einfach unschlagbar tödlich«, sagt der Amerikaner und hustet dabei, weil er sich mal wieder am ungewohnten Rauch verschluckt hat. Er ist der beste Schütze unter ihnen, durch viele Pokale im Keller seines Hauses in Georgetown nachweisbar. Die anderen nicken, klar, das belgische Nato-Gewehr, was denn sonst. Selbst nicht so gute Schützen, aber gut sind sie alle, treffen mit diesem Gewehr ins Schwarze. Vor allem, wenn ihr Ziel keine kleine Schießscheibe ist, sondern eine größere Fläche. Ein Mensch zum Beispiel. »Andererseits«, überlegt der Blonde weiter, nachdem er wieder ruhig atmen kann, »andererseits ist das neue G36 sogar noch besser. Leichter. Nur noch der Lauf aus Stahl. Leuchtpunktvisier statt Kimme und Korn. Und vor allem: Zielfernrohr im Lauf eingebaut, falls man es braucht. Und du wirst es wohl brauchen, oder?«

Der rothaarige Engländer, beide Daumen in der weißen Weste verschränkt, hebt die Stimme: »Ihr seid wieder mal zu schnell. Wir wollen doch nicht mit unseren eisernen Regeln brechen, Gentlemen.« Er schiebt den vollen Aschbecher vor sich zur Seite und zeigt mit seiner Zigarette auf den Deutschen: »Dein Plädoyer«, verlangt er knapp, und das klingt fast wie ein Befehl. Auf einmal sind alle ernst und konzentriert. Jede Spur von Müdigkeit ist verflogen.

»Der Mann, um den es geht, heißt Joachim Freypen. Er ist seit fünf Jahren Vorsitzender der Vaterlandspartei. Die hat bei der letzten Wahl 1994 knapp vier Prozent der Stimmen bekommen. Unser Kandidat besitzt in Günzburg eine Maschinenfabrik, ist vielfacher Millionär. Günzburg übrigens ist die bayrische Kleinstadt, aus der Josef Mengele stammt, ihr erinnert euch, der damals weltweit gesuchte Auschwitzarzt. Der soll dort noch bis in die sechziger Jahre regelmäßig seine Familie besucht haben, und keiner hat ihn je verraten. Freypen ist sein Patenkind und bekennt sich sogar dazu. Nach unseren Erkenntnissen steckt er hinter mindestens fünf Anschlägen auf Asylbewerberheime, bei denen es in den letzten zwei Jahren zwanzig Tote gab. Die Täter sind nie gefunden worden. Freypen hat Gruppen von Skinheads finanziert, die systematisch Ausländer verprügeln und manchmal totschlagen. Falls es sich einrichten läßt.«

Der Engländer unterbricht ihn: »In der BBC ist gerade ein englischer Bauarbeiter gezeigt worden, den und seinen schwarzen Begleiter haben Jugendliche in Brandenburg – heißt das so: Brandenburg? – so lange gejagt, bis er in seiner Panik mit dem Auto gegen einen Baum fuhr. Der Mann ist seitdem querschnittgelähmt und sitzt im Rollstuhl.«

»Und was ist mit den Schweinehunden geschehen, die den zum Krüppel gemacht haben?« fragt der Franzose. »Denen müßte man zur Strafe auch das Rückgrat brechen«, schlägt der Amerikaner vor und läßt keinen Zweifel daran, daß er es genau so meint.

»Jugendstrafe, ein paar Jahre, man konnte ihnen keine Absicht nachweisen«, sagt der Deutsche mit flacher Stimme, »Freypen ist der Geldgeber für solche rechte Schlägerbanden. Natürlich nicht direkt und nachweisbar. Es gibt zwischen ihm und den Totschlägern immer ein paar Zwischenstationen, und keiner weiß was vom anderen, geschweige denn von ihm.«

»Hat die Polizei denn nie Zeugen gefunden?«

»Bisher hat noch keiner geplaudert, was auch kein Wunder ist, denn die halten das, was sie tun, nicht für Mord, sondern für eine ehrenvolle Tat. Deutschland den Deutschen und ähnlichen Mist. Diese Terrorbanden sind gewalttätig wie, sagen wir mal, bei euch in Frankreich der Front National und bei euch in England die rechtsradikalen Hooligans oder bei euch hier diese rassistischen Milizen in den Bergen von Montana oder diese anderen Wahnsinnigen, die in Oklahoma die Bombe gelegt haben.«

Er wendet sich bei dieser Aufzählung jeweils einem seiner Freunde zu, als würden die stellvertretend für ihre Nationen stehen: »Bei den meisten Taten gibt es zwar handfeste Vermutungen über mögliche Hintermänner, aber nichts, was vor Gericht zu verwenden ist. Wenn man Freypen als Drahtzieher verhaften würde, wäre er mit Hilfe eines guten Anwalts am anderen Tag wieder frei. Und bei seinen Leuten ein Held dazu. Die Ermittler hätten wahrscheinlich nicht mal die Chance, überhaupt einen Haftbefehl zu bekommen. Seine Partei führt keine Auftragsbücher, in denen vermerkt ist, soundsoviel tausend Mark für eine Brandstiftung oder einen Überfall. Die sind nicht mehr so einfach zu fassen wie früher, weil sie inzwischen aussehen wie ihr. Oder wie ich. Von denen läuft keiner mit dem Hitlergruß herum und brüllt Heil.« Alle schweigen. Nur der Amerikaner murmelt irgendwas davon, daß es in Oklahoma wohl nur ein einzelner Täter gewesen sei. Aber nicht nur er hat da trotz des richterlichen Schuldspruchs und der verhängten Todesstrafe gegen Timothy McVeigh seine Zweifel. Der Deutsche nimmt einen großen Schluck aus seinem Weinglas und fährt fort.

»Einer von den Typen, den die Behörden in einer ganz anderen Sache erwischt haben, als es kürzlich in Frankreich die Razzia gegen Kinderschänder und Pornohändler gab, ist bei einem Verhör zusammengebrochen, hat dabei über grenzüberschreitende rechtsradikale Aktionen und die Bezahlung ausgepackt, aber noch keine Namen genannt. Ich habe mir eine Abschrift des Protokolls besorgt. Der Kerl ist im Gegenzug bis zum Prozeß wegen des Besitzes von Snuffvideos gegen eine hohe Kaution freigelassen worden. Das war wohl ein Fehler. Ein paar Tage später ist seine Leiche gefunden worden, angeblich ist er besoffen in die Elbe gefallen und dabei ertrunken.«

»Wieso ausgerechnet in die Elbe?«

»Keine Ahnung. Könnte vielleicht damit zu tun haben, daß Freypens Parteizentrale in Hamburg liegt und nicht in

Bonn oder in Berlin. Daß seine Sicherheitsstruppe dort vor Ort war, und zu der gehören ein paar finstere Gestalten. Andernfalls wäre er aus naheliegenden Gründen in der Spree ertränkt worden oder zum Beispiel im Rhein. Aber das sind nur Vermutungen. Die Akte ist bereits geschlossen, abgeheftet als tragischer Unfall, weil es für Mord keine überzeugenden Indizien gab.«

»Müssen es für uns eigentlich immer die Rechten sein?« unterbricht plötzlich der Blonde, »die von der anderen Seite sind schließlich auch nicht besser.« Da er keine Antwort erwartet, spricht er gleich weiter: »Mir ist es nämlich Wurscht, ob einer rechtsradikal ist oder linksradikal oder bei der Mafia oder ein Kinderschänder oder ein Öko-Terrorist oder sonst was. Ich mag die alle nicht.«

»Wir haben bislang keine Unterschiede gemacht«, beruhigt ihn der Rothaarige und legt ihm seine Hand auf den Arm, »und so wird es auch bleiben. Der letzte übrigens, wenn du dich erinnerst, war dieser mexikanische Rauschgifthändler, du hast ihn ja selbst ... oder nicht selbst? Wirklich? Egal. Es bleibt dabei: Wer unsere Bedingungen erfüllt, ist fällig. Rasse und Religion und Weltanschauung haben noch nie eine Rolle für uns gespielt. Wir sind doch nicht irgendein Mörderclub.«

»Sinclair Lewis«, sagt der schwarzhaarige Franzose, »oder war es Jack London?« Die anderen starren ihn verständnislos an. »Vergeßt es«, winkt er ab, »unwichtig. Es würde viel zu lang dauern, euch das jetzt zu erklären.« Er grinst frech. »Ihr seid einfach zu ungebildet, das merkt man leider immer wieder. Ihr solltet mehr lesen, Bücher und nicht irgendwelche Illustrierten. Und nicht solche schwachsinnigen Filme gucken wie *Ein Richter sieht rot* oder so.« Der Engländer tippt sich an die Stirn und wendet sich dann wieder dem Ankläger zu: »Klingt zwar alles gut, aber Beweise, Beweise, my dear. Du hast uns immer noch keine genannt.« Der Deutsche löst nun doch die Krawatte, fährt sich nachdenklich durch das braune Haar und atmet tief durch: »Zufällig habe ich doch ein paar. Bei einer geheimen Sitzung mit seinem engen Führungskreis in seiner Jagdhütte ist Freypen abgehört worden. Schönes Material, eindrucksvolles Material, aber natürlich illegal besorgt, das wird von keinem Gericht als Beweis anerkannt.«

»Und was war auf dem Band zu hören?«

»Eindeutig der Befehl zu einer Brandstiftung in einem Asylbewerberheim, so heißt das bei uns. Mit allen möglichen Konsequenzen, auch Mord. Es sollte so gedreht werden, daß man linke Autonome als Täter hinstellen kann oder besser noch die Bewohner selbst. So nach dem Motto: Guckt mal, die Ausländer zünden sich bei uns schon gegenseitig an, also schmeißt sie endlich alle raus. Leider haben die damals auf der Hütte nicht gesagt, wo sie was anzünden wollen und wann, sonst hätte man unauffällig jemanden warnen können. Als es ein paar Wochen danach bei einem Anschlag in Lübeck zehn Tote gab, wußten wir zwar mehr, aber da war es zu spät.«

Keiner fragt, wie er denn an die Kopie des Verhörs gekommen ist und wie er das mit den Richtmikrofonen gemanagt hat. Das scheint für alle ein normales Betätigungsfeld zu sein, nicht der Rede wert. Handwerkszeug sozusagen.

»Wie hast du eigentlich erfahren, daß Freypen damals in der Hütte sein würde?« fragt der Amerikaner ein wenig störrisch.

»Ganz einfach, wirklich ganz einfach. Wir haben das Telefon des Bäckers im nächsten Dorf angezapft. Damit hatten sie nicht gerechnet. Als sie bei dem Brot bestellt haben für zwanzig Leute an einem bestimmten Wochenende, war der Rest ein Kinderspiel. Vor ihrem Treffen hatten wir die Hütte – sagen wir mal – neu verkabelt, und als sie eintrafen, waren wir schon wieder weg. Wir? Na ja, ich.« Er verstummt, dann lächelt er, als erinnerte er sich gern an die Aktion. Der Deutsche wird aber gleich wieder ernst. »Freypen ist der klassische Schreibtischmörder, der sich unangreifbar fühlt. Für uns deshalb ein ideales Zielobjekt.«

»Zielobjekt ist gut, das gefällt mir«, freut sich der Franzose.

»Wenn wir nichts tun, tut keiner was. Soviel zumindest ist klar. Aber falls wir ihn ausschalten, wird das sicher ein paar Leuten das Leben retten«, beendet der Deutsche sein Plädoyer, bei dem er sich nicht ein einziges Mal aus dem Stuhl erhoben hat. »Also muß er sterben.«

»Und wie willst du es machen? Das hast du uns noch gar nicht gesagt«, fragt der Engländer und beugt sich vor.

»Darüber denke ich noch nach, morgen früh auf dem Golfplatz fange ich an, wenn ihr die tollen Birdies macht und die langen Abschläge und ich im Gebüsch meine Bälle suche. Hilfe brauche ich übrigens auch, ganz allein ist es nicht zu schaffen«, und er blickt fragend hinüber zum anderen Junggesellen in der Runde, dem Schwarzhaarigen. Der nickt ihm zu. »Ich wollte aber erst einmal die Abstimmung abwarten.« Er schließt die Augen, als habe ihn sein eher beiläufiger Antrag auf Verhängung der Todesstrafe vor diesem seltsamen Tribunal erschöpft, aber das täuscht. Immer konzentriert er sich mit geschlossenen Augen, das war schon bei schriftlichen Prüfungen so, die sie einst gemeinsam bestanden haben. Wer ihn so gut und so lange kennt wie seine Freunde hier am Pool, weiß natürlich, daß er längst einen festen Plan für den Mord hat.

»Sehr gut, laßt uns abstimmen«, verlangt der Franzose, »ich bin verdammt müde. Und wahrscheinlich geht es nach diesem Flug nicht nur mir so.« Er hebt die Hand. »Allons enfants, vorwärts Leute, ich bin dafür.«

Der blonde Amerikaner neben ihm folgt mit allerdings kaum merklichem Zögern seinem Beispiel. Der Deutsche öffnet die Augen und meint lakonisch, daß er selbstverständlich für den Mord sei, denn sonst hätte er ja wohl nicht den Fall Freypen so lange vorgetragen. Dann nickt auch der rothaarige Engländer: »Okay«, sagt er und blickt noch einmal in die Runde: »Keine Gegenstimme und damit laut Satzung beschlossen. Wie sagt man bei euch in Deutschland?

Auf gutes Gelingen?« Dabei lächelt er: »Die letzte Bemerkung muß aber aus dem Protokoll gestrichen werden.«

Als er merkt, daß keiner über den Scherz mit dem Protokoll lachen kann, wird er schnell wieder ernst und fügt hinzu: »Dann laßt uns eben auf Kleopatra trinken, Gentlemen.« Da heben alle ihr Glas und prosten sich erst gegenseitig zu, anschließend drei von ihnen dem, der den Mord organisieren und ausführen muß: »Auf Kleopatra.«

2

Joachim Freypen am Schreibtisch zu erschießen wäre schwerer gewesen, wahrscheinlich sogar unmöglich, wenn er sein Büro zum Beispiel in einer freistehenden Villa und nicht mitten in der Innenstadt von Hamburg gehabt hätte. Im obersten Stock auf dem Deck eines Parkhauses allerdings fühlte sich der bullige Fabrikant sicher. Es gab nur einen einzigen und zudem dauernd gut bewachten Eingang, der direkt von den Stellplätzen, die alle von den Vaterländlern belegt worden waren, ins Parteihauptquartier führte. Da saßen fünf Männer seiner Sicherheitsabteilung, die ihn auch bei seinen öffentlichen Auftritten immer abschirmten. Abends ab einundzwanzig Uhr war das Parkhaus für zufällige Kundschaft gesperrt, nur Dauermieter konnten unten mit ihrer kodierten Chipkarte das Eisengitter öffnen. Zusätzlich registrierte eine Videokamera, eingebaut in die Decke des einzigen Lifts, jeden Ankömmling. Die Bildschirme, auf die dieses ganz lokale Fernsehen übertragen wurde, waren immer unter Kontrolle, selbst wenn Freypen persönlich gar nicht anwesend war, sondern seine Geschäfte in Günzburg betrieb. Die Maschinenfabrik dort führte er wie ein Patriarch alter Schule, Management *per ordre de mufti* pflegte er zu scherzen, aber das war vor allem für seine Angestellten kein Scherz.

Ihre Zentrale in Hamburg nannten die rechten Retter des

Vaterlandes untereinander nur das Hauptquartier, doch ihr Chef hatte ihnen streng verboten, in der Öffentlichkeit den Begriff zu benutzen. Die Nähe zu einem anderen Ort dieses Namens war ihm zu offensichtlich, selbst wenn bei Seinesgleichen diese Zeit erfolgreich verdrängt worden war, und solche billigen Triumphe wollte er seinen politischen Gegnern nicht gönnen. Grauhaarig und jovial auf den Wahlplakaten, vertrauenerweckender Großvater voll strenger Güte in den Fernsehspots, in denen er für ein starkes Deutschland warb – erst recht jetzt mit Blick auf das ominöse Jahr 2000, das so viele Ängste auslöste –, gab Freypen in der Parteizentrale den knallharten Diktator. Seine Wutausbrüche waren gefürchtet.

Hier in dem Penthouse, das einst eine Versicherung zu vielen kleinen Büroräumen ausgebaut hatte, saß er regelmäßig zweimal pro Woche, am Dienstag und am Freitag. Im riesigen Eckzimmer mit dem ungetrübten Blick hinüber zur Fleetinsel und zum Turm der St.-Michaelis-Kirche fühlte er sich gut aufgehoben. Seine Leibwächter, vor allem deren Chef, hatten ihm beim Einzug zu einem der Innenräume geraten, die direkt an eine Art Atriumhof anschlossen und von außen nicht eingesehen werden konnten, aber Freypen wollte freie Aussicht. Wer sollte ihn auf dem Dach des Parkhauses schon bedrohen? Hier oben, sagte er, und dabei lachte er nie, habe ich endlich mal ein Stück Deutschland unter mir.

Ein einziges Haus in unmittelbarer Umgebung war noch ein bißchen höher als die Parteizentrale der Vaterlandspartei, in der nur Spezialisten arbeiteten: PR-Strategen, Wahlforscher, Referenten für die einzelnen Schwerpunkte, über die Freypen am liebsten sprach, also Innere Sicherheit, Asylbewerber, die er natürlich Asylanten nannte, Angst vor dem Euro, Sittenverfall, Jugendkriminalität. Mit solchen Themen war den Rechten bei der letzten Wahl zur Hamburger Bürgerschaft fast der Einzug ins Landesparlament gelungen. Auch ein Ex-General der Bundeswehr, den Freypen vor Jahren bei einem Abendessen in der Führungsakademie kennengelernt hatte, gehörte zu seinen Beratern. Selbstverständlich hatten alle Vaterländler einen Computer auf ihrem Schreibtisch, wußten im Internet zu surfen und mit E-Mail umzugehen. Die modernen Mythen des ausgehenden Jahrtausends waren ihnen so geläufig wie ihren geistigen Vorgängern einst der *Mythus* des Nazitheoretikers Alfred Rosenberg. Drei von diesem inneren Kreis um Freypen kümmerten sich hauptsächlich darum, nach rechtsradikalen Anschlägen oder Krawallen mögliche Spuren zu verwischen, die in diese Zentrale führen könnten. Die Fassade der Wohlanständigkeit mußte gewahrt werden, um bürgerliche Wähler nicht abzuschrecken. Die wollten mit Brandstiftern nichts zu tun haben, selbst wenn manche über das Ergebnis von deren Taten nicht besonders traurig waren. Falls Freypen & Co. erst einmal als rechtsradikale Verfassungsfeinde im jährlichen Bericht des Innenministeriums auftauchen würden, könnte sich die Vaterlandspartei ebensogut gleich selbst auflösen.

Knurriges Zugeständnis, das der Chef nach der Besichtigung der Räume seinen besorgten Leibwächtern machte: Er versprach, den Balkon zu meiden, der die Büros umschloß, sich nie als mögliche Zielscheibe an die schmale Brüstung zu stellen. Während seiner regelmäßigen Hamburg-Aufenthalte, bei denen er meist bis Mitternacht am Schreibtisch saß, über Wahlstrategien grübelte und mit Gesinnungsgenossen telefonierte, hatten sie strengste Anweisung, ihn abends spätestens nach der *Tagesschau* nicht mehr zu stören und nur dann sein Zimmer zu betreten, wenn er nach ihnen klingelte. Die besonderen Gespräche, die Freypen aus seinem Büro führte, sollten selbst von seinen Getreuen nicht gehört werden können. Er traute keinem. Deshalb wählte er seine Verbindungen stets selbst, und die geheimen Telefonnummern, mit denen man direkt zu ihm durchdrang, hatten nur ein paar enge Vertraute. Die Leitung war sicher.

Dafür hatten ein paar Experten gesorgt, die nach der Wiedervereinigung arbeitslos geworden waren. Deren Fähigkeiten brauchte keiner mehr so recht. Zwei arbeitslose Stasi-Offiziere von Erich Mielkes berüchtigter Spitzelbande hatten deshalb bei der Vaterlandspartei einen neuen Job gefunden, regelmäßig wurden Freypens Büros, nicht nur das in Hamburg, von ihnen auf Wanzen untersucht. Zwar schien es unmöglich, daß Fremde wie zum Beispiel die Kollegen vom Verfassungsschutz je so weit in seine Nähe hätten vordringen können, um die Mikrofone ungestört anzubringen. Aber Freypen hatte eine geradezu panische Angst davor, belauscht zu werden. Denkt an Uwe Barschel, hämmerte er immer wieder seinen Leuten ein, der hat nicht im Traum damit gerechnet, daß sein Autotelefon abgehört wird oder seine Staatskanzlei verwanzt ist. Und drohend hinzugefügt: »Wenn ich hier einen Verräter erwische...« Was er mit dem machen würde, war den meisten klar. Auf die Idee, daß er ausgerechnet in seiner bayrischen Jagdhütte abgehört werden könnte, ist er nie gekommen.

Das bewußte Haus gegenüber, etwas höher als die Aufbauten des Parkdecks, ist etwa fünfzig Meter Luftlinie über die vielbefahrene Straße hinweg entfernt. Zunächst hatte es ein Jahr lang leergestanden, bis der Eigentümer seine Hoffnung aufgab, es im ursprünglichen Zustand als Bürokomplex ohne weitere Investitionen loswerden zu können. Nach der dann doch ziemlich teuren Renovierung wurde aus dem Kasten eine begehrte Adresse für Singles aus den umliegenden Werbeagenturen, Multimediafirmen und Zeitschriftenverlagen. Insgesamt vierunddreißig Wohnungen waren vermietet. Wenn Freypen dienstags und freitags an seinem Schreibtisch saß, blickte er manchmal nach links hinüber und stellte sich vor, auf dem Dach, wo immer noch in großen Buchstaben der Name der ehemaligen Firma stand, eine Leuchtschrift zu sehen mit seinem Namen. Darüber sprach er natürlich nie, denn er wollte nicht als größenwahnsinnig verlacht werden.

An diesem Freitagabend, dem 3. Oktober 1997, dem Tag der sogenannten deutschen Einheit, öffnet ein verschwitzt aussehender Mann mittleren Alters die gläserne Eingangstür zu genau diesem Haus. Die Kapuze seines schwarzen Jogginganzugs hat er nach hinten geschoben, mit einem kleinen blauweißen Handtuch wischt er sich dauernd das Gesicht. Selbst sein schmaler Schnauzbart, grau wie sein kurzgeschnittenes Haar, ist schweißnaß. Er nimmt die beschlagene Brille ab, säubert sie sorgfältig und blickt sich dabei im Vorraum um. Der ist vom Bürogebäude übriggeblieben, als es da noch Portier und Empfangstresen gab. Inzwischen stehen verlassen ein paar Hydrokultur-Pflanzen herum, und neben einer Stahltür mit der Aufschrift »Zugang nur für Mieter« ist eine Art von Tresor in die Wand eingebaut worden mit Dutzenden von Briefkästen. Sogar ohne Brille scheint der verschwitzte Jogger jedes Detail zu erkennen.

Aus der Nähe betrachtet, aber es ist ja niemand da, der das bemerken könnte, sieht sein Schweiß allerdings eher nach ein bißchen kaltem Wasser aus, wie auf die Stirn gespritzt. Er ist zwar direkt aus dem Fitneßclub des Madison gekommen, wo er die letzten beiden Stunden in der Sauna verbrachte, hat aber nur zum Schluß so getan, als würde er im Nebenraum ein paar Hanteln stemmen. So richtig aktiv ist er erst geworden, als er über sein Handy einen Anruf bekommen hatte. Danach hatte er sich sofort angezogen und bewaffnet mit einer langen grünen Sporttasche das Hotel verlassen.

Diese Tasche hält er jetzt in der linken Hand, mit der rechten stopft er das feuchte Handtuch in ein Seitenfach, dann drückt er den Rufknopf für den Fahrstuhl. Die Kabine ist leer. So kurz vor zwanzig Uhr sitzen viele der Hausbewohner, die sich untereinander allenfalls von flüchtigen Begegnungen in der Tiefgarage kennen, in ihren Appartements vor dem Fernsehapparat. Wenn das letzte Gummibärchen in Thomas Gottschalk verschwunden ist, dauert es nur noch zehn Sekunden bis zu den Nachrichten. Der Mann mit der

Kapuze fährt ins achte Stockwerk und steigt dort aus. Auch auf dem Flur trifft er niemanden. Irgendwo hinter einer Wand klingt gedämpft die *Tagesschau*-Fanfare. Er macht ein paar Schritte zu der nächstgelegenen Wohnungstür und öffnet sie ohne zu zögern mit einem kleinen goldenen Schlüssel. Auf dem Türschild steht Ment. Keiner sieht ihn, als er die Wohnung betritt.

Die Gewohnheiten Freypens auszukundschaften, vor allem seine regelmäßigen Büroabende am Dienstag und am Freitag, war eine eher leichte Übung gewesen. Der Neunundfünfzigjährige ist eine öffentliche Person, die sich sogar mit Frau und erwachsenen Kindern beim weihnachtlichen Christbaumschmücken oder bei einer Opernpremiere fotografieren läßt und keine Einladung zu einer der üblichen Talk-Shows ausschlägt. Am liebsten sitzt er bei *Talk im Turm* unter Gleichaltrigen. In solchen Diskussionen gibt er sich als Staatsmann, von den cholerischen Ausbrüchen, zu denen er bei Widerspruch sonst neigt, ist auf dem Bildschirm nie etwas zu sehen. Man erlebt ihn, wo auch immer er auftaucht, zwar als rechten Populisten, aber stets die Contenance bewahrend. Bei den Zuschauern kommt er gut an, auch bei denen, die letztlich doch lieber die CDU wählen. Bisher wenigstens. Genau das will der Parteivorsitzende langfristig ändern, und das erste Ziel ist bei der kommenden Bundestagswahl der Sprung über die Fünf-Prozent-Hürde. Freypen hat immer wieder die Videos von Fernsehauftritten seines österreichischen Freundes Jörg Haider betrachtet und sich an dessen taktischer Raffinesse orientiert. Früh hat er begriffen, daß er sich nicht in die rechtsradikale Ecke abdrängen lassen darf. Denn dort, wo die Deutsche Volksunion mit dümmsten Sprüchen, aber nicht ohne Erfolg, an die niedersten Instinkte appelliert – »Polit-Bonzen die Hammelbeine langziehen! Ich bin stolz, Deutscher zu sein!« –, stinkt es nach Nazis, und wer diesen Stallgeruch an sich hat, kommt selten über fünf Prozent.

Patriotismus lautet deshalb Freypens unverdächtige Parole, was genau den Zeitgeist trifft. Schutz des Vaterlandes klingt angesichts immer neuer Berichte über osteuropäische Bankräuber und afrikanische Dealer ebenfalls ganz einleuchtend, sogar der mögliche SPD-Kanzlerkandidat ist im Sommer 1997 auf diesen nationalen Zug gesprungen, weil er dabei nicht nur die Mehrheit seiner Genossen hinter sich glaubt. Für Europa ist Joachim Freypen selbstverständlich dennoch, allerdings nur dann, wenn die gute Deutsche Mark erhalten bleibt. Auch das verbindet ihn plötzlich mit dem Sozialdemokraten, der als Alternative zu Kohl gilt.

Die Vaterlandspartei hat nie ein Geheimnis daraus gemacht, daß sie ihr Hauptquartier an die Elbe verlegt hatte. Der Umzug war ebenfalls ein Teil ihrer PR-Strategie. Gerade in dieser angeblich so liberalen Stadt konnten die Nationalen, die sich selbst untertreibend als neokonservativ bezeichnen, durch selbstverständliche Präsenz beweisen, daß alle Verdächtigungen, in Wahrheit nichts weiter als Dumpfdeutsche in italienischen Anzügen zu sein, schwachsinnige Propaganda der Linken waren. »Wir haben nichts zu verbergen«, erklärte Joachim Freypen am Tag der Eröffnung auf dem Parkdeck, zu dem er die örtliche Presse geladen hatte. »Wir müssen uns nicht verstecken, wir sind eine demokratische Großstadtpartei und passen deshalb genau hierher in die Stadt, deren Weltoffenheit der unseren entspricht.« In der Tat paßten sie an die Elbe, denn in den klassischen Arbeitervierteln der Hansestadt webten sich von Wahl zu Wahl die Rechtsradikalen aus den Fehlern der anderen Parteien dichtere Netze, in denen sie Dumme fingen, also ihre Wähler. Im Herbst 1997 waren das schon, rein rechnerisch und noch verteilt auf verschiedene Parteien, stramme zehn Prozent.

Daß nach der festlichen Eröffnung von den Vaterländischen nie wieder Journalisten in die Parteizentrale vorgelassen wurden, fiel denen allerdings nicht auf.

In der Wohnung, die er gerade betreten hat, stellt der Kapuzenmann seine Tasche in den kleinen Flur. Dann zieht er blaue Plastikhüllen, wie sie auch von Eingegipsten bei ersten Gehversuchen nach der Operation benutzt werden, über seine Turnschuhe. Während der Vorbereitung hat er sogar daran gedacht, daß Dreck aus den gerillten Sohlen seiner Schuhe gefunden werden könnte, und solche Krümel erlauben manchmal dem Profi Rückschlüsse, auf die ein Amateur nie kommen würde. Er ist kein Amateur. Nichts will er der Spurensicherung hinterlassen, denn er geht davon aus, daß die Polizei bei ihren Ermittlungen auf diese Wohnung stoßen wird. Langsam schlurfend bewegt er sich in einen großen Raum. Er kneift kurz seine Augen zusammen, um sie besser auf das Halbdunkel einzustellen, denn von außen dringen nur Lichtfetzen der Großstadt herein. Allerdings wirft das rote Neonschild der Eckkneipe Zur Wilden Lucie, übriggeblieben aus der Zeit, als die Gegend noch nicht von großen Firmen entdeckt und auf Yuppie-Art saniert worden war, ab und zu einen müden Abglanz an die Decke. Die lebensfrohe Besitzerin, nach der die Pinte benannt ist, hat sich längst nach Schottland zurückgezogen und dort ausgerechnet einen Chinesen geheiratet, der in Elgin eine Apotheke betreibt.

Vom Straßenlärm ist hier oben nichts zu hören. Zwei Sessel und ein schwerer Glastisch, mit vielen Zeitschriften bedeckt, stehen mitten im Zimmer. Im Widerschein des nächtlichen Himmels wirken die Möbel wie bizarre Schatten. Der Mann weicht ihnen vorsichtig aus. Die Wände sind mit Bücherregalen zugestellt, in der Ecke erkennt er ein Schreibpult, ebenfalls nur in Umrissen zu ahnen, auf dem ein flacher zugeklappter Computer steht. Der Eindringling bewegt sich nicht von ungefähr wie auf vertrautem Terrain. Alle Appartements in diesem Haus sind gleich geschnitten, das simple Muster bot sich für den Umbau der ehemaligen Büros an. Zielgruppe waren nicht Familien, sondern Alleinstehende, also reichen großer Wohnraum, kleines Schlafzimmer, Küche, Bad. So hatte es ihm der Makler erklärt, als er sich vor ein paar Monaten im Erdgeschoß in der Rolle eines interessierten Lufthansapiloten eine Wohnung zeigen ließ. Im Gehen streift sich der Mann dünne Handschuhe über. In das Schlafzimmer wirft er nur einen kurzen Blick: Doppelbett, Musikanlage, Schrank. Uninteressant für ihn. Vom Fenster, das geschlossen ist, kann er über die Straße hinweg in das erleuchtete Büro von Freypen schauen. Der sitzt an seinem Schreibtisch, ab und zu flimmert bläuliches Licht, wahrscheinlich schaut auch er gerade die TV-Nachrichten. »Die *Tagesthemen* wirst du zwar nicht mehr erleben«, murmelt der Beobachter auf der anderen Straßenseite, »aber sie werden hauptsächlich dir gewidmet sein.« Dann holt er sein Handy aus einer Hosentasche und gibt schnell eine Nummer ein. Behält dabei aber stets das Fenster gegenüber im Auge.

»Ich bin jetzt drin. Bei dir alles okay?«

Er lauscht auf die Stimme am anderen Ende.

»Gut so. Ich brauche etwa eine halbe bis dreiviertel Stunde, vielleicht auch länger. Falls sie früher rauskommt, ruf mich an. Dann hätte ich noch etwa fünfzehn Minuten. Das müßte reichen, um zu verschwinden.« Er unterbricht die Verbindung und geht zurück zum Eingangsflur. Inzwischen hat er sich an die Dunkelheit gewöhnt, die Brille achtlos in dem breiten Gürtel verstaut, den er um die Taille trägt. Aus der Sporttasche nimmt er eine gerollte Plastikfolie, die wie eine dicke Wurst aussieht, und legt sie sorgfältig auf den Teppichboden. Das darin eingewickelte Gewehr ist bereits zusammengeschraubt, er prüft kurz, ob der Schalldämpfer auch wirklich festsitzt, und läßt dann mit einem leisen Klick das Zielfernrohr einrasten, das er, wie von dem Amerikaner prophezeit, in der Tat braucht. Dabei paßt er sehr genau auf, daß die Waffe nicht direkt den Boden berührt und dort eventuell Spuren hinterläßt. Zurück am Fenster, öffnet er langsam den rechten großen Flügel, der nach innen aufgeht, alles mit einer Hand, um das Gewehr nicht absetzen zu müssen. Frische trockene Luft strömt herein, und die nächtlichen Geräusche der Stadt sind zu hören. Dann geht er vorsichtig auf die Knie, breitet die Folie über die Fensterbank, legt sein Handy neben sich auf den Boden und blickt prüfend durch das Zielfernrohr. Schwenkt ein wenig nach links, bis er den breiten Schädel von Joachim Freypen genau im Leuchtpunktvisier hat. Steht wieder auf und lehnt die Waffe so ans Fenster, daß ihr stählerner Lauf erneut nur die Plastikunterlage berührt. Ausgerechnet ich, denkt er, ausgerechnet ich, der früher eine Waffe nicht mal hat anfassen wollen. Aber das ist lange her.

Drüben schaltet Freypen noch vor dem Wetterbericht, in dem eine Fortsetzung milder Temperaturen bei weiterhin klarem Himmel angekündigt wird, den Fernsehapparat aus. Wetter interessiert ihn nicht, weil er nichts daran ändern kann. Nichts ändern zu können haßt er. Er drückt einen Knopf unter seiner Schreibtischplatte, draußen leuchtet über der Tür eine kleine rote Lampe auf. Seine Leibwächter, die im Vorzimmer warten und sich mit der Fernbedienung durch die Programme zappen oder in Zeitungen blättern, sollen wissen, daß sie ihn von nun an nicht mehr stören dürfen. Dann greift er zum Hörer, blickt vorher kurz auf seine Armbanduhr. Joachim Freypen hat noch etwa fünfzig Minuten zu leben, aber das ahnt er nicht.

Auch der Mann, der ihn erschießen wird, telefoniert gerade. Er hat dafür nur auf die Wahlwiederholungstaste gedrückt. Sein Gesprächspartner sitzt an der Außenalster in einem schwarzen Mercedescoupé mit französischem Kennzeichen, in unmittelbarer Nähe des Anglo-German-Clubs am Harvestehuder Weg. Unter den vielen Chauffeuren mit ihren dunklen Limousinen, die hier auf ihre Chefs warten, im Auto vor sich hin dösen oder in Gruppen rauchend herumstehen, fällt er nicht auf. Der Empfang in der Villa gegenüber hat mit einer Lesung von Dagobert Lindlau aus seinem neuen Buch *Die St. Pauli Saga* begonnen. Nun werden die dort üblichen kleinen Quiches Lorraines aus der

Mikrowelle und preiswerter Weißwein gereicht. Es gibt auch deutschen Sekt. Die großen Glastüren zur Terrasse sind geöffnet. Rauchschwaden steigen in die Luft. Neben den zum Thema des Buches passenden Kiezgrößen wie »Neger-Kalle« Schwensen oder Domenica, beliebteste Ex-Hure der Stadt und deshalb vielen Herren und Damen seit Jugendzeiten näher bekannt, sind auch die üblichen anderen Verdächtigen eingeladen worden: Ulrich Wickert, Klausjürgen Wussow, Wolf Biermann, und da es um die Reeperbahn geht, der unvermeidliche Jürgen Roland.

»Ich habe gerade gehört, wie sie nach der Rede geklatscht haben. Also beginnt jetzt der gemütlichere Teil, aber das kann auch schnell vorbei sein. Besser, du beeilst dich. Oder gibt es Probleme?«

»Nein, nein, alles im grünen Bereich. Danke, Alain.«

Für das geplante Attentat auf Joachim Freypen hatte sich der Bau angeboten, in dem er jetzt am dunklen Fenster steht. Die anderen Häuser mit freier Sicht auf die Zentrale der Vaterlandspartei waren entweder reine Bürogebäude und abends von Putzkolonnen bevölkert, kamen also nicht in Frage, weil man jederzeit gestört werden konnte. Oder nicht hoch genug für einen gezielten Schuß auf eine solche Entfernung. Gleiche Ebene mußte es bei dieser Mordmethode schon sein, allenfalls ein ganz kleiner Schußwinkel war denkbar, aber nur von oben nach unten. Denn Freypens Schreibtisch stand nicht direkt am Fenster, und darauf zu hoffen, daß er sich da mal als unfreiwillige Zielscheibe hinstellte, also auch von unten zu treffen sein würde, ist viel zu unsicher. Nach solchen logistischen Einschränkungen blieben genau vier Wohnungen im obersten Stockwerk des Gebäudes, die ein Fenster Richtung Parteizentrale hatten, als Standort für den Anschlag übrig.

Der Mörder hatte bei einem Routinetermin in Hamburg die Örtlichkeiten genau geprüft, natürlich auch sein Auto im Parkhaus abgestellt und sich dort umgeschaut. Als er vor knapp vier Wochen sein Plädoyer am Pool des Squirrel Tree hielt, hatte er für sich bereits entschieden, den Mord nur auf diese Art und nur von dieser Stelle aus und nur an einem Freitag zu begehen. Freitag lieber als Dienstag, weil die Möglichkeiten, schnell zu entkommen, an einem Wochenende naturgemäß größer sind. Und ein Wochenende nach dem Einheitstag ist geradezu ideal für Mord, weil die meisten schon am Donnerstag vor diesen drei freien Tagen wegfahren. Ein Attentat bei irgendeiner Veranstaltung der Vaterlandspartei oder auf der Strecke zwischen Freypens Villa und seiner Maschinenfabrik in Günzburg zu versuchen, schien ihm zu riskant.

Seit überall angeschlagen war, daß Joachim Freypen am Sonnabend auf der Moorweide eine Veranstaltung plante, stand auch der Abend fest, an dem er sterben sollte. Der Vorabend, der Freitag. Denn auf Grund der Ankündigung war sicher, daß er in der Stadt sein würde. Die Moorweide, auf der einst die Juden der Stadt zusammengetrieben und anschließend in Konzentrationslager verfrachtet wurden, ist vom Senat erst nach einem Verwaltungsgerichtsurteil freigegeben worden. Das ursprüngliche Verbot hatten die Richter aufgehoben, weil die Vaterlandspartei nicht verboten ist. Immerhin hatte es das juristische Hickhack unmöglich gemacht, den ursprünglichen Termin, eben den Tag der Deutschen Einheit, den 3. Oktober 1997, einzuhalten. Was Freypen nicht zu stören schien. An dem Tag, erklärte er auf Anfrage eines Journalisten, reden die Altparteien, und mit denen haben wir nichts zu tun. Sein Zusatz, im übrigen sei es ihm Wurscht, was früher auf der Moorweide passiert war, es müsse endlich Schluß sein mit der Büßerhaltung Deutschlands, wurde immerhin nicht gedruckt.

Die Bewohner der für ihn in Frage kommenden Appartements lernte der Mörder auf dem Bildschirm eines Computers über ein Programm kennen, das es offiziell nicht gab. Nicht geben durfte. Längst war die einst vom damaligen

Chef des Bundeskriminalamtes Horst Herold für die Fahndung nach der Roten Armee Fraktion erdachte PIOS-Software weiterentwickelt worden, und daß darüber keiner spricht, der davon weiß, ist selbstverständlich. PIOS ist die Abkürzung für *Personen, Institutionen, Objekte, Sachen* und beruhte auf der simplen, aber deshalb genialen Hypothese, daß sich Terroristen meistens in Hochhäusern einquartieren, weil da ein Bewohner den anderen nicht kennt und auch nicht kennen will, also Anonymität garantiert ist, noch lieber in Hochhäusern mit Tiefgarage, weil man dort unauffällig ein und aus fahren kann, und am liebsten in der Nähe von Autobahnen, um einen sicheren Fluchtweg zu haben. Ausnahmsweise hatte PIOS nichts mit typisch deutscher Überwachungslust zu tun, denn auch die Polizeibehörde IKPO mit Sitz in Lyon nutzte längst dieses Programm länderübergreifend für gemeinsame Polizeiaktionen in Europa.

Es ist auf Grund der technologischen Entwicklung sogar machbar, wie der Mann am Fenster erfahren hatte, in die auf allen Bahnhöfen und Flughäfen und sogar U-Bahn-Stationen inzwischen alltäglichen Überwachungskameras ein Programm einzubauen, das immer dann Alarm in irgendeiner Zentrale geben würde, wenn ein gesuchter Terrorist ins Blickfeld gerät. Der Kamera ist es egal, ob es ein linker Terrorist ist oder ein rechter. Wie auch immer der sich verändert oder verkleidet hatte – das System würde ihn auf Grund eingespeicherter typischer Merkmale erkennen. Ein Beamter aus dem belgischen Innenministerium mit Zugriffsberechtigung auf das europaweit eingerichtete zusätzliche Informationssystem (SIS), hatte allerdings die Fahndungsarbeit vieler Jahre zerstört. Der hochrangige Jurist hatte Hunderte von geheimen Daten an kriminelle Banden verkauft, bevor er endlich von seinen Kollegen geschnappt worden war. Ein französischer Experte bei IKPO war ihm auf die Spur gekommen, weil in einem eigentlich gesicherten Internet-Briefkasten, einer anonymen Mailbox, entsprechende Informationen unter einem Kode angeboten wurden. Dieser aus Paris stammende Fachmann hatte den Ruf, jeden Kode knacken zu können. Vor allem die als todsicher geltenden.

Das Haus in Hamburg war in PIOS gespeichert und die einzelnen Wohnungen auch. Wer die oberen vier Appartements bewohnte, konnte bei Kenntnis der entsprechenden Paßwörter mit allen Einzelheiten – Beruf, Alter, Geschlecht, Familienstand, Vorstrafen, Gewohnheiten – angeklickt und ausgedruckt werden. Genau das hatte der Mörder gemacht, und er brauchte dabei nicht die Hilfe irgendwelcher Spezialisten, denn so etwas gehörte zu seinem Handwerk. Daß beim zweiten Schritt der Planung seine Wahl auf die Wohnung von Floriane Ment fiel, hatte gleich mehrere Gründe. Die Dreißigjährige war Journalistin und ledig und attraktiv, und das waren schon mal drei Voraussetzungen dafür, daß sie nicht jeden Abend pünktlich zu einer bestimmten Zeit zu Hause sein würde. Die anderen Kandidaten hatten nichts Gleichwertiges zu bieten, zwei waren bereits über sechzig und verbrachten wahrscheinlich viel Zeit in ihren eigenen vier Wänden, einer war ein junger Arzt, was zwar gut hätte passen können angesichts fester Dienstzeiten, aber er hätte die erst mühsam recherchieren müssen. Da der Attentäter von Anfang an möglichst nichts dem Zufall überlassen wollte, fügte sich Floriane Ment ideal in sein ganz persönliches Raster. Er hatte das Gefühl, sie gut zu kennen, obwohl er sie wahrscheinlich nie leibhaftig sehen würde. Als ihr Bruder Elmar rief er am Donnerstag kurz vor Büroschluß beim Vermieter an und bestellte Ersatzschlüssel, auch für den Hauseingang. Es sei dringend, er stehe vor der verschlossenen Tür und seine Schwester sei nicht da. Wahrscheinlich war etwas in der Zeitung passiert, das kenne man ja. Der Mann, der wenig später die Schlüssel abholte, war klein und sportlich, trug eine dunkle Sonnenbrille und sein Haar war unter der nach hinten gedrehten Baseballkappe nicht zu sehen. Einen Ausweis verlangte keiner, alle wollten nur schnell nach Hause, denn drei freie Tage lagen vor ihnen, und da der Kunde bar bezahlte, war er schnell wieder vergessen. Ein Restrisiko, also zum Beispiel, daß Vermieter und Mieterin sich ausgerechnet jetzt zufällig irgendwo über den Weg liefen und zufällig auch über den angeblich ausgesperrten Bruder sprachen, ging der Mörder ein.

Das Risiko aber blieb ziemlich gering, denn am Freitag waren alle Büros und Geschäfte geschlossen, Einheitstag. Deshalb hatte er die Schlüssel erst so spät abholen lassen, kurz bevor er sie zum ersten und einzigen Mal brauchen würde. Was außerdem für Floriane Ment und ihre Wohnung sprach: Die Reporterin war bekannt in der Stadt, für deren größtes Blatt sie schrieb, dadurch war sie leichter zu überwachen, wo auch immer sie sich zu der Zeit aufhalten würde, in der es passieren sollte. Einer mußte sie natürlich im Auge behalten, wenn es denn soweit war, und darum hatte er den Franzosen schon beim Treffen in South Carolina um Hilfe gebeten. Mord ist nicht immer ein einsames Geschäft.

Zur Präsentation des neuen Lindlau-Buches, das sie schon deshalb interessiert, weil es um ihr Spezialgebiet, um organisierte Kriminalität geht, ist Floriane Ment nicht nur wie alle Polizeireporter der Stadt vom Verlag, sondern von ihrem Chef persönlich eingeladen worden. Das Thema St. Pauli langweilt den zwar und der Autor erst recht, aber Eberhart Schwarzkoff hatte schon lange den richtigen Anlaß gesucht, sich näher mit Floriane zu beschäftigen. Er will sich heute abend schmücken mit ihr, die anderen Gäste sollen ihn beneiden um die schlanke junge Frau mit den langen roten Haaren und darüber nachdenken, ob sie wohl seine neueste Geliebte sei. Sie ist es nicht, aber er hat fest vor, sie dazu zu machen. Daß er verheiratet ist, hat ihn bei seinen Abenteuern noch nie gestört, seine Frau Julia nimmt schon seit Jahren äußerlich kühl und innerlich verbittert alles hin, solange ihre Rolle als Gattin in der Hamburger Gesellschaft gewahrt bleibt, sie bei offiziellen Anlässen neben ihm auftreten kann, und er für ihre Frusteinkäufe bei Jil Sander oder JOOP! bezahlt. Sie will ihn vor allem dafür bezahlen lassen, daß er ihr Leben zerstört hat, denn ihr Glauben verbietet eine Scheidung. Noch aber weiß sie nicht, wann der richtige Zeitpunkt sein wird für die eigentliche Abrechnung. Sie wartet auf die passende Gelegenheit.

Floriane Ment ahnt, was Schwarzkoff von ihr will, aber mit solchen Situationen weiß sie umzugehen. Er ist nicht der erste, der sie für eine leicht zu erobernde Trophäe hält, und sicher auch nicht der letzte, der sich in ihr täuscht. Manchmal macht es ihr sogar Spaß, ihren schlechten Ruf zu bestätigen und sich einen One-Night-Stand zu gönnen wie ein Mann. Sich danach nie mehr zu melden und auch nicht zurückzurufen, geschweige denn eine Wiederholung zu erlauben. Diesmal aber amüsiert sie sich schon beim Gedanken daran, daß ausgerechnet ein Mann im Alter von Schwarzkoff, der leicht ihr Vater sein könnte, daran glaubt, in ihr Bett gebeten zu werden. Nur weil er ihr Verleger ist und sie sogar ein wenig in der Hand hat, denn sie stehen gerade in Verhandlungen über den Vorschuß für ihr erstes Buch, das er rechtzeitig vor der nächsten Wahl im Herbstprogramm 1998 herausbringen will. Trotzdem hat sie seine Einladung angenommen, sie fühlt sich stark genug, nicht schwach zu werden. Der Empfang übrigens gilt als erstklassiges Hamburger Ereignis.

Als sie so gegen neunzehn Uhr das Zeitungsgebäude verlassen, ist Floriane Ment klar, daß viele Kollegen mitbekommen, wie Schwarzkoff ihr beim Einsteigen die Tür aufhält, und daß diese demonstrative Zweisamkeit sicher nicht ihre Beliebtheit bei denen steigert. Daß sie auch von dem Fahrer des schwarzen Mercedes, der schon den ganzen Nachmittag über in der Nähe stand und nur ab und zu ausgestiegen war, um die Parkuhr zu füttern, beobachtet wird, merkt sie natürlich nicht. Der greift sofort zu seinem Handy. »Bingo. Los. Sie ist gerade mit einem Mann in einen silbernen Bentley gestiegen. Ich bleib dahinter und melde mich wieder.« Das war der Anruf, der den vorgeblichen Sportler im Fitneßraum des Madison-Hotels erreicht hatte.

Um den Voyeuren etwas zu bieten, zeigt die Reporterin beim Einsteigen ganz besonders viel Bein. Schwarzkoff denkt geschmeichelt, dieses erotische Signal gelte ihm, denn er hält sich für unwiderstehlich. Was beim ersten Blick auf ihn sogar denkbar scheint: Weißhaarig, schlank, stets nach der neuesten Mode gekleidet und ein blendender Unterhalter, ein Mann mit Einfluß und ein Mann der Macht. Ihm gehört nicht nur die Zeitung, die in Hamburg die größte Auflage hat, ihm gehört nicht nur der Adalbert-Stifter-Buchverlag, der auch seine vierzig Millionen Umsatz pro Jahr macht, ihm gehören vor allem dreißig Prozent eines Privatsenders, der seit einem Jahr schwarze Zahlen schreibt. Da er aber schon fast sechzig ist und die jungen Mädchen, die er hin und wieder besteigt, nachdem ihm sein Arzt die üblichen Stärkungsmittel gespritzt hat, eher von Brad Pitt träumen als von einem Sugardaddy seiner Güte, macht er sich allerdings keine Illusionen über die wahren Gründe seines Sex-Appeals. Daß ihn viele Mädchen nur ranlassen, weil sie sich von ihm etwas für ihre Karriere versprechen, stört ihn dennoch nicht. Das gehört zum Spiel, und er hat längst die Regeln dieses Spiels akzeptiert. Er hält sich sogar daran, und auch das hat sich herumgesprochen. In dem Spiel ist er deshalb rein statistisch gesehen erfolgreicher als die jüngere Konkurrenz.

Eigentlich will Floriane Ment nur mal erleben, wie so eine Buchpremiere in feinen Kreisen abläuft, denn das ist normalerweise nicht die Welt der Polizeireporterin. Im nächsten Jahr wird sie hoffentlich selbst im Mittelpunkt einer solchen Party stehen. Wenn ihr erstes Buch auf den Markt kommt, mit dem sie bald beginnen will, gehört ein Fest mit Prominenten und solchen, die sich dafür halten, zur üblichen Verkaufsstrategie. Ihr Debüt soll eine Art Thriller mit politischem Hintergrund werden, aber mehr als eine Seite Exposé hat sie noch nicht zu Papier gebracht. Im Mittelpunkt steht eine Gruppe von politisch motivierten Computerhackern, die versuchen will, die Wahlen zu manipulieren. Im Auftrag eines großen Unbekannten natürlich. Was der Autorin die Möglichkeit gibt, endlich mal ihre unwahrscheinliche, aber spannend klingende Theorie durchzuspielen, daß eigentlich ein Mister X, ein politischer Drahtzieher mit krimineller Energie, hinter all den unaufgeklärten großen Affären der Republik stand, natürlich auch hinter der Affäre Barschel. Vielleicht kann ich sogar den Verlauf eines solchen Abends wie heute in ein Kapitel einbauen, denkt sie nach Lindlaus Lesung, schließlich geht es hier auch um Mord. Die Polizeireporterin der *Abendpost* hat es sich zur Angewohnheit werden lassen, selbst ganz persönliche Erlebnisse auf Verwendbarkeit für irgendeinen Artikel hin zu prüfen. Was ihr bei anderen Journalisten den Ruf eintrug, eine eiskalte Karrieristin zu sein. »Die läßt wahrscheinlich sogar beim Ficken ein Tonband laufen, um authentische Dialoge zu bekommen«, hatte ein Kollege verkündet, der zu gern auch mal bei ihr gelandet wäre. Sie hat es natürlich erfahren, denn Journalisten lieben es zu klatschen. Das ließ sie ungerührt, aber in der Tat träumt sie von Bestsellerruhm und bei Gott nicht vom Mann fürs Leben. Als sich dann die Gelegenheit bot, hat sie dem lieben Kollegen sein Zitat sozusagen öffentlich zwischen die Beine getreten: »Bei dir lohnt es sich nicht mal, das Tonband anzumachen, wenn du fickst. So schnell ist alles vorbei.« Das hatte gesessen. Die Lacher gehörten ihr.

»Wir müssen nicht den Rest des Abends hier verbringen«, sagt Schwarzkoff und trinkt sein Sektglas auf einen Zug aus, als sei es Champagner, »oder wollen Sie hier noch irgendwelche Interviews machen?«

»Um Gottes willen, mit wem denn?«

Er ist schon ganz schön angetrunken, denkt sie und betrachtet einen Moment lang den braungebrannten Hünen vor ihr, der zwar nicht schwankt, aber immer wäßrigere Augen bekommt. Unentwegt grüßt er nach links und nach rechts und stellt immer wieder seine Begleiterin vor: »Floriane Ment, eine enge Mitarbeiterin.« Bei dem Wörtchen eng lächelt er stets maliziös, als wisse man schon, wie er es meint. Was Floriane Ment zwar stört, aber sie läßt sich nichts anmerken. Ist ja bald vorbei. Sie weiß, daß echte oder mögliche Affären in der Hamburger Gesellschaft mit Diskretion behandelt werden, ganz im Gegensatz zu denen in München. Dort rufen die Möchtegern-Casanovas am Morgen danach gleich persönlich bei den Klatschkolumnisten an, um sich zu vergewissern, daß Name und Stellung richtig geschrieben werden.

»Noch ein Glas Sekt, gnädige Frau?« fragt der Kellner und hält ihr ein Tablett hin.

»Sekt«, sagt sie, »Sekt, Sekt ... sagen Sie: Wie schmeckt das?«

Schwarzkoff freut sich über den verständnislosen Gesichtsausdruck des Mannes. Für Arroganz hat er etwas übrig. Auch er trinkt lieber die besseren Sorten, aber sein Kollege muß wohl sparen, lästert er, denn dessen Geschäfte laufen trotz einiger Bestseller von Fernsehschaffenden, die nicht schreiben können – im Branchenjargon »Die Ausschlachter« genannt –, nicht so gut wie seine. »Wir können noch zu Anna e Sebastiano gehen und uns in Ruhe beim Essen unterhalten«, schlägt er ihr vor, »da kennt man mich, und einen Tisch bekomme ich immer. Ich verspreche Ihnen, daß die auch nicht wissen, was Sekt ist, Floriane. Ich darf Sie doch Floriane nennen?«

Daß man dich da kennt, denkt Floriane, kann ich mir vorstellen. Aber du kennst mich nicht, mein Lieber, und daß du mich Floriane nennen willst, wollen wir mal ganz schnell ignorieren. Sie setzt aber nach außen das scheue Lächeln eines kleinen Mädchens auf. Ein Trick, mit dem sie schon viele bei ihren Recherchen zum Reden gebracht hat. Gerade die sogenannten harten Fälle. Aber das sind ja in erster

Linie Männer, insofern manipulierbar: »Nichts lieber als das, gerade mit Ihnen, aber vielleicht ein anderes Mal. Ich habe noch ein paar wichtige Termine für mein Buch zu klären, Informanten festzuklopfen, die nur abends und am Wochenende erreichbar sind, Sie verstehen schon. Geht ja bald mit meiner Arbeit los. Wenn Sie aber so freundlich wären, mich in meiner Wohnung abzusetzen …«

Schwarzkoff begreift das als eine besonders subtile Einladung. In meiner Wohnung abzusetzen, hat sie gesagt, nicht bei meiner Wohnung. Auch gut, freut er sich, zu ihr nach Hause also, dann muß ich nicht so viel labern, und viel mehr Alkohol würde ich sowieso nicht vertragen. Unauffällig schluckt er eine der Kapseln, die er von seinem Hausarzt bekommen hat. Die sollen sensationelle Wirkung haben. Er sucht den Blick des Gastgebers, und als er ihn hat, macht er eine kleine Handbewegung des Abschieds. Geht dann sogar noch zu ihm hin und flüstert ihm etwas ins Ohr. Mit einer Art besitzergreifenden Geste, die alle Umstehenden mitbekommen sollen, faßt er die junge Frau, die sich dabei unmerklich versteift, an die Schulter und schiebt sie Richtung Tür nach draußen. Während sie zum Parkplatz gehen, wo sein Bentley abgestellt ist, werden sie wieder von der gegenüberliegenden Straßenseite aus beobachtet. Am Steuer des Mercedes sitzt ein schwarzhaariger Mann.

Die drei Minuten, die sie brauchen, um die Fahrbahn zu überqueren, sind gleichzeitig die letzten im Leben von Joachim Freypen. »Gib mir mal Eberhart«, sagt er gerade und muß ein wenig die Stimme heben, weil neunmal die Glocken vom Michel schlagen, und die sind sogar durch die geschlossenen Fenster zu hören. Er hat sich nicht damit aufgehalten, der Frau von Schwarzkoff »Guten Tag« oder gar seinen Namen zu sagen, die erkennt ihn sowieso, und mit ihr zu reden hat er keine Lust. Er hört kurz zu. »Dann soll er sich melden, wenn er da ist, er weiß ja, wo er mich erreichen kann«, befiehlt er knapp, denn zu befehlen ist er gewohnt, und legt ohne ein weiteres Wort wieder auf. Wippt ein wenig mit dem Schreibtischstuhl, kratzt sich nachdenklich unter dem Kinn und beugt sich dann hinunter, um ein offenes Schuhband zu schnüren.

Deshalb verfehlt ihn der erste Schuß und schlägt in die Wand ein, an der eine große Deutschlandfahne aufgespannt ist. Als er sich, verblüfft vom Geräusch splitternden Glases aufrichtet und Richtung Fenster schaut, trifft ihn die zweite Kugel direkt in die Stirn zwischen die Augen. Freypen ist sofort tot.

Der Schütze senkt das Gewehr. Sein Handy leuchtet, klingelt aber nicht.

»Ja?«

»Sie hat gerade das Fest verlassen und ist wieder mit diesem Mann da in den Bentley gestiegen. Soll ich dranbleiben?«

»Nein, alles bleibt wie abgemacht. Ich pack zusammen und verschwinde.«

»Hast du ...«

»Hab ich«, sagt er und unterbricht die Verbindung.

Er verliert keine Zeit. Schließt das Fenster so wie er es vorgefunden hat, wickelt das Gewehr in die Folie und legt alles zurück in die Sporttasche, die an der Wohnungstür steht. Präzise Abläufe, die der Kapuzenmann alle geübt hat. Setzt die Brille wieder auf, die sein Gesicht sofort verändert. Wirft vom Eingang einen letzten Blick in den Raum, will schon auf den Etagenflur gehen, als er draußen Stimmen hört. Er lauscht und wartet, bis er nach ein paar Minuten den ankommenden Lift hört und alles wieder still ist. Dann öffnet er behutsam die Tür und läßt leise das Schloß hinter sich zuschnappen. Erst jetzt zieht er die Plastikhüllen von seinen Schuhen, zerknüllt sie und steckt auch die ein. Falls sich Floriane Ment doch direkt nach Hause bringen läßt, hat er trotz der Unterbrechung sogar im schlechtesten Fall noch zehn Minuten, um ihr nicht zu begegnen. Wie er sie aus den Unterlagen kennt und wie er sie einschätzt, wird sie aber wohl kaum so früh kommen, wahrscheinlich noch in irgendein Restaurant fahren oder in eine Bar. Ist ja schließlich Freitagabend. Sie ist außerdem in Begleitung, und erfahrungsgemäß ist es deshalb gar nicht mal sicher, ob sie heute Nacht überhaupt hier schläft. Auch der Mörder hat von ihrem Ruf gehört und den in seine Planungen einbezogen.

Aber sie könnte auf die Idee gekommen sein, ihren Begleiter in ihre Wohnung mitzunehmen. Flüchtig hat er das Doppelbett vor Augen. Im Fahrstuhl drückt er vorsichtshalber nicht auf Erdgeschoß, sondern auf Garage. Scheint ihm jetzt der bessere Fluchtweg zu sein, besser jedenfalls, als durch den erleuchteten Hauseingang zu verschwinden und ihr eventuell sogar zu begegnen. Den Schwamm, den er aus einem der kleinen Seitenfächer seiner Tasche geholt hat, drückt er sich schnell über der Stirn aus, reckt dafür sein Gesicht nach oben, prüft das Ergebnis im Spiegel des Lifts: Er sieht wieder verschwitzt aus und vor allem fremd, und die Kapuze, die er sich über den Kopf zieht, macht ihn erst recht zu einem anderen Menschen. Sein Atem aber geht gleichmäßig ruhig.

Joachim Freypens Schädel liegt auf dem Schreibtisch. Die Unterlage, auf die er während seines letzten Telefongesprächs ein paar Striche gemalt hat, ist voller Blut, das aus der Stirnwunde rinnt. Der Nachtwind, der jetzt kräftig durch die zerschossene Scheibe weht, wirbelt ein paar Blätter hoch. Ankündigungen von Veranstaltungen, die Freypen in den nächsten Wochen für seine Partei machen wollte. Präziser Ablaufplan für die morgige Kundgebung auf der Moorweide. Handschriftlich daneben Sätze von ihm wie »Gab es überhaupt KZs?« oder »Bombenterror der Alliierten« etc. Alles Makulatur. Im Vorzimmer hat einer der Leibwächter seine Zeitung weggelegt, weil er glaubt, ein fremdes Geräusch gehört zu haben, das nicht vom Bildschirm kam. Das rote Licht über der Tür aber leuchtet, und er weiß, daß er dann auf keinen Fall stören darf. Dennoch rutscht er unruhig hin und her. Etwas beunruhigt ihn.

»Habt ihr nichts gehört?«

Seine Kumpane horchen ein paar Sekunden aufmerksam wie witternde Hunde, dann schüttelt einer den Kopf.

»Nichts, was soll schon sein?« sagt ein anderer und weist auf die kleine rote Lampe.

Der breitschultrige Bodyguard mit dem Stoppelhaarschnitt, höchstens drei-, vierundzwanzig Jahre alt, antwortet zwar nicht, aber er ist nicht zufrieden. Nach ein paar Minuten erhebt er sich. »Ich geh mal außen rum und schau vorsichtig rein«, erklärt er und zieht sich sein Jackett an.

»Verkühl dich mal bloß nicht, Kleiner«, sagt sein Gegenüber und die anderen lachen, »und vor allem: Laß dich nicht als Spanner erwischen. Das hat der Chef nämlich nicht so gern.«

Drei Räume weiter gibt es einen weiteren Zugang zum schmalen Balkon, der wie ein Laufband um das ganze Parkdeck herumführt und von den Leibwächtern deshalb oft zum Fitneßtraining benutzt wird. Der Mann öffnet die Tür und zögert sekundenlang, bevor er sich, vorsichtig auf den Zehenspitzen gehend, Richtung Eckzimmer bewegt. Für die vielen Lichter im nahen Hafen hat er kein Auge. Er bleibt dicht gepreßt an der Hauswand, und als er am Vorzimmer Freypens vorbeikommt, sieht er durchs Fenster, daß inzwischen auch die anderen vier gespannt aufrecht am Tisch sitzen, sozusagen sprungbereit. Langsam, zentimeterweise, biegt er um die Ecke und brüllt sofort: »Alarm.« Dann bleibt er stehen und schaut fassungslos auf den toten Mann am Schreibtisch, während drinnen in dessen Büro die Tür auffliegt und die anderen Leibwächter mit gezückten Revolvern hereinstürmen.

»Scheiße, Scheiße, Scheiße, verdammte Scheiße«, stammelt einer immer wieder, bevor ihn der Älteste von ihnen unterbricht und grob in Richtung Tür stößt: »Los, ruf die Bullen, los. Und nichts anfassen, hört ihr, bloß nichts anfassen.« Karl Mulder war früher bei der Mordkommission in Freypens Heimatort Günzburg und dort Stadtrat der Vaterlandspartei, bevor ihm der Politiker das doppelte Gehalt bot und ihn zu seinem persönlichen Sicherheitschef machte. Er hätte sich seitdem für Freypen vierteilen lassen und hatte deshalb schnell gehandelt, als er vor ein paar Monaten das Protokoll vom Verhör jenes französischen Pornohändlers in die Hand bekam, das ihm sein Chef zugeschoben hatte mit dem Befehl, sich darum zu kümmern. Vorsichtig den Glassplittern auf dem Teppich ausweichend, geht der vierschrötige schwere Mann, den sie hinter seinem Rücken auch schon mal Quasimodo nennen, zum Schreibtisch, betrachtet eine Weile den Toten, stößt mit einem tiefen Seufzer den angehaltenen Atem aus und wendet sich zum zerbrochenen Fenster. Er schaut hinüber zu den Häusern auf der gegenüberliegenden Straßenseite, dann tritt er hastig einen Schritt zurück.

»Geht aus der Schußbahn, wer weiß, ob der nicht auch noch uns abknallen will.« Dann gibt er barsch die Anweisung: »Außerdem muß einer nach unten und die Polizei reinlassen, und jetzt raus hier.« Mulder drängt die Männer mit einer Handbewegung zurück ins Vorzimmer und winkt auch dem Jungen herrisch zu, der von draußen immer noch wie gelähmt auf den Ermordeten starrt. Als er allein im Raum ist, schluchzt er plötzlich auf und das klingt fast pervers aus diesem massigen Körper. Er zittert und ballt die Fäuste, bis er sich wieder gefangen hat. Langsam verläßt er den Raum, schließt hinter sich die Tür, stellt sich davor, läßt keinen Zweifel daran, daß er jetzt den Toten schützen muß. Ich krieg dich, denkt er, ich krieg dich, und wenn ich den Rest meines Lebens damit verbringe, dich zu jagen. Ich bring dich um.

Als der Mann, dem Mulders Racheschwur gilt, in der Tiefgarage aus dem Fahrstuhl tritt, hört er ein Auto, das gerade die Rampe herunterfährt und dann irgendwo bremst, bevor das Summen des Motors erstirbt. Er drückt sich in den Schatten zwischen zwei Betonpfeilern und macht sich ganz schmal, atmet flach ohne ein Anzeichen von Panik. In der plötzlichen Stille kann er die Stimmen einer Frau und eines Mannes unterscheiden, dann ein unterdrücktes Stöhnen, das Knistern von Stoff, so etwas wie ein Handgemenge. Vorsichtig schaut er um die Ecke. Die Frau auf der Motorhaube erkennt er sofort an ihren roten Haaren, zu oft hat er das Foto von Floriane Ment gesehen, deren Wohnung er gerade verlassen hat. Sie liegt da wie eine Kühlerfigur und strampelt mit den Beinen. Der riesige Mann im blauen Blazer, der sich auf sie geworfen hat, ist nur von hinten zu sehen. Mit einer Hand hält er ihr den Mund zu, die andere bewegt sich unter ihrem Rock. Sein Gewicht drückt sie fest nach unten. »Von wegen, keine Zeit und gute Nacht, mit mir doch nicht, mit mir doch nicht«, stößt er hervor und bewegt seinen Körper auf ihr. Als sich die automatische Garagentür knarrend schließt, hebt er überrascht den Kopf, dann grunzt er wieder und drückt sich erneut gegen die Frau auf der Motorhaube.

Der Mann im Schatten, der das alles sieht, hat mit seinem französischen Freund während der Planung des Attentats alle Risiken besprochen und dabei auch die Möglichkeit, im letzten Moment gestört zu werden. Die Zustimmung der Viererrunde für ein Todesurteil galt nur der Person des rechtsradikalen Politikers. Unschuldige durften nie durch ihre Beschlüsse gefährdet werden, das war ihre Geschäftsgrundlage. Schon bei ihrem allerersten Mordplan vor fast acht Jahren waren sie sich darüber einig gewesen, denn die moralische Begründung für ihre Unternehmungen, egal wo auf der Welt, basierte nur auf dem genauen Abwägen von Schuld und Unschuld. Wir sind wie diese mythischen Skarabäus-Käfer, hatte einer von ihnen erklärt, die für den gesunden Rhythmus von Leben und Tod sorgen, die schaffen angeblich nach der Überlieferung aus alten Schriften den Mist weg, damit der Boden wieder atmen und neues Leben entstehen kann. Und wir räumen menschlichen Mist weg, manchmal ist es nötig, sich zuvor zu vergewissern, daß wirklich alles tot ist. Wo ist der Unterschied? Wäre Freypen aber zum Beispiel nur für den Preis eines ebenfalls zu tötenden Leibwächters auszuschalten gewesen, weil er anders nicht zu erledigen war, hätte er sofort die Aktion abbrechen müssen. Seine Flucht war ebenso genau ausgeklügelt worden, auch die Einzelheiten, wo ihn der Franzose abholen sollte und wie sie sich der Ringfahndung entziehen konnten, die sie selbstverständlich erwarteten.

Auf eine solche Situation wie die jetzt in der Tiefgarage ist er nicht vorbereitet. Kein Grund zur Nervosität, denn in seinem Job wird Improvisation in brenzligen Lagen laufend geübt. Es wird zur Rettung Floriane Ments reichen, laut zu husten und so zu tun, als sei er einer der Hausbewohner auf dem Weg zu seinem Auto. Dann hätte sie genügend Zeit, in den Fahrstuhl zu rennen und dessen Tür zu schließen. Beide würden ihn dabei aber zwangsläufig von vorne sehen und in ein paar Stunden oder morgen früh wahrscheinlich ahnen, wer ihnen da in der Tiefgarage begegnet ist – spätestens dann, wenn die Zeitungen mit den Schlagzeilen vom Attentat erschienen sind.

Er muß also weg, und zwar schnell, bevor die Polizei die Gegend absperren läßt, und vor allem unbemerkt. Sich zurückziehen in den Fahrstuhl und das Haus durch den Eingang verlassen, dann verschwinden. Geht ihn nichts an, was hier unten passiert. Hat mit Freypen nichts zu tun. Wichtiger ist seine Flucht. Er nimmt seine Tasche, und für einen Moment muß er ins Licht treten, weil der Lift ein paar Meter von seinem Versteck entfernt ist. Die Frau hat ihren Kopf zur Seite gedreht, um dem Druck zu entkommen, und dabei blickt sie ihm direkt in die Augen. Hilf mir, scheint sie zu sagen, aber natürlich kann sie nichts sagen, wie auch, die Hand des Mannes, der über ihr liegt, verschließt ihren Mund. Ihre Augen halten den Mörder fest, und denen kann er nicht so einfach entkommen wie irgendeiner Polizeikontrolle. Er zögert den Bruchteil einer Sekunde, läßt dann die Tasche fallen und steht nach einem kurzen Spurt direkt hinter ihrem Angreifer. Er braucht keine Waffe, denn für jede Art von Nahkampf, unter ganz anderen Vorzeichen, ist er ausgebildet, das hat er tausendmal trainiert. Ein einziger Schlag in den feisten Nacken vor sich, hinter das rechte Ohr, dann rutscht der Mann mit einem leisen Stöhnen von der Frau herunter bewußtlos auf den Boden.

Langsam und wie in Trance und als könne sie es noch gar nicht glauben, richtet sich Floriane Ment auf und umklammert dabei sekundenlang ihren Retter. Dann fängt sie an zu schluchzen. Hilflos tätschelt er ihren Rücken, schon gut, ist alles vorbei, ist alles gut. Er löst sich vorsichtig von ihr. Noch immer zeigt er keinerlei Anzeichen von Nervosität, obwohl er weiß, daß es nun wirklich Zeit wird für ihn.

»Wohnen Sie hier?«

Sie nickt, schaut ihn dabei nicht an und richtet ihr Kleid.

»Und der da?«

Sie schüttelt, wiederum schweigend, den Kopf.

»Dann gehen Sie in Ihre Wohnung. Ich kümmere mich um das hier.« Er stößt mit dem Fuß den Bewußtlosen auf dem Boden an.

Wieder nickt sie. Dann öffnet sie den Mund, um zu sprechen, aber es kommt nur ein Krächzen. Sie räuspert sich und reibt sich mit der Hand über die Kehle. »Danke«, sagt sie kaum hörbar, »danke.«

»Ist das sein Auto?« fragt er und zeigt auf den silbernen Bentley, dessen Fahrertür offensteht.

»Ja, der gehört dem da«, aber sie schaut nicht auf den Körper, der neben dem Kofferraum liegt.

»Wer ist das?«

»Eberhart Schwarzkoff. Mein ... mein Chef. Dieses ... dieses Tier.« Sie schluckt ein paarmal und wischt sich dann die Wangen trocken, auf denen noch der Speichel ihres Angreifers klebt.

»Beeilen Sie sich, bevor der wieder aufwacht. Fahren Sie einfach rauf in Ihre Wohnung. Ich erledige das schon.«

»Was machen Sie? Lassen Sie ihn hier liegen?«

Doch er hört ihr nicht mehr zu und beginnt schon damit, den Bewußtlosen zur rechten Tür des Autos zu schleifen, die er öffnet, um ihn auf dem Vordersitz zu verladen. Noch einmal dreht er sich zu der Frau im schwarzen Kleid um, dabei rutscht ihm die Brille auf die Nase, ein Fehler, ein grober Schnitzer, sein erster, es macht ihm Mühe, sie scheinbar achtlos zurückzuschieben, aber sie hat seine grünen Augen gesehen.

»Machen Sie sich um mich keine Gedanken. Und ...«

Sie unterbricht: »Soll ich nicht die Polizei ...« Läßt den Satz aber in der Luft stehen, weil selbst sie daran zweifelt, ob sie die überhaupt rufen soll. Sie hat ihre Fassung schnell wiedergewonnen, das macht die Erfahrung als Polizeireporterin, da hat sie schon viel Schlimmeres erlebt. Wenn auch bisher nicht am eigenen Leib. Der Schock würde sie erst später überfallen.

»Keine Polizei«, antwortet er, und diesmal blickt er ihr direkt ins Gesicht, »eigentlich ist ja nichts passiert. Wollen Sie etwa Ihren Chef anzeigen? Dem wird nichts geschehen, er hat Sie ja nicht vergewaltigt, nur einen Versuch gestartet. Er kann sich immer rausreden, daß er einen Blackout hatte, daß er betrunken war. War er denn betrunken?«

Sie nickt.

Er will automatisch fragen, und Sie?, aber das geht ihn nichts an, und außerdem muß er schnellstens weg.

»Ich werde ihm auch ohne Polizei eine Lektion erteilen, die er nicht vergißt. Aber jetzt gehen Sie endlich.« Er drängt sie fast mit Gewalt Richtung Fahrstuhl. Und als sie noch immer zögert: »Sagen Sie mir Ihren Namen, und ich rufe Sie später an, wenn alles vorbei ist.« Als ob er ihren Namen nicht wüßte. »Floriane Ment, ich stehe im Telefonbuch. Und wie heißen Sie?«

Aber bevor er antworten kann, was er ohnehin nicht vorhat, schließt sich die Fahrstuhltür hinter ihr. Er rennt um den Bentley herum zur Fahrertür, nimmt unterwegs seine Tasche, wirft sie auf den Rücksitz und steigt ein. Der Schlüssel steckt noch. Hier liegenlassen kann er den Kerl nicht. Selbst der dümmste Polizist würde spätestens morgen darüber nachdenken, wer den Mann in der Tiefgarage wohl niedergeschlagen hat. Macht nichts, ist gar nicht so dumm, mit einem seriösen Bentley durch die Stadt zu fahren statt im Jogginganzug mitten in der Nacht an irgendeiner Ecke auf seinen Abholer zu warten. Er grinst zufrieden. Da der Bewußtlose neben ihm ein wenig stöhnt, schlägt er ihm zur Sicherheit mit der Handkante noch einmal hinters Ohr. Stille. Dann richtet er Schwarzkoff auf und schnallt ihn fest. Dessen Kopf rutscht zur Seite. Er sieht jetzt aus wie ein schlafender oder ein betrunkener Beifahrer. Der Mörder startet die Limousine, läßt die Fensterscheibe herunter und fährt dicht an den dicken schwarzen Schalter heran, auf dem »Garagentor« steht. Bei laufendem Motor drückt er drauf, und rumpelnd geht das Tor vor ihm auf. Dann gibt er vorsichtig Gas. Auf der Straße hält er kurz und fährt dann immer an der Elbe entlang bis zu den Landungsbrücken. Dort muß er warten, weil mit Blaulicht und rasendem Tempo mehrere Polizeiwagen, die oben vom Bismarckdenkmal gekommen sind, über die Kreuzung jagen. Er sieht ihnen im Rückspiegel nach, und als sie verschwunden sind, beschleunigt er den Bentley und fährt geradeaus weiter. Ein Licht auf seinem Handy leuchtet. Er greift danach, ohne die Straße aus den Augen zu verlieren, und hält sich strikt an die vorgeschriebene Geschwindigkeit.

»Doch ein Problem. Fahr mal Richtung Stadtpark, und such dir da einen Parkplatz. Ich melde mich.«

Ohne eine Antwort abzuwarten, drückt er auf den Aus-Knopf und macht das Radio an. Musik, noch keine Eilmeldung vom Attentat auf Freypen. Er prüft im Rückspiegel, ob jemand hinter ihm fährt. Nichts. Betätigt den elektrischen Hebel für das linke Seitenfenster und atmet die frische Luft ein. Der Kerl neben ihm stinkt nach Alkohol. Dann nimmt er die zerknüllten blauen Plastikhüllen aus der Tasche und wirft sie während der Fahrt raus, anschließend seine Brille. Er hat noch nie eine gebraucht. Die Schlüssel gleich hinterher. Am Schluß reißt er sich den grauen Schnurrbart ab, den er erst vor ein paar Stunden auf dem Weg ins Madison in der Toilette eines Restaurants angeklebt hat, und auch der verschwindet in der Nacht irgendwo auf der Straße. Morgen würde das den Straßenkehrern unter all dem anderen Dreck nicht weiter auffallen. Er schließt das Fenster.

Bleibt nur noch das Gewehr in der Tasche auf dem Rücksitz. Aber er will jetzt nicht irgendwo anhalten, wo auch?, lieber das berechenbare Risiko eingehen, mit dem Ding im Auto weiterzufahren, bis er sich davon befreien kann. Jede Waffe setzen sie nur einmal ein und versenken oder vergraben die bei Gelegenheit an möglichst unauffälliger Stelle. Selbst wenn mal wirklich eine gefunden würde – keine Spur führt zu ihnen. Alle Waffen, die er und seine drei Freunde benutzen, stammen entweder aus den Beständen osteuropäischer Armeen, sind bar bezahlt worden und nirgends registriert oder aus Einbrüchen gewisser Spezialisten im Westen, die sich aus den Depots bei den neuesten Errungenschaften der Nato bedienen. Außerdem ist ihm heute morgen eine ganz neue Idee gekommen, wo und vor allem wie man diesmal die Waffe loswerden kann.

Um diese Zeit abends ist es am Hamburger Stadtpark ruhig. Für die letzten Jogger ist es zu spät am Abend und für Liebespaare schon zu spät im Jahr. Der Mörder ist in der Nähe zur Schule gegangen, er kennt sich aus. Er hat den Weg vom Hafen in knapp fünfzehn Minuten geschafft und sich für die Straße entschieden, von der ein breiter Weg in Richtung des berühmten alten Sommerbades führt. Langsam läßt er den Bentley ausrollen, stellt den Motor ab. Kein anderes Auto weit und breit. Er wartet einen Augenblick, ob die Lichter hinter ihm auf der Straße vorbeifahren, dann nimmt er das Handy und drückt wieder nur auf die Repeat-Taste.

»Ich bin am Park, Höhe Eingang Schwimmbad. Gib einfach nur Saarlandstraße in den Bordcomputer ein. Fahr langsam und achte auf einen silbernen Bentley. Ja, silberner Bentley. Nein, erkläre ich dir später, beeil dich.«

Er zieht das linke Augenlid von Schwarzkoff hoch und hält es einen Augenblick lang fest. Dann läßt er es zufrieden wieder fallen. Steigt aus, nimmt seine Sporttasche vom Rücksitz und wartet im Dunkeln neben dem Wagen. Den Zündschlüssel hat er abgezogen und ins Gebüsch geschleudert. Als der Mercedes neben dem Bentley hält, öffnet er die Beifahrertür und steigt ein.

Der Mann am Steuer schaut ihn fragend an, bevor die Innenbeleuchtung automatisch wieder ausgeht: »Was ist eigentlich passiert, wie bist du denn zu diesem Auto gekommen?« Der Mörder berichtet mit nur einem Satz vom geglückten Attentat und wie er die Wohnung unbemerkt hat verlassen können und was dann überraschend in der Tiefgarage passiert ist.

»Deshalb fahre ich auf einmal einen Bentley. Wollte ich eigentlich immer schon mal.«

»Meinst du, sie könnte dich wiedererkennen?«

»Ich habe einen Bart und eine Brille getragen, und die Kapuze hing auch halb ins Gesicht. Ich habe bewußt heiser gesprochen. Außerdem glaube ich kaum, daß wir uns je wieder treffen werden. Sie wird den Typen, der sie befreit hat, nie wieder sehen und mich natürlich erst recht nicht.«

»Die haben inzwischen sicher die Ringfahndung ausgelöst und …« Der andere läßt den Satz unvollendet und schaut auf seine Uhr: »Kurz nach halb zehn.«

»Also sollten wir bald von der Straße runter?«

»Wäre sinnvoll, und dann morgen um die Mittagszeit auf die Autobahn.«

»Und der Kerl da im Auto? Was passiert mit dem?«

»Erst mal wird er eine Weile schlafen und dann vergebens seine Autoschlüssel suchen. Der ist heute nacht gut beschäftigt. Anders als er dachte.« Er lacht ohne Häme: »Laß uns fahren, ich könnte eine Dusche vertragen, und ein Glas Wein wäre auch nicht schlecht.« Der Mörder spricht nicht über den Mord.

Sie haben am Anfang der Woche unter den Namen Knauter und Lefèvre, für die sie auch echte Pässe vorweisen könnten, im Abtei zwei Zimmer bestellt. Das kleine Stadthotel ist fünf Minuten von der Alster, aber auch nur fünf Minuten vom Stadtpark entfernt, was plötzlich gut in die geänderte Situation paßt. Um ein Alibi vorweisen zu können, falls jemand auf die höchst unwahrscheinliche Idee kommen würde, den Mord mit ihnen in Verbindung zu bringen, hatten sie sich am Freitagmorgen im Hotel nach den Möglichkeiten für eine spontane Runde Golf erkundigt. Empfehlung: Gut Kaden, in einer dreiviertel Stunde mit dem Auto erreichbar und einfach zu finden. Die beiden hatten dort ihre Green Fee bezahlt, deutlich sichtbar vom Clubhaus ihre Runde begonnen, sich aber bald, dann nicht mehr sichtbar, seitlich in die Büsche geschlagen. Sie waren zurückgefahren und hatten sich in Hamburg auf den Anschlag vorbereitet.

Den Trainingsanzug aus Fallschirmseide zieht der Mörder aus, während sie langsam losfahren. Darunter trägt er Jeans und ein T-Shirt. Im Auto hinten hängt das Jackett mit dem Fischgrätenmuster, das er im Squirrel Tree angehabt hat. »So geht es einigermaßen«, sagt er abschätzig, »sonst denken die doch noch, ich sei dein schwuler Seitensprung.« Dann wird er wieder ernst: »Was machen wir mit dem Gewehr? Im Kofferraum lassen? Wäre aber ein bißchen peinlich, falls einer das Auto klaut.«

»Ganz einfach«, grinst der Franzose und lauscht der Stimme aus dem Bordcomputer, die den Weg ansagt, »wir stopfen es mitsamt der Plastikhülle in eine unserer Golftaschen, und die nehmen wir mit rein. Wir waren ja bis jetzt beim Golfspielen oder etwa nicht?«

»Und wer hat gewonnen?« fragt sein Freund.

»Du natürlich«, antwortet der Fahrer. »Glückwunsch, Herr Kollege.«

3

Der blondbärtige Hüne in Jeans und Lederjacke hebt vorsichtig Freypens Kopf aus der geronnenen Blutlache auf dem Schreibtisch. »Einschußwunde mitten in der Stirn«, diktiert Georg Krucht in ein kleines Tonbandgerät, das er in der linken Hand hält, »große Austrittswunde am Hinterkopf.« Da sitzen die grauen Haare des Toten dennoch wie frisch gekämmt. Hauptkommissar Krucht ist Leiter der Mordkommission IV und hatte Dienstbereitschaft, als der Notruf aus der Parteizentrale kam. Seine Kollegen, die enge Gummihandschuhe tragen wie er, aber im Gegensatz zu ihm die üblichen weißen Astronautenanzüge über ihrer normalen Kleidung, sammeln systematisch die Splitter der zerschossenen Fensterscheibe vom Teppich. Auf den ersten Blick gibt es nicht viele Spuren. Nur die hemdsärmelige Leiche, Chef der Vaterlandspartei, dessen Jackett noch über dem Stuhl hängt, als würde er es gleich für einen Termin anziehen müssen. Der Tote hat freundlichere Gesichtszüge als im Leben. Man könnte vermuten, er ruhe in Frieden.

Im Türeingang steht Freypens Sicherheitschef Karl Mulder und beobachtet den Schauplatz. Er zeigt keine Emotionen mehr, gibt sich professionell kühl. Will aber vor allem mitbekommen, ob die Kriminalisten unter den vom Schreibtisch gewehten Papieren etwas entdecken, was ihm entgangen ist. Es dürfte zwar nichts Geheimes dabei sein, denn er hat in großer Eile alles durchsucht, auch die Schubladen, selbst die Innentaschen von Freypens Jacke, bevor er sich als Wache vor die Tür gestellt und auf die Polizei gewartet hat. Was sonst noch hier oben verborgen und nicht unbedingt für die Öffentlichkeit bestimmt ist, wie das auf einer Diskette gespeicherte Verzeichnis aller Mitglieder, kann er später wegschaffen. Jetzt geht es um erste Ermittlungen am Tatort, das kennt er schließlich aus seiner eigenen Vergangenheit. Alles andere, zum Beispiel eine Durchsuchung der gesamten Parteizentrale, muß bei einem Richter per Antrag begründet werden, und bis dahin wird genügend Zeit bleiben für ihn. Mulder weiß allerdings, wie leicht einer etwas übersehen kann.

Er gehörte zu denen, die dabei waren, als damals in der Jagdhütte oberhalb des Schliersees in Bayern die künftige Taktik diskutiert wurde. Die politische Taktik der Vaterlandspartei vor der Bundestagswahl, denn sonstige Aktivitäten, Mordanschläge zum Beispiel oder wo man ein Feuer inszenieren und anderen die Brandstiftung in die Schuhe schieben könnte, hatten er und Freypen nur unter vier Augen besprochen. Selbst Mulder, der mißtrauische ehemalige Profi von der anderen Seite, hat niemals vermutet, daß sie ausgerechnet dabei belauscht werden könnten. Von wem denn auch. Es waren doch weit und breit nur ein paar Bauern oder Kuhhirten zu sehen.

Der schmale Balkon um die Parteizentrale ist auf der Seite von Freypens Raum mit Hilfe von Lampen erleuchtet worden, die sich die Beamten aus den anderen Büros besorgt haben. Auch hier draußen finden sie nur ein paar Glassplitter. Über dem Parkdeck taucht knatternd ein Polizeihubschrauber auf, entfernt sich dann und sucht mit einem großen Scheinwerfer die Dächer der umliegenden Häuser ab. Könnte ja sein, daß der Attentäter seine Waffe einfach weggeworfen hat, bevor er geflüchtet ist. Fehlanzeige, meldet der Pilot per Funk, aber das überrascht Krucht nicht. Der Hauptkommissar, ein introvertierter Mann, der in seiner Freizeit am liebsten auf ländlichen Äckern nach Scherben vergangener Zeiten sucht, also ein höchst merkwürdiges Hobby pflegt, hat nie damit gerechnet, dort oben irgend etwas zu finden außer ein paar toten Tauben. Aber es gehört nun mal zum Routineprogramm in solchen Fällen. An der Garageneinfahrt unten stehen Kameraleute, und ein paar aufgeregte Reporter sprechen in ihre Mikrofone. Keiner fragt sich, warum die so schnell nach dem Notruf aus der Vaterlandsparteizentrale hier eingetroffen sind. Daß der Polizeifunk in verschiedenen Redaktionen der Stadt abgehört wird, ist ein offenes Geheimnis. Üblicherweise treffen Journalisten und Kripo gleichzeitig an einem Tatort ein. So auch hier. Uniformierte Polizisten haben sich hinter das wieder heruntergelassene Eisengitter gestellt, aufgeregtes Quaken aus ihren Walkie-Talkies mischt sich mit den Stimmen der Berichterstatter. Vorbeikommende Autofahrer, aber das sind heute am Einheitstag eher Touristen aus den neuen Bundesländern, verringern ihr Tempo und starren neugierig auf die taghell ausgeleuchtete Szene. »Was wird denn hier gedreht?« brüllt einer aus dem offenen Fenster. »Einsatz Hamburg-Süd«, schreit einer der Journalisten zurück und lacht meckernd.

Die Ringfahndung war unmittelbar nach der Meldung von der Ermordung Freypens ausgelöst worden – in drei Varianten, wie es in den Bestimmungen seit den Attentaten der Baader-Meinhof-Gruppe vorgeschrieben war. Einmal im Umkreis von fünf, einmal von zehn, einmal von zwanzig Kilometern. Das hatte zwar in der Vergangenheit noch nie etwas gebracht, weder beim Rohwedder-Mord noch beim Bombenanschlag auf Herrhausen, gehörte aber zur polizeilichen Routine. Weil durch entsprechende Veröffentlichungen mögliche Täter ebenfalls genau nachlesen konnten, wie eine Ringfahndung funktioniert, konnte sie nicht funktionieren. Für den Flughafen und die drei großen Hamburger Bahnhöfe wurde parallel dazu Alarmstufe eins ausgelöst. Besondere Überwachung. Klang zwar bedeutend professionell, aber da keiner wußte, wonach man suchen mußte, blieb auch das eher Aktionismus. Es gab keine Personenbeschreibung, keinen Hinweis auf die Waffe, auf ein mögliches Fluchtfahrzeug, es gab einfach nichts. Die eingeteilten Polizisten blickten deshalb nur vorbeugend streng dienstlich und zeigten Präsenz, was zumindest den Effekt hatte, daß in dieser Nacht ein paar Alkoholsünder mehr als sonst gefaßt und zwischen den Zügen ein paar Fahrgäste weniger ausgeraubt wurden. Der Helikopter sollte sich bereithalten, falls unten auf einer der überwachten Kreuzungen etwas passierte. Etwa ein Autofahrer versuchte, die Polizeisperren zu durchbrechen und in eine der Seitenstraßen zu entkommen. Was wiederum nichts mit dem Mord zu tun haben mußte, das könnte dann genausogut ein simpler rumänischer Bankräuber sein. Manche von denen waren bei der berüchtigten *Securitate* ausgebildet worden und besonders gut hinter dem Steuer. Selten dem des eigenen Autos. Alle Maßnahmen bedeuteten nichts weiter als die gewohnte Praxis bei Großfahndungen, eine Art von Demonstration für die Öffentlichkeit, denn so recht glaubte in der Einsatzzentrale keiner an einen Erfolg. Der Mörder hatte nicht nur theoretisch genügend Zeit, zu Fuß zu entkommen, seine Waffe in irgendeines der umliegenden Fleete zu werfen, in eine U-Bahn einzusteigen und sich anschließend in einem stillen Vorort auf den Nachhauseweg zu machen.

Er konnte sogar einer der Schaulustigen sein, die sich, angelockt von den Fernsehscheinwerfern und den Polizeisirenen, inzwischen unten eingefunden hatten und beim Abtransport der Leiche live dabeisein wollten. Keiner konnte außerdem sagen, ob man einen jungen Mörder suchte oder einen alten, eine Mörderin oder vielleicht sogar ein Paar.

Die Straßen, die links und rechts um die Alster führen, werden gerade mit grün-weißen VW-Bussen der Schutzpolizei dichtgemacht, als ein paar hundert Meter entfernt von den

Absperrungen die beiden Männer im Mercedes am Hotel Abtei vorfahren und ihre Golftaschen ausladen. Es ist fast eine dreiviertel Stunde seit dem Mord vergangen, aber das kann nur einer so genau wissen, der Mörder. »Vergiß nicht, die Alarmanlage anzumachen«, sagt der Fahrer zu ihm beim Aussteigen, »man weiß heutzutage nie, wer sich nachts so herumtreibt.« Der andere, in Jeans und mit weißem T-Shirt unter dem eleganten Jackett, verbeißt sich nur deshalb ein Lachen, weil in dem Moment der Portier herauskommt und sie begrüßt: »Hatten Sie einen erfolgreichen Tag, meine Herren?« Er bietet an, ihnen die Golftaschen reinzutragen, was sie dankend annehmen. »Sagen wir mal so: Wir sind zufrieden. Es gab ein, zwei besonders gelungene Schüsse«, antwortet der Franzose auf englisch und klopft gegen eine der Taschen, »was natürlich am guten Gerät lag und weniger an meinem Freund hier.« Diesmal kann der sein Lachen nicht unterdrücken, und der Portier wundert sich ein wenig, denn so komisch fand er die Bemerkung nun auch wieder nicht. Er begleitet beide ins Haus. Sie lassen die Taschen mit dem Gewehr zwischen den Golfschlägern auf ihre Zimmer bringen und bestellen sich einen Bordeaux Les Forts de Latour nach unten in den Salon, dazu ein paar Sandwiches, wollen im Snookers-Room sogar noch eine Runde Billard spielen, denn bis zu den *Tagesthemen*, die sie sich aus gegebenem Anlaß anschauen werden, haben sie noch genügend Zeit. Aus verborgenen Lautsprechern in der Wand klingt ein Klavierkonzert von Mozart. Die Musik kommt vom Band.

Floriane Ment liegt in der Badewanne, ihre roten Haare hängen naß ins Gesicht. Kaum war sie in ihrer Wohnung, hat sie sofort Wasser in die Wanne einlaufen lassen und sich fast hysterisch alles vom Leib gerissen, die Kleidungsstücke liegen vom Flur bis zum Bad verstreut. Sie versinkt immer wieder im heißen Wasser, als müsse sie gleichsam die letzten Spuren von Schwarzkoffs Attacke abwaschen. Schweinehund, denkt sie, Schweinehund, zu gerne würde ich dein blödes Gesicht sehen, wenn du aufwachst. Aber du wirst dafür büßen, spätestens am Montag, wenn wir über den Vorschuß verhandeln. Wo ihn der seltsame Jogger wohl hingebracht hat? Wo hat der gelernt, mit einem einzigen Schlag hinters Ohr einen so großen Mann wie Schwarzkoff auszuschalten? Sie nimmt sich vor, ihn danach zu fragen, wenn er sich meldet. Ihr tragbares Telefon hat sie neben sich auf den Rand des Waschbeckens gelegt, um das Klingeln nicht zu überhören. Eigentlich eine tolle Geschichte für ihr Buch, wenn es ihr nicht selbst passiert wäre. Wieder versinkt sie im Schaumbad. Auch sie hört Musik, hat automatisch beim Hineinsteigen ins Wasser auf den Knopf des kleinen Radios gedrückt, das immer auf einen ganz bestimmten Hamburger Sender eingestellt ist, der Schwarzkoff gehört. Sie taucht gerade aus dem Schaum mal wieder auf und bekommt deshalb nur den letzten Teil des Satzes mit, den ein aufgeregt klingender Sprecher verliest: »... in seinem Büro erschossen worden. Live vom Tatort nun unser Reporter ...«

Sie lauscht regungslos auf den Bericht, in dem vom Eintreffen der Hamburger Mordkommission und von einer Ringfahndung die Rede ist und der mit dem Versprechen an die Hörer endet, sich bei neuen Entwicklungen sofort wieder zu melden. Da endlich wird auch der Name des Opfers noch einmal genannt. Und Floriane weiß, wo Freypen sein Büro hat. Kaum haben die ersten Töne von *Material Girl* eingesetzt, steigt sie aus dem Wasser, streift sich achtlos einen Bademantel über und geht die paar Schritte zum großen Fenster im Wohnraum. Sie hinterläßt nasse Fußstapfen auf dem Boden. Licht hat sie dabei nicht angemacht. Das Zimmer Freypens auf der gegenüberliegenden Straßenseite ist taghell erleuchtet, auch auf dem Balkon sieht sie Gestalten. Als der große Mann da drüben, in dem sie Georg Krucht zu erkennen glaubt, einen vertrauten Interviewpartner, in den Raum zurücktritt, kann sie einen zusammengesunkenen Körper am Schreibtisch ausmachen. Fast greifbar nahe. Das muß Freypen sein. Sie pfeift leise und greift zum Telefon.

»Ich bin es. Wißt ihr schon mehr?«

»Er ist erschossen worden, direkt zwischen die Augen. Ringfahndung, das übliche. Muß ganz bei dir in der Nähe sein. Willst du zum Tatort und ...«

»Brauch ich nicht. Ich kann direkt in sein Zimmer schauen und euch einen ersten Augenzeugenbericht vom Tatort durchgeben. Einen, den niemand außer mir hat.«

»Ist ja wahnsinnig ... Leute, hört mal schnell zu, Ruhe verdammt. Floriane ist dran. Die wohnt genau gegenüber und kann alles sehen. Und ... sag mal, du hast doch eine Kamera da, oder soll ich dir ... Mensch, das ist doch einfach irre. Stell dir vor: Morgen früh Seite eins ein Foto vom ermordeten Freypen ... Ich schick dir den ...«

Sie unterbricht den Redakteur: »Ganz ruhig. Ich habe eine Kamera hier, und ich kann damit auch umgehen. Bleib dran, ich hol sie schnell.«

Der Schock, den Floriane Ment gerade in der Tiefgarage erlitten hat, ist schlagartig verdrängt, vergessen. Sie konnte sich schon immer schnell auf das Wesentliche konzentrieren. Was für eine Geschichte. Ein klassischer Scoop. Ein Glück, daß sie zu Hause ist und nicht unterwegs wie sonst an Freitagabenden. Hat doch noch was Gutes, denkt sie, daß der alte Bock so scharf war. Brüllt unvermittelt die Wand an: Das wird dir noch leid tun, drückt die Fingernägel tief in ihre Handflächen, bis der Schmerz alles andere auslöscht. Sie rennt an ein Bücherregal, in dem zwischen der Originalausgabe von *Cold Mountain* und *Geliebte Zone,* beide Bücher noch ungelesen in der Plastikhülle, ein Fotoapparat liegt, geht zurück zum Fenster und öffnet es vorsichtig. Jetzt kann sie den Hubschrauber hören, der über die Dächer gerade Richtung Hafen davonfliegt. Stimmengewirr von drüben. Sie stellt das Objektiv ein und drückt ab. Fast wie ein Gewehr, denkt sie, fast wie ein ... und läßt einen Moment lang die Kamera sinken. Fast wie ein Gewehr.

Von hier aus hätte man Freypen treffen können. Der saß ja wie auf dem Präsentierteller. Hier hätte der Mörder stehen können, hier in ihrer Wohnung. Der Mörder? Sie erstarrt mitten in der Bewegung, aber es gelingt ihr nicht, den Gedanken festzuhalten, der gerade aus ihrem Unterbewußtsein gestiegen ist. Der Mörder, der Mörder, sagt sie, verdammt, der Mörder...

Aus dem Telefon dringt eine blecherne Stimme, die immer wieder ihren Namen ruft. Sie nimmt den Hörer auf: »Natürlich bin ich noch da. Warum ich gebrüllt habe? Ach, mir war da gerade was eingefallen, unwichtig, was ganz Persönliches, etwas, was ich vergessen hatte. Hör zu, ich diktiere jetzt einfach mal runter, was sich da abspielt. Du machst ganze Sätze daraus. Und du mußt einen für den Film vorbeischicken, aber einen, den unsere Freunde und Helfer kennen. Die lassen jetzt bestimmt keinen Fremden durch die Absperrungen. Oder soll ich das Zeug als Datei versenden, dann sparen wir uns den Weg? Ich habe eh diese neue Digitalkamera benutzt, merke ich gerade. Also? Klar, habe ich das gelernt, ich weiß, wie das geht. So, ich fang an, also schreib mit ...«

Der gleichzeitig mit der Polizei alarmierte Notarzt hatte nichts weiter machen können, als den Tod Freypens festzustellen, und dann das Feld dem erfahrenen Gerichtsmediziner überlassen. Der schaute sich die Wunde am Hinterkopf nur an, genauer wollte er sie erst auf dem Seziertisch untersuchen. Die Besatzungen der Streifenwagen hatten so lange Tatort und Umgebung gesichert, bis die Experten von der Mordkommission eingetroffen waren. »Mord geschah zwischen 21.04 und 21.13 Uhr«, diktiert Hauptkommissar Georg Krucht wieder in sein Gerät, »siehe Aussagen der Leibwächter.« Sie haben diese Zeitspanne gewählt, weil die zwischen dem Augenblick liegt, als der Junge im Vorzimmer zum ersten Mal glaubte, ein Geräusch gehört zu haben, und dem Moment, als er die Leiche entdeckte.

Mit Karl Mulder, der sich bei Ankunft der Mordkommission anbiedernd als früherer Kollege vorstellte, hat Krucht nur kurz gesprochen und sich nicht anmerken lassen, was er von einem Polizisten hält, der die Fronten gewechselt hat. Die Fronten? Na ja, nicht ganz, nur die Seiten. Mit klammheimlicher Schadenfreude hat Krucht ihn angeschaut. Du Angeber, machst auf großen Sicherheitsexperten und kannst nicht mal deinen Chef schützen, der fünf Meter entfernt von dir sitzt. Dann hatte er seine Leute angewiesen, die Aussagen der Mulder-Truppe aufzunehmen, die im Vorzimmer gewartet hat. Deren Angaben waren zwar nicht sehr aufschlußreich gewesen, denn gesehen hatten die Männer nichts, aber zumindest hatten sie, gedrillt in der deutschen Sekundärtugend Disziplin, auf die Uhr geschaut, was wichtig war für die Bestimmung der Mordzeit. Der tödliche Schuß wird wahrscheinlich sogar präzise in dem Moment abgefeuert worden sein, als der Junge mit dem Stoppelhaarschnitt, durch das seltsame Geräusch aufgeschreckt, Richtung Balkon gegangen war. Also wirklich drei Minuten nach einundzwanzig Uhr.

»Schauen Sie mal«, wird Krucht gerade von einem seiner Mitarbeiter herangewinkt, die sich die Wände vorgenommen haben. In der Deutschlandfahne haben die durch ihre weißen Schutzanzüge fast außerirdisch wirkenden Profis von der Spurensicherung den ersten Einschuß entdeckt, etwa zwischen Schwarz und Rot, vorsichtig lösen sie gerade ein Projektil aus dem Verputz hinter dem Tuch. »Kaliber vermutlich 7,6«, sagt der Beamte, »Gewehrkugel auf jeden Fall.« Keiner widerspricht ihm, denn es liegt auf der Hand, daß der Politiker durch einen Gewehrschuß gestorben ist. Jede andere Möglichkeit scheidet aus. Das zweite Geschoß, deformiert und voller Gewebeteile, wie man schon mit bloßem Auge erkennen konnte, haben sie in einer Ecke gefunden. Beide wandern in eine der durchsichtigen Tüten, die aussehen wie Brotbeutel und in denen die Experten wie üblich ihre Indizien sammeln. Der Polizeiarzt hat seine vorläufige Untersuchung der Leiche abgeschlossen und dem Fotografen Platz gemacht, der den Toten und den Schreibtisch aus allen Perspektiven aufnimmt. Auch vom zerbrochenen Fenster her. Dabei geht er in die Hocke, so daß Floriane Ment auf ihrem Sucher seinen Kopf im Vordergrund hat und dahinter die Leiche Joachim Freypens. Sie drückt auf den Auslöser, wieder und wieder. Dieses Foto wird morgen auf Seite eins der *Abendpost* zu sehen sein. »Ich habe gerade eine tolle Situation erwischt«, jubelt sie ins Telefon, legt die Kamera beiseite und beschreibt wieder, was sie sehen kann.

»Der Mörder muß von da drüben geschossen haben«, mischt sich Mulder gerade ungefragt in die Untersuchung ein, »ich werde meine Jungs mal losschicken, sich umzusehen.« Er zeigt auf das gegenüberliegende ehemalige Büro-Hochhaus. Einige Fenster da oben sind erleuchtet, andere wie das von Floriane Ment dunkel, und natürlich kann er nicht sehen, daß sie dahinter steht und gerade herüberstarrt. »Überlassen Sie das mal lieber der Polizei, Herr Mulder«, erwidert Krucht kühl und spricht wieder in sein Tonbandgerät: »Gewehrkugel, Kaliber muß festgestellt werden, aus der hinteren Bürowand geholt. Wahrscheinlich der erste Schuß. Auf Ölspuren achten. Vergleich mit dem anderen Geschoß. Wahrscheinlich der zweite Schuß. Siehe Tatortfotos für genaue Bestimmung.« Drückt auf den Aus-Knopf, als Mulder erneut ansetzen will, und wendet sich dem Mann zu: »Ihre Leute bleiben so lange hier, bis wir sie nicht mehr brauchen.«

»Ich bin Polizist, hören Sie …«

»Nein, Sie hören zu! Sie waren ein Polizist, bevor Sie sich was anderes«, und Krucht macht, während er das Wörtchen waren betont, eine abfällige Handbewegung, die den Raum und den Toten umfaßt und vielleicht auch die ganze rechte Partei des Vaterlandes, »bevor Sie sich was anderes gesucht haben. Etwas ganz anderes. Apropos, wo waren Sie eigentlich, als der Mord geschah?«

»Was wollen Sie damit sagen, Sie spinnen wohl, Sie ...« Mulder wird rot im Gesicht und geht einen Schritt auf Krucht zu. Der bleibt ganz ruhig stehen, läßt nur die Hände sinken, legt seinen Kassettenrecorder auf den Rand des Schreibtischs. Na los, los doch, denkt er, und Mulder, als könne er Gedanken lesen, weiß im selben Augenblick, worauf der Mann vor ihm wartet. Er zögert, atmet tief durch und gibt dann ebenso unvermittelt auf: »Fragen Sie doch meine Leute, wo ich war.« Und schwört sich, es dem Kerl bei passender Gelegenheit heimzuzahlen. Der wirkt enttäuscht, als habe er sich auf einen Angriff gefreut. Dann wendet sich Krucht an einen der Beamten: »Daß ihr mir jeden Zentimeter untersucht, hört ihr, jeden Zentimeter. In ein paar Stunden werden die vom BKA da sein, und die sehen in uns sowieso eine Laienspielschar, die nur Fehler macht.« Was wiederum er von denen hält, sagt er nicht, aber man kann es sich vorstellen. Wann haben die Superbullen eigentlich zum letzten Mal einen Terroristen live gesehen und nicht nur auf ihren längst überholten Fahndungsplakaten?

Auf der anderen Straßenseite hat Floriane Ment den Chip aus ihrer Digitalkamera in ihren Laptop gesteckt und von ihrem zweiten Apparat aus eine andere Nummer gewählt. Sie prüft noch einmal die Kabelverbindungen, alles scheint in Ordnung zu sein. Drückt auf Leonardo-ISDN, so heißt das System, und surrend beginnt die Übertragung der gerade geschossenen Fotos in den anderen Rechner, der in ihrer Redaktion steht.

»Und?« fragt sie ins Telefon. »Klappt es?«

»Läuft, läuft bestens. Klasse, einfach irre. Das bringt morgen zwanzigtausend mehr.«

Sie bleibt kühl: »Copyright nicht vergessen. Das wollen die Illustrierten nächste Woche bestimmt auch haben. Das bringt dann wahrscheinlich mir zwanzigtausend mehr.«

»Du denkst wirklich immer nur an dich und deinen Vorteil ...«

»Das kannst ausgerechnet du sicher gut verstehen, oder?« schnappt sie zurück, wird aber gleich wieder professionell: »Jetzt kommen gerade zwei Männer rein, die tragen ... warte mal, die tragen eine Bahre. Das könnte auch noch ein gutes Foto werden. Warte.« Sie unterbricht die Übertragung und macht schnell zwei weitere Aufnahmen, dann redet sie weiter: »Ich beschreibe einfach, was sich da getan hat. Okay, paß auf.«

Der Gerichtsmediziner hat sich verabschiedet und seinen Bericht für morgen früh avisiert. Er wird die Nacht durcharbeiten, in einem solchen Fall gibt es keine der üblichen Beschwerden über unbezahlte Mehrarbeit. Draußen haben die Leichenträger gewartet, jetzt kommen sie mit einer Krankentrage in das Büro. Krucht gibt ihnen mit einer Handbewegung zu verstehen, einen Moment zu warten. Schaut sich noch einmal sorgfältig im ganzen Raum um, wirft einen fragenden Blick auf die anderen Beamten, und erst als die schweigen, spricht er in sein Gerät: »Abtransport der Leiche um 21.59 Uhr.« Erst danach heben die Männer in der weißen Kleidung langsam den Toten von seinem Stuhl, legen ihn vorsichtig in den Plastiksack auf der Trage. Freypens Augen stehen offen. »Darf ich?« fragt einer der beiden und geht mit seiner Hand in Richtung Gesicht des Toten. Krucht nickt. Der Mann drückt Freypens Augen zu. Sie schließen den Reißverschluß, der Tote ist jetzt nur noch als Schatten zu erahnen. Dann tragen sie ihn raus Richtung Lift. Als sie an den Sicherheitsbeamten im Vorzimmer vorbeikommen, nehmen die Haltung an. Fehlt nur noch, daß sie die Hand grüßend aufs Herz legen und die Nationalhymne anstimmen, denkt Krucht. Oder was man bei denen in solchen Fällen singt.

»Herr Mulder«, fragt er betont höflich, »hat es in letzter Zeit Morddrohungen gegen Joachim Freypen gegeben?«

»Nicht mehr als sonst auch, er hatte viele Feinde, wie Sie sich vorstellen können.«

»Etwas Konkretes?«

»Nein, nur das Übliche. Daß man ihn umlegen werde, weil er ein Nazi sei, weil er Antisemit sei, weil er ein Ausländerfeind sei, in der Richtung. Wahrscheinlich diese Scheißlinken, diese RAF-Verbrecher, diese ...«

Krucht winkt gelangweilt ab: »Ich meinte konkrete Hinweise. Gibt es Schriftliches? Briefe oder so etwas?«

»War meist telefonisch, wir stehen im Telefonbuch. Wir haben ja nichts zu verbergen.« Da bin ich nicht so sicher, denkt sich Krucht, gar nicht so sicher, aber das gehört in eine andere Abteilung. Fragt weiter: »Haben Sie eigentlich die Familie informiert? Seine Frau? Bevor die es aus den Nachrichten erfährt ...« Er läßt den Satz offen und geht zur Tür. »Oder sollen wir das übernehmen?«

Mulder bemüht sich ebenfalls um eine sachliche Antwort und unterdrückt seine Wut auf diesen blonden Riesen, der immer so aussieht, als könne er ihn durchschauen, und gar nicht erst den Versuch macht zu verbergen, was er von der Vaterlandspartei hält: »Frau Freypen ist im Ferienhaus der Familie an der türkischen Riviera. Wir haben sie noch nicht erreicht. Aber selbstverständlich werde ich es ihr sagen.« Bis zu diesem Moment war ihm noch nicht einmal der Gedanke gekommen, sie zu benachrichtigen. Nicht so angenehm, wenn die es wirklich aus dem Fernsehen erfährt oder aus dem Radio. Er hat es plötzlich eilig, sogar sehr eilig.

»So, so, in der Türkei. Freypen hatte ein Ferienhaus in der Türkei«, sagt Krucht nachdenklich. Wenn das der Führer wüßte. Aber das sagt er natürlich nicht laut, das denkt er nur. Wieder scheint Mulder die Gedanken Kruchts zu erraten: »Hätten Sie wohl nicht gedacht, Herr Kommissar, paßt wohl nicht so recht in Ihr Weltbild?« Wartet aber eine Antwort nicht ab und geht schnell durch den Vorraum in sein Zimmer, wo er zum Telefonhörer greift und eine Nummer wählt. Mit langer Vorwahl. Eine Nummer in der Türkei. Belegt. Er wischt sich den Schweiß von der Stirn.

In den *Tagesthemen*, die sie gemeinsam anschauen, ist der Mord die Spitzenmeldung. So wie es der Mann vorausgesagt hatte, als er auf seine Art am Fenster von Floriane Ment von Freypen Abschied nahm. Es wird vom Tatort live berichtet. Man sieht, wie die Bahre mit dem Toten herausgetragen wird, und man sieht auch Georg Krucht, der alle Fragen der auf ihn einstürmenden Journalisten abwehrt und dessen Blick eher in die Ferne gerichtet ist. Noch viel zu früh, etwas zu sagen. Karl Mulder ist hinter ihm in der Gruppe seiner Männer zu bemerken, aber da ihn keiner kennt, wird er nicht von den Reportern bedrängt. Er hätte allerdings auch nichts sagen können. Ein Parteisprecher verliest eine kurze Erklärung, in der natürlich die Chance genutzt wird, den politischen Gegner für das Attentat indirekt verantwortlich zu machen. Motto: Da kann man doch sehen, wie schlecht es um die innere Sicherheit in unserem Lande steht und daß dringend etwas unternommen werden muß. So wie es der Tote zu seinen Lebzeiten immer gefordert hatte.

Die nächste Einstellung zeigt Straßensperren, an denen die Polizei jedes Auto anhält, man sieht aufgeklappte Kofferräume, auch das ein gewohntes Bild nach terroristischen Anschlägen. Der Moderator fragt sich und seine Zuschauer, wer hinter dem Anschlag steckt, hat aber keine Antwort zu bieten, denn es gibt kein Bekennerschreiben. Dabei blickt er ein bißchen vorwurfsvoll, als könne man von Attentätern erwarten, daß sie die Produktionszeiten der großen Nachrichtensendungen kennen und sich entsprechend verhalten. »Bekennerschreiben«, wiederholt nachdenklich Freypens Mörder und streicht sich über das kurzgeschnittene, noch immer graue Haar, »vielleicht hätten wir es doch schreiben sollen.« Jetzt ist es zu spät. Wenn ein Brief erst in ein paar Tagen eintrifft, glaubt keiner mehr daran. Dieser Krucht übrigens sieht nicht blöde aus, aber darüber macht sich der Mörder keine weiteren Gedanken. Er weiß, daß spätestens irgendwann in dieser Nacht der Generalbundesanwalt in

Karlsruhe die Ermittlungen übernehmen muß. Dann wird es ein Fall für die Abteilung Terrorismus des Bundeskriminalamtes sein wie immer bei Attentaten.

Am Schluß des Beitrags in den *Tagesthemen*, und damit leitet der Moderator über zum *Bericht aus Bonn*, wird noch aus einer dünnen Erklärung zitiert: Alle Parteien sind sich darin einig, daß Mord kein Mittel der politischen Auseinandersetzung sein darf. Einen bedauernden Nachruf, wie sonst üblich bei politischen Anschlägen, verkneift man sich aber. Selbst FDP-Generalsekretär Guido Westerwelle, der für die Zusage, in der Prime Time auf dem Bildschirm zu erscheinen, alles kommentiert, sogar sich selbst, taucht nicht auf. Freypen hat sich nicht ums Vaterland verdient gemacht. Das Vaterland, das der meinte, ist bereits 1945 verstorben. Damit ist das Attentat erledigt, und man wendet sich wieder dem Thema des Tages zu. Der deutschen Einheit, die vor genau sieben Jahren so euphorisch gefeiert worden war. Der Kommentator vom Ostdeutschen Rundfunk Brandenburg fragt mit gezielter Bosheit, ob die gestrige Senkung des Solidaritätsbeitrages um zwei Prozent der besondere Beitrag der Bundesregierung zum Einheitstag gewesen sei.

Der Deutsche drückt mit der Fernbedienung den Ton weg und trinkt den Rest des Rotweins. »Stimmt das denn alles so?« fragt der Franzose zynisch. »Sie haben dich doch gar nicht befragt.« Sein Gegenüber ist nicht zu Scherzen aufgelegt, nickt nur automatisch, ja, stimmt alles. Was ihn gerade beschäftigt, hat mit dem Mord schon nichts mehr zu tun. Den hat er bereits abgehakt wie einen sauber erfüllten Auftrag, und daß er einen Menschen umgebracht hat, belastet sein Gewissen nicht. Mist hat er weggeräumt, ein Käfer war er, ein Skarabäus. Nein, der Mörder denkt daran, was nach dem Attentat in der Tiefgarage passierte. An die Frau, die ihn mit ihren Augen festhielt, und an sein anfängliches Zögern, sie vor diesem Kerl zu retten. Bin ich wirklich schon so abgebrüht, daß ich ernsthaft überlegt habe, sie ihrem Schicksal zu überlassen? Mich einfach aus dem Staub zu machen? Wieder streicht er sich übers Haar. »Das muß ich noch entfärben«, sagt er. »Aber erst, wenn wir hier weg sind, sonst fällt es auf.«

»Steht dir aber gut. Was machen wir mit dem Gewehr? Doch wie geplant mitnehmen?«

»Wir sollten morgen noch einmal Golf spielen gehen, egal, wie das Wetter ist. Ich erinnere mich da an einen netten kleinen Teich, weißt du noch, hinter Loch neun, am Fuß des Hügels.« Dann steht er auf und gähnt: »Ich geh jetzt schlafen. Im Gegensatz zu dir habe ich einen anstrengenden Abend hinter mir. Sehr anstrengend sogar. Wir sehen uns beim Frühstück.«

Er würde zu gerne wissen, was Floriane Ment jetzt macht und ob sie über den Mann nachdenkt, der sie befreit und ihr versprochen hat, sich bei ihr zu melden. Sie hat inzwischen sicher erfahren, was im Haus gegenüber passiert ist. Er macht sich keine Sorgen deswegen. Selbst wenn sie eine Beschreibung abgeben würde über den Fremden, der ihr geholfen hat, würde die schon jetzt nicht mehr auf ihn zutreffen und ab morgen erst recht nicht mehr, wenn er wieder so aussieht wie sonst. Keine Brille, kein Bart, keine grauen Haare. Nein, reine Neugier treibt ihn, professionelle Neugier.

Floriane Ment hat natürlich den Bericht im Fernsehen angeschaut. Joachim Freypen ist ihr egal, sie empfindet kein Bedauern darüber, daß es den erwischt hat. Die Rechten sind ihr so fern wie die Linken. Sie bezeichnet sich gerne als politisch unkorrekt, nur an Facts interessiert und nicht an Ideologie. Es wurmt sie, sich unprofessionell verhalten zu haben. So wie sich der Mörder ärgert, daß er nicht ans Bekennerschreiben gedacht hat, macht sie sich Vorwürfe, daß sie nicht auf die Idee gekommen ist, den Tatort zu filmen. Hätte beim Sender ihres Chefs ganz nette Einschaltquoten gebracht und ihr natürlich auch. Ihm gehört die Mehrheit an *Action TV*, einer Station, die hinter den anderen Privatsendern RTL, SAT 1 und PRO 7 schon Platz vier in der Skala erreicht hat. Berühmt sind die Teams von *Action TV* dafür, mit bereits laufenden Kameras bei Opfern und möglichen Tätern und überhaupt bei Verdächtigen zu klingeln und bedenkenlos alles zu senden, auch wenn ihnen die Tür vor der Nase zugeschlagen wird. Das wirkt authentisch, und mit dieser Masche sind sie groß geworden. Machen zwar inzwischen alle nach, aber sie gelten als die besten, und vor allem, sie haben diese Form der Berichterstattung erfunden. Nach den ersten Skandalen um getürkte Bilder in verschiedenen anderen Fernsehmagazinen – angebliche Terroristen bei der Vorbereitung von Anschlägen, angebliche Tierquäler bei der Jagd auf Katzen – sind sie vorsichtiger geworden bei *Action TV*. Das Motto, nur die Toten und die Zoten bringen Quoten, gilt zwar immer noch. Aber echt müssen sie sein. Die Toten.

Man munkelt übrigens, daß die sterbende Prinzessin Diana im zertrümmerten Auto in Paris nicht nur fotografiert, sondern auch gefilmt wurde, bevor die Polizei eintraf. Einige journalistische Schreibtischtäter in höchsten Positionen kennen das Video der immer wieder um Hilfe stammelnden Verletzten, der das Blut aus Nase, Ohren und Mund lief, und sie kennen auch den Preis. Ein Film dieser Art würde alle bisher bekannten Einschaltquoten schlagen, darüber sind sich alle einig. Aber noch wagt es keiner. Was keineswegs die Verhandlungen störte. Verkauft ist die Bombe bereits. Geplanter Sendetermin: der erste Todestag.

Die Reporterin trocknet ihre Haare, zieht sich Jeans und einen Pullover an und wartet auf das versprochene Fax mit ihrem Artikel. Dann räumt sie die verstreuten Kleidungsstücke weg, zögert ein bißchen, als sie den Haufen in der Hand hält, geht dann kurz entschlossen auf den Etagenflur und wirft alles, auch das teure Kleid, das sie heute zum ersten Mal getragen hat, in eine Klappe neben ihrer Tür. Von dort fällt der Müll über eine Rutsche direkt in die Container, die im Keller stehen.

Wäre auch ein schöner Film gewesen für *Action TV*, denkt sie, wenn man den Besitzer der Fernsehstation unten in der Tiefgarage hätte filmen können beim Versuch, eine seiner Reporterinnen zu vergewaltigen. Wirklich ein schöner Film. Für einen anderen Sender. Dabei fällt ihr wieder der Mann ein, der ihr geholfen hat. Sie kann sich nicht entsinnen, ihn jemals im Haus gesehen zu haben. Was nichts bedeuten muß, sie kennt ja nicht einmal die Leute, die mit ihr auf demselben Flur wohnen. Sie versucht, den Gedanken zu packen, der ihr entwischt war, als sie vorhin am Fenster stand und die Fotos machte. Hatte irgendwas mit dem Mann zu tun, aber was war es noch mal? Aus der Wohnung dringt das Piepen der Faxmaschine. Sie geht rein, nimmt die beiden Seiten, macht Licht und setzt sich in den Sessel, um zu lesen, was aus ihrem telefonischen Bericht gemacht worden ist.

MITTEN IN HAMBURG:

RECHTER POLITIKER AM SCHREIBTISCH ERSCHOSSEN: FOTOS VON DER LEICHE EXKLUSIV! FARBE!

Hamburg (Eig. Ber.) – Seinen Mörder hat er nicht gesehen: Joachim Freypen, 59, Vorsitzender der Vaterlandspartei, ist gestern abend in seinem Büro ermordet worden. Der Schuß ist nach Meinung der Polizei von einem der umliegenden Häuser abgefeuert worden, wahrscheinlich von einem Dach. Hauptkommissar Georg Krucht (41), der die Ermittlungen leitet: »Kein Kommentar.« Er bestätigte gegenüber der *Abendpost* nur, daß zwei Schüsse gefallen sind, beide stammen wohl aus einem Gewehr. Näheres werden erst weitere Untersuchungen ergeben. Wie bekannt wurde, hat der Generalbundesanwalt den Fall übernommen und Spezialisten vom Bundeskriminalamt nach Hamburg in Marsch gesetzt. Joachim Freypen, dessen Partei nicht im Bundestag vertreten ist, wollte am heutigen Sonnabend auf der Moorweide eine Kundgebung abhalten. Der rechte Politiker, der Frau und zwei erwachsene Kinder hinterläßt, ist im Hauptberuf Besitzer einer Maschinenfabrik in Günzburg (Bayern) und ist vielfacher Millionär. Die heutige Veranstaltung am Dammtor soll zu einer Gedenkfeier für ihn umfunktioniert werden. Die Partei hat Polizeischutz angefordert, weil man angeblich weitere Anschläge befürchtet. Bekennerschreiben liegen nicht vor, doch vermuten Kreise, die der Partei nahestehen, daß es sich um einen Anschlag der RAF handelt. *Abendpost*-Reporterin Floriane Ment hat als einzige Journalistin den Tatort und die Leiche gesehen. Hier ihr Bericht: »Joachim Freypen, vor dem sich so viele fürchteten, als er noch lebte, liegt mit blutigem Kopf auf dem Schreibtisch (siehe Fotos). Die Kugel seines Mörders hat ihn von vorne getroffen. In die Stirn. Durch die zerschossenen Fenster dringt die Nacht von Hamburg. Beamte der Mordkommission untersuchen den Tatort. Auf dem Balkon arbeitet fieberhaft die Spurensicherung. Ein Mann steht vor der Deutschlandfahne, die an einer Wand des Büros hängt. Einer der Beamten diktiert in ein Tonbandgerät. Aufregung! Chaos! Aus der Ferne hört man Polizeisirenen, über dem Parkdeck, auf dem die VATERLANDSPARTEI ihr Hauptquartier hat, dröhnt ein Hubschrauber. Dann kommen zwei weißgekleidete Männer ins Zimmer, die eine Bahre tragen (Foto). Sie heben vorsichtig den toten Politiker von seinem Stuhl und legen ihn in einen Plastiksack. Verlassen den Raum. Zurück bleiben die Experten der Hamburger Mordkommission und die Fragen: Warum wurde Freypen erschossen? Wer war sein Mörder? Wohin ist er geflüchtet?« Bis zum Redaktionsschluß dieser Ausgabe hat die Ringfahndung, die sofort ausgelöst wurde, noch keine Ergebnisse erbracht. Soweit der Bericht vom Tatort. Lesen Sie auf Seite 4: Aus dem Leben des Joachim Freypen. Morgen in unserer Sonntagsausgabe weitere Exklusivberichte.

Nun ja, denkt Floriane Ment, es dürfte nicht gerade den Kisch-Preis geben dafür, aber in Anbetracht der Zeit, die ich hatte, ist es okay. Vor allem wird sich morgen die Zeitung mit dieser Schlagzeile gut verkaufen, denn wer hat schon solche Fotos? Das muß sich vor allem die Konkurrenz fragen, freut sie sich, und die wird toben vor Wut.

Allerdings stellt sich die Frage nicht nur die Konkurrenz, denn die druckfrische Zeitung liegt ein paar Stunden später, morgens gegen drei Uhr, auch auf dem Schreibtisch von

Georg Krucht. Zehn Beamte von der besonderen Abteilung Terrorismus des Bundeskriminalamtes sind inzwischen aus Bonn-Meckenheim eingetroffen und haben offiziell die Ermittlungen übernommen. Krucht hat ihnen seine Protokolle zur Verfügung gestellt, nun warten sie in seinem Büro auf den Autopsiebericht des Gerichtsmediziners, der schon angekündigt ist. Auf einer Karte an der Wand hinter Krucht sind viele kleine leuchtende Punkte zu sehen, in konzentrischen Kreisen angeordnet. Die Standorte der Sperren für die Ringfahndung.

»Wie kommen die zu solchen Fotos?« fragt die Frau, die sich als Susanne Hornstein, Kriminaldirektorin, vorgestellt hat und die ab jetzt die Ermittlungen leiten wird. Den erstaunten Blick von Krucht hatte sie beim Händedruck richtig gedeutet: »Ich bin übrigens nicht die einzige, wir haben noch mehr Frauen beim BKA, Herr Kollege.« Woraufhin er rot wurde und sie sich genauer anschaute. Schätzungsweise Ende Vierzig, könnte auch ein bißchen mehr oder weniger sein, eher klein als groß, kein Ehering, kein Schmuck, dunkles zweiteiliges Kostüm, das gut zu ihren blonden Haaren paßte, und Kettenraucherin. Ihre erste Kippe hatte sie achtlos in eine Tasse mit kaltem Kaffee fallen lassen, weil sie in Kruchts Büro keinen Aschenbecher entdeckte.

»Die Fotos müssen von der gegenüberliegenden Seite aufgenommen worden sein«, antwortet Krucht, »wir glauben übrigens, daß von dort aus auch geschossen wurde, haben bisher aber auf den Dächern keine Spuren gefunden. Wie das Leben so spielt, wohnt da Floriane Ment. Deren Name steht auch in der Copyrightzeile.«

»Und wer ist das?«

»Das ist die Polizeireporterin der *Abendpost*. Wir kennen uns seit Jahren. Knallhart, aber meistens ganz fair. Zumindest im Vergleich zu den anderen, die wir so erlebt haben. Wobei das so auch nicht stimmt, bei der Reemtsma-Entführung haben sich alle anständig verhalten, sehr anständig, also atypisch. Bis auf einen, der war allerdings bei uns beschäftigt. Aber dies hier«, und er klopft auf die Zeitung auf seinem Schreibtisch, »dies hier ist natürlich ein Hammer.«

»Scoop nennt man das in dem Metier«, antwortet Susanne Hornstein schnell, gar nicht mal oberlehrerhaft, sondern ganz selbstverständlich, als würde sie Krucht auf die Sprünge helfen wollen. Der gibt nur trocken zurück, er wisse, was ein Scoop ist. Einerseits ärgert sie sich oft über ihre Besserwisserei, schon beim Jurastudium und bei ihrer Doktorarbeit mußte sie sich viel Spott gefallen lassen. Andererseits hat ihr die auch oft geholfen und ihre Karriere befördert. Sie weiß nämlich wirklich vieles besser, sie ist Mitglied im Mensa-Club der Hochbegabten, und das schaffen nur Menschen mit einem Intelligenzquotienten über einhundertsechsunddreißig. Darüber spricht sie allerdings nicht mehr, auch ihren Doktortitel erwähnt sie nicht mehr freiwillig, seit die Männer, denen sie das nach der jeweils ersten Nacht stolz erzählt hat, eher verhalten darauf reagiert haben. Was man unter anderem daran feststellen konnte, daß die sich nie wieder bei ihr meldeten. Aber sie benutzt natürlich ihren so geschulten Verstand bei der Arbeit, und die Ergebnisse ihrer Ermittlungen in den vergangenen Jahren haben ihr die Beförderung zur Kriminaldirektorin eingebracht. Für Männer, tröstet sie sich selbst, hat sie seitdem eh keine Zeit mehr. Und rettet sich in Zynismus: Denen bin ich einfach zu klug, wahrscheinlich auch schon zu alt, die haben lieber achtzehnjährige Blondinen im Bett. Es gibt rein statistisch gesehen viel mehr dumme Männer als dumme Frauen, zumindest in höheren Positionen. Das kann sie jederzeit bestätigen. Warum wohl sind siebzig Prozent der Mensa-Mitglieder weiblich?

»Wenn man so den Tatort ins Visier bekommen kann«, aber sie kann den Satz nicht zu Ende sprechen, weil Krucht sie unterbricht: »... dann könnte auch der Mörder dieses Blickfeld gehabt haben.«

Sie nickt und gibt einem der Beamten, mit denen sie per Hubschrauber aus Bonn gekommen und auf dem Dach des Polizeipräsidiums gelandet ist, ein Zeichen: »Lassen Sie die Häuser, die in Frage kommen, mal durch die Computer laufen.« Dann wendet sie sich wieder an den Hamburger Kollegen: »Wo bleibt denn der Gerichtsmediziner?«, steckt sich eine Zigarette an und wird jetzt ihrerseits rot, weil Krucht die Kaffeetasse mit ihrer Kippe demonstrativ zu ihr rüberschiebt.

Eberhart Schwarzkoff steht an der Tür seines Hauses am Ende der Elbchaussee. Er findet das Schloß nicht beim ersten Versuch, und bevor er es erneut versuchen kann, öffnet ihm seine Frau. Sie ist angezogen, als würde sie Gäste erwarten, und schaut ihn verächtlich an. Seine Krawatte ist verrutscht, der Blazer am rechten Ärmel verdreckt, und sein Gesicht sieht aus wie das eines Trinkers. Verquollene Augen, rote Nase. Schwarzkoff hat nicht damit gerechnet, sie bei seiner Heimkehr zu treffen. Normalerweise schläft sie tief, wenn er sich nachts ins Haus schleicht. Glaubt er zumindest. Sein Schädel brummt, und krampfhaft sucht er nach einer Erklärung für seinen Zustand.

»Schön, daß du auch schon da bist«, sagt sie kalt und schließt die Tür hinter ihm. Wehrt mit einer Handbewegung ab, als er was sagen will: »Versuch's erst gar nicht, es wird so gewesen sein wie immer. Ich habe bestimmt nicht auf dich gewartet, um mir deine Lügen anzuhören. Es gibt Wichtigeres. Dein ganz besonderer Freund Freypen ist erschossen worden, oder weißt du das etwa schon?«

Julia Schwarzkoff freut sich, daß sie ihren Mann offensichtlich kalt erwischt hat, denn er zuckt zusammen, greift sich an den Kopf und läßt sich in einen der Stühle fallen, die in der Eingangshalle stehen.

»Erschossen? Joachim? Wer ...«

»Man weiß nicht, wer es war. Der Mörder scheint auf der Flucht zu sein, wenigstens ist das der jüngste Stand bei deinem Radiosender. Freypen ist an seinem Schreibtisch erschossen worden, gestern irgendwann gegen einundzwanzig Uhr, heißt es. Du mußt ja ganz schön beschäftigt gewesen sein, daß du es nicht mitbekommen hast. War die Dame so gut, oder hast du wieder mal so lange gebraucht?«

Schwarzkoff geht nicht darauf ein, hat seinen Kopf in den Händen vergraben. Wenn es ihm besserginge, würde er sie wahrscheinlich gleich umbringen und am Ende seines parkartigen Gartens in die Elbe werfen, egal, was anschließend mit ihm passiert. Joachim erschossen. Sein Freund Joachim. Sie waren zusammen in Salem zur Schule gegangen, sie hatten zusammen in München studiert. Oder zumindest so getan, während sie eigentlich das Geld ihrer Väter, die schon in den fünfziger Jahren wieder so viel hatten wie vor dem Krieg, aber genausowenig Zeit für ihre Kinder wie damals ihre Väter für sie, für schnelle Autos und schöne Mädchen und teure Feste ausgaben. Bis beide, fast gleichzeitig, von ihren Familien zurückgerufen wurden. Joachim nach Günzburg, er nach Hamburg. Die Väter waren gestorben, und die hatten sie vor deren Tod nicht mehr näher kennengelernt. Schwarzkoff übernahm die Zeitung, Freypen die Maschinenfabrik. Beide waren auf ihre Art erfolgreich, und beide blieben befreundet, auch als sie merkten, daß ihre Frauen sich überhaupt nicht mochten. Was Schwarzkoff egal war, der mochte seine eigene Frau auch nicht. Den Weg Freypens auf die rechte Seite hatte der Verleger nicht mitgemacht, weil ihn das politische Machtspiel ganz einfach nicht reizte, aber im Gegensatz zu Julia hatte er es seinem Freund auch nicht übelgenommen, weil er es für eine spätpubertäre Anwandlung hielt. Ihn interessierte nur die Auflage seiner Zeitung, und mit rechten Parolen war die nicht zu steigern. Noch nicht.

»Er hat dich gesucht«, unterbricht Julia Schwarzkoff seine Gedanken, »klang ziemlich dringend. Hat sich wie üblich am Telefon nicht gemeldet, aber benehmen konnte sich der Herr Führer noch nie. Du solltest ihn im Büro zurückrufen. Na ja, den Rückruf kannst du dir sparen.«

Schwarzkoff schüttelt den Kopf. Stöhnt leise. Die Bewegung hat den pochenden Schmerz in seinen Schläfen verstärkt. Er reibt sich hinter dem Ohr. Ein dicker Knubbel. Da, wo ihn der Unbekannte in der Tiefgarage getroffen hat, als er gerade ... Wieder schüttelt er den Kopf, als könne er damit alles ungeschehen machen. Und wieder stöhnt er auf.

»Julia, kannst du mir bitte mal ein paar Aspirin und ein Glas Wasser bringen? Mir geht es nicht so gut.«

»Das sehe ich mit Freuden. Hol es dir doch selbst.« Sie geht ohne ein weiteres Wort nach oben in ihr Schlafzimmer.

Schwarzkoff bleibt eine Weile unten sitzen, bevor er sich mühsam erhebt und gebrochen wie ein alter Mann in sein Arbeitszimmer schlurft. In der Schublade seines Schreibtisches findet er ein paar Tabletten, die er trocken runterschluckt. Dann schenkt er sich einen Whisky ein und geht hinaus in den nächtlichen Garten. Luft, bloß Luft.

Karl Mulder hatte es noch vor Mitternacht geschafft, in die Türkei durchzukommen. Er stand während des Gesprächs aufrecht, als müsse er dem Toten auch jetzt eine Art von letzter Ehre erweisen.

»Ja, bitte?«

Er erkannte die Stimme von Helga Freypen.

»Hier Mulder. Sie müssen jetzt sehr stark sein ...«, begann er und berichtete ihr dann in dürren Worten von dem Attentat auf ihren Mann.

»Ich bin stark, Mulder«, beendete sie abrupt seine immer wieder durch Pausen unterbrochenen Sätze, »das wissen Sie doch. Ganz im Gegensatz zu Ihnen offensichtlich. Nehmen Sie sich zusammen, Mensch. Sie jammern ja rum wie ein türkisches Klageweib. Was würde mein Mann von Ihnen denken? Schicken Sie mir für morgen früh das Flugzeug, nein, hierher, zehn Uhr. Ich will in Hamburg auf der Moorweide dabeisein. Und ich werde auch reden dort, notieren Sie das schon mal. Das wird uns Stimmen bringen. Beerdigung dann in Günzburg, notieren Sie auch das, und überlegen Sie sich eine würdige Form. Gute Nacht.«

Die Leitung war tot. Karl Mulder hielt fassungslos den Hörer noch ein paar Sekunden in der Hand, bevor er langsam auflegte. In der Tat, dachte er, in der Tat, die ist wirklich stark. Aber er konnte Helga Freypen dafür nicht bewundern. Denn irgendwie hatte er den Eindruck, daß die nicht so traurig war, wie es sich für eine deutsche Witwe geziemte.

Nach dem Gespräch entschied Mulder für sich, die Nacht auf jeden Fall in der Zentrale zu verbringen, um ungestört und in Ruhe noch ein paar Sachen zu erledigen. Seine Leute hatte er nach Hause geschickt und für sieben Uhr morgens wieder bestellt. Unten vor dem Haus stand noch ein Wagen der Polizei, aber auch dies mehr pro forma. Es war nicht zu erwarten, daß der Mörder noch mal vorbeischaute. Das Privatflugzeug Freypens würde beim ersten Morgengrauen in die Türkei starten, der Pilot war informiert und kümmerte sich um die nötigen Formalitäten. Zwei der Bodyguards sollten mitfliegen. Der Pressereferent der Partei hat als Meldung an dpa gegeben, daß die Witwe des Ermordeten am Sonnabend gegen vierzehn Uhr in Hamburg erwartet wird. Freypens Tod hatte einen ungeheuren PR-Effekt für die Partei. Man könnte fast vermuten, er habe seine Ermordung selbst bestellt, um mit seiner Partei endlich sicher über fünf Prozent zu kommen.

Mulder hat schnell die Diskette gefunden, auf der die Parteimitglieder verzeichnet sind und die Spender mit den jeweiligen Summen, und sie in seine Brusttasche gesteckt. Die entsprechenden Listen auf der Festplatte des Computers wurden gelöscht. Zuvor suchte er noch einmal stundenlang jeden Schreibtisch in jedem Büro ab, aber fand nichts, was der Partei oder ihrem toten Chef schaden könnte. Er vermochte sich zwar keinen Grund für eine Hausdurchsuchung vorzustellen, aber Krucht würde er nicht noch einmal unterschätzen. Um doch noch ein paar Stunden zu schlafen, stellte er ein paar Sessel zusammen und legte sich hin. Sorgen um seine Zukunft machte er sich nicht. Egal, wie der Nachfolger von Freypen heißen würde, und er hatte das bestimmte Gefühl, gerade am Telefon mit der wahrscheinlich einzigen Kandidatin gesprochen zu haben, ihn würde man brauchen. Ihn, Mulder, den treuen Karl, der die Drecksarbeit machte. Der viel wußte, so viel wußte.

Das Telefon klingelt. Einmal, zweimal. Helga Freypen vielleicht? Mühsam rappelt er sich auf, stößt im Dunkeln mit dem Knie an einen Stahlschrank, flucht über den stechenden Schmerz und meldet sich.

»Ja?«

»Krucht hier, schön daß wir Sie gefunden haben. Zu Hause waren Sie nicht zu erreichen, und da habe ich mir gedacht, Sie sind bestimmt noch am Tatort, um aufzuräumen.«

»Und?«

»Ich wollte Sie nur bitten, uns zu öffnen, wenn wir gleich klingeln. Meine Kollegin möchte sich auch noch einmal umschauen, und vielleicht hat sie noch ein paar Fragen an Sie.«

»Welche Kollegin? Wissen Sie eigentlich, wie spät es ist?«

»Ja, kann ich Ihnen verraten, kurz nach halb vier Uhr morgens. Aber wer kann in einer solchen Nacht schon schlafen? Sie bestimmt nicht, erst recht, weil Sie Freypen so nahestanden und ... ach so, die Kollegin. Ganz einfach: Das BKA hat den Fall übernommen, so was kennen Sie ja noch von früher, und Frau Doktor Hornstein leitet die Ermittlungen. Wie gesagt, wir sind gleich da.« Zum zweiten Mal in dieser Nacht hält Mulder noch den Hörer am Ohr, obwohl die Leitung längst tot ist. Nervös sucht er nach einem Zigarillo. Hat dabei die richtige Idee, wo er die Diskette verschwinden lassen kann. Am Boden der Schachtel, bedeckt von einer Lage Tabak. Da würde keiner suchen. Er ist schlagartig hellwach. Was wollen die verdammt noch mal? Habe ich irgend etwas übersehen? Er geht auf den Balkon und fröstelt im kalten feuchten Nachtwind. Gegenüber flimmert bläuliches Licht hinter einem dunklen Fenster. Von dort könnte der Mörder geschossen haben, denkt Mulder und reibt sich über die faltenlose Glatze, aber hat natürlich keine Ahnung, wie richtig er damit liegt.

Floriane Ment kauert noch angezogen auf der Couch und schaut sich einen der nächtlichen Filme an. Sie wartet darauf, daß ihr ein Kurier den Andruck der Zeitung bringt. Wahrscheinlich steht sie als letzte auf der Verteilerliste. Wahrscheinlich haben die Bullen schon vor ihr die neueste Ausgabe bekommen. Sie flucht. Schließlich hat sie die Geschichte geschrieben, verdammt noch mal. Eberhart Schwarzkoff hockt zusammengesunken auf seinem Bootssteg an der Elbe, die Whiskyflasche neben ihm ist nur noch zu einem Drittel gefüllt. Seine Frau Julia kann ihn vom Schlafzimmer aus sehen. Sie weint, aber es hört schon lange keiner mehr, wenn sie weint. Der blonde Amerikaner hat auf CNN die Zehn-Sekunden-Meldung von der Ermordung des deutschen Politikers gesehen und danach wieder auf Sport umgeschaltet. Draußen im Garten in Georgetown räumt seine Frau die Reste eines frühen Barbecues weg. Der Engländer, den sie Red nennen, sitzt rauchend am Computer und bekommt über Press Newsflash zehn magere Zeilen vom Attentat in Hamburg. Helga Freypen packt ihre Koffer und legt ein konservativ-elegantes Kostüm, das sie immer dabei hat, sogar hier im Urlaub, oben auf. Sie übt vor dem Spiegel verschiedene Trauermienen und ist zufrieden. Der Franzose liest in seinem deutschen Lieblingbuch *Die wunderbaren Falschmünzer*, ohne das er nie verreist. Viele französische Zeitungen liegen verstreut auf dem Boden.

Nur der Mörder schläft tief und fest. Wie tot.

4

Sogar eine Leiche könnten die beiden an diesem Morgen unbemerkt hier verstecken, das Clubhaus liegt einen langen Abschlag weit entfernt, mehr als zweihundert Meter, und von dort sind die Männer mit ihren Golfbags nur als kleine Figuren zu erkennen. Außer dem noch verschlafenen Wirt, der gerade die Stühle von den Tischen nimmt, ist aber keiner zu sehen, der sich für sie interessieren könnte. Ungewöhnlich an einem Sonnabend, denn normalerweise bekommen Gäste an solchen Tagen keine Abschlag-Zeit, weil viele der regulären Mitglieder nur an Wochenenden spielen und deshalb zuerst bedient werden wollen. Sie haben schließlich viel Geld dafür bezahlt. Heute ist alles anders, denn am Ende der Stadt, im renommierten Club Falkenstein, zu dem auch der Verleger Eberhart Schwarzkoff gehört, spielen Tiger Woods und Bernhard Langer zum Abschluß der Saison für einen guten Zweck, zugunsten von UNICEF. Wer sich mit ihnen messen will, hat pro Loch zehntausend Mark zu spenden. Deshalb sind heute die betuchten Hamburger Golf-Fans alle draußen in Rissen. Als Spieler oder als Zuschauer.

Schwarzkoff übrigens, im Vorstand des Clubs für Finanzen zuständig, hat seine Teilnahme kurzfristig abgesagt. Wie es heißt, aus persönlichen Gründen. Seine Frau Julia, die ihn gerne vertritt und alle achtzehn Löcher gebucht hat, damit ihn die vergangene Nacht auch richtig etwas kostet, erklärt die Abwesenheit ihres Mannes mit dem Tod seines Freundes Freypen. Das müssen Sie verstehen, die beiden kannten sich seit ihren gemeinsamen Schulzeiten. Sie beeilt sich aber, hastig hinzuzufügen, daß politisch zwischen den beiden selbstverständlich Welten lagen, und erzählt natürlich auch nichts davon, daß sie ihren Eberhart vor ein paar Stunden schnarchend auf dem Bootssteg gefunden hat, wo er betrunken neben seiner leeren Whiskyflasche eingeschlafen war. Daß er selbst unter anderen Umständen nicht in der Lage gewesen wäre, aufrecht zu stehen, geschweige denn einen Schläger zu schwingen. Sie hat ihn übrigens nur deshalb geweckt, weil es ihr peinlich gewesen wäre, wenn ihn das Personal so gefunden hätte. Allerdings nicht sehr liebevoll in die Wirklichkeit zurückgeholt, sondern mit einem kalten Wasserstrahl aus dem Gartenschlauch, der in der Nähe lag.

An diesem Morgen um zehn Uhr sind wegen des UNICEF-Turniers die beiden Spieler, die Mitgliedskarten eines französischen Clubs, ausgestellt auf die Namen Knauter und Lefèvre präsentiert haben, hier draußen allein auf weiter Flur. Nur bei Großveranstaltungen wird auf Gut Kaden in der Nähe ihres derzeitigen Standorts eine Tribüne aufgestellt, denn Loch neun ist ein sogenanntes Inselgrün, da gibt es spektakuläre Schläge zu sehen und manche buchstäblich im Wasser versinkenden Hoffnungen. Sie haben um sieben Uhr in ihrem Hotel nur eine Tasse Kaffee getrunken, gleich danach ausgecheckt und sich bereits eine Stunde später am ersten Abschlag unter wolkenverhangenem Himmel eingefunden. Die Nachrichten, die sie während der Fahrt im Auto gehört haben, vermeldeten: Keine neuen Spuren im Mordfall Freypen. Der Sprecher wies darauf hin, daß am frühen Nachmittag eventuell um den Hamburger Dammtorbahnhof herum mit Verkehrsstaus zu rechnen sei, weil die Vaterlandspartei eine Trauerkundgebung mit der Witwe des Ermordeten plane und zudem Gegendemonstrationen erwartet würden. »Da wollten wir eigentlich eh nicht hin«, kommentierte der Franzose, der wieder am Steuer saß, »oder willst du dem Ermordeten die letzte Ehre erweisen?« Er erwartete keine Antwort und lachte vorsichtshalber deshalb gleich selbst über seinen dünnen Scherz.

Der angebliche Lefèvre führt bereits mit drei Schlägen, als sie an Loch neun ankommen, weiß aber, daß dies nicht an seiner bestechenden Tagesform liegt, sondern an den besonderen Umständen. Weil sich sein Partner darauf konzentriert, wie er die Mordwaffe unauffällig verschwinden lassen kann, ist der mental nicht so gut drauf. Sagt er. Denn Golf beginne im Kopf. Sein Abschlag runter vom Hügel auf das sogenannte Hundebein nach rechts ist wieder mißglückt, der Ball bleibt zehn Meter hinter dem seines Gegners am Baum liegen. Der zweite Schlag vom Plateau soll dann auf dem Inselgrün landen, aber da wollen sie aus ganz anderen Gründen hin. Schilf und Seerosen säumen den Teich, ein kleiner Holzsteg führt zum Green. Der Mann, der sich Knauter nennt, tut so, als habe er erneut zu kurz geschlagen und seinen Ball am moddrigen Ufer verloren. Er stochert mit einem metallenen Greifer, den er im Bag mitschleppt, im Wasser herum und fischt nach der weißen Kugel. Sein Freund reicht ihm wie zufällig die Plastikrolle mit dem eingewickelten G36-Gewehr aus dem Golfbag. Er blickt sich einmal sorgfältig in aller Ruhe um, wickelt dann blitzschnell die Mordwaffe aus der Folie und drückt sie in den Schlamm zwischen dem Schilf. Anschließend packt er ein paar Steine darauf, die er mit dem umgedrehten Greifer festklopft. Die Folie legt er gefaltet wieder in ein Seitenfach seiner Tasche. Alles zusammen dauert nicht mal eine Minute. Dann nimmt er den Golfball, den er zuvor dort plaziert hat, aus dem Ketscher und hält ihn triumphierend hoch, als habe er ihn gerade erst gefunden.

»Hier wird keiner suchen. War eine gute Idee«, sagt der Franzose, den der falsche Name Lefèvre besser kleidet als Knauter den britisch wirkenden Deutschen. Knauter klingt wie Krauter, abgeleitet von Kraut, und damit verdammt deutsch. »Dieser Platz gefiel mir schon gestern am besten«, antwortet der, »selbst wenn die in ein paar Wochen hier das Wasser abpumpen, heißt das noch lange nicht, daß sie das Ding auch finden. Liegt sehr schön im Moder.« Falls die Gärtner im nächsten Frühjahr zum Saisonbeginn 1998 den Schlamm umgraben und dabei die Waffe finden sollten, würde niemand auf die Idee kommen, daß ausgerechnet die beiden ehrenwerten Gäste Knauter und Lefèvre, die im Herbst mal zwei Tage hier waren, etwas mit dem dann wahrscheinlich verrosteten Gewehr zu tun haben. Oder daß es gar eine Verbindung zu den Ereignissen von gestern gibt, dem Mord an Freypen. »Ein Gewehr auf einem Golfplatz weit entfernt von Hamburg«, sagt Lefèvre lachend, als hätte er die Gedanken seines Freundes lesen können, »das könnte in diesen Zeiten eher die Vermutung nähren, daß die russischen Mafiosi jetzt schon zum Golfspielen nach Deutschland kommen.«

Der angebliche Knauter, von dem die Spannung spürbar abgefallen ist, zieht Eisen acht aus seinem schottenkariert gemusterten Bag. »Wollen Sie etwa noch weiterspielen, Monsieur Knauter?« fragt der Schwarzhaarige in gespielter Höflichkeit und chipt dabei seinen Ball vom Rande des Greens einen halben Meter ans Loch. Wartet dann auf seinen Partner, der ebenfalls nur zwei Schläge braucht. Sie gehen über die kleine Brücke wieder zurück auf den Rasen und prüfen konzentriert noch einmal sorgfältig das Ufer ringsum. Nichts zu sehen von der Waffe, die sie gerade am Grunde des Teiches eingegraben haben. Auch bei klarem Wasser nicht.

»Und ob wir spielen, das war doch erst das neunte. Erstens habe ich endlich einen freien Kopf, zweitens will ich dich nicht gewinnen lassen, weil mir das Red nicht verzeihen würde, und drittens haben wir nichts Besseres vor. Hier ist es schöner als auf der Autobahn.«

Dagegen ist wenig einzuwenden. »Worum wollen wir

eigentlich spielen?« will Monsieur Lefèvre wissen, während er den Stand der Dinge notiert. »Ein spätes Frühstück in der nächsten Raststätte? Klingt doch verlockend«, lautet die knappe Antwort. Der Franzose schüttelt sich in gespieltem Entsetzen und grinst dann dreckig: »Einverstanden. Unter einer Bedingung: Wer verliert, der zahlt, aber der Gewinner muß alles essen. Abgemacht?«

In der Nacht oder genauer: vor ein paar Stunden am frühen Morgen, hatte Susanne Hornstein noch einmal Karl Mulder verhört. Als sie in Begleitung von einigen BKA-Beamten und Krucht oben auf dem Parkdeck ankam, empfangen von einem nervösen Mulder am Eingang zur Parteizentrale, hat man ihr nicht die geringste Spur von Müdigkeit angemerkt. Aber das gehörte zu ihren über Jahre antrainierten Fähigkeiten: Sie kann sich jederzeit so konzentrieren, daß sie hellwach wirkt. Mulders spürbare Verachtung für sie, die Frau in einem seinem Weltbild nach für Frauen ungeeigneten Geschäft, gab ihr eine zusätzliche Motivation. Dumme Männer reizten sie immer, obwohl sie fast täglich mit ihnen konfrontiert wurde und sich an den Umgang gewöhnt hatte. Sie ließ sich von ihm Punkt für Punkt erklären, welche Sicherheitsvorkehrungen für Freypen ausgearbeitet worden waren, wie normalerweise sein Tagesrhythmus in Hamburg aussah und wer außer seinem Sekretariat und seinen Leibwächtern diese Abläufe kannte. Praktisch alle hier, antwortete Mulder vage, daraus hat der Chef nie ein Geheimnis gemacht. Auch Außenstehende? Sicher, auch Außenstehende, wir haben ja damit geworben, sagt er, daß man dienstags und freitags jederzeit hier anrufen kann, um mit ihm zu sprechen. Direkt? Natürlich nicht, wir haben schon gefiltert, wen wir zu ihm durchstellen, und abends haben wir dann gar keinen mehr mit ihm verbunden, da wollte er ungestört sein, da leuchtete das rote Licht. Und er wies auf die kleine Lampe über Freypens Tür.

Nach dem Verhör bat sie den Mann um die Personalakten der Leibwächter, die Mulder widerstrebend aus einem Safe holte. Alle von mir bei der Einstellung zehnfach überprüft, hat er geknurrt, halten Sie mich etwa für einen Amateur? Dabei schaute er Zustimmung heischend auf Krucht, den er zwar auch nicht mochte, aber immerhin war der ein Mann und damit wohl auf seiner Seite. Konnte dem doch nicht schmecken, daß jetzt eine Frau die Ermittlungen leitete und er nichts mehr zu sagen hatte. Wieder mal täuschte sich Mulder. Denn Krucht blickte ihn nur abschätzig an: »Apropos Amateur. Meine Kollegin hat mich gefragt, warum hier keine schußsicheren Fenster eingebaut waren, und ich konnte ihr das auch nicht erklären. Lag doch eigentlich nahe angesichts der Prominenz des Ermordeten und der vielen Drohungen. Können Sie uns das beantworten?« Den trotzigen Erklärungen, daß Freypen dies schlichtweg abgelehnt habe, schienen beide nur halb zuzuhören. Mulders hastiges Gestammel wirkte unglaubwürdig. Was Freypen tatsächlich abgelehnt hatte, war der Innenraum gewesen, weil er einen freien Blick haben wollte auf den Hafen und den Michel. Auf die naheliegende Idee schußsicherer Scheiben war einfach keiner gekommen, vor allem der zuständige Experte Mulder nicht, denn dagegen hätte Freypen bestimmt nichts gehabt. Deshalb redete er jetzt so hastig, er hatte plötzlich das Gefühl, mitschuldig zu sein am Tod seines Chefs. Das Gefühl ließen sie ihm.

Susanne Hornstein ging ans Fenster, das provisorisch mit einer durchsichtigen Zellophanhaut abgedeckt war, ein Glaser war für Montag bestellt, und schaute nachdenklich auf das Haus gegenüber. Anschließend inspizierte sie zum ersten Mal das Büro, in dem der Parteivorsitzende gestorben war: Massiver Teakholz-Schreibtisch, kleine Besprechungsecke, große schwarze Ledersessel, Regal mit politischen Fachbüchern, die Deutschlandflagge an der weißen Wand, ansonsten keine Bilder. Die Polaroids vom Tatort hatte sie schon bei Krucht gesehen. Freypens blaues Jackett hing über dem Stuhl, als würde er gleich wieder reinkommen. Die

Männer, die ihn ins Gerichtsmedizinische Institut brachten, hatten wohl nicht geglaubt, daß er es noch brauchen würde und es deshalb zurückgelassen. Sein Schreibtisch wirkte ebenso unberührt, sogar das getrocknete Blut schien dazuzugehören wie die Telefonanlage, die Quarzuhr oder das gerahmte Foto seiner Frau und seiner beiden Kinder. Mußte ein altes Bild sein, denn die Töchter waren inzwischen erwachsen, und der Kontakt mit ihrem Vater beschränkte sich auf Kurzbesuche an Weihnachten. Nur wenn Freypen für sogenannte Homestories heile Familie spielen mußte, hatten sie mitgemacht, um nicht ihre monatlichen Schecks zu gefährden. Ein Geschäft auf Gegenseitigkeit, aber das wußte außerhalb der Familie nur Karl Mulder.

Das Loch in der Deutschlandfahne, wo die Experten der Mordkommission am Freitagabend das erste Geschoß aus dem Verputz geholt hatten, betrachtete Susanne Hornstein länger. Gab sich innerlich eine Art von Anweisung, den Standort des Mörders auch von diesem Schußwinkel her berechnen zu lassen, nicht nur vom Toten am Schreibtisch aus. Es war übrigens tatsächlich Kaliber 7,62, wie sie inzwischen von den Ballistikern wußte. Die vom Gerichtsmediziner auf Grund seiner Untersuchungen geschätzte Todeszeit stimmte mit den Aussagen der Bodyguards überein. Im Autopsiebericht stand zusätzlich nichts Überraschendes. Der zweite Schuß hatte Freypen auf der Stelle getötet. Er lag jetzt im Leichenschauhaus. Jemand von seiner Familie sollte ihn, auch wenn dies nur eine Formsache war, sobald wie möglich identifizieren. Dann könnte man ihn zur Bestattung freigeben.

Die BKA-Beamtin hatte nicht erwartet, ausgerechnet jetzt hier mitten in der Nacht etwas zu entdecken, was von ihren Vorgängern übersehen worden war. Sie teilte nicht die übliche abschätzige Meinung vieler ihrer Kollegen über die Qualität von Mordkommissionen vor Ort. Andererseits wußte sie auch, was die von denen hielten, die bei solchen Fällen mal kurz einschwebten und FBI spielten. Sie wollte nur ein

Gefühl bekommen für die Atmosphäre, die Umgebung, vielleicht sogar für den Ermordeten. Daß sie sogar die Vorstellung nicht abwegig fand, dessen Geist noch spüren zu können, sagte sie natürlich keinem. Da hätte man sie wohl sofort für verrückt erklärt und von ihren Aufgaben entbunden.

»Die Flagge«, meinte Mulder, der plötzlich so dicht hinter ihr stand, daß sie seinen abgestandenen Atem riechen konnte, was ihr unangenehm war, »werden wir morgen bei der Trauerfeier hissen. Das heißt, heute, in ein paar Stunden.« Woraufhin Susanne Hornstein spontan Georg Krucht bat, die Fahne von der Wand zu nehmen und einzupacken. Kein Problem für einen, der so groß war wie er. Man müsse wohl doch noch ein paar mikroskopische Untersuchungen vornehmen, vor allen Dingen an den Fasern jener Stelle, an der die erste Kugel eingedrungen war, bevor man sie Mulder überlassen könnte. Aber spätestens Montag oder Dienstag könne er damit rechnen, sie zurückzubekommen. Krucht befolgte ihre Bitte sofort, obwohl er wissen mußte, daß ihre Anweisung unsinnig war. Das merkte sie sich. Mulders Proteste ließen beide ungerührt. »Aber Sie als Ex-Polizist müßten das doch verstehen, Herr Mulder«, schleimte Krucht so, daß man zwar die Absicht merkte, aber nichts beweisen konnte, »gerade Sie. Wir dürfen uns einfach keinen Fehler erlauben auf der Suche nach dem Mörder, nicht wahr?«

Sie verabschiedeten sich höflich, wünschten noch eine angenehme Nachtruhe, was angesichts der Uhrzeit nur zynisch gemeint sein konnte, aber auch daraus machten sie kein Hehl. Mulder blieb in der Tür stehen und bewahrte mühsam seine Fassung. Kaum waren sie aus seinem Blickfeld verschwunden, trommelte er wütend mit beiden Fäusten an die Wand.

»Wir brauchen die Schußwinkel«, sagte Susanne Hornstein im Fahrstuhl zu Krucht, »und zwar schnell. Dann können wir uns am Vormittag die Häuser gegenüber vornehmen, andere kommen ja wohl nicht in Frage. Übrigens, vielen Dank, Herr Kollege, und meine Hochachtung.« Georg Krucht antwortete nicht, aber sie wußte, daß er genau begriffen hatte, worauf sie anspielte und wofür sie sich bedankte. Die Fahne ließen sie im Auto liegen, als sie wieder im Polizeipräsidium ankamen. Allerdings unter einer Decke im Kofferraum.

Daß sie nicht mehr ihre echte Flagge zeigen konnten bei der Kundgebung, haben die PR-Strategen der Vaterlandspartei dann aber doch geschickt überspielt. »Der erste Schuß des Mörders traf Deutschland«, schluchzte Karl Mulder ins Mikrofon und hob genau in dem Moment eine schwarz-rot-goldene Ersatzfahne hoch, die er sich besorgt hatte und die etwa an der Stelle ein Loch aufwies wie das Original, »der zweite Schuß traf dann die Hoffnung Deutschlands: Joachim Freypen.« Daraufhin hatten die versammelten Anhänger, so viele waren es aber nicht, die Nationalhymne gesungen und darauf gewartet, daß wie angekündigt die Witwe ihres Vorsitzenden zu ihnen sprechen würde. Das verzögerte sich. Also gab es bis dahin eine Ansprache Freypens vom Band, die er in Sachen Innere Sicherheit vor ein paar Wochen im Hamburger Stadtteil Wilhelmsburg gehalten hatte.

Helga Freypens Flug aus der Türkei hatte sich wegen schlechten Wetters vor Ort verspätet, sie landete gerade erst in Fuhlsbüttel, als der letzte Ton vom Vaterland verklang, das blühen sollte, und die angebliche Fahne von Freypens Wand schon wieder unauffällig in einem Karton verstaut war. Ebenfalls im Kofferraum eines Autos. Als sie auf der Moorweide ankam, hörte auch sie die Stimme ihres Mannes und erschrak ein wenig. Auf dem Weg zum Rednerpult allerdings hatte sie sich wieder gefaßt, und die Fotografen, die sie ins Visier nahmen, sahen nichts als eine offensichtlich in Trauer erstarrte Frau, die sich am Mikrofon festzuhalten schien, als sie sprach:

»Ich kann nicht viel sagen, weil ich noch immer nach Worten suche. Worten für das Unsagbare, das geschehen ist. Ein ruchloser Killer hat meinen Mann getötet, Joachim Freypen. Den Mann, auf den so viele von Ihnen alle Hoffnungen gesetzt haben. Den Mann, der wie kein anderer die wahren Probleme der kleinen Leute verstanden hat, die plötzlich Fremde sind im eigenen Land, umgeben von Schwarzen und von Zigeunern. Den Mann, den viele der etablierten hartherzigen grauen Herren in Bonn so fürchten gelernt haben in den vergangenen Jahren. Wissen die vielleicht insgeheim, wer ihn ermordet hat? Wer sie von ihrem härtesten Gegner rechtzeitig vor den kommenden Wahlen befreit hat? Wer den Auftrag zum Mord gegeben hat? Wir werden denen in Bonn und in Berlin auf die Finger klopfen, mit Wotans Wut und Thors Hammer, falls sie versuchen sollten, etwas zu vertuschen. Ach, armes Vaterland! Einer deiner Besten ist von uns gegangen. Ein Mörder hat ihn uns entrissen, mir den Mann, uns allen den Vater. Ja, uns allen. Denn wir sind eine Familie. Aber Joachim Freypens Ideen kann keiner töten, keiner. Die werden weiter in uns und mit uns leben. Hiermit schwöre ich vor Gott und Deutschland: Ich werde in seinem Sinne weitermachen.«

Weil das zwar alles schwachsinnig war und deshalb die letzte Rede, die Helga Freypen selbst formulieren durfte, aber irgendwie doch tiefsinnig deutsch klang, sangen alle gleich die Nationalhymne noch einmal. Diesmal die erste Strophe.

Die Schußwinkel stellten die BKA-Experten mit einer Art von Laser-Nivelliergerät nach, solche Geräte haben sie immer in ihrem Equipment, wenn sie nach terroristischen Anschlägen eingesetzt werden. Gehen damit eher unauffällig um, seit es bei der Rekonstruktion im Falle Rohwedder einem Fotografen gelungen war, ihre Methode optisch festzuhalten. Sie maßen einmal von dem Loch in der Wand aus, einmal vom Kopf einer Puppe, die sie so an den Schreibtisch gesetzt hatten, wie laut Tatortfoto Freypen gefunden worden war. Es blieben auf Grund der Messungen als möglicher Standort für den Schützen nur die Fenster in den oberen Wohnungen des Hochhauses jenseits der Straße übrig, andere Möglichkeiten, also zum Beispiel Schüsse von einem der Bürogebäude daneben, konnten mit ziemlicher Sicherheit ausgeschlossen werden. Das erleichterte die Spurensuche. Falls es dort überhaupt Spuren geben sollte. Welches Fenster es genau war, aus welcher Wohnung die Schüsse gefallen waren, ließ sich auf diese Art nicht mit letzter Bestimmtheit sagen. Aber Höhe und Richtung stimmten.

Wie vor ihr der Mörder benutzt Susanne Hornstein das PIOS-System, um die Bewohner der in Frage kommenden Wohnungen zu ermitteln, das geht am Wochenende schneller als ein Griff in die Datei des zuständigen Einwohnermeldeamtes. Vier Namen erscheinen auf dem Bildschirm, darunter auch, wie von Krucht vermutet, der von Floriane Ment. »Ist das nicht die Reporterin, von der das berühmte Foto stammt?« fragt sie rhethorisch. Sie läßt sich ein paar frische Croissants bringen und eine Schachtel Zigaretten, und noch immer sieht man ihr nicht an, daß sie die ganze Nacht nicht geschlafen hat. Im Hotel hat sie nur kurz geduscht und etwas anderes angezogen, wieder ein dunkles Kostüm, von denen sie mehrere haben muß, aber das hat allenfalls eine halbe Stunde gedauert. Der Fahrer, der unten auf sie gewartet hat, war noch nicht mal beim Sportteil seiner Zeitung angekommen, als sie wieder einstieg. Georg Krucht ist nach Hause gefahren, um ein bißchen auszuruhen, nachdem er während einer Einsatzbesprechung plötzlich weggesackt war und geweckt werden mußte. Drei aus ihrer Gruppe sitzen um Susanne Hornstein herum, die anderen haben sich im Bereitschaftsraum des Polizeipräsidiums hingelegt und sollen in vier Stunden wieder übernehmen. Die Entscheidung, wer bei solchen Untersuchungen wie jetzt, wo es auf jede Minute ankommen konnte, anfangen muß und wer zunächst schlafen darf, fiel wie üblich per Los. Und wie üblich hat ihre Chefin darauf bestanden, an der Auslosung nicht teilzunehmen.

Die Befragung der Mieter in den Wohnungen neben Floriane Ments Appartement überläßt Susanne Hornstein ihren Kollegen. Es dauert nicht sehr lang, denn bei keinem gibt es auch nur die Andeutung irgendeiner politischen oder gar terroristischen Aktivität. Zwei der Bewohner, beide über sechzig und alleinstehend, *Stern*-Redakteure im Ruhestand, was aber nicht verdächtig ist, haben erst heute morgen aus der Zeitung erfahren, daß in ihrer unmittelbaren Nähe ein Mord passiert ist. Ihnen ist nichts Besonders aufgefallen zur möglichen Tatzeit. Weder haben sie etwas Ungewöhnliches gehört noch jemanden gesehen, der auf ihrer Etage nichts zu suchen hatte. Sie haben miteinander Schach gespielt wie fast jeden Abend und dabei von alten Zeiten gesprochen. Auch wie fast jeden Abend. Jeder also kann dem anderen ein Alibi geben, falls die Herren das wünschten, aber die wünschen das nicht. Die haben gelernt, Papierkram zu vermeiden, wann immer es möglich ist.

Der Arzt, der am Ende des Flures wohnt, öffnet erst nach mehrmaligem Klingeln verschlafen die Tür, er hatte bis sechs Uhr früh Nachtdienst im Krankenhaus. Das wird einfach nachzuprüfen sein. Seine Begeisterung über den unerwarteten Besuch hält sich in Grenzen. Er weiß überhaupt noch nichts von dem Attentat, es ist ihm auch ziemlich egal, und außerdem war er zur fraglichen Zeit nicht mal im Haus. Bevor ihn die Beamten bitten können, sich umschauen zu dürfen nach möglichen Spuren, könnte ja sein, daß in der Abwesenheit des Arztes seine Wohnung benutzt worden ist, ruft er nach hinten ins Schlafzimmer: »Komm mal schnell.« Ein junger Mann in Boxershorts, ebenso verschlafen, erscheint im Türrahmen.

»Schauen Sie nicht so blöde«, sagt der schnauzbärtige Wohnungseigentümer, »das ist mein Lebenspartner. Mag Ihnen zwar abartig vorkommen, aber stellen Sie sich mal vor, so etwas gibt es.« Wendet sich dann zu seinem Freund: »Irgendein Politiker ist gestern erschossen worden, und vielleicht war der Schütze in diesem Haus. Die Herren sind von der Polizei und wollen wissen, ob wir etwas gehört haben. Hast du?«

Der Junge reibt sich die Augen und kratzt sich dann demonstrativ zwischen den Beinen. Die Beamten reagieren nicht. »Ach, tatsächlich? Ist der Freypen von hier aus erschossen worden? Ich habe die Meldung im Fernsehen gesehen, aber auf die Idee bin ich nicht gekommen. Nee, gehört habe ich nichts, außer meiner Musik. Und schade ist es um den auch nicht, wenn Sie mich fragen.«

»Die fragen dich aber nicht«, unterbricht ihn der Mann neben ihm, doch er läßt sich nicht stören. »... wirklich nicht schade. Was der so an reaktionären Sprüchen über Schwule losgelassen hat. Und seine Partei erst, also wissen Sie.«

»Sonst noch was?« fragt der Wohnungseigentümer. »Ich bin nämlich verdammt müde, ich habe die ganze Nacht gearbeitet.« Die beiden Männer vom BKA bedanken sich, aber das wartet der andere gar nicht erst ab und schließt die Tür. Sie klopfen noch einmal dagegen. Wieder macht der Arzt auf. »Wir haben Ihnen doch alles gesagt. Was gibt es denn noch?« fragt er unfreundlich. »Den Namen des jungen Mannes hätten wir ganz gerne noch, der Vollständigkeit halber für unseren Bericht.« Er diktiert die Schreibweise, fügt das Alter hinzu und den Beruf. Krankenpfleger. Die Beamten wollen den Namen durch ihren Computer laufen lassen, erwarten zwar nicht viel davon, aber keine Spur darf für tot erklärt werden, bevor sie nicht geprüft ist. So haben sie es gelernt. Schließlich ist der Junge nicht gemeldet in der Wohnung, sonst hätten sie schon früher bei PIOS etwas über ihn erfahren.

Susanne Hornstein, die unten im Auto noch mit dem Bereitschaftsdienst in Bonn telefoniert hatte, kann nicht erklären, woher sie das ganz bestimmte Gefühl hat, daß die Schüsse aus Floriane Ments Fenster abgegeben worden sind und aus keinem anderen. Hat sicher mit dem Foto auf Seite eins der Zeitung zu tun, obwohl sie sich eingesteht, daß dies nicht unbedingt logisch ist. Nur dann, wenn die Reporterin etwas mit dem Mord zu tun haben sollte, und das wiederum ist höchst unwahrscheinlich. Aber der Schußwinkel des Fotografen entspricht dem möglichen des Täters. »Schaut euch mal auf dem Dach um«, befiehlt sie ihren Leuten, mit denen sie per Lift in den obersten Stock gefahren ist, »vielleicht entdeckt man bei Tageslicht doch etwas, was der Hubschrauberpilot übersehen hat. Und erkundigt euch bei allen im Haus, nicht nur hier auf dem Flur, ob denen in der vergangenen Nacht oder in den letzten Tagen irgend etwas aufgefallen ist. Wahrscheinlich gibt es auch so etwas wie einen Hausmeister, also auch den befragen.« Sie steht vor Floriane Ments Tür, hat aber noch nicht geklingelt: »Das hier mache ich allein, mit Frauen kann ich ganz gut.« Wird ein bißchen rot, als ihre Männer grinsen, worüber sie sich ärgert: »Ihr mit eurer schmierigen Phantasie, ich weiß genau, was ihr denkt. Macht wenigstens eure Arbeit anständig, sonst wird euch das Grinsen vergehen.« Wartet, bis ihre Untergebenen mit dem Fahrstuhl verschwunden sind. Dann grinst auch sie. Mit nicht ganz jugendfreien Anspielungen umzugehen hat sie gelernt. Vor allem, als sie begriffen hatte, daß die nicht böse gemeint oder gegen sie gerichtet waren, daß es jeden treffen konnte. Sogar Männer.

Nur am Anfang, als sie in ihre Position berufen worden war, hatte es Schwierigkeiten gegeben, weil eine Frau Chefin einer Abteilung Terrorismus geworden war. Sind wir hier beim Fernsehen? hatte einer gefragt. Spielt hier Hannelore Elsner die Kommissarin? Gibt es keine Männer unter uns, die den Job können? Aber nachdem sie in einem komplizierten Fall von Millionenerpressung eines Nahrungsmittelkonzerns durch vergiftete Senftuben beweisen konnte, daß sie mit einem hohen Intelligenzquotienten gesegnet und wofür das gut ist, und nachdem sie beim internen Wettschießen des Bundeskriminalamtes den ersten Platz belegt hatte, wurde sie akzeptiert. Inzwischen war es sogar so, daß sie bei blöden Sprüchen aus anderen Abteilungen von ihren Männern verteidigt wird und zwar voller Überzeugung. Mit diesen Männern, denkt Susanne Hornstein, habe ich keine Schwierigkeiten. Weil die sie als Kumpel sehen und nicht mehr als Frau. Ob das so erstrebenswert ist, will sie nicht genauer ergründen, denn manchmal zweifelt sie sogar selbst daran, noch eine Frau zu sein. Sie drückt achtlos ihre Zigarette aus und klingelt.

Der Mörder, der etwa sechzehn Stunden zuvor den gleichen Weg vom Fahrstuhl zur Wohnungstür zurückgelegt hat, nimmt gerade den Händedruck seines Begleiters entgegen, den er doch noch knapp am achtzehnten Loch besiegt hat. Ein Schlag weniger als der. Es ist kurz vor zwölf Uhr mittags, und es wird Zeit, sich auf den Weg zu machen. Spätestens am Sonntagmorgen wollen sie wieder in Lyon sein. Sie sind immer noch unter sich, aber drei, vier Löcher hinter ihnen tauchen inzwischen beim Abschlag andere Golfspieler auf. Keiner nimmt von ihnen Notiz, als sie auf den Parkplatz zurückkehren. Der Mercedes mit den französischen Kennzeichen fällt nicht weiter auf, denn hier ist man an internationale Gäste gewöhnt. »Ich fahre zuerst«, sagt der Franzose, nachdem sie ihre Golfbags im Kofferraum verstaut haben, »du kannst mich dann später ablösen.« Sein Beifahrer trägt zum blauen Pullover eine braune Leinenhose und über dem noch immer gefärbten Haar eine Mütze. »Hinten liegen ein paar Zeitungen von heute, habe ich mir im Hotel geben lassen, schau doch mal, ob du etwas Spannendes entdeckst.« Sein Freund schnallt sich an und klopft auf seinen Bauch: »Später. Erst mal will ich was essen, und denk dran, du bezahlst.« Er schaltet das Radio an. Nachrichten. Immer noch nichts Neues. Kein Wort von der Ringfahndung, aber beide wissen, daß die inzwischen aufgehoben ist. Falls sich in den ersten zwölf Stunden nach einem Verbrechen keiner im Netz verfängt, werden die Sperren wieder abgezogen. So war es immer bisher, warum sollte es heute anders sein? Als der Sprecher verkündet, das BKA habe im Fall Freypen die Ermittlungen übernommen, lächelt er: »Die werden uns wenigstens auf dem laufenden halten.« Bevor sie auf die Autobahn fahren, kauft Krauter bei einem Bäcker ein paar belegte Brötchen und vertieft sich während der Weiterfahrt in die Schlagzeilen der Hamburger Lokalblätter, aber den Inhalt der verschiedenen Artikel schenkt er sich. Da weiß er schließlich mehr. Als sie die Stelle erreichen, wo sich die Autobahnen nach Hannover und Bremen teilen, fahren sie weiter Richtung Bremen. Normaler Verkehr, keine Staus. Tempo hundert ist vorgeschrieben, und die meisten halten sich daran. Der Mercedesfahrer auch. Der Mann neben ihm hat sich plötzlich doch in eine der Zeitungen vertieft, weil ihm etwas aufgefallen ist.

»Was Neues?«

»Nicht von Freypen, aber das hier könnte noch nützlich für uns werden.« Er reißt mit einer schnellen Bewegung den Artikel aus, den er gerade entdeckt hat, und liest vor:

TEUFLISCHER PLAN GING SCHIEF

SAD Paris. – Der Deutsche Peter Uwe Schmitt (26), mutmaßlicher Mörder seiner belgischen Ehefrau Ursula Dechamps (22), soll sich in Key West, Florida, aufhalten. Die Polizei wartet nur noch auf die entsprechenden Papiere, um ihn festzunehmen. Zusammen mit der Belgierin Aurore Martin (26) soll Schmitt einen teuflischen Plan ausgeheckt haben. Der Vorwurf: Sie heirateten jeweils einen anderen Partner, schlossen hohe Lebensversicherungen ab, gaben noch unbekannten Tätern den Auftrag, die Angetrauten zu ermorden – und kassierten das Geld der Versicherungen. Gegen beide läuft ein internationaler Haftbefehl. Als die Polizei am Abend des 29. August 1992 zum Kanal Brüssel–Charleroi gerufen wurde, traf sie auf Peter Uwe Schmitt aus Troisdorf bei Köln. Er zeigte auf das Wasser und sagte: »Meine Frau ist noch da unten irgendwo. Ich fuhr zu schnell, hatte keine Zeit mehr zu bremsen.« Ursula Dechamps wurde tot geborgen. Erst Jahre später kam alles heraus, als

Marc Van Beers (33), Ehemann von Aurore Martin, unter ähnlichen Umständen ums Leben kam. Wenige Tage nach der Hochzeit stürzte sein Auto am 11. Mai 1995 auf Korsika in eine Schlucht, die Ehefrau konnte sich retten. Die Polizei stieß bei den Ermittlungen auf eine Verbindung zwischen Schmitt und Martin. Beide sollen sich schon 1991 gekannt haben und zusammen nach Florida geflohen sein.«

Der Franzose hat ihn zwar nicht unterbrochen, aber er wirkt ein bißchen verwirrt: »Zugegeben, eine irre Geschichte, aber was hat die mit uns zu tun?« Der andere wendet sich ihm zu: »Falls wir je so was brauchen wie ein Alibi, wird das unser Alibi sein. Wir beide haben uns auf Bitten unserer amerikanischen Kollegen nämlich um diesen Fall gekümmert. In unserer Freizeit, ohne offiziellen Auftrag. Ein Freundschaftsdienst eben. Denis wollte wissen, ob es noch mehr Einzelheiten gibt als die, von denen hier die Rede ist. Wir waren also deshalb in den letzten Tagen in Belgien, und wir waren in diesem Kaff, wie heißt es, Troisdorf, verstehst du?«

Floriane Ment schaut fragend die blonde Frau an, die vor ihrer Tür steht. Die zückt einen Ausweis und sagt knapp: »Hornstein, Bundeskriminalamt, ich möchte Ihnen gern ein paar Fragen stellen.« Die Reporterin bittet sie mit einer lässigen Handbewegung herein und scheint allenfalls überrascht, daß nicht einer von den Männern vor ihr steht, die sie nachts da drüben gesehen hat. Susanne Hornstein blickt sich aus reiner Gewohnheit prüfend in dem großen Wohnraum um. Ihre Mutter nennt das Tatortsyndrom. Manchmal ist es so, daß ihre Tochter, die Leitende Kriminaldirektorin Susanne Hornstein, vergißt, wo sie ist, und sogar den Wohnraum des Hauses am Rhein kontrolliert, das sie, jeder für sich in seinem Trakt, aber gemeinsam bewohnen.

»Schauen Sie sich ruhig alles an«, bemerkt Floriane Ment spöttisch, »aber ich kann Ihnen auch gleich sagen, daß ich die Fotos dort vom Fenster aus gemacht habe. Deswegen sind Sie doch hier oder?« Wartet. »Das wissen wir«, sagt Susanne Hornstein kühl und wendet sich nun der Rothaarigen zu, »aber deshalb bin ich nicht hier.« Die andere Frau ist verblüfft, läßt sich aber nichts anmerken. »Klingt spannend. Mögen Sie einen Kaffee? Ich habe gerade eine frische Kanne gemacht.«

Die Beamtin nickt, sehr gern, danke, und geht ans Fenster. Sie kann von hier genau in das Büro Freypens schauen, das auf der anderen Straßenseite schräg unter ihr liegt. Susanne Hornstein zuckt zusammen, als sie die zusammengesunkene Gestalt am Schreibtisch sieht, beruhigt sich aber schnell. Es ist nur die Puppe, mit der sie heute morgen den Schußwinkel berechnet und die sie noch nicht weggeräumt haben. »Nein, deswegen bin ich nicht hier«, wiederholt sie und nimmt dann die angebotene Tasse Kaffee in beide Hände, »darf ich mich setzen?« Floriane nickt und hockt sich ihr gegenüber im Schneidersitz auf die Couch. Sie trägt immer noch alte Jeans und ein schlabberiges weißes T-Shirt. Das dunkelblaue Kostüm der anderen Frau sieht aus wie frisch gebügelt. »Darf ich auch rauchen?« Wieder nickt Floriane und nimmt sich selbst eine Zigarette aus der angebotenen Schachtel.

»Wann haben Sie die Fotos gestern abend gemacht?«

»So etwa gegen halb zehn, ich bin nicht ganz sicher, kann auch ein paar Minuten später gewesen sein. Warten Sie, das ließe sich sogar genau feststellen. Ich habe im Radio von dem Attentat gehört und bin dann aus der Badewanne raus und habe in der Redaktion angerufen und dann ...«

»Waren Sie den ganzen Abend über zu Hause?«

Floriane zögert, was Susanne Hornstein registriert, ohne etwas damit anfangen zu können. »Nein, ich bin kurz nach neun Uhr hier gewesen, also kurz nach einundzwanzig Uhr, ich war bei einem Empfang. Wollen Sie wissen, wo? In der Heinrich-Heine-Villa, das ist an der Alster.« Sie denkt an die Szene in der Tiefgarage und schüttelt sich ein wenig, als ob ihr kalt sei.

»Und?«

»Es war langweilig, darum bin ich früher gegangen.«

»Allein?«

»Mein Verleger hat mich ein Stück mitgenommen und hier unten an der Haustür abgesetzt. Den könnten Sie übrigens auch fragen, wie spät es war. Schwarzkoff heißt der, Eberhart Schwarzkoff.« Susanne Hornstein merkt sich den Namen, so etwas muß sie nicht aufschreiben. »Ist Ihnen irgend etwas aufgefallen, als Sie nach Hause kamen? War die Tür verschlossen? War hier alles wie immer? War das Fenster geöffnet? Hat es vielleicht anders gerochen als sonst?«

»Anders gerochen? Warum fragen Sie?«

»In dürren Worten«, antwortet Susanne Hornstein trocken, »wir vermuten, daß die Schüsse auf Freypen von hier aus abgefeuert worden sind.«

»Sie denken, daß ich ...«

»Nein, nicht Sie. Ich habe gesagt, wir glauben, daß der Mörder Ihre Wohnung benutzt hat. Zumindest der Schußwinkel läßt diesen Schluß zu. Und falls Sie nicht da waren, was wir selbstverständlich nachprüfen müssen, gibt es nur die Möglichkeit, daß jemand in Ihre Wohnung eingedrungen ist. Deshalb die Frage, ob Ihnen etwas aufgefallen ist.«

Wieder zögert Floriane Ment, und plötzlich weiß sie, woran sie gedacht hat, als sie gestern Nacht an ihrem Fenster stand und die Fotos vom Tatort machte. Der Mörder muß genau da gestanden haben, wo sie stand. Und der Mann in der Tiefgarage, der sie gerettet hat und der sich natürlich bisher nicht gemeldet hat, das war der Mörder, wer sonst. Paßte alles.

Paßte vielleicht zu gut?

»Worüber denken Sie nach? Ist Ihnen doch etwas eingefallen?«

Floriane schüttelt den Kopf. Sie denkt nicht daran, diesem eingebildeten Blaustrumpf alles zu erzählen. Als Polizeireporterin läßt sie sich von Polizisten nicht so leicht beeindrucken. Auch von einer Kriminaldirektorin nicht und erst recht nicht vom Bundeskriminalamt. Das hier ist ihre exklusive Geschichte. »Nein, nein, ich habe mir nur gerade vorgestellt, was der Mörder wohl mit mir gemacht hätte, falls ich ihn hier überrascht … das heißt, wenn Sie recht haben, daß er von hier aus geschossen hat.«

Eine andere Wohnung komme nicht in Frage, bekräftigt Susanne Hornstein und steckt sich an der Kippe ihrer alten eine neue Zigarette an: »Er muß hier gewesen sein. Oder sie, kann sich ja auch um eine Frau handeln. Wir wissen nichts. Haben Sie etwas dagegen, wenn ich die Spurensicherung bitte zu kommen?« Sie wartet die Antwort nicht ab, sondern greift zu ihrem Handy und wählt eine Nummer: »Wohnung Floriane Ment, oberster Flur, volles Programm.«

Dann fällt ihr wieder ein, welchen Beruf ihre Gesprächspartnerin hat. »Sie sind eine wichtige Zeugin, Frau Ment, und ich kann mir vorstellen, daß dies alles für Sie als Reporterin, zynisch ausgedrückt, ein Geschenk des Himmels ist. So wie das Foto heute in Ihrer Zeitung. Aber Sie dürfen erst dann darüber schreiben, wenn ich Ihnen das Okay gebe, in Ordnung?« Floriane Ment nickt automatisch, aber natürlich hat sie nicht vor, sich an eine solche Anweisung zu halten. Was auch Susanne Hornstein ahnt, doch sie versucht es noch einmal, sozusagen mit einem Appell an das moralische Gewissen, was beweist, wie selten sie es bisher mit Journalisten zu tun gehabt hat: »Auch Mörder lesen Zeitung.«

Die Spurensicherung ist in Floriane Ments Wohnung, stets von den mißtrauischen Blicken der Besitzerin begleitet, systematisch vom Flur aus vorgegangen. Die Männer haben den Boden abgesaugt, falls sie dort auf ungewöhnliche Spuren von Dreck stoßen sollten, würden sie diese mit dem unter den Schuhen von Floriane Ment vergleichen können. Als die Beamten beginnen, Schubladen aufzumachen und im Schlafzimmer in Floriane Ments Wäsche und in ihrem

Kleiderschrank wühlen wollen, protestiert sie: »Kommt nicht in Frage! Erstens haben Sie mich nicht gefragt und zweitens: Glauben Sie wirklich, der Mörder hat sich da versteckt?« Susanne Hornstein gibt den Männern ein entsprechendes Zeichen, und die konzentrieren sich wieder auf das Fenster und auf die Fensterbank und den Teppichboden am Fenster. »Das kann noch ein bißchen dauern«, wendet sich die Beamtin wieder der Journalistin zu und merkt zum erstenmal ihre Müdigkeit: »Wer außer Ihnen besitzt eigentlich noch Schlüssel zu Ihrer Wohnung? Die Putzfrau? Irgendein Freund vielleicht?«

»Niemand außer mir«, schnappt Floriane Ment zurück und zieht die Knie fast bis unter ihr Kinn. »Ich lebe alleine, und das gerne, und putzen kann ich selbst. Falls hier mal ein Mann übernachtet, bekommt der bestimmt nicht gleich Schlüssel von mir. Wie halten Sie es denn in solchen Fällen?« Susanne Hornstein schweigt, und fast tut es Floriane Ment leid, daß sie so aggressiv reagiert hat. Sie blickt die blonde Frau im Sessel genauer an, nicht gerade eine Schönheit, auch nicht mehr so ganz jung, aber die hat was. Wenn sie sich anders anziehen würde, nicht so altbacken, wenn sie mal ausgeschlafen hat und nicht so müde aussieht. »Entschuldigung, Sie machen nur Ihren Job. Müßte gerade ich verstehen.«

Du verstehst gar nichts, denkt Susanne Hornstein plötzlich wütend, du blöde Tussi. Du holst dir irgendeinen Kerl ins Bett, und am anderen Tag sagst du tschüs. Bei mir sagen die Kerle tschüs, nicht ich, das ist der Unterschied. Falls sie überhaupt bis zum anderen Morgen bleiben, und falls sie überhaupt kommen. Aber das geht dich nichts an, Schlampe. Strahlt dabei aber Floriane Ment mit einem so falschem Lächeln an, wie es nur Frauen austauschen können. »Schon in Ordnung.« Vergißt aber durch ihren stummen Wutanfall, beim Thema Schlüssel nachzuhaken. Sonst wäre sie sicher auf die Idee gekommen, auch mal beim Vermieter nachzufragen, und hätte dann einen Tag früher erfahren, wie der angebliche Bruder von Floriane Ment ausgesehen hat, der sich die Ersatzschlüssel geben ließ.

Eigentlich könnte ich eine solche Figur wie die Beamtin gut einbauen in mein Buch, und sicher kann sie mir auch viel von ihrem Alltag beim BKA erzählen, überlegt sich Floriane Ment. Und nimmt sich vor, mehr Kooperationsbereitschaft zu zeigen. Sie ändert ihre Taktik, so wie bei Recherchen, wenn sie ihren Opfern etwas von sich erzählt, um deren Vertrauen zu gewinnen und sie dann anschließend um so leichter auszunehmen. Beugt sich vertraulich vor und berichtet Susanne Hornstein von ihrem Vorhaben, einen politischen Thriller zu schreiben: »Ich habe die bekannten Muster satt. Wer will schon zum tausendsten Mal lesen von irgendwelchen kriminellen Regierungen im Weißen Haus wie bei Tom Clancy, von mafiaverseuchten Anwaltskanzleien wie bei John Grisham, von faschistischen Untergrundorganisationen wie bei Frederik Forsyth und Ken Follett? Das sind doch mittlerweile uralte Hüte.«

»Ich habe von denen nichts gelesen«, erwidert Susanne Hornstein ein bißchen abwehrend, allerdings verblüfft über den Themenwechsel, »mir reicht die Wirklichkeit.« Fragt aber höflich nach, was denn Floriane in ihrem Erstling so ganz anders machen möchte als die genannten Schriftsteller.

»Ich nehme die ungeklärten Fälle, die es wirklich gab in der Bundesrepublik, und male mir aus, wie es tatsächlich hätte sein können und wer in Wahrheit dahinter steckt. Also eine Art idealistischer Superbösewicht, der sich modernster Methoden bedient, Computerhacker zum Beispiel, um etwas zu erfahren und mit dem Wissen andere zu erpressen. Oder um Zeitungen Material zuzuspielen, damit die dann ein paar Leute hochgehen lassen, an denen er sich die Finger nicht schmutzig machen möchte. Dem geht es nicht um Geld, das hat er, er will die Herrschenden zwingen, daß die ihre Politik ändern, die ihm nicht paßt. Rein fiktive Geschichte natürlich, aber immer in Verbindung mit Figuren, die erkennbar als die auftreten, die sie im wahren Leben sind. Sagen wir: Faction statt Fiction. Das genau ist der Reiz.«

»Zum Beispiel?«

»Zum Beispiel Barschel, zum Beispiel Karry, zum Beispiel Herrhausen, zum Beispiel Rohwedder. Da weiß man doch eigentlich bis heute nicht, wer es war. Könnte bei Rohwedder auch die Stasi gewesen sein, die ihn erschossen hat, und nicht die RAF. Und bei Karry einer aus seiner eigenen Partei, der FDP, weil er zuviel über schwarze Kassen wußte, und nicht irgendeine Rote Zelle. Und bei Barschel ein iranischer Waffenhändler, der im Auftrag der CDU den angeblichen Selbstmord arrangiert hat, damit der in seiner Verzweiflung nicht noch mehr Schaden für die Partei anrichtet.«

»Das klingt aber sehr abenteuerlich, finden Sie nicht?«

»Wieso? Weiß das BKA etwa mehr?«

Susanne Hornstein fällt auf solche Tricks nicht rein und zuckt nur mit den Schultern. Natürlich weiß sie mehr, denn sie kennt die Akten. Aber sie wird den Teufel tun und davon erzählen. Andererseits hat auch sie gelernt, ihre jeweilige Taktik zu ändern, wenn es die Situation erfordert: »Wir können ja einen Deal machen, Frau Ment. Sie schreiben nicht über das, was Sie heute hier erlebt haben, also von wo aus der Mörder geschossen haben könnte und so weiter. Und ich gebe Ihnen in einem Hintergrundgespräch mal ein paar Einzelheiten, die Sie für Ihr Buch gebrauchen können. Ohne Quellenangabe, versteht sich.«

Floriane Ment überlegt einen Augenblick. Warum eigentlich nicht? Was sie für ihr Buch erfährt, gehört nur ihr, ist nur ihr Ruhm, nur ihr Erfolg. Was sie für die *Abendpost* schreibt, ist am anderen Tag vergessen, egal, wie sensationell es ist, und hilft nur Schwarzkoff, mehr Zeitungen zu verkaufen. Ausgerechnet Schwarzkoff, diesem Machoschwein. Hoffentlich liegt der gerade mit schwerem Kopf irgendwo im Straßengraben. Sie erschrickt bei der Vorstellung. Wenn der Mann da unten in der Tiefgarage wirklich der Mörder gewesen sein sollte, dann könnte es ja sein, daß auch der Verleger längst tot ist und wirklich im Straßengraben liegt. Soll sie vielleicht doch lieber mit der ganzen Wahrheit rausrücken? Ach was, beruhigt sie sich selbst, das ist nur wieder deine blühende Phantasie, der wird schon nicht tot sein. Und das war wahrscheinlich gar nicht der Mörder. Nur irgendein Typ, der unerkannt abhauen wollte. Ein heimlicher Liebhaber? Ein Einbrecher? Das würde auch sein Schweigen erklären. Entschlossen streckt sie Susanne Hornstein ihre Hand hin: »Abgemacht.«

Eberhart Schwarzkoff hat sich fluchend die durchnäßten Sachen ausgezogen, wütend den Gartenschlauch weggeschleudert und eine halbe Stunde lang unter die Dusche gestellt, abwechselnd heißes und kaltes Wasser über sich laufen lassen. Nun fühlt er sich wieder wie unter den Lebenden und nicht mehr wie im Reich der Scheintoten. Beim Frühstück liest er die Schlagzeile seiner Zeitung und den Bericht auf Seite eins, und als er die Copyrightzeile unter dem Foto mit der Leiche sieht, fällt ihm wieder ein, was er mit der Nachricht von Freypens Tod in sein Unterbewußtsein verdrängt hat: Was gestern in der Tiefgarage passiert ist. Automatisch faßt er sich hinters Ohr, wo ihn der Schlag getroffen hat. Immer noch ein bißchen geschwollen. Selbst schuld, murmelt er, selbst schuld. Allerdings, so schlimm kann es ja wohl nicht gewesen sein, wenn Floriane gleich anschließend wieder so in Form war, daß sie diese tolle Geschichte produziert hat. Was ihn erst einmal beruhigt. Seinem Butler gibt er den Ersatzschlüssel seines Bentleys und hundert Mark für ein Taxi, um an den Stadtpark zu kommen. Beschreibt ihm genau, wo das Auto steht, so viel hat er sich noch merken können, als er auf dem Beifahrersitz aufgewacht ist. Brummt irgend etwas wie »Bin nicht mehr fahrfähig gewesen«, erzählt aber nicht, wie er ohne Auto nach Hause gekommen ist und was er überhaupt ausgerechnet am Stadtpark gemacht hat. Das geht den Mann auch nichts an, sagt er sich, der soll nur tun, was ich von ihm verlange, schließlich bezahle ich ihn gut dafür. Er steht oben am Fenster seiner Bibliothek, als der Butler von einem Taxi abgeholt wird, und sieht ihm nach, bis es am Tor verschwunden ist.

Das Haus ist leer, seine Frau auf dem Golfplatz, nur hinten im Park, der sich sanft zur Elbe neigt, hört man Stimmen. Die Gärtner, die mit ihren großen Scheren an den Hecken arbeiten. Schwarzkoff dreht sich um und geht an seinen Schreibtisch. »First Things First« steht gestickt in einem Rahmen an der Wand, es sieht fürchterlich geschmacklos aus und paßt nicht zu den Antiquitäten im Raum, ist aber ein Geschenk seines Freundes Joachim aus den Tagen, als sie jung waren in Salem. Deshalb hängt es da. Schwarzkoff seufzt, nicht traurig, eher zufrieden, weil er nun allein ist und seine Frau sicher bis abends beschäftigt sein wird. Er hat keinesfalls die Absicht, sich bei ihr für sein spätes Nachhausekommen zu rechtfertigen, so etwas macht er schon seit Jahren nicht mehr. Sie hat sich daran gewöhnt, daß er außer Haus seinen Spaß sucht, und er hat sich an ihre vorwurfsvolle Leidensmiene gewöhnt. Er ahnt dabei nicht, wie sehr sie ihn haßt, und wenn er es erfahren hätte, wäre er eher überrascht als empört gewesen. Er hält ihr scheinheiliges Verhalten für selbstverständlich, Teil eines stillschweigenden Arrangements, das sie getroffen haben. Solange er für alles zahlt und sie nicht öffentlich desavouiert, was er auch nie getan hat, muß sie im Gegenzug die Rolle der liebenden Gattin spielen, die er wiederum ab und zu braucht. Sie gehen sich aus dem Weg, und schon längst haben sie getrennte Schlafzimmer. Wenn Schwarzkoff von den Scheidungsaffären gewisser Herrschaften in seiner Zeitung liest, ist er immer wieder entsetzt, was da alles öffentlich ausgebreitet wird. Ich vögele zwar seit vielen Jahren ausschließlich außer Haus, pflegt er nach dem dritten oder vierten Glas in seinem Club zu sagen, aber ich lasse wenigstens nicht öffentlich die Hosen runter. Eine Frage des Stils.

Seinen Nachruf auf Freypen schreibt er per Hand mit

einem teuren Füller. Mehr als zwanzig Minuten braucht er nicht, weil er merkt, daß er viel über seinen Jugendfreund doch nicht zu sagen hat. Trotzdem ist sein Nekrolog gar nicht mal so schlecht, schön sentimental und subjektiv mit genau dem richtigen Maß an persönlicher Betroffenheit. Er streift mit keinem Gedanken Freypens Politik und die rechtsradikalen Thesen der Vaterlandspartei, berichtet nur von den gemeinsamen fröhlichen Jahren in München, bis der Tod ihrer Väter sie trennte. Wählt deshalb als Überschrift **DER FREUND DEM FREUND** und greift dann zum Hörer. Die Telefonnummer seines Chefredakteurs ist gespeichert. »Guten Morgen, mein Lieber. Ja, schrecklich, schrecklich. Gute Seite eins übrigens, müßte sich verkaufen, sehr schön. Ich habe für die Sonntagsausgabe einen Nachruf verfaßt, lasse ich Ihnen nachher zukommen. Ganz persönlich, Sie wissen ja, wir waren befreundet. Politisch? Nein, nein, das hat mich nie interessiert und jetzt erst recht nicht. Das sollen andere bewerten. Hat die Polizei schon eine Spur von dem möglichen Mörder? Aha. Sie rufen mich bitte gleich an, falls es etwas Neues gibt. Ich werde den ganzen Tag über hier sein. Danke.«

Da fällt ihm Floriane Ment noch einmal ein, und es kommt ihm doch wieder bei dem Gedanken an sie die alte Übelkeit hoch. Seinetwegen, nicht ihretwegen. Wegen der Situation, in die er sich selbst gebracht hat. Schwarzkoff macht sich Vorwürfe, daß er sich in der Tiefgarage so hat gehenlassen. Ob das an der Pille lag, die er bei der Party noch schnell geschluckt hatte? War die vielleicht zu stark für einen Mann seines Alters? Ist noch nie seine Art gewesen, gewalttätig zu werden, weil er immer freiwillig bekam, was er wollte. Die wird doch wohl stillhalten, oder? Ob ich sie zur Sicherheit mal anrufen soll? Und wer, zum Teufel, war es eigentlich, der ihn niedergeschlagen hat? Einer aus dem Haus? Einer, der ihn gar erkannt hat? Sein Blick fällt wieder auf die Wand. »First Things First.«
Bei Floriane Ment klingelt das Telefon, sie greift hastig zum

Hörer. Warum ist die so nervös? wundert sich Susanne Hornstein und läßt sich kein Wort entgehen. »Ach, Sie sind es«, sagt die Reporterin mit merkwürdig gepreßter Stimme, »war ein gutes Foto, nicht wahr? Danke. Gehaltserhöhung wäre mir lieber, aber darüber können wir sicher später sprechen, nicht wahr? Ich habe gerade Besuch von der Polizei, die fand das Foto auch sehr gut. Ja klar, wegen Freypen.« Dann lacht sie. Ein wenig hysterisch, wie Susanne Hornstein findet. Aber woher soll sie wissen, daß Floriane Ment beim ersten Klingeln befürchtet hat, ausgerechnet jetzt würde der Mann aus der Tiefgarage anrufen, und sich nun nicht so ganz entscheiden kann, ob das schlimmer gewesen wäre als der Anruf von Schwarzkoff, dem verhinderten Vergewaltiger: »Eigentlich ganz passend, daß Sie anrufen, Herr Schwarzkoff. Sie sind nämlich mein Alibi. Ich habe gerade der Dame hier gesagt, daß Sie mich gestern abend freundlicherweise nach Hause gebracht haben. Vielleicht können Sie ihr selbst sagen, wie spät es da war?« Sie wartet seine Antwort nicht ab und gibt den Hörer weiter an die Polizistin: »Hier, mein Verleger, mein Alibi, fragen Sie ihn selbst.«

Susanne Hornstein stellt sich am Telefon vor und läßt sich von Schwarzkoff bestätigen, daß er so etwa Viertel nach neun Uhr gestern abend seine Mitarbeiterin an der Eingangstür unten abgesetzt hat. »Ach«, fügt er hinzu und umgeht damit geschickt die naheliegende Frage, wo er denn anschließend gewesen sei, »meine Frau hat mir erzählt, daß Freypen mich gesucht hat. Genau um einundzwanzig Uhr hat er angerufen, aber da war ich ja noch nicht zu Hause. Sie weiß es so präzise, weil sie im Hintergrund die Glocken einer Kirche gehört und mitgezählt hat.« Verabschiedet sich fast überschwenglich, was die Beamtin ein wenig erstaunt, aber sie kann nicht ahnen, wie erleichtert der Verleger plötzlich ist. Floriane Ment dagegen ahnt den Grund. Der ist erleichtert, weil sie nicht geplaudert hat. Der weiß jetzt, daß sie nichts von der Tiefgarage erzählt hat. Der fühlt sich jetzt wieder sicher.

Die Spurensicherung ist mit ihrer Arbeit fertig, auf den fragenden Blick von Susanne Hornstein schüttelt einer der Beamten den Kopf: »Eigentlich nichts, nicht mal ein Kratzer auf der Fensterbank oder Ölspuren von einer Waffe, nichts. Entweder war der nicht hier oder es war ein absoluter Profi.« Seine Chefin ist zwar sicher, daß der Mörder diese Wohnung benutzt hat, aber daß er ein absoluter Profi ist, glaubt sie auch. Das wird spannend, denkt Susanne Hornstein, der wird mich fordern, und sie freut sich auf das Duell wie auf einen Wettkampf. Den sie natürlich gewinnen will. Die Uhrzeiten passen ebenfalls zur Theorie, daß die Schüsse von hier aus gefallen sind. Um einundzwanzig Uhr hat Freypen noch gelebt, wie der Anruf bei Schwarzkoffs Frau belegt, und wenn der Mörder danach sofort geschossen hat, ist ihm genügend Zeit geblieben, ungesehen zu verschwinden, bevor Floriane Ment wieder in ihre Wohnung gekommen ist. Letzte Sicherheit wird ein Laserstrahl-Test bringen. Das Foto hättest du wohl gerne, denkt Susanne Hornstein boshaft, als sie den gespannten Ausdruck in Floriane Ments Gesicht sieht, während einer der BKA-Beamten aus einer Art länglichem Koffer das Gerät auspackt und ans Fenster tritt. Er spricht halblaut in sein Walkie-Talkie, und auf der anderen Straßenseite wird das Büro von Freypen geräumt, nur die Puppe sitzt noch einsam und aufrecht am Schreibtisch. Der Mann hebt seine Laserwaffe, kniet sich ans Fenster, zielt und drückt ab. Wartet und drückt noch einmal ab. Dann horcht er in sein Walkie-Talkie, dreht sich um zu Susanne Hornstein: »Präzise. Einmal zehn Millimeter neben dem Loch in der Wand, einmal genau in die Stirn.« Zwischen dem ersten und dem zweiten Laserstrahl ist die Puppe, die Freypen darstellen soll, so gedreht und aufgesetzt worden, daß ihr wächsernes Gesicht in Richtung Fenster gerichtet ist. Sie gleicht dem echten Toten gestern Nacht. Allerdings fließt hier kein Blut.

Susanne Hornstein erhebt sich und läßt dabei, wieder mal in Gedanken, ihre Kippe zischend in den inzwischen kalten

Kaffee fallen. Stößt sofort hastig eine Entschuldigung hervor, aber Floriane winkt nur ab: »Ist mir auch schon oft passiert, das kenn ich.« Was ihr bei Susanne Hornstein zum ersten Mal Sympathien einbringt. Vielleicht hat sie zu schnell geurteilt? Vielleicht ist die Ment doch nicht nur eine rothaarige arrogante Schlampe? Die Beamtin gibt ihr ihre Karte, auf der auch ihre Handynummer verzeichnet ist: »Falls Ihnen doch noch etwas einfällt«, denn sie hat das Zögern von vorhin nicht ganz vergessen. »Außerdem sehen wir uns ja noch. Ich schaue mir morgen die Sonntagszeitung an, und dann melde ich mich bei Ihnen.« Die Reporterin versteht genau, was sie meint: Nur wenn du schweigst, werde ich mit dir reden.

Nach der Kundgebung, die ohne Schlägereien zwischen Rechten und Autonomen ausgegangen ist, wird Helga Freypen von Karl Mulder und zwei Leibwächtern in die Parteizentrale gefahren. Sie will sehen, wo ihr Mann gestorben ist. Als sie eintreffen, begegnen sie den Beamten, die nach dem Schußtest die Puppe wegschaffen. »Geschmacklos«, zischt Mulder und zeigt auf die Bahre, auf der sie liegt wie gestern abend der Tote. Die Witwe verzieht keine Miene. Sie wartet, bis sie mit Mulder allein ist, setzt sich an den Platz ihres Mannes und nimmt die dunkle Sonnenbrille ab. Ihre Augen sind trocken und klar. Sie hat nicht geweint, denkt Mulder, und wieder weiß er nicht, ob er sie bewundern soll wegen ihrer Haltung oder ob das nur bedeutet, wie gleichgültig sie der Tod ihres Mannes läßt.

»Ich verlange, daß Sie den Mörder finden, bevor ihn die Polizei hat«, befiehlt sie, »und wenn Sie ihn haben, sagen Sie nur mir Bescheid, hören Sie, nur mir. Ich will dabeisein, wenn er stirbt.« Als sie Mulders verblüfften Ausdruck sieht, setzt sie hinzu: »Sie waren doch mal bei der Mordkommission, oder? Sie wissen doch, wie man ermittelt. Jetzt können Sie zeigen, ob Sie wirklich so gut sind, wie Sie immer tun.« Winkt ihn dann wie eine lästige Fliege weg Richtung

Tür: »Ich will jetzt allein sein und nicht gestört werden. Ach so, wegen der Belohnung für die Ergreifung des Mörders. Sagen wir eine Million. Sorgen Sie dafür, daß es die Öffentlichkeit erfährt.«

Die Meldung von der Million hört Susanne Hornstein im Radio, während sie gerade vor ihrem Power-Book brütet und versucht, eine Art Profil des Mannes zu erstellen, den sie jagt. Krucht sitzt ihr gegenüber. Sie hat ihn gebeten, ihr zu helfen, wenn sie das aufschreibt, was sie vom Mörder zu wissen glaubt. Der Hamburger Kommissar hat das als eine Art Anerkennung seiner Professionalität verstanden, so war es auch gemeint, aber er würde nie zugeben, daß er sich darüber freut. Gefühle zu zeigen ist ihm fremd, darum hat seine Frau auch nie verstanden, warum er so entsetzt war, als sie die Scheidung einreichte. »Eine Million Belohnung, die spinnen doch. Die übliche Schar von Idioten, die sich jetzt meldet, haben wir doch an der Hacke und nicht die.«

»Wir verweisen einfach alle an die Vaterlandspartei«, sagt Susanne Hornstein kühl. Dann drückt sie einen Knopf am Telefon: »Rufen Sie bitte diesen Mulder an, Anweisung von mir, wenn die Aufrufe mit der Eine-Million-Mark-Belohnung rausgehen, soll er dafür sorgen, daß jeder weiß, wohin sich die Leute wenden sollen. An ihn nämlich. Oder an seine Scheißpartei. Das mit der Scheißpartei lassen Sie weg. Nein, ich will nicht mit ihm reden.« Dann beugt sie sich wieder über den Bildschirm ihres kleinen schwarzen Computers und liest halblaut die paar Zeilen vor, die sie aufgeschrieben und unterstrichen hat:

»*Scharfschütze. Ja. Professioneller Killer. Vielleicht. Ausbildung zum Scharfschützen. Ja. Bundeswehr. Vielleicht. In wessen Auftrag? RAF? Terrorist international? IKPO in Lyon fragen.* – Nicht sehr erhellend, was?« Krucht kann ihr nicht widersprechen.

Freypens Mörder hat den Franzosen am Steuer abgelöst. Sie sind hinter Osnabrück von der Autobahn abgebogen und auf einer Nebenstrecke Richtung Hengelo gefahren, das ist der erste Ort auf holländischer Seite kurz hinter der Grenze. Ein gewaltiger Umweg, denn die gerade Strecke zurück nach Frankreich, zurück nach Lyon, hätte sie eher über Freiburg und Basel und Dijon geführt. Aber sie wollen möglichst schnell in einem anderen Land sein, und außerdem ist dem Mörder eine Idee gekommen, als er den Artikel vorlas. Eine Idee, die ihre Reisepläne ändern wird. Sie werden über Maastricht fahren und heute abend kurz hinter der Grenze in Belgien übernachten, am besten im Scholteshof bei Hasselt, um für ebendiesen unwahrscheinlichen Fall, ihr Alibi nachweisen zu müssen, ein paar Belege zu haben. Belege für Übernachtung und Belege für ein Abendessen. Da die Küche des Landhotels zu den besten Europas zählt und man ihren Ruf als Gourmets kennt, ist die Wahl des Ortes glaubhaft, obwohl er ein wenig entfernt von den Orten des Geschehens in Charleroi oder gar Köln-Troisdorf liegt. Der Franzose mußte nicht lange überredet werden, der ist immer bereit, für ein besonderes Restaurant einen Umweg in Kauf zu nehmen. So sehr zieht es ihn auch nicht nach Lyon zurück, ob sie da nun mittags ankommen würden oder erst abends, macht für ihn keinen Unterschied. Er ist seiner Heimatstadt Paris verfallen, und wenn er schon nicht da sein kann, ist es ihm eigentlich egal, wo er bleibt.

Nach ein paar Kilometern kommen sie an die Grenze, da wird wie üblich nicht kontrolliert. Die ganze Nacht über und bis zum frühen Nachmittag dieses Sonnabends war jedes Auto Richtung Holland angehalten, jeder Kofferraum untersucht, jeder deutsche Paß und jedes Nummernschild durch den Computer gejagt und vom Bundeskriminalamt in Wiesbaden überprüft worden. Aber als die Ringfahndung aufgehoben wurde, war es schlagartig auch mit diesem Aktionismus wieder vorbei. Die Polizei vermutet den Mann, den sie sucht, immer noch in Hamburg, als der gerade das Tempo verlangsamt und den einzelnen Zollbeamten, der da am Kontrollpunkt Hengelo noch steht, als könne er nicht anders, freundlich grüßend passiert, dann weiter Richtung Brüssel fährt.

»Was ich dich fragen wollte …« beginnt der Schwarzhaarige, als die Autobahn vor ihnen leerer wird, beendet aber seinen Satz nicht.

»Du wolltest fragen, was das für ein Gefühl war, diesen Menschen zu erschießen, oder?«

»Wie kommst du darauf?«

»Die Frage liegt auf der Hand. Nach wie vor gilt: Ich hasse das, was wir tun. Ich habe es immer gehaßt. Ich werde es immer hassen. Aber noch mehr hasse ich Verbrecher wie diesen Freypen, die ungestraft davonkommen, wenn es uns nicht geben würde. Wir kriegen ja eh nur ein paar, die meisten haben doch nichts zu befürchten. Also …«

»Also?«

»Also habe ich nach einem unserer Morde immer noch ein ruhiges Gewissen. Und als Mörder fühle ich mich erst recht nicht. Was immer das bedeutet, denn ich weiß nicht, wie sich Mörder fühlen. Verstehst du?«

»Nein, aber es beruhigt mich.«

Entstanden war die Idee, nicht alles als von Gott gegeben hinzunehmen, was der nie hätte zulassen dürfen, falls es ihn denn wirklich gab, vor nunmehr fast acht Jahren nach einer Wanderung in den Vogesen. Sie waren zwei Monate lang in einem sogenannten sicheren Haus bei Colmar von einigen Herren unterrichtet worden, die teilweise wie ausgelaugte Studienräte kurz vor der Pension wirkten und teilweise wie jene gelangweilten Turnschuhspinner, die in den kalifornischen Garagen ihrer Väter die Welt per Netz neu entdeckt hatten. Es waren die besten verfügbaren Experten für Bilanzfälschungen und Wirtschaftsbetrug aller Art, Spezialisten für jeden denkbaren Trick, um zum Beispiel Computerprogramme zu entschlüsseln, Fachleute für alle Arten von Waffen und Methoden, mit denen Menschen vom Leben in den Tod befördert worden waren. Beamte unter anderem vom Bundeskriminalamt, vom FBI, von Scotland Yard und von der Sûreté. Täglich zehn Stunden, begleitet von einem schweißtreibenden Fitneßprogramm, das sie allerdings selbst bestimmen durften, lernten sie bis zur physischen Erschöpfung von diesen Experten, wie anhand von winzigen Indizien und Details einst die ermittelnden Polizisten bei den jeweiligen echten Fällen auf die Spur der Mörder gestoßen waren. Das alles sollte ihnen für die Zukunft den letzten Schliff geben. Den entscheidenden Unterschied ausmachen, der sie von normalen Kriminalbeamten abheben würde.

Die seltsamen Schüler waren erfahrene Polizisten aus vielen Ländern, die ausgewählt wurden für die nach Lyon verlegte Zentrale der Internationalen Kriminalpolizeilichen Organisation, abgekürzt IKPO. Die besten aus jedem Land, das zu IKPO gehörte, sollten nach Lyon, denn so wie sich die Kriminellen nicht mehr an irgendwelche Grenzen hielten, mußte auch die Jagd auf sie neu organisiert werden, und zwar ebenfalls grenzenlos. Zweihundertfünfzig Beamte in einer Art Zentralstelle gegen internationale Kriminalität, darunter auch acht aus Deutschland. Schwerpunkte der IKPO, zu der inzwischen einhundertsiebenundsiebzig Länder gehören, von der einstigen Telegrammadresse und durch TV-Serien her besser als *Interpol* bekannt, sind die Bekämpfung von Drogendealern, Waffenhändlern, Terroristen, Schmugglerringen, Kinderpornobanden und natürlich Wirtschaftskriminellen aller Art. Technisch und elektronisch auf dem allerneuesten Stand, mit geradezu unbeschrankten Vollmachten ausgestattet, weltweit einsetzbar – kein Wunder, daß sich viele Beamte, die mit der Bürokratie frustrierende Erfahrungen gemacht hatten, für einen Job in Lyon bewarben. Die Bezahlung war ungleich höher als in ihren Heimatbehörden, es gab Ortszuschläge und steuerliche Vergünstigungen, die bekannte Lebensqualität der Stadt wirkte ebenfalls verlockend. Inzwischen hatte sich nach dem Fall des Eisernen Vorhangs die Zusammenarbeit auch auf russische, rumänische und polnische Kollegen erstreckt, und deren Fähigkeiten brauchte man dringend, seit die osteuropäische Mafia ebenfalls von der Herrschaft der Kommunisten befreit worden war.

Im Herbst 1989 waren die aus dem Westen allerdings noch unter sich und IKPO gerade dabei, den Umzug von Paris nach Lyon zu organisieren. Ein willkommener Anlaß, Dutzende von Fossilien, die an der Seine in Saint-Cloud immer noch Maigret spielten und sich mit ihrer Pfeife beschäftigten statt mit elektronischen Datenbanken, in den Ruhestand zu schicken und sich mit jüngeren Kommissaren zu verstärken. Die sollten wenigstens durch ihr spezielles Fachwissen den neuen Gangstern ebenbürtig sein. Die vier, die von ihren Vorgesetzten zu diesem Lehrgang nach Colmar geschickt worden waren, galten als die besten ihres Landes. Lionel Zartmann, damals fünfunddreißig und Kriminaldirektor beim Bundeskriminalamt, Fachmann für Terrorismus und verdeckte Strukturen von organisierter Kriminalität in scheinbar harmlosen Verbänden. Peter McFerrer, ein Jahr älter, Chiefinspector bei Scotland Yard und Experte für kriminelle Vereinigungen aller Art, außerdem unschlagbar bei Ermittlungen per Computer. Alain Renoit, mit knapp dreißig Jahren der jüngste von ihnen, Kommissar bei der Sûreté in Paris, spezialisiert auf das Knacken von Kodes und das Entziffern falscher Bilanzen. Schließlich der achtunddreißigjährige Amerikaner Denis Riley vom FBI, vertraut mit allen Tricks verdeckter Counterattacks gegen Terroristen weltweit, Verbindungsmann zwischen FBI und IKPO in Lyon, der aber in Zukunft in Washington bleiben würde.

Sie kannten sich zwar schon seit ein paar Jahren von gelegentlichen Konferenzen über Wirtschaftsbetrug, Computerkriminalität und terroristische Strukturen, entdeckten bei dieser speziellen Schulung aber noch ganz andere Gemeinsamkeiten. Und das nicht nur, weil sie jeden Tag gegeneinander Tennis spielten oder an Wochenenden ihre Golfhandicaps verbesserten. Das gehörte zu ihrer Ausbildung, wie sie mit unschuldiger Miene behaupteten, denn viele der Herrschaften, gegen die sie ermitteln mußten, verkehrten in besseren Kreisen. Also mußten auch sie sich da wie selbstverständlich bewegen können, um bei Ermittlungen nicht aufzufallen. Sie paßten, wie sie nach den beiden Monaten ihrer besonderen Ausbildung gemerkt hatten, vor allem deshalb so gut zusammen, weil jeder von ihnen neben den Standards, die alle können mußten, begabt war auf einem ganz bestimmten Gebiet. Aus diesem Grund arbeiteten sie bei den ihnen gestellten Aufgaben vom ersten Tag an als Gruppe zusammen. In vielen nächtlichen Gesprächen waren die vier zu Freunden geworden, und jeder hatte das Gefühl, den anderen fast so gut zu kennen wie sich selbst. Eher besser. Sogar die schriftliche Arbeit nach einem selbstgewählten Thema hatten sie gemeinsam verfaßt. Es lag also nahe, gemeinsam zu feiern, nachdem sie endlich den Kurs hinter sich hatten.

Peter McFerrer, der sportlichste unter ihnen, der mit dem besten Handicap, hatte eine Wanderung vorgeschlagen und die abends beim angeblichen Geheimtip Les Princes de Salm in Colroy-La-Roche enden lassen. Kulinarische Genüsse in besonders guten Restaurants, für einen Engländer und einen Amerikaner erstaunlich, waren für den Franzosen und den Deutschen seit vielen Jahren selbstverständliche Lebensqualität. Zum ersten Mal hatten die vier diese grenzüberschreitende Gemeinsamkeit entdeckt, als sie nach dem Training im Schießstand dem Rat des französischen Hausmeisters gefolgt waren und in einer unscheinbar wirkenden Auberge in einem Vorort von Colmar, das ansonsten von Touristen leergefressen wurde, getafelt hatten.

In ihrer vorerst letzten gemeinsamen Nacht saßen sie bei einer Flasche Riesling auf der schon verlassenen Terrasse des Hotels La Cheneaudière. In dieser Nacht, genauer: morgens gegen zwei Uhr am 14. Oktober 1989, wurde Kleopatra geboren.

5

Renoits Vorschlag, hin und wieder Gott zu spielen und bestimmte Figuren früher als von dem geplant direkt in der Hölle abzuliefern, war zwar ungeheuerlich. Aber als Idee gerade von ihm nicht so überraschend, wenn man seine ganz persönliche Geschichte kannte. In seinem Leben war selten etwas passiert, was man im landläufigen Sinne als normal bezeichnet hätte. Alain paßte in keinen Rahmen, Alain entzog sich jeder Norm, Alain hielt Verwirklichung von Utopien für den einzigen ihm gemäßen Lebensstil und damit für Fortschritt.

Während andere in jungen Jahren berühmte Fußballspieler werden wollten oder wilde Rockstars, träumte er schon als Junge davon, irgendwann an der Sorbonne Literatur und Geschichte zu lehren. Beide Fächer faszinierten ihn während seiner gesamten Schulzeit, und daß es die Sorbonne sein mußte, stand für einen, der in Paris geboren und aufgewachsen war, außer Frage. In einer damals populären Fernsehserie ging es im weitesten Sinne auch um die Sorbonne, für Franzosen selbstverständlich die berühmteste Universität der Welt. Gesucht wurden geheimnisvolle Urkunden aus dem Mittelalter, die in verstaubten Folianten versteckt waren, und gejagt wurden finstere Geschäftemacher, die sich als Priester getarnt hatten. Eine ziemlich mediokre Geschichte, aber für Alain besser als jede Wirklichkeit. Er hatte nicht nur die Kriminalgeschichte atemlos verfolgt, sondern vor allem, wie die schönsten Studentinnen einem literarisch gebildeten Professor nachliefen, und daß der sie alle ohne große Anstrengungen in sein Bett bekam. Am Schluß siegte natürlich die Gerechtigkeit, das Gute über das Böse. Danach war für den Sechzehnjährigen klar, was er wollte vom Leben und daß er dafür alles mögliche tun würde. Vor allem das Unmögliche.

Renoit hat diesen Jugendtraum nicht aufgeben, nur den Verhältnissen und seinem Alter angepaßt. Es brauchte nicht mehr unbedingt die Sorbonne zu sein, auch eine Akademie wäre ihm recht, sogar eine private Hochschule, solange zwei Bedingungen erfüllt sind: Erstens mußte sie in seinem geliebten Paris sein und zweitens müssen seine Vorlesungen von vielen Studentinnen besucht werden. Bis es soweit sein würde, befriedigte er seine Sehnsucht im Alltag. Mit seinen Literaturkenntnissen bezauberte er regelmäßig junge Mädchen, die nicht auf Anhieb weiche Knie bekamen, wenn der kleingewachsene schwarzhaarige Alain einen Raum betrat. Schrieb im Bedarfsfall auch Gedichte, und daß die von deutschen Dichtern geklaut waren, die er als einziger seines Semesters im Original lesen konnte, merkte nie eine von den Schönen, für die er sie angeblich verfaßt hatte. Er achtete darauf, nur tote Poeten zu plündern und deren Werke für seine auszugeben, und vor allem nur solche, die nicht ins Französische übersetzt waren. Alternative Strategien nannte er das, so etwas lernt man aus der Geschichte, und gern wies er darauf hin, daß Sex zwar an anderer Stelle stattfinde, aber im Kopf entstehe. Dennoch tat Renoit auch viel für seine physische Kondition, joggte jeden Morgen fünf Kilometer, egal, wie anstrengend die Nacht davor gewesen war, und an Wochenenden mußten es mindestens fünfzig Kilometer auf dem Fahrrad sein. Viele Frauen staunten, wenn sie ihn zum erstenmal nackt sahen, was für einen gewaltigen Brustkorb er hatte.

Der Mann, der Frauen so begehrte, liebte aber insgeheim

nur eine, und die war für ihn unerreichbar. Seine Kommilitonen hätten ihn bei dem Geständnis ausgelacht, daß Elizabeth Taylor als Kleopatra die Frau seiner Träume war. Und du hältst dich wohl für eine Miniaturausgabe von Richard Burton? Romantischer Schwachsinn, wie er sich selbst eingestand, so etwas Irrationales paßte eigentlich gar nicht zu ihm. Den Film mit der damals schönsten Frau der Welt, und gemeint waren beide, Kleopatra in jener und Liz Taylor in ihrer Zeit, hatte er so oft gesehen, daß er die Dialoge auswendig kannte. Falls ein Mädchen auch nur einen Anflug von Ähnlichkeit mit einer von den beiden hatte, vergaß er jede Vorlesung und wurde erst dann wieder vernünftig, wenn er sie erobert hatte. Sogar seine Siamkatze nannte er viele Jahre später Kleo, aber die hätte auch auf Kleopatra nicht gehört. Abgesehen davon war die Katze ein Kater.

Nach dem fünften Semester war Renoits akademische Laufbahn beendet, weil er von einer besonderen Abteilung der Polizei engagiert wurde. Sozusagen über Nacht. Wenn seine Freunde ihn fragten, warum denn einer aus einem Geschichtsseminar oder aus einer Shakespeare-Vorlesung geholt und ohne weitere Ausbildung direkt zum Inspektor ernannt wurde, das klinge doch höchst unwahrscheinlich und wie von ihm gerade frei erfunden, stotterte er irgend etwas von Zufall und Glück und wechselte das Thema. Die Wahrheit hätte zu angeberisch geklungen, war aber so simpel: Der Schwager seines Professors war bei der Sûreté verantwortlich für Spezialisten jener Art, die man an Personalräten vorbei anstellte und in bestimmten Fällen vor allem an eigentlich zuständigen Dienststellen vorbei einsetzte. Sein Lehrer hatte ihm von diesem seltsamen Studenten Renoit erzählt, der mit einem unwahrscheinlichen Gedächtnis ausgestattet war und voller Lust die kompliziertesten Kodes entschlüsselte und wenn nötig, einfach so zum Spaß, neue erfand. Ihn zur französischen Variante des Bundeskriminalamtes zu locken war deshalb verhältnismäßig einfach:

Bei uns, hatte sein künftiger Chef versprochen, werden Sie für das bezahlt, was Sie am liebsten tun. Und lächelnd: Oder fast am liebsten. Langweilig wird es nie.

Damals, 1981, nach dem Wahlsieg des Sozialisten François Mitterrand, hielt man in Frankreich alles für machbar, sogar die beste aller Welten. Deshalb schien es ganz normal zu sein, daß ein schwarzgelockter Jüngling mit einer – allerdings nicht auffälligen – Kleopatra-Meise und einer anarchistischen Sehnsucht nach Gerechtigkeit ausgerechnet im Staatsdienst und ausgerechnet bei der Polizei Karriere machen konnte. Viele reiche Franzosen, die ihr Geld nach dem Machtwechsel am Finanzamt vorbei in die nahe Schweiz schafften, haben nie erfahren, wie ihnen der betrogene Staat schließlich doch noch auf die Schliche gekommen ist.

Alain Renoit war inzwischen, acht Jahre später, zum Commissaire aufgestiegen und Leiter einer Abteilung, die sich vor allem mit Wirtschaftskriminalität beschäftigte, also zum Beispiel mit Subventionsbetrügern aller Art. Für die war das vereinigte Europa ein Dorado, das sie mit krimineller Energie ausbeuteten. Obwohl Alain deren geschickt gefälschte Bilanzen mit gewohnter Leichtigkeit entschlüsselte, blieben oft am Schluß doch die *white collar criminals* die lachenden Sieger. Denn sie saßen längst auf den Cayman Islands in der Sonne, bevor er in einer inzwischen wieder verkrusteten Bürokratie den Haftbefehl gegen sie erwirken konnte. Typisch für den verhinderten Professor Alain Renoit, daß er nach solchen Niederlagen nicht etwa resignierte, sondern über eine andere Strategie nachdachte, die er mit Kleo diskutierte, seinem Kater.

Die Idee für das Thema der kriminalwissenschaftlichen Abschlußarbeit in Colmar war von Renoit gekommen, die war schon Teil dieser Strategie gewesen, denn er hatte zuvor in ihren vielen Diskussionen erfahren, daß die anderen drei, ähnlich wie er, auf Grund ihrer Erfahrungen von Gerechtigkeit mehr hielten als von Recht. Auch sie dachten nicht zum ersten Mal über Alternativen nach, auch sie waren trotz nach außen gespielter Gelassenheit noch erstaunlich zornig und hatten, ebenso erstaunlich, noch nicht vor dem Leben resigniert. Also machten sie sich gemeinsam an die Arbeit. Ihre intellektuelle Auseinandersetzung mit der theoretischen Frage, unter welchen Umständen es moralisch erlaubt sein könnte, Selbstjustiz zu üben, war mit der höchstmöglichen Anerkennung bedacht worden. Höchstmögliche Anerkennung bedeutete Abdruck des vollständigen Textes in der *International Criminal Police Review,* der offiziellen Zeitschrift der IKPO. So galt bei der mittäglichen Rast während der Wanderung in den Vogesen dem Franzosen der erste Toast seiner Kollegen, denn ihm würden sie ihren bescheidenen Ruhm in Fachkreisen verdanken, wenn erst der Artikel in der Dezemberausgabe erschienen war. Zwei Flaschen Roederer Cristal, die sie in einer Kühltasche mitgebracht hatten, schienen dem Anlaß angemessen.

»Und wenn wir das wirklich machen, was wir theoretisch durchgespielt haben?« hatte Renoit gefragt, der nur ein wenig an seinem Glas nippte und das plötzliche Schweigen nutzte: »Wenn wir ganz einfach der Gerechtigkeit ein bißchen, ab und an, zu einem unerwarteten Sieg verhelfen?« Peter McFerrer hatte als erster verstanden, was er damit meinte, und auch sofort begriffen, daß es keiner der üblichen doppeldeutigen Scherze von Alain war: »Du meinst zum Beispiel ...«

»Er meint zum Beispiel Mord, ganz simpel: Mord«, unterbrach ihn Lionel Zartmann. Ausgerechnet er, dessen Vorliebe für alles Britische auch das Rechtssystem der Engländer einschloß, die Überzeugung, jedem Konflikt sei ein Kompromiß vorzuziehen, schien nicht besonders entsetzt zu sein. »Die Idee, endlich mal aktiv mitzumischen, finde ich gut«, sagte Denis Riley fast begeistert, »sehr gut sogar. Mord oder nicht spielt für mich keine Rolle. Das hängt nur von den Umständen ab. Man könnte auch hin und wieder jemandem gewisse Dokumente zuspielen und dadurch Öffentlichkeit über irgendwelche Sauereien herstellen. Also eine Art von Gerechtigkeit, indem man ein paar finstere Deals platzen läßt. So wird übrigens bei uns in Washington seit Jahrzehnten Politik gemacht, ich denke an die Pentagon Papers oder die berühmte Geschichte von Deep Throat und Watergate, über die Nixon stürzte.«

Das war es nicht, was sich Renoit vorstellte. Er hätte zwar aus dem Stand sagen können, in welchen Jahren beide Ereignisse passierten, denn solche öffentlichen Affären fand er genauso spannend wie seine ganz privaten. Er meinte in der Tat Mord und nichts anderes. Denn was Denis vorgeschlagen hatte, praktizierte er im geheimen schon lange. Deshalb hatte *Le Canard Enchaîné* in den vergangenen Jahren immer wieder Dokumente gedruckt, die anschließend zu überraschenden Rücktritten von Politikern oder Topmanagern in Frankreich führten. Keiner war je auf die Idee gekommen, daß ausgerechnet der zwar skurrile, aber unauffällige Alain Renoit der Informant war. Erst recht die Journalisten nicht, denn ihre Unterlagen bekamen sie immer aus scheinbar heiterem Himmel und stets per Post. Schließlich wußte Renoit nur zu gut, daß auf Anordnung des zuständigen Staatssekretärs nach den ersten Enthüllungen die Telefone der Redaktion abgehört wurden.

Theoretisch hatten sie sich in den vergangenen Tagen bei ihrem gemeinsamen Referat so ausführlich mit dem Thema Selbstjustiz beschäftigt, daß nun, als es von Renoit in einer neuen und sie persönlich betreffenden Variante ausgesprochen war, keiner mehr erschrak. Am wenigsten der blonde Amerikaner. Er war der älteste unter ihnen und der mit der größten Erfahrung. Ein konservativer Haudegen, aber nicht etwa im Sinne dämlicher General-Westmoreland-Verschnitte aus dem Pentagon oder britischer Colonels, die ihre Aggressionen an Rekruten abreagierten, weil ihnen die Kolonien abhanden gekommen war. Solche Typen fand er abscheulich, überhaupt begegnete er jeder Art von Obrigkeit mit tiefem Mißtrauen. Der FBI-Experte für geheime Aktionen gegen sogenannte Staatsfeinde scines Landes wie Castro oder Saddam Hussein oder Ghaddafi glaubte an Werte wie Freiheit, Gerechtigkeit, *pursuit of happiness,* und die standen schließlich nicht in irgendeinem Parteiprogramm, sondern in der amerikanischen Verfassung.

Riley hatte bereits als junger Mann akzeptiert, daß Mord nicht immer Mord, also ein Verbrechen sein mußte. Es gab Morde, die eine moralische Pflicht waren, für die man bei nichtöffentlichen Feiern einen Orden und einen Händedruck des Präsidenten bekam. Morde, die kein schlechtes Gewissen machten. Morde im Namen des Vaterlandes, was fast so gut war wie im Namen des Vaters, und die deshalb von Gott, an den Riley selbstverständlich glaubte, verziehen wurden.

Er kannte in diesem Sinne zwar das Gefühl, eine Art von Mörder zu sein, aber damit ließ sich leben. Riley hatte zum Wohl der amerikanischen Demokratie, wofür die aber nicht verantwortlich zu machen war, selbst schon getötet. In Vietnam zum Beispiel, und dort nicht an der Front wie die Soldaten, sondern hinter den Linien, wo auch die Verräter Uniformen trugen. Selbst in oberen Rängen hatte sich die Korruption wie ein Virus verbreitet, und da öffentliche Prozesse gegen überführte Schuldige die ohnehin schwache Kampfmoral der Amerikaner untergraben hätten, war mit Zustimmung des Oberbefehlshabers auf diskrete Weise für Gerechtigkeit gesorgt worden. Autobomben im nächtlichen Saigon, die man dem Vietcong anlasten konnte, ein Herzschlag im Bordell bei einem Ritt auf Feindesland, eine Überdosis Heroin, die in makabrer Konsequenz am liebsten den Drogendealern verpaßt wurde. Das weiß nicht einmal Karen Riley, darüber hat ihr Mann nie gesprochen.

Lionel Zartmann hatte nach seiner ersten spontanen Bemerkung geschwiegen. Als ob er entsetzt über sich selbst nachdenken würde. Er und Selbstjustiz? Der deutsche Jurist, der so britisch aussah wie einer von Smileys Leuten beim MI 5, hatte während seiner Karriere im Innenministerium bis zur Kanzlerschaft Helmut Kohls 1982 in der Abteilung Innere Sicherheit gearbeitet, aber da selbstverständlich nie eine Waffe in der Hand gehabt, sondern nur seinen Verstand als Waffe eingesetzt. Nach dem Wahlsieg der Konservativen war der ausgewiesene Fachmann für terroristische Strukturen, auch aus politischen Gründen, denn Zartmann galt als SPD-Mann, von Bonn ins Bundeskriminalamt nach Wiesbaden gewechselt, wo man ihm unter anderem auch das Schießen beibrachte. Erstaunlicherweise war er ziemlich gut darin, ebenso in der Technik des Nahkampfs ohne Waffe, und sich selbst gegenüber ehrlich genug, solche Erfolge zu genießen. Überraschend für einen, der den Wehrdienst aus Gewissensgründen abgelehnt hatte und dies so gut begründen konnte, daß die Prüfungskommission, die es in seiner Jugend noch gab, schier verzweifelte. Der stets ausgeglichene Beamte kannte zwar alle Paragraphen, wußte aber auch, wie man sie umgehen konnte und vor allem: wann. Davon sprach er natürlich nie.

Zartmann stammte aus einer ehemals reichen katholischen Familie, die ihren Besitz hatte zurücklassen müssen, als sie Anfang der fünfziger Jahre die DDR in Richtung Westen verließ. Er erlaubte es sich, einen englischen Sportwagen zu fahren, einen Morgan, und einen Großteil seines Gehalts ausschließlich für Reisen und gutes Essen auszugeben. Seine Ahnen stammten teilweise aus Schottland, was seinen undeutschen Vornamen erklärte. Eine Bemerkung wie die von Floriane Ment, daß sie nicht wisse, wie Sekt schmeckt, hätte ihn bestimmt amüsiert, denn das hat er noch nie wissen wollen. Seine Mitarbeiter hatten sich nicht gewundert, als ihr Chef das Angebot annahm, nach Lyon zu IKPO zu wechseln. Ihn zu berufen bot sich an. Er war der beste deutsche Fachmann in Sachen verdeckte Strukturen der organisierten Kriminalität, und solche Leute würde man bei der internationalen Behörde brauchen. Die Grundbedingungen, die für alle Bewerber galten, neben der eigenen noch zwei andere Sprachen zu beherrschen, erfüllte er sowieso. Naheliegend, daß es Englisch und Französisch waren. Der Jurist hatte außerdem keine Rücksichten zu nehmen auf familiäre Bindungen, Kinder etwa, denen ein Schulwechsel nach Frankreich nicht zuzumuten, oder eine Gattin, die im örtlichen Rotarierclub oder beim Tennisdoppel unabkömmlich wäre. Zartmann lebte alleine und das voller Überzeugung.

Wo einer wie er politisch stand, interessierte im Gegensatz zu früheren Zeiten beim Bundeskriminalamt keinen mehr so recht. Sogar in dieser Behörde hatte sich das Problem alter Nazis auf biologische Weise von selbst gelöst. Profis waren gefragt und nicht die Farbe von Parteibüchern. Die Ausnahme bildete der Mann an der Spitze, der Präsident des BKA, denn der wurde stets vom jeweiligen Innenminister in sein Amt berufen. Zartmann äußerte sich selten über Politik, aber den Glauben an die Notwendigkeit von Veränderungen hatte der einst von Willy Brandts Visionen in die SPD gelockte Liberale nie begraben. Er war immer noch Idealist, blieb es trotz aller Erfahrungen, die ihn im Laufe der Jahre manchmal zur Verzweiflung trieben. Zynismus war sein Überlebensmittel geworden, aber wie bei allen intelligenten Zynikern basierte dieser Zynismus auf moralischen Grundsätzen. Gelegentliche Anwandlungen, alles hinzuschmeißen, Job und Karriere, und sich statt dessen den Lebenstraum eines eigenen kleinen Hotels mit hervorragendem Restaurant zu erfüllen, hatte er bislang erfolgreich bekämpft. Schließlich war er vor allem Realist, und für den mußten Träume finanzierbar sein.

Der inzwischen zum Kriminalrat aufgestiegene Lionel Zartmann, bald einer der acht deutschen Beamten bei IKPO, konnte sich also durchaus vorstellen, daß es Situationen gab, in denen man nicht aufs Schicksal hoffen sollte, sondern Schicksal spielen mußte. Allerdings: So konkret wie in diesem Moment und ausgerechnet auf einer Waldlichtung nach einem Schluck Champagner hatte er sich damit noch nie beschäftigt.

»Also, ich würde ohne Zögern einen erschießen, wenn ich wüßte, daß der in den nächsten Stunden eine Bombe legen will«, griff Peter McFerrer ein. Der rothaarige Brite, von Scotland Yard aus dessen Spezialabteilung Terrorismus für den Kurs ins Elsaß geschickt und ebenfalls für die europäische Zentrale von IKPO in Lyon vorgesehen, war ein Organisationsgenie. Er hatte zum Beispiel schon zwei Tage nach ihrer Ankunft die besten Tenniscourts der Stadt Colmar ausfindig gemacht und war beim Training mit den anderen, bevor ihr Unterricht der etwas anderen Art begann, immer als erster auf dem Platz. Sie spielten in wechselnden Kombinationen, niemals Doppel, nur Einzel, damit sich jeder laufend auch verausgaben mußte. Renoit hatte die beste Kondition, Zartmann den härtesten Aufschlag, Riley beherrschte die gemeinsten Lobs. Aber gegen Red, wie sie ihn auf Grund seiner Haarfarbe bald nannten, hatten sie alle keine Chance, der hatte in den vergangenen Wochen nie einen Satz verloren, obwohl er Kettenraucher war. Das lag wohl an seiner mentalen Stärke. Von seinen Siegen machte Peter McFerrer in bewährt englischem Understatement kein Aufhebens, auch bei Fachgesprächen über Golf pflegte er sein Handicap nicht zu erwähnen. »Sofort würde ich einen möglichen Terroristen umlegen«, wiederholte er, »oder sollte ich etwa darauf warten, daß zufällig ein Haftrichter vorbeikommt?«

Der Brite war zwar stolz auf seine irische Abstammung, aber er hielt die Vermummten der IRA für blutrünstige Verbrecher und keinesfalls für vaterländische Gesinnungstäter, deren Motive jeder Ire verstehen müsse. Seit Scotland Yard vermutete, daß die Bombenleger wußten, wer ihr härtester Gegner war, standen McFerrers Frau und seine Kinder unter Polizeischutz. Was seinen Haß verstärkt und den geplanten Umzug nach Frankreich verlockend gemacht hatte. Außerdem hatte er dabeisein wollen, als verkündet wurde, jedes Land würde Ende 1989 seine Besten nach Lyon schicken. Peter McFerrer war bei der britischen Spezialeinheit SAS im

Kampf gegen Terroristen ausgebildet worden, auch im Töten. Aber der Chiefinspector konnte mehr. Er hatte seine Vorgesetzten einmal davon überzeugt, daß es sinnvoller sein würde, einen zu Gefängnis verurteilten jungen Computerhacker auf Bewährung freizulassen und für ihre Gruppe als Tutor einzusetzen. Der hatte ihm aus Dankbarkeit Tricks beigebracht, die nicht in Handbüchern stehen.

Den Kurs in Colmar hatten Spezialisten aus allen westlichen Ländern besucht. Aber daß sich ausgerechnet Renoit, Riley, Zartmann und McFerrer so gut verstanden, lag nicht nur an persönlicher Sympathie, sondern an den ähnlichen Schwerpunkten ihrer Arbeit. Darum hatten sie besonders aufmerksam gelauscht, als die geheime Kunst des Mordens auf dem Lehrplan stand. Sich als Gruppe gemeldet, als es um die schriftliche Abschlußarbeit ging, auch wenn ihre eigentliche Motivation war, daß sie lieber Tennis spielten, als jeder einzeln und für sich ein Referat zu schreiben und so ihre Zeit zu vergeuden. Begründet jedoch hatten sie diese nicht unbedingt professionelle Einstellung mit großen Worten: Die Philosophie von IKPO würde sich schon jetzt und darin zeigen, daß keiner von ihnen den Ruhm für sich suche, sondern sich innerhalb der Gruppe unterordne, man deshalb sogar gemeinsam diese Aufgabe lösen würde. Blablabla. Ihre Lehrer waren beeindruckt.

Am Ende ihres Aufsatzes, denn ein solches Ende war im Sinne des Themas naheliegend, hatten alle vier das Recht auf Selbstjustiz anhand verschiedener Beispiele sogar moralisch und ethisch begründet. Am Beispiel des Drogendealers, dem zwar vor Gericht nichts nachzuweisen war, der aber letztlich durch seine Geschäfte am Tod vieler Jugendlicher schuld ist. Am Beispiel des Nazimörders, der mit Hilfe der katholischen Kirche und mit Hilfe eines Schweizer Bankkontos nach dem Krieg in Südamerika untergetaucht war und ein bürgerliches Leben begonnen hatte. Am Beispiel des Attentäters, der im Namen irgendeiner abstrusen Idee von Freiheit eine Bombe vor ein Polizeirevier gelegt hatte und dem es egal war, daß auch der vorbeifahrende Bus mit Schulkindern in die Luft flog. Am Beispiel des Politikers, der trotz aller Warnungen ein mit Aids-Viren verseuchtes Blutplasma einer Firma nicht rechtzeitig vom Markt nehmen ließ und sich dennoch unschuldig fühlte am Tod Dutzender von Blutern. Am Beispiel des Industriellen, der die strengen Exportbestimmungen unterlief und die nötigen Substanzen für Giftgas an den Irak lieferte, mit denen Saddam Hussein mißliebige Kurden vergiften konnte. Am Beispiel des Priesters, der Ministranten sexuell mißbrauchte und deren Leben damit für immer zerstörte, selbst aber nur mit zwei Jahren Gefängnis und anschließender Unterbringung in einem diskreten Kloster büßte.

Wer solche Typen angemessen bestraft, also vom Leben in den Tod befördert, hieß es in ihrem Referat, kann eigentlich im landläufigen Sinne kein Verbrecher sein. Im Gegenteil, er befreie doch die Menschheit von Verbrechern. Was ziemlich logisch klang. Als sie jetzt so friedlich mit ihren Baguettes und dem Käse und dem Champagner im Schatten auf der Lichtung saßen, verstanden McFerrer, Riley und Zartmann auf einmal, warum Alain Renoit bei der Erarbeitung der letzten Fassung ihres Referats dennoch auf einem anderen Schluß bestand, den hatte er spöttisch staatstragend genannt, und warum er so und nicht anders formuliert hatte:

»Natürlich sind dies auf den ersten Blick einleuchtende Beispiele für eine moralisch begründbare Selbstjustiz, aber selbst dann niemals erlaubt, wenn die Schuldigen – wie aus vielen Beispielen bekannt – trotz ihrer Verbrechen mit geringen Strafen davonkamen, weil für solche Politiker oder solche Manager die passenden Paragraphen fehlten, oder gar auf immer ungestraft blieben, weil es nie gelang, sie überhaupt vor Gericht zu stellen. Niemand kann sich anmaßen, in solchen Fällen am Gesetz vorbei für Gerechtigkeit zu sorgen, nur weil das Recht versagte. Wenn

das Gewaltmonopol des Staates in Frage gestellt wird, herrscht allgemeines Chaos. Wer mordet, aus welchen angeblich guten Gründen auch immer, ist selbst nicht besser als der Mörder, den er auslöscht.«

Denis Riley hatte damals bemängelt – aber er hatte ja als Spezialist für sogenannte Counterattacks als einziger schon ganz andere Erfahrungen –, daß dieses Fazit nichts weiter sei als politisch korrekte Langeweile. Also ziemliche Scheiße. Daß doch insgeheim keiner, auch ihre Vorgesetzten nicht, in bestimmten Fällen einer Auge-um-Auge-Lösung wie im Alten Testament widersprechen würde. Insgeheim. Also warum das nicht mal so provokant und deutlich hinschreiben? Renoit dagegen hatte wie immer weitergedacht. Er war der Stratege, und eine Debatte über Selbstjustiz auf Grund ihrer Arbeit wollte er um jeden Preis vermeiden. Was er den anderen auf der Waldlichtung gerade vorgeschlagen hatte, war schließlich von ihm seit langem und mit allen möglichen Konsequenzen in Gedanken durchgespielt worden. Aber erst in Colmar, als er die Männer zufällig wiedergetroffen hatte, mit denen er jetzt auf dem Boden im Kreis saß, schien ihm plötzlich machbar, was zuvor nur eine verlockende wahnsinnige Idee war. Mit ihren Fähigkeiten würden sie sich geradezu ideal ergänzen. Mit Riley, McFerrer und Zartmann könnte er seine Idee endlich in Taten umsetzen. Eine einmalige Chance also. Dafür war er sogar bereit, den Umzug von Paris nach Lyon in Kauf zu nehmen, denn zu IKPO hatte sich Renoit eher unwillig überreden lassen. Sich bislang nur intensiv überlegt, wie er vor Anfang Januar 1990 noch am geschicktesten der Ehre entgehen könnte, als der angeblich beste Mann in der Sûreté von der Seine im Namen Europas an die Rhône geschickt zu werden. Obwohl er wußte, daß es in Lyon eine Universität mit vielen sicher schönen Studentinnen gibt.

Renoit war überzeugt, es würde nur darauf ankommen, im richtigen Moment den Anstoß zu geben, denn die anderen schienen ihm reif dafür. Ein Risiko mußte er eingehen – daß sie ihn für wahnsinnig erklären würden, aber das schien ihm angesichts der Dimension seines Plans nicht so wichtig, und außerdem war es nichts Neues für ihn, daß ihn seine Umgebung ab und zu für irre hielt. Ihre Reaktionen überraschten ihn deshalb eigentlich nicht, weder die von Riley noch die von McFerrer oder Zartmann. Entscheidend war, daß keiner entsetzt war und mit Mord – unter welchen Bedingungen auch immer – nie etwas zu tun haben wollte. Eben nur beruflich, also mit den Morden, die andere begingen. Dann hätte er seine Anregung als Scherz verkaufen und für immer begraben müssen. Falls es jetzt aber nicht beim unverbindlichen Gedankenspiel enden sollte, dann würde bald, und spätestens dann, wenn sie alle in Lyon waren, neben dem offiziellen ein geheimes Leben beginnen. Das erforderte genaue Planung, überzeugende Strategien und vor allem perfekte Tarnung. Kein Ermittler sollte in Zukunft bei gewissen merkwürdigen Todesfällen eine Verbindung herstellen können zu den vier Männern, die gemeinsam jenen Aufsatz geschrieben hatten. Denn auch die Kollegen aus den anderen Ländern gehörten zu den besten Polizisten Europas, und wer sie unterschätzte, war schon verloren.

Deshalb Renoits politisch korrekte Schlußsätze. Die hatte er im Hinblick auf die Tarnung, die sie brauchen würden, ganz bewußt gesetzestreu hingeschrieben. So begeistert wie die anderen war Alain Renoit daher nicht gewesen, als sie erfuhren, daß ihre Arbeit abgedruckt würde. Für sich hatte er bereits beschlossen, daß ihre erste Aktion frühestens ein Vierteljahr nach der Veröffentlichung stattfinden sollte, wenn alle bereits vergessen hatten, was da so drinstand.

»Nehmen wir mal als Beispiel einen Drogendealer«, sagte Riley kauend, »wer außer seiner Mutter würde weinen, wenn es den erwischt? Wahrscheinlich nicht mal die. Und wie viele Mütter würden sich statt dessen freuen, Mütter, deren Kinder von diesem gewissenlosen Arschloch das Zeug bekommen haben oder sogar dabei draufgegangen sind? Mit Haftbefehl ist nicht ranzukommen an solche Typen, da lachen die nur und rufen wegen der Kaution ihre Hausbank an. Also ...« Er ließ keinen Zweifel daran, welche Lösung er bevorzugen würde. Peter wiederum erinnerte an das berühmte Beispiel, wie sich die Mafia auf ihre Art von einem ganz besonderen Problem befreite: »Die haben doch damals diesen Industriellen, der offenbar zu viel über die Geschäfte des Vatikans mit den ehrenwerten Herren aus Sizilien wußte, einfach unter einer Brücke in London ruhiggestellt. Aufgehängt. Selbstmord. Wir wußten, daß es keiner war. Aber beweisen?«

Renoit war das schon zu konkret geworden, zu groß die Sorge, daß sein Vorschlag, der wirklich nicht spontan aus der Situation geboren war, in Anekdoten des Augenblicks unterging, die jeder von ihnen parat hatte. Daß danach die herbstliche Wanderung fortgesetzt würde, als hätte er nur ein spannendes Denkspiel für den vorerst letzten gemeinsamen Abend vorgeschlagen, bevor sie sich spätestens am 8. Januar 1990 in Lyon wieder treffen würden. Er blieb also ernst, nahm seine Brille ab, legte sie neben sich ins Gras und unterbrach: »Noch einmal: Und wenn wir das wirklich machen? Nicht nach Lust und Laune und einmal pro Monat, weil wir gerade nichts Besseres zu tun haben. Natürlich nicht. Das wäre in der Tat verbrecherisch. Es muß etwas ganz Besonderes sein, ein ganz einmaliger Fall, wenn wir uns zu einem Mord entschließen, und es müssen schon Figuren sein, an die normale Mörder nicht herankommen. Nur wir mit unserer Ausbildung und unseren Fähigkeiten. Also Aktionen in ganz bestimmten eindeutigen Fällen und nach präzise festgelegten Regeln und nach einer Methode, die wir gelernt haben ...« Als er merkte, wie ihn die anderen verständnislos anschauten, setzte er nach: »Unseren seltsamen Unterricht meine ich. Diese ganzen Mordmethoden, die sie uns in den letzten Wochen erklärt haben.«

»Was meinst du mit festen Regeln?« fragte Lionel Zartmann. Peter McFerrer knuffte ihn freundschaftlich in die Seite: »Unser Deutscher will erst mal ein Formblatt.« Alle lachten. »Erste Regel«, sagte dann Renoit, »es werden nur einstimmige Beschlüsse umgesetzt. Sobald es eine Gegenstimme gibt, ist der Fall gestorben, und zwar für immer. Zweite Regel: Es müssen eindeutige Beweise vorliegen. Dritte Regel: Wir greifen nur dann ein, wenn die Justiz auf normalem Weg keine Chance mehr hat. Vierte Regel: Es dürfen nie Unschuldige gefährdet werden, und falls das nicht zu vermeiden ist, man also anders nicht an die eigentlichen Schuldigen herankommen sollte, wird die Aktion abgebrochen. Fünfte Regel: Nur ganz hoch oben bei den Top-Schweinen zuschlagen.« Er setzte seine Brille wieder auf, schaute aber keinen an. »Sechste Regel«, ergänzte Denis Riley trocken, »wir sollten uns nicht erwischen lassen.«

Peter McFerrer zündete sich hastig eine Zigarette an, Lionel Zartmann starrte nur gedankenverloren vor sich hin, und Alain Renoit breitete die Hände aus, als wolle er sagen, das ist es von meiner Seite, nun müßt ihr entscheiden. Auf der sonnigen Lichtung waren kaum Geräusche zu hören, nur einmal flog ein Rabe unter lautem Krächzen über die Wipfel davon. »Die können hundertvierzig Jahre alt werden«, bemerkte der Deutsche beiläufig und blickte dem Vogel nach, aber er sagte dies nur zu sich selbst und erwartete keine Antwort. Alle spürten die Spannung, keinem war nach den üblichen Scherzen zumute, mit denen sie sich normalerweise gegenseitig foppten. Keiner aber wollte den entscheidenden Satz als erster aussprechen.

Peter McFerrer dachte an die vielen schlaflosen Nächte, in denen er sich voll ohnmächtiger Wut genau das gewünscht hatte, was Alain gerade vorgeschlagen hatte. Weil wieder mal die Beweise nicht ausreichend waren, weil wieder mal ein geschickter Anwalt einen der Männer rausgehauen hatte, von denen sie sicher wußten, daß er schuldig war. Lionel Zartmann erinnerte sich an eines seiner ersten juristischen Seminare an der Universität in Tübingen, als er während einer akademischen Debatte vehement gegen die Todesstrafe plädiert hatte. Nichts anderes als Todesstrafe hatte Renoit gerade vorgeschlagen, oder …? Denis Riley dagegen überlegte schon, wie man ihre Aktionen so tarnen könnte, daß es niemals eine Spur zu ihnen geben würde. Tarnung und Gegenattacke waren seine Spezialgebiete, vorrangig dabei die Tarnung, und deshalb lagen solche Überlegungen für ihn nahe. Die Idee an sich fand sofort seine Zustimmung, die paßte zu seiner Überzeugung, daß jeder für seine Taten auf Erden bezahlen müsse und nicht erst vor dem Jüngsten Gericht. Der FBI-Mann setzte sich deshalb als erster entschlossen aufrecht hin und wischte ein paar Blätter von seinen Jeans: »Ich mache mit«, erklärte er bestimmt, und von ihm klang das so normal wie die Aufstockung eines Einsatzes beim Poker. Renoit nickte, als habe er dies nicht anders erwartet von dem Amerikaner, und schaute Peter McFerrer an.

»Was unterscheidet uns denn eigentlich noch von anderen Mördern, falls wir so etwas beschließen«, fragte der und sagte dann doch das, was er eigentlich hatte vermeiden wollen, »falls wir selbst einen Mord begehen?« Die Antwort kam überraschend nicht von Alain und nicht von Riley, sondern ausgerechnet von Lionel Zartmann: »Das ist kein Mord im klassischen Sinne. Das ist eine Art Notwehr. Die ließe sich sogar juristisch begründen, aber das will ich euch ersparen. Entscheidend ist die Philosophie, die hinter Alains Idee steckt. Man tötet einen Schuldigen, damit der keine Unschuldigen mehr töten kann. Und das kann nicht nur notwendig sein, also zwingende Notwehr, sondern sogar eine moralische Verpflichtung. Selbst die katholische Kirche verdammt nicht die Todesstrafe, wenn sie der einzig mögliche Weg ist, wie es im Katechismus so schön heißt, Menschenleben vor einem ungerechten Angreifer zu verteidigen.«

Alle schauten ihn bewundernd an, und er lauschte ungläubig den eigenen Worten, als würde er seinen Ohren nicht trauen, blieb aber ohne äußere Regung. Dann fügte er ganz ruhig hinzu: »Ich bin dafür, plädiere aber für eine weitere Regel, die siebte: Was einmal beschlossen wurde, wird nie wieder in Frage gestellt.« In gespielter Verzweiflung hob McFerrer seine Arme über den Kopf: »Da bleibt mir ja nichts anderes übrig, Freunde, sonst fangt ihr noch bei mir als lästigem Mitwisser zu üben an. Also, ich bin auf jeden Fall dabei.«

Sie verstauten die ausgetrunkenen Champagnerflaschen in der Tasche und achteten darauf, daß keine Reste liegenblieben von ihrem Picknick. Was nichts zu tun hatte mit politisch korrektem Umweltbewußtsein, sondern einfach mit ihrem über Jahre trainierten Instinkt, niemals auch nur die unbedeutendste Spur zu hinterlassen. Dann gingen sie weiter durch den Wald hinunter ins Tal. Bis zum Eintreffen in Colroy-La-Roche sprach keiner mehr über das, was gerade beschlossen worden war. Die heitere Stimmung, mit der sie ihre Wanderung begonnen hatten, wurde durch verschiedene Gedanken an Mord überlagert. Wie zum Trotz sangen sie lautstark und falsch, aber voller Inbrunst, denn das Lied kannten alle ihrer Generation, den berühmten Song von Janis Joplin: *Freedom Is Just Another Word for Nothing Left to Loose.*

Spät nachts dann mit dem Blick auf die dunklen Höhen der Vogesen, hatte Alain Renoit noch einmal auf der Terrasse des Hotels das Thema aufgegriffen, das sie alle beschäftigte. In dieser Nacht hatten sie erneut und gar nicht abstrakt diskutiert, wie es denn wäre, in gewissen Fällen nicht auf irgendein Urteil zu warten, sondern selbst zu handeln. Also immer dann, wenn der Gute da oben gerade mal wieder verhindert war, die Bösen zu strafen. Sie waren zwar nicht mehr ganz nüchtern, als sie dies für eine letztlich doch ziemlich gute Idee hielten. »Aber wir haben noch mehr als zehn Wochen Zeit, bevor es in Lyon mit unserer normalen Arbeit losgeht. Und zur feierlichen Eröffnung wird ja auch Denis rüberfliegen, oder?« sagte Renoit. Der nickte. »Also müssen wir bis dahin nichts unternehmen. Nur nachdenken. Jeder für sich. Und dann eine Entscheidung treffen, die erste.« Jeder wußte, worüber sie nachdenken sollten, über Kandidaten natürlich, Todeskandidaten, aber keiner sprach es aus. Wahrscheinlich hatten sie im Hinterkopf noch die vage Hoffnung, daß ihnen Alain morgen beim Frühstück erklären würde, alles sei eine Art Test gewesen oder eines jener Spiele, die er so gerne erfand, ein Rätsel vielleicht, das er sich ausgedacht hatte. Aber welches Rätsel? Und mit welcher Lösung?

Der Franzose hatte mehr getrunken als sonst, mit dem Sprechen ging es nicht mehr so schnell. »Ich denke«, ergänzte er langsam, »Kleopatra ist ein guter Name. Meint ihr nicht auch?« Zartmann und McFerrer schauten hilfesuchend Riley an, aber der zuckte auch nur mit den Schultern: »Außer Liz Taylor fällt mir nichts dazu ein.« Worauf ihn Renoit bewundernd anschaute. Da keiner etwas von seiner jugendlichen Obsession ahnte, blieb sein Vorschlag dennoch höchst rätselhaft.

»Kleopatra?« fragte schließlich Lionel und beugte sich vor zu Renoit, »Kleopatra? Du meinst *die* Kleopatra?« Alain lächelte und wirkte dadurch fast wie der kleine Junge, der er einmal war und den er nie vergessen hatte: »Kleopatra, genau, die schönste Frau der Welt und die klügste Frau der Welt. Kleopatra. Auch genannt die Listenreiche. Die Geheimnisvolle. Beschimpft als Dirne. Als lüsterne Zigeunerin. Die letzte Pharaonin. Die hat alle römischen Wachen getäuscht und sich in einen Teppich eingerollt zu Caesar bringen lassen. Die hat ihm nicht nur die Sinne verwirrt und ihn in ihr Bett geholt. Die hat zwar alles verloren und war doch zweimal die eigentliche Herrscherin Roms. Caesar machte das, was sie wollte und Antonius auch. Die hat als erste Frau das Machtspiel der Männer durchkreuzt. Deren Methoden benutzt. Die hat sich am Schluß sogar dem geplanten Mord an ihr entzogen, indem sie sich durch einen Schlangenbiß selbst getötet hat. Der war einfach keiner gewachsen, keine Frau und kein Mann, auch der eigentliche Sieger Octavian nicht. Und denkt nur an den liebeskranken Antonius, der ihr hörig war und den sie durch ihre Liebe gleichzeitig erhöhte und zerstörte ... nicht mal die Götter waren so stark wie sie. Kleopatra ist der Deckname für uns, für unser, für unser ...«

»... unser Komplott«, schlug Riley vor, der auch keine Ahnung hatte, was das mit Kleopatra, von der er nur wußte, was er bei Shakespeare einst über sie gelesen hatte, zu tun haben sollte, aber jede Art von Verschwörung fand seine Zustimmung. »Du spinnst, Alain«, antwortete Peter McFerrer eher liebevoll, weil der Ire für alle Anflüge von Wahnsinn in diesen Zeiten tiefes Verständnis hatte, »wir sind doch nicht mehr bei den Pfadfindern, die Decknamen für ihre geheimen guten Taten brauchen. Als nächstes wirst du noch vorschlagen, wir sollten unsere Blutstropfen mischen. Oder uns als Verein eintragen lassen. *Die Assassinen* wäre passend. Was hat denn Kleopatra mit unseren Plänen zu tun? Wenn schon Ägypten, dann könnten wir uns eher *Die vier Mistkäfer* nennen, geheimnisvoller noch: *Die vier Skarabäen.* Klingt allerdings für Außenstehende mehr nach Landwirtschaft. Aber weil unser Jüngster hier es so will, nehmen wir halt *Kleopatra.* Solange ich nicht Antonius spielen und mich in mein Schwert stürzen muß.« Alain schloß die Augen, er wirkte glücklich und summte schon wieder das Lied von der Freiheit. Da sie alle müde waren von der Wanderung und vom Wein und keine Lust mehr hatten auf Diskussionen, nur noch ins Bett wollten, ließen sie Alain mit seinen Träumen von Kleopatra allein. Denn in ihren Träumen kam die nicht vor.

Am anderen Morgen fuhren sie zurück nach Colmar und packten dort für die Heimreise, nach Paris, nach London, nach Wiesbaden und nach Washington. Sie erwähnten beim Abschied weder das seltsame Gespräch auf der Lichtung noch die verwirrenden Sätze von Alain auf der Terrasse. Es gab plötzlich wichtigere Themen im Spätherbst 1989, denn die Götterdämmerung des Kommunismus hatte begonnen, alte Feindbilder krachten zusammen, die unglaubliche Schlagzeile von gestern war heute schon von noch unglaublicheren Ereignissen überholt. Es schien, als sei das Ende der Geschichte erreicht und die Experten in Sachen Kalter Krieg für immer arbeitslos. Von der Euphorie, die bald in einem Katzenjammer enden sollte, ließen sich Profis, zu denen McFerrer, Riley, Renoit und Zartmann gehörten, nicht anstecken. Ihre Computerprognosen gingen davon aus, daß es mit der organisierten Kriminalität eher schlimmer werden würde, falls die Grenzen geöffnet würden. Aber das wollte in diesen Wochen niemand hören, der Westen feierte seinen Sieg. Nebenbei mußten sich drei der vier Männer um ganz andere, ganz banale Dinge kümmern. Umzüge nach Lyon standen an, vorher die üblichen Abschiedsfeiern in ihren bisherigen Abteilungen. Es galt, Wohnungen zu finden in der alten Seidenstadt, am liebsten nicht in der Nähe des modernen IKPO-Gebäudes an einem der Flußufer, sondern in den verwinkelten mittelalterlichen Quartieren rings um den Marktplatz.

An einem Montag in der zweiten Januarwoche des Jahres 1990 saßen sie vormittags endlich im *Palais des Arts*, nicht nebeneinander, sondern im Saal verteilt, denn die Sitzordnung richtete sich am Tag der Eröffnung von IKPO in Lyon nach einzelnen Ländern und nicht nach Freundschaften, hörten nur mäßig interessiert der Rede des IKPO-Generalsekretärs zu. Die war öde, aber das hatten die Reden von Generalsekretären, egal welcher Nation und egal welcher Couleur, immer schon so an sich. Am schlimmsten waren die gewesen, die im Namen von Karl Marx gehalten worden waren, aber damit war es jetzt bis auf China und Nordkorea vorbei. Kuba nicht zu vergessen, da sprach Castro immer noch seine sieben Stunden bei Parteitagen, aber anschließend gab es wenigstens anständige Musik. Der für zwei Jahre gewählte IKPO-Chef war in Paris-Saint-Cloud im bisherigen Hauptquartier der Organisation geblieben, wollte um keinen Preis umziehen. Er verkaufte seine Abneigung gegen die Hauptstadt des Departements Rhône, für einen Franzosen wie ihn tiefste Provinz, aber geschickt: Es sei für seine Aufgabe allemal wichtiger, politische Kontakte in Paris zu pflegen. Mit dem Schnellzug TGV würde er, falls notwendig, in vier Stunden vor Ort sein können. Daß er dennoch in Lyon zwei Sekretärinnen und einen Fahrer beschäftigte, zeigte nur, wie schnell die französischen Sozialisten von ihren Vorgängern gelernt hatten, wie leicht auch sie durch Privilegien korrumpierbar geworden waren.

Die Wanderung in den Vogesen und ihre Beschlüsse lagen an diesem Vormittag des 8. Januar 1990 so lange zurück, als wären seitdem Jahre vergangen und nicht nur ein paar Monate. Das ganze schien nur ein absurder Traum gewesen zu sein, und ihre Veröffentlichung über Selbstjustiz war in den tatsächlichen Wirren der Geschichte fast unbemerkt untergegangen. Was Renoit nicht bedauerte. Er jedoch hatte nichts vergessen, denn zum einen vergaß er grundsätzlich nie etwas – und zum zweiten, Kleopatra erst recht nicht. Den seltsamen Decknamen hätte selbst er, der Erfinder, nicht rational begründen können. Keiner von ihnen würde allerdings in der Zukunft in die Verlegenheit kommen, nach entsprechenden Erklärungen suchen zu müssen, denn niemand kam je auf die Idee, gestandene Polizisten nach einer mythischen Figur aus grauer Vorzeit zu fragen. Warum auch? Lionel Zartmann, Peter McFerrer und Denis Riley wußten aber sofort, was gemeint war, als sie nach der Rückkehr von der Eröffnungsfeier in ihren Büros einen Umschlag von Renoit vorfanden, der sie zu einem Essen in seine Wohnung bat, die direkt neben der Kathedrale St.-Jean lag. »Ich und Kleopatra freuen uns auf euch«, stand auf der Einladung. Typisch für Alain übrigens der Schlußsatz, denn so kannten sie ihn: »Etwaige Absagen werden mindestens mit dem Tode bestraft.«

Das Essen war nur ein Vorwand und deshalb nicht der Rede wert, es gab verschiedene Schüsseln mit Salat und ein paar geräucherte Gänsekeulen, die von dem Kater gierig beäugt wurden. »Apropos, das hier ist Kleopatra«, hatte Renoit grinsend erwähnt, als sie um den Tisch herum saßen, »ich nenne ihn aber nur Kleo.« Die anderen starrten verblüfft den Kater an, was dem sichtlich unangenehm war, denn er gähnte ausgiebig. Alain wollte offensichtlich keine Zeit verlieren mit Nebensächlichkeiten, denn kaum hatten sie gegessen, gab er Kleo die Reste einer abgenagten Keule und unterbrach fast rüde die Erzählungen seiner Freunde von Familie und dem vergangenen Weihnachtsfest und den ersten Erfahrungen in der alten Seidenstadt Lyon. »Gibt es Vorschläge für unsere erste Aktion?« fragte er und schaute die anderen der Reihe nach gespannt an. Sie hatten zwar vor ihrem Umzug nach Lyon nicht mehr miteinander reden können, außer berufsbedingten kurzen Sachanfragen anhand laufender Dienstgeschäfte per Telefon keinen Kontakt gehabt, aber jetzt würde sich zeigen, ob wie abgemacht über mögliche Kandidaten nachgedacht worden war. Vor allem, ob sie immer noch entschlossen waren, etwas zu tun, statt nur zu reden. Kleo, der Kater, hatte wie auf ein geheimes Zeichen von Alain aufgehört zu fressen und saß mit gespitzten Ohren da, als gehöre auch er zum Komplott. Was irgendwie ja stimmte.

»Ich wäre für Klaus Barbie«, sagte Lionel Zartmann, und Renoit ließ sich nicht anmerken, wie erleichtert er war, denn mit dieser selbstverständlichen Antwort des Deutschen war klar, daß die Idee Kleopatra grundsätzlich nicht mehr in Frage gestellt wurde, »der verdient nicht nur zehnmal den Tod, den zu ermorden hätte auch eine gewisse symbolische Kraft. Schließlich war er Gestapo-Chef von Lyon, hat schrecklich gewütet hier und ist jahrzehntelang auch noch frei herumgelaufen. Müßte doch machbar sein, Alain, daß man ihm ein ganz besonders präpariertes Päckchen in den Knast schickt.«

Renoit schüttelte den Kopf: »Erstens kontrollieren die alles sehr genau, und zum zweiten lohnt sich das nicht mehr.

Vergeßt mal schnell, was ich euch jetzt sage, aber wir wissen genau, daß Barbie Krebs hat und eh nicht mehr lange leben wird. In dem Fall müssen wir Gott nicht ins Handwerk pfuschen oder besser gesagt, dem Teufel.«

Peter McFerrer, der bekennende Atheist, was für einen Iren geradezu sensationell war, blieb ungerührt: »Mit dem lieben Gott habe ich es nicht so sehr, wie ihr wißt. Also lassen wir ihn doch einfach mal aus dem Spiel, der hat auch ohne uns genug zu tun. Der Teufel erst recht. Mein Vorschlag: dieser Hisbollah-Scheich, der angeblich nächsten Monat zu einer Augenoperation in die Schweiz kommen soll.« Riley blickt ihn spöttisch an: »Das wißt ihr auch schon?« Wurde aber gleich ernst. »Wie ich höre, aber auch das ist nur für euch bestimmt, haben unsere israelischen Freunde da schon eine Idee. Da wollen wir uns lieber nicht einmischen, sonst fliegen wir aus Versehen mit in die Luft. Wie ist es denn damit: Ich habe aus verläßlicher Quelle einen Tip bekommen, daß einer der ETA-Anführer, der schon viele Polizisten selbst umgebracht hat, in etwa zehn Wochen gar nicht so weit entfernt in Biarritz zu einem Familientreffen erwartet wird. Kommunion seines Patenkindes. Die Herrschaften sind zwar zu üblen Killern geworden, aber dabei gute Katholiken geblieben. Das hat offenbar eine gewisse Tradition in Spanien. Biarritz, Restaurant mit Hinterzimmer, das einem von dieser Bande gehört. Haben wir zufällig erfahren. Eigentlich sollte das Tonband mit dem abgehörten Gespräch gerade gelöscht werden, aber da ich Dienst hatte …«

Diesmal war es Zartmann, der unterbrach: »Hört ihr denn bei NSA immer noch ganz Europa ab? Habt ihr nichts Besseres zu tun? Und seit wann kannst du Spanisch?« Riley lachte: »Kann ich natürlich nicht. Aber wenn einer mit verzerrter Stimme schlechtes Englisch spricht und sein Gesprächspartner noch schlechter, weil er Franzose ist, Entschuldigung Alain, und die Nummer, die gewählt wurde, einen ganz bestimmten Impuls auslöst, hört man halt genauer hin. Ihr könnt sicher sein, er ist es, wir haben von allen bekannten Terroristen auf der ganzen Welt Stimmproben im Archiv. Also?«

Nach einer Art Kreuzverhör Rileys, bei dem seine drei Freunde aber keine Schwachstellen in seinem Vorschlag entdeckten, wurde Kleopatras Uraufführung beschlossen, ohne Gegenstimmen, wie es ihre Regeln verlangten, und Renoit glaubte nicht an Zufall, daß ausgerechnet er es war, den es als ersten traf. Um im Bild zu bleiben: Der Regie führen mußte bei Kleopatras Debüt. Jeder andere wäre in Biarritz allerdings auch aufgefallen, der blonde Riley oder der rothaarige Peter McFerrer oder der so britisch wirkende Lionel Zartmann. Ende März waren Touristen an der Atlantikküste selten. Gefunden wurde der Terrorist übrigens am Tag nach seinem heimlichen Frankreich-Trip am Steuer seines Autos. Er mußte während der Fahrt einen Herzschlag bekommen haben, vermutete die spanische Polizei, hatte wohl noch die Kraft gehabt, rechts ranzufahren und versucht, sich vom Sitzgurt zu befreien, auszusteigen, sich Luft zu verschaffen. Aber offensichtlich war es zu spät. Auf dem Totenschein stand Herzschlag, und sein Begräbnis war fast ein Volkstrauertag, denn in diesem Teil Spaniens galten ETA-Verbrecher als Helden.

»Du hast mir eigentlich nie erzählt, wie du das mit dem Basken damals geschafft hast«, sagt Lionel, als sie auf einer Bank vor dem Scholteshof sitzen und zwei weißbemützten Köchen zusehen, die im weitläufigen Bauerngarten nach den richtigen Kräutern suchen. Roger Souvereyns braucht die für seinen berühmten Kaisergranat im Kartoffelkleid. Den haben Renoit und Zartmann schon bestellt, als sie sich unterwegs von einer holländischen Tankstelle an diesem Sonnabend im Hotel angemeldet hatten. Da in Hasselt deutsches Fernsehen zu empfangen ist, wissen sie auch den neuesten Stand im Fall Freypen. Es gibt keinen neuen Stand.

»Das war nicht so aufregend«, antwortet Renoit, »das

heißt, aufregend war es schon, für mich. Bei Mord hatte ich bis dahin nur ermittelt. Die Methode war nicht so aufregend, meine ich. Als wir in Lyon damals den Beschluß gefaßt haben, mußte ich zwangsläufig intensiv darüber nachdenken, wie ich es anstelle. Erinnerst du dich an den Fall des Giftmordes, den sie uns in Colmar analysiert haben? Irgendwo in England war das, glaube ich. Der wäre ohne das Geständnis des Mörders nie rausgekommen, so simpel war die Methode, so unverdächtig. Drei an sich harmlose Mittel, darunter Johanniskraut, werden in der richtigen Dosierung gemischt, und schon sind sie tödlich. Mit einer Zeitverzögerung von maximal drei Stunden sind sie garantiert wirksam. Darin lag mein Risiko und gleichzeitig die Chance, unbemerkt davonzukommen. Die verschiedenen Tropfen habe ich mir in einer Apotheke in Lyon besorgt. Dann ein paar Tage Urlaub in Biarritz zum Eingewöhnen, waren schwer zu bekommen, weil wir ja gerade erst angefangen hatten mit der Arbeit. Ich habe eine kranke Großmutter erfunden, die mich vor ihrem Tod noch einmal sehen wollte. Weil ein Kellner in dem Restaurant, das Denis genannt hatte, ausgefallen war – der Arme muß nachts unglücklich gestürzt sein und ist erst am Montag im Krankenhaus wieder zu sich gekommen –, war der Besitzer ganz dankbar, daß sich am Sonntagmorgen dessen Cousin bei ihm meldete und für ihn einsprang …

»Dieser Cousin hieß zufällig Alain, nehme ich an?«

»Gleich, nicht so hastig. Ist schließlich über sieben Jahre her. Kann sein, daß der Cousin Alain hieß, ja. Als ich sicher war, aus welchem Glas der Ehrengast trank, und als sich alle mit dem Kommunionkind zu einem Abschiedsfoto versammelten, habe ich ein paar von meinen Tropfen ins richtige Glas geschüttet. Die sind geruchlos, man kann sie nicht schmecken im Wein und natürlich in einem der üblichen roten Bourdeaux auch nicht erkennen. Das war eigentlich schon alles. Ich habe mir meinen Lohn auszahlen lassen, schließlich hatte ich gute Arbeit geleistet, und sie haben mir noch eine Flasche Armagnac für meinen kranken Cousin eingepackt. Dann habe ich mit den anderen gewinkt, als unser baskischer Freund ins Auto stieg, um die paar Kilometer in Richtung Spanien zu fahren, mich auch verabschiedet und den nächsten Zug nach Lyon genommen. Im Grunde lief das so einfach.«

»Ich wußte gar nicht, daß es Tropfen gibt, die erst nach Stunden tödlich wirken. Kommt mir vor wie in einem schlechten Krimi, wenn dem Autor nichts anderes mehr einfällt.«

»Doch, gibt es. Frag mal deinen Arzt oder Apotheker, aber frag bitte nicht, wenn andere zuhören. Ich habe es von einem Freund, der ist Heilpraktiker. Sicher war auch ich erst, als die Meldung vom Tod dieses Kerls im *Figaro* erschien, aber das habt ihr ja alle auch gesehen. Seine Freunde werden immer noch darüber nachdenken, wer der Cousin des Kellners in Wirklichkeit gewesen ist. Ihre Nachforschungen haben nämlich nichts ergeben, als der ihnen nach seiner Genesung erzählte, daß er gar keinen Cousin hat. Vielleicht sollte ich meine Verwandten mal zum Essen besuchen? Apropos, Essen.« Draußen wird es langsam dunkel und herbstlich kühl. Sie stehen auf und gehen ins Restaurant, und an dem Abend reden sie nicht mehr vom Tod.

Am frühen Sonntagnachmittag treffen sie in Lyon ein. Renoit, der seinen wahrscheinlich beleidigten Kater bei der Nachbarin abholen will, die sich während seiner Abwesenheit um Kleo gekümmert hat, setzt Zartmann vor dessen Wohnung ab. Lionel hebt sein Golfbag aus dem Kofferraum und umarmt Alain kurz, dann geht er ins Haus. Sein Anrufbeantworter leuchtet, zwei Gespräche sind verzeichnet, die er sich aber erst anhört, als er endlich unter der Dusche seine Haare entfärbt hat, und sofort danach löscht. Beide Anrufer haben sich nicht damit aufgehalten, ihren Namen zu hinterlassen, und das ist auch nicht nötig. Denis Riley und Peter McFerrer würde Zartmann immer an ihren Stimmen erkennen. Der eine erzählte von einem spannenden Buch über die letzten Pharaonen, das er gerade liest, der andere empfahl eine Ausstellung mit ägyptischer Kunst der Frühzeit, die er am Wochenende gesehen hatte. Beide hatten eine unverfängliche Möglichkeit gefunden, ihm mitzuteilen, daß sie von Kleopatras Erfolg in Hamburg erfahren hatten.

Seinen Morgan hat Zartmann am vergangenen Mittwoch in der Garage der sechsstöckigen gläsernen IKPO-Zentrale gelassen, weil sie von dort mit Renoits Mercedes direkt nach Deutschland aufgebrochen sind. Die zwanzig Minuten Fußmarsch von seiner Wohnung über die Place Bellecour zum Flußufer tun ihm gut, er hat in der vergangenen Nacht im Scholteshof schlecht geträumt, unruhig geschlafen. Der Junge, der dem alten Mann in seinem wirren Traum begegnet war, war offensichtlich er selbst, Lionel. Der Alte auch, aber die beiden hatten miteinander gesprochen, obwohl sie doch eine Person waren. Das hatte ihn verwirrt, und daß es nur ein Traum war, änderte nichts an seiner Verstörung. Normalerweise erinnerte er sich am anderen Morgen nicht daran, was er nachts geträumt hatte. Also dachte er nach, denn er glaubte nur das, was er mit seinem Verstand erfassen konnte. Was er von seinen Träumen als junger Mann nicht verwirklicht hatte, würde ihn im Alter begleiten, so oder so, diese Interpretation schien ihm logisch. Er ist offenbar in der seltsamen Traumgestalt sich selbst als jungem Mann begegnet. Auch noch logisch. Aber hatte das irgend etwas mit seinem wirklichen Leben zu tun? Der kühle Jurist hat zwar immer geglaubt, daß es mehr zwischen Himmel und Erde gibt, als sich Schulweisheit erträumen läßt, aber gleichzeitig war er sicher, daß dieses Mehr nur deshalb so großartig klang, weil die Lehrer zu faul gewesen waren, mehr zu vermitteln als eben Schulweisheit. Später hatte er sich die Welt selbst interpretiert, auf Grund von Fakten und nicht auf Grund von Vermutungen. Jetzt, mit fast vierundvierzig Jahren, fehlte ihm etwas, trotz seines spannenden Berufs und trotz des immerwährenden und immer wieder neuen Abenteuers Kleopatra. Aber was? Du bist in der Midlife-crisis, sagte er sich, aber das war natürlich für einen wie ihn kein Trost. Denn er wußte nur zu gut, daß es diese vielbeschriebene Krise eigentlich gar nicht gab, sondern eine Idee findiger Journalisten war, die auf der Suche nach einem erfolgsträchtigen Stoff den Jackpot geknackt hatten.

Sonntagsruhe im Büro, der Pförtner sitzt gelangweilt in seinem Glashaus und schaut sich ein Fußballspiel auf einem kleinen Fernsehgerät an. Er grüßt mit einer lässigen Handbewegung. Zartmann blättert die Hausmitteilungen und Faxe durch, die während seiner Abwesenheit an ihn gerichtet wurden, nichts Wichtiges dabei. Ein Umschlag fällt ihm auf. Er dreht ihn um und erschrickt ganz kurz, als er den Absender sieht: Floriane Ment. Beruhigt sich wieder, als er am Poststempel erkennt, daß der Brief vor einer Woche in Hamburg abgeschickt wurde und laut Vermerk seiner Sekretärin am vergangenen Mittwoch hier angekommen ist. Kann also nichts mit dem Mord zu tun haben. Seltsamer Zufall, was will die von ihm? Er liest gespannt:

»*Sehr geehrter Herr Kriminalrat Zartmann!*
Ihr Name ist mir von der Pressestelle des Bundeskriminalamtes in Wiesbaden genannt worden. Mein Anliegen: Ich würde gern mit Ihnen als Fachmann für Terrorismus ein Hintergrundgespräch führen. Es geht nicht um ein bestimmtes Thema, sondern um Terrorismus und Attentate allgemein. Ich will auch kein Sachbuch schreiben, sondern einen politischen Thriller, der allerdings möglichst genau sein soll, was die Arbeit der Polizei betrifft.
Kurz zu mir: Ich bin seit fünf Jahren Polizeireporterin der Hamburger Abendpost *und werde mich in den nächsten Monaten beurlauben lassen, um meinen ersten Kriminalroman zu schreiben. Selbstverständlich werden alle Informationen, die Sie mir geben, vertraulich behandelt. Ich hoffe, Sie können mir helfen, und wäre dankbar für einen Rückruf unter der Hamburger Telefonnummer 478471.*
Mit freundlichen Grüßen. Ihre Floriane Ment.

Plötzlich fühlt sich Lionel Zartmann wieder wohl. Keine Spur mehr von den seltsamen Gedanken auf seinem Spaziergang. Etwas Unvorhergesehenes ist passiert, und was daraus wird, ist nicht vorauszuplanen. Der alte Mann in seinem Traum hätte ihm geraten, höflich abzusagen und für das Gespräch einen Kollegen zu empfehlen. Die Gefahr, daß ihn die Journalistin trotz seiner Maskierung in der Tiefgarage und trotz seiner verstellten Stimme wiedererkennen würde, wäre dem zu groß gewesen. Der junge Mann in seinem Traum schreibt ohne lange nachzudenken quer über den Brief ZUSAGEN und legt ihn seiner Sekretärin für den morgigen Tag in den Ausgangskorb. Die Abenteuerlust des Jungen könnte den Alten töten.

Da sie beide eine Person sind: wer wäre dann die Leiche?

6

Eitle Männer läßt sie bei passender Gelegenheit mit kalter Lust ins Messer laufen. Der Verleger der *Abendpost*, der ihr an einem antiken Sekretär in seinem Büro gegenübersitzt, ist so ein Typ und Susanne Hornstein deshalb auf den ersten Blick unsympathisch. Im Laufe ihrer Karriere hat sie aber gelernt, ihre Gefühle zu verbergen. Die beruflich bedingten, zum Beispiel ihre Verachtung für politische Hohlköpfe in Bonn, ebenso wie die privaten Gefühle. An solche kann sie sich allerdings schon kaum mehr erinnern.

Eberhart Schwarzkoff hat sich für dieses Gespräch, das ein Verhör werden könnte, wie er befürchtet, von seinem Butler einen dunklen Anzug heraussuchen lassen und eine dezente Krawatte zum weißen Hemd gewählt. Er will Eindruck auf sein Gegenüber machen, und dazu gehört auch sein Äußeres, nicht nur seine Stellung in der Gesellschaft. Von den Ereignissen der Nacht zum gestrigen Sonnabend merkt man ihm nichts mehr an, er ist heute früh in seinem privaten Hallenbad geschwommen und hat anschließend zwei Stunden lang in der Sauna so den letzten Rest von Alkohol aus seinem Körper geschwitzt. Dann an der Seite seiner Frau beim katholischen Gottesdienst in der ersten Reihe Platz genommen – nicht unbedingt aus christlicher Überzeugung. Man muß sich sehen lassen.

Nach der Messe, am Kirchenportal, wo er nur Gottes

Segen erwartete, hat er mit verblüfftem Gesichtsausdruck den Dank des örtlichen UNICEF-Vertreters für seine großzügige Spende in Höhe von einhundertundachtzigtausend Mark anhören müssen. Zehntausend Mark pro Abschlag für das gestrige Benefizereignis in seinem Golfclub. Julia Schwarzkoff, ganz elegante Dame im blauen Kostüm, das zu ihren blonden Locken paßt, in denen nur eine einzige graue Strähne ihr Alter ahnen läßt, genoß die Situation sichtlich: »Jetzt haben Sie mir die Überraschung verdorben. Mein Mann wußte noch gar nichts davon. Aber sicher hätte er es genauso gemacht wie ich, falls er gegen Tiger Woods oder Bernhard Langer hätte spielen können, nicht wahr, Eberhart?« flötete sie mit verlogener Kleinmädchenstimme. Schwarzkoff nickte nur und biß die Zähne zusammen, um eine Art verschämtes Lächeln zu produzieren. Nur seine Frau wußte, daß er sie am liebsten gleich hier vor der Kirche erwürgt und hinten auf dem Friedhof begraben hätte, und das verschaffte ihr gute Laune für den Rest des Sonntags. Sie ließ sich von einer Freundin zum Lunch überreden, vermied so eine Auseinandersetzung mit ihrem Mann unter vier Augen. Auf dem Weg in seinen Verlag hatte sich Schwarzkoff langsam wieder beruhigt. War zwar nicht mehr zu ändern mit der Spende, aber er würde das Beste daraus machen: Öffentlichkeit herstellen, also sein Image als guter Mensch aufpolieren, und sich eine Quittung fürs Finanzamt geben lassen, um alles von der Steuer absetzen zu können.

Vor ihm liegt die Sonntagsausgabe. Selbstverständlich hat ihn der Chefredakteur auch ohne ausdrückliche Anweisung richtig verstanden und den Nachruf auf Freypen in einer größeren Schrift als üblich auf Seite eins gedruckt. Susanne Hornstein hat den Artikel schon gelesen, bevor sie sich mit Schwarzkoff in dessen Büro im ehemaligen Gruner + Jahr-Gebäude an der Außenalster verabredete, aber sie ist davon ebensowenig beeindruckt wie vom Autor selbst.

Die Antipathie beruht auf Gegenseitigkeit. Die kühle

Blonde im schwarzen Hosenanzug ist nicht Schwarzkoffs Typ. Sieht aus, überlegt er verächtlich, als sei sie lange nicht mehr gefickt worden. Mit dieser Vermutung liegt er nicht falsch, ohne zu ahnen, daß dies zu Susanne Hornsteins geringsten Sorgen zählt. Der Verleger gehört zu den Männern, die immer noch glauben, das Hauptanliegen aller Frauen, egal, ob blöde oder intelligent, sei es, möglichst oft Sex zu haben. Er geht also davon aus, daß sie wenigstens in dieser Beziehung sind wie Männer, wenn man sie schon sonst nicht versteht. Den müden Kalauer, die Frau sei der beste Freund des Menschen, hält er für einen guten Witz.

Seine beiläufige Aufforderung, doch im tiefen Sessel in der Mitte des Raumes Platz zu nehmen, beachtet Susanne Hornstein nicht und zieht sich statt dessen einen festen Stuhl heran. Der Manager-Trick, sich mit solchen freundlich klingenden Angeboten bei Verhandlungen selbst groß und den anderen klein zu machen, ist so uralt und so durchsichtig, daß sie sich in ihrer Intelligenz beleidigt fühlt. Ihre Laune bessert sich. Wenn er sie für so naiv hält, wird sie das ausnützen.

»Erzählen Sie mir doch noch einmal genau den Verlauf des Freitagabends ... ach, stört es Sie, wenn ich rauche?«

»Ja, stört mich. Sie stören mich übrigens auch. Ich habe nämlich noch was anderes vor. Heute ist Sonntag, falls Sie das vergessen haben sollten. Außerdem habe ich Ihnen doch alles schon gestern am Telefon gesagt. Reicht das nicht?«

Susanne Hornstein bleibt ungerührt. Es kommt ihr zwar ein bißchen seltsam vor, daß Freypens vom Verlust angeblich so tief getroffener Jugendfreund nicht mal den Versuch macht, Interesse an den Ermittlungen zu heucheln, nicht mal bei der Begrüßung gefragt hatte, ob es schon eine Spur vom Mörder gibt. Sie wundert sich aber nur kurzfristig darüber, denn sie weiß ja nicht, daß ihn nur eines interessiert: Ob Floriane Ment weiterhin schweigt. Männer wie er, und das wiederum kann Schwarzkoff nicht wissen, sind ihr beruflich gesehen die liebsten. Von sich selbst eingenommen, arrogant und auf Grund solcher Selbstüberschätzung leicht aufs Kreuz zu legen. »Ich habe gute Verbindungen«, legt Schwarzkoff nach, »auch ganz oben in Bonn. Ich bezweifle, ob man dort so begeistert sein wird, daß Sie nicht den Mörder meines Freundes Joachim suchen, sondern unschuldige Bürger nerven mit Ihren blöden Fragen.«

»Halten Sie eine Frage nach Ihrem Alibi für blöde, Herr Schwarzkoff?« antwortet die Beamtin und geht gar nicht auf die plumpe Drohung ein. Es ist nicht die erste dieser Art, die sie im Laufe ihrer vielen Ermittlungen gehört hat, und bisher war es entgegen landläufiger Meinung noch nie so gewesen, daß sie auf Grund eines Anrufes von sogenannten bedeutenden Persönlichkeiten zurückgepfiffen wurde, falls es im Zuge ihrer Ermittlungen brisant zu werden drohte. Deutschland ist Ende 1997 kein Obrigkeitsstaat mehr. Sogar die Vereinigung mit sechzehn Millionen an Diktatur gewöhnten Ostdeutschen hat daran nichts ändern können. Das Spielfeld der rechten Rattenfänger ist allerdings größer geworden. Susanne Hornstein hatte noch nie einen Fall zu lösen, in dem es um Mord am Vorsitzenden einer Partei ging. Was immer man von Joachim Freypen und seiner Vaterlandspartei halten mochte, und sie hielt nichts von beiden, verboten war seine Organisation ja nicht. Also gab es ein starkes politisches Interesse sogar im Kanzleramt, möglichst schnell zu Ergebnissen zu kommen, um die üblichen rechten Dolchstoßlegenden über finstere Verschwörungen gar nicht erst entstehen zu lassen. So etwas würde die politischen Strategien für den Wahlkampf stören, und darüber waren sich ohne Absprache alle anderen Parteien stillschweigend einig. Die einen wollten bei der kommenden Wahl noch einmal ihre Tröge verteidigen, die anderen wollten endlich wieder ran. Längst stand die Schlachtordnung fest. Man brauchte keine Vaterlandspartei, denn das Vaterland vertraten sie alle selbst auf ihre Art. Und soviel Vaterland gab es nun auch wieder nicht zu verteilen, trotz der neuen Bundesländer.

Susanne Hornstein ist an diesem Sonntagvormittag, knapp vierzig Stunden nach dem Attentat, noch am Anfang ihrer Ermittlungen. Man kann auch sagen: schon am Ende. Sie haben eine Leiche, sie haben das Kaliber der tödlichen Schüsse, sie wissen, wo der Mörder stand, als er schoß, und sonst haben sie nichts. Einfach nichts. Es gibt auch nicht den geringsten Hinweis darauf, daß etwa die RAF nach langer Pause wieder mal zugeschlagen hat, denn die hätte sich ihrer Tradition entsprechend zur Tat bekannt. Wer aber außer der RAF könnte ein Motiv gehabt haben, Freypen auf diese Weise zu erledigen? Seine politischen Gegner in den anderen Parteien hätten versucht, ihn rechtzeitig vor der nächsten Bundestagswahl mundtot zu machen, dafür gab es entsprechende Pläne für Recherchen in Freypens Vergangenheit. Aber Mord?

Sie richtet sich auf in ihrem Stuhl und ist dadurch auf Augenhöhe mit dem Verleger: »Wir können es auch ganz anders handhaben, wenn Ihnen das lieber ist, Herr Schwarzkoff. Ich lade Sie für morgen früh ins Polizeipräsidium vor, und wir unterhalten uns dort in aller Ruhe und nehmen ein Protokoll auf. Und bis das abgetippt ist, damit Sie Ihre Aussagen durchlesen und unterschreiben können, vergeht auch noch ein bißchen Zeit.« Ihre Stimme wird eine Spur kälter: »Sie sind ein wichtiger Zeuge in einem Mordfall. Von Ihrer Aussage hängt vieles ab. Und wenn ich es für nötig halte, denn nur ich entscheide das und ganz bestimmt nicht Sie, lade ich Sie immer wieder vor, bis ich mit dem Ergebnis zufrieden bin. Verstehen Sie mich jetzt besser?«

Eberhart Schwarzkoff läuft ganz kurz rot an, aber er weiß, wann er verloren hat. Das gehört bei aller Überheblichkeit zu seinen Stärken. Er schaltet um von Macho auf Softie, von drohend auf verbindlich: »Entschuldigen Sie, Frau Doktor Hornstein, ich bin noch ganz durcheinander. Joachim Freypen und ich kannten uns seit der Schulzeit, wie Sie sicher gelesen haben.« Er klopft auf die Zeitung vor sich: »Selbstverständlich stehe ich Ihnen zur Verfügung. Fragen Sie.«

Lächelt sie vertraueneinflößend an, aber ein solches Lächeln kann er anknipsen und abschalten, wie es ihm gefällt. Schwarzkoff, der aussieht wie ein reicher hanseatischer Golfspieler mit zuviel Geld und zuwenig Phantasie, ist auch deshalb zu einem mächtigen Verleger geworden, weil ihn seine Konkurrenten genauso eingeschätzt haben. Bis sie endlich merkten, daß er keinesfalls das von ihnen vermutete Weichei war, hatten sie schon verloren.

Die Beamtin sagt gar nichts. Sie wartet. Eigentlich hat sie Schwarzkoff und Floriane Ment direkt nacheinander verhören wollen, um den beiden keine Chance zu geben, sich abzusprechen. Aber als sie bei der Reporterin angerufen hat, um einen Termin zu vereinbaren, hat sie nur deren Anrufbeantworter erreicht und um Rückruf auf ihrem Handy gebeten. Sich im übrigen bedankt, daß sie heute in der *Abendpost* von der gestrigen Rekonstruktion des Todesschusses nichts gelesen hat. Daß sich also Floriane Ment an ihre Abmachung gehalten hat.

»Also, wie ich Ihnen schon erzählt habe«, unterbricht Schwarzkoff das Schweigen, »war ich auf diesem ziemlich langweiligen Empfang wegen des Lindlau-Buches. Zusammen mit einer Mitarbeiterin von mir, mit Floriane Ment, die Sie ja wohl schon kennen.«

»Kennen Sie die näher?« fragt sie ihn und schaut ihn unschuldig aus blauen Kinderaugen an, als habe sie keine Hintergedanken dabei. »Was erlauben Sie sich! Wollen Sie damit etwa sagen…«, plustert sich Schwarzkoff auf und nutzt die Chance, wieder in die Rolle des gesetzestreuen Bürgers zu schlüpfen, der gerade mit seiner Ehefrau in der Kirche Gottes sonntäglichen Zuspruch abgeholt hat. Läßt aber gleich die Luft wieder raus, weil er merkt, daß Susanne Hornstein von diesem Wutanfall unbeeindruckt ist: »Ich habe nur gefragt, ob Sie Floriane Ment näher kennen. Ich verstehe Ihre Aufregung nicht ganz. Ist doch eine naheliegende Frage, oder nehmen Sie immer Reporter in Ihrem Auto mit, wenn Sie zu einem Termin fahren?« Schwarzkoff verflucht innerlich seine unbeherrschte Reaktion, ist eher auf sich sauer als auf die Beamtin, deren professionelle Gelassenheit ihm sogar imponiert, bleibt nur mühsam nach außen verbindlich. Das entgeht Susanne Hornstein nicht.

»Ich wußte, daß sie auch dort eingeladen war, und habe ihr angeboten, sie mitzunehmen. Alles andere wissen Sie ja. Wir waren wohl so zwei Stunden da, und als es öde wurde, hat mich Frau Ment gebeten, sie nach Hause zu bringen.«

»Was Sie gern gemacht haben, weil Sie auf diese Weise Spesenkosten gespart haben. Ihre Rückfahrt per Taxi, nicht wahr?«

Diesmal patzt Schwarzkoff nicht: »So kann man es sehen, sehr witzig, ja, so kann man es sehen. Ich habe sie vor ihrer Haustür abgesetzt, und das war alles.«

Er lügt, denkt Susanne Hornstein, er lügt. Das klingt alles zu glatt, zu normal. Wie einstudiert. Aber warum lügt er? Was will er verbergen? Eine Affäre? Lächerlich. Von Georg Krucht weiß sie, daß Schwarzkoffs Liebesabenteuer ein offenes Geheimnis sind in der Stadt. Mag sein, daß zwischen Floriane Ment und ihrem Verleger mehr passierte als nur der gemeinsame Besuch auf einer Buchpremiere. Daß die sich keinesfalls an der Haustür getrennt, sondern intensiv miteinander beschäftigt haben. Allerdings nicht in Florianes Wohnung, denn da war um diese Uhrzeit wahrscheinlich noch der Mörder. Das wissen die Ermittler inzwischen. Aber wo dann? Vielleicht haben die beiden den Abend im nahe gelegenen Hotel Madison fortgesetzt, in dem seit gestern auch Susanne Hornstein und ihre Kollegen wohnen.

Da können sie allerdings nicht unmittelbar im Anschluß an die Party gewesen sein, denn daß zumindest die Reporterin später in ihrer Wohnung war und ganz bestimmt etwas anderes gemacht hat als ausgerechnet Sex mit Herrn Schwarzkoff, beweisen ihre Fotos. Die Fotos von der Leiche Freypens. Schließlich kann man im Protokoll von Krucht lesen, um welche Uhrzeit die Leiche abtransportiert worden ist. Und vorher muß sie, logisch, vom Fenster ihres Appartements aus fotografiert haben. Hat er so lange auf sie gewartet? Und wo? Macht auch keinen Sinn. Hat Floriane Ment deshalb gestern für einen Moment gezögert, als sie ihr die Frage nach besonderen Ereignissen an diesem Freitagabend stellte? Geht sie zwar nichts an, ob Schwarzkoff und Floriane ein Verhältnis pflegen, weil beide mit dem Mord nichts zu tun haben dürften, zumindest ist nicht das geringste Motiv zu erkennen, aber sie will es doch wissen. Sie nimmt sich vor, im Madison recherchieren zu lassen, ein weiterer Beamter soll außerdem Zeugen finden, die bestätigen können, daß beide erst nach 21.00 Uhr das Fest verlassen haben: »Haben Sie Frau Ment noch an die Haustür begleitet oder an den Fahrstuhl?«

»Nein, ich habe ihr nur beim Aussteigen geholfen und mich dann von ihr verabschiedet.«

»Wie?«

»Was meinen Sie mit wie?«

»Ganz einfach, wie haben Sie sich verabschiedet. Per Handschlag? Per Umarmung, per Küßchen auf die Wange? Gar nicht?«

»Ich glaube, Frau Hornstein, jetzt gehen Sie wirklich zu weit«, nutzt Schwarzkoff kalt seine Chance, endlich auch einen Treffer anzubringen. Susanne Hornstein ist verärgert über die unnötige Blöße, die sie sich gegeben hat, läßt sich aber nichts anmerken. Fährt fort im Verhör, als ob es die Frage davor nie gegeben hätte.

»Und wie spät war es da?«

»Auf die Uhr habe ich nicht geschaut, aber ich schätze, so zehn Minuten nach neun, kann auch Viertel nach gewesen sein.« Er hebt beide Arme, bis die Manschetten seines Hemdes zurückrutschen: »Sie sehen, ich trage keine Uhr, das vertrag ich nicht auf meiner Haut. Mein Arzt sagt ...«

»Sie sind also direkt von der Party zu Frau Ments Wohnung gefahren?«

»Sagte ich schon. Können Sie auch leicht nachprüfen, ich

habe mich beim Gastgeber bedankt, obwohl das Buffet eigentlich keinen Dank verdiente, und mich von ein paar anderen Leuten verabschiedet. Die werden wissen, wie spät es war. Oder wollen Sie etwa andeuten, daß Frau Ment und ich uns die Geschichte ausgedacht und in Wirklichkeit gemeinsam in Ruhe von ihrem Fenster aus Freypen erschossen haben. Sie sind ja …«

»Ist Ihnen etwas aufgefallen?« unterbricht ihn Susanne Hornstein eine Spur zu grob, aber es ist ihr wirklich Wurscht, was Schwarzkoffs Arzt sagt oder was es an der Alster bei dem Fest zu essen gab oder gar, was er von ihr hält. Sie zwingt sich zur Höflichkeit: »Denken Sie bitte noch einmal in Ruhe nach. Stand irgendwo ein Mann, in der Haustür zum Beispiel oder an der nächsten Ecke? Fuhr gerade ein Auto weg oder ein Radfahrer? Muß kein Mann gewesen sein, kann auch eine Frau gewesen sein. Fiel Ihnen jemand auf? Lassen Sie sich Zeit.«

Schwarzkoff schüttelt in gespielter Verzweiflung den Kopf. Er muß sich keine Zeit lassen. Und ob mir etwas aufgefallen ist, denkt er und fährt sich mit der Hand unwillkürlich hinter sein Ohr, und ob. Doch das werde ich dir ganz bestimmt nicht erzählen: »Nein, nichts, ich habe immer wieder darüber nachgedacht, seit wir gestern telefoniert haben, aber mir ist nichts Ungewöhnliches eingefallen, rein gar nichts.«

»Und danach sind Sie gleich nach Hause gefahren?«

Bevor Schwarzkoff darauf antworten kann, klingelt Susanne Hornsteins Handy. Sie hebt entschuldigend eine Hand und drückt auf den Knopf. »Ach, Sie sind es. Ja, ich hatte angerufen. Wo sind Sie? Paßt ja ideal. Können Sie gleich raufkommen? Danke.« Wendet sich wieder dem Verleger zu: »Das war Floriane Ment. Sie ist in ihrem Büro ein Stockwerk tiefer, im sechsten. Sie kommt gleich hierher. Stört Sie ja sicher nicht, oder?« Weil sie darüber nachdenkt, warum Schwarzkoff unter seiner braunen Gesichtsfarbe ein wenig bleich geworden ist, als sie ihm Floriane Ments Kommen ankündigt, vergißt sie, daß er ihre letzte Frage nicht beantwortet hat. Wo er denn hingefahren ist, nachdem er Floriane nach Hause gebracht hatte. Ein Fehler, aber das wird Susanne Hornstein erst merken, als es fast schon zu spät ist.

Es klopft. Die rothaarige Reporterin ist heute morgen ungeschminkt, was ihre Haut noch weißer erscheinen läßt. Sie behält ihre Zigarette im Mundwinkel, als sie Susanne Hornstein begrüßt. Der Verleger hat sich aus seinem Stuhl erhoben, die Frau nickt ihm nur kurz zu und vermeidet dann jeden Blickkontakt. Sie setzt sich auf die Ledercouch unter das Portrait von Schwarzkoffs Vater, dem verstorbenen Gründer des Verlages. »Wir haben gerade besprochen, wie spät es wohl so etwa gewesen ist, als Herr Schwarzkoff Sie nach Hause gebracht hat«, sagt Susanne Hornstein, »ist Ihnen vielleicht noch etwas eingefallen seit unserem gestrigen Gespräch? Etwas, das nicht in die Umgebung paßte, ein fremdes Auto vielleicht, eine fremde Gestalt? War zum Beispiel die Haustür verschlossen?«

Schwarzkoff scheint den Atem anzuhalten. Wird Floriane Ment bei ihrer Aussage von gestern bleiben, oder hat sie es sich anders überlegt und sagt nun, wie es wirklich war? Daß er versucht hat, sie zu vergewaltigen? Anders kann man es wohl nicht nennen. Und was dann, soll er alles bestreiten? Soll er vorgeben, einen Blackout gehabt zu haben, weil er zuviel getrunken hat? Floriane Ment, wieder in den ausgebleichten Jeans und einer diesmal bunten Bluse, bleibt einen Moment lang stumm, dann drückt sie ihre Zigarette im Blumentopf aus, lächelt automatisch Susanne Hornstein an. Die begreift, worauf sich das Lächeln bezieht, und grinst ebenfalls. Der Verleger schiebt ihr nur wortlos einen Aschbecher aus Messing hin. »Nein, nichts, mir ist nichts eingefallen«, sagt sie dann langsam, »ich habe die halbe Nacht wach gelegen und mir den Kopf zerbrochen. Vergebens. Es war einfach alles normal. Herr Schwarzkoff hat sich verabschiedet, ich habe ihn noch mit seinem Bentley um die

Ecke biegen sehen, dann habe ich aufgeschlossen und bin nach oben in meine Wohnung gefahren.«

Jetzt stößt Eberhart Schwarzkoff unhörbar den Atem aus, seine Gesichtsfarbe gewinnt ihr gar nicht so natürliches Sonnenbraun wieder. »Na, sehen Sie«, sagt er jovial zu der Beamtin und wendet sich dann seiner Reporterin zu: »Die Frau Kommissarin, Entschuldigung, die Frau Kriminaldirektorin hatte nämlich insgeheim gehofft, wir würden den Mord gestehen und ihr die Arbeit erleichtern.«

Die Kriminalbeamtin erhebt sich und geht zur Tür. Floriane Ment folgt ihr, ohne zu zögern. Die will mit ihrem Chef wohl nicht allein sein, denkt Susanne Hornstein. Vielleicht habe ich mich doch getäuscht. Vielleicht ist doch nichts zwischen den beiden. Oder er hat es versucht und ist abgeblitzt. Lackaffe, geschieht ihm recht. Sie ahnt nicht, wie nahe ihre Vermutungen an der Wahrheit sind. »Vielen Dank«, sagt sie, an beide gerichtet, »ich glaube, das war erst einmal alles.«

Auch Schwarzkoff ist es recht, daß Floriane nicht geblieben ist. Ein Gespräch mit ihr hätte seine mühsam wieder errungene Fassung zerstört. Immerhin weiß er jetzt, daß diese verdammte Geschichte in der Tiefgarage ohne Folgen für ihn bleiben wird. Auch die Ment will darüber offensichtlich nicht reden. Was ihm auch am liebsten ist. Außerdem ist ja nichts wirklich passiert. Irgendwie haben wir sogar noch Glück gehabt, daß wir nicht dem Mörder in die Arme gelaufen sind. Der muß genau um die Zeit noch im Haus gewesen sein. Im Haus? Er hat plötzlich eine ganz bestimmte Ahnung, wer es war, der ihn niedergeschlagen hat. Er ahnt, wer seinen Wagen benutzt und am Stadtpark abgestellt hat. Das kann nur der Mörder gewesen sein, ein anderer kommt eigentlich nicht in Frage. Es wird schließlich nicht irgendein Mieter den edlen Ritter für eine Nachbarin spielen und dann noch die Mühe auf sich nehmen, sein Opfer nachts in einen Park zu fahren. Eine wahnsinnig klingende Konstruktion, aber durchaus plausibel. Auf der anderen Seite:

Einer, der gerade einen umgebracht hatte, hätte erst recht keinen Grund, das zu tun. Der hätte sich doch einfach davonstehlen können, ja müssen, ohne daß die beiden ihn gesehen hätten. Ein Mörder als edler Ritter? Ein Mörder mit Herz? Ein Mörder mit Gewissen? So etwas gab es doch nur im *Tatort*. Dennoch – so wahnsinnig diese Konstruktion auch klingt, so plausibel in sich wäre sie wiederum doch. Über alles mögliche macht sich Schwarzkoff Gedanken, während er die Szene aus der Garage verschwommen zwar, aber dennoch ins Gedächtnis zurückholt. Nur nicht darüber, daß er die Kriminalbeamtin angelogen und damit eine Art Verrat an seinem toten Freund begangen hat. Er ist sich selbst der Nächste, das war schon immer so. Beruhigt sein Gewissen damit, daß er ihr mit seiner Vermutung gar nicht hätte helfen können. Den Mann, der mich niedergeschlagen hat, den habe ich doch gar nicht gesehen.

In dem Moment wird ihm klar, daß es natürlich einen Menschen gibt, der den Mörder gesehen haben muß. Floriane. Floriane Ment. Die muß dem doch genau ins Gesicht geschaut haben, als er sich über ihn beugte, um ihn bewußtlos zu schlagen. Die hatte die Augen doch geöffnet. Er pfeift durch die Zähne und grinst. Seine Frau, die ihn besser kennt als alle anderen, hätte gleich gewußt, was dieses Grinsen bedeutet. So grinst Eberhart Schwarzkoff nur, wenn ihm eine besonders gemeine Idee gekommen ist. Gerade ist ihm eingefallen, wie er Floriane Ment die peinliche Szene heimzahlen wird. Wie er seinen verletzten Stolz rächen kann und sich trotzdem nicht selbst in Gefahr bringen und die Hände schmutzig machen muß. Daß seine Hände bereits schmutzig sind, weil er versucht hat, eine Frau zu vergewaltigen, kommt ihm nicht in den Sinn. So etwas wie ein Eingeständnis eigener Schuld hat keinen Platz in seiner Welt. Die hat sich um ihn zu drehen, mehr nicht.

Seine Frau Julia zum Beispiel hat es nie geschafft, ihn zu einem Arztbesuch zu überreden und sich testen zu lassen, damals in den ersten Jahren ihrer Ehe, als sie keine Kinder bekam, und er natürlich ihr die Schuld gab, daß er keinen Erben haben würde. Er ist einfach aus dem gemeinsamen Schlafzimmer ausgezogen, weil sie es gewagt hatte, an seiner Manneskraft zu zweifeln, denn eine Scheidung kam für ihn aus gesellschaftlichen und für sie aus religiösen Gründen nicht in Frage. Komisch allerdings, daß nie eines der vielen Mädchen, mit denen er es in der Zeit danach getrieben hatte, schwanger geworden war. Was das bedeuten könnte, war ihm klar, aber er hat es verdrängt. Sich damit getröstet, daß die wahrscheinlich alle entweder irgendwann die Pille benutzt haben oder daß er schlicht Glück gehabt hat. Wäre er ehrlich gewesen sich selbst gegenüber, hätte er sich daran erinnert, daß er sich als Student in München bei einem der üblichen schnellen Abenteuer eine Geschlechtskrankheit eingefangen hatte und die zu spät behandelt worden war. Zu spät jedenfalls, um seine Zeugungsfähigkeit zu retten, wie ihm der Arzt damals eröffnet hatte.

Karl Mulder sitzt am Schreibtisch seines toten Chefs. Er benutzt dessen sichere Leitung, um die nötigen Gespräche für die Beerdigung am kommenden Dienstag in Günzburg zu führen. Der Referent von Jörg Haider hat die Teilnahme des österreichischen Populisten zugesagt, aus Frankreich wird Jean-Marie Le Pen kommen. Für den und für Freypen war es in der Vergangenheit zu einer Art Running gag geworden, ihre politischen Gemeinsamkeiten mit den fast gleichen Silben in ihren Namen zu begründen. Mulder bespricht mit den Sicherheitsleuten der beiden Politiker die Planung. Auch er hat die Sonntagszeitungen gelesen, der Nachruf von Schwarzkoff hat ihn angerührt, aber verlogene Sentimentalität kann er von echten Gefühlen nicht unterscheiden. Die Konkurrenzblätter *Bild am Sonntag* und *Welt am Sonntag* sind wegen der ganz besonderen Informationen der *Abendpost* heute nur zweiter Sieger. Sie beschränken sich deshalb auf den Abdruck der politischen Reaktionen aus Bonn, die ziemlich mager sind, weil dort offiziell nicht einmal der tote Freypen ein Thema sein darf, und walzen statt dessen ihr Lieblingsthema Innere Sicherheit aus. Als ob die Sozialdemokraten schuld daran sind, daß in ihrer Stadt einer ermordet wurde.

Weil das Faxgerät neben ihm zu summen beginnt, blickt Mulder überrascht zur Seite. Die Nummer dieses Anschlusses ist ebenso geheim wie die Telefonnummer des Apparats, den er gerade benutzt hat. Er verfolgt gespannt, wie langsam das Papier aus der Maschine kriecht. Blickt zunächst automatisch nach dem Absender, der immer oben auf dem Bogen erscheint. Nichts. Wartet ungeduldig, bis die Übertragung beendet ist, und reißt fast das Papier raus.

»WISSEN SIE EIGENTLICH, DASS FREYPENS MÖRDER AUS DER WOHNUNG VON FLORIANE MENT GESCHOSSEN HAT? HABEN SIE SICH NICHT GEFRAGT, WIE DIE ABENDPOST ZU DEN FOTOS VON DER LEICHE KAM? WAS HAT DIE FRAU BISHER BEI DER POLIZEI VERSCHWIEGEN? KENNT SIE DEN MÖRDER? HAT SIE IHM DEN SCHLÜSSEL FÜR IHRE WOHNUNG GEGEBEN? ODER HAT SIE VIELLEICHT SOGAR SELBST GESCHOSSEN?«

Mulder springt wie elektrisiert auf und liest noch einmal das Fax. Er muß sich förmlich zwingen, ruhig nachzudenken und sich wieder hinzusetzen. Sinnlos, nach einem Absender zu forschen, der hat seine Kennung gelöscht, bevor er das Fax losschickte. Es mußte jemand sein, den Freypen sehr gut gekannt hat, dem er vertraute. Anderen hätte er seine Geheimnummer nicht gegeben, soviel steht fest. Ist der Absender vielleicht die besondere Quelle im Polizeiapparat, die der Chef einmal erwähnt hatte? Die immer rechtzeitig gewarnt hatte, wenn zum Beispiel eine bundesweite Razzia gegen Skinheads angesetzt war? Solche Details, wie sie in den Fragen des anonymen Schreibens genannt werden, kann doch nur ein Insider wissen. Mulder ist es egal, wer das geschickt hat, das interessiert ihn nur am Rande. Allerdings hält er die Vorstellung für absurd, daß die Reporterin selbst geschossen haben könnte. Aus seiner Vergangenheit weiß er, daß die Experten der Mordkommission das sofort hätten feststellen können, anhand von Schmauchspuren zum Beispiel. Auch noch zwölf Stunden nach der Tat. Die anderen Hinweise sind es, die ihn so in Spannung versetzt haben, mit denen kann er etwas anfangen. Nicht nur, weil er unbedingt den Mörder selbst fassen will, bevor ihn die Polizei findet. Seit Helga Freypen eine Million für die Ergreifung des Attentäters ausgelobt hat, sieht er Perspektiven für seine ganz persönliche Zukunft, denn daß die Witwe ihn als Sicherheitschef für die Vaterlandspartei behält, glaubt er nach der Begegnung mit ihr nicht mehr. Sie scheint ihn verantwortlich zu machen für den Tod ihres Mannes, und so ganz unrecht hat sie ja auch nicht, wie er weiß. Blöd mit dem Panzerglas, hätte er wirklich dran denken können. Mit der Belohnung jedoch könnte er sich zur Ruhe setzen und das tun, was er schon lange tun wollte, nichts.

Er drückt auf einen Knopf der Lautsprecheranlage, die ihn mit dem Vorzimmer verbindet. Da sitzen die seit Freitag abend arbeitslosen Männer seiner Security-Truppe, die er auch heute, am Sonntag, hierher in die Zentrale bestellt hat und die auf seine Anweisungen warten. Eigentlich wollte er mit ihnen besprechen, wo sie bei der Bestattung Freypens in Günzburg eingesetzt werden, aber dafür kann Mulder auch Freiwillige aus dem Ortsverband der Partei einteilen, denn die ausländischen Ehrengäste würden ihre eigene Schutztruppe von erprobten Schlägern mitbringen. Die neue Aufgabe, eine Rund-um-die-Uhr-Beschattung dieser Reporterin, erfordert hingegen Profis. »Kommt rein«, sagt Mulder und reibt sich die Glatze, »es gibt was zu tun.« Lange motivieren muß er sie nicht, sie alle fühlen sich durch den Mord an Freypen in ihrer Berufsehre verletzt, ihrer Ehre als Leibwächter, eine andere kennen sie nicht. Sie können zwar nichts dafür, aber sie fühlen sich als Versager. Und wollen Rache. »Die darf nichts merken«, verlangt Mulder, »nichts. Nur wenn sie sich ganz sicher fühlt, besteht eine Chance für uns, daß sie uns zum Mörder führt.«

Er hat durch einen einzigen Anruf herausbekommen, wo sich Floriane Ment gerade aufhält, in der Redaktion. Als sie sich meldet, hatte er aufgelegt. Sechs seiner Männer teilt er für ihre Beschattung ein, jeweils in Acht-Stunden-Schichten, immer zwei Mann pro Auto, um flexibel zu sein. Natürlich per Handy stets im Kontakt untereinander und mit ihm, dem Chef. Er würde Tag und Nacht den Einsatz koordinieren, sagt er ihnen, und er fühlt sich dabei ganz toll, wie der Oberbefehlshaber einer Streitmacht. Das erste Kommando, wie Mulder deshalb seine Überwachungsmannschaft nennt, steht hundert Meter vor dem Eingang des Verlages und wartet, ein Foto der rothaarigen Reporterin steckt oben an der Sonnenblende des BMW. Mulder hat sich aus der gestrigen *Abendpost* das Bild von Floriane Ment ausgeschnitten und am Farbkopierer entsprechend vergrößert.

Er will Helga Freypen, die inzwischen nach Günzburg weitergereist ist, stolz von seiner Aktion berichten, doch die ist nicht zu sprechen für ihn. Er hört sie im Hintergrund knapp befehlen: »Mulder soll ein Fax schicken und morgen pünktlich hier sein.« Wütend schmeißt er den Hörer auf die Gabel. Die tut ja so, als sei sie bereits die neue Vorsitzende der Vaterlandspartei. Genau das ist in der Runde beschlossen worden, die er gerade durch seinen Anruf gestört hat. Aber das weiß er nicht, er wird es erst nach der Beerdigung Freypens erfahren.

Susanne Hornstein tagt am Nachmittag mit Krucht und ihren Kollegen in einem Konferenzraum des Polizeipräsidiums, um den Stand der bisherigen Ermittlungen zusammenzufassen. Es ist sechzehn Uhr. Große Kannen mit Kaffee stehen in der Mitte des Tisches, ein paar verlorene alte Kuchenstücke liegen herum, die keiner mehr anfassen mag.

Es stinkt nach kaltem Rauch und zu wenig Schlaf. Die Mikrofone bleiben ausgeschaltet, man versteht sich auch so. Krucht beginnt. Der Hamburger Hauptkommissar bestätigt kurz, daß die Ringfahndung nichts erbracht hat und auch die Kontrollen auf dem Flughafen und den Bahnhöfen erfolglos waren. »Wie war denn das Gespräch mit Schwarzkoff?« möchte er wissen, aber Susanne Hornstein bittet ihn um einen Moment Geduld, sie will erst die einzelnen Routine-Punkte auf ihrer Liste abhaken. Einwände des Gerichtsmediziners, die Leiche Freypens freizugeben, wie die Familie verlangt hat? Keine, kann nach Günzburg überführt werden. Das Material auf dem Schreibtisch des Toten? Nur Propagandamaterial und ein paar unwichtige Briefe. Der Freund des Arztes auf dem oberen Flur neben Ment? Keine Vorstrafen, nie aufgefallen, hat der Kriminaldauerdienst des BKA, der rund um die Uhr besetzt ist, bereits durchgegeben. Nicht mal eine Ordnungswidrigkeit können wir ihm anhängen, ergänzt einer der Hamburger Beamten, der Junge schläft zwar bei seinem Lover, hat aber nach wie vor eine eigene Wohnung und ist dort gemeldet. Die Befragung der Hausbewohner? Waren zwar alle erreichbar, wir hatten Glück, weil es Sonntag vormittag war, aber keiner hat das geringste gesehen oder gehört. Hausmeister? Ist am Tag der deutschen Einheit, also am Freitag, in seinen Wohnwagen an der Ostsee gefahren, kommt erst heute abend zurück. Wir haben trotzdem einen Mann nach Scharbeutz geschickt, aber es ist nichts dabei herausgekommen, was uns hilft. Auch vor dem Mordtag ist dem nichts Verdächtiges im Haus oder ums Haus herum aufgefallen. Vergleich der gefundenen Geschosse mit den gespeicherten Daten der Abteilung Schußwaffentechnik in Wiesbaden? Null, aus dem Gewehr ist noch nie geschossen worden, wenigstens noch nie in einem Fall, der in der BKA-Datenbank verzeichnet ist. Ergebnisse der Untersuchung von Floriane Ments Appartement? Keine Fingerabdrücke außer ihren eigenen, keine Dreckspuren, die nicht aus ihren Schuhen stammen, keine

Kratzer am Schloß. Der Attentäter hat aus ihrer Wohnung geschossen, das steht fest. Aber er muß einen Schlüssel gehabt haben. Woher?

»Woher?« fragt Krucht, als habe er die Gedanken von Susanne Hornstein lesen können, die gerade zu einem längeren Vortrag ansetzen will.

»Von ihr wohl kaum«, nimmt sie den Faden auf, »sie hat mir erstens ihre beiden Schlüssel gezeigt und zweitens halte ich sie nicht für so unterbelichtet, dem Mörder einen Schlüssel für ihre Wohnung zu geben und zu glauben, das käme nie heraus. Ihr Alibi ist übrigens durch die Aussage von Schwarzkoff bestätigt und dessen Alibi wiederum durch ihre Aussage, und wir wissen auch, wann sie das Fest verlassen haben. 21 Uhr. Sie können also nicht vor 21.15 Uhr unten am Haus angekommen sein. Und da war Freypen schon tot. Ich habe mit beiden gesprochen, beide haben nach meinem Eindruck zwar etwas zu verbergen, aber das hat wohl nichts mit dem Mord zu tun. Ich kann ehrlich gesagt auch kein sinnvolles Motiv erkennen. Wir sollten aber zur Sicherheit die Vergangenheit von Schwarzkoff durchleuchten, ob er wirklich so gut befreundet war mit Freypen, wie er behauptet. Wäre ja nicht das erste Mal, daß sich einer ein wasserdichtes Alibi besorgt und einen anderen die Drecksarbeit machen läßt. Motiv? Keine Ahnung. Ich weiß, ich weiß, klingt nach Kino. Aber mir ist wohler, wenn wir so etwas ausschließen können. Checkt bitte mal diskret im Madison, ob die Ment und Schwarzkoff sich dort nebenan später Freitag nacht noch ein Zimmer genommen haben. Oder gar nur Schwarzkoff in einer ganz anderen Begleitung.«

Dabei fällt ihr wieder ein, daß sie von Schwarzkoff keine Antwort bekommen hat, als sie ihn fragte, ob er direkt nach Hause gefahren ist, nachdem er sich von Floriane verabschiedet hatte. Sie nimmt sich vor, ihn deswegen noch einmal anzurufen. Wirft dabei ihre leere Zigarettenschachtel in den Papierkorb, schnorrt sich eine Zigarette von dem jungen Beamten, der neben ihr sitzt, und während sie sich bedankt und sich die Zigarette ansteckt, vergißt sie, sich die Notiz mit dem Anruf bei Schwarzkoff zu machen.

»Würde aber auch nichts beweisen, dann haben sie eben gevögelt«, sagt sie grob, als könnte sie durch ihre nicht gerade damenhafte Wortwahl den Männern am Tisch vorspielen, daß sie aus vielen eigenen Erfahrungen weiß, wovon sie spricht. »Dann haben sie mich zwar angelogen, aber das hat nichts mit dem Mord zu tun. Geht nur Schwarzkoffs Frau etwas an, aber die wiederum interessiert uns nicht. Das heißt, halt, doch. Freypen hat angeblich bei ihr Punkt neun Uhr angerufen. Also nachfragen, ob ihr noch etwas aufgefallen ist. Wer macht das? Danke. Weiter. Ment und Schwarzkoff saßen auf der Rückfahrt von dieser Party im Auto, als die Schüsse fielen. Das wissen wir durch die Aussagen des Leibwächters und damit können wir beide von der Liste der Verdächtigen streichen. Falls wir eine Liste hätten. Eigentlich haben wir nämlich nichts, Herrschaften, rein gar nichts, verdammt noch mal.« Was sie nicht als Vorwurf meint und was auch keiner so versteht.

Krucht macht sich so seine eigenen Gedanken. Ihm fällt auf, daß Susanne Hornstein ein bißchen zu ausführlich das Thema einer möglichen Affäre zwischen Floriane Ment und Eberhart Schwarzkoff ausgewalzt hat. Als ob es ihr Befriedigung bereitet, über Sex zu reden. Wäre sie ein Mann, würde er das Maulhurerei nennen. Wie man das bei Frauen nennt, weiß er nicht.

Bei der Eilmeldung vom Attentat waren die zuständigen Beamten in der Bonner Ministerialbürokratie automatisch von einem extremistischen Terroranschlag ausgegangen, egal nun ob von links oder von rechts, was bei Freypens Partei ja auch nahelag. Mit klammheimlicher Freude hatten einige sogar gehofft, daß jetzt die Rechten beginnen würden, sich gegenseitig abzuschießen, und sich damit das Problem sozusagen von selbst erledigen würde, wie man die aus der sogenannten politischen Landschaft verschwinden lassen könnte. Beide Versionen, Anschlag von links, Anschlag von rechts, paßten ins Kalkül, deshalb hatte man entsprechend reagiert. Kriminaldirektorin Dr. Susanne Hornstein war mit ihren Leuten von Bonn-Meckenheim nach Hamburg geschickt worden, weil ihre Abteilung Staatsschutz (ST) für die rechten Extremisten zuständig war. Vier weitere Beamte kamen aus der BKA-Zentrale in Wiesbaden, wo die Abteilung Terrorismus (TE) , sozusagen das Pendant zur Abteilung ST, die Aufgabe hatte, sich um die Bekämpfung des deutschen Linksterrorismus zu kümmern.

Wie unlängst bei einer Konferenz im kleinen Kreis sogar im Amt zugegeben wurde, waren die RAF-Jäger in den vergangenen Jahren ziemlich erfolglos gewesen. »Weder die Mörder von Alfred Herrhausen noch die von Detlev Rohwedder – und zu beiden Attentaten hat sich die Rote Armee Fraktion bekannt – sind gefunden worden«, hatte Susanne Hornsteins Chef kühl bilanziert, »überhaupt hat man seit 1985 bei insgesamt fünf Anschlägen mit, Moment bitte, ja, mit sechs Toten, die der RAF angelastet werden, nicht mal die Spur einer Ahnung, welcher Terrorist oder welche Terroristin es ganz konkret gewesen sein könnte. Die sogenannte dritte RAF-Generation existiert nur als Phantom, aber nicht auf unseren aktuellen Fahndungsplakaten.«

Phantome konnte man nicht anklagen. Im Grunde wußten beide Seiten, daß sie verloren hatten. Die RAF ihren wahnwitzigen Kampf als selbsternannte revolutionäre Bewegung frustrierter Bürgerskinder, degeneriert von engagierten Sozialisten zu einer Art stalinistischem Volksgerichtshof mit eigenen Henkern, der Staat, also die Bundesanwaltschaft, weil es nicht gelungen war, die gesuchten Terroristen zu fassen, vor Gericht zu stellen, hinter Gitter zu bringen.

Daß die RAF 1992 offiziell den bewaffneten Kampf aufgegeben, also kapituliert hat, bedeutet nicht, daß ihre Gegner vom Bundeskriminalamt gewonnen haben. Einige Skandale um drogensüchtige V-Leute und die bis heute nicht restlos aufgeklärten Pannen bei der Aktion auf dem Bahnhof von Bad Kleinen, als der Terrorist Wolfgang Grams und der junge Polizist Michael Newrzella erschossen wurden, haben am Ruf der Beamten gekratzt, die einst weltweit als der lange Arm des Bundeskriminalamtes gefürchtet waren. »Wir dürfen uns keine einzige Panne mehr erlauben«, hatte deshalb der BKA-Präsident verlangt, »sonst würde uns die Öffentlichkeit mit dem Bundesnachrichtendienst in einen Topf werfen, also mit diesen Pflaumen aus Pullach gemeinsam in der Amateuroberliga ansiedeln.«

»Könnte es nicht sein, daß sich der Mörder ganz offiziell einen Schlüssel besorgt hat?« unterbricht Georg Krucht Susanne Hornsteins Gedanken, und sie schaut ihn sauer an, weil sie nicht selbst auf diesen naheliegenden Schluß gekommen ist – doch schon Amateuroberliga? »Beim Vermieter zum Beispiel? Sollten wir den nicht mal fragen?« Sein Tonfall ist ganz ohne Häme, und Susanne Hornstein vergißt ihren Ärger deshalb sofort, stimmt ihm zu: »Sie haben recht, klar. Da sehen Sie wieder mal, daß wir vom BKA wirklich keine Überflieger sind. Sondern ganz normale Bullen.«

Der Vermieter des ehemaligen Bürogebäudes, den Georg Krucht persönlich in seiner Villa aufsucht, kann sich vage an einen Anruf am vergangenen Donnerstag erinnern. Der Bruder von Frau Ment, glaubt er. Der stand vor verschlossenen Türen, und seine Schwester konnte er angeblich nicht erreichen, die war wohl überraschend von ihrer Zeitung losgeschickt worden. Er hat den Mann selbst aber nicht gesehen, als der die Ersatzschlüssel abholte, kann ihn deshalb leider nicht beschreiben. Die Übergabe haben seine Mitarbeiter erledigt, und die werden erst wieder am Wochenbeginn in der Firma sein. Ob es um den Mord an Freypen gehe? fragt er gierig. Krucht antwortet darauf nicht: »Wir haben keine Zeit, um bis morgen zu warten. Ich brauche Namen, Adressen, Telefonnummern und dies alles sofort«, befiehlt er barsch. Der Mann schreibt ihm vier Namen und Adressen auf und droht dabei, sich über den Ton des Hauptkommissars bei dessen Vorgesetzten zu beschweren. »Tun Sie das«, sagt der nur, »ich lasse Ihnen Namen und Durchwahl da, dann sparen Sie sich Zeit. Ach, bevor ich es vergesse: Sie geben sicher nur Schlüssel heraus, wenn sich jemand ausweisen kann, oder?«

Nach den Angaben der ziemlich kleinlauten Angestellten, denn keiner hat sich den Ausweis des angeblichen Bruders zeigen lassen, geschweige denn bei Floriane Ment zurückgerufen, um sich zu vergewissern, daß alles seine Richtigkeit hat, wird mit dem polizeilichen *Facette*-Identifizierungsprogramm ein Phantombild hergestellt. Per Mausklick selbstverständlich und nicht mehr wie früher mit Hilfe eines Zeichners. Der Computer hat in diesem Programm unter zweihundert verschiedenen Möglichkeiten von Ohren, Nasen, Augen etc. die freie Wahl der Kombination. Da wäre ein Zeichner tagelang beschäftigt, der Apparat dagegen spuckt sein Ergebnis spätestens in einer Stunde aus. Immerhin braucht man noch einen Menschen, um ihn zu bedienen, tröstet sich Susanne Hornstein, die gespannt neben dem Drucker steht, um auf das Bild zu warten. »Der sieht aus wie du und ich«, stellt die Beamtin enttäuscht fest, als sie das magere Ergebnis sieht. Ein vielleicht dreißigjähriger Mann, kann aber auch vierzig sein, schmales Gesicht, Sonnenbrille und Baseballkappe. Nicht mal an die Haare hat sich einer der Befragten erinnert. Blond? Schwarz? Lang? Kurz? Keine Ahnung. Unter seiner Mütze waren die Haare eh nicht zu sehen. Hat er Hochdeutsch gesprochen oder einen Dialekt? Auch das wissen die vier jungen Leute nicht mehr. Er habe Zahnschmerzen, hat er dem Mädchen erzählt, das ihm den Schlüssel gab, sogar das Sprechen würde ihm weh tun. Weil sie Mitleid hatte und ihm schnell helfen wollte, in die Wohnung seiner Schwester zu kommen, hat sie das mit dem Ausweis ganz vergessen. Außerdem war es kurz vor Feierabend und die anderen drei warteten schon ungeduldig an der Tür auf sie, um endlich abzuschließen. Schließlich lagen drei freie Tage vor ihnen.

Der Kerl ist ein Profi, denkt Susanne Hornstein, und was für einer. Sie verspricht sich deshalb nichts davon, läßt aber dennoch das Bild an alle Landeskriminalämter übermitteln. Im Informationsblatt des BKA, das an jedem Werktag erscheint und an alle Polizeidienststellen gefaxt wird, soll es ebenfalls gedruckt werden. Selbstverständlich bekommen auch die Kollegen von IKPO in Lyon einen Abzug. Freypen war zwar nur eine deutschnationale Größe, aber das hieß noch lange nicht, daß sein Killer ein Deutscher war.

Als Lionel Zartmann am Montagmorgen die einem Foto täuschend ähnliche Zeichnung des möglichen Attentäters von Hamburg sah, summte er zufrieden vor sich hin. Er war Susanne Hornsteins Meinung, der sah aus wie du und ich. Wer auch immer du und ich waren. »Hatten Sie eine angenehme Reise?« fragte seine Sekretärin, und er nickte ihr immer noch summend zu, doch ja, war sehr angenehm. Dann zeigte er ihr das Phantombild: »Erinnert Sie der an jemanden?« Sie schüttelte amüsiert den Kopf: »Niemand, den ich kenne, vielleicht Che Guevara ohne Bart, aber mit amerikanischer Baseballmütze?« Beide lachten, als Alain Renoit das Büro betrat. Er und Lionel teilten sich das Vorzimmer. »Darf ich mitlachen? Lachen kommt hier so selten vor«, bemerkte er, und sie streckten auch ihm erwartungsvoll das Bild hin. »Wer ist das?« fragte Lionel und schaute seinen Freund dabei mit einem frechen Grinsen an, das eigentlich zum Repertoire des Franzosen gehörte. Wartete auch eine mögliche Antwort gar nicht ab: »Der angebliche Attentäter, du weißt, Hamburg, Freypen, Freitag. Ich sehe schon, sagt dir nichts. Könntest du nicht wenigstens mal Radio hören, wenn du schon zu beschäftigt bist, das Fernsehen anzumachen?«

Die Sekretärin verstand die Anspielung und wurde rot, denn auch sie gehörte mal zu den Mädchen, mit denen Alain für ein Wochenende Kleopatra gespielt und dabei die reale Welt vergessen hatte. »Und was gibt es dabei zu lachen?« wollte Renoit wissen. »Wir haben gerade festgestellt, daß der Gesuchte aussieht wie Che Guevara, aber rasiert«, antwortete Zartmann. Darüber konnte Alain komischerweise gar nicht lachen, was aber nur Lionel verstand, der daraufhin um so mehr lachte. Renoit tippte sich an die Stirn, nahm wortlos das Phantombild und brachte es selbst hinüber zu den Kollegen, die mit dem Foto und den mageren Angaben ihre Apparate fütterten. Ohne Ergebnis, wie nicht anders zu erwarten.

Susanne Hornstein und Floriane Ment sitzen am Sonntagabend in der Wohnung der Reporterin. Sie trinken Bier aus der Flasche, schauen dabei die Nachrichten im Fernsehen an. Freypen ist nur noch die zweite Meldung, vom Bombenanschlag der IRA in Londonderry, das die Iren ungebrochen Derry nennen, gibt es bessere Bilder, also blutigere. Beide hatten keine Lust gehabt, in irgendein Restaurant zu gehen, denn erstens haben am Sonntag in Hamburg die meisten guten Lokale nicht geöffnet, und zweitens würde man bei den wenigen geöffneten wahrscheinlich auf Kollegen von Floriane treffen. Das wollten beide Frauen nicht. Deshalb gibt es außer dem Bier, das Floriane Ment im Kühlschrank hat, zwei riesige Pizzas vom Lieferservice Smiley. Die beiden Männer von der Vaterlandspartei haben an der Ecke geparkt, sie beobachten den Hauseingang und die Zufahrt zur Tiefgarage, und sie essen Cheeseburger.

Weil die Journalistin ihren Teil der Abmachung erfüllt hat, will sie nun im Gegenzug von der BKA-Beamtin etwas hören. Die blonde Kriminaldirektorin hat allerdings nicht vor, irgendwelche wirklichen Geheimnisse auszuplaudern, das würde sie für die Zukunft erpreßbar machen, wie sie weiß, und außerdem ist es ihr ernst mit der Verpflichtung, die sie einst abgegeben hat, dem Staat zu dienen, diesem höheren Wesen, und nicht irgendwelchen Interessen einzelner. »Ich erkläre Ihnen einfach mal an einem ganz konkreten Beispiel, wie unsere Arbeit aussieht«, schlägt sie vor, »falls Sie das überhaupt für Ihr Buch brauchen können?« Floriane Ment nickt. »Und wir verstehen uns: kein Tonband, keine wörtlichen Zitate, keine Quellenangabe.« Wieder nickt die Journalistin. »Also dann.« Susanne Hornstein erzählt konkret, was bisher nach dem Mord an Joachim Freypen unternommen worden ist, selbstverständlich ohne Ergebnisse zu nennen, und was man im speziellen Fall, also in diesem, noch unternehmen wird. »Das heißt doch aber«, sagt anschließend Floriane Ment und holt sich in der Küche ein frisches Bier aus dem Kühlschrank, »das heißt doch aber, daß Sie bislang außer dem fraglichen Phantombild nichts haben. Außer der Zeichnung von dem Kerl, der als mein Bruder die Schlüssel abgeholt hat.« Hornstein gibt ihr keine Antwort, sondern nimmt aus ihrer Tasche das Portrait des Gesuchten. »Schon mal irgendwo gesehen?« Die Journalistin hält den Atem an und geht die paar Schritte unter das Licht der Stehlampe. Falls das der Mann aus der Tiefgarage ist, darf sie sich nichts anmerken lassen. Sie ist nicht so dumm wie Schwarzkoff, die Kriminalistin zu unterschätzen. Sie schaut das Bild an, ist gleichzeitig erleichtert und enttäuscht. Nicht die geringste Ähnlichkeit mit dem Kapuzenmann. Sie schüttelt den Kopf und gibt das Bild an Susanne Hornstein zurück: »Noch nie gesehen, nicht mal eine Ahnung, wem der gleichen könnte. Und das soll der Mörder sein?«

»Zumindest ist es möglich, denn ein Mann, der etwa so aussieht, hat die Schlüssel für Ihre Wohnung geholt, und daß aus Ihrer Wohnung geschossen wurde, ist ja das einzige, was wir bisher sicher wissen. Aber wie der in Wirklichkeit aussieht ... keine Ahnung. So wahrscheinlich eher nicht.« Sie erklärt, was mit diesem Bild jetzt weiter geschieht und daß es nicht nur in deutschen Polizeidienststellen hängen wird, sondern auch in die Zentrale von IKPO nach Lyon geschickt wurde in der allerdings geringen Hoffnung, daß dort jemand mit dem Phantom etwas anfangen kann. Was IKPO bedeutet, muß sie einer Frau, die als Polizeireporterin arbeitet, nicht erklären. »Nach Lyon will ich auch noch«, sagt Floriane Ment, »ich habe um einen Termin gebeten. Bei einem der Spezialisten dort für politische Attentate. Der heißt, warten Sie mal, der heißt«, und sie schaltet ihren Computer an, wartet einen Moment, bis der Bildschirm hell wird, drückt dann auf BUCH, wartet wieder einen Moment lang: »Der heißt Lionel Zartmann. Kennen Sie den zufällig?«

»Flüchtig. Der war vor meiner Zeit in Wiesbaden und ist schon seit vielen Jahren bei IKPO. Ein begabter Theoretiker, mehr weiß ich nicht. Haben Sie schon einen Termin?«

»Nein, ich habe nur um ein Interview gebeten und berichtet, was ich vorhabe. Natürlich mit den üblichen Versprechen, daß ich ihn nicht zitiere oder nur dann, wenn er einverstanden ist. Und nur für mein Buch, nicht für einen Artikel etwa in der *Abendpost.*«

Eigentlich ist die Idee der rothaarigen Frau, über politische Attentate fiktiv zu schreiben, also zu erfinden, was nicht gefunden wurde, gar nicht mal so schlecht, denkt Susanne Hornstein. Stasi-Connections. Iranische Waffenhändler. Und was es sonst noch so an finsteren Gestalten gibt, die man für eine Verschwörung braucht. Besser zumindest als die triste Wahrheit in Sachen Barschel, in Sachen Karry, in Sachen Rohwedder, von denen sie zwar die aktuelle Aktenlage kennt, aber eben auch weiß, daß alle, selbst die kleinsten Spuren totrecherchiert worden sind. Außerdem würde gerade jetzt, im zehnten Jahr nach dem Barschel-Selbstmord vom Oktober 1987, wieder eine Welle von Spekulationen und Verschwörungstheorien über die Öffentlichkeit hereinbrechen. Das Interesse ist ungebrochen, und insofern hat Floriane Ment das richtige Thema für ihr geplantes Buch. Aber das interessiert Susanne Hornstein nicht so sehr. Sie wechselt unvermittelt das Thema, aber so zufällig ist das nicht. Sie hat nur auf die beste Gelegenheit gewartet, wieder ganz konkret über den Fall zu reden, der sie beschäftigt.

»Wußten Sie eigentlich, daß Freypen und Ihr Chef so gute Freunde waren?« Floriane Ment schüttelt den Kopf: »Nein, wußten wir alle nicht. Man hat nichts davon erfahren, bis jetzt. Es gab aber auch nie irgendwelche Versuche, Artikel zu verhindern, wenn die Vaterlandspartei von uns in der Zeitung eine volle Breitseite bekommen hat. Insofern ...«

»Insofern?«

»Insofern ist Schwarzkoff ein liberaler Mann.«

»Und sonst?«

»Nichts: Und sonst. Ein liberaler Mann. Basta«, schnappt Floriane Ment zurück, und Susanne Hornstein ist sich jetzt endgültig sicher, daß zwischen der Journalistin und dem Verleger mehr war, als die beiden ihr bisher erzählt haben. Diese unnötig aggressive Reaktion ist für sie das beste Indiz. Sie gähnt und steht langsam auf: »Vielen Dank für Pizza und Bier, aber ich muß wieder los. Ich bin todmüde, wie Sie merken. Ach, bevor ich es vergesse. Ich lasse Ihnen morgen noch was schicken für Ihre Reise nach Lyon. Irgendwo in meinen Unterlagen in Bonn sind noch ein paar Aufsätze und Abhandlungen von Zartmann. Die könnten ja interessant sein, gerade für ein Buch. Und außerdem ist er sicher geschmeichelt, wenn Sie ihn besuchen und das Zeug kennen. Männer sind so, aber das wissen Sie besser als ich.« Sie geht zur Tür.

»Halt«, sagt Floriane Ment und Susanne Hornstein dreht sich gespannt um. Aber die andere Frau grinst nur und zeigt auf die Pizzareste. Drei Zigarettenkippen stecken in den klebrigen Resten. Da muß auch Kriminaldirektorin Frau Dr. Susanne Hornstein grinsen. Und sie sieht dabei aus wie ein freches junges Mädchen.

Ihr Handy benutzt sie erst unten, als sie das Haus wieder verlassen hat: »Hornstein hier. Ab sofort wird Floriane Ment beschattet. Ja, in drei Schichten. Fragt Krucht, ob der noch Leute für uns hat. Danke.« Dann geht sie die paar

Schritte hinüber zum Madison. Etwas stimmt hier nicht, denkt sie. Was verschweigt die Reporterin? Wen will sie schützen? Wohl nicht den Mörder.

Oder etwa doch?

7

»Gibt es noch immer kein Bekennerschreiben von der RAF?« fragt die Masse Mensch und füttert Fische im dunkelgrün erleuchteten Aquarium.

»Nein, nichts«, antwortet einer der Beamten, die von ihren Ministern zur kurzfristig einberufenen Lagebesprechung mitgenommen worden sind. Normalerweise trifft man sich außerhalb der Routine von Kabinettssitzungen nur auf Staatssekretärsebene oder im Fraktionsvorstand der einzelnen Koalitionsparteien. Insofern ist die Konferenz im kleinen Kreis heute ungewöhnlich. Der Mord an Joachim Freypen erforderte zwar keinen Krisenstab, denn außer möglicherweise seiner Familie und seinen Anhängern ist niemand erschüttert, und ganz bestimmt nicht der Staat, aber es könnte doch einen terroristischen Hintergrund für das Hamburger Attentat geben. Ein Comeback der Roten Armee Fraktion, die vor nunmehr fünf Jahren mit verblasenen Sprüchen und dennoch erkennbar resigniert ihren Gewaltverzicht verkündet hatte.

»Ist noch damit zu rechnen? Heute haben wir erst Montag, und auch Terroristen haben Anrecht auf ein freies Wochenende.« Alle lachen pflichtschuldig.

»In den bisherigen Fällen waren die üblichen Briefe spätestens am Morgen nach dem Attentat in der Öffentlichkeit. Über dpa oder über AFP oder, wie im Fall Rohwedder, am

Tatort unter dem Fernglas abgelegt. Hat die RAF immer so gemacht, diese Bekennerschreiben waren Teil ihrer Strategie. Es ist nach unseren Erfahrungen also unwahrscheinlich, daß jetzt noch etwas kommt«, erklärt umständlich der Präsident des Bundeskriminalamtes.

»Was bedeutet, Joachim Freypen ist nicht von der RAF erschossen worden?«

»Davon müssen wir leider ausgehen.«

Das Wörtchen leider stößt in diesem Zusammenhang keinem der am Tisch sitzenden Männer übel auf. Es drückte nur politisches Bedauern darüber aus, daß der Lieblingsgegner der letzten zwanzig Jahre offensichtlich wirklich aufgegeben hat. Politisches Bedauern aber ist erstens frei von Gefühlen und zweitens immer verlogen. Die zuständigen Experten wußten schon lange, daß die RAF keine Gefahr mehr bedeutete für die Gesellschaft und daß der von ihr so gehaßte Staat sie endgültig besiegt hatte. Mit welchen Mitteln und um welchen Preis wurde Ende der neunziger Jahre eher in Geschichtsseminaren und außer bei kalenderbedingten Rückblicken nicht mehr öffentlich diskutiert.

Aber um Ängste zu schüren und aus solchen Ängsten politisches Kapital zu schlagen, wären die Terroristen selbst heute noch zu gebrauchen. Als Popanz nur, denn Gefahr für das System ging von ihnen nicht mehr aus. Ganz konkret dagegen war statt dessen die Bedrohung durch rechtsradikale Sinnsucher, die in ihrem Fanatismus auch vor Mord nicht zurückscheuten, weil sie sich von einer höheren Macht berufen fühlten. Mit Strafandrohungen waren die deshalb nicht zu schrecken. Konkret auch die Bedrohung durch ganz andere terroristische Banden, aber es gab außer markigen Worten und dem üblichen Ruf nach schärferen Gesetzen, die alle längst in Kraft waren, keine überzeugende Gegenstrategie gegen die organisierte Kriminalität.

Deshalb amüsierten sich diese Systemveränderer über die Scheindebatten zwischen Koalition und Opposition zum Thema Großer Lauschangriff. Da sie im Gegensatz zur RAF keine Outlaws sind, die sich im Untergrund verstecken müssen, sondern mit festem Wohnsitz in der globalisierten Wirtschaft ihren Geschäften nachgehen, sind sie so gut wie unangreifbar. Abgeschirmt von gut ausgebildeten Bodyguards auf der einen und hochbezahlten Anwälten auf der anderen Seite, fühlen sie sich hinter ihren glänzenden Fassaden sicher. Was sie nicht wissen konnten: daß sich seit einigen Jahren vier Männer und Kleopatra um manche ihrer herausragenden Vertreter gekümmert und dabei deren Methoden der endgültigen Konfliktbewältigung am Gesetz vorbei erfolgreich kopiert haben.

»Um diesen Freypen ist es nicht schade«, sagt ein Beamter aus der zweiten Reihe, wo wie üblich bei solchen Besprechungen im Konferenzraum die mit den randlosen Brillen und den Laptops sitzen, »eigentlich müssen wir dem Mörder sogar dankbar sein, denn er hat uns Arbeit erspart.« Fragend läßt der Mann, der die Fische gefüttert hat, seine Hand mit der nächsten Prise über dem Aquarium in der Luft stehen und fixiert ihn. Der versteht, wie die Geste gemeint ist: »Ich meine, wir hätten eine verdammt gute Strategie gebraucht für die nächste Wahl, um seine Partei unter fünf Prozent zu halten. Die hatte auf einmal den Zeitgeist auf ihrer Seite. Angst vor dem Euro und so.« Er wird rot und fängt an zu stottern, ihm ist nämlich eingefallen, daß es nicht ratsam ist, ausgerechnet in dieser Runde das Thema Euro anzuschneiden. Geschweige denn, an dessen möglicher Stabilität zu zweifeln.

Sein Chef, der darüber auch lieber nicht reden will, rettet ihn: »Diese Frau da«, und er blättert in seinen Unterlagen, »diese Susanne Hornstein, die mit den Ermittlungen beauftragt ist, Herr Kollege, ist die denn die richtige für eine solche Aufgabe?«

»In Ihrer Partei«, antwortet der Innenminister und genießt jedes Wort, »wären Sie doch dankbar, jemanden mit einer solchen Kompetenz zu haben.« Damit hat er nicht gesagt, daß er wie so viele andere auch den Wirtschaftsminister für inkompetent hält, aber man soll es so verstehen. Er hebt ein Blatt Papier hoch: »Susanne Hornstein, Doktor der Jurisprudenz, summa cum laude, seit sechzehn Jahren beim Bundeskriminalamt, Kriminaldirektorin in der Abteilung Rechtsextremismus, ausgebildete Scharfschützin, Mitglied im Mensa-Club der Hochbegabten. Soviel ich weiß, wird man da erst ab einem IQ von einhundertsechsunddreißig aufgenommen. Das müßte sogar für die FDP reichen.«

»Sie haben vergessen zu erwähnen, daß sie Ihrer Partei angehört«, schlägt der FDP-Mann mit hochrotem Kopf zurück, aber das empfindet außer ihm keiner als Manko. »Wieso vergessen?« sagt der Innenminister, »hatte ich nicht erwähnt, wie klug sie ist?«

Die liberalen Parteifeinde des Wirtschaftsministers, zuständig für Äußere Angelegenheiten und für Justiz, meiden seinen Blick und sind schlagartig tief in ihre Akten versunken. Zwölf Monate vor der Bundestagswahl ist die seit fünfzehn Jahren regierende Koalition verbraucht und in den Umfragen hoffnungslos abgeschlagen, was den Mann am Aquarium nicht stört, denn solche demoskopischen Tiefs hat er schon oft in seiner Amtszeit erlebt und bislang trotzdem noch immer gewonnen. Seine Minister aber sind nervös geworden, vor allem die des kleineren Koalitionspartners, der zum Beispiel in Hamburg mit 3,5 Prozent der Wählerstimmen zu einer Splittergruppe degeneriert ist. Sie haben begonnen, sich auch öffentlich vom jeweils anderen zu distanzieren. Am liebsten dann, wenn der nicht der eigenen Partei angehört, sondern der anderen. Die Regierung leidet an einer Art Gürtelrose. Aber nur mit dem medizinisch nicht erklärbaren, aber manchmal erfolgreichen Zulabern der Symptome sind die Ursachen politisch nicht zu beseitigen.

»Wir führen hier keine Koalitionsgespräche, meine Herren. Ich will mehr wissen über dieses Attentat. Mehr als in den Zeitungen steht, also langweilen Sie mich nicht mit Ihrem Dauerstreit.«

Viel mehr, als in den Zeitungen steht, ist allerdings nicht zu berichten. Was der Präsident des Bundeskriminalamtes vorträgt, entspricht dem Ermittlungsstand, den er sich von Susanne Hornstein hat durchfaxen lassen. Es gibt in der Tat außer dem ziemlich wertlosen Phantombild keine Spur vom möglichen Attentäter. Deshalb enthält er sich bei seinem knappen Rapport jeder Bewertung, läßt nur die Fakten wirken. Die wirken anders, als er vermutet hat.

»Kommt mir alles bekannt vor, in anderem Zusammenhang, zugegeben. Bei Herrhausen hatten wir wenigstens eine Täterbeschreibung, aber was ist daraus geworden? Ein Desaster mit einem seltsamen V-Mann. Sonst? Zero, nichts, gar nichts«, greift der Mann ein, der zwar kein Minister in dieser Koalition ist, aber als möglicher Nachfolger des Chefs gehandelt wird und als gnadenloser Rechthaber gilt. Deshalb haben sie ihn gerade mit seinen Vorschlägen für eine Steuerreform auflaufen lassen. »Und wie war es bei Rohwedder? Auch nichts, seit über sechs Jahren nichts. Bei Beckurts und Zimmermann sind die Akten verstaubt, nichts, keine Spuren, keine Verhaftungen. Vielleicht sollten wir die Abteilung Terrorismus ganz auflösen, bevor selbst diese Opposition merkt, daß nur Flops zu verzeichnen sind, seit wir die Regierung stellen. Vielleicht sollten wir das Geld lieber in die Bekämpfung der organisierten Kriminalität stecken. Andererseits besteht die Chance, daß sich diese Herrschaften über uns bereits kostenneutral totlachen, ich nenne nur diesen lächerlichen kleinen, Pardon, natürlich großen Lauschangriff, und sich dadurch das Problem von selbst erledigt.« Er erwartet keine Antwort.

Der Mann am Aquarium dreht sich um und hebt beschwichtigend die Hände: »Stimmt alles, mein Lieber, stimmt alles, aber wir wollen das Kind nicht in den Brunnen gießen.« Keiner verbessert ihn, denn er ist bekannt für die Neigung, sogenannte Volksweisheiten fröhlich in ihrer Bedeutung zu mischen, was er aber nie als Witz verstanden haben möchte. Darum lacht auch keiner. Er meint es immer genau so, wie er es sagt. Immerhin weiß er inzwischen nach diskreten Hinweisen seines hochaufgeschossenen Medienberaters, daß eine Datenautobahn nicht zum Kamener Kreuz in den Stau führt.

»Bei Barschel suchen Sie seit zehn Jahren vergeblich nach der Wahrheit«, versucht der vorhin abgewatschte Liberale nachzulegen und wieder ein paar Punkte gutzumachen, den Ball ins andere Spielfeld zu treten. Er klopft auf den vor ihm liegenden *Spiegel*, der an diesem 6. Oktober zum bevorstehenden zehnten Todestag des CDU-Spitzenpolitikers in einer Serie den Fall Barschel noch einmal aufgerollt hat. Blickt beifallheischend seine Parteifreunde an, denen er übrigens nicht vergessen will, wie sie ihn gerade haben im Regen stehenlassen. Aber auch sein neuer Vorstoß ist wieder ein Schuß in den Ofen, denn er gehört nicht zu den wenigen Eingeweihten, die schon einmal die streng geheimen Barschel-Akten des BKA hatten lesen dürfen. Das ist wirklich Herrschaftswissen, das haben nur drei in dieser Runde, keiner von seiner Partei, und denen ist er nicht mal eine Antwort wert.

Kriminaldirektorin Susanne Hornstein war im Mai beauftragt worden, sich noch einmal durch diese Akten zu wühlen, alle Spurenblätter zu analysieren und alle möglichen Indizien zu notieren, die gegen die Selbstmordthese sprachen. Direkt von ihrem obersten Dienstherrn angefordert, der sich zuvor in Wiesbaden nach den Namen der besten Analytiker des Amtes erkundigt hatte. Er hatte genügend Phantasie, obwohl sein Image eher das eines weißhaarigen John Wayne mit beschränktem Horizont war, sich vorstellen zu können, welche kruden Verschwörungstheorien anläßlich des Todestages von Uwe Barschel wieder die Schlagzeilen beherrschen würden. Unter anderen würde wahrscheinlich erneut die Frage nach der Rolle der CDU gestellt werden und ob die nicht doch einen lästigen Mitwisser gewisser Manipulationen in gewissen Wahlkämpfen für immer zum Schweigen gebracht hatte. Also hieß es, gewappnet zu sein, nicht kalt auf dem falschen Fuß erwischt zu werden, wie sein Kanzler das ausdrücken würde, und das bedeutete, eine Liste der nach wie vor ungeklärten Merkwürdigkeiten dieser Affäre parat zu haben. Zwei Namen waren dem Innenminister vom BKA-Präsidenten für seinen streng vertraulichen Auftrag genannt worden, Lionel Zartmann und Susanne Hornstein. Er hatte sich nach dem Studium ihrer Personalakten für die Frau entschieden, und nicht nur, weil sie seiner Partei angehörte, sondern weil er überzeugt davon war, daß sie es besser machen würde als der vor Jahren zu IKPO delegierte Beamte. Schon wegen der üblichen Vorurteile gegen Frauen würde sie es den Männern zeigen wollen. Ein kluger Schachzug, denn in der Tat hatte sich Susanne Hornstein besonders angestrengt, um ihrem Ruf gerecht zu werden und ihn nicht zu enttäuschen.

»Fest steht«, hatte die Beamtin notiert und bei der persönlichen Übergabe einige Wochen später ihrem obersten Dienstherrn versichert, daß es keine Kopie ihres Berichts gab, »was die Gerichtsmediziner bei der Autopsie im Magen von Barschel, in seinem Blut und in seinem Urin gefunden haben: Rückstände von Perazin (ein Neuroleptikum, das Psychiater verwenden), Cyclobarbital (ein Barbiturat), Pyrithyldion (ein Schlaf- und Beruhigungsmittel) und Diphenhydramin (Anti-Übelkeitspräparat). Das Cyclobarbital war stark genug, ihn zu töten, auch ohne die anderen drei Medikamente. Da die Genfer Ärzte gegen achtzehn Uhr an diesem Sonntag, am 11. Oktober 1987 begannen, ihn zu sezieren, und die Totenstarre gerade erst eingesetzt hatte, läßt sich auf Grund unserer Erfahrungen die Todeszeit eingrenzen auf die Spanne zwischen zwölf Uhr und vierzehn Uhr. Belege: Es dauert sechs bis neun Stunden, ehe die Totenstarre abgeschlossen ist. Die Kiefermuskulatur war bei Beginn der Autopsie bereits voll erstarrt, und an dieser Stelle setzt die Totenstarre, wie man gesichert weiß, zwischen mindestens einer halben und höchstens vier Stunden nach dem Tod ein. Barschels Uhr, die auf dem Foto des Journalisten K. vom *Stern* zu sehen ist, zeigt 12.44 Uhr. Das bedeutet aber nicht, daß Barschel da wirklich schon tot war. Laien können nicht unterscheiden zwischen einem Menschen, der noch im Koma liegt, und einem, der bereits tot ist. Deshalb also Eingrenzung auf oben genannten Zeitraum. Die Fragen, die nach der Analyse aller objektiv bewertbaren Ermittlungsergebnisse auch fast zehn Jahre danach nicht befriedigend beantwortet sind, obwohl es mit an Sicherheit grenzender Wahrscheinlichkeit Selbstmord war und Barschel die merkwürdigen Indizien selbst hinterlassen hat, um Mordspuren zu legen (Gründe: Lebensversicherungen, Ansehen der Familie), lauten deshalb wie folgt: Hat Barschel im Todeskampf den Knopf seines Hemdes verloren, der im Hotel Beau Rivage gefunden wurde, oder ist der ihm von einer Person X abgerissen worden? Kommt die Druckstelle an seiner Wange davon, daß er sich selbst den Mund zuhalten wollte, um nicht die eingenommenen Medikamente zu erbrechen, oder daher, daß ihm der Mund von einer Person X zugehalten worden ist? Stammt der Bluterguß auf seiner Stirn von einem Krampf in letzten Zuckungen oder von einem Schlag einer Person X? Sind die weißen Flecken auf seiner Hose ein Indiz für Fremdeinwirkung oder nur Reste des Talkumpulvers von den Gummihandschuhen der Leichenträger? Hat er das Medikamemt selbst geschluckt oder ist ihm das Cyclobarbital von einer Person X erst nach dem Tod verabreicht worden?«

Über einen möglichen Mörder – wer verbirgt sich hinter dem Decknamen Roloff in Barschels Kalender? War der zwielichtige Agent Mauss zur selben Zeit in Genf? Wohnte ein BND-Mann in Barschels Hotel? Warum ist der Hinweis des BKA-Kollegen Prechtl auf einen Taxifahrer, der Barschel zu einem ganz anderen Hotel gebracht hatte, aus der Akte verschwunden? Hat die Stasi Barschel ermordet? – und ein mögliches Motiv –, wußte er zuviel über Waffengeschäfte mit dem Iran? Über den U-Boot-Deal mit Südafrika? – sollte Susanne Hornstein ausdrücklich keine Spekulationen anstellen. Der Minister wollte nur die Fakten. Im übrigen bestand für ihn persönlich kein Zweifel daran, daß der damalige Ministerpräsident von Schleswig-Holstein freiwillig aus dem Leben geschieden war.

Da es den Konservativen im politischen Streit mit der SPD inzwischen gelungen war, in der veröffentlichten Meinung die Sozialdemokraten als die eigentlichen Schuldigen an der Kieler Affäre hinzustellen, obwohl die nur kriminell blöde, aber nicht im eigentlichen Sinne kriminell waren, hatte Barschel mit seinem Selbstmord und den geheimnisvollen Spuren postum seinen Parteifreunden noch einen letzten Dienst erwiesen. Am Fall Barschel wollte deshalb keiner von ihnen mehr rühren. Daß aus dem Panzerschrank einer Hamburger Anwaltskanzlei, die in den letzten Jahrzehnten oft und erfolgreich den *Stern* gegen Dunkelmänner aus der bayerischen Amigogesellschaft verteidigt hatte, vorübergehend die Negative der Badewannen-Fotos verschwunden waren, ist übrigens ein weiteres nie gelöstes Geheimnis im Fall Uwe B. Da aber würde es durchaus lohnend sein, die Suche in München-Pullach zu beginnen, beim Bundesnachrichtendienst.

Auch der Mann am Aquarium kennt Susanne Hornsteins Notizen, allerdings hat er ihren Namen bis heute noch nie gehört. In Sachen Barschel gibt es nur ein vertrauliches Memo seines Ministers, und das hat der selbst unterschrieben. »Ich will«, sagt er, wirft die inzwischen leere Fischfutterpackung in den Papierkorb und setzt sich auf den breiten Stuhl am Kopfende des Tisches, »mit Ihnen diskutieren, wie wir Freypen-Themen für unsere gemeinsame Regierungsarbeit besetzen können. Überlassen wir die Suche nach den Schuldigen doch lieber den Experten.« Er nickt dem BKA-Präsidenten zu, was der als Aufforderung zum Abgang interpretiert, so war es in der Tat gemeint, und der verläßt mit seinen Leuten den Raum. Als er draußen ist, fährt der Große Vorsitzende fort: »Ohne Freypen ist die Partei tot, um so leichter ist es, ihn ein bißchen, sagen wir mal, zu beerben. Innere Sicherheit zum Beispiel, Ausländerrecht, so etwas in der Art kommt bei den Leuten an. Paßt alles auch zu uns. Wortmeldungen?«

Ein paar Straßen weiter am Rhein sitzt an diesem Montag zur gleichen Zeit der Vorstand der größten Oppositionspartei zusammen. Auch hier steht das Attentat von Hamburg als Punkt eins auf der Tagesordnung. Der starke Mann in dieser Runde, den sie intern hinter seinem Rücken nur »Currywurst« nennen, weil er eine Neigung zu volkstümlichem Essen und volkstümelnden Reden hat, zeigt auf die **WEM NÜTZT FREYPENS TOD?**-Schlagzeile der Zeitung, deren Auslieferung er einst als Jugendlicher verhindern half: »Das ist genau die Frage, die wir auch öffentlich stellen müssen, nämlich wer hinter dem Mord steckt und wer davon profitiert. Genau richtig, was die hier machen, die verstehen ihr Geschäft.« Wohl deshalb hat er *denen* gleich nach dem Attentat ein Interview gegeben und sich darüber beklagt, daß deutsche Polizisten von einer lahmarschigen Bürokratie und vor allem einer zu liberalen Justiz daran gehindert werden, effizienter zu sein. Was zwar nichts mit dem Fall Freypen zu tun hat, aber bei Polizisten immer gut ankommt. Auch die sind in einem Jahr potentielle Wähler. Verblüfft fragt die Schatzmeisterin, deren Namen selbst in ihrer Partei jeder in dem Moment schon vergessen hat, in dem sie das Zimmer verläßt: »Wissen wir denn etwas?«

»Natürlich wissen wir nichts, woher auch«, antwortet der Parteivorsitzende, der sich schon beim Gedanken an Currywurst, so oder so gemeint, innerlich schüttelt. »Aber daß die Schwarzen von seinem Tod profitieren und ganz bestimmt nicht die PDS und die Grünen oder wir, ist politisch betrachtet, eine Binse. Wenn der ihnen auf dem rechten Rand keine Wähler mehr abgraben kann, wählen die mangels Alternative doch wieder CDU.«

»Es könnte sich doch um eine Art Geheimbund handeln, der einen Killer beauftragt hat, diesen Mann umzulegen.

Eine Stasi-Seilschaft zum Beispiel, so etwas soll es doch geben, siehe Rohwedder-Mord«, mischt sich sein Vorgänger ein und seine Idee klingt wie eines jener gern gedruckten, aber unbeweisbaren Szenarios der Sonntagszeitung, für die er in diesem Sommer während der Tour de France Kolumnen aus der Sicht eines begeisterten Radfahrers geschrieben hat. »Currywurst« blickt ihn spöttisch an: »Ich wußte gar nicht, mein Lieber, daß du dich bei Thrillern so gut auskennst. Bau doch mal ein bißchen Spannung in deine Reden ein.«

»Haben wir jemanden beim BKA, der uns mit Material helfen könnte, einen von uns?« fragt hastig der Bundesgeschäftsführer, um den drohenden Krach zwischen den beiden zu verhindern. Er kommt aus Nordrhein-Westfalen, wo seine Partei in jahrzehntelanger Herrschaft die Kunst des Kungelns erfolgreich als Basisdemokratie verkauft hat. »Kann sein«, antwortet zynisch der Mann, den sie »Nase« nennen, »aber bevor wir nicht wieder an der Macht sind, wird sich jeder in Wiesbaden hüten, sein Parteibuch hochzuhalten. Also versucht es lieber über euer Landeskriminalamt.«

Beim Stichwort Macht setzt sich »Currywurst« wieder aufrecht hin. Die Sprache versteht er: »Ich glaube, wir haben Wichtigeres zu besprechen als diesen Mord da. Das BKA wird irgendwann einen Täter finden oder auch nicht. Wenn nicht, machen wir einfach mal zur Abwechslung die CDU dafür verantwortlich, daß es hierzulande so schlecht aussieht mit der inneren Sicherheit. Hätten wir eh längst bei anderen Fällen machen sollen. In vier Wochen ist das so oder so wieder vergessen. Ich habe etwas ganz anderes für die heutige Sitzung mitgebracht, hier, einen Aufsatz von Anthony Giddens, den solltet ihr alle mal lesen, weil wir davon was lernen können für meine ... äh ... für unsere Wahlkampfstrategie.« Er reicht ein paar Kopien am Tisch herum.

»Kenn ich schon«, sagt der Mann, der vorhin die Verschwörungstheorie entwickelt hat und der, ohne daß man ihm das ansieht, zu den Intelligentesten der nun schon seit fünfzehn Jahren in der Opposition sitzenden Partei gehört, »das ist der Berater von Tony Blair. Guter Kopf. Direktor der London School of Economics.« Er spricht Economics falsch aus, aber so etwas wird nicht mehr wie früher bei Helmut Schmidt mit dem beißenden Spott des Besserwissenden geahndet. Es weiß keiner mehr besser.

»Und was sagt der gute Mann? Außer daß wir schwärzer als die CDU werden sollen?« fragt »Nase«, dem nachgesagt wird, noch jede Akte ungelesen zur Seite gelegt zu haben, wenn die Chance auf einen fröhlichen Abend in einer der einschlägigen Bars seiner Heimatstadt bestand. Der aber in seiner Partei beliebt ist wie seit den Glanztagen des großen Willy keiner mehr.

»Daß wir die alten Muster von links und rechts vergessen müssen, wenn wir gewinnen wollen. So wie New Labour in England.«

»Meine Rede«, sagt »Currywurst« und lehnt sich behaglich zurück, »könnte von mir sein.«

Susanne Hornstein hat sich sogenannte Profile von Linksterroristen heraussuchen lassen, deren Methoden bei IKPO in Lyon gespeichert sind. Ihre Anfrage wurde von Renoit und Zartmann mit mehr Interesse zur Kenntnis genommen als von anderen. Selbst eine solche Spur, hatte Susanne Hornstein ihren Leuten erklärt, so unwahrscheinlich sie auch sein mag, müsse verfolgt werden. Detaillierte Analysen von Giftmorden oder Anschlägen mit Autobomben legte sie gleich zur Seite, die paßten nicht auf ihren Fall. Darüber fand übrigens einmal bei einer Tagung Ende 1989 in Colmar eine Art Symposium statt, erfuhr sie aus dem Anhang der Computerausdrucke. Sie speicherte die Information in ihrem Laptop, vielleicht ergab sich ja irgendwann die Gelegenheit, mit einem der Beamten zu sprechen, die damals bei der Tagung dabei waren. Attentate auf Manager oder Politiker, die von einem Scharfschützen begangen wurden, strich sie rot an. Im wahrsten Sinne des Wortes eine Fingerübung, wie sie wußte, denn diese Beispiele hatten außer dem Kaliber der Mordwaffe und einer Schilderung des mutmaßlichen Standorts des Schützen keine Erkenntnisse zu bieten. Vor allem keine Täterbeschreibungen, denn die Täter hatte nie einer gesehen und sie hatten keine Spuren hinterlassen. Man konnte davon ausgehen, daß es sich um ausgebildete Killer gehandelt hatte.

Bei der Zeitungslektüre morgens im Hotel hat sie nur kurz überflogen, welche Forderungen »Currywurst«, der zur Zeit laut Demoskopie beliebteste deutsche Politiker, nach dem Attentat aufgestellt hat. Sie liest ihren Kollegen, die mit ihr frühstücken, die Kernsätze vor, was keinen Eindruck auf die macht: »Aber der gehört doch zu eurer Partei«, lästert sie, denn in ihrer Abteilung wissen sie untereinander von den jeweiligen politischen Vorlieben und machen kein Geheimnis mehr daraus, »der müßte euch doch gefallen.« Das eben sei ihr Problem, geben die zurück, man würde auf Grund der Sprüche vermuten, daß der mögliche Kanzlerkandidat eher ein Mitglied der CDU sei. »Also eigentlich ein Mann für Sie, Chefin.«

Susanne Hornstein hat ihr Parteibuch nie erwähnt, das hielt sie für unwesentlich, zumal sie es für ihre Karriere auch nie benützt hatte. Sie hat sich bei einem der nächtlichen Gespräche in ihrer Gruppe, als sie zum Personenschutz eingeteilt waren und es sich automatisch ergab, daß sie über Politiker sprachen, die sie bewachten, nur einmal aus Versehen geoutet. Und die anderen hatten im Gegenzug erzählt, wem sie ihre Stimme gaben. Da alle die Radikalen von der einen und die von der anderen Seite gleichermaßen widerwärtig fanden, trafen sie sich auf dieser Ebene der gemeinsamen Abneigung. Das funktionierte. Susanne Hornstein ist intelligent genug, um zu ahnen, daß zwar beim Aufstieg in der ganz besonderen BKA-Abteilung ihre Fähigkeiten und ihre Leistungen ausschlaggebend waren, wahrscheinlich aber unter vier bestimmten Augen auch ihre Nähe zur regierenden Koalition eine Rolle gespielt hat.

Daß sie ohne Rücksicht auf politische Befindlichkeiten ermittelte, hatte sie allerdings in der Vergangenheit oft bewiesen, und sie hat nicht vor, daran etwas zu ändern. Für sie als Tochter eines früh verstorbenen katholischen Kölner Notars war bei ihrem Eintritt in die CDU deren Ahlener Programm entscheidend gewesen. Da stand noch etwas drin von einer gerechten Welt, die es anzustreben gelte. Das hatte ihr gefallen. Daran glaubt sie heute noch. Trotz aller Rückschläge. Spricht aber nur mit ihrer Mutter darüber, um nicht als hoffnungslose Sozialromantikerin verlacht zu werden. Die höhere Tochter, die früher allein bei dem Gedanken an Wörter wie ficken und vögeln und Arschloch und Scheiße und Wichser rot geworden wäre, gibt sich inzwischen abgebrüht und zynisch, und zu ihrem Wortschatz gehört auch die Sprache der Straße. Das ist ihre Fassade für die Männerwelt, in der sie lebt, ihr Schutz, ihr Panzer.

Es existieren deshalb zwei verschiedene Frauen unter dem Namen Susanne Hornstein, die immer noch unberührte junge und die abgebrühte alte Kriminalistin. Insofern hatte Georg Krucht sie richtig eingeschätzt, als er ihr Maulhurerei unterstellte. Natürlich würde sie so etwas nie zugeben, nicht mal sich selbst gegenüber. Nur manchmal ahnte sie etwas vom Konflikt zwischen der privaten Susanne und der öffentlichen Frau Dr. Hornstein. Oder waren es die junge und die ältere Susanne, die in Krisenzeiten miteinander zu reden schienen? Wer von beiden ihr Leben bestimmte, darüber allerdings brauchte sie nicht lange nachzudenken.

Die Leiche Joachim Freypens ist von Hamburg in seine Heimatstadt Günzburg überführt worden. Der Bürgermeister, ins Amt gewählt als Spitzenkandidat einer freien Wählergruppe, hatte zu oft amerikanische Fernsehserien gesehen und eine Aufbahrung im Rathaus angeordnet, damit die

Bevölkerung Abschied nehmen konnte. Außer Mitgliedern der Vaterlandspartei kamen allerdings nur die üblichen Neugierigen. Karl Mulder hatte am Montagabend nach Rücksprache mit der Witwe die peinliche Veranstaltung beendet und den Toten in die Friedhofskapelle bringen lassen. Anschließend ließ er sich ein leerstehendes Büro in Freypens Maschinenfabrik zuweisen und telefonierte mit einem der in Hamburg gebliebenen Leibwächter.

»Was Neues?«

»Nein, sie hat ihre Wohnung heute früh nur für ein paar Stunden verlassen, war auch in der Redaktion. Danach fuhr sie in ein Reisebüro. Jetzt ist sie wieder oben. Sollen wir sie mal besuchen und intensiv befragen, wohin sie fahren will?«

»Ihr seid wohl verrückt, auf keinen Fall. Ihr sollt euch nicht sehen lassen, und überhaupt gilt nur das, was ich euch sage. Mittwochmittag spätestens bin ich wieder da.«

»Und wenn sie wegfährt oder wegfliegt?«

Mulder überlegte einen Moment und entschied dann: »Fahren ist kein Problem, dann fahrt ihr halt hinterher. Und falls sie fliegt ... ich kenne jemanden am Flughafen, der an alle Buchungen im Computer rankommt. Ich kümmere mich darum.«

Floriane Ment hat auf dem Anrufbeantworter die Nachricht aus Lyon abgehört, daß Herr Kriminalrat Lionel Zartmann bereit sei, sie am kommenden Freitag zu einem Gespräch zu empfangen. Sie möge mitteilen, wann sie ankomme und ob sie wünsche, abgeholt zu werden. Sie staunte über soviel Höflichkeit, weil sie so etwas beim Umgang mit der Hamburger Polizei selten erlebt hat. Sie holt sich im verlagseigenen Reisebüro ihre Flugscheine ab, bestellt im Archiv Material über politische Attentate und erinnert anschließend eine schlechtgelaunte Susanne Hornstein an ihre Zusage ihr noch wie abgemacht ein paar theoretische Aufsätze zum Thema zu faxen. Davon verspricht sie sich zwar nicht viel, aber es könnte nützlich sein, beim Interview beiläufig darauf hinzuweisen und diesen Zartmann zu beeindrucken. Ihr geplantes Gespräch mit Schwarzkoff über Buchvorschuß und Abgabetermin war auf Donnerstag verschoben worden, er würde morgen und am Mittwoch nicht in der Stadt sein, sagte seine Sekretärin, wegen der Beerdigung Freypens in Günzburg. Auch das war Floriane Ment recht, weil sie mehr Zeit hatte, sich auf diese Begegnung vorzubereiten. Sie hatte zwar nicht die Absicht, die Szene in der Tiefgarage jemals noch zu erwähnen. Aber sehr wohl die Absicht, daraus Kapital zu schlagen.

»Mir wäre es am liebsten«, flüsterte am Ende der Sitzung in Bonn der Minister, der unter der Hand als Chef einer künftigen Großen Koalition gehandelt wurde, weil er sich mit dem möglichen Kandidaten der anderen großen Partei so gut verstand, »mir wäre es am liebsten, wenn die Ermittlungen ergeben würden, daß es einer aus seiner eigenen Partei war. Schießwütig sind die doch alle, oder? Soll ich mal den MAD beauftragen, sich die Akten ehemaliger Bundeswehrscharfschützen anzuschauen, die bei der Vaterlandspartei gelandet sind?« Auch er klopfte nachdrücklich auf die in dieser Runde geschätzte Zeitung mit der fettgedruckten Frage, wer am meisten von Freypens Tod profitieren würde.

»Lieber nicht, das könnte falsch ausgelegt werden, falls es je bekannt wird. Mit den jungen und alten Nazis in der Armee haben wir ja auch ohne diesen Fall genügend Ärger am Hals«, wehrte ebenso leise sein Gesprächspartner ab, der als Kronprinz galt, falls es die alte Koalition noch einmal schaffen sollte und der Alte dann im Jahre 2000 zurücktreten würde. Da jeder die Ambitionen des anderen kannte, öffentlich die eigenen aber immer dementierte, hatten sie vor ein paar Monaten eine Absprache unter Profis getroffen. Vor der Wahl nicht gegeneinander zu arbeiten, danach würde man anhand des Resultats weitersehen. »Wir warten erst einmal in Ruhe die Ermittlungen ab«, fügte er hinzu, denn er war es gewohnt, Entscheidungen zu treffen, und vergaß dabei manchmal, daß dies nicht nur er so gern machte, »vielleicht findet sich ein Täter, der unseren Wünschen entspricht.«

»Und wenn nicht?« insistierte der andere unbeeindruckt, während er seine Akten zusammenpackte.

»Dann können wir uns immer noch einschalten«, antwortete sein Parteifreund und steckte sich eine frische Pfeife an. »Das heißt, mir kommt da gerade eine Idee, wie wir vielleicht doch jetzt schon ein bißchen nachhelfen können.«

Und ob er das konnte. Eine einzige Schlagzeile würde genügen. Die Ereignisse überstürzten sich in den folgenden Tagen, als hätten sie sich dem rasenden Rhythmus einer Zeitungsrotationsmaschine angepaßt.

Um rechtzeitig bei der Beisetzung in diesem bayrischen Kaff zu sein, hatte sich Eberhart Schwarzkoff für eine Reise im Schlafwagen ab Hamburg-Altona entschieden. Im Gepäck war neben dem schwarzen Anzug eine Flasche seines besten Rotweins verstaut, denn was in der ersten Klasse bei der Deutschen Bahn ausgeschenkt wurde, würde sogar sein Hund ablehnen. Seine Frau schaute ihn nur angewidert an, als er ihr vorschlug, mit ihm zur Trauerfeier zu fahren, aber er hatte nichts anderes von ihr erwartet. Daß ihre Absage so harsch ausfiel, erschreckte ihn dann allerdings doch: »Du spinnst wohl, diesem Kryptofaschisten soll ich die letzte Ehre erweisen und vielleicht noch seiner blonden Hippe tröstend das eiskalte Händchen halten?«

Er ließ sich in seinem Bentley zum Bahnhof fahren, und weil noch genügend Zeit bis zur Abfahrt war, drückte er seinem Chauffeur zehn Mark mit der Anweisung in die Hand, die neuesten Zeitungen von morgen zu besorgen und ihm ins Abteil zu bringen. Sein Blatt vermeldete lapidar **KEINE SPUR VOM MÖRDER** und brachte ein paar Zitate von Susanne Hornstein, die Floriane Ment ihr entlockt hatte. Immerhin, sie hatten das Phantombild, das Schwarzkoff aus besonderem Eigeninteresse genau anschaute. Die Schlagzeile der Konkurrenz dagegen fesselte ihn, und er las noch im Stehen auf dem Gang den Bericht:

FREYPEN VON NAZIS ERMORDET?

Bonn/München/Hamburg (Eig. Ber.) Der am Freitagabend in seinem Büro erschossene Chef der Vaterlandspartei, Joachim Freypen (59), ist möglicherweise von einer bislang nicht auffällig gewordenen rechtsradikalen Untergrundorganisation ermordet worden. Wie aus gutunterrichteten Kreisen verlautet, sollen die Sicherheitsbehörden Ende August in einem Waldstück bei Schwerin (Mecklenburg-Vorpommern) ein Waffenlager entdeckt haben mit modernsten Gewehren aller Kaliber, darunter auch das Nato-Gewehr G36, mit dem Freypen erschossen worden ist. Die Untersuchungen, wie die Waffen dort hinkamen und wer sie in der Kieferschonung vergraben hat, laufen noch. Ein hoher Beamter in Bonn: »Die Untersuchungen des BKA konzentrieren sich auf politisch rechtsstehende Kreise.« Zum möglichen Motiv gab er keine Auskunft. Es wird aber, wie wir aus Wiesbaden erfuhren, nicht ausgeschlossen, daß es unbemerkt von der breiten Öffentlichkeit innerhalb der Partei zu einem internen Machtkampf gekommen war und einer der Konkurrenten Freypens den Mord in Auftrag gegeben hat. Heute wird Freypen in Günzburg beerdigt. Es ist durchaus denkbar, daß unter den Trauernden am Grab auch der Mörder steht (Seite 4).

Schwarzkoff fror bei dem Gedanken, was dieser Nazimörder, falls es denn einer war, mit ihm hätte machen können. Hat er wohl noch Glück gehabt, davongekommen zu sein. Die Flasche Rotwein war bereits leer, als der Zug Bremen erreichte. Schwarzkoff lag angezogen schnarchend auf seinem vom Schaffner aufgeklappten Bett, und im Traum jagten ihn finstere Gestalten – die er aber alle besiegte.

Susanne Hornstein, die wieder mal vor einem vollen Aschbecher und mit leerem Magen im fast menschenleeren Polizeipräsidium sitzt, liest kurz nach Mitternacht ebenfalls das

Andruckexemplar der Boulevardzeitung, das ihr ein Diensthabender gebracht hat und malt nachdenklich Männchen an den Rand der Zeitung. Sie hat zwar keine Ahnung, woher die ihre Informationen haben, aber sie gehört zu den wenigen, die wissen, daß die Vermutung mit dem Nazimörder schwachsinnig ist. Sie hat in dem geschilderten Fall ermittelt, und mit Freypen hat das nichts zu tun. Das Waffenlager hatten arbeitslose ostdeutsche Jugendliche angelegt, die Waffen stammten aus russischen Depots, sie wollten Geld verdienen durch Verkäufe, und geständig waren sie auch schon gewesen. Alle waren bis zum Prozeß wieder auf freiem Fuß, weil sie einen festen Wohnsitz hatten. Die waren zwar blöde, aber genau das konnte der Mörder, den sie jagte, nicht sein. Sonst hätte sie ihn schon. Sie schaut auf ihre Uhr, zögert kurz, aber ruft dann eine Nummer in Bonn an. Schon nach dem ersten Klingeln wird der Hörer abgenommen. Sie liest den Bericht vor.

»Das wird morgen gewaltig einschlagen. Soll ich ein Dementi herausgeben, bevor alle den Quatsch abschreiben?«

»Nein, nein, lassen Sie das. Ist doch ideal für uns, wer auch immer dahintersteckt. Der Mörder liest das auch und denkt, wir sind auf der falschen Spur. Was da steht, Susanne, ist Politik. Hat mit uns nichts zu tun, noch nicht ... Übrigens, haben Sie schon eine Spur?«

»Nein«, sagt sie müde und deshalb aggressiv, »wir arbeiten daran. Aber wenn Sie eine bessere Idee haben.«

»Bessere Idee nicht und keine besseren Leute.« Sie wird rot und ärgert sich, daß sie sich so über das seltsame Lob freut, aber das sieht ihr Vorgesetzter am anderen Ende der Leitung ja nicht.

Um auf andere Gedanken zu kommen und weil sie aus Erfahrung weiß, daß sie danach einen freien Kopf haben wird, geht sie über Internet auf die Homepage des Mensa-Clubs und löst auf der angegebenen Website zur Entspannung ein paar Aufgaben. Schwierige Brocken, aber im Vergleich zu dem Rätsel, das sie in Wirklichkeit zu knacken hat, ein Kinderspiel. Der Denksport hilft ihr, sie ist wieder hellwach. Sie sucht auf ihrer Computerfestplatte unter dem Stichwort Freypen und geht noch einmal die gespeicherten biographischen Daten des Ermordeten durch. Da ist es, was Susanne Hornstein nach der ersten Lektüre aufgefallen war und was sie als unwesentlich fast schon vergessen hatte. Aber eben nur fast, beglückwünscht sie sich selbst, nur fast. Auf dem Bildschirm steht Salem, das Internat, in dem Freypen sein Abitur gemacht hat. Da sie keine sinnvolle Spur haben, um weiter zu ermitteln, beschließt sie, am Mittwoch nach Salem zu fahren. Vielleicht gab es in der Vergangenheit etwas, was ihnen helfen könnte. Flug nach Zürich, mit dem Auto an den Bodensee, abends wieder zurück. Klingt vernünftig und machbar.

Am Dienstagmorgen lesen andere die sensationelle Geschichte, die dem Fall Freypen eine ganz neue Wendung geben könnte. Lionel Zartmann findet den Artikel im täglichen Pressespiegel von IKPO und glaubt natürlich nichts davon. Das riecht nach einer bewußt gesteuerten falschen Information, und er überlegt, wem es politisch schaden würde, falls ein Nazi als Mörder Freypens gälte. Die Antwort ist nicht schwer: Einmal der Vaterlandspartei, dann den Republikanern und ganz sicher auch der Deutschen Volksunion mit ihrem feisten Spitzendemagogen. Und wem würde es nützen? Auch diese Frage läßt sich bei ein bißchen Nachdenken beantworten. Logisch also für den Kriminalisten, wer sich hinter den erwähnten gutunterrichteten Kreisen verbirgt.

Der Mann, der nach der Kleinen Lage seine Fische füttert, läßt sich genau um diese Zeit am Dienstagvormittag mit seinem Kronprinzen verbinden und gratuliert dem zum guten Einfall mit der heutigen Aufmachung von Deutschlands größter Zeitung. Ein geradezu klassisches Täuschungsmanöver. Beide verstehen sich darauf, mit solchen Geschichten immer dann die Haifische abzulenken, wenn die sich ihnen bedrohlich nähern. Medienpolitik ist für sie in erster Linie Politik mit den Medien. Helga Freypen hat einen entsprechenden Bericht im Radio gehört, als sie sich innerlich auf die Beisetzung vorbereitet und äußerlich ganz in Schwarz hüllt. Sie geht kurz danach mit gemischten Gefühlen auf den Friedhof. Kann das stimmen mit dem Konkurrenten ihres Mannes? Davon hatte er nie gesprochen. Ist dieser geheimnisvolle Dritte vielleicht wirklich heute da? Sie wird von vier Bodyguards begleitet, die vor allem die umliegenden Dächer im Auge behalten.

Das nimmt die so gefangen, daß ihnen die Demonstranten vor dem Friedhof mit den Pappschildern **GOTT, WIR DANKEN DIR: EIN NAZI WENIGER** gar nicht auffallen. Sonst hätten sie ihnen bestimmt gezeigt, wie gut sie sind als Schläger vor dem Herrn. Jeden Trauergast, der ihr nach der salbadernden Rede des Pfarrers, denn selbstverständlich gehörte Freypen der in dieser Gegend alleinseligmachenden Kirche an, in Anteilnahme die Hand drückt, mustert Helga Freypen hinter ihrem schwarzen Schleier verstohlen. Jeder könnte der Mörder ihres Mannes sein, falls dieser Bericht aus angeblich guten Quellen stimmt. Jean-Marie Le Pen und Jörg Haider haben übrigens im letzten Moment ihre Teilnahme an der Feier abgesagt. Das Risiko ist ihnen wohl zu groß, solange der Mörder ihres Gesinnungsfreundes frei umherläuft.

Als Schwarzkoff, elegant im schwarzen Anzug, dicke Ringe unter den Augen, als habe er um seinen Freund geweint, aber es sind nur die Spuren des Rotweins und der unruhigen Nacht, sie in den Arm nimmt, fängt Helga Freypen endlich an zu weinen. Sie hat gerade noch rechtzeitig gemerkt, daß genau in dem Moment alle TV-Kameras auf sie gerichtet sind.

Floriane Ment wurde von ihrem Chefredakteur beschimpft, denn ihr Scoop vom Wochenende war längst wieder vergessen. Warum die Konkurrenz diesen Hammer da habe und sie nichts, gar nichts, nur diese blöde Phantomzeichnung mit den paar unwesentlichen Zitaten der BKA-Beamtin. Sie zeigte ihm den Stinkefinger, aber nur am Telefon, er konnte es nicht sehen: »Sie dürfen sich beim Verleger über mich beschweren«, sagte sie wütend und legte auf. Das wird der nie tun, wußte sie, und sie wußte auch warum. Weil er glaubte, daß sie Schwarzkoffs neue Geliebte war, denn auch er hatte mitbekommen, daß sie am Freitag in dessen Auto stieg. Die Reporterin lachte laut, bis ihr Lachen plötzlich in Hysterie überging. Sie hatte den Schock aus der Tiefgarage doch noch nicht überwunden.

Da Susanne Hornstein nichts davon ahnte, tat sie es achselzuckend als hysterischen Anfall ab, der mit ihrem Fall nichts zu tun hatte, war aber doch verblüfft, als sie sich am späten Abend die Tonbänder vorspielen ließ. Sie hatte sich mit der Lüge, bei der Reporterin könne es sich ihrer Meinung nach auch um die Todesschützin handeln, eine richterliche Erlaubnis zum Abhören besorgt, befristet allerdings bis Freitag morgen. Floriane Ments Handy ist deshalb von zwei BKA-Experten, die für zufällige oder nicht so zufällige Beobachter mit ihren OTIS-Kitteln aussahen wie Fahrstuhlmonteure, zu einer Empfangs- und Sendestation umgerüstet worden, während sie beim Reisebüro war. Nicht nur ihre Telefongespräche werden aufgenommen, sondern überhaupt alle Gespräche im Umkreis von fünf Metern, die sie in den nächsten drei Tagen führen wird.

Beim Bundeskriminalamt in Wiesbaden wiederum staunte ein hoher Beamter, was die Zeitung aus den Informationen gemacht hatte, die er gestern nach Bonn an einen Parteifreund durchgegeben hatte. Weil es sein Fachgebiet war, kannte er die betreffenden Akten über den Waffenfund, und da las sich natürlich alles anders. Aber das konnte ihm egal sein. Was ihn ausschließlich interessierte, war eine Beförderung noch vor der Pensionierung, denn die bedeutete Bargeld für ihn, die war ihm als Gegenleistung versprochen worden. Noch vor der nächsten Wahl, hatte er sich auserbeten. Man wußte schließlich nicht, wer danach die Posten verteilen würde.

Karl Mulder glaubte natürlich kein Wort und hielt das ganze für einen Einfall der eigenen PR-Abteilung. Er bewunderte die Jungs dafür. Nach der Schlagzeile mit dem Nazi-Mörder war nämlich gesichert, daß die Beerdigung heute abend im Fernsehen gezeigt würde, obwohl das erwartete Spektakel um Le Pen und Haider ausgefallen war. Zumindest in den Privatsendern. Also kostenlose Reklame für die Vaterlandspartei. Sein Telefon klingelte. Am anderen Ende eine blecherne, offensichtlich künstlich verzerrte Stimme: »Fragen Sie nicht, wer ich bin. Joachim kannte mich. Dies ist ein nachgetragener Freundschaftsdienst. Behalten Sie Schwarzkoff im Auge, haben Sie gehört? Schwarzkoff. Eberhart Schwarzkoff. Ich melde mich nie wieder.«

Bevor der Anrufer auflegen konnte, schrie Mulder: »Hören Sie? Ich brauche Material. Ment. Schwarzkoff. Verhöre. Protokolle. Hören Sie? Wie damals.« Die Leitung war plötzlich tot, und er war nicht sicher, ob der andere ihn noch verstanden hatte. Mulder schrieb *Ment* und *Schwarzkoff* auf ein Stück Papier, in die Mitte *Freypen* und verband die einzelnen Namen zu einem Dreieck. Paßte. Aber wie? Und auf wen?

Der Sicherheitschef der Vaterlandspartei, der frühere Günzburger Oberkommissar Karl Mulder, vergaß seine Trauer. Er fühlte sich gut. So gut wie vor ein paar Monaten, als er diesen Pornohändler, diese Sau, mit Doppelkorn abgefüllt und dann in die kalte Elbe geworfen hatte. Das genau meinte er gerade am Telefon, als er »Wie damals« brüllte. Damals hatte ihm sein Chef die Aussage des gerade bei der Razzia verhafteten Franzosen über den Tisch geschoben, wo der über mögliche Hintergründe von rechtsradikalen Ausschreitungen berichtete, um seine Haut zu retten. Der Mann, der gerade angerufen hatte, mußte derselbe sein, der sie damals mit dem Protokoll versorgt hatte. Sicher auch der Verfasser des seltsamen Fax, das Mulder am Sonntag bekommen hatte. Da täuschte er sich zwar, aber woher sollte er das wissen?

Wenn Mulder in einer Stimmung war wie jetzt, machten seine Männer immer einen großen Bogen um ihn. Dann roch er selbst denen zu sehr nach Blut und nach Tod.

8

Susanne Hornstein hob ihre Pistole, zielte kurz und schoß. Bang, bang, bang. Mehr als ein Dutzendmal. Dann drückte sie auf einen Knopf. Surrend kam die elektrisch gesteuerte Zielscheibe in einer Schiene auf sie zu. Das sah aus wie der Angriff eines Außerirdischen, denn die Pappkameraden, auf die im Schießstand angelegt wurde, waren zwar regungslose eindimensionale Körper, hatten aber ein realistisch gemaltes Gesicht. Immer mit eindeutig männlichen Zügen. Frauen galten hier unten im sogenannten Ballerraum VI erst recht als das schwache Geschlecht, und auf Frauen feuerte man nicht einmal im Training. Alle ihre Kugeln hatten Einschläge zwischen die Augen angezeigt. Finale Todesschüsse nannten sie das in der Fachsprache, die wurden nur von den ganz besonderen Spezialisten der GSG 9 oder der Mobilen Einsatzkommandos geübt und waren denen nur in genau definierten Notfällen erlaubt. Viele Beamte des Bundeskriminalamtes mußten nach den peinlichen Pannen von Bad Kleinen in ganz spezielle Kurse, um ihre Technik zu verbessern, und da man schlechterdings Todesschuß als Lernziel nicht ans Schwarze Brett des Amtes schreiben konnte, blieb der Kreis der Teilnehmer auf die beschränkt, die persönlich gebeten wurden. Kriminaldirektorin Susanne Hornstein übrigens gehörte zu den Lehrern bei diesem Training, nicht zu den Schülern. Die einzige Frau unter Männern.

Jetzt, kurz vor Mitternacht an diesem 7. Oktober 1997, war sie allein auf der in Neonlicht getauchten Anlage. Sie prüfte ihre Ergebnisse, nahm die schallschluckenden Kopfhörer und die getönte Brille ab, sicherte ihre Dienstwaffe und ging zu einem Getränkeautomaten im Vorraum des Schießstandes. Steckte sich da erst eine Zigarette an und inhalierte tief. Du hast es wirklich weit gebracht, beglückwünschte sie sich zynisch. Deine Höhepunkte finden nachts auf dem Schießstand im Keller des Polizeipräsidiums statt, und als Partner brauchst du nur eine Pappfigur. Du bist wirklich eine emanzipierte Frau.

Im Schlamm unter den Brücken der abgelassenen Fleete hatten die Männer von der Stadtreinigung unter den wachsamen Augen einiger Kriminalbeamter nur das entdeckt, was beim alljährlichen Entrümpeln üblicherweise gefunden wird. Verrostete Fahrräder, ein paar Einkaufswagen von Supermärkten, aufgeweichte Schuhe, abgewetzte Dildos, bunten Plastikmüll. Aber zum Beispiel kein Gewehr. Georg Krucht war eine Enttäuschung nicht anzumerken, als er Susanne Hornstein davon berichtete, er hatte sich von der Suchaktion kaum etwas versprochen. Sie auch nicht: »Wir haben es wie erwartet mit einem Profi zu tun, und der wirft nicht nachts die Tatwaffe über ein Geländer ins Wasser. Der weiß, daß wir an solchen Stellen zuerst suchen.«

Im Hamburger Polizeipräsidium war man trotzdem mit den bisherigen Ergebnissen der Freypen-Ermittlungen zufrieden, denn bei der großen Ringfahndung Freitag nacht waren einige Kunden ins Netz gegangen, die nichts mit dem Attentat zu tun hatten, aber schon lange wegen anderer Delikte gesucht worden waren. Die wurden jetzt verhört und anschließend ins Untersuchungsgefängnis gefahren. Solche Zufallstreffer waren bei polizeilichen Großaktionen normal. Wurden aber bei entsprechenden Pressekonferenzen als Erfolg intensiver Ermittlungen verkauft. Krucht konnte die offensichtlich resignative Stimmung von Susanne Hornstein nur bedingt nachvollziehen. Seit dem Mord waren nicht einmal fünf Tage vergangen, kein Grund also, nervös zu werden. Woher sollte er auch wissen, daß ihr Frust viel tiefer ging und nicht nur mit dem Fall Freypen zu tun hatte?

Als sie sich am Mittwochvormittag mit einem mürrischen »Bin übers Handy erreichbar« verabschiedete und zum Flughafen bringen ließ, blickte er nur kurz hoch und nickte ihr zu. Seltsame Frau, dachte er. Ob die so was wie ein Privatleben hat? Sie hätte ihm eine solche Frage zwar nie beantwortet, weil ihn das nun wirklich nichts anging, aber selbst wenn, wäre es eine kurze Antwort geworden: Nein.

In Salem war kein Lehrer mehr im Dienst, der Joachim Freypen und Eberhart Schwarzkoff noch als Schüler erlebt hätte. Der Direktor zeigte sich wenig beeindruckt von Susanne Hornsteins Dienstausweis, denn wer das berühmteste Internat der Republik leitet, hat die besten Verbindungen in die höchsten Kreise, und ein Kriminaldirektor vom BKA gehört nicht dazu. Nur die ganz Reichen konnten es sich leisten, ihre Nachkommen so teuer von sich zu geben. Wie die Macht schmeckt und wie man die Mächtigen von den Ohnmächtigen unterscheiden kann, hat der Salem-Chef im Laufe der Zeit gelernt. Er ordnete deshalb Susanne Hornstein unter die Ohnmächtigen ein. Mit entsprechender Arroganz fragte er sie, was sie sich denn davon verspreche, in der Vergangenheit zu graben, der bedauerliche Mord an dem ehemaligen Schüler Freypen sei doch wohl jetzt passiert und nicht vor vierzig Jahren. Das Attentat von Hamburg habe nun wirklich nichts mit seinem Internat zu tun. Die Kriminaldirektorin, die absichtlich ohne Voranmeldung an den Bodensee gekommen war, versuchte gar nicht erst, sich zu verstellen und höflich zu sein. »Falls Sie mir nicht helfen wollen, wird es sich wohl nicht vermeiden lassen, daß Ihr Institut«, und das Wort Institut spuckte sie geradezu angewidert aus, als würde es ihr physische Schmerzen bereiten, »im Zusammenhang mit dem Attentat und dieser neuen Theorie eines möglichen Nazihintergrunds genannt wird. Sie haben sicher davon gelesen. Es ist doch vorstellbar, daß die Samen für Freypens rechtsradikale Ideen schon in der Schulzeit ausgelegt wurden. Durch Lehrer zum Beispiel.« Dabei erhob sie sich halb. Zehn Minuten später hatte sie die Adresse des damaligen Tutors von Freypen und Schwarzkoff. Der war inzwischen siebzig Jahre alt, im Ruhestand und deshalb dankbar für jede Abwechslung.

»Kommen Sie doch gleich bei mir vorbei«, hatte er am Telefon gesagt, »ich bin ein alter Mann, und Sie haben sicher viel weniger Zeit als ich.« Susanne Hornstein war nach Überlingen gefahren, wo Dr. Martin Gundlach seit seiner Pensionierung lebte. Nun sitzen sie in seinem Garten in einer windgeschützten Laube, der See ist in der flirrenden warmen Herbstluft zu riechen, aber nicht zu sehen, und blättern in alten Fotoalben. »Hier schauen Sie, da sind die beiden, Eberhart und Joachim, beim Schulfest 1956. Gott, wie lange ist das schon her. Die waren unzertrennlich bis zum Abitur, haben sich manchmal sogar die Mädchen geteilt«, kichert er. Dabei wird er plötzlich ganz ernst, als sei ihm gerade etwas nicht so Komisches eingefallen, und sein Blick verliert sich in einer nur ihm präsenten Vergangenheit. Susanne Hornstein holt ihn nicht in die Gegenwart zurück. Sie wartet, bis er wieder anfängt zu erzählen von damals. In der Kunst, Menschen zum Reden zu bringen, ist sie mindestens ebenso geschickt wie Floriane Ment. »Eigentlich waren sie immer zu dritt«, sagt Gundlach plötzlich, und er deutet auf ein Foto, das drei Jungs in verschmutzten Fußballtrikots zeigt, »der Bernhard Nochtel gehörte auch dazu.«

Er merkt nicht, wie die blonde Frau bei der Erwähnung des Namens erstarrt und sogar vergißt, die Zigarette anzuzünden, die sie gerade zum Mund geführt hat. Das kann nicht der sein, denkt sie. Bernhard Nochtel. Der kann doch nicht den meinen, den ich meine. Daß es zwei Menschen gleichen Namens gibt, das hat sie immer wieder mal erlebt. Gerade in ihrem Beruf. Kein Grund also, so zu erschrecken.

Aber sie ahnt, daß Gundlach tatsächlich von dem Bernhard Nochtel spricht, den sie kennt. Paßt von der Größe, paßt vom Alter. Hat der nicht sogar mal erzählt, daß er den größten Teil seiner Schulzeit in einem Internat verbracht hat? Ministerialdirektor Bernhard Nochtel ist ihr Vorgesetzter in Bonn, Leiter der Abteilung Rechtsextremismus des Bundeskriminalamtes. Witwer mit altmodisch höflichen Umgangsformen, ein väterlicher Wegbegleiter ihrer Karriere, der sich im BKA geradezu rührend um die damals junge Frau gekümmert hat. Er hatte Susanne Hornstein unter all den Bewerbungen für seine ganz besondere Abteilung ausgewählt, und er hatte ihren Aufstieg in den jetztigen Rang eines Kriminaldirektors durchgesetzt. Weil sie es verdiente und weil sie in allen Prüfungen besser abschnitt als ihre männlichen Konkurrenten. Bernhard Nochtel, den sie nicht nur als Fachmann respektierte, sondern geradezu verehrte. Der hat kein Wort davon gesagt, wie gut er den lebenden Joachim kannte, als er sie zum toten Freypen nach Hamburg schickte. Oder seinen Schulfreund Eberhart Schwarzkoff erwähnt, als sie ihm von dem Treffen mit dem Verleger und dessen Alibi berichtete. Ein Zufall? Susanne Hornstein glaubt nicht an Zufälle. Nur an Logik. Sie kann sogar den Zusammenhang zwischen ihrem beruflichen Aufstieg und ihrer privaten Trümmerlandschaft logisch erklären. Das hätte ihr allerdings jeder sagen können, dafür brauchte es keinen Mensa-reifen Intelligenzquotienten.

»Ist Ihnen irgend etwas aus den Jahren damals in Erinnerung geblieben, irgend etwas, was bei den drei Schülern aus dem üblichen Rahmen gefallen ist? Ist irgend etwas im Internat passiert, als sie da waren? Sind die zum Beispiel politisch aktiv gewesen?« fragt sie gespannt und läßt sich dabei nichts anmerken von dem, was sie gerade beschäftigt. Der alte Mann spürt aber am Ton ihrer Stimme, daß sie nichts hören will von Mogeleien bei Klassenarbeiten und typischen Jungenstreichen aus alten Zeiten. »Im Leben«, sagt er leise, »im Leben kommen die Guten um und die

Bösen davon. Nur in erfundenen Geschichten, in Büchern, ist es manchmal umgekehrt.« Dann erzählt er ihr, was damals im Sommer 1957 passiert ist, und sie unterbricht ihn dabei nicht. Als sie sich danach von ihm verabschiedet und in ihren Leihwagen steigt, humpelt er noch einmal vom Gartentor ans Auto und reicht ihr durchs Seitenfenster ein schmales Päckchen. »Können Sie behalten, ich brauche es bestimmt nicht mehr.« Im Rückspiegel sieht sie, wie er ihr nachschaut.

Susanne Hornstein war am Airport in Zürich von dem Gespräch mit dem alten Lehrer noch so verstört, daß sie vergaß, ihren Paß zu zeigen, und einfach durch die Schleuse ging. Der Beamte verzog keine Miene, als sie sich entschuldigte und ihm ihren Ausweis gab. Sie buchte ihren Flug um und nahm die Lufthansamaschine um 19.20 Uhr nach Köln-Bonn. Es machte ihr nichts aus, daß es hinten in der Holzklasse nur noch trockene Käsebrötchen und keine Zeitungen mehr gab. Die wichtigste Nachricht in Sachen Freypen, die eigentlich keine Nachricht war, sondern – ja was? – eine geschickt inszenierte Täuschung der Öffentlichkeit, hatte sie bereits in Hamburg gelesen. Und danach mit Nochtel telefoniert. Mit Nochtel. Sie lachte bitter auf, was ihren Sitznachbarn verwunderte, denn ihre Augen hatte sie geschlossen, als würde sie schlafen. Vielleicht hatte sie einen lustigen Traum gehabt? Einerseits war sie fast euphorisch, denn es gab die erste Spur, endlich so etwas wie ein mögliches Motiv für den Mord. Andererseits war sie deprimiert, denn sie wußte auch, wer die Rolle von Bernhard Nochtel in dieser Geschichte untersuchen mußte. Wer schon? Sie natürlich!

Die Nacht verbrachte Susanne Hornstein in ihrem Elternhaus am Rhein, redete vor dem Schlafengehen bei einer Kanne Tee noch lange mit ihrer Mutter, aber nicht über den aktuellen Fall, sondern über ihren Vater und Beispiele seiner unbeugsamen Sturheit vor allem dann, wenn er das einzige Kind, seine geliebte Tochter, ungerecht behandelt glaubte. Beide lachten in der gemeinsamen Erinnerung an ihn, und das hatte etwas Befreiendes. Zwischendurch telefonierte sie mit ihren Kollegen in Hamburg. Nichts Neues. Routine, die üblichen Anrufe von Verrückten, die im Phantombild des möglichen Attentäters einen Nachbarn erkannt hatten, der ihnen schon lange aufgefallen war, weil der zum Beispiel nie grüßte oder seinen stinkenden Abfall über Nacht vor der Wohnungstür stehenließ. Floriane Ment? Wurde überwacht, bisher aber ohne Ergebnis. Sie gab ihnen den Auftrag, alles über Schwarzkoff herauszubekommen, wirklich alles, aber so unauffällig, daß er es nicht merken würde. Also bloß nicht mit seinen Freunden sprechen. »Ja, ich hab vielleicht was«, sagte sie auf eine entsprechende Nachfrage, »bis dann.«

Am anderen Morgen um sieben Uhr erwartet sie der Innenminister in seinem Büro. Die beiden Männer vom Personenschutz, die in seinem Vorzimmer sitzen, denn die Sekretärinnen sind um diese Zeit noch nicht da, kennt sie von verschiedenen Einsätzen und nickt ihnen zu.

»Ich kann Ihnen nichts anbieten«, sagt der wie immer im eleganten grauen Zweireiher gekleidete Politiker und erhebt sich zur Begrüßung, »ich kann Ihnen aber auch nur zwanzig Minuten geben.« Er blickt sie prüfend an. »Sie haben es sehr spannend gemacht, Frau Doktor Hornstein.« Nie würde er bei der Anrede einen akademischen Titel vergessen, und nie würde er es anderen vergessen, die es bei ihm vergessen sollten. »Also bitte.« Und sie setzen sich an den runden Marmortisch in der Ecke des Raums, wo an einem Ständer schlaff die deutsche Flagge hängt. Susanne Hornstein hatte per Fax um einen dringenden und vertraulichen Termin in Sachen Freypen gebeten und sofort bekommen. Beim Stichwort Freypen wird derzeit in Bonn prompt reagiert, aber das weiß sie nicht.

»Ich war in Salem, weil Freypen dort ins Internat gegangen ist. Ein spontaner Einfall von mir. Wir hatten nichts, wo wir hätten ansetzen können. An dem Artikel über den

Nazimörder ist übrigens nichts dran, ich habe den Fall selbst bearbeitet, auf den die sich berufen. Ist eine völlig andere Geschichte.« Das scheint ihr Gegenüber nicht zu überraschen, zumindest fragt er nicht nach, was wiederum ihr merkwürdig vorkommt, bis sie ahnt, von wem wohl die falsche Information gekommen ist und vor allem warum. Hastig fährt sie in ihrem Bericht fort, sie hat ja nur zwanzig Minuten Zeit, in schnellen Sätzen, aber präzise in den Informationen:

»In Freypens Klasse war auch Eberhart Schwarzkoff, der heutige Großverleger. Und ein gewisser Bernhard Nochtel. Was der heute macht, wissen Sie. Die drei galten als unzertrennlich, seit sie als Zwölfjährige von ihren Eltern ins Internat geschickt worden waren. Das muß man wissen, um die folgenden Ereignisse richtig einzuordnen. Vor nunmehr vierzig Jahren gab es nämlich einen Vorfall in Salem, in den alle drei verwickelt waren. Ein Mädchen aus einem nahe gelegenen Dorf namens Unter-Uhldingen war angeblich bei einem Bootsunfall ertrunken. Sie war mit den drei Schülern, damals alle um die neunzehn, zwanzig Jahre alt, mit einem Segelboot auf den Bodensee gefahren und beim Schwimmen plötzlich weggesackt. Alle drei hatten versucht, sie tauchend zu retten. Sie konnten sie aber nur noch tot bergen. So die übereinstimmende Aussage der jungen Männer. Bei der Autopsie ist festgestellt worden, daß sie im zweiten Monat schwanger war. Jeder der drei Jungs bestritt in einer Befragung durch die örtliche Polizei, mit ihr geschlafen zu haben. Der übliche große Unbekannte mußte der Vater sein, ein Lehrer vielleicht? Das Gegenteil war nicht beweisbar. Spermauntersuchungen und Genanalyse waren nicht üblich und nicht bekannt. Es gab nur einen wachen Polizisten auf dem Land, der an einen besonders heimtückischen Mord glaubte, aber keine Beweise hatte. In der Zeitung wurde außer einer kurzen Meldung über einen tragischen Badeunfall nichts berichtet, erst recht nicht in den überregionalen Blättern, dafür hatte offenbar Schwarzkoffs Vater durch einen

Rundruf bei seinen Verlegerkollegen gesorgt. Die offizielle Todesursache lautete Tod durch Ertrinken, also ein Unfall, und das Mädchen wurde auf dem örtlichen Friedhof beerdigt. Selbstverständlich waren Schwarzkoff und Freypen und Nochtel bei der Beerdigung unter den Trauergästen, sie hatten ja angeblich heroisch unter Einsatz des eigenen Lebens versucht, das Mädchen noch zu retten. Da die Internatsschüler sechs Monate später Abitur machten und Salem verließen, um ihr Studium zu beginnen, blieb nur ein verdächtiger Todesfall zurück – und viele Gerüchte, aber die erstarben im Laufe der Jahrzehnte. Ein Jahr nach dem Unglück, im September 1958, zogen die Eltern der Toten, die einen kleinen Krämerladen betrieben, in dem viele Salem-Zöglinge ihre Zigaretten und Süßigkeiten einzukaufen pflegten, in die Schweiz. Angeblich hatten sie im Lotto gewonnen und beschlossen, sich dort ein neues Leben aufzubauen. Sie sind längst tot, aber die Sache mit dem angeblichen Lottogewinn ließe sich nachprüfen, denn ich bin nicht sicher, ob es damals so etwas wie Lotto überhaupt schon als Massensport gab.«

Der Minister, der ihr gespannt zugehört hat, ist beeindruckt, was bei ihm selten passiert. »Woher wissen Sie das alles?«

»Der Bruder des Lehrers, der heute in der Nähe von Salem in Überlingen lebt, war der Ortspolizist, der nach dem Unfall die Protokolle anfertigte. Er hat immer den Verdacht gehabt, daß Schwarzkoff, der einen Ruf als übler Schürzenjäger hatte, der Vater des ungeborenen Kindes war. Und daß er es war, der das Mädchen beim Schwimmen unter Wasser gezogen hat, bis es tot war. Abtreibung war ja auch noch keine Selbstverständlichkeit wie heute. Der Lehrer erzählte mir, daß sie damals im Unterricht gerade Theodore Dreisers Roman *Eine amerikanische Tragödie* durchgenommen hatten, der eine ähnliche Geschichte zum Inhalt hat. Er vermutet, daß Schwarzkoff dabei auf die Idee gekommen ist. Seine beiden Freunde sollen ihn nach Meinung des Polizisten durch ihre Aussagen gedeckt haben. Die Eltern des Mädchens waren beide streng katholisch, und die offizielle Feststellung Tod durch Ertrinken hat ihnen die Schande erspart, weil bei einer möglichen Anklage wegen Mordes oder Totschlags herausgekommen wäre, daß ihre Tochter schwanger war. Offensichtlich ließen sie sich ihr Schweigen aber teuer bezahlen. Die Väter von Schwarzkoff und Freypen waren reich. Die Schule hatte natürlich auch kein Interesse an einem Skandal. War ja auch nur ein Mädchen aus dem Volke. Entschuldigung, ist mir so rausgerutscht gerade.«

Susanne Hornstein merkt, wie sie zornig wird, richtig zornig, aber sie läßt sich nichts anmerken. Dieser Zorn könnte hilfreich sein bei dem Gespräch, das sie irgendwann heute oder morgen vor sich hat. Das Gespräch mit ihrem Vorgesetzten. Das Gespräch mit Bernhard Nochtel. Diesen Zorn muß sie sich bewahren, um nicht etwa doch noch Mitleid mit ihm zu bekommen, weil er immer so freundlich zu ihr gewesen ist. Weil sie ihm so viel zu verdanken hat.

»Der Polizist hat alles in sein Tagebuch geschrieben, das nach seinem Tod der Lehrer, also sein Bruder, mit anderen persönlichen Unterlagen geerbt hat.« Sie klopft auf ihre schmale Aktentasche. »Ich habe es hier drin, wenn Sie es sehen wollen.« Schweigend schüttelt der Minister den Kopf. Als er wieder anfängt zu reden, ist seine Stimme fast unverändert: »Und Sie vermuten ...?«

»Ich will Sie nicht langweilen mit Vermutungen, ich weiß, wir brauchen Beweise. Aber fest steht, daß Freypen vor seinem Tod ganz dringend Schwarzkoff sprechen wollte. Warum? Fest steht, daß Nochtel mir gegenüber mit keinem Wort erwähnt hat, wie gut er Freypen und Schwarzkoff kannte. Warum nicht? Er hätte wissen müssen, daß diese damalige Untersuchung für meine Ermittlungen wichtig ist. Möglich, daß Schwarzkoff deshalb ein Motiv hatte, Freypen umzubringen. Erpressung wäre auch nach vierzig Jahren ein Motiv, falls wirklich Schwarzkoff damals das Mädchen ertränkt hat, was Freypen natürlich gewußt haben muß.«

»Klingt aber trotzdem, ohne Ihnen nahetreten zu wollen, ziemlich abenteuerlich. Ein totes Mädchen vor vierzig Jahren und ein Attentat heute, also ich weiß nicht, Frau Doktor Hornstein. Wie paßt Nochtel in dieses Szenario? Wurde der etwa auch erpreßt? Andererseits …« Er muß den Satz nicht zu Ende sprechen. Beide wissen, und nicht erst seit ihren vertraulichen Gesprächen in Sachen Uwe Barschel, daß alles möglich ist. Vor allem das scheinbar Unmögliche.

»Andererseits«, nimmt sie ungerührt seinen Gedanken auf und führt den Satz für ihn fort, »wäre es aber sehr wohl möglich, daß auch Nochtel erpreßt wurde von seinem Schulfreund Freypen. Stellen Sie sich mal den Skandal vor, wenn sich herausstellen würde, daß einer der höchsten BKA-Beamten in seiner Jugend in eine solche Geschichte verwickelt war.« Das konnte sich der Minister in der Tat sehr gut vorstellen.

»Natürlich weiß ich noch nichts Konkretes, aber ich werde es herausbekommen. Ich kann sicher nicht das Telefon von Nochtel abhören lassen mit so dünnen Indizien, dafür würde ich nie eine richterliche Erlaubnis bekommen. Oder …?« Der Minister bestätigt: »In der Tat. Niemals und von niemandem. Falls Sie darauf spekuliert haben sollten, daß ich sie Ihnen sozusagen unter der Hand gebe.« Sie winkt ab, obwohl sie genau das erhofft hatte. Was hätte er auch sonst sagen sollen. »Aber ich kann mir ganz legal die Liste besorgen, auf der die Telefonnummern stehen, die Freypen in den letzten Monaten von seinem ganz persönlichen Apparat geführt hat.« Sie wartet und schaut auf ihre Uhr. Halb acht Uhr, nur zehn Minuten überzogen.

Der Minister erhebt sich und blickt sie mit unbewegtem Gesicht an: »Ihre Vorwürfe sind ungeheuerlich, Frau Doktor Hornstein. Der Mann hat sich doch nie etwas zuschulden kommen lassen. Nie. Der war immer für uns da.« Er geht ans Fenster und wendet ihr den Rücken zu, während er fortfährt: »Machen Sie, was Sie für richtig halten, aber sorgen Sie dafür, daß Nochtel nichts von Ihren Recherchen erfährt, bevor Sie mit ihm sprechen. Sie sprechen doch persönlich mit ihm, oder? Wenn Sie mit ihm geredet haben, berichten Sie anschließend mir direkt. Vielleicht hat er doch eine einleuchtende Erklärung für sein merkwürdiges Verhalten. Oder es gibt noch einen Bernhard Nochtel … Ich sage meinen Referenten Bescheid, daß Sie, egal wann, sofort durchgestellt werden.« Dann dreht er sich wieder um und setzt sich an seinen Schreibtisch. Er schaut nicht von seinen Akten auf, als die Kriminalbeamtin den Raum verläßt. Als ob sie gar nicht dagewesen ist. Aber das täuscht. Im Gegenteil denkt er sehr intensiv darüber nach, wie man auch dann einen Skandal vermeiden könnte, falls sie mit ihrem Verdacht recht hatte, denn ein Skandal würde vor allem ihn treffen, den für das Bundeskriminalamt zuständigen obersten Dienstherrn.

Susanne Hornstein schafft es gerade noch auf die Toilette, bevor sie der Brechreiz überkommt. Es schüttelt sie, und ihr Oberkörper krampft sich immer wieder zusammen, während sie sich über die Kloschüssel beugt. Es liegt nicht daran, daß sie nicht gefrühstückt und auf leeren Magen geraucht hat. Es ist ihr plötzlich so schlecht geworden bei dem Gedanken an Nochtel, den sie anrufen muß, um sich mit ihm zu verabreden. Er weiß sicher längst, daß sie nicht in Hamburg ist, sondern in Bonn. Und er würde sich sehr wundern, wenn die Ermittlerin im derzeit brisantesten Fall seiner Abteilung sich nicht bei ihm meldet. Aber vor neun Uhr pflegt er nicht im Büro zu sein.

Denis Riley war nur für ein paar Stunden nach Lyon gekommen, denn schon am Abend mußte er vom Airport Charles de Gaulle aus wieder nach Washington zurückfliegen. Obwohl er die Chance genutzt hatte, kurz seine Tochter und seinen Sohn zu sehen, die beide in Paris studierten und die er und seine Frau schmerzlich vermißten, war es kein privater Trip gewesen. Er hatte im Pariser Polizeipräsidium am

Quai des Orfèvres, wo Alain Renoit vor vielen Jahren seine Karriere begonnen hat, einen ganz besonderen Gangster persönlich und in Handschellen abgegeben, den sie an der Chesapeake Bay ausgerechnet beim Fischen geschnappt hatten. Einen der meistgesuchten korsischen Bombenleger. Wie der trotz intensiver Fahndung in Frankreich und Überwachung der Flughäfen in die USA einreisen konnte, unter welchem falschen Namen und mit wessen Visum, interessierte Riley nicht, das sollten die französischen Kollegen klären. Das FBI hatte einen Tip bekommen, weil sich der Mann durch Flüche auf französisch und wüste Drohungen gegen einen anderen Angler verraten hatte, nicht ahnend, daß der Bootsverleiher in Ajaccio geboren war und alles verstand.

Nun saß der Amerikaner, noch ein bißchen müde vom Flug, auf dem er wegen seiner Begleitung nicht schlafen durfte, aber dennoch konzentriert, mit seinen drei Freunden auf einer Sandbank an der Rhône, die an diesem dunstigen Herbsttag so träge dahinfloß wie geschmolzenes Blei. Beim Spiel mit den flachen Kieselsteinen hatte natürlich wieder Peter McFerrer gewonnen, fünfmal sprang sein Stein auf, bevor er im Wasser versank. Selbst in diesem Sport, den alle vier aus ihrer Kindheit kannten, war Red nicht zu schlagen. Sie nahmen es lachend hin.

In stillschweigender Übereinkunft pflegten sie über erledigte Fälle nicht mehr zu sprechen, und das Attentat von Hamburg beschäftigte nicht einmal mehr den, der es ausgeführt hatte. So verschieden sie auch waren, alle vier waren klug genug zu wissen, daß jede Analyse eines Mordes zwangsläufig zu quälenden Debatten darüber führen mußte, was sie da eigentlich taten: Selbstjustiz ausüben, die Todesstrafe vollstrecken, Gott spielen. Das seltsame Komplott, das unter Kleopatras Namen lief, war deshalb in den vergangenen sieben Jahren nie mehr in Frage gestellt worden. Ebensowenig hatte etwa Renoit seine wirre Rede in Sachen Kleopatra noch einmal entflechten müssen. Die war vergessen, Kleopatra dagegen geblieben. Wahrscheinlich waren sie der letzten Pharaonin deshalb alle treu verbunden, weil sie als Deckname für ihre Aktionen so absurd war, geradezu dadaistisch, daß sie schon deshalb begannen, sie zu lieben. Besser gesagt: sich an sie zu gewöhnen, denn Renoit hielt nach wie vor sich selbst für den einzigen legitimen Liebhaber von Kleopatra. Richard Burton hätte er als Konkurrenten akzeptiert, aber nur auf der Leinwand neben Liz Taylor.

»Fühlst du dich eigentlich Caesar näher oder mehr Antonius?« hatte ihn sein Freund Lionel einmal gefragt und dabei gar nicht gelacht, sondern ihn ernsthaft angeschaut, als hinge es von Alains Antwort ab, in welcher Rolle er, Lionel, sich besser aufgehoben fühlte.

»Das hängt von der Situation ab. Wenn es nur um die erotische Seite der Kleopatra geht, dann bin ich lieber Caesar, der hatte seinen Spaß mit ihr und ist ihr wenigstens nicht verfallen. Wenn ich die üblichen Machtspiele gewinnen will, dann sollte ich sie als Vorbild nehmen oder anders ausgedrückt: mich eher an den Fehlern von Antonius orientieren. Also alles vermeiden, was ihn so zerstört hat, Abhängigkeit von ihr, der Geliebten. Vertrauen. Glauben an eine einzige Frau. Große Liebe. Treue. Du verstehst schon. Im Umgang mit Kleopatra muß man die klassischen Tugenden vergessen. Aber das hat weniger mit uns zu tun als mit mir.«

»Vor allem mit deiner Haltung Frauen gegenüber«, hatte Lionel analysiert, denn er glaubte Alain am besten von allen zu kennen. »Für dich gibt es doch nur Hure oder Heilige, nichts dazwischen.«

»Du wirst es wahrscheinlich nie begreifen«, lautete damals die Antwort von Renoit, »und das macht auch nichts. Weil nur ich Kleopatra wirklich begreifen kann und deshalb auch das Verhalten ihrer Männer. Kleopatra ist nämlich Heilige und Hure, beides, verstehst du, nicht entweder oder. Beides. Den Antonius hat sie zwar ins Verderben gestürzt, aber ohne sie hätte er nicht erlebt, was eine große Leidenschaft ist, und sterben müssen hätte er irgendwann doch. Also besser so, im Stande seliger, wenn auch schmerzlicher Erkenntnis, als ganz blind. Caesar, viel intriganter und deshalb römischer als Antonius, wiederum konnte sich ihrer Faszination auch nicht entziehen, und auch hier gilt: was ist ihm je in seinem Leben Besseres passiert als mit Kleopatra im Bett zu liegen? Die blöden Germanen zu schlagen? Wichtig ist nur, daß sie zum Mythos geworden ist, diese Kleopatra, und die beiden anderen nur Figuren im Geschichtsbuch geblieben sind.«

Das wiederum hatte Zartmann nicht für eine Antwort auf seine Frage gehalten, aber Alain hatte ihn getröstet: »Immerhin kannst du mir intellektuell folgen, oder wolltest du von mir hören, wer von uns beiden im Kleopatra-Komplott Antonius ist und wer eher Caesar?« Und für was Kleopatra steht, hatte er hinzufügen wollen, seine Gedanken aber lieber verschluckt, als er das Gesicht Lionels sah. Der sah aus, als würde er sich schon lange damit beschäftigen.

Den aktuellen Stand der Ermittlungen in Deutschland kannten die Männer, die an der Rhône saßen, und mehr gab es nicht zu berichten. Den Artikel über den angeblichen Nazihintergrund hatten die anderen zunächst für einen genialen Schachzug von Renoit und Zartmann gehalten, und so recht glaubten sie denen immer noch nicht, daß sie nichts damit zu tun hatten. Ihre Nachfragen aber hatten Lionel Zartmann auf eine Idee gebracht: »Peter, daß man alles mit Hilfe eines Hackers aus einem Computer klauen kann, weiß ich. Aber ist es auch umgekehrt machbar, einen Ordner mit gefälschtem Material auf einer fremden Festplatte anzulegen? Also Daten auf einen anderen Computer zu transferieren, ohne daß die dort merken, woher die kommen?«

McFerrer nickte, das war sein Fachgebiet. »Klar wäre das möglich, kompliziert ist nur die Verschlüsselung des Absenders, der Rest eigentlich ein Kinderspiel. Falls man sich auskennt.« Er ließ keinen Zweifel daran, daß er sich auskannte.

»Also könnte man diese wüste Geschichte mit den angeblichen Werwölfen, die ihre Waffen im Wald vergraben und sich verschworen haben, ausgerechnet Joachim Freypen umzulegen, ein bißchen ausspinnen, mit nachprüfbar richtigen Details versehen, vielleicht noch weiteres Material hinzufügen und der Vaterlandspartei mit freundlichen Grüßen überspielen?«

»Freundliche Grüße würde ich weglassen, aber alles andere wäre machbar, selbstverständlich.«

Alain Renoit begriff als erster: »Genial. Gefällt mir. Du willst eine falsche Spur legen und dann dafür sorgen, daß die auch sicher entdeckt wird. Wirklich gut.« Renoit liebte solche Verschwörungen mit geheimen Kodes und versteckten Hinweisen, das erinnerte ihn an seine Jugend und war immer eine Herausforderung an seine ganz besonderen Fähigkeiten. Mord sah er nicht als Handwerk, sondern als Kunst. Seine Einsätze in den vergangenen Jahren hatte er deshalb so inszeniert, daß die Ausführung seinen eigenen hohen Ansprüchen gerecht wurde. Zum Beispiel in der Stunde Null der völlig unverdächtige Herzanfall des ETA-Mannes in Spanien. Er hatte nie darüber nachgedacht, daß dies auch böse hätte ausgehen können. Falls der Mann seinen tödlichen Anfall zum Beispiel bekommen hätte, während er gerade ein anderes Auto überholte. Und daß dann Unschuldige mit ihm hätten sterben müssen.

Das genialste Täuschungsmanöver der letzten zweitausend Jahre blieb für Renoit immer noch die Idee von Kleopatra, sich in einen Teppich gewickelt an den Wachen vorbei zu Caesar schmuggeln zu lassen. Lange hatte er auf eine Gelegenheit gewartet, diesen Einfall für eine ihrer Aktionen zu benutzen. Im vergangenen Jahr war es soweit gewesen. Sie hatten damals beschlossen, sich im Fall des belgischen Kindermörders Dutroux einzumischen und auf ihre Art für Gerechtigkeit zu sorgen. Weil die Fahndung nach Hintermännern lief und Auftraggeber gesucht wurden, die sich bei Dutroux bedient oder bei ihm neue »Ware« bestellt hatten, kannten sie bei IKPO alle verdächtigen Namen und die entsprechenden Details. Um den eigentlichen Mörder brauchten sie sich nicht zu kümmern, denn der war geständig. Selbst belgische Gerichte würden es angesichts des Volkszorns nicht wagen, ihn jemals wieder auf freien Fuß zu setzen. Er mußte sogar in der Untersuchungshaft rund um die Uhr bewacht werden, damit nicht ganz normale Mörder im Namen des empörten Volkes, zu dem sie sich rechneten, noch vor dem Prozeß die Todesstrafe an ihm vollstreckten. Der ehemalige oberste Richter dagegen, der auf Grund von Dutroux-Aussagen verhaftet worden war, aber eine Kaution von zwanzig Millionen belgischen Francs hinterlegt und daraufhin seine Freiheit zurückbekommen hatte, der schien ihnen ein perfekt passender Todeskandidat. Sie kannten aus den Akten die heimlich aufgenommenen Fotos, die ihn mit verängstigten Kindern zeigten, sein Gesicht war allerdings nicht zu identifizieren, man sah ihn immer nur von hinten. Sie kannten auch den Ruf seines Anwalts, der bekannt dafür war, mit allen Mitteln Freisprüche für seine Klienten zu erkämpfen. Der hatte schon öffentlich erklärt, daß alles, was der eigentliche Kinderschänder, eben Dutroux, über seine angeblichen Kunden behauptete, wüste Phantasien mit gefälschten Fotos und manipulierten Tonbändern seien. Es hatte sie also nicht überrascht, sondern nur in ihrem Urteil bestätigt, als das Verfahren gegen seinen Mandanten nach wenigen Monaten eingestellt wurde. Übrigens erhob keiner die an sich naheliegende Frage, wie ein Staatsbeamter umgerechnet eine Million Mark als Kaution aufbringen konnte und wer ihm die wohl gegeben hatte, damit er schwieg. Renoits Plädoyer, den Mann der irdischen Gerechtigkeit zu entziehen und zur Hölle zu schicken, war deshalb eindrucksvoll gewesen – und kurz.

Der Richter hatte sich in sein verstecktes Landhaus in den Ardennen zurückgezogen, wo er das Leben eines würdigen

Pensionärs führte, bis sich die öffentliche Empörung wieder legen würde und er nach Antwerpen zurückkehren könnte. Sie zapften sein Telefon an. Da es eine alte Anlage war, gehörte Knacken zu den vertrauten Geräuschen. Bei der Überwachung hatten sie mitbekommen, wie seine Haushälterin bei einer Reinigungsfirma anrief und den Auftrag erteilte, ein paar Teppiche abzuholen. In fünf Tagen sollten die gesäubert sein und wieder zurückgebracht werden. Die Frau war ein wenig überrascht, als die schon am Abend des vierten Tages geliefert wurden, und hatte dem Fahrer der Reinigung, in dem selbst gute Freunde nicht sofort Peter McFerrer erkannt hätten, aber schließlich war es bereits dunkel, Vorwürfe gemacht, daß er so unangemeldet gekommen war. Dann hatten sie und ihr Mann ihm geholfen, die schweren verschnürten Teppichrollen in die verschiedenen Räume zu tragen. Eine war besonders schwer. Erst am anderen Morgen bei Tageslicht sollten sie ausgerollt werden, bei künstlichem Licht konnte man nicht sehen, ob wirklich alle Flecken entfernt waren. Der Richter hatte nur kurz aus seinem Arbeitsraum herausgerufen, was das denn für ein Lärm sei, sich aber nicht blicken lassen.

Die Polizei fand den vom Besitzer der Reinigung als gestohlen gemeldeten Lieferwagen zwei Tage später am Bahnhof von Lüttich. Keiner konnte sich erklären, warum die geheimnisvollen Diebe zwar ein paar teure echte Teppiche aus dem Lager geklaut, aber die beim Eigentümer abgeliefert und nicht als Beute behalten hatten. Der eigentliche Besitzer der Teppiche war seit diesem Abend spurlos verschwunden. Man schrieb ihn zur Fahndung aus, erhielt aber nicht den geringsten Hinweis darauf, wo er sich verborgen hielt. Es gab auch keine Bewegungen auf seinem Konto, doch das mußte noch nichts bedeuten. Der Richter hatte nach Aussagen seiner verstörten Dienstboten immer Bargeld im Hause. Vielleicht war er in der betreffenden Nacht von dem falschen Teppichreiniger an den Bahnhof nach Lüttich gefahren worden, um von dort aus zu fliehen, wohin auch immer? Im Frühjahr entdeckten zwei Waldarbeiter in einer Tannenschonung, die zu seinem Land gehörte, einen bereits skelettierten Körper, der an einem Baum hing. Der Richter, den die Polizei anhand seiner Zähne identifizierte, mußte sich bereits vor Monaten dort aufgehängt haben. Man nahm den Selbstmord als Schuldgeständnis im Zusammenhang mit dem Fall Dutroux und verkaufte der Öffentlichkeit seinen Tod als Erfolg polizeilicher Ermittlungen, vor deren Ergebnis er wohl Angst gehabt haben mußte.

Auf die Idee, daß ihn einer an diesem Baum aufgeknüpft hatte, der geheimnisvolle Fahrer zum Beispiel, kam sogar der Kommissar vor Ort. Aber er merkte schnell, daß in Brüssel dieser Verdacht bei Beamten der obersten Ränge auf wenig Resonanz stieß. Weil das öffentliche Interesse an dem Skandal, der ein Skandal der herrschenden Cliquen war, so erfreulich schnell nachgelassen hatte und bei den letzten »Weißen Märschen« statt der erwarteten hunderttausend Demonstranten wie beim ersten Protest nur noch tausend gekommen waren, schloß er auf Anweisung seines Vorgesetzten die Akte. Bei der nächsten Wahl blieb er zu Hause, und das hielt er für eine ihm gemäße Form von Protest.

Alain Renoit hätte den Richter liebend gern lebendig in dessen eigenem Keller eingemauert, nur wegen des Zeitaufwands und der entstehenden Geräusche darauf verzichtet, nicht etwa deshalb, weil ihm irgendwelche moralischen Bedenken gekommen wären. Er brauchte nur an die beiden kleinen Mädchen zu denken, die in einem Verlies des Hauses von Dutroux hinter Mauern verhungert waren, um den leisesten Hauch von Gewissensbissen zu vertreiben. Nachdem er nachts sein Versteck im Teppich verlassen und den bereits Schnarchenden mit vorgehaltener Pistole geweckt hatte – so wenigstens erzählte er es nach der Rückkehr seiner Katze Kleopatra –, habe aber letztlich sein gutes Herz gesiegt. Renoit hatte dem Kinderschänder großzügig gestattet, sich für einen nächtlichen Spaziergang anzukleiden, und ihm anschließend, wiederum mit vorgehaltener Pistole, sogar die Erlaubnis erteilt, sich selbst aufzuhängen. Im letzten Moment hatte der Delinquent gemerkt, daß dies keine Entführung werden sollte, sondern eine Hinrichtung, und um sein Leben gekämpft. Deshalb mußte ihn sein Henker erst bewußtlos schlagen, bevor er ihm die Schlinge um den Hals legte und per Handy den Fahrer des Lieferwagens anrief, der ihm beim Aufziehen des Körpers auf die Blautanne helfen sollte.

Solche kunstvollen Arrangements waren Denis Riley zu kompliziert. Der Amerikaner schätzte mehr die direkte Art. Ein simpler Mord per Kopfschuß, bei dem er nicht die geringste Spur hinterließ, war für ihn die sauberste Lösung von Problemen. Während seiner Ausbildung hatte er gelernt, daß es bei Attacken darauf ankam, überraschend zuzuschlagen und schnell wieder zu verschwinden. So wie vor ein paar Wochen bei der Entführung des islamistischen Attentäters von Langley.

Früher hatten er und seine Kollegen von der Drug Enforcement Administration (DEA) noch blauäugig darauf vertraut, daß man in Kolumbien gegen die Drogenbarone mit gemeinsamen Aktionen vor Ort etwas erreichen könne. Aber erstens unterschätzt, wie stark die Widerstände gegen die häßlichen Amerikaner aus Zeiten waren, als es für CIA und United Fruit Company selbstverständlich war, mit jedem korrupten südamerikanischen System gemeinsame Sache zu machen oder Putsche zu organisieren, falls zufällig mal Demokraten an der Macht waren. Und zweitens nicht bedacht, daß die obersten Militärs von denen geschmiert waren, gegen die sie angeblich mit aller Härte vorgingen. Den berüchtigten Escobar vom Medellin-Kartell haben sie deshalb schon mit einer neuen von Riley entwickelten Taktik erledigt. Die kolumbianischen Polizisten, die den Drogenboß, der unter Hausarrest stand, bei einer von ihm nie geplanten Flucht von hinten erschossen haben, waren mit so viel Geld bestochen, daß sie sich später alle ein neues Haus kaufen konnten.

Peter McFerrer und er hatten im Februar 1996 nach dieser Methode von »seek and destroy«, suchen und zerstören, im Auftrag von Kleopatra auf spektakuläre Art für Gerechtigkeit gesorgt. Beim Menschenschmuggel über das offene Meer zwischen Afrika und Italien waren vierhundert der Passagiere ertrunken oder von Haien zerrissen worden, weil die Besatzung den leck geschlagenen Seelenverkäufer per Speedboat verlassen hatte. Bezahlt war die Fracht schließlich, und wer kümmerte sich schon um die armen Pakistani oder Inder oder Sudanesen, die jämmerlich zugrunde gingen? Ein paar hatten überlebt und der Küstenwache berichtet, daß sie bei der Abfahrt fünftausend Dollar pro Kopf für das Versprechen bezahlen mußten, im reichen Europa abgesetzt zu werden. Die weltweite Empörung dauerte nur zwei Tage, weil es dann wieder andere Katastrophen gab.

Bei IKPO kannte man zwar die Hintermänner, die solche Transporte organisierten, aber wie üblich gab es keine Beweise. Peter McFerrer hatte nach dem einstimmig gefällten Todesurteil aus einer nicht registrierten Quelle in London den tschechischen Sprengstoff Semex besorgt, Denis Riley wie einst in Vietnam einen Zünder konstruiert, der ihnen genügend Zeit ließ. Sie saßen deshalb in Nizza bereits in der Maschine nach Paris, als im Hinterland der Côte d'Azur in der Nähe von St. Tropez die Villa eines reichen Italieners in die Luft flog, der gerade mit einigen Geschäftsfreunden beim Abendessen saß. Er hatte an der tödlichen Überfahrt zwei Millionen Dollar verdient, was er feiern wollte, aber er würde sie nie mehr ausgeben können. Diese Nachricht beherrschte die Schlagzeilen etwa so lange wie das Schiffsunglück, und als Täter wurden Profis aus Marseille vermutet, die ihre Claims gegen die italienische Mafia absteckten. In Rom war der Partner des Toten bleich geworden, als ihm per E-Mail ohne Absender die wahren Zusammenhänge, die in keinem Artikel gestanden hatten, erklärt wurden und in der Fußnote die Adressen der Häuser aufgelistet waren, die ihm unter verschiedenen Namen in mehreren europäischen Ländern gehörten. Seitdem gab es keine Meldungen mehr über Schiffsunglücke mit Flüchtlingen aus der Dritten Welt. Die kamen zumindest lebend an, bevor sie von den Behörden wieder zurückgeschickt wurden in ihre Heimat.

Die vier hatten sich aber nicht in Lyon getroffen, um von alten Zeiten zu reden. Also herrschte gespanntes Schweigen, als Red zum letzten Mal einen Stein über die Rhône hüpfen ließ und sich dann zu ihnen umdrehte: »Die IRA will in der kommenden Woche einen aus ihrer Führungsspitze in die USA schicken, um Geld für neue Waffenkäufe zu sammeln. Von wegen Friedensgespräche. Die haben zwar dem Waffenstillstand zugestimmt, aber nur auf Druck von Sinn Fein und Gerry Adams. In Wirklichkeit wollen sie in der Zeit aufrüsten. Ihr kennt das Spiel: Gekauft wird in Libyen, geliefert wird per Fischkutter in irgendeine verschwiegene irische Bucht. Wir haben einen V-Mann eingeschleust, und von dem stammt der Tip. Das bedeutet: Wir können den Terroristen nicht in England erledigen, weil sonst unser Mann in Gefahr gerät und auffliegt. Wir können ihn auch nicht bei der Einreise unter irgendeinem Vorwand festnehmen, denn auch das wäre verdächtig. Wir müssen ihn also mit seinem falschen Paß unbehelligt in die USA fliegen lassen, bis sich für uns eine Chance ergibt, ihn dort auszuschalten. Das muß so aussehen, daß selbst die IRA an einen tödlichen Zufall glaubt. Der Kerl wird unter dem Namen Sean Howie unterwegs sein. Wir wissen, welche Maschine er nimmt und wo er landet. Ich schlage hiermit vor, daß wir ihm den Rückflug ersparen.« Seine Freunde wußten zwar, daß Red aus Irland stammte, und sie wußten, wie stolz er darauf war. Sie wußten aber auch, wie sehr er IRA-Terroristen haßte, die für ihn nichts anderes als ganz gewöhnliche Verbrecher waren. Nur eben intelligenter als die, fanatischer und damit gefährlicher.

Lionel Zartmann rieb mit dem Daumen über seine Nasenspitze, bevor er sich Red zuwandte: »Kann Denis das überhaupt allein erledigen?« McFerrer schnippte seine erst halb aufgerauchte Zigarette in den Fluß und räusperte sich, bevor er antwortete: »Nein, natürlich nicht. Ihr könnt euch ja ausmalen, wie mißtrauisch Mister Howie sein wird. Der ist mit allen polizeilichen Tricks vertraut und rechnet immer damit, überwacht zu werden. Sichert sich doppelt ab, bei allem, was er tut. Sonst wäre er längst schon auf dem Friedhof. Der wird also nicht direkt in die irische Gemeinde nach Boston oder nach New York fliegen, eine revolutionäre Rede halten, den Hut aufhalten, die Dollars zählen und dann das nächste Flugzeug zurück auf die Insel nehmen. Der wird gewaltige Umwege machen, bevor er an sein eigentliches Ziel kommt. Das wir übrigens nicht kennen. Also müssen wir bei dieser Aktion ziemlich gut sein, damit er keinen Verdacht schöpft. Und natürlich zu zweit.«

Die Jury, die an der Rhône saß, beschloß das Todesurteil gegen Sean Howie durch einfaches Kopfnicken. Er wird ihr zehntes Opfer sein seit 1990, allerdings kämen sie nie auf den Gedanken, ihre Delinquenten als Opfer zu bezeichnen. Da natürlich Riley in den USA dabeisein dürfte, mußten sie nicht fragen, welche Methode es diesmal sein würde. Auf jeden Fall eine schnelle, unkomplizierte. Peter McFerrer hatte bereits einen Flug ab London gebucht, um am kommenden Montag in derselben Maschine sitzen zu können wie der Terrorist. Daß er dann anders aussehen würde als heute, vor allem kein rotgelocktes Haar mehr auf dem Kopf hätte, verstand sich von selbst. Auch der, den er jagen sollte, würde kaum mehr anhand der Fahndungsfotos erkennbar sein. McFerrer war aber überzeugt, Mr. Sean Howie nicht zu verpassen.

Der blonde Amerikaner blickte auf seine Uhr und erhob sich aus dem Sand. »Ich muß mich auf den Weg machen, Freunde. Wer von euch fährt mich zum Flughafen?« Zartmann stand auf und hielt seinen Autoschlüssel hoch. Denis Riley strich Alain zum Abschied fast väterlich über das wirre Haar, boxte Peter in die Seite: »Dich treffe ich spätestens am Montag in Miami. See you.«

Susanne Hornstein hat sich bei ihrem Vorgesetzten gemeldet, der – wie von ihr vermutet – schon wußte, daß sie wieder in Bonn war. Am liebsten hätte Nochtel sie sofort gesehen, aber sie schützte ein paar Termine vor, wollte in Wirklichkeit jedoch erst die Liste mit den Telefongesprächen in der Hand haben, die sie in Hamburg angefordert hatte. Die Liste der von Freypens Geheimnummern aus geführten Gespräche. Sie verabredete sich deshalb mit Nochtel für den frühen Nachmittag und bemühte sich erfolgreich, ihre Stimme dabei so normal wie sonst klingen zu lassen. Immer noch fühlte sie sich schlecht und matt, ihre übliche Reaktion auf solche Zustände, eine Zigarette zu rauchen, hatte alles nur noch schlimmer gemacht. Sie wußte genau, es würde ihr erst bessergehen, wenn das Gespräch mit Bernhard Nochtel überstanden war.

In einem spontanen Entschluß schaltet sie ihr Handy aus, setzt sich in ihren alten roten Mini, den sie nur noch für die kurze Strecke zwischen Meckenheim und Bonn benutzt, und fährt auf den städtischen Friedhof, auf dem ihr Vater begraben liegt. Über eine Stunde lang bleibt sie auf der steinernen Bank sitzen und spricht mit ihm wie früher, als er noch antworten und sie trösten konnte. Danach fühlt sie sich besser. Bevor sie aufsteht, blickt sie sich vorsichtig um, entdeckt nur eine alte Frau, die an der Wasserstelle eine Kanne füllt, um auf einem Grab Blumen zu gießen. Schnell steckt das Mädchen Susanne eine seiner Zigaretten in das Erdreich vor dem Grabstein, auf dem der Name Sebastian Hornstein steht. Falls du keine mehr hast, sagt sie leise und ein bißchen wehmütig, kommt sich dabei aber ganz normal vor.

Bernhard Nochtel ist zeit seines Lebens ein Mann der leisen Töne gewesen. Das, was man früher einen typischen Kanzleichef genannt hätte. Einen, der sich für die richtige Sache – und was richtig war, bestimmte nur der jeweils

Mächtigste – hätte köpfen lassen. Heutzutage sind solche Typen Fraktionsgeschäftsführer oder Verwaltungsdirektoren oder Verlagsleiter. Sie werden nicht mehr geköpft, wenn ihre Chefs geschlachtet werden, sondern schwören gleich den jeweiligen Nachfolgern ewige Treue. Dadurch wirken sie unangreifbar, wenn auch nicht unsterblich. Keiner hat je erlebt, daß Nochtel mal aus dieser Rolle gefallen ist. Er gilt als emotionslos, aber er ist nicht etwa innerlich kalt, er hat sich selbst nur nie gestattet, irgendwelchen Gefühlen nachzugeben. Seine Frau ist deshalb an seiner Seite ausgetrocknet.

Weil er so groß ist und so schlank und in seinem schwarzen Haar nicht einmal eine graue Strähne auftaucht, wirkt er zehn Jahre jünger, als er tatsächlich ist. In wenigen Wochen, genauer: am Heiligen Abend, was ihn während seiner Kindheit viele Geschenke gekostet hat, wird er sechzig. Seit 1991 ist Nochtel Chef der Abteilung Rechtsextremismus des Bundeskriminalamtes. Er war erste Wahl, als der Posten neu besetzt werden mußte. Das hat zwar auch damit zu tun, daß er Mitglied der CSU ist, aber selbst Politiker der Opposition rühmten die Fähigkeiten des Verwaltungsjuristen, mit schwerfälligen Beamtenapparaten umzugehen. Daß er nie im aktiven Polizeidienst war und nie eine Ermittlung selbst geleitet hat, schränkte dieses Lob nicht ein. Im Gegenteil: Eben weil er sich den Blick von außen bewahrt hat, ist ihm in der Vergangenheit vieles aufgefallen, was die eigentlichen Experten übersehen hatten. Das hat ihm Respekt eingebracht, bei Susanne Hornstein war es noch ein bißchen mehr als Respekt. Sie hat nicht vergessen, wie unbeirrbar er sie immer dann unterstützt und gefördert hat, wenn wieder mal die Klischees, daß bestimmte Posten für Frauen nicht geeignet seien, die Köpfe vernebelten. Anfangs war sie ihm eher zurückhaltend begegnet, weil sie fürchtete, daß Nochtel, Witwer ohne Kinder, in ihr mehr sehen könnte als eine Untergebene. Das hatte sich schnell verflüchtigt, denn im Laufe der Jahre gab es nicht eine einzige entsprechende Andeutung von seiner Seite. Auf die Idee wäre er einfach nicht gekommen. Deshalb vertraute sie ihm mehr als jedem anderen Mann seit dem Tod ihres Vaters.

Bis zu ihrer Reise an den Bodensee. Bis zu ihrem Gespräch mit seinem ehemaligen Lehrer. Bis jetzt.

Nochtel hat für sie einen Aschbecher hingestellt und von seiner Sekretärin sogar ein paar Kekse besorgen lassen, die neben der Kaffeekanne stehen. Forschend schaut er sie an, und wie immer kommt sie sich unter seinem Blick vor wie ein gläserner Mensch. Sie fröstelt und hat das vage Gefühl, er könne förmlich riechen, was in der Tasche ihres Blazers steckt. Ein Zettel mit Daten und Telefonnummern. Die Daten stammen alle aus diesem Jahr. Gespräche, die an bestimmten Tagen von Freypens Handy oder von seinem Apparat in Hamburg geführt wurden. Die Telefonnummern sind zwar nicht identisch, aber alle fangen mit der Vorwahl 0228 an. Entweder ist es der Privatanschluß von Nochtel, der selbstverständlich in keinem öffentlichen Telefonbuch steht, oder die Durchwahl seiner nicht mal im internen Hausverzeichnis des BKA ausgedruckten Amtsleitung direkt auf seinem Schreibtisch. Das ellenlange Fax mit allen Freypen-Gesprächen war ihr von Krucht ohne Kommentar durchgegeben worden, sie wußte also nicht, ob auch dem Hamburger Kommissar die Telefonnummern in Bonn aufgefallen waren. Bis zuletzt hatte sie insgeheim gehofft, daß sich ihr Verdacht als haltlos erweisen und es irgendwo einen anderen Bernhard Nochtel geben konnte, der mit Freypen Kontakt hatte. Es gab aber keinen anderen.

»Sie sehen ziemlich abgespannt aus, Susanne«, unterbricht Nochtel ihre Gedanken, »vielleicht sollten Sie doch mal einen Urlaub einplanen, wenn dieser Fall in Hamburg abgeschlossen ist. Wie steht es denn überhaupt? Irgendwelche neuen Spuren?« Eine ganz normale naheliegende Frage, und sie ist schon versucht, sie so normal zu beantworten. Genau in dem Moment erinnert sie sich aber an ihren Zorn, als sie heute morgen beim Innenminister von dem toten Mädchen berichtete, und jetzt ist der Zorn wieder da, und sie richtet sich auf und ist ganz kalt, ganz kühl, ganz professionell. Wie sie es sich von ihm abgeschaut hat.

»Ja, es gibt eine neue Spur. Eine ziemlich gute sogar. Ich muß noch ein paar Einzelheiten klären, aber einiges weiß ich schon.« Sie nimmt einen Schluck von dem wie immer fürchterlichen Kaffee, läßt dabei ihre Augen auf Nochtel gerichtet. »Ich war gestern auf einer Dienstreise am Bodensee, weil Freypen dort zur Schule gegangen ist, in Salem, im dortigen Internat, und später habe ich Martin Gundlach besucht. Er hätte mich sicher beauftragt, Sie zu grüßen, falls ich ihm erzählt hätte, daß ich Sie kenne. Meinen Sie nicht?«

Nochtel verzieht keine Miene, stopft umständlich seine Pfeife und lehnt sich in seinem Sessel zurück. Dann sagt er wie zu sich selbst, aber wie immer ohne Emotion: »Sie wissen es also.« Er steckt sich die Pfeife an und stößt eine dicke Qualmwolke aus, hinter der er sich verstecken kann: »Eigentlich habe ich von Ihnen nichts anderes erwartet«, sagt er nach ein paar Minuten leise. »Sie sind nun mal die Beste hier im Amt. Ja, eigentlich wäre ich sogar enttäuscht gewesen, wenn Sie es nicht herausbekommen hätten.«

Susanne Hornstein bleibt zornig und läßt sich nicht auf sein intellektuelles Spielchen ein: »Warum haben Sie mir nicht gesagt, daß Sie Freypen kannten, und vor allem wie gut?«

»Weil diese Geschichte aus unserer Jugend bestimmt nichts mit dem Mord zu tun hat. Das wäre eine Antwort. Und die andere: Weil ich froh war, daß er endlich tot ist. Das ist die andere Antwort.«

»Wann haben Sie ihn zuletzt gesehen?« fragt sie grob. »Und was haben Sie mit ihm besprochen, wenn er Sie angerufen hat?« Sie zieht den Zettel mit den Telefonnummern aus der Tasche und schiebt ihn rüber zu ihm. »Über alte Zeiten geredet?«

»Das wird ja ein richtiges Verhör, Susanne. Stehe ich etwa unter Verdacht? Wollen Sie vielleicht wissen, wo ich am Freitagabend war?« Als sie nicht darauf antwortet, legt er mit einem schmalen Lächeln seine Pfeife zur Seite. Nimmt den Zettel und tut so, als würde darauf eine Antwort auf seine Frage stehen. »Gesehen habe ich ihn wohl zuletzt vor zehn, zwölf Jahren. Eher zufällig auf einem Flughafen, wir saßen beide in der Lounge, weil ein Flug ausgefallen war. Wir hatten uns seit damals, seit Salem, zwar nicht aus dem Sinn, aber ganz bestimmt aus den Augen verloren, und keiner von uns hat das bedauert. Eberhart sicher auch nicht. Nach diesem Zufallstreffen habe ich viele Jahre wieder nichts gehört von Joachim, bis er Vorsitzender dieser Partei geworden ist, dieser Vaterlandspartei. Danach hat er begonnen, mich regelmäßig anzurufen.«

»Und zu erpressen?«

»Und zu erpressen«, bestätigt er ruhig, als sei dies ein völlig normaler Vorgang. Redet aber nicht weiter, sondern beugt sich vor, legt kurz seine Hand auf ihren Arm, was sie unwillkürlich zurückzucken läßt, und sagt dann fast beschwörend, als ginge es hier um eine Prüfung, die sie bestehen soll, und nicht um ihn: »Erzählen Sie mir den Rest, Susanne, ich habe schon immer Ihren Verstand bewundert und Ihre Fähigkeit, aus winzigen Teilen ein Puzzle zu bauen. Tun Sie mir den Gefallen?« Er scheint es ernst zu meinen, denkt sie. Ist er plötzlich durchgedreht? Sie merkt nicht, daß er ihr das, was sie tun muß, leichter machen will. Daß dies seine Art ist, ihr seine Zuneigung zu zeigen.

»Das Mädchen damals ist ermordet worden. Von Schwarzkoff? Nehmen wir mal an, von Schwarzkoff. Sie und Freypen haben ihn gedeckt. Warum, das weiß ich noch nicht, aber wahrscheinlich sind Männer so. Man hält zusammen, wenn es gegen Frauen geht. Und die war ja nur eine Dorfschönheit und außerdem bereits tot. Hatte sie gedroht, alles ihren Eltern zu erzählen? Oder Schwarzkoffs Vater anzurufen?« Nochtel sagt nichts und hört ihr weiter regungslos zu. »Sie wurde buchstäblich ertränkt wie ein junger Hund, und damit war das Problem für die drei jungen

Herren erledigt. Das Mädchen entsorgt. Danach einfach vergessen wie ein schlechter Traum. Schwarzkoff wurde Verleger, Freypen erbte die Maschinenfabrik, und der dritte, Bernhard Nochtel, hatte zwar nichts zu erben, trat aber in die CSU ein, war schließlich ein guter Christ, studierte Jura und machte eine steile Karriere als Beamter. Bis ihn die Vergangenheit einholte, weil Freypen drohte, ihn hochgehen zu lassen als Mitverschwörer, wenn er ihm nicht ab und zu unter alten Freunden einen Gefallen erweisen würde. Zum Beispiel Bescheid sagen, wann eine Razzia gegen Skinheads geplant war? So etwas vielleicht? Mal ein vertrauliches Protokoll rüberschieben? Gefällt Ihnen die Theorie, oder habe ich irgend etwas vergessen?«

Nochtel nickt nur ganz zum Schluß, bleibt aber ansonsten stumm. Er scheint sich ohne Widerstand zu ergeben, was Susanne Hornstein noch wütender macht. Glaubt er etwa, sie würde ihn schützen, weil er sie immer geschützt hatte? Glaubt er etwa, seine Parteifreunde würden dafür sorgen, daß nichts von dieser Geschichte herauskommen würde? Glaubt er vielleicht sogar, er könne einfach so weitermachen, jetzt nach Freypens Tod, als ob nichts gewesen wäre?

»Sie haben mir noch nicht gesagt, wo Sie am Freitagabend zwischen zwanzig Uhr und zweiundzwanzig Uhr gewesen sind«, verlangt sie barsch und steckt sich schon die dritte Zigarette innerhalb von zehn Minuten an.

»Unterstellen Sie mir etwa tatsächlich, ich hätte Freypen persönlich umgebracht, um mich zu schützen vor seinen Forderungen? Jetzt enttäuschen Sie mich ein bißchen, Susanne. Für so naiv habe ich Sie nicht gehalten. Also, Frau Kriminaldirektor Hornstein, für Ihr Protokoll: Am Freitagabend habe ich einen Vortrag gehalten bei der Hanns-Seidel-Stiftung in München, falls Sie es genau wissen wollen. Thema Innere Sicherheit und die neue Gefahr von rechts. Davon verstehe ich nach Meinung mancher Leute etwas. Mein Referat begann um neunzehn Uhr und die Veranstaltung ging bis kurz vor dreiundzwanzig Uhr. Können Sie alles nachprüfen, es gibt genügend Zeugen.« Sie bleibt von dieser Aussage unbeeindruckt, denn sie hat selbstverständlich nie angenommen, daß er persönlich geschossen hat. Sie wollte nur seine Reaktion testen, seinen Panzer durchbrechen, seine Attitüde der Gelassenheit. So wie sie es von ihm gelernt hat, wechselt sie deshalb die Taktik.

»Sie sind doch ein guter Christ, Herr Nochtel. Wie konnten Sie das, was damals geschehen ist, mit Ihrem Glauben vereinbaren? Oder hat der liebe Gott persönlich Ihnen die Absolution für die Sünden der Vergangenheit erteilt?«

Diesmal schaut er sie eher traurig an: »Eigentlich unter Ihrem Niveau, Susanne, meinen Sie nicht?« Sie ertappt sich dabei, daß sie rot wird, und ihr Zorn richtet sich gegen sie selbst. In der Tat, nicht ihr Niveau. Was geht sie sein Verhältnis zu Gott an, falls er ein besonderes Verhältnis zu dem hat und nicht nur zu ihm betet, und was hat das mit dem Mord an Freypen zu tun? Drückt unter dem Tisch die Fingernägel in ihre Handballen, bis es weh tut und sie spürt, daß sie ihre normale Gesichtsfarbe wiedergewinnt. Dann setzt sie das Verhör fort, als sei nichts gewesen.

»Der Reihe nach. Wann begannen die Anrufe von Freypen?«

»Als ich Chef der Abteilung Rechtsextremismus geworden bin, also vor etwa sechs Jahren. Am Anfang wollte er nur wissen, ob seine Partei eventuell im Bericht des Verfassungsschutzes auftauchen würde. Ob wir überhaupt darüber nachdachten, ihn und seine Leute zu überwachen. Solche Sachen eben. Freundschaftsdienste nannte er das.«

»Und Sie haben ihm diese, wie Sie es nennen, Freundschaftsdienste erwiesen?«

»Ja. Er hat nie einen Zweifel daran gelassen, daß mein Reden der Preis für sein Schweigen sein würde.«

»Und als Sie erst einmal angefangen haben, ihm vertrauliche Informationen zu geben, konnten Sie bei seiner nächsten Forderung nicht mehr nein sagen.«

»So etwa. Ein geradezu klassischer Fall. Wie aus dem Lehrbuch. Mit dem einzigen Unterschied, daß ich mich nicht an die Regeln gehalten habe. Sondern genau alle Fehler gemacht habe, die man nicht machen soll.« Man nennt das seinen Diensteid brechen, denkt sie verächtlich, nicht etwa nur einen Verstoß gegen ein paar Regeln unter Gentlemen. »Ich verstehe nicht, womit er Sie überhaupt erpressen konnte. Er war doch damals genauso dabei wie Sie und wie Schwarzkoff, er war doch genauso verwundbar durch die Vergangenheit.«

Nochtel schüttelt den Kopf: »Nicht ganz. Er hätte sich immer rausreden können, denn er war unter Deck, als es passierte.«

»Was passierte eigentlich genau?«

Er sackt in sich zusammen, als sei die Erinnerung plötzlich selbst für ihn zuviel geworden. Susanne Hornstein betrachtet kalt den Mann, der ihr so viel bedeutet hat. Sie hat kein Mitleid, sie will ihm nicht helfen. Los, red schon, denkt sie, red schon.

»Das Mädchen ...«

»Das Mädchen, das Mädchen, hatte sie wenigstens einen Namen, oder haben Sie den auch vergessen?« Wieder steigt der Zorn in ihr hoch, und wieder hilft ihr das.

»Susanne, ja, Susanne. Die hieß so wie Sie. Und deshalb ...« Er redet nicht weiter, aber sie weiß, was er hat sagen wollen. Weil er in ihr, Susanne Hornstein, ein Stück jener Susanne zu entdecken glaubte, war er mehr gewesen als nur ein Vorgesetzter. Hatte sich um sie gekümmert, hatte ihr geholfen. Um einen Teil seiner Schuld bei der anderen Susanne abzutragen. Es rührt sie nicht. Sie friert nur.

»Es war ein Samstagnachmittag, ziemlich heiß für September. Eberhart hatte fürs Wochenende ein Segelboot gemietet, und mit dem fuhren wir auf den See raus. Wir drei und das Mädchen, Entschuldigung, und Susanne. Sie wollte uns zeigen, wie gut sie tauchen kann. Susanne ließ sich vom Boot aus ins Wasser. Ich stand am Ruder. Eberhart an der Reling. Er schaute ihr nach. Dann sprang er hinterher ...«

»Und weiter?«

»Er tauchte allein wieder auf und schrie: Sie ist weg, sie ist weg. Dann tauchte er wieder unter. Und kam auf der anderen Seite des Bootes zusammen mit ihr wieder an die Wasseroberfläche. Sie war bewußtlos. Wir hievten sie an Bord. Machten Wiederbelebungsversuche. Joachim versuchte Mund-zu-Mund-Beatmung. Der hatte als einziger von uns beim Erste-Hilfe-Kurs in der Schule nicht geschwänzt. Aber es war zu spät. Sie war bereits tot.«

»Also hat Schwarzkoff sie ermordet?«

»Ich weiß es nicht, ich weiß es bis heute nicht. Kann sein, daß er sie wirklich retten wollte, als er ihr nachsprang. Aber wer hätte ihm das geglaubt? Er wußte, daß sie schwanger war. Sie hatte es ihm ein paar Tage zuvor gesagt. Er war der einzige, mit dem sie geschlafen hatte, es gab keinen anderen Mann in ihrem Leben. Das wäre rausgekommen. Das hätte für ihn das Ende seiner Träume bedeutet. Vergessen Sie nicht, wir waren doch erst neunzehn oder zwanzig.«

»Das Mädchen war siebzehn. Die hatte sicher auch ein paar Träume. Nicht so bedeutende wie Sie und Ihre Kumpane, zugegeben. Aber Träume hatte sie auch.«

Er hört deutlich ihre Verachtung, und er kann sie nachvollziehen, denn er hat seit damals nie aufgehört, sich selbst zu verachten. Nur schon lange gelernt, damit zu leben. »Wir kannten sie aus dem Laden ihres Vaters und natürlich als Eberharts Freundin. Sie war vernarrt in ihn. Er sah gut aus, und er hatte Geld und war so ganz anders als die Buben aus ihrem Dorf, mit denen sie es sonst in der Schule zu tun hatte.«

»War sie schön?« fragt Susanne Hornstein leise, obwohl das keine Rolle spielt für ihre Untersuchungen, aber sie will es wissen, sie will sich das Mädchen Susanne nicht nur als Leiche vorstellen müssen. Nochtel nickt und zum erstenmal lächelt er: »Sie war sehr schön. Dunkelblonde Haare. Immer braungebrannt. Immer fröhlich. Und ihre Augen, ihre Augen ... Ich hätte alles für sie getan, alles. Aber natürlich hatte ich keine Chance gegen Eberhart.«

Er hat sie geliebt, denkt sie verblüfft, er hat diese Susanne geliebt. Das Wort Liebe im Zusammenhang mit Nochtel scheint ihr so absurd, daß sie fast vergißt, warum sie hier eigentlich sitzt: »Weiter, wie ging es weiter?«

»Wir hatten also die Tote an Bord, waren wie betäubt, ja, mehr noch, wir hatten panische Angst. Eberhart schrie immer wieder, daß er sie nur habe retten wollen. Sie sah aus, als würde sie nur schlafen. Er beschwor uns, ihm zu helfen, ihn mit einer Aussage zu decken. Daß wir alle an Bord geblieben seien, während sie schwamm. Daß sie auf einmal weggesackt sei und wir an einen Scherz von ihr geglaubt und erst dann gemerkt hätten, daß es keiner war. Erst dann sei er ins Wasser gesprungen, aber habe sie nur noch tot bergen können. Joachim blieb die ganze Zeit ruhig. Hat schließlich eine Plane über sie gelegt. Ist dann ans Steuer gegangen. Hat uns die Anweisungen für die Bedienung der Segel gegeben. Ja, so war das, so war das. Wir haben das ausgesagt, was abgesprochen war. Alle drei ... den Rest kennen Sie.«

Seine Sätze sind zum Schluß immer kürzer geworden. Er stößt sie förmlich heraus, als würden sie ihm sonst die Brust sprengen. Dann schweigt er, erschöpft von der Erinnerung. Sein Telefon klingelt, aber Nochtel rührt sich nicht von der Stelle, bis es endlich erstirbt. Dann richtet er sich auf und klopft seine Pfeife aus, die erkaltet ist. Seine Miene ist wieder gefaßt, undurchdringlich wie sonst. Er hat sich in seine übliche Haltung gerettet, die ihm schon so oft aus anderen Situationen herausgeholfen hat, aber Bernhard Nochtel ist klug, und er weiß, daß es diesmal nicht funktionieren wird wie sonst. »Das ist alles, Susanne«, ergänzt er gelassen.

»Das ist noch nicht alles, noch lange nicht. Wir sind erst am Anfang. Glauben Sie, daß Schwarzkoff das Mädchen Susanne retten wollte, oder glauben Sie, daß er sie ermordet hat?«

Nochtel hebt die Schultern und läßt sie dann wieder fallen: »Ich weiß es bis heute nicht, wirklich nicht. Ich habe mich das oft gefragt, aber keine Antwort gefunden. Und wir haben untereinander nie wieder darüber gesprochen, bis ...«

»Bis?«

»Bis knapp dreißig Jahre später die Anrufe von Freypen anfingen. Vor ein paar Monaten habe ich dann mit Eberhart telefoniert, den ich seit damals auch nicht mehr gesehen hatte, nur ab und zu im Fernsehen bei einer Diskussion. Ich habe ihm von Freypen erzählt und ihn gefragt, ob er auch erpreßt wird. Er hat nur gelacht. Tat so, als wüßte er gar nicht, wovon ich sprach. Wer sollte mich erpressen? Ich habe nichts getan, womit man mich erpressen könnte. Susanne? Ach, die Susanne. Das war doch ein Unfall, hat er gesagt, erinnerst du dich wirklich noch an diese alte Geschichte? Ich hätte ihn dafür umbringen können, Entschuldigung, war nur so ein Gedanke. Ich habe es nicht getan, er lebt ja. Leider. Schwarzkoff hatte Freypen regelmäßig getroffen, die beiden haben auch zusammen studiert, das werden Sie sicher längst wissen. Eberhart versprach mir aber, sich um die Sache zu kümmern. Mit Freypen zu reden, daß er mich in Ruhe lassen sollte. Diese alten Geschichten nicht mehr erwähnen. Hätte er so reagiert, wenn er tatsächlich Susanne ermordet hätte? Ich weiß es nicht.«

»Können Sie sich denn vorstellen, daß er Freypen ermordet hat? Daß er wie Sie von seinem Freund Joachim erpreßt worden ist und sich in der vergangenen Woche endgültig von ihm befreit hat?«

Diese letzte Frage klingt schon fast wieder wie eine der üblichen Unterhaltungen zwischen den beiden, eine Art Fachgespräch auf der Suche nach einem Motiv und auf der Suche nach einem Mörder in irgendeinem der Fälle, die ihren Alltag bestimmt haben. Ihren gemeinsamen Alltag. Viele solcher Gespräche haben sie in der Vergangenheit miteinander geführt, und immer hatte Susanne Hornstein am Schluß etwas dazugelernt. Ich bin ihm immer ähnlicher geworden, stellt sie dabei erschrocken fest, aber sie verdrängt diese Erkenntnis. Ihr Chef scheint ihre letzte Frage nicht gehört zu haben, und sie fragt noch einmal: »Trauen Sie Schwarzkoff einen Mord zu?« Merkt beim Reden, wie falsch das klingt vor dem Hintergrund der Geschichte, die Nochtel gerade erzählt hat. »Anders gefragt: Glauben Sie, daß er Freypen getötet hat? Daß er dazu in der Lage gewesen wäre?«

Als er endlich antwortet, geht er nicht darauf ein.

»Was wollen Sie jetzt mit mir machen?«

»Ich will gar nichts mit Ihnen machen, Herr Nochtel. Die Frage lautet: Was machen Sie jetzt? Aber auch das interessiert mich eigentlich nicht, denn ich werde meinen Bericht schreiben, und was danach mit Ihnen geschieht, müssen andere entscheiden.«

Sie steht auf und klemmt ihre Tasche unter den Arm. Dann geht sie zur Tür. Dreht sich noch einmal um und sagt leise: »Nicht Sie tun mir leid. Susanne tut mir leid.« Sie hätte auch sagen können, ich tue mir leid. Nochtel sitzt regungslos in seinem Sessel. Er schaut nicht mal auf zu ihr, als sie den Raum verläßt. Er scheint weit weg zu sein, ganz weit weg in seiner eigenen Vergangenheit. Was schert ihn die der anderen noch? Oder gar die eigene Gegenwart.

In ihrem Büro, das auf demselben Flur liegt wie das von Nochtel, wählt Susanne Hornstein die Nummer des Innenministers und wird sofort durchgestellt, als sie ihren Namen sagt.

»Und?«

»Wie ich vermutet habe: Freypen hat ihn erpreßt. Nochtel hat zwar mit dem Mord nichts zu tun, hat ein sicheres Alibi. Aber er hat ihm zweifellos dienstliche Informationen gegeben, die streng vertraulich waren. Er hat es zugegeben. Mich wundert es nicht mehr, daß wir bei unseren Razzien gegen die Rechten nie eine Verbindung zur Vaterlandspartei herstellen konnten. Die wußten immer einen Tag vorher, was wir vorhatten. Wollen Sie einen Bericht? Gut. Ich kann hier nichts mehr tun, ich muß zurück nach Hamburg. Vielleicht ist Schwarzkoff unser Mann.«

»Danke, Frau Doktor Hornstein«, sagt der Minister ruhig und legt auf. Dann drückt er eine andere Taste, die ihn mit seinem Vorzimmer verbindet: »Keine Gespräche mehr, bitte.« Er würde niemals vergessen, bitte zu sagen. Er wählt Nochtels direkte Nummer selbst.

Floriane Ment hat sich für das Gespräch mit ihrem Verleger sorgfältig vorbereitet. Die blaue Bluse ist über den Hals bis fast zum Kinn geschlossen. Eberhart Schwarzkoff fragt sich unwillkürlich, ob sie ein paar Flecken verbergen will, aber so genau will er es nicht wissen, denn falls das so wäre, dann würden die wohl noch von ihm stammen. Sie sind allein in seinem Zimmer, es regnet draußen aus schwarzem Himmel, der Wetterbericht hatte wieder mal gelogen. Die Schreibtischlampe beleuchtet ein Blatt Papier, das vor ihm liegt. Schwarzkoff räuspert sich.

»Also, es tut mir ...«

Floriane Ment blickt ihn verächtlich an, legt ihr Handy auf die Lehne des Stuhles, kramt in ihrer Handtasche, sagt aber nichts, bevor ihre Zigarette brennt. Seinen Versuch, ihr Feuer zu geben, lehnt sie fast wütend ab. Sie will ihn auf Distanz halten: »Sie kennen das Exposé, Herr Schwarzkoff. Haben Sie Fragen dazu?«

Er atmet tief durch und schaltet sofort um auf verlegerische Geschäftigkeit. Es ist offensichtlich, daß sie nicht das Bedürfnis hat, über die Szene in der Tiefgarage auch nur noch ein Wort zu verlieren oder sich gar Entschuldigungen von ihm anzuhören. Um so besser, denkt er, aber weiß gleichzeitig, daß sie es ganz bestimmt nicht vergessen hat. Daß er so oder so dafür bezahlen muß. Sie aber auch, sagt er sich befriedigt und denkt an das Fax, das er Mulder geschickt hat.

»Ihre Geschichte klingt zwar, sagen wir mal, unglaublich, aber das ist ja nichts Schlechtes für einen Thriller. Ich bin sicher, daß wir damit Erfolg haben werden.« Er sagt wir, und auch er meint etwas anderes mit seinen Worten als sie. Wir heißt soviel wie, daß sie selbst jetzt nicht vergessen soll, wer ihr gegenüber sitzt. Der mächtige Verleger, der über Erfolg oder Mißerfolg entscheiden kann: »Ich habe mir gedacht, daß wir den Vorschuß auf fünfzigtausend festlegen, natürlich nicht zu verrechnen mit eventuellen Vorabdrucken, wobei ich für die Zeitung Erstrecht haben möchte. Das wird dann sozusagen umsonst sein. Fünfzigtausend und als Zeichen meiner Wertschätzung sollen Sie in der Zeit, in der Sie für die Zeitung ausfallen und Ihr Buch schreiben, die Hälfte Ihres Gehalts weiter beziehen. Okay?«

»Fast, Herr Schwarzkoff. Fast. Hunderttausend Vorschuß ist okay, das volle Gehalt, bis ich fertig bin. Serienrechte zu den üblichen Marktpreisen«, antwortet seine Reporterin und kramt wieder in ihrer Tasche, als habe sie da etwas Wichtiges vergessen. »Ach, da ist ja der Vertrag. Ich habe ihn von meinem Anwalt schon mal fertigmachen lassen, Sie müssen nur noch unterschreiben.« Sie legt das Schriftstück auf die äußerste Kante seines Schreibtischs und bewegt sich dabei keinen Zentimeter aus ihrem Stuhl in seine Richtung. »Lesen Sie es in Ruhe durch.«

Schwarzkoff läuft rot an: »Sind Sie verrückt geworden? Hunderttausend für einen Erstling? Und noch volles Gehalt? Ich denke nicht daran, einen solchen Vertrag überhaupt nur anzuschauen.«

»Wie Sie wollen. Ich habe mit meinem Anwalt, dem ich übrigens voll vertraue, schon mal eine andere Geschichte für mein erstes Buch durchgespielt. Einen ganz anderen Stoff, der mir plötzlich eingefallen ist. Ich glaube, Freitag nacht war das, ich konnte nicht schlafen, war doch alles ziemlich aufregend in dieser Nacht, das vergißt man nicht so schnell. Ja, wie gesagt, einen ganz anderen Stoff. Vielleicht interessiert der Sie mehr? Ich erzähle Ihnen mal schnell die Grundidee. Also, ein verheirateter Mann ...«

Schwarzkoff zerrt wortlos einen teuren Kugelschreiber

aus seiner Brusttasche, schraubt die Kappe ab und unterschreibt den Vertrag, den sie auf den Schreibtisch gelegt hat. Floriane Ment steht auf, nimmt die Vereinbarung und verstaut sie wieder in ihrer Handtasche: »Vielen Dank. Ich wußte, daß wir uns verstehen. Ich werde mich ab und zu bei Ihnen melden, wie es so vorangeht. Urlaub nehme ich ab sofort, und am Freitag muß ich nach Frankreich fliegen für Recherchen. Würden Sie noch so freundlich sein, der Verlagsleitung eine Hausmitteilung zu schreiben wegen der anfallenden Spesen? Daß die übernommen werden? Nochmals danke.« Während sie zur Tür geht, zerbricht Schwarzkoff die Kappe des Stifts, mit dem er gerade unterschrieben hat. Sie hat sich noch einmal umgedreht, weil ihr eingefallen ist, daß sie ihr Handy hat liegenlassen. Als sie es einsteckt, schaut sie Schwarzkoff direkt ins Gesicht und zwingt sich dazu, ihre Augen nicht abzuwenden: »Bevor ich es vergesse, aber ich bin sicher, daß ich Ihnen das eigentlich nicht extra sagen muß, wir sollten natürlich Schweigen bewahren über diese Geschichte. Sonst käme noch jemand auf die Idee, uns das Thema abzuschießen.« Wieder versteht Schwarzkoff, was sie eigentlich sagen will.

Mit dem knackenden Geräusch des zerbrechenden Kugelschreibers endete die Wiedergabe des Gespräch, das Susanne Hornstein abhörte. Das Geräusch war ebenfalls in der Tonbandabschrift erwähnt und mit einem roten Farbklecks herausgehoben, aber auch sie konnte sich nicht erklären, was es bedeutete. Sie malte ein Fragezeichen an den Rand und nahm alles mit in die Konferenz, die sie nach ihrer Rückkehr am Abend einberufen hatte. »Also, Stand der Ermittlungen«, begann Susanne Hornstein und berichtete von ihrer Reise an den Bodensee und vom Ergebnis ihrer Unterhaltung mit Gundlach. Den Namen Bernhard Nochtel erwähnte sie dabei nicht, genausowenig wie ihre verschiedenen Gespräche in Bonn »Das heißt«, fragte einer ihrer Leute, als sie fertig war, »das heißt, wir hätten ein mögliches Motiv? Ich meine natürlich, Schwarzkoff hätte eins.« Georg

Krucht, den sie ausdrücklich gebeten hatte, in dieser Runde von BKA-Beamten dabei zu sein, schien wieder einmal Gedanken lesen zu können und erahnt zu haben, was sie sagen wollte. Er faßte die bisherigen Fakten über Schwarzkoff zusammen. Sie wirkte nachdenklich bei seiner Aufzählung, dachte dabei aber schon über etwas ganz anderes nach. Warum sie eigentlich vorhin beim Lesen des abgehörten Gesprächs zwischen Floriane Ment und Eberhart Schwarzkoff den Eindruck gehabt hatte, das Protokoll einer subtilen Erpressung zu studieren?

»Also«, hob Georg Krucht seine Stimme und holte sie damit wieder zurück in die Runde, »ich fasse noch einmal zusammen. Schwarzkoff käme nur dann als Mörder in Frage, wenn ihm Floriane Ment ein falsches Alibi besorgt hätte. Das aber können wir vergessen. Wir kennen die Todeszeit, und wir haben überprüft, daß beide gemeinsam die Party verlassen haben. Dafür gibt es genügend Zeugen. Fast genau in dem Moment muß Freypen erschossen worden sein. Ein Kollege hat mit Julia Schwarzkoff gesprochen, und die hat bestätigt, daß Freypen genau um einundzwanzig Uhr bei ihr angerufen hat. Stimmt also auch. Recherchen im Madison,« und er wandte sich dabei erneut Susanne Hornstein zu, von der diese Idee ja gekommen war, »ohne Ergebnis. Weder Schwarzkoff noch Floriane Ment waren an dem Abend im Hotel oder haben sich dort gar ein Zimmer genommen. Diskrete Befragungen in der *Abendpost* auch Zero. Floriane Ment hat nicht den besten Ruf, aber das kann auch üble Nachrede, also Neid sein, weil sie so erfolgreich ist. Nur schlüpfrige Vermutungen, aber nichts, womit wir etwas anfangen können. Was bedeutet ...«

»Was bedeutet«, sagte Susanne Hornstein wie zu sich selbst, denn sie war inzwischen überzeugt davon, daß Schwarzkoff sie angelogen hatte, »was bedeutet, daß wir nach einem dritten Mann suchen müssen. Dem Mörder. Dem Mann, der von Schwarzkoff beauftragt worden ist, Freypen für ihn zu erledigen.«

»Warum sollte der für ihn vierzig Jahre nach dem längst verjährten tödlichen Unfall auf dem Bodensee plötzlich gefährlich geworden sein?« fragte Krucht zurück.

»Vielleicht, weil wir in einem Jahr Bundestagswahlen haben. Vielleicht, weil die Vaterlandspartei unbedingt über fünf Prozent kommen möchte bis dahin. Vielleicht, weil sie in der Öffentlichkeit keine Unterstützung hatte. Vielleicht, weil Schwarzkoff nicht nur eine große Zeitung hat, sondern auch einen erfolgreichen Sender besitzt. Eine geradezu ideale Mischung für Freypen und eine geradezu einmalige Chance«, antwortete der jüngste von den Kommissaren aus der Abteilung Rechtsextremismus des BKA. Sie nannten Klemens Krüger, der erst vor einem halben Jahr von Boston Consult zu ihnen gekommen war, untereinander nur »Egghead«, weil er die seltene Eigenschaft hatte, scheinbar singuläre Ereignisse zu einem logischen Geflecht verknüpfen zu können.

Susanne Hornstein nickte ihm anerkennend zu. Der Junge hat mein Niveau, dachte sie, und sie meinte das gar nicht arrogant, sie stellte nur eine simple Tatsache fest. »Sehr gut, Klemens, sehr gut. Denken wir das mal zu Ende, nur so als Theorie. Angenommen, Freypen hat Schwarzkoff erpreßt mit Hinweis auf den Tod von Susanne im September 1957. Vielleicht hat er sogar etwas gewußt, was hätte belegen können, daß Schwarzkoff der Mörder gewesen ist und nicht nur der Vater des ungeborenen Kindes. Vielleicht hat er gedroht, diese Geschichte publik zu machen. Wäre für Schwarzkoff zwar juristisch nicht mehr relevant gewesen, richtig, Verjährung, aber er wäre gesellschaftlich erledigt gewesen. Die Konkurrenz in seiner Branche ist so gnadenlos, daß sie ihn öffentlich geschlachtet hätte. Das wußte auch Freypen. Er hat von Schwarzkoff als Gegenleistung für sein Schweigen verlangt, daß er sich politisch auf seine Seite schlägt und daß er ihn mit seinen Medien unterstützt. Was Schwarzkoff allerdings ebenfalls gesellschaftlich erledigt hätte, vor allem hier in Hamburg, denn die Freypens in allen ihren Erscheinungsformen sind nicht gesellschaftsfähig. Ergo ...«

»Ergo«, nahm Klemens Krüger den Faden wieder auf, »ergo gab es keinen Ausweg für ihn, ergo mußte er handeln. Mußte etwas unternehmen. Freypen beseitigen, zum Beispiel.«

»Und woher, bitte, kennt ein seriöser Hamburger Kaufmann einen, der ihm diskret einen Mörder besorgt?« mischte sich Krucht zweifelnd ein.

Bei dieser Frage kam Susanne Hornstein eine Idee. Auf einmal ergab manches einen Sinn, was sie bisher nicht hatte einordnen können. Floriane Ments Zögern, als sie ihr die Frage stellte, ob ihr Freitag nacht irgend etwas aufgefallen sei. Die merkwürdige Anspannung, als während des Verhörs plötzlich ihr Telefon klingelte und Schwarzkoff in der Leitung war. Und sie erinnerte sich auch an ihren eigenen Fehler. Daß sie nie eine Antwort auf die Frage bekommen hatte, ob der Verleger eigentlich direkt nach Hause gefahren war, als er Floriane abgesetzt hatte.

»Den Kontakt hat ihm zum Beispiel Floriane Ment besorgt. Als Spezialistin für organisierte Kriminalität dürfte sie sich in den entsprechenden Kreisen ja bestens auskennen und sicher den einen oder anderen Gangster persönlich schon getroffen haben.« Dann erzählte sie von dem Protokoll des heute morgen abgehörten Gesprächs zwischen Reporterin und Verleger und von den seltsamen Verhandlungen: »Die haben in Wirklichkeit nicht verhandelt, die hat ihn erpreßt. Die Andeutungen klingen jede für sich genommen ganz banal, aber wenn man mal einen anderen Hintergrund für dieses Gespräch annimmt, eben Erpressung der feineren Art, haben sie eine ganz andere Bedeutung. Die Geschichte muß unter uns bleiben. Mein Anwalt weiß alles. Und so weiter. Deshalb hat Schwarzkoff einen Vertrag zu den Bedingungen unterschrieben, die Floriane Ment ihm diktiert hat. Möglicherweise hat sie gewußt, daß ihre Wohnung benutzt werden sollte. Denkbar ist aber auch, daß sie sozusagen unschuldig in die Geschichte geraten ist und erst nach dem Mord gemerkt hat, warum ihr Chef sie plötzlich so umgarnt hat. Denn für die Komplizin eines Mörders halte ich sie eigentlich nicht.«

»Also, worauf warten wir dann?« fragte Krucht spöttisch, und sie hätte ihn für diese Bemerkung erwürgen können. Denn natürlich wußte Susanne Hornstein, daß zwar alles wunderbar logisch klang, was sie gerade behauptet hatte. Daß es aber nicht den geringsten Beweis dafür gab. »Verhaften wir doch beide und setzen sie unter Druck.«

Sie packte ihre Papiere zusammen. Drückte ihre Zigarette aus. »Vielen Dank für den Rat, Herr Kollege«, sagte sie kalt, »sogar wir blöden BKA-Bullen sind so klug, darauf nicht hereinzufallen. Verarschen wenigstens können wir uns selbst, um das mal deutlich auszudrücken. Mir ist sehr wohl bewußt, daß wir nichts in der Hand haben. Noch nicht. Überwachung von beiden wird fortgesetzt, meine Herren. Da unsere Reporterin nach Lyon fliegt, werde ich die Kollegen bei IKPO um Amtshilfe bitten. Das wars.«

Krucht ließ sich nicht anmerken, ob ihn die öffentliche Abfuhr getroffen hatte. Die Kollegen vom BKA klopften ihm auf die Schulter, als sie hinter ihrer Chefin den Raum verließen: »Denken Sie sich nichts dabei. Ab und zu ist sie halt so, nur Streß. Vielleicht hat sie auch ihre Tage. Bert? Kann es sein, daß sie ihre ... Nein? Nein, hat sie nicht. An sich wissen wir das nämlich. Also, Kollege Krucht, das hat sie morgen wieder vergessen.« Krucht lächelte automatisch und ging in sein Büro. Dort setzte er sich an seinen Computer und schickte eine E Mail über das hausinterne System: »*Entschuldigung, war ziemlich blöd von mir*«, las Susanne Hornstein ein paar Stunden später, als sie ihren elektronischen Posteingang routinemäßig durchschaute. Sie wußte, wer der Absender war, auch wenn kein Name drunter stand. Preßte ihren Zeigefinger auf Antwort und anschließend auf Nachricht versenden. Als Krucht die wiederum empfing, grinste er erleichtert. Heute werde ich mir eine Krawatte umbinden, beschloß er. Man wurde schließlich nicht aller Tage Abend von einer Kriminaldirektorin zum Essen eingeladen.

Von ihrem Büro aus meldete sich Susanne Hornstein bei Lionel Zartmann in Lyon. Man kannte sich flüchtig von einer Tagung, er hatte Wiesbaden schon verlassen, als sie vom Personenschutz in Bonn in die Zentrale gewechselt war. Sie erzählte ausführlich vom Stand der Ermittlungen nach dem Attentat auf Joachim Freypen. Auch ihm sagte sie nichts davon, welche Rolle Bernhard Nochtel in der Geschichte spielte, erwähnte nur den Verdacht gegen Eberhart Schwarzkoff auf Grund einer möglichen Erpressung, ohne die Hintergründe zu erzählen, die Tragödie vom Bodensee. Schlüsselte ihm die Überlegungen auf, warum auch gegen Floriane Ment als Komplizin ein Anfangsverdacht bestand. Warum es möglich sei, wohlgemerkt: möglich, daß die ihrem Verleger einen Kontakt in die Hamburger Unterwelt vermittelt hatte. Dort könnte man in der Tat inzwischen Mörder mieten. Seit die Grenzen offen und auch die aufgelösten Sondereinheiten der Geheimdienste auf dem freien Markt sind, alles kein Problem mehr. Aber das müsse sie ausgerechnet ihm ganz bestimmt nicht erläutern, was Zartmann bestätigte: »Mit denen haben wir täglich zu tun, die mischen inzwischen bei fast allen finsteren Geschäften mit.« Susanne Hornstein wollte darüber jedoch nicht mit ihm reden und unterbrach ihn sofort wieder: »Floriane Ment kommt morgen zu Ihnen nach Lyon, zu diesem Gespräch für ihr Buch …«

»Woher wissen Sie das denn, von ihr?« fragte Zartmann unschuldig, aber er konnte sich sehr gut vorstellen, woher sie es wußte. Das Gespräch begann, ihm Spaß zu machen. »Wir haben sie abgehört, deshalb. Aber die Erlaubnis ist zunächst auf drei Tage beschränkt, dann ist sie schon bei Ihnen in Lyon. Ich müßte einen ganzen Trupp und entsprechende Technik mitschicken, selbst wenn ich das Okay vom Richter für eine Verlängerung bekomme. Viel zu umständlich, viel zu unsicher. Ich habe eigentlich außer einem vagen Verdacht sowieso keine handfesten Indizien, nichts. Könnten Sie vielleicht, sagen wir mal, eine Art von stiller Amtshilfe leisten? Das Gespräch auf das Attentat bringen und mich informieren, wie sie reagiert?«

Lionel Zartmann sagte ihr das zu, selbstverständlich würde er es versuchen. Er lachte leise vor sich hin, vergaß dabei aber nicht, die Muschel des Telefonhörers zuzuhalten. Die Tatsache, daß ausgerechnet er, der Mörder, um Hilfe bei der Jagd nach dem Mörder gebeten wurde, war zwar in der Tat so absurd, daß man nur lachen konnte. Aber gleichzeitig eine faszinierende Möglichkeit, mit ein paar überraschenden Schachzügen noch mehr Verwirrung zu erzeugen bei den Untersuchungen. Somit auch nur die geringste Spur, die in Richtung Kleopatra führen könnte, so früh zu erkennen, daß sie nicht bedrohlich würde. Ein gefährliches Spiel? Ach was, ein spannendes. Die in den Augen der Jäger verdächtige Floriane Ment, von der nur er wußte, daß sie völlig unschuldig war, würde zu ihm, dem völlig Unverdächtigen, aber eigentlich Schuldigen kommen, und ausgerechnet er sollte versuchen, sie auszuhorchen. Wunderbar. Solche Herausforderungen liebte Kriminalrat Lionel Zartmann.

»Übrigens«, hörte er wieder die Stimme der Kollegin aus Hamburg, »war IKPO nicht beteiligt an dieser Aktion gegen die Kinderpornohändler in Frankreich?« Sie wartete seine Antwort nicht ab. »Einer der Typen, die Sie laufenlassen mußten, erinnern Sie sich? Der über rechtsradikale Aktivitäten in Deutschland etwas wußte, was uns in Bonn damals ja auch interessierte. Ist doch später ertrunken aufgefunden worden. Angeblich besoffen in die Elbe gefallen. Das Protokoll seiner ersten Vernehmung haben wir überraschenderweise mit ein paar anderen Details hier in Hamburg entdeckt. Auf der Festplatte eines Computers der Vaterlandspartei, den wir vor ein paar Stunden auf der Suche nach möglichen geheimen Verbindungen von Freypen zu Schwarzkoff beschlagnahmt haben. Der Sicherheitschef von Freypen, ein gewisser Karl Mulder, wird gerade verhört, weiß angeblich von nichts und kann sich nicht erklären, wie die Akte in den Parteicomputer kam.«

Zartmann konnte sich lebhaft vorstellen, wie verwirrt dieser Karl Mulder sein mußte. Der wußte zwar ganz genau, daß es sich um ein echtes Protokoll handelte, aber er durfte natürlich nicht sagen, woher er das wußte. Dann hätte er etwas ganz anderes erklären müssen. Zum Beispiel, wo er war, als der Franzose so passend und überraschend in der Elbe ertrank. Der IKPO-Mann war überzeugt davon, daß der Pornohändler, ihr Informant, ermordet worden war. Und sicher nicht von irgendeinem Leibwächter Freypens, sondern vom Chef der Bodyguards persönlich. Der war vor allem deshalb so verstört, weil er seiner Überzeugung nach alles so genau geprüft hatte, als er sich allein in der Parteizentrale befand. Wie zum Teufel konnte es ihm passieren, daß er diesen Ordner auf dem virtuellen Schreibtisch übersehen hatte? Auf die Idee, daß jemand ihren Kode geknackt und ausgerechnet nach dem Mord an Freypen Belastungsmaterial überspielt hatte, kam er natürlich nicht.

Klasse gemacht, Peter, dachte Zartmann. Schnell und ohne Zeit zu verlieren. Er verabschiedete sich von Susanne Hornstein, an die er nur eine vage Erinnerung hatte – blond? Schwarz? Klein? Groß? –, und versprach, sie spätestens am Montag wieder anzurufen. Selbstverständlich würde er die erbetene Amtshilfe leisten.

Susanne Hornstein ist beim Verhör von Karl Mulder nur kurz dabei, bevor er wieder als freier Mann das Polizeipräsidium verlassen darf. Sie hat ihn zuvor durch die von einer Seite durchsichtige Trennscheibe beobachtet und das Frage-Antwort-Spiel über die Tonanlage verfolgt. Der Kerl ist ihr widerlich, aber seltsamerweise hat sie das Gefühl, daß er die Wahrheit sagt. Daß er wirklich keine Ahnung hat, wie das brisante Material auf die Festplatte kam. Es scheint ihr aber ebenso unwahrscheinlich, daß Freypen höchstpersönlich den Ordner angelegt hat, denn der konnte mit solchen komplizierten Systemen sicher nicht umgehen. Wer war es also? Sie gibt Anweisung, noch einmal die Sekretärinnen zu vernehmen, verspricht sich allerdings nicht viel davon. Von wem Joachim Freypen überhaupt das Protokoll bekommen hat, ist ihr nach dem Gespräch mit Bernhard Nochtel klar. Erneut packt sie die kalte Wut, von wegen nur ein paar Tips über Razzien weitergegeben. Sie wartet nicht erst lange, sondern wählt sofort auf ihrem Handy die Dienstnummer Nochtels in Bonn. Keine Antwort. Dann die von ihm zu Hause. Wieder keine Antwort.

Auf ihrem Schreibtisch findet sie ein Fax mit der offiziellen Mitteilung des Innenministers, daß der Kollege Bernhard Nochtel mit seinem Auto auf nasser Straße ins Schleudern gekommen und gegen einen Brückenpfeiler geprallt sei. Im Krankenhaus habe nur noch sein Tod festgestellt werden können. Die Bundesregierung, schließt er, und vor allem das Bundeskriminalamt, haben durch einen tragischen Unfall einen ihrer besten Beamten verloren und werden ihn dadurch ehren, daß in seinem Sinne weitergearbeitet wird im Kampf gegen das Verbrechen.

Als sie ein paar Stunden später Georg Krucht bittet, heute nacht bei ihr zu bleiben, hat der das Gefühl, daß sie eigentlich nicht ihn meint. Aber das ist ihm egal. Er meint eigentlich auch nicht sie, während er mit ihr schläft.

9

Das Loch, das die Kugel in die Wand gebohrt hatte, war verputzt. Die Deutschlandfahne hing aufgespannt an der ursprünglichen Stelle, und zwar das Original, das die Vaterlandspartei von der Hamburger Polizei wiederbekommen hatte. Neue Fenster waren eingesetzt, diesmal aus schußsicherem Panzerglas. Auf dem Schreibtisch des Ermordeten war alles unverändert geblieben, sogar das Familienfoto stand noch wie gehabt in der Ecke. Helga Freypen hatte keine Zeit verloren, die Parteizentrale auf ihre Art zu besetzen. Vor ihr lagen erste Entwürfe für ein Plakat, das in der kommenden Woche bundesweit an die Litfaßsäulen geklebt werden sollte. Im Hintergrund darauf, gerade noch erkennbar, Joachim Freypen, davor sie, die Witwe, seine Nachfolgerin, mit deutlich retuschierten Falten, aber wer wollte das schon verurteilen. Unter dem Namen Helga Freypen stand in riesigen Buchstaben nur ein Satz **IN SEINEM GEIST FÜR DEUTSCHLAND** und darunter, kleiner, **Vaterlandspartei. Die Aufrechten.** Das klang sowohl nach aufrechtem Gang als auch nach rechter Gesinnung. So war es gedacht.

Der Art Director der Werbeagentur, die vor keinem Auftrag zurückscheute, machte sich beflissen ein paar Notizen. Das Blond ihres Haares sollte noch deutlicher herausgearbeitet werden, verlangte Helga Freypen, vielleicht sei es auch besser, das Foto ihres Mannes nur verschwommen und schwarzweiß zu drucken, damit sie in Farbe auf dem Plakat besser herauskommen würde. Sie ließ keinen Zweifel daran, daß dies keine Vorschläge waren, sondern Anweisungen. Helga Freypen kam aus sogenanntem guten Hause, ihr Vater war Chefarzt einer Klinik für Schönheitschirurgie gewesen, Befehlston für sie deshalb schon früh im Verkehr mit Untergebenen die normale Umgangssprache. Sein Nachfolger, ihr Bruder, hatte sie vor ein paar Monaten geglättet, wie er das nannte. Aber nicht nur deshalb wirkte ihr Lächeln aufgesetzt.

Bei Karl Mulder, der ungeduldig im Vorzimmer wartete, verbreiteten sich hektische rote Flecken auf der Glatze: Die Aufregung über das überstandene peinliche Verhör im Polizeipräsidium. Die Selbstvorwürfe, offensichtlich doch belastendes Material auf der Festplatte übersehen zu haben. Die Angst, vielleicht gar noch unter Verdacht zu geraten wegen dieser längst vergessenen Wasserleiche in der Elbe. Die Unsicherheit, wie es jetzt weitergehen würde. Vor allem für ihn. Daß die blonde Witwe neue Parteichefin geworden war, hatte er nicht etwa von ihr erfahren, sondern von ihrer Presseabteilung, die von einem möglichen Evita-Peron-Effekt schwafelte, der die Massen elektrisierte. Er hatte zwar nicht erwartet, daß es andere Kandidaten außer ihr geben würde oder gar eine demokratische Wahl zum Beispiel auf einem Sonderparteitag der Vaterländischen. Aber selbst Mulder, dem keiner Sensibilität nachsagen durfte, hielt die schnelle Entscheidung nach Freypens Ermordung für geschmacklos. Der hat sich noch nicht mal im Grab richtig umdrehen können, dachte er. Die Sekretärin, mit feinem Gespür dafür, daß Mulders Zeit vorbei war, bot ihm keinen Stuhl an. Als es summte, griff sie zum Hörer, lauschte kurz und machte ihm dann per Handbewegung ein Zeichen, daß er reingehen könnte. Vor einer Woche noch hätte sie es nicht gewagt, so mit ihm umzugehen.

»Wie weit sind Sie mit Ihren Ermittlungen?« fragte Helga Freypen, und auch sie hielt es nicht für nötig, ihm einen Stuhl zu offerieren. Er setzte sich trotzdem.

»Wir überwachen diese Journalistin, aus deren Wohnung geschossen worden ist. Ich bin sicher, daß sie mehr weiß, als man bisher lesen konnte. Vielleicht führt sie uns zum Mörder ...«

»Wie kommen Sie denn darauf, Mulder? Kümmern Sie sich lieber um diese andere Geschichte da, die in der Zeitung stand. Daß mein Mann von einem Konkurrenten erschossen worden ist.« Das würde dir so passen, dachte er, von einem aus unserer Partei erschossen. Womöglich noch unter meiner tätigen Mithilfe. Dumme Kuh. Beugte sich aber beflissen vor, worauf sie sich in ihrem Sessel weit zurücklehnte. Mulder stank wie immer aus dem Hals. Was aber an seinen verfaulten Zähnen lag und nicht daran, daß Nazis immer riechen.

»Haben Sie einen konkreten Verdacht? Wer käme denn dafür in Frage? Ich bin sicher, daß diese Geschichte, die Sie erwähnen, eine Zeitungsente ist. Oder von interessierter Seite gepflanzt. Das wäre den Bonzen in Bonn am liebsten, wenn wir uns gegenseitig erledigen würden. Also unser Chef wird vom DVU-Chef erledigt, wir wiederum rächen ihn und schaffen den beiseite und ...« Helga Freypen blickte ihn nur abschätzig an. Sie hatte nie begriffen, warum ihr Mann, dem sie auf ihre Art treu gewesen war, also seelisch und ideologisch, gerade diesem Typen so bedingungslos vertraut hatte. Sie mochte Mulder nicht, sie hielt ihn zwar für schlau, aber vor allem für käuflich. Damit wiederum lag sie richtig. Bisher aber war er treu geblieben, denn Joachim Freypen hatte ihm stets mehr geboten als andere. Stallwärme, Geld, Ansehen.

»Und außerdem«, setzte er mit gezielter Bosheit nach, weil ihm bei der Beerdigung die Umarmung zwischen Helga Freypen und Eberhart Schwarzkoff nicht entgangen war, »und außerdem ist noch lange nicht geklärt, ob Eberhart Schwarzkoff nicht auch seine Finger im Spiel hatte. Kommt mir seltsam vor, daß ausgerechnet er am fraglichen Abend der Begleiter dieser rothaarigen Schlampe war, deren Wohnung der Mörder benutzt hat und die damit ein sicheres Alibi vorweisen konnte.« Es fiel ihr nicht ein, Mulder zu fragen, woher er das wußte. Was hätte er auch antworten sollen? Habe ich durch ein anonymes Fax erfahren?

»Blödsinn«, antwortete Helga Freypen knapp, »schlagen Sie sich das aus dem Kopf. Daran ist nichts seltsam. Warum wohl sollte Schwarzkoff meinen Mann ermorden wollen? Diese rothaarige Schlampe, wie Sie diese Dame nennen, ist wahrscheinlich schlicht und ergreifend seine neue Bettgenossin.« Verkniff sich gerade noch die Bemerkung, daß sie bei einer ihrer Meinung nach vertrockneten Ehefrau wie Julia Schwarzkoff sogar volles Verständnis dafür hatte. Das ging Mulder nun wirklich nichts an. »Eberhart ist ganz bestimmt nicht der Mann, den wir suchen. Den Sie suchen. Ich frage mich eher, ob Sie noch der richtige Mann für mich sind, wenn Sie so verquer denken.« Sie machte eine Pause und wartete auf seine Reaktion, aber es kam keine. Mulder hatte sich unter Kontrolle. »Ich gebe Ihnen noch eine Woche, dann will ich Ergebnisse hören«, beendete sie das Gespräch, »sonst müssen wir uns wohl um eine neue Aufgabe für Sie kümmern.« Mulder dachte an die eine Million Belohnung und schluckte seine Wut runter.

Den Frust ließ er an seinen Leuten aus, die er anschließend zu sich bestellte. Wiederholte fast wörtlich, was er gerade auf sich bezogen gehört hatte. Ergebnisse wollte er haben und zwar ruck, zuck, sonst würde es um ihre Zukunft bei der Vaterlandspartei schlecht aussehen. Dann warf er drei Flugtickets auf den Tisch: »Hier, für euch. In ein paar Stunden fliegt Floriane Ment nach Lyon. Da staunt ihr, was? Hat mir meine Quelle am Flughafen berichtet. Ich will über jeden Schritt von ihr dort informiert werden. Was sie macht, wen sie trifft, alles. Die wird wohl kaum nur zum Essen nach Lyon fahren.« Sogar Mulder hatte davon gehört, wie gut man in Lyon speisen konnte.

»Dürfen wir sie denn mal ein bißchen härter anfassen?« fragte gierig der junge Leibwächter, der am Freitag vergangener Woche den toten Freypen entdeckt hatte und hielt das Foto von Floriane Ment hoch. »Einen Scheiß dürft ihr, wenigstens jetzt noch nicht«, antwortete Mulder, »sie soll nicht merken, daß sie überwacht wird, Dummkopf. Erst wenn wir mehr wissen, wird sie in die Mangel genommen.« Dann versöhnlich: »Du darfst dabei aber der erste sein, versprochen.«

Für die Reise nach Frankreich hat sich Floriane Ment sorgfältig zurechtgemacht. Grauer Hosenanzug von Armani, darunter ein freches schwarzes Calvin-Klein-T-Shirt, das ihre Formen betont. Das rote Haar trägt sie offen, was sie jünger aussehen läßt. Sogar ein Kleid packt sie ein, falls sie der Herr Kriminalrat, von dem sie nichts weiß außer den paar Sätzen, die ihr Susanne Hornstein hingeworfen hat, zum Essen ausführen will. Tonbandgerät, Laptop, oben auf dem Koffer die Archivunterlagen. IKPO allgemein, Berichte über nicht aufgeklärte politische Attentate in Deutschland, eine ausgewählte Mischung von Artikeln aus verschiedenen Fachzeitschriften. Unter anderem auch ein paar Ausgaben der *International Criminal Police Review.* Bevor sie ihre Wohnung verläßt, schaltet sie den Anrufbeantworter ein, dabei fällt ihr wieder mal auf, daß sich ihr seltsamer Retter nie bei ihr gemeldet hat, doch sie verdrängt das Bild aus der Tiefgarage sofort. Sie ist zwar immer noch neugierig auf ihn, aber es reicht ihr, daß er sie gerettet hat, mehr will sie eigentlich nicht wissen. Inzwischen ist sie überzeugt davon, daß der Mann im Jogginganzug und niemand sonst Freypen erschossen haben muß und zwar aus ihrem Appartement heraus, und das ist selbst ihr unheimlich. Sie hat deshalb das Schloß an der Tür auswechseln lassen.

In der Branche ist die Reporterin zwar bekannt für ihre eiskalte Selbstbeherrschung, ihre Coolness, die sie selbst ungerührt als abgebrüht bezeichnen würde. Aber ihre professionelle Skrupellosigkeit geht nicht so weit, sich bei einem Mörder bedanken zu wollen, weil er sie verschont und freundlicherweise in ihrer Wohnung keinen Schmutz hinterlassen hat. Warum der Freypen erschossen hat, ist ihr herzlich egal. Auf einen Nazi weniger kommt es ihr nicht an. Daß sie der Polizei, vor allem Susanne Hornstein, nichts davon erzählt hat, macht ihr deshalb keine Gewissensbisse. Sie denkt statt dessen an das Gesicht von Eberhart Schwarzkoff, als er den Vertrag für ihr Buch unterschreiben mußte, und darüber kann sie sich immer noch freuen. Die Freude über diese kalt servierte Rache ist stärker als jede Erinnerung an die fast erfolgte Vergewaltigung. Oder gar der Gedanke an eine Art Verpflichtung, bei der Aufklärung von Mord zu helfen.

Daß sie ihr Handy in ihrer Wohnung vergessen hat, merkt sie erst, als die Stewardeß erklärt, warum während des Fluges alle elektronischen Geräte ausgeschaltet sein müssen. Vor allem Handys. Einen Moment lang ärgert sie sich, bis ihr einfällt, daß sie es nicht so dringend braucht, weil sie für viele Monate nicht im aktuellen Zeitungsdienst sein wird. Daß sie ab heute Urlaub hat, bezahlten Urlaub, und sich nur noch um ihr Buch kümmern muß. Nicht um irgendwelche Schießereien zwischen rivalisierenden Gangs auf St. Pauli, nicht um unbekannte Tote in der Elbe, nicht um den Kokainkonsum prominenter Hamburger. Grinsend beobachtet sie drei kurzhaarige junge Männer vor ihr, die nach der Ansage hektisch in ihre Brusttasche greifen und auf irgendwelche Knöpfe drücken. Wohl noch nicht so oft geflogen, Jungs, murmelt sie hämisch und vertieft sich dann in ihre Unterlagen. Es ist ihr zwar aufgefallen, wie sie von den drei muskelbepackten Kerlen immer wieder gemustert worden ist, sie hat sich deswegen aber keine Gedanken gemacht, denn solche Aufmerksamkeit ist sie gewohnt. Geile Blicke stören sie nicht mehr, seit sie nackt in einer Peep-Show aufgetreten ist.

Nach dem frühen Tod ihrer Eltern war Floriane bei entfernten Verwandten in einer idyllischen Provinzstadt aufgewachsen. Zwei Tage nach dem Abitur hatte sie Stade verlassen und seitdem nie wieder besucht, obwohl sie doch seit einigen Jahren ganz in der Nähe, in Hamburg, arbeitete. Für Reisen in die eigene Vergangenheit hatte sie keine Zeit. Sie wollte an ihre künftigen Grenzen gehen, und die definierte sie jedes Jahr neu. Als junges Mädchen war es die prägende Erfahrung gewesen, wie man die Lust der Männer für seine Zwecke benutzen konnte – der Direktor ihrer Schule hatte seiner minderjährigen Geliebten rechtzeitig vor der Abschlußprüfung die entsprechenden Themen samt möglichen Antworten besorgt. Er träumte noch heute von ihr, wenn er einmal im Monat mit seiner langweiligen Gattin schlief. Floriane Ment hätte nicht einmal mehr gewußt, wie er hieß. Es gab zu viele nach ihm. Wenige waren so aufregend, daß aus einem Spontanfick, von gebildeten Kreisen inzwischen One-Night-Stand genannt, eine längere Affäre wurde. Bei den meisten vögelte sie sich nur ihre mitunter fast schmerzhafte Sehnsucht vom Leib. Sie hätte aber nicht erklären können, worin diese Sehnsucht bestand. Manche Männer hatte Floriane sogar geliebt, zumindest hielt sie ihr Gefühl für Liebe. Der Gedanke, daß sie auf der Suche nach einer Geborgenheit war, die sie als nur geduldete Waise bei der pflichtbewußten protestantisch kühlen Tante in Stade nicht erfahren hatte, kam ihr nie. Hätte sie Susanne Hornstein auf dem Friedhof in Bonn beobachten können, wäre sie peinlich berührt gewesen, aber verstanden hätte sie die andere Frau nicht.

Floriane Ment war zwar erst dreißig, aber schon seit zehn Jahren in dem harten Männergeschäft Journalismus erfolgreich. Als Anfängerin hatte sie mit ihrem ersten Artikel, verfaßt ohne Auftrag und ohne zu wissen, ob er jemals gedruckt würde, ihre Erfahrungen auf der Drehscheibe in einer Peep-Show geschildert. Als unberührbares Nacktmodell hatte sie ihren Lebensunterhalt verdient. Dieses *Tagebuch einer Erniedrigung*, wie es angekündigt wurde, war ihr Durchbruch, sozusagen aus dem Stand. Die im Wortsinne hautnahe Reportage war eine Woche lang Stadtgespräch, anschließend bekam das junge Mädchen seinen ersten Vertrag als Reporterin bei der größten Boulevardzeitung in Berlin. Eine schamlose Geschichte, wie ein paar neidische Lokalredakteurinnen beklagten. Aber Floriane wollte schamlos sein, auch in ihrer Sprache. Nur so ließ sich beschreiben, welche Gefühle eine Frau hatte, der die Männer stundenlang und Tag für Tag in die Scham schauten. Typisch aber für sie, daß sie ihren Kritikerinnen deutlich zu verstehen gab, warum die das gar nicht nachempfinden konnten: Welcher Mann wollte denen schon unter den Rock gucken? Typisch auch für sie, daß sie mit einer ebenfalls schonungslosen Artikelreihe über die Herrscher des Rotlichtmilieus in eine andere Domäne der Männer einbrach und als Frau im Geschäft der Polizeireporter mitmischte, wo Journalismus um jeden Preis betrieben wurde. Wie die Schlagzeile von heute entstanden war, interessierte morgen keinen mehr. Floriane Ment galt als Karrieristin, aber das störte sie ebenfalls nicht, denn in der Tat interessierte sie sich nur für den Erfolg. Den hatte sie, und 1992 wurde sie von Schwarzkoff für ein hohes Gehalt nach Hamburg abgeworben. Wo sie lebte, war ihr egal, denn ein Begriff wie Heimat war ihr so fremd wie Freundschaft.

Sie überblättert eher desinteressiert die Unterlagen über die Morde an Detlev Rohwedder und Alfred Herrhausen, weil die für ihr Gespräch mit Lionel Zartmann nicht so wichtig sind. Da war der schon bei IKPO und nicht mehr im Herzen des Taifuns, beim Bundeskriminalamt in Wiesbaden. Vielleicht weiß er aber etwas über diese mysteriöse und nie aufgeklärte Geschichte mit Heinz Herbert Karry, die auch sie nur aus dem Archivmaterial kennt, denn geschehen war das lange vor ihrer Zeit. Karry war 1981 durch das Fenster seiner Erdgeschoßwohnung erschossen worden. Man kannte zwar das Kaliber der Tatwaffe, erstaunlicherweise ein Kleinkalibergewehr, was eigentlich gar nicht zum Arsenal der RAF gehörte. Aber sonst wußte das BKA nichts. Ein überzeugendes Motiv fehlte ebenso wie eine Spur zum Mörder.

Zwar gab es nach der Wiedervereinigung Auszüge aus Stasi-Akten, nach denen die Revolutionären Zellen für die Schüsse verantwortlich waren. Die Brüder von drüben hatten immer ein waches Auge auf die Systemveränderer von hüben. Die Erklärung, man habe Karry aus Versehen ermordet, wie später eine Ex-Sympathisantin kurz vor ihrem Tod beichtete, weil die Leiter beim Abgeben des nur als Warnung gedachten Schusses gewackelt hatte, klang einleuchtend. Aber nicht überzeugend. Ausgerechnet ein eher unbedeutender hessischer Minister für Wirtschaft sollte auf der Liste der Terroristen gestanden haben? Oder waren die Mörder in Wirklichkeit nicht die Verdächtigen von den überall hängenden Fahndungsplakaten? Lag das Motiv für den Mord in Karrys Tätigkeit als Schatzmeister der FDP, der über alle Spenden aus der Industrie und alle schwarzen Kassen Bescheid wußte? Auch für diese Theorie gab es keine Indizien, doch Floriane Ment muß sich immer wieder selbst daran erinnern, daß sie vorhat, einen Thriller zu schreiben, eine erfundene Geschichte, nicht den belegbaren Aufmacher für die nächste Ausgabe der *Abendpost*. Also darf sie Karry durchaus für eine Verschwörung benutzen und einen Mord konstruieren, den es vielleicht so gar nicht gegeben hat.

Schließlich Barschel, die Affäre Uwe Barschel. Daß ihr Zartmanns Kollegin in Hamburg darüber alles erzählen könnte, sogar Tatsachen und nicht nur Fiktion, ahnt Floriane Ment nicht. Das Wissen allein hätte ihr allerdings auch nicht weitergeholfen, denn Susanne Hornstein ist verschwiegen und hätte ihr nichts erzählt. Barschel und kein Ende: Die neueste Entwicklung nach der Verhaftung des angeblichen Mafiabosses Sabatino Ciccarelli in Baden-Baden würde erneut alle bisher bekannten Verschwörungstheorien aufleben lassen. Der Besitzer einer Boutiquenkette namens Moda Classica GmbH – verlustbringende Boutiquen als Geldwaschanlagen sind bei der Ehrenwerten Gesellschaft beliebt, wie man schon lange wußte – soll Statthalter der Mafia in Deutschland gewesen sein und laut Aussagen eines Kronzeugen auch den Auftrag entgegengenommen haben, Uwe Barschel zu beseitigen, bevor der sein Wissen über geheime Waffengeschäfte publik machen konnte. Auftraggeber, so wörtlich im Vernehmungsprotokoll: eine »dem Ministerpräsidenten vertraute Person«. Hinter der wiederum verbargen sich, wie üblich im dunkeln und wie üblich ohne Namen, hochrangige deutsche Politiker. Männer ohne Gesichter. Paßt nur in einen Thriller, überlegt Floriane Ment. In ihren.

Bei der Zwischenlandung in Frankfurt will sie schon den Packen mit langweilig anmutenden kriminalwissenschaftlichen Aufsätzen wegwerfen, es reicht doch, wenn sie Zartmann sagen kann, daß sie seine Arbeiten kennt und damit seine Eitelkeit kitzelt. Aber ihr Blick bleibt hängen bei einer Überschrift, die zwar umständlich formuliert ist, aber immerhin Neugier erzeugt: **Gibt es Umstände, die es erlauben, am Gesetz vorbei zu handeln und selbst für Gerechtigkeit zu sorgen? Zehn Thesen pro und contra Selbstjustiz.**

Sie liest den nachfolgenden Text fasziniert, mehr und mehr gefangen durch die überzeugend vorgetragenen Pro-Argumente, und fühlt sich fast gestört, als der Weiterflug nach Lyon aufgerufen wird. Diesmal nimmt sie die drei Männer gar nicht wahr, die mit ihr in die Maschine nach Frankreich steigen. Einer nickt ihr sogar zu, als würde man sich durch den gemeinsamen ersten Teil der Reise schon näher kennen. Sie lehnt geradezu unwirsch das angebotene Getränk ab, was die blonde Stewardeß in ihrem Vorurteil gegen alleinreisende Frauen bestätigt. Männer sind viel höflicher. Dann holt Floriane Ment einen dicken blauen Stift aus ihrer Tasche und markiert die verblüffendsten Aussagen des Referats. Verblüffend für sie, die Journalistin, die so leicht nicht mehr zu verblüffen ist, ist nicht der Inhalt. Verblüffend ist, daß so etwas von Kriminalbeamten verfaßt worden ist, wie sie der Autorenzeile entnehmen kann. Lionel Zartmann, BKA, Alain Renoit, Sûréte, Denis Riley, FBI, und Peter McFerrer, Scotland Yard. Die vier Namen schreibt sie sich auf einen Zettel.

»Viele von uns kennen aus eigener Erfahrung Fälle, in denen es geschickten Anwälten gelungen ist, ihre Klienten vor einer gerechten Strafe zu bewahren. Gerecht war das nicht, nein, aber rechtens, denn das Gesetz stand auf ihrer Seite. Wir nennen hier in unserer Abhandlung nur als Beispiele Drogendealer, Waffenhändler, Kinderschänder, Menschenschmuggler. Man muß gar nicht in die Geschichte gehen – erwähnt seien hier nur Hunderte von deutschen Nazimördern, die nach dem Krieg untertauchten oder aber nur zu lächerlichen Strafen verurteilt worden sind –, um die Frage zu stellen, ob unter gewissen Umständen und in gewissen historischen Situationen eine Art von Selbstjustiz erlaubt sein kann. Selbstjustiz sozusagen im Namen der Opfer. Immer dann, wenn es zwar eindeutige Beweise für die Schuld gibt, andererseits aber die Verbrecher sich durch Flucht einer Gerichtsverhandlung entziehen oder aber, siehe oben, mit Hilfe ihrer ausgebufften Verteidiger freigesprochen werden. Für die Auffassung, das Gesetz des Handelns gelegentlich selbst zu übernehmen und für Gerechtigkeit zu sorgen, gibt es sogar moralische Begründungen. Beispiel: Millionen von Menschen hätten überleben können, wenn das Attentat gegen Hitler im Münchner Bürgerbräukeller geklappt hätte. Wäre der Attentäter Georg Elser ein Mörder oder ein Befreier vom Tyrannen gewesen? Beispiel: Fast vierhundert unschuldige Passagiere hätten ein friedliches Weihnachtsfest feiern können und wären nicht 1988 in der Luft über Lockerby zerrissen worden, wenn die Attentäter zuvor von einigen Spezialisten selbst in die Luft gejagt worden wären. Hätte man die Mörder nennen sollen? Beispiel: Ein linksextremer Politiker predigt nach außen von einer besseren Welt, aber in Wahrheit ist ihm jedes Mittel recht und er schürt eine Pogromstimmung, die un-

schuldige Bürger gefährdet, weil der Mob zur Tat schreiten könnte. Ist der eigentlich ein Mörder, der diesen Politiker erschießt, bevor er noch mehr Unheil anrichten kann?«

Die junge Frau studiert vor allem diesen letzten Satz immer wieder, dann macht sie sich ein besonders dickes Zeichen an den Rand. Sie hat plötzlich das Gefühl eines merkwürdigen Zusammentreffens, das nicht unbedingt ein Zufall sein muß. Ist hier nicht so etwas beschrieben wie das, was in den letzten Tagen geschehen ist? Ist sie vielleicht auf eine mögliche Begründung für die Ermordung Freypens gestoßen? Man muß nur linksextrem durch rechtsextrem ersetzen, und schon paßt alles. Das kann nicht sein, weist sie sich selbst zurecht. Schaut noch einmal auf das Datum, an dem der Aufsatz veröffentlicht worden ist, Dezember 1989. Vor fast acht Jahren also verfaßt. Was sollte das mit dem Hamburger Mord vom Oktober 1997 zu tun haben? Das Fazit, das alles wieder aufhebt, was zuvor so sensationell geklungen hat, langweilt sie, denn nun wird es politisch korrekt:

»Dennoch hat niemand das Recht, in solchen Fällen am Gesetz vorbei für Gerechtigkeit zu sorgen, nur weil das Recht versagte. Wenn das Gewaltmonopol des Staates in Frage gestellt wird, herrscht allgemeines Chaos. Wer mordet, aus welchen angeblich guten Gründen auch immer, ist selbst nicht besser als der Mörder, den er auslöscht.«

Aber es bleibt dieses merkwürdige Kribbeln im Bauch, auf eine unglaubliche Geschichte gestoßen zu sein. Ein Gefühl, das Floriane Ment von vielen ihrer Recherchen kennt. Solchen Gefühlen vertraut sie. Andere haben sie nie interessiert. Auf einmal kann es ihr nicht schnell genug gehen mit der Landung in Lyon, und die Stewardeß ist in ihrer Ansicht über die rothaarige Passagierin bestätigt, als die in unhöflichem Ton von ihr wissen will, wann sie denn nun endlich ankommen.

Die Lufthansamaschine landet pünktlich um 17.55 Uhr, aber das Taxi vom architektonisch geradezu provozierend ins Rhônetal gebauten Satolas Aéroport brauchte fast eine Stunde in die Innenstadt. Typisch für die Verkehrssituation an einem Freitagabend. Floriane Ment ist deshalb genervt, als sie ihr Hotel erreicht, das direkt am Quai Jean Moulin liegt. In der Halle sitzen ein paar ältere Damen, in einer entfernteren Ecke ein Mann, von dem hinter seiner französischen Zeitung nur ein Stück seines braunen Haares hervorschaut. Die Reporterin merkt nicht, daß er sie beobachtet, während sie an der Rezeption die Anmeldung ausfüllt. So treffen wir uns also doch wieder, denkt Lionel Zartmann, und läßt seine Zeitung sinken, als sich hinter Floriane Ment die Fahrstuhltür schließt. Sie sieht gut aus, viel besser als vor einer Woche in der Tiefgarage. Allerdings ist das nicht überraschend.

Die Bedingungen ihres Zusammentreffens sind, um es in der Sportlersprache zu formulieren, höchst unfair, fällt ihm auf. Sie ist nur nach Lyon geflogen, um möglichst viel aus ihm herauszuholen. Sie mußte zwar ähnlich gespannt sein auf ihn wie er auf sie, aber aus ganz anderen Gründen. Aus beruflichen. Er dagegen ist im Vorteil. Er kennt nicht nur ihre Geschichte. Er kennt sogar ihre Intimsphäre. Ihre Wohnung. Ihr Schlafzimmer. Er hat ein Heimspiel. Sozusagen. Zartmann raucht langsam seine Zigarette zu Ende, bestellt sich beim Kellner noch einen weiteren Kaffee und liest dann weiter. Er hatte eine Nachricht hinterlassen, daß er sie um zwanzig Uhr im Foyer abholen werde und damit die naheliegende Frage vermieden, wie er sie denn erkennen würde.

Nach dem Anruf des Portiers, sie werde von einem Herrn erwartet, blickt Floriane Ment prüfend in den Spiegel und ist zufrieden. Um Eindruck zu machen auf einen deutschen Beamten würde das allemal reichen. Sie trägt jetzt ein Kleid. Die Reporterin überlegt, ob sie ihr Tonbandgerät mitnehmen soll, entscheidet sich dann dagegen. Ein Hintergrundgespräch hat sie erbeten, kein Interview. Der schlanke, große Mann, der sich ihr als Lionel Zartmann vorstellt, als sie den Fahrstuhl verläßt, entspricht allerdings gar nicht ihrer Klischeevorstellung von einem spießigen Kriminalrat. Sieht eher aus wie ein Banker oder ein Kunsthändler, denkt sie fast erschrocken, freut sich aber spontan auf den kommenden Abend. Zartmann ist wie immer britisch gekleidet, graue Flanellhosen, dunkelbraunes Jackett, einfarbige Krawatte. Die Hand, die er ihr reicht, ist trocken und kühl. So wie sie es mag. Sie registriert automatisch, daß er keinen Ehering trägt und schnuppert den Hauch eines teuren Rasierwassers. Der Duft scheint ihr vertraut. Wahrscheinlich hat es ein Mann benutzt, der ihr mal näher gekommen war.

Auf den Gedanken, daß sie Lionel Zartmann schon einmal getroffen hat und vor allem bei welcher Gelegenheit, in der Tiefgarage nämlich, kommt sie nicht. Sie kann keine Verbindung herstellen zwischen ihm und dem geheimnisvollen Kapuzenmann. Was er sofort bemerkt. Siehst du, sagt daraufhin der junge Lionel zum alten Zartmann, ich wußte es. Ich wußte es. Das Spiel kann beginnen. Und ich bestimme die Regeln. Bist du sicher? antwortet sein anderes Ich, bist du sicher, daß nach deinen Regeln gespielt wird?

»Sie haben die Wahl, Frau Ment«, sagt Zartmann, als sie rausgehen in eine noch warme Herbstnacht, und läßt dabei seine Augen einen Moment zu lang bewundernd auf ihrem Gesicht verharren, während er ihr den Vortritt läßt. Täuscht sich allerdings, weil er glaubt, daß sie seinen Blick nicht bemerkt hat. Es ist ihr aber nicht unangenehm. »Wir können im Léon de Lyon zu Abend essen, ein paar Schritte über die Brücke, nicht weit. Hat einen sehr guten Ruf, vielleicht eine Spur zu bürgerlich. Oder wir können uns nach Mionnay fahren lassen, zu Alain Chapel, da geht es ein wenig unkonventioneller zu. Auch eine hervorragende Küche. Oder Sie sagen mir, worauf Sie Appetit haben, und ich koche für Sie, und wir unterhalten uns im besten Restaurant der Stadt, in meiner Wohnung.« Sie blickt ihn verblüfft an, kein bißchen pikiert allerdings, was er richtig interpretiert und mit unbewegter Miene ihre nicht ausgesprochene Frage aufnimmt: »Man sagt, ich sei ziemlich gut in der Küche. Liegt wohl daran, daß es mir Spaß macht. Alle Geschäfte haben noch geöffnet, Einkaufen ist kein Problem. Up to you, Sie entscheiden.«

Floriane Ment muß nicht lange überlegen. Erstens wird es in der Tat für sie einfacher werden, ihn auszuhorchen, wenn er sich auf ganz andere Dinge in seiner Küche konzentrieren muß. Und zweitens ist sie neugierig darauf zu sehen, wie dieser Mann wohnt. Das eine hat mit dem anderen nichts zu tun, weiß sie. Aber genau das macht den Reiz aus. »Sie haben verloren«, sagt sie spöttisch, denn das doppelsinnige Geplänkel beginnt, ihr Spaß zu machen, und außerdem hat sie bei solchen Spielen noch nie verloren. »Sie müssen arbeiten, ich nehme Ihre Einladung an.«

Die drei Männer, die sie verfolgen, einer zu Fuß, zwei in einem gemieteten Peugeot, sehen nichts weiter Aufregendes als ein elegantes Paar, ab und zu lachend, das in verschiedenen Geschäften in der Innenstadt zusammen einkauft. Die jeweiligen Besitzer scheinen Zartmann gut zu kennen, überall wird er per Handschlag begrüßt. Floriane Ment genießt es, daß sie unverhohlen bewundert und wie selbstverständlich für die neue Freundin des IKPO-Beamten gehalten wird. Soviel Französisch versteht sie. Er überläßt ihr die Auswahl des Dinners, und sie sucht Coquilles St. Jacques aus, ein paar Bresse-Hühner, junge Erbsschoten, verschiedene Salate. Als ihr Begleiter eine Flasche Champagner kauft, dessen Marke sie noch nie gehört hat, weil der aus der Gegend stammt und nicht exportiert wird, schaut sie ihn forschend an. Er hält ihrem Blick stand. Beide merken nicht, daß sie immer dann fotografiert werden, wenn sie wieder einen Laden verlassen.

Zartmanns Wohnung liegt im dritten Stock eines alten Hauses an der Place des Terraux. Am Trottoir parkt sein

Morgan. Als er mit Floriane Ment, die den Champagner trägt, in der holzgeschnitzten Eingangstür verschwunden ist, steigt einer der sie verfolgenden Männer schnell aus dem Peugeot und schlüpft unbemerkt hinter ihnen ins Treppenhaus. Da bleibt er stehen. Er horcht auf die Geräusche der knarrenden Holzstufen, zählt mit, und als eine Tür zuschnappt, zieht er seine Schuhe aus und rennt auf Socken leise nach oben. LIONEL ZARTMANN steht auf dem Türschild. Wieder zurück im Auto nimmt er sein Handy und wählt Karl Mulders Nummer in der Hamburger Zentrale der Vaterlandspartei. Seit Stunden sitzt der dort allein vor einem Computer, grübelt immer noch, wie es ihm passieren konnte, daß er diesen Ordner mit dem verdammten Protokoll übersehen hat.

»Ja?«

»Sie hat einen Mann getroffen, ist jetzt mit dem in seiner Wohnung. Zartmann, Lionel Zartmann. Adresse: 5, Place des Terraux. Ja, ich buchstabiere. Wir haben Fotos gemacht, die funken wir, wenn wir wieder im Hotel sind. Ja, wir wohnen im selben Hotel. Über ihr. Jetzt gleich? Schon gut, Chef, schon gut, wir beide bleiben hier vor dem Haus, den Jungen schicken wir zurück. In Ordnung.« Er wendet sich dem Fahrer zu und tippt sich an den Kopf: »Quasimodo spinnt mal wieder, er will alles sofort haben.« Dann pfeift er den dritten Mann herbei, der die Verfolgung zu Fuß aufgenommen und an der Ecke gewartet hatte, drückt ihm einen Zettel mit dem Namen und den Chip mit dem Film aus der Digitalkamera in die Hand: »Schönen Abend weiterhin, du sollst zurückgehen ins Hotel und alles an Mulder senden. Beeil dich, der Herr hat schlechte Laune.« Seine eigene Laune ist auch nicht viel besser. Mulder hat wirklich eine Meise, flucht er. Als ob die Rothaarige so einfach nach Lyon fliegt, sich mit einem Mann trifft, und der ist zufällig auch gleich der Mörder Freypens. Wahrscheinlich irgendeine Wochenendaffäre, wahrscheinlich trinken die jetzt Champagner und gehen anschließend miteinander ins Bett. Mist.

Er hat Hunger und Durst und kann sich vorstellen, daß eine lange Nacht in einem unbequemen Auto vor ihnen liegt. So ganz sicher ist er allerdings nicht, ob nicht Mulder vielleicht doch die richtige Nase gehabt hat.

Zartmann hat sich in die zum Wohnzimmer offene Küche zurückgezogen, sein Jackett abgelegt und begonnen, alles fürs Abendessen vorzubereiten. Mit einem Knopfdruck eine Stereoanlage in Gang gesetzt, Jazzmusik, Wynston Marsalis mit seinen Brüdern. Floriane Ment registriert mit geschultem Blick die Einrichtung, als müsse sie darüber schreiben: schwere Teppiche, ein paar Grafiken an der Wand, sparsam verteilt alte englische Möbel. Viele Bücher, vor allem aber Romane. Sie schaut ihn fragend an, und er nickt ebenso wortlos. Erlaubnis zur Besichtigung erteilt. Sie wirft nur einen kurzen Blick in sein Schlafzimmer, in dem außer einem breiten Bett und einem Schrank nichts steht, öffnet mehr aus Versehen die Tür zum Badezimmer, das sie eigentlich nicht interessiert. Ertappt sich aber dabei, wie sie automatisch auf Hinweise achtet, die auf eine Frau schließen lassen – Parfums, Cremes, eine zweite Zahnbürste. Geht dann weiter in den anschließenden Raum, dessen Ambiente gar nicht zu den anderen paßt. Kühle funktionelle Möbel, zwei, nein, sogar drei Computer, ein Fernsehapparat, Faxgerät. Eine Pinnwand mit Ausrissen aus verschiedenen Zeitungen. Neugierig schaut sie sich die an. Irgendwelche Bombenattentate, irgendeine Geschichte über diese belgische Kinderpornoaffäre. Ist wahrscheinlich ein Fall für IKPO gewesen. Zurück im Wohnraum setzt sie sich auf einen der Barhocker, die am Tresen zur Küche stehen. Zartmann unterdrückt gerade noch rechtzeitig eine Bemerkung, daß sie, zumindest was Computer betrifft, wohl den gleichen Geschmack haben. Woher hätte er das denn wissen sollen? Für einen Moment hat er vergessen, wie gefährlich das Spiel ist, das er spielen will.

»Stört es Sie, wenn ich Sie einfach schon mal mit ein paar Fragen überfalle?« sagt die Reporterin, und sofort ist die leicht flirtige Stimmung vom gemeinsamen Einkauf verflogen. Das spürt Zartmann und schlüpft automatisch zurück in die Rolle des kühlen Beamten. »Fragen Sie, Frau Ment, dafür sind Sie doch extra nach Lyon gekommen, oder? Aber erwarten Sie nicht auf alle Fragen eine Antwort.« Dabei schneidet er scheinbar ungerührt ein paar Zwiebeln und Kräuter und prüft die Flammen auf dem Gasherd. Sie nimmt einen Schluck von dem Weißwein, den er ihr angeboten hat, weil der Champagner noch kühlen muß, und steckt sich eine Zigarette dazu an.

»Was genau machen Sie bei IKPO eigentlich, oder ist das geheim?« Nichts Geheimes, erwidert er, und erzählt ihr von seinen Aufgaben. Läßt die Aufzählung bewußt langweilig klingen. Organisierte Kriminalität, aber was ist heute nicht organisiert. Spezialgebiet verdeckte kriminelle Strukturen bei harmlos wirkenden Vereinigungen wie Glaubensgemeinschaften, Lobbyistenverbänden. Seit dem Eurobeschluß von Maastricht 1991 habe er auch immer mehr Investmentbanken und Beratungsfirmen im Visier, unter denen erfahrungsgemäß viele getarnte Geldwäscherfirmen sind.

»Meinen Sie denn, daß Sie so etwas für Ihr Buch brauchen können? Und was genau haben Sie denn vor?« Das hört sich wie eine naheliegende Frage in dem Zusammenhang an, doch sie läßt sich nicht täuschen. Bewundert den Schachzug mit professionellem Respekt. Er hat ihr eigentlich nichts verraten, was sie nicht auch aus einem IKPO-Handbuch hätte erfahren können, aber bei der erstbesten Gelegenheit den Ball in ihr Feld zurückgespielt. Nicht schlecht, Herr Kriminalrat, gar nicht schlecht.

Aber nicht mit mir.

Und beginnt erneut, das spielerische Geplänkel, dieses Abtasten ohne Berührung zu genießen. Floriane Ment hat ein paar Trümpfe in der Hinterhand, von denen er gar nichts ahnt. Einen vor allem. Zum Beispiel ist sie eine Frau und er letztlich doch nur ein Mann – wenn auch ein ziemlich ungewöhnlicher –, also verführbar. In dem Zusammenhang ist ihr bisher immer etwas eingefallen, und sie hat noch nie gezögert, sich selbst einzusetzen, wenn sich der Einsatz lohnen könnte.

»Die Grundidee hatte ich Ihnen ja schon in meinem Brief mitgeteilt. Ich will zwar einen möglichst spannenden Thriller schreiben, aber auf Grund von Erfahrungen echter Polizisten. Das bringt authentisches Flair in ein Buch, verstehen Sie, Authentizität. Meine Interviewpartner, Sie also auch, werden natürlich nur verschlüsselt und nicht mit echten Namen auftauchen.«

Er blickt sie ein wenig spöttisch an, während er die Jakobsmuscheln in einer heißen Pfanne anbrät: »Klingt zwar aufregend, aber was kann ich dabei für Sie tun?« Eine ganze Menge, mein Lieber, denkt sie und schlüpft, wie er zuvor in seine, zurück in ihre Rolle, in die der ausgebufften Reporterin, was ihr sofort wieder Sicherheit gibt: »Eine ganze Menge. Erzählen Sie mir zum Beispiel doch einfach mal Ihre Version von der Karry-Geschichte. Da waren Sie doch schon beim BKA, oder?« Bingo, denkt sie sofort befriedigt, als sie seine Reaktion feststellt. Er weiß darüber etwas. Zartmann schüttelt trotzdem den Kopf: »Als das passierte, war ich noch im Innenministerium, in Bonn. Nicht in Wiesbaden. Aber ...

»Aber?« hakt sie unbeeindruckt nach.

»Ich kenne den Stand der Ermittlungen.« Bricht unvermittelt ab, als habe er damit schon mehr gesagt, als ihm lieb ist, aber das hat andere Gründe. Er macht eine Bewegung mit dem Kopf in Richtung des Eßtisches. Hält die beiden Teller mit den fertigen Coquilles in den Händen. »Zu Tisch, bitte. Nehmen Sie unsere Weingläser mit und die Flasche?« Nach den ersten Bissen schaut er sie fragend an, aber sie merkt, daß Lionel Zartmann gar nicht so unbedingt ein Lob seiner Kochkünste hören will. Offensichtlich weiß er, wie gut er ist. Daß er vielmehr die Gelegenheit benutzt, sie ungeniert zu mustern. Sie hebt dennoch ihr Glas, als habe sie das nicht bemerkt: »Sehr gut, wirklich sehr gut. Wo haben Sie das gelernt, oder müssen deutsche Polizisten kochen können, bevor sie nach Frankreich versetzt werden?«

»Andere surfen im Urlaub oder wandern oder – Gott soll mich schützen – töpfern sogar. Als ich von Bonn nach Wiesbaden geschickt wurde, bot sich was anderes an. Kochen zu lernen. Bei Wodarz, dem berühmten Wodarz in seiner Ente vom Lehel. Macht mehr Spaß als zu wandern. Und meine Freunde haben mehr davon.« Er räumt die beiden Teller ab und macht sich an den nächsten Gang. Selbstverständlich hatte Lionel Zartmann sein Jackett wieder angezogen, bevor er sich hinsetzte.

Floriane Ment benutzt sofort die Vorlage, wieder auf das eigentliche Thema zu kommen: »Ihre Freunde ... sind das«, und sie kramt nach dem Zettel in ihrer Tasche, »sind das zum Beispiel Alain Renoit und Denis Riley und Peter McFerrer?« In der Küche fällt eine Schüssel krachend auf den Boden und zerbricht. Zartmann bückt sich und kehrt die Scherben zusammen. Als er sich erhebt, hat er sich bereits wieder gefangen. Nichts mehr ist in seinem Gesicht zu lesen. »Pech, ist mir ausgerutscht, aber nichts passiert. War noch leer. Was hatten Sie gefragt? Ach so, meine Freunde. Wie kommen Sie denn auf die Namen?« Denkt dabei fieberhaft nach, was er machen soll, falls sie, durch welchen Zufall auch immer, das Geheimnis von Kleopatra entdeckt haben sollte. Falls das der eigentliche Anlaß ihrer Reise nach Lyon war. Verflucht. Es muß eine andere simple Erklärung für ihre Frage geben, es muß. Wie hätte sie denn darauf kommen sollen? Undenkbar, einfach undenkbar. Nie haben sie eine Spur hinterlassen, da ist er sicher.

»Ganz einfach, ich habe diesen Aufsatz gelesen, den Sie gemeinsam mit denen mal vor vielen Jahren verfaßt haben. Über Selbstjustiz. Über Gerechtigkeit. Über Moral. Was auch immer. Sehr interessant. Da sind die mit Ihnen zusammen als Autoren genannt. Also ...«

»Also dachten Sie, wenn die schon gemeinsam schreiben,

werden sie auch gemeinsam essen und trinken? Sehr gut, Frau Kollegin, sehr gut. Wir könnten Sie bei uns in der Firma brauchen. Eine schöne Frau mit Verstand, das fehlt uns.« Zunächst ist sie von ihm enttäuscht, weil sie aus seiner Antwort das alte Machoklischee heraushört, daß es nur Zufall sein kann, schlimmer noch, Verschwendung sein muß, wenn eine Frau schön ist und auch noch Verstand hat. Hält ihn plötzlich für einen unsensiblen Aufschneider, eben doch nur für einen Mann wie all die anderen, weil er vor sich hinpfeift, während er die Hühner vorbereitet, als ob es einen Grund zur besonderen Fröhlichkeit gebe. Was tatsächlich stimmt. Nur ist Zartmann deshalb so froh, weil sie offensichtlich keine Ahnung hat von Kleopatra und ihn damit nicht in Konflikte stürzt. Was hätte er sonst mit ihr machen sollen, wenn sie es wirklich herausbekommen hätte? Umbringen etwa?

Den Aufsatz hat er lange schon vergessen, aber jetzt erinnert er sich natürlich wieder an die Debatte damals in Colmar, als Renoit ihnen den staatstragenden Schluß vorgelesen hatte. Er geht an den Kühlschrank und nimmt den Champagner heraus. Es gibt sogar einen Anlaß zu feiern, aber das kann er ihr nicht sagen. Zartmann macht es deshalb eine Nummer kleiner: »Der hat jetzt die richtige Temperatur. Würden Sie so freundlich sein? Ich muß mich um die Hühner kümmern.«

Du wirst dich noch wundern, denkt sie, immer noch sauer, mich kriegst du mit diesen alten Tricks bestimmt nicht. Blöde Komplimente und dann Champagner. Wahrscheinlich später noch Kerzenlicht und vielleicht ein bißchen Elton John? Oder lieber Dave Brubeck, weil der Herr was Besseres ist? Und mir dann unters Kleid fassen? Wieder schaut er sie direkt an, und wieder scheint er ihre Gedanken lesen zu können: »Verzeihung, aber Sie sind nun mal schön«, sagt er leise, »sehr schön. Und Sie sind nun mal klug. Sehr klug. Hätte ich das trotzdem nicht sagen dürfen?« Nun verliert Floriane Ment für einen Moment die Fassung. So wie er vorhin, als er die Schüssel fallen ließ. Nun fühlt sie sich ertappt. Und wie er gleichzeitig erleichtert. Sie öffnet die Flasche und schenkt ein, ohne auch nur einen Tropfen zu vergießen. »Hätten Sie wohl nicht gedacht, daß Frauen Champagnerflaschen öffnen können?« fragt sie spöttisch, und als er sie anlächelt, muß auch sie lächeln. Du benimmst dich wie ein Teenager beim ersten Mal, beschimpft sie sich selbst. Denk an deinen Job.

»Sind Sie wirklich der Meinung, daß es manchmal für die Gerechtigkeit ein bißchen Selbstjustiz braucht?«

»Natürlich nicht. Wo kämen wir denn da hin? Vergessen Sie nicht, es war die intellektuelle Auseinandersetzung, Pardon, mit einer einleuchtend klingenden Theorie. Kennen Sie doch sicher auch, dieses Gefühl der Ohnmacht, wenn etwas nicht bestraft wird, was nach Ihrer Meinung bestraft werden müßte. Diese Allmachtsphantasien, was man machen würde, wenn man könnte und dürfte.« Sie denkt an die versuchte Vergewaltigung durch Schwarzkoff, und genau daran hat auch er gedacht. »Mehr als: Was wäre wenn …? haben wir nicht ausdrücken wollen. Falls ich mich recht erinnere, es ist schließlich ziemlich lange her, und so wichtig war es dann doch nicht, hatten wir aber einen ziemlich distanzierenden Schluß, oder nicht?«

Sie nickt bestätigend. »Stimmt. Der war ziemlich langweilig, Verzeihung, sagen wir mal so: deutlich staatstragend.« Er lacht, und damit hätte das Thema beendet sein können, zumal die Hühner fertig sind und von ihm gerade auf angewärmten Tellern mit entsprechenden Portionen von Erbsschoten garniert werden. Aber Lionel Zartmann liebt das Risiko, es reizt ihn plötzlich, weiter auf dem gerade noch so dünnen Eis zu gehen. »Das wäre doch auch eine interessante Konstellation für Ihr Buch, Frau Ment«, und es fällt ihr bei der förmlichen Anrede auf, daß er bisher nicht den geringsten Versuch von Anmache unternommen, beispielsweise sie einfach Floriane genannt hat, »eine Gruppe von Männern, ein Geheimbund, eine verschworene Gemeinschaft, die sich vorgenommen hat, gewisse Figuren einfach umzubringen, die immer wieder ungestraft davonkommen. Wäre das nicht mal was anderes statt der üblichen Krimistoffe?«

Du spinnst, sagt ihm sein anderes Ich. Der Alte. Jetzt bist du wirklich leichtsinnig geworden, geradezu größenwahnsinnig. Von wegen, antwortet der junge Lionel. Genau das ist der Trick. Wenn ich es selbst vorschlage, kommt sie nicht auf falsche Gedanken. Wetten? Er ist sicher, daß sein Freund Alain begeistert wäre.

Floriane Ments überlegenes Lächeln beweist ihm schon, bevor sie zu sprechen anfängt, daß er nicht eingebrochen ist, daß er gewonnen hat. »Na ja, ich will Ihnen ja nicht zu nahetreten«, und sie stockt ein bißchen, weil er sie so anschaut, als würde er fragen wollen: Warum eigentlich nicht? »Ich will Sie ja nicht enttäuschen, aber mit so unwahrscheinlichen Plots kann man als Autor nichts anfangen. Das ist einfach fern jeder Wirklichkeit. Sorry.« Er hebt in gespielter Enttäuschung die Schultern: »Wahrscheinlich haben Sie recht, da kennen Sie sich besser aus als ich. Vergessen Sie es. Sie sind die Autorin. Reden wir über Karry. Aber dabei testen wir Bresse-Hühner und Champagner. Was wollen Sie wissen?«

Zartmann dosiert die Informationen genau. Er gibt der Reporterin zu dem Mordfall, der vor sechzehn Jahren passiert ist, zwar so viele Details, daß sie ein Bild ihrer Art wird malen können. Aber er achtet sorgfältig darauf, keine Dienstgeheimnisse zu verraten. Das hat nichts mit übertriebener Loyalität zu seinem Dienstherrn Staat zu tun. Das ist für ihn eine Frage der Selbstachtung, altmodisch auch Anstand genannt. Zartmann ist altmodisch. Man beißt nicht die Hand, die einen füttert. Und noch füttert sie ihn. Allerdings hat er in den vergangenen Jahren immer häufiger davon geträumt, seine eigentliche Sehnsucht zu leben. Die hat nichts zu tun mit Amt und mit Würden und mit Verbrecherjagd und mit gesicherter Rente. Seine Lust auf Abenteuer ist selbst durch Kleopatra noch nicht gestillt. Er würde am liebsten mit allem brechen und ein zweites Leben beginnen. So wie ihm geht es zwar vielen. Aber nicht viele haben wie er die Aussicht auf ein paar Millionen harte Mark, mit denen der Absprung abgefedert und weicher wird. Das Bundesamt zur Regelung offener Vermögensfragen hat ihn gerade wissen lassen, daß es in den nächsten Wochen eine Entscheidung in Sachen enteigneter Familienbesitz in der ehemaligen DDR geben wird. Rückgabe hat ihn nie interessiert, weil er es als unmoralisch erachten würde, nach vierzig Jahren die zu vertreiben, denen inzwischen die einst seinem Großvater gehörenden Häuser zur Heimat geworden sind. Das umschreibt er mit dem ihm eigenen Zynismus gern so: Er wolle seinen bescheidenen Beitrag dafür leisten, daß die Zonis auch wirklich dort bleiben, wo sie hingehören. Die Summe, die ihm als Erben aus dem Entschädigungsfonds zusteht, auf die allerdings will er nicht verzichten. Bei Anflügen von schlechtem Gewissen muß er nur an die Herren Anwälte denken, die im Namen der Treuhandanstalt nach der Wiedervereinigung Hunderte von Millionen harter Mark zwar nicht verdient, aber erhalten hatten.

»In welcher Ferne schweben Sie?« unterbricht Floriane Ment fast behutsam seine offensichtliche Abwesenheit und tupft mit einem Stück Brot die Reste von ihrem Teller: »Sieh, das Gute liegt so nah. Hat übrigens wunderbar geschmeckt. Ich werde Sie weiterempfehlen.« Er ist froh, daß sie keine Antwort erwartet und mimt den Koch eines Drei-Sterne-Restaurants, der um seine Gäste herumschwänzelt, bevor ihnen Dessert und Digestif und die Rechnung gereicht werden. Sie lacht, bis sie sich verschluckt und hustet. Winkt keuchend, aber immer noch prustend ab, als er Anstalten macht, ihr auf den Rücken zu klopfen. Statt dessen steht sie auf und geht Richtung Flur. »Nachtisch, Madame?« ruft er ihr nach, und sie ruft im gleichen verspielten Ton zurück: »Lieber nicht, aber noch ein Glas Wein, Monsieur«, bevor sie die Tür hinter sich schließt.

Karl Mulder kann die Übertragung aus Lyon kaum erwarten. Nervös an seinem Zigarillo ziehend steht er am Gerät, als endlich die Überwachungsfotos von Floriane Ment und Lionel Zartmann ausgedruckt werden. In Farbe und gestochen scharf. So also sieht der Mörder Joachim Freypens aus, denkt er und stößt eine Art Triumphgeheul aus, denn er ist überzeugt, das war er, der muß es einfach sein. Vor einer Woche genau um diese Zeit hatten sie die Leiche entdeckt, und er hatte an fast der gleichen Stelle geschworen, den Killer zu jagen, seinen Chef zu rächen. Alles paßte in seine Theorie – und inzwischen war es seine, das anonyme Fax war vergessen: Die Reporterin hatte sich als Begleiterin Schwarzkoffs ein Alibi besorgt, in der Zwischenzeit war der Mörder in ihre Wohnung gegangen und hatte geschossen. Mulder macht sich in seiner Euphorie, so nahe an der Millionenbelohnung zu sein, keine weiteren Gedanken um ein überzeugendes Motiv oder einen wahrscheinlichen Auftraggeber für den Mord oder warum die seiner Meinung nach so eiskalt berechnende rothaarige Frau eine Woche nach dem Mord sorglos in ein Flugzeug steigen sollte, um sich in aller Öffentlichkeit mit dem Mann zu treffen, den er für den Mörder hält.

Für einen Atemzug lang ist er sogar versucht, zum Hörer zu greifen und Helga Freypen Vollzug ihres Befehls zu melden. Den Namen des Mörders hat er und dessen Adresse, und sogar das berühmte BKA hat er abgehängt. Läßt es aber. Nicht etwa, weil es schon so spät am Abend ist. Nein, er will ihr Gesicht sehen, wenn er es ihr sagen wird, ich, Karl Mulder, ich habe geschafft, was die Polizei nicht geschafft hat. Was dieser Krucht nicht geschafft hat. Was diese Hornstein nicht geschafft hat. Ich habe den Mörder gefunden. Das soll Teil zwei seiner ganz persönlichen Rache sein, Helga Freypen würde ihm danken müssen. Öffentlich. Und dann ist da noch die Belohnung. Die Kopfprämie. Die Million. Der Beginn seines neuen Lebens.

Er telefoniert mit seinen Leuten in Lyon und ordnet an,

bis auf weiteres die beiden nur aus gebührendem Abstand zu überwachen – vielleicht gibt es noch einen dritten Mann – und abzuwarten, bis er den Befehl zum Zuschlagen geben würde. Das mußte erst einmal organisiert werden, denn Mulder will nicht die Polizei informieren, sondern diesen Zartmann in seine Gewalt bringen und in einem sicheren Haus der Partei, in der Jagdhütte zum Beispiel, mal so richtig zur Brust nehmen. Bis er ihm alles gestehen würde. Und ihn anschließend Helga Freypen überlassen. Seine Jungs sollten dann diese Rothaarige haben dürfen. Wie versprochen.

Floriane Ment öffnet auf dem langen Flur von Zartmanns Wohnung die falsche Tür, nicht die zum Badezimmer, wo sie sich nach dem tränenreichen Lachanfall das Gesicht wieder richten will. Merkt das aber erst, als sie schon den Lichtschalter angeknipst hat. Sie ist in eine Art begehbare Kleiderkammer geraten, in der Anzüge und Jacketts und Hosen hängen, am Boden stehen viele Schuhe. Sieht alles teuer aus. Die Hand hat sie bereits wieder an der Türklinke, um zurückzugehen auf den Flur, da bleibt ihr Blick hängen an einer Sporttasche, die halb unter ein Regal geschoben ist. Eine grüne Leinentasche. Sie weiß sofort, wo sie schon einmal eine solche Tasche gesehen hat. Sekundenlang sieht sie vor ihrem inneren Auge die Umrisse eines Mannes im diffusen Licht einer Garage und eine Tasche, die er zu Boden sinken läßt. Vorsichtig bückt sie sich und zieht die ein bißchen näher zu sich her. Leer. Sie hebt mit spitzen Fingern den Stoff hoch. Sie riecht daran. Der Geruch erinnert sie an einen anderen Geruch.

»Wo bleiben Sie denn?« hört sie die Stimme Zartmanns, und als sie sich umdreht, immer noch die Tasche in der Hand, steht er genau vor ihr. Blickt sie erstaunt an, wirkt aber keinesfalls erschrocken: »Wollen Sie verreisen? Oder ins Fitneßcenter?« fragt er spöttisch und nimmt ihr die Sporttasche ab »Nein, die Farbe paßt nicht zu Ihnen. Ist außerdem viel zu häßlich. Ich habe mich schon ein paarmal gefragt, wer die hier vergessen hat«, sagt er dann und läßt die Tasche achtlos auf den Boden fallen. Schaut sie dabei aber unentwegt an und verzieht keine Miene. »Wollte ich schon lange auf den Müll werfen«, fügt er hinzu, was tatsächlich stimmt und er auch längst hätte tun sollen. Aber er hat nicht damit gerechnet, daß ausgerechnet Floriane Ment, die einzige, die ihn außer Alain damit gesehen hat, und ausgerechnet in seiner Wohnung in Lyon, das Ding entdeckt. Er schimpft sich einen blutigen Anfänger, aber davon dringt nichts an seine Oberfläche. Ich habe dich gewarnt, Lionel, sagt der andere Zartmann, du wolltest ja nicht auf mich hören. Du wolltest diese Frau ja unbedingt wiedersehen. Jetzt sieh zu, wie du sie wieder los wirst.

Sie sagt gar nichts. Hält aber seinen Blick fest wie vor einer Woche in der Tiefgarage. Ist sich dabei ganz sicher, daß es dieselben grünen Augen sind. Die Augen hinter der heruntergerutschten Brille. Kein Zweifel. Aber der Bart? Denk nach, befiehlt sie sich, denk ganz ruhig nach. Kennt man doch aus jedem Krimi, einen falschen Bart. Kein Wunder, daß er dich nicht angerufen hat. Er ist ein Mörder. Kein normaler Mörder. Ein besonderer Mörder. Der von Freypen. Der Mörder, der mich gerettet hat. Mein Mörder sozusagen, mein ganz persönlicher Mörder. Und jetzt? Einfach so tun, als ob nichts ist, als ob ich mich nur in der Tür geirrt und ein bißchen zu viel gesehen habe, weiter nichts? Ob er mich überhaupt noch gehen läßt? »Kommen Sie«, sagt er, »ich habe eine neue Flasche Wein aufgemacht. Sie haben sicher auch noch ein paar Fragen an mich.«

Grinst dabei so frech, daß er zehn Jahre jünger aussieht. Sofort ist Floriane Ment wieder unsicher. Bildet sie sich vielleicht doch alles nur ein? Welches Motiv sollte ausgerechnet ein hoher Polizeibeamter aus Lyon haben, einen Rechtsradikalen in Hamburg umzubringen? Da fällt ihr wieder der Aufsatz ein. Da steht doch alles drin, wenn sie nach einem Motiv sucht. Auch noch von ihm selbst verfaßt. Aber kann einer so kühl reagieren, der befürchten muß, gerade als Mörder enttarnt worden zu sein? Eigentlich unmöglich. Sie spürt einen Schauder auf ihrer Haut. Fährt sich mit der Hand über die Stirn und kneift sich unauffällig in die Wange. Was der kann, überzeugt sie sich selbst, kann ich schon lange. Das Spiel spiele ich mit. Sie greift an, und nicht einen Moment lang hat sie das Gefühl, etwa Angst vor ihm haben zu müssen. Selbst dann nicht, falls er wirklich der Mann ist, für den sie ihn gerade hielt. Oder hält?

»Und ob ich noch ein paar Fragen habe. Beispielsweise würde ich gerne wissen, wo Sie am vergangenen Wochenende waren. Gerade hatte ich nämlich das Gefühl, Sie schon mal getroffen zu haben, in Hamburg zum Beispiel.« Sie ahnt es also, stellt Zartmann kühl fest, aber das beunruhigt ihn seltsamerweise überhaupt nicht. Scheinbar gelassen fragt er: »Wie kommen Sie darauf?« Sie glaubt es zu wissen, aber sie hat keine Beweise. Und selbst wenn sie welche hätte, würde sie ihn nicht verraten. Spinnst du? weist er sich zurecht. Warum sollte sie mich nicht verraten? Ist doch eine wahnsinnige Geschichte für sie. Sie ist doch Journalistin und auch noch auf Verbrechen spezialisiert. Also, warum sollte sie dich nicht verraten? Warum sollte Floriane Ment schweigen? Weil sie sich nicht lächerlich machen will, weil ihre Vermutung so absurd klingt – ein hoher Kripobeamter als Attentäter? Das wird keiner ernst nehmen. Wirklich nicht? Auch Susanne Hornstein nicht?

Dabei muß er unvermittelt lachen, weil er sich daran erinnert, daß ihn die Kollegin gebeten hat, alles Verdächtige zu notieren, das ihm an Floriane Ment während ihres Besuches auffällt. Hätte wohl besser Floriane bitten sollen, sich alles Verdächtige aufzuschreiben, was ihr an ihm auffällt. Er lacht noch einmal, und Floriane hat das Gefühl, er lache sie aus. Ist plötzlich wieder ganz sicher, daß sie dabei ist, sich lächerlich zu machen. Ich muß irgend etwas unternehmen, denkt sie, um die Situation wieder in den Griff zu bekommen. Im Moment ist er schon wieder der Stärkere. Das scheint auch

Zartmann zu wissen. Solche Spiele liebt er. Schaltet sofort um auf eine andere Taktik.

»Vergangenes Wochenende? Warten Sie, ach ja, da war ich mit einem Freund in Belgien. Wir haben wunderbar gegessen. Das hätte Ihnen bestimmt gefallen. Vielleicht ergibt sich mal die Gelegenheit. Falls Sie in der Gegend da zu tun haben. Müssen Sie für Ihr Buch nicht auch in Bonn recherchieren? Dann könnten wir uns in der Nähe treffen, im Scholteshof. Die kochen dort fast so gut wie ich.« Er nimmt fast behutsam ihren Ellbogen und bewegt sich mit ihr in Richtung Wohnraum. Redet dabei weiter in einem unverbindlichen Plauderton: »Nein, ich fürchte, wir haben uns bislang noch nie getroffen. Leider.« Aber so schnell ist sie nicht zu schlagen, obwohl sie das Wörtchen leider nicht überhört hat.

»Ich meine auch nicht, auf einer Party getroffen. Eher zum Beispiel, sagen wir mal, na, in einer Tiefgarage?« Sie bleibt abrupt stehen und dreht sich fast triumphierend zu ihm um. Er weicht ihrem Blick nicht aus. In seiner Personalakte hätte man die Beurteilung eines Psychologen finden können, der Zartmann nach dem Wechsel von Bonn ins BKA testete, und da war zu lesen, daß zu seinen hervorstechenden Eigenschaften eine fast übermenschlich zu nennende Selbstbeherrschung gehöre. Daß er deshalb in Streßsituationen, in denen andere zusammenbrechen, erst zur richtigen Form auflaufe.

»Ich weiß zwar nicht, was Sie mit Tiefgarage meinen, aber vielleicht bin ich auch schon zu alt, um das zu verstehen. Ist das ein Synonym für irgend etwas? Ein Spiel? Ein Rätsel? Müßte ich jetzt die richtige Antwort wissen?« Faßt wieder vorsichtig ihren Arm und versucht, sie zurück zum Tisch zu bewegen, aber sie hält dem Druck stand. Sein Gesicht ist dem ihren ganz nahe. Es kommt ihr eine ganz andere Idee, wie sie ihn besiegen könnte. Ohne ihn aus den Augen zu lassen, tastet sie mit der rechten Hand auf ihren Rücken, zieht am Reißverschluß und läßt ihr Kleid auf den Boden sinken. Sie trägt keinen BH: »Ob es die richtige Antwort ist, weiß ich noch nicht. Versuchen Sie es doch mal«, antwortet sie herausfordernd. Nun fühlt sie sich wieder als die Stärkere.

Aber dieses Gefühl hält nicht lange vor. Denn plötzlich denkt sie nicht mehr an Mord und nicht mehr an Schwarzkoff und nicht mehr an ihr Buch und nicht mehr an irgendwelche Tiefgaragen und vergißt sogar, warum sie ihr Kleid ursprünglich hat fallen lassen. Aus Berechnung. Um nach ihren Regeln zu spielen, nicht nach seinen. Das Spiel, das sie jetzt in seinem Schlafzimmer spielen, ist zwar ein uraltes Spiel, aber sie spielen es unter Gleichen, und es gelten keine Regeln.

»Was für ein Nachtisch«, murmelt Lionel nach einer Ewigkeit, die nur denen, die unten vor dem Haus im verrauchten Auto sitzen und die Wohnung beobachten, wie knapp eine Stunde vorgekommen ist, und er küßt seinen seltsamen Gast vorsichtig auf die fast durchsichtigen Brustwarzen. Dann schaut er halb aufgestützt auf seine weggeworfenen Kleidungsstücke, die wie bei einer Schnitzeljagd den Weg zum Bett markieren und am Boden verstreut liegen: »Ich glaube, ich nehme noch eine Portion«, verkündet er leise, als er sich wieder aufs Bett zurückfallen läßt. Und auch sie hat offensichtlich noch Hunger.

»Warum hast du eigentlich gezögert, mich zu retten, du weißt schon, letzte Woche, als sich dieses Schwein über mich hermachte?« fragt Floriane mit unschuldiger Stimme nach einer weiteren Ewigkeit, denn so schnell gibt sie nicht auf, so schnell vergißt sie nicht ihren journalistischen Instinkt, und krault ihn dabei zärtlich an seinem linken Ohr. Selbst jetzt tappt Lionel Zartmann nicht in die Falle: »Ich weiß immer noch nicht, wovon du sprichst, hat das mit dem Rätsel der Tiefgarage zu tun? War doch Tiefgarage, oder? Aber ich würde dich immer retten, egal, wo und egal, wer es ist, der über dich herfällt. Selbst wenn es King Kong wäre. Denn nur ich darf über dich herfallen«, erklärt er lachend und beißt sie in den Bauchnabel, um ihrem Blick auszuweichen. Sie ist immer noch nicht überzeugt, daß ich auf keinen Fall ihr Mörder bin, sondern nur ein zufälliger Liebhaber, denkt Zartmann und bewundert dabei, sozusagen wertfrei, ihre Taktik. Die ist zwar nicht neu, genauso uralt wie das Spiel, das sie gerade trieben – das Mata-Hari-Spiel heißt es in einschlägigen Fachkreisen –, aber immer wieder erfolgreich. Viele Staatsgeheimnisse endeten in Bettgeflüster. Die professionelle Anerkennung für den Zug des Gegners, auch wenn sie nackt unter ihm liegt, ist sie plötzlich wieder ein Gegner, verdrängt sofort diesen Anflug eines ungewohnten Gefühls, den er kurz zuvor hatte. Eine Ahnung, daß diese schamlose Leidenschaft gerade mehr als nur ein exquisiter Nachtisch gewesen sein könnte, an dessen Geschmack man sich morgen schon kaum erinnern würde.

Für Floriane Ment hat Sex tatsächlich etwa die Bedeutung von Essen. Manchmal wird gefastet, manchmal gibt es Fast food, manchmal gutbürgerlichen Eintopf, manchmal ist das Servierte so gut, da erinnert man sich noch Jahre später an wundervolle kulinarische Höhepunkte. So betrachtet wird sie diese Nacht nicht vergessen. Sie steht auf, und er blickt sie fragend an, die Arme unter dem Kopf verschränkt. »Sag bitte nicht, daß du in dein Hotel willst. Stell dir einfach vor, wie langweilig es da ist. Und ich bin beim Frühstück mindestens so gut wie beim Hauptgang heute abend.« Vor ein paar Stunden, vor diesen Ewigkeiten, hätte Floriane Ment über einen solchen Satz nicht mal nachgedacht. Männergeschwätz eben. Die meisten fragten post coitum, wie sie denn gewesen sind. Waren tief beleidigt, wenn sie wie beim Eiskunstlauf antwortete: fünf Komma null, oder: fünf Komma eins, selten: fünf Komma sieben, und die Kerle dann rauswarf.

Lionel aber schaut sie einfach nur an, sie spürt, wie er ihren nackten Körper mit seinen Augen abtastet, als wolle er sich jede Einzelheit einprägen, um sich für immer an sie zu erinnern. Sie erwidert diesen Blick, ebenso langsam und genau wie er, und grinst gar nicht mal spöttisch, eher interessiert, als er sich langsam bewegt. Eigentlich hat er recht, welch ein Aufwand, sich jetzt anzuziehen und für ein paar Stunden in einem kalten Bett in einem kalten Hotel zu schlafen. Das Spiel ist noch nicht zu Ende, morgen ist alles wieder vergessen, nicht wahr? – und was soll ich jetzt im Hotel. Sie legt sich wieder neben ihn ins Bett, hat genügend Platz, aber rückt nahe an ihn heran. Ich will einfach noch mehr aus ihm herausholen, macht sie sich selbst vor, und irgendwie stimmt das auch, so oder so. »Was wollen Sie noch von mir wissen, Frau Ment?« fragt Lionel Zartmann, und seine Stimme klingt nicht schläfrig. »Was kann ich noch für Sie tun?« Sie sagt es ihm.

Als Zartmann am anderen Morgen das Haus verläßt, um an der Ecke frische Croissants und ein paar Zeitungen zu holen, schließlich hat er eine Journalistin zu Gast, fällt ihm der Peugeot auf, in dem Mulders Männer sitzen, halb hinter der Windschutzscheibe versunken. Grau sehen sie aus und schläfrig. Warum hat sich die Kollegin Hornstein doch entschlossen, die Überwachung von Floriane Ment auch in Lyon fortzusetzen? Amateure, denkt der Profi, richtige Amateure, kein Wunder, daß die vom BKA in den letzten Jahren nicht gerade die größten Erfolge hatten. Er grinst. Sie traut ihm wohl nicht zu, seinen Auftrag auch richtig zu erfüllen. Sich alles zu merken, was ihm an der Reporterin verdächtig vorgekommen ist. Womit sie nicht so falsch liegt wie er nach dieser Nacht zugeben muß. Gemerkt hat er sich zwar einiges, aber darüber würde er nie sprechen.

Floriane Ment vermeidet sorgsam jede Berührung, als der fremde Mann, mit dem sie die Nacht verbracht hat, in seiner Küche steht und Kaffee kocht. Während er einkaufen war, hat sie, diesmal das richtige Badezimmer benutzt und sich zurechtgemacht. Nun steht sie ein paar Meter von ihm entfernt und hält ein Croissant in der Hand, nein, sie will sich nicht mit ihm hinsetzen. Sie wirkt kühl, aber sie ist unsicher, wie sie sich verhalten soll. So tun, als ob nichts gewesen wäre außer eben einer Art besonderem Nachtisch? Ihn zum Abschied küssen und wie im Kino »Auf bald« hauchen? Sie schüttelt sich. Ihn wieder siezen wie am Beginn des gestrigen Abends? Daß sie ihn für einen Mörder gehalten hat, kommt ihr inzwischen wie ein blöder Einfall vor. Es gibt schließlich Tausende von solchen grünen Sporttaschen. Wahrscheinlich hätte sie eine Woche nach der versuchten Vergewaltigung in jedem Mann einen Mörder vermutet. Er unterbricht sie, und wieder stellt sie erstaunt fest, daß Zartmann ihre Gedanken lesen kann.

»Wir fahren am Hotel vorbei und dann anschließend zum Flughafen«, sagt er nur, und damit hat er ebenso wie sie eine Entscheidung vermieden. Duzen oder siezen. Die Nacht als einmaligen Ausrutscher vergessen oder um eine baldestmögliche Wiederholung bitten. Bevor sie antworten kann, scheint er sich auf seine Art entschlossen zu haben, ohne Worte. Er küßt sie auf die Wange, und sie zuckt nicht zurück: »Wir haben gar nicht alles besprechen können für dein Buch, Floriane. Da wird es sich wohl nicht vermeiden lassen, daß wir uns noch einmal treffen, meinst du nicht?« Er schenkt ihr Kaffee nach und macht dann die Geste des Rasierens, bevor er ins Badezimmer geht: »Bin sofort zurück.«

Dort aber drückt er, statt sich zu rasieren, auf seinem Handy die Nummer, die ihm Susanne Hornstein gegeben hat. »Zartmann hier. Ja, sie war hier. Erzähle ich Ihnen später. Wenn ich sie zum Flughafen gebracht habe. Viel wichtiger: Sie sollten Ihre Leute besser ausbilden. Die stehen vor meinem Haus und fallen jedem Depp auf, so ungeschickt, wie die sich anstellen. So auffällig, wie die observieren. Wir haben uns hier bei mir unterhalten, weil ...« Merkt dabei, wie geradezu peinlich und seltsam das jetzt am Morgen danach klingt, aber es ist ihm andererseits auch herzlich egal. Die Beamtin in Hamburg geht sein Privatleben nichts an, selbst dann nicht, wenn er es vorübergehend mit einer möglicherweise Verdächtigen teilt.

»Meine Leute sind hier in Hamburg«, fährt Susanne Hornstein unhöflich dazwischen, denn ihre Laune ist nicht so gut. Aus anderen Gründen, aber das wiederum geht Zartmann nichts an. Sie weiß einfach nicht, warum sie sich so hat gehen lassen. Das heißt, sie weiß es schon, sie kann es erklären, Schuldgefühle wegen Nochtel und Angst, mit diesen Selbstvorwürfen allein zu sein. Aber das würde sie allenfalls bei anderen als Grund gelten lassen, sich selbst läßt sie solche menschlichen Schwächen nicht durchgehen. Eine Nacht mit Krucht. Mit einem Kollegen. Frau Kriminaldirektorin mit Herrn Hauptkommissar. Wie soll sie dem jetzt begegnen? Fragen, die sich vor ein paar Minuten weit entfernt von ihr eine ganz andere Frau, Floriane Ment, in ähnlichem Zusammenhang ebenfalls gestellt hat. Allerdings würde sich Floriane ein flüchtiges Abenteuer nie vorwerfen, sondern es schlicht vergessen.

»Ich habe Ihnen doch gesagt, daß wir sie in Lyon nicht überwachen können. Wahrscheinlich sehen Sie Gespenster.« Nach dieser Antwort aus Hamburg ist Lionel Zartmann hellwach. Der kühle Beamte. Der ausgebuffte Experte. Der erfahrene Kripomann. Vergessen diese seltsame Situation hier in seinem Badezimmer, vergessen die rothaarige Frau draußen, die ihm gestern noch fremd war. Fast fremd, korrigiert er sich und denkt an die Szene in der Tiefgarage. »Wenn es nicht Ihre Leute sind, Frau Hornstein«, beendet er das Gespräch »dann haben wir wahrscheinlich ein Problem. Ich melde mich wieder.« Drückt sofort auf eine gespeicherte Nummer: »Alain? Nein, tut mir nicht leid. Wach auf. Und zwar schnell. Vor meinem Haus steht ein Peugeot, dunkelblau, mit zwei verdächtigen Figuren drin. Keine Ahnung. Mir fiel es nur auf. Könnte etwas mit einem Fall zu tun haben, den ich im August in Lüttich untersucht habe. Millionenbetrug Fleischgroßhandel. Da gibt es fast nur finstere Typen. Kurzhaarig, muskelbepackt. Kalte Gesichter, sehen wirklich übel aus. Ich will ja nicht im Fleischwolf enden oder in einer Jauchegrube. Nein, ganz sicher bin ich nicht. Paß auf, ich muß gleich los, Richtung Flughafen. Wenn die mir folgen, liege ich richtig. Dann solltest du entsprechend ... ja, ich melde mich von unterwegs.«

Floriane Ment sitzt am Fenster, als er aus dem Bad kommt, er sieht sie nur von hinten. Über ihrem Kopf eine sich kräuselnde Rauchwolke. Sie dreht sich zu ihm um, drückt ihre Zigarette aus. Auch sie hat einen Entschluß gefaßt, obwohl sie einen Augenblick lang schwankt, als sie auf ihn zugeht und dabei feststellt, daß er sich wohl nicht besonders gut rasiert hat. Dunkle Flecken. Egal, geht sie nichts mehr an. »Meine Maschine startet um Viertel vor elf. Ich muß los. Aber ich will Sie nicht noch einmal mißbrauchen. Sie können mir ein Taxi rufen, wenn es zuviel Mühe macht oder Sie woanders erwartet werden.« Bei dem Wort mißbrauchen zögert sie einen Moment, weil es ihr doch irgendwie unpassend scheint. So hat sie sich in der vergangenen Nacht eigentlich nicht gefühlt. Na gut, denkt Zartmann, ist vielleicht sogar besser so. Macht alles einfacher, und wer weiß, was sie noch alles aus mir rausgeholt hätte. »Selbstverständlich werde ich Sie hinbringen, Frau Ment. In Frankreich weiß man, was sich einer Dame gegenüber gehört.« Lacht dabei ein wenig zu laut und zu falsch, was sie aber richtig versteht. Er will es nicht nur sich, sondern auch ihr leichter machen. Fügt bedauernd hinzu und so leise, daß sie genau hinhören muß: »Im übrigen werde ich nicht erwartet. Nirgends.«

Auf dem Weg zum Airport hält er kurz an ihrem Hotel. Er parkt direkt am Eingang, bis sie ihr Gepäck geholt und das unbenutzte Zimmer bezahlt hat. Zartmann sieht dabei im Rückspiegel, daß der dunkle Peugeot an der nächsten Ecke gestoppt hat. Ein dritter Mann öffnet gerade die hintere Tür des Wagens, er hat einen kleinen Computerkoffer in der Hand und eine große Reisetasche. Zartmann pfeift kurz durch die Zähne und steigt aus. Er schaut ostentativ auf seine Uhr, als würde er ungeduldig auf jemanden warten, steckt sich eine Zigarette an, und während er die Flamme des Feuerzeuges gegen den Wind schützt, fixiert er unauffällig das Nummernschild des Peugeot, merkt sich das Kennzeichen. Er weiß, daß ihn die Männer aus dem Auto heraus beobachten, deshalb spielt er weiter die Rolle des Genervten, dem das Herumstehen zu lange dauert, und setzt sich schließlich wieder ans Steuer seines Morgan. Drückt eine Taste seines Telefons, das im Lenkrad eingebaut ist, damit man während eines Amrufs immer beide Hände frei hat und bekommt sofort eine Verbindung zu Renoit. Er gibt ihm das Kennzeichen durch: »Checkt mal, auf wen der zugelassen ist. Am besten, ihr schnappt sie euch am Flughafen. Ich fahre gleich los.« Wieder steigt er aus, diesmal aber ist nichts gespielt, alles echt. Er nimmt Floriane Ment ihren Koffer ab, hält ihr höflich die Tür zum Beifahrersitz auf und startet seinen Wagen. Sie sitzt so weit wie möglich von ihm entfernt, was schwer ist in dem kleinen englischen Sportwagen, eng an ihre Tür gepreßt, und sie schweigt während der ganzen Fahrt. Zartmann teilt ihr Schweigen, aber aus ganz anderen Gründen. Wer sind diese Typen? Im Rückspiegel überprüft er ab und zu, ob der Peugeot noch zu sehen ist. »Sie müssen mich nicht an den Schalter bringen«, sagt sie, als er vor dem riesigen gläsernen Eingang hält, »ich bin ein großes Mädchen und kann schon ganz alleine reisen.«

»Wie Sie wollen, großes Mädchen«, erwidert Zartmann, »aber die Tür werde ich Ihnen doch aufmachen dürfen?« und wartet ihre Antwort nicht ab. Steht wie ein guterzogener Junge im offenen Hemd und Blazer da und hält ihren Koffer. Sie streckt ihm ihren rechten Arm entgegen, um das Gepäck zu übernehmen. Er nimmt ganz vorsichtig ihre Hand, führt sie zum Mund und berührt sie mit seinen Lippen. »Vielleicht sehen wir uns irgendwann mal wieder?« Floriane scheint zu zögern, weil seine Stimme so kühl dabei klingt, so geschäftsmäßig, so falsch wie aus einem deutschen Werbespot. Hast du vielleicht was anderes erwartet? sagt sie zu sich selbst und will ihre Antwort nicht hören. In dem Augenblick spürt sie erneut seine Lippen und weiß plötzlich, daß Lionel seine Stimme verstellt hat. Da nickt sie, als würde es sie keine große Überwindung kosten. »Vielleicht, ja, vielleicht bestimmt.« Wird rot bei dieser schwachsinnig verräterischen Antwort und geht schnell in das Flughafengebäude. Dreht sich erst noch einmal um, als sie sicher sein kann, in der Menge nicht mehr gesehen zu werden. Sie entdeckt Lionel Zartmann, der immer noch vor seinem Auto steht und in die Richtung schaut, in der sie verschwunden ist.

Während sie im Parkhaus ihr Gepäck entluden, wurden drei Männer von einigen höflichen Herren in Zivil verhaftet, was anderen Passagieren kaum auffiel. Ihre Proteste, daß sie ihr Flugzeug versäumen würden und was man ihnen eigentlich vorwerfe, nahm keiner der Beamten zur Kenntnis. Renoit hatte die drei in verschiedenen Zimmern zum Verhör untergebracht, als Zartmann im IKPO-Gebäude eintraf. Alain schaute ihn unter seiner randlosen Brille nur kurz prüfend an und grinste dann ein bißchen dreckig: »Der Herr sieht müde, aber gut aus. Wie frisch gevögelt. Kann das sein?« Merkte dann am Gesichtsausdruck seines Freundes, daß er wohl zu weit gegangen war: »Entschuldigung, ich konnte ja nicht ahnen, daß es mehr ist als ...« Lionel winkte nur unwillig ab: »Und? Reden die Herrschaften? Wer hat sie geschickt? Warum haben die mich verfolgt?«

»Vor allem reden die alle deutsch. Die haben offensichtlich nicht dich verfolgt, sondern diese Frau. Ich dachte mir, daß uns beide das trotzdem interessieren könnte und habe sie deshalb hierbehalten. Daß die vor deinem Haus standen, ist reiner Zufall. Wäre die Dame im Hotel geblieben oder hätte sie woanders übernachtet, hätten sie eben dort gewartet. Dir wäre nie etwas aufgefallen. Ach, ich verstehe, jetzt verstehe ich, sie ist, entschuldige, ich meinte, also.« Hilflos hob er beide Hände in die Luft, aber das sah Zartmann schon gar nicht mehr. Er ging vor die Tür und gab dem wartenden uniformierten Polizisten den Auftrag, alle drei Festgenommenen sofort hierher in sein Büro zu bringen. In Handschellen wohlgemerkt.

Als sie hereingeführt wurden, saß er kerzengerade an seinem Schreibtisch und stellte sich knapp vor: »Ich bin Kriminalrat Lionel Zartmann. Aber das muß ich Ihnen wohl nicht sagen. Sie hatten ja genügend Zeit, das herauszubekommen, als Sie heute nacht meine Wohnung observiert haben. Meinen Kollegen Alain Renoit kennen Sie bereits. Ich habe soeben dem diensthabenden Haftrichter mitgeteilt, daß ich Sie verdächtige, auf mich einen Anschlag vorbereitet zu haben. Ich weiß zwar noch nicht, wer Ihr Auftraggeber ist, aber glauben Sie mir, wir werden es herausbekommen. Haben Sie noch etwas zu sagen, bevor ich Sie abführen lasse?«

Der Älteste von Mulders Bodyguards faßte sich als erster. Bleich waren alle drei, und von ihrer selbstsicheren Überheblichkeit war nichts mehr zu bemerken: »Ich möchte einen Anwalt sprechen«, verlangte er. »Ihr gutes Recht, selbstverständlich, aber ...«, antwortete Zartmann geschäftsmäßig und klappte demonstrativ eine Akte zu, die vor ihm lag, allerdings nichts mit den drei Verhafteten zu tun hatte, »aber leider haben wir ein Wochenende vor uns, und das ist heilig in Frankreich, na, fast heilig. Leider ist heute Samstag. Leider werden Sie vor Montag keinen Anwalt erreichen können. Unsere Zellen sind so schlecht nicht, wie ich Sie versichern darf, und die Verpflegung ist besser als in Deutschland.« Er erhob sich halb, zum Zeichen, daß die Unterredung von seiner Seite hiermit beendet war.

»Los, sag ihm, wer uns geschickt hat«, schrie da der jüngste der drei Männer, »ich habe keine Lust, für diese Scheiße meinen Kopf hinzuhalten und in den Knast zu wandern.« Als sich der Angesprochene nicht rührte, wandte er sich selbst Zartmann zu: »Wir gehören zur Abteilung Sicherheit der deutschen Vaterlandspartei. Deren Vorsitzender ist in der vergangenen Woche in Hamburg erschossen worden, das wissen Sie wahrscheinlich. Unser Chef hatte den Verdacht, nein, hat den Verdacht, daß diese Reporterin, diese ... äh ... Freundin von Ihnen, irgendwie in die Geschichte verwickelt ist. Deshalb hat er uns beauftragt, die zu observieren. Und als sie nach Lyon geflogen ist, sind wir ihr gefolgt. Mehr haben wir nicht gemacht. Wir sind keine Gangster. Wir hatten doch keine Ahnung, wer Sie sind. Wir haben nicht Sie beobachtet, sondern nur Ihr Haus, weil diese Frau da reingegangen ist. Wir haben nichts mit der Mafia zu tun. Nichts.« Das letzte Wort stieß er fast flehentlich heraus. Zartmann glaubte ihm, ließ sich aber nichts anmerken: »Klingt höchst abenteuerlich, aber wir werden es so schnell wie möglich nachprüfen. Bis dahin bleiben Sie unsere Gäste. Wie heißt eigentlich Ihr Chef, und wo können wir den erreichen?« Gab dann dem Polizisten ein Zeichen, die drei wieder abzuführen: »In getrennte Zellen, wir wollen nicht, daß die Herrschaften sich gegenseitig auf die Nerven gehen«, fügte er zynisch noch hinzu und wartete dann, bis er mit Alain allein war.

»Und?«

»Von dir, von uns, von Kleopatra haben sie keine Ahnung, soviel steht fest. Sonst wären sie nicht so verängstigt. Wahrscheinlich stimmt ihre Geschichte. Waffen haben wir keine gefunden, in unserem Computer stehen sie auch nicht verzeichnet. Scheinen sauber zu sein, wenn auch ein bißchen blöde. Du solltest aber trotzdem mal deine Kollegin anrufen in Hamburg, vielleicht weiß die inzwischen mehr.« Während Zartmann Susanne Hornsteins Nummer wählte, nahm Renoit nachdenklich seine Brille ab und schrieb dann plötzlich etwas auf ein Stück Papier. Den fragenden Blick von Zartmann ignorierte er. »Besetzt«, bemerkte der ungeduldig, »du siehst so aus, als sei dir gerade etwas eingefallen. Stimmt's?«

Renoit riß das Papier vom Block, zerknüllte es und machte viele Schnipsel daraus: »Hör mal zu.« Und er setzte seinem Freund die Strategie auseinander, die ihm gerade eingefallen war. Lionel nickte immer wieder, und am Ende strahlte er fast so wie ein paar Stunden zuvor. Dann wählte er erneut. Und diesmal war die Leitung frei, sein Ruf kam an.

»Zartmann noch mal. Die drei Männer, die wir gerade verhaftet haben, sind aus Hamburg und haben indirekt doch was mit Ihnen zu tun. Die gehören zur Vaterlandspartei. Die Fakten kennen wir, ja, wir haben das BKA-Phantombild bekommen und das Fahndungsersuchen. Klar, Tatort, Kaliber, von wo aus geschossen wurde, die Protokolle des Verhörs. Das übliche, ja, alles bekannt. Ich beneide Sie nicht. Ist ja nicht gerade viel Material. Die drei hier sagen, ihr Chef, ein Mann namens Karl Mulder, habe sie beauftragt, diese Reporterin, diese Sarah Halstenbeck oder wie sie heißt zu observieren,« dabei grinste er Renoit an, »und ihm zu berichten, wen die so trifft. Ich war einer von denen, die sie traf, wie Sie ja wissen und deshalb sind mir die Typen aufgefallen. Mehr wissen sie angeblich nicht, aber es riecht sehr danach, daß sie auf eigene Faust ermitteln und den Mörder ihres Chefs finden wollen. Also, wir werden sie wohl auf freien Fuß setzen müssen, wenn dieser Mulder die Geschichte bestätigt. Oder sollen wir sie noch bis Montag festhalten? Gut, wir warten auf Ihren Anruf. Keine Ursache, selbstverständlich. Ach, diese Reporterin, diese Frau Ment. Nach meinem Eindruck unverdächtig. Hat normale Fragen gestellt, nichts Auffälliges. Tut mir leid. Hatten Sie denn einen konkreten Verdacht? Aha, ja, wie gesagt, nichts Besonderes. Ist jetzt wieder auf dem Flug nach Hamburg. Gut, ich erwarte Ihren Rückruf. Richtig, hier im Büro.« Und legte auf.

»Ach, nichts Besonderes? Nichts Auffälliges?« sagte Alain Renoit und fuhr sich durchs Haar, »hat nur die normalen Fragen gestellt? Und du hast die normalen Antworten gegeben? Eine ganze Nacht lang Frage – Antwort, Frage – Antwort?« Wieder ging sein Freund nicht auf die zweideutigen Bemerkungen ein, was Renoit wunderte, weil Lionel normalerweise sofort mit seinen, Alains, Affären gekontert hätte. Da beide unverheiratet waren und dies auch nicht zu ändern gedachten, hatten sie keine großen Geheimnisse voreinander und mußten sich auch nicht vor irgendwelchen Ehefrauen verstellen. Manchmal allerdings vor Ehemännern. Renoit schaltete sofort und gab sich ernst, geschäftlich sozusagen: »Denk dran, ihr die Schwarzkoff-Idee einzupflanzen, wenn sie sich wieder meldet.«

Susanne Hornstein bat Georg Krucht, bei Mulder anzurufen. Sie sagte betont selbstverständlich »Herr Krucht« zu ihm und er ebenso selbstverständlich »Frau Hornstein«, was sie kaum hörbar aufseufzen ließ und ihre Laune verbesserte. Danke, lieber Gott, noch mal Glück gehabt, sagte sie. Wie früher als junges Mädchen. Da allerdings war es nur um Zensuren gegangen in Mathematik und Physik, zwei Fächer, die sie gehaßt hatte, und nicht um ein nächtliches Mißverständnis.

Karl Mulder warf wütend eine Schreibtischlampe an die Wand, nachdem er von Krucht erfahren hatte, wer der Mann war, den er für den Mörder gehalten hatte. Mußte sich immer wieder auf die Zähne beißen, um nicht laut loszubrüllen, als ihn der Hamburger Kommissar dringend und zum letzten Mal aufforderte, seine Finger von der Sache zu lassen und seine Männer vielleicht lieber damit zu beschäftigen, die neue Parteichefin besser zu bewachen als deren Vorgänger, ihren Mann. Er mußte sich sogar noch höflich dafür bedanken, als Krucht großmütig versprach, sich in Lyon dafür einzusetzen, daß »Ihre drei Musketierchen«, wie er sich höhnisch ausdrückte, freigelassen würden. Verflucht, er war so nahe dran an der Million gewesen. Wie blöd von ihm, nicht als erstes die Identität von diesem Zartmann überprüft zu haben. Als einziger Trost blieb ihm, daß er wenigstens vorsichtig genug gewesen war, nicht sofort in seiner Euphorie in der vergangenen Nacht Helga Freypen geweckt zu haben. Sonst wäre er jetzt nicht nur blamiert, sondern wahrscheinlich auch schon arbeitslos. Ein Kriminalrat von Interpol oder IKPO, wie das jetzt hieß, als Mörder Freypens in Hamburg verdächtigt. Die hätten ihn ungespitzt in den Boden gerammt, falls sie vor lauter Lachen überhaupt dazu gekommen wären. Nach dem ersten Wutanfall holte Mulder eine Whiskyflasche aus dem Wandschrank und schenkte sich ein großes Glas ein. Das Schlimmste war für ihn, daß er keinen anderen für das Desaster verantwortlich machen konnte. Nur sich selbst. Und sich konnte er in einem solchen Zustand nur betrunken ertragen.

Susanne Hornstein bestätigt den beiden Beamten in Lyon, daß es sich bei den Verhafteten um Mulders Leute handelt, und Lionel Zartmann spielt wie von Renoit vorgeschlagen den freundlichen Kollegen, dem da ganz uneigennützig eine Idee gekommen ist: »Ich habe das Ganze gerade noch einmal mit meinem Kollegen Alain Renoit besprochen, mit dem ich schon lange zusammenarbeite. Über Ihren Fall haben wir alles gelesen, und wir wollen uns natürlich nicht mit irgendwelchen Vorschlägen aus der Ferne aufdrängen, aber wir haben da eine Idee. Haben Sie einen Moment Zeit, Frau Hornstein?«

»Ich bitte Sie, natürlich. Unter uns, ich bin für jede Anregung dankbar, denn vom eigentlichen Mörder haben wir nichts außer diesem beschissenen, Entschuldigung, außer diesem nichtssagenden Phantombild.« Das hören Zartmann und Renoit zwar von ihr besonders gern, aber das hatten sie sich auch schon so gedacht. »Also: Wir haben mal eine Theorie durchgespielt, wie es wäre, falls dieser Verleger da, dieser Schwarzkoff, der eigentliche Auftraggeber für den Mord gewesen ist. Ausgangspunkt war, daß er diese Reporterin als sein Alibi benutzt hat. Daß er irgendeine Beziehung gehabt hat zu diesem Freypen. Klang so etwas nicht in dem Nachruf an, von dem Sie mir gestern erzählt haben? Waren Sie nicht? Nein? Na, dann habe ich es vielleicht in unserem

Pressespiegel bei IKPO gelesen, ist ja egal. Motiv wissen wir natürlich nicht, aber ... ach ja?« Er lauscht schweigend. »Sehen Sie, da sind Sie doch sehr viel weiter als wir. Schulfreunde also. Aha. Soll ich trotzdem? Gut. Nehmen wir einmal an, dieser Schwarzkoff hat in kühler Absicht die Reporterin zu dieser Party mitgenommen. Hat also gewußt, daß sie zur fraglichen Zeit nicht in ihrer Wohnung sein würde. Hat sich einen Killer besorgt, und der hat diesen Freypen erschossen.«

»Oder Floriane Ment hat ihm dabei geholfen, hat ihm die nötigen Kontakte in die Unterwelt besorgt«, ergänzt Susanne Hornstein und berichtet von dem abgehörten Gespräch zwischen Schwarzkoff und der Reporterin und warum sie den Eindruck hat, daß es dabei um Erpressung gegangen ist. Eine kluge Frau, diese Kollegin, stellt Zartmann fest, und auch Renoit, der über den eingeschalteten Lautsprecher das Gespräch mithört, hebt anerkennend den Daumen. Beide und vor allem Zartmann dürfen ihr allerdings nicht sagen, warum sie recht hat mit ihrer Erpressungstheorie. Hat zwar nichts mit dem Mord zu tun, aber immerhin mit Vergewaltigung. Zartmann geht deshalb nicht auf ihren letzten Satz ein. Susanne Hornstein bedankt sich, eher hastig, und legt auf, denn gerade ist Georg Krucht in ihr Zimmer gekommen, und sie hat das Gefühl, der schaut sie irgendwie komisch an.

»Ja?«

»Auf der anderen Leitung hat Ihr Chef angerufen.«

»Chef? Welcher Chef?« und sie denkt automatisch an Bernhard Nochtel, bis ihr wieder einfälllt, daß der tot ist. »Der Innenminister bittet um Rückruf. Scheint dringend zu sein.« Krucht schiebt ihr eine Telefonnummer auf den Schreibtisch: »Sonst noch was?« Um Gottes willen, denkt sie, bloß nicht noch was. Bloß keine Fortsetzung. Bloß schnell alles vergessen. »Nein, vielen Dank, wir sehen uns dann am Montag wieder.«

»Am Montag«, bestätigt Georg Krucht und geht. An der

Tür bleibt er stehen und sagt, ohne sich unzudrehen, aber es klingt in ihren Ohren fast wie eine Bitte: »Falls etwas passiert, können Sie mich natürlich jederzeit erreichen.«

Susanne Hornstein wartet, bis er die Tür hinter sich geschlossen hat und atmet ein paarmal tief durch, bevor sie die Zahlen auf dem Zettel wählt.

»Wir haben den Bericht über den Unfall von Nochtel bekommen«, sagt die Stimme am anderen Ende, die sich nur mit einem kurzen Ja? gemeldet hat, »am Auto war alles in Ordnung. Beerdigung übrigens mit großer Besetzung, Sie müssen auf jeden Fall kommen. Alles andere würde auffallen, weil man weiß, wie gut Sie mit ihm standen. Ich denke, wir beide können uns vorstellen, was wirklich passiert ist. Vielleicht war es so am besten – für alle Beteiligten. Übrigens, es reicht, daß wir beide die Wahrheit kennen. Dieser Schwarzkoff da, dieser Verleger, der damals wohl, Sie wissen schon, der paßt doch vorzüglich ins Bild.« Er betont wie bei einer Wahlkampfrede vorzüglich auf jeder Silbe. »Haben wir uns verstanden, Frau Doktor Hornstein?«

»Nein«, sagt sie ganz ruhig, und während sie das sagt, kommt es ihr vor, als würde sie ihren Vater vor sich sehen, der ihr ermunternd zunickt. »Nein, ich fürchte, wir haben uns nicht verstanden. Welches Bild meinen Sie denn?«

»Eine solche Antwort habe ich erwartet«, sagt der Innenminister fast heiter, »von Ihnen hätte ich nichts anderes vermutet, und genau deshalb sind Sie die Richtige für diesen Fall.« Wahrscheinlich hätte er sich sogar gefreut, wenn er ihre verblüffte Miene hätte sehen können. Die nicht lange anhält. Denn bei ein bißchen Nachdenken kommt Susanne Hornstein auf die Erklärung für diesen seltsamen Schlußsatz. Der Minister ist zwar nicht so klug wie sie, aber viel schlauer. Der Politiker weiß, wie man andere zu Höchstleistungen treibt. Gerade weil sie sich so wehrt gegen jeden politischen Einfluß auf ihre Ermittlungen, wird sie alles tun, um sie abzuschließen, und zwar wasserdicht.

Mulders Männer sind in Lyon aus der Haft entlassen worden, Zartmann wollte sie nicht mehr sehen. Er hat Alain gebeten, sich darum zu kümmern. Von ihm läßt sich Lionel am Nachmittag zu einem Tennismatch überreden, das er fast ohne Widerstand verliert, obwohl er schon 2:0 im ersten Satz geführt hat. Als sie auf der Terrasse des Clubhauses sitzen und einen der dort üblichen Salate essen, kann es Renoit erneut nicht lassen und lästert: »Du solltest auf dich achten, mein Lieber. So jung bist du nicht mehr. Eine ganze Nacht, du weißt schon, und noch Tennis am nächsten Tag, das ist nicht mehr drin. Vielleicht solltest du dich entscheiden, was dir lieber ist. Wenn du mich fragst, ich wüßte es.« Zartmann antwortet einfach nicht. Er fragt sich etwas ganz anderes. Wie er die Frau, die um diese Zeit wohl schon wieder in ihrer Wohnung ist, vor diesen Typen schützen kann, die ebenfalls wieder unterwegs sind nach Hamburg.

10

Der irische Terrorist sieht aus wie ein englischer Professor. Brauner Tweedanzug mit Weste, nicht mehr ganz neu, aber erkennbar von guter Qualität, Lesebrille auf der Brust hängend, kurzgeschnittenes schwarzes Haar, akkurat gestutzter Bart. Peter McFerrer, den selbst seine Freunde nur noch an seinem unveränderbaren Grinsen erkannt hätten, sitzt drei Reihen hinter dem Mann, der sich auf dieser Reise Sean Howie nennt. Um jede Ähnlichkeit mit sich selbst, dem austrainierten Scotland-Yard-Experten auszuschließen, hat McFerrer am Morgen eine Decke um die Hüften gebunden und darüber ein kariertes Holzfällerhemd, einen unpassenden gelben Pullover und eine häßliche ausgebeulte Leinenhose angezogen. Deshalb paßt beim Start der Gurt kaum über seinen dicken Bauch. Seine Glatze schimmert ein wenig rosig, was nicht von vergessenen Resten seiner erst vor wenigen Stunden abrasierten roten Haare herrührt, sondern an McFerrers empfindlicher Haut liegt. Immer wieder rutscht ihm eine klobige schwarze Hornbrille auf die Nase, bis er sie endlich absetzt und in der Brusttasche seiner Jeansjacke verstaut.

Nach einem letzten Blick auf Sean Howie seufzt er zufrieden und drückt seinen Sessel in die Schlafposition. Der Passagier vor ihm, der in den Fahndungslisten von IKPO unter seinem echten Namen Stephen D. Finnegan verzeichnet ist, mag zwar ein Meister der Tarnung sein, denn nach den Fotos, die sie von ihm hatten, würde ihn jetzt keiner identifizieren können. Aber selbst so einem Profi, der seit zehn Jahren den Fahndern immer wieder entkommen ist, wird es nicht gelingen, sich während des Fluges London–Miami in Luft aufzulösen.

Da der IRA-Mann Economy gebucht hat, also genau das, was sich ein angeblicher englischer Dozent leisten kann, muß auch sein Verfolger in dieser Klasse fliegen. Der Professor liest *Angelas Ashes* von Frank McCourt, die autobiographische Erzählung einer Kindheit zwischen Beichtstuhl und Armenhaus im Irland der Nachkriegszeit, ein Buch, das zu seinem Habitus paßt. Das Buch aber ist nicht nur eine naheliegende Tarnung, er mag diese irische Leidensgeschichte, weil die seinen Haß auf die Engländer sozusagen literarisch überhöht und damit sanktioniert. Peter McFerrer blättert in der *Sun,* und das wundert bei seinem Erscheinungsbild auch niemanden. Schon kurz nach dem Start aber läßt er die Zeitung auf den Boden sinken und schnarcht leise vor sich hin. Peter McFerrer hält Schlaf nicht nur deshalb für die beste Lösung, weil er die nächsten acht Stunden nicht rauchen darf. Er ist tatsächlich todmüde.

Im letzten Moment hätte es Finnegan alias Howie fast noch geschafft, mögliche Beschatter, mit denen er vor allem in London rechnet, im Zentrum des verhaßten Feindes, doch noch zu überlisten. Vorgesehen war sein Abflug für Montag, den dreizehnten Oktober, gestartet ist er an diesem Samstagmorgen, also zwei Tage früher. Er hat als letzter die Maschine betreten und dadurch wie zufällig alle Passagiere genau mustern können, die an ihm vorbeigegangen und eingestiegen sind. Augenscheinlich nur die üblichen Touristen und ein paar laute Amerikaner einer Reisegruppe, die nach einem Europatrip in die Vereinigten Staaten zurückkehrte. Howie war zufrieden mit dem, was er sah, und Peter McFerrer war für ihn nichts anderes als ein fetter, glatzköpfiger, schwitzender Urlauber ohne Geschmack.

Red, der bei IKPO offiziell eine Woche Urlaub eingetragen und ein paar Kollegen erzählt hatte, er würde mit seinem Freund Denis Riley in den USA auf Jagd gehen, war auf den Trick des Terroristen, früher als geplant abzufliegen, nur durch Zufall gekommen. Aufgrund seiner ganz besonderen Kenntnisse pflegte der britische Experte abends vor dem Schlafengehen noch mit seinem hochgerüsteten Computer die Passagierlisten aller abfliegenden und landenden Maschinen von London-Heathrow auf den Bildschirm zu holen. Wie man so etwas schafft, hatte ihm der einstige Hacker erklärt, dem er vor ein paar Jahren den Knast ersparte. Der Junge übrigens war inzwischen Chef einer Softwarefirma, die sich um Interactiv Solutions kümmerte. Der hatte seine ganz speziellen Begabungen diesmal auf der richtigen Seite der Barriere eingesetzt. Manchmal traf McFerrer bei seinen abendlichen Exkursionen ganz überraschend ein paar Bekannte, und die wiederum trafen dann bei ihrer Ankunft oder vor ihrem Start überraschend auf ihnen unbekannte Polizisten. In diesem Fall stieß McFerrer, der eigentlich das Wochenende vor dem Abflug bei seinen Schwiegereltern in Newmarket verbringen wollte, am Freitagabend auf den Namen Howie. Der stand bereits auf der Liste für den United-Airlines-Flug nach Florida am darauffolgenden Morgen, Reihe 34, Sitz F.

Zu McFerrers Stärken gehörte die Improvisation. Deshalb saß er zwar in derselben Maschine wie Howie, Reihe 37, Sitz G, aber da ihn und seine Frau die nötigen Vorbereitungen fast die gesamte letzte Nacht gekostet hatten, war sein Bedürfnis nach Schlaf stärker als das nach einer Zigarette. Er schlief bis kurz vor der Landung und wachte nur auf, weil ihn die Stewardeß freundlich rüttelte und daran erinnerte, die Einreiseformulare für die US-Immigration auszufüllen. Sie kamen pünktlich in Miami an. In der rosaroten Dämmerung spiegelte sich die eben untergehende Sonne in gläsernen Hochhäusern, und McFerrer gähnte so herzhaft laut, daß sich einige Passagiere umdrehten und ihn angewidert anschauten. Finnegan nicht.

In Deutschland war es kurz vor Mitternacht. Karl Mulder hatte es bei nur einem Whisky bewenden lassen und statt dessen nüchtern nachgedacht. So schnell wollte er nicht aufgeben angesichts einer möglichen Belohnung von einer Million. Nach dem Flop mit dem angeblichen Mörder Lionel Zartmann war das Geld wieder in ziemlich weite Ferne gerückt. Schwarzkoff bedeutete seine letzte Chance, soviel immerhin hatte Mulder begriffen. Falls doch etwas in dem geheimnisvollen Fax stimmte, und davon war er mangels Alternativen überzeugt, dann mußte er sich jetzt näher mit Freypens Freund, dem Verleger, befassen. Dafür brauchte er Unterstützung. Seine Männer, die am frühen Abend erst aus Lyon gekommen waren, konnte er nicht einsetzen. Sogar ein überzeugter Menschenschinder wie Mulder sah ein, daß die nach durchwachter Nacht vor Zartmanns Wohnung und nach den Verhören des vergangenen Tages eine Pause brauchten. Die anderen drei der insgesamt sechsköpfigen einstigen Sicherheitstruppe Freypens hielten Wache vor dem Haus. Floriane Ment allerdings schlief längst, auch sie hatte in der vergangenen Nacht zu wenig Schlaf bekommen. Die Reporterin mit ihren möglichen Verbindungen in die kriminelle Szene der Hansestadt stand noch immer ganz oben auf Mulders Liste der Verdächtigen. Ganz offensichtlich hatte sie in Lyon nicht wie von ihm erwartet den Mörder getroffen, und selbstverständlich hatte sie nicht persönlich geschossen, soviel war selbst Mulder inzwischen klar. Aber noch konnte er sich vorstellen, daß sie deshalb so schnell nach Hamburg zurückgekommen war, weil sie hier den geheimnisvollen Dritten treffen wollte, in ihrer Wohnung womöglich. Also wurde die Bewachung fortgesetzt, bewußt in großer Besetzung, weil jederzeit damit zu rechnen war, daß sie nicht allein blieb am Wochenende und sich die Männer in der Beschattung abwechseln mußten. Der Gedanke, daß er ganz nahe dran gewesen war an der Lösung, ganz nahe dran am Mörder, nunmehr aber weiter entfernt denn je, kam Mulder nicht. Auf die Idee wäre nicht einmal Susanne Hornstein gekommen, es lag also diesmal zumindest nicht an seinem mangelnden Verstand.

Nun wollte sich Mulder auf Eberhart Schwarzkoff konzentrieren, und der hatte mit seinem als Rache an Floriane gedachten Fernschreiben den Verdacht ausgerechnet auf sich selbst gelenkt. Er benötigte Informationen über den Verleger, mehr zu erfahren als den üblichen Lebenslauf – Internat Salem, Übernahme des väterlichen Verlages, verheiratet ohne Kinder –, würde nicht einfach sein. Der war in einer anderen Liga als die halbstarken Figuren, denen man nur ein bißchen Angst machen mußte und die dann alles ausplauderten. Schwarzkoff war ein Mann mit Einfluß, auch auf Helga Freypen, und Mulder mußte schon aus diesem Grund jeden Schritt genau abwägen, um nicht am Ende sich selbst zu gefährden. Ihm kam erst nach langem Nachdenken die richtige Idee. Er druckte von seiner Diskette die Liste der Hamburger Mitglieder der Vaterlandspartei aus, strich die mit Adressen in den Arbeitervierteln gleich durch, denn mit Rentnern, denen es zu viele »dunkelhäutige Kanaken« in ihrer Umgebung gab und die deshalb von Joachim Freypens Parolen ihr Heil erwarteten, konnte er jetzt nichts anfangen. Stimmvieh nannten sie die untereinander, aber da unterschieden sie sich nicht von anderen Parteien. Gab es eingetragene Sympathisanten in dem feinen Vorort, in dem Schwarzkoff lebte? Er prüfte Namen für Namen, Adresse für Adresse, was nicht lange dauerte, denn allzu viele bekennende Mitglieder hatten die Vaterländler noch nicht. Auf zweistellige Wahlergebnisse kamen sie nur in sogenannten sozialdemokratischen Vierteln. Was mehr über die Fehler der SPD aussagte als über die unheimliche Anziehungskraft von Freypens Partei.

Plötzlich stockte Mulder. Diese Straße kam ihm bekannt vor. Denk nach, denk nach, befahl er sich selbst, und dann erinnerte er sich, wo ihm der Name schon mal aufgefallen war. Mulder verglich die Anschrift mit einer anderen, die er beim Durchblättern von Freypens privatem Adreßbuch gefunden hatte. Mit der von Schwarzkoff. Er summte auf einmal fröhlich vor sich hin und wirkte dadurch fast menschlich. Um ein Haar wäre er dabei in die Internationale verfallen, denn wie so viele radikale Rechte hatte er in seinen frühen Jahren mal ganz andere Idole verehrt. Rechtzeitig merkte er es und wechselte mitten in der Melodie, blieb danach politisch korrekt bei deutschem Liedgut.

Der Butler des Verlegers wohnte über der Garage, und deshalb war seine Adresse auch die seines Chefs. Von wegen Butler. Früher hatte Fritz Seifert den Fuhrpark der *Abendpost* geleitet, aber seit im Zuge der üblichen Einsparungen diese Abteilung einfach aufgelöst worden war, hatte er nichts mehr zu tun gehabt. Vor die Wahl gestellt, im Alter von sechsundvierzig Jahren arbeitslos zu sein, und dann wahrscheinlich für immer, oder Chauffeur und Mädchen für alles bei Schwarzkoff zu werden, hatte er sich für den festen Job entschieden. Daß er den haßte, dem er sein neues Leben zu verdanken hatte, war nicht verwunderlich. Nachdem er Freypen zufällig mal in einer Talk-Show gesehen hatte, war Seifert in die Vaterlandspartei eingetreten. Bei der konnte er seine Wut auf die da oben ungehemmt austoben, hier fand er in seinem durch die persönliche Niederlage beschränkten Rahmen ein paar Gleichgesinnte.

Als sein Telefon klingelte, wollte Seifert zunächst nicht abheben. Aber wahrscheinlich war es Schwarzkoff, denn nur der rief ihn zu jeder Tages- und Nachtzeit an.

»Ja, bitte, Herr Schwarzkoff?«

»Herr Seifert, Fritz Seifert?«

Seifert blickte verblüfft, als er begriff, daß nicht sein Chef in der Leitung war. »Ja«, antwortete er dann mißtrauisch, denn nach seiner Erfahrung konnte es nichts Gutes bedeuten, um Mitternacht angerufen zu werden. Dann noch einmal: »Ja.« Fragend: »Und wer sind Sie?«

»Wir kennen uns von einer Parteiveranstaltung«, log Mulder, »ich bin Karl Mulder, der Sicherheitschef der Vaterlandspartei. Sie haben ja mitbekommen, daß unser Chef Joachim Freypen erschossen worden ist. Das hat bestimmt auch Sie getroffen.« Es hatte Seifert zwar nicht getroffen, aber der andere wartete seine Reaktion erst gar nicht ab. »Ich brauche Ihre Hilfe, streng vertraulich natürlich. Es geht um die gerechte Sache.« Mulder stockte einen Moment lang, diese Anspielung auf ihre Parolen klang selbst ihm zu dick aufgetragen und zu verlogen, aber noch kam kein Widerspruch von Seifert: »Am Telefon kann ich nicht mehr sagen, aber soviel kann ich versprechen, falls Sie uns helfen, wird es sich für Sie lohnen. Ich meine, auch finanziell. Von der Belohnung haben Sie doch bestimmt gehört?«

Seifert hatte davon ebensowenig gehört, wie er von Freypens Tod betroffen war, biß aber sofort an. Seit Jahren kam es zum erstenmal wieder vor, daß jemand behauptete, auf seine Hilfe angewiesen zu sein. Das kannte er nur von früher, als leitende Herren des Verlages ihm ein paar Scheine zugeschoben und sich darauf verlassen hatten, daß anschließend sein Gutachten darüber, ob ihnen ein neuer Dienstwagen zustünde, positiv ausfiel. Beim Stichwort Belohnung hatte er sofort die Vision in fast greifbarer Nähe vor Augen, die ihn täglich beschäftigte. Daß er mit genügend Kapital eines Tages seinem Chef alles vor die Füße werfen könnte, nicht ohne zuvor noch ein paar Beulen in den verhaßten Bentley getreten zu haben, und endlich, endlich diesen unwürdigen Job nicht mehr brauchen würde. Immer wieder hatte er sich die Szene ausgemalt. Es war fast schon zu einer Obsession geworden. Wie Schwarzkoff befehlen würde, Seifert, den Wagen, und er antworten würde, fahr doch selbst, dumme Sau. Freiheit, die er meinte, war für ihn eine Freiheit, die nur durch Geld zu erringen war.

»Können wir uns in einer halben Stunde treffen? Sagen wir, hier in der Parteizentrale? Ihre Unkosten werden Ihnen ersetzt. In Ordnung?« Seifert sah aus der kleinen Dachluke seiner Wohnung hinüber zum Haupthaus, alles dunkel, die Herrschaften schienen zu schlafen, getrennt natürlich, das wußte sogar er, sagte zu, legte den Hörer auf und ging in die Garage. Dort nahm er sich den roten Golf, der fürs Personal angeschafft worden war, gebraucht selbstverständlich. Mulder erwartete ihn bereits an der vergitterten Stahltür des Parkhauses und fuhr schweigend mit ihm per Fahrstuhl nach oben in die Zentrale. Sie musterten sich gegenseitig. Den Mann hatte Seifert noch nie gesehen und sofort erwachte sein Mißtrauen wieder. Doch die Gier war stärker.

»Also«, begann Mulder in seinem Büro, und dann appellierte er an Seiferts Verpflichtung als aufrechter Deutscher, an seine Loyalität als Mitglied der Partei. Als er merkte, daß dies keinen Eindruck machte auf sein Gegenüber, erwähnte er die Summe von hunderttausend Mark, auszuzahlen für sachdienliche Hinweise, die zur Ergreifung des Mörders führten. Ergreifung, stellte er gleich fest, hieß allerdings, daß er, Karl Mulder, ihn ergreifen könnte, nicht etwa die Polizei. Die hunderttausend Mark, die er für eindeutige Beweise gegen Schwarzkoff anbot, hatten ihn zwar kurzfristig geschmerzt, aber es würden trotzdem neunhunderttausend für ihn übrigbleiben. Ein immer noch gutes Geschäft angesichts seiner beschissenen Ausgangslage. Seifert war seine letzte Chance, und Mulder merkte an dessen Reaktion, daß umgekehrt er Seiferts große Chance war. Deshalb sparte er sich weitere deutsche Moralpredigten und kam direkt und grob, wie es ihm am liebsten war, zur Sache.

»Hören Sie genau zu, Seifert, jede Einzelheit ist wichtig. Gab es am vergangenen Wochenende, also Freitag oder Sonnabend oder Sonntag im Zusammenhang mit Schwarzkoff irgend etwas, das anders war als sonst? In den üblichen Abläufen. In seinem Verhalten. Irgend etwas, das Ihnen aufgefallen ist?«

»Warum wollen Sie das wissen? Ich kann doch nicht mit einem Fremden über meinen Arbeitgeber reden«, tat Seifert geradezu empört in einem letzten Versuch, wenigstens den Preis hochzutreiben. Was an Mulder abprallte: »Hören Sie auf mit dem Getue. Wenn Sie ein so treuer Diener wären, dann säßen Sie nicht mitten in der Nacht hier. Sie wollen was, Geld nämlich, ich will was, Informationen. Und bevor Sie mir nicht geben, was ich will, gebe ich Ihnen nicht, was Sie wollen. So einfach ist das. Kapiert?«

Seifert zierte sich noch ein wenig, aber dann nickte er und begann zu erzählen. Von der Nacht zum Sonnabend wußte er nichts, Schwarzkoff hatte ihm freigegeben für diesen Abend und seinen Wagen selbst gefahren. Er konnte sich nur daran erinnern, morgens gegen halb vier Uhr mal aufgewacht zu sein, weil er Motorengeräusche gehört hatte. Nein, nicht in der Garage. Vor der Einfahrt. Ein Taxi wahrscheinlich. Das mußte Schwarzkoff gewesen sein. Mehr nicht? Mehr nicht, nein. Weiter, was noch.

»Ja, und dann am Sonnabend, das war allerdings merkwürdig. Herr Schwarzkoff hat mir den Ersatzschlüssel des Bentleys gegeben, den ich ja auch oft benutze, wenn ich ihn zum Flughafen oder ins Büro fahre oder wie vor ein paar Tagen zum Bahnhof nach Altona, zum Nachtzug, da wollte er zu der Beerdigung nach Günzburg. Ja, er hat mir also den Schlüssel gegeben und hundert Mark für ein Taxi und den Auftrag, das Auto zu holen. Das stand am Stadtpark, in der Nähe vom Sommerbad. Wie er da hingekommen war und wie von dort ohne Auto wieder weg, hat er nicht gesagt. Ging mich nichts an. Er hat irgendwas davon gemurmelt, daß er zuviel getrunken hätte, um noch sicher nach Hause zu fahren. Komisch war nur, daß er seine Schlüssel nicht mehr hatte. Es waren ganz eindeutig die Zweitschlüssel, die er mir übergeben hat.«

»Ist so etwas schon mal passiert?«

»Nein«, sagte Seifert, und man merkte, daß ihn das Nachdenken anstrengte, »nein, noch nie. Er kommt zwar oft erst morgens zum Frühstück nach Hause, weil er irgendwo herumgebumst hat, der alte Bock, aber er fährt dann entweder selbst oder ruft mich direkt in meiner Wohnung an und läßt sich von mir abholen.«

»Und warum Stadtpark? Wohnt da in der Nähe eine seiner Freundinnen?«

Seifert zuckte mit den Schultern. »Keine Ahnung, aber selbst wenn, dann hätte er nicht nachts um drei oder um vier da plötzlich die Kurve gekratzt und sich nach Hause bringen lassen. Das ist an sich nicht seine Art.« Setzte gehässig hinzu, was Mulder unter normalen Umständen gern ausdiskutiert hätte, was ihm jetzt aber egal war: »Gerade morgens ist er aktiv, Morgenlatte nannten wir das früher in der Schule und ...« Mulder war an weiteren Einzelheiten nicht interessiert und unterbrach ihn sofort: »Hat er am Sonnabend oder am Sonntag noch jemanden getroffen? Hat er sich von Ihnen irgendwo hinfahren lassen?« Wieder dachte Seifert lange nach, aber wieder vergeblich: »Keine Ahnung, Sie müssen nämlich wissen, daß ich Sonnabend nachmittag bis Sonntag abend frei hatte und meine Schwester in Lüchow besucht habe.«

»Sie haben also den Bentley am Stadtpark abgeholt und den von da direkt in die Garage gefahren. Ist Ihnen im Auto etwas aufgefallen, roch es nach Alkohol, lag etwas auf den Sitzen, duftete es nach Parfum? Oder draußen am Auto, Kratzer am Lack, Abschürfungen, Dellen?«

Seifert schüttelte nur den Kopf, nein, gar nichts: »Glauben Sie denn wirklich, daß er Freypen selbst erschossen hat?« fragte er dann vertraulich. »Mir können Sie es ja sagen, ich rede mit niemandem darüber.« So siehst du gerade aus, dachte Mulder, blieb aber freundlich: »Dazu kann ich noch nichts sagen, wir wissen zu wenig. Jetzt müssen wir erst mal rausbekommen, wo er war in dieser Nacht und wen er eventuell getroffen hat.«

Immerhin wußte Mulder jetzt, wo Schwarzkoff nicht gewesen war, zu Hause nämlich. Da war er erst gegen halb vier Uhr angekommen, um diese Zeit hatte Seifert Autogeräusche gehört. Zwischen zehn Uhr abends und halb vier Uhr morgens blieben also spannende fünfeinhalb Stunden, rechnete er aus und fuhr sich mit der Hand über die Glatze. Freypen war kurz nach neun Uhr erschossen worden, das Foto in der Zeitung, das Ment gemacht hatte, war unmittelbar vor Abtransport der Leiche entstanden, jedenfalls vor zehn Uhr abends. Entweder hatte Schwarzkoff danach den Killer getroffen – am Stadtpark? Um den auszubezahlen? –, oder er war zu seiner Geliebten in deren Wohnung zurückgekehrt.

Mulder machte sich nichts vor. Vieles klang nicht unbedingt logisch, und vieles paßte nicht zusammen. Warum hätte zum Beispiel Schwarzkoff sein Auto am Park stehenlassen sollen, wenn er nur auf einen weiteren Sprung zu Floriane Ment fahren wollte? War die denn wirklich seine Geliebte? Wurde sie nur benutzt, damit der Killer ungestört schießen konnte? Hätte Schwarzkoff nicht sogar im Gegenteil jede Begegnung mit ihr vermeiden müssen, falls er gewußt hätte, daß aus ihrer Wohnung geschossen worden war? Und am wichtigsten: Welchen Grund sollte Schwarzkoff gehabt haben, seinen Schulfreund umlegen zu lassen? Der Sicherheitschef der Vaterlandspartei hatte aber nichts Besseres, wollte unbedingt eine Million verdienen, na gut, fast eine Million, deshalb redete er sich ein, daß er eine neue Spur hatte und deshalb baute er auf die von Seifert vermittelten dünnen neuen Erkenntnisse.

Wie es denn mit der Belohnung sei, wollte Schwarzkoffs seltsamer Butler, der diesen deutschen Hundeblick eines vom Leben durch Schuld der anderen Benachteiligten hatte, nun wissen? Abwarten, meinte Mulder, abwarten und drückte dem Mann erst mal zwei Hundertmarkscheine in die Hand: »Das ist für Ihre Mühe heute, und falls Ihnen in den nächsten Tagen bei Schwarzkoff und an seinem Verhalten etwas merkwürdig vorkommt, dann rufen Sie mich sofort an. Daß Sie über dieses Treffen Stillschweigen bewahren müssen, brauche ich Ihnen wohl nicht extra zu sagen, das liegt in Ihrem eigenen Interesse, Herr Seifert. Die richtig große Belohnung gibt es nur, wenn wir Ihren Chef festnageln können.« Danach hatte er es auf einmal eilig, er brachte den so überraschend entdeckten Parteifreund nach unten, fuhr anschließend nach St. Pauli und gönnte sich für dreihundert

Mark aus der Parteikasse einen Quickie mit einer Nigerianerin. Im Bordell kannte er keine Vorurteile, im Gegenteil, da liebte er es exotisch. Mulders Laune war danach so gut, daß er beschloß, an diesem Sonntag, der schon zwei Stunden alt war, einfach mal nichts zu tun. Sozusagen übungshalber im Hinblick auf seine Zukunft nur zu faulenzen. Schwarzkoff würde nicht weglaufen, um den konnte er sich morgen wieder kümmern, auch für Floriane Ment war gesorgt. Seine Stimmung wurde noch besser bei der Vorstellung, daß er jetzt schlafen konnte, während seine Männer Wache schoben. Auf dem Weg in seine Wohnung fuhr er an dem Haus vorbei, das seine Leute beobachteten, stieg aber nicht aus. Morgen werde ich testen, nahm er sich vor, ob sie mich gesehen haben, die Schlafmützen.

Denis Riley wartet in der zweiten Reihe der Flughafenanfahrt am Steuer eines blauen viertürigen Dodge. Von solchen Autos gibt es Tausende in Miami. Er bleibt am Steuer sitzen und läßt sich auch durch das wütende Hupen der Taxis nicht aus der Ruhe bringen. Dem uniformierten Polizisten, der ihn verscheuchen will, hat er kurz einen bestimmten Ausweis gezeigt. Riley will auch rein zufällige Begegnungen mit Sean Howie vermeiden. Der weiß nicht, wer er ist oder wie er aussieht, aber irgendwann in den nächsten Tagen wird er ihn vielleicht an einem ganz anderen Ort zum ersten Mal sehen und dann soll er sich nicht erinnern können an ein Gesicht aus der Menge, die in Miami auf die Passagiere aus London gewartet hat. Howie ist ein Profi, und wer ihn unterschätzt, hat schon verloren, im schlechtesten Fall sein Leben. Wie sie aus den Akten wissen, pflegt er im Zweifel erst zu schießen und dann zu fragen. Die Reservierungslisten der Leihwagenfirmen, die seit ein paar Jahren nach blutigen Überfällen auf verirrte Touristen auf einem übersichtlichen Areal etwa zehn Minuten vom Airport entfernt untergebracht sind, hat sich Riley in der entsprechenden FBI-Datei angeschaut. Die ist immer auf dem neuesten

Stand, egal, wo in den USA ein Auto angemietet wird, Sekunden später sind die entsprechenden Angaben auch beim FBI in Washington. Deshalb weiß er, daß sich der falsche englische Professor für eine Limousine der Marke Lincoln Town Car entschieden hat und daß Tag sowie Ort der Rückgabe noch offen sind.

Mehr weiß er nicht. Zum Beispiel nicht, welche Tarnung der Terrorist außer dem falschen Namen noch benutzt, und vor allem nicht, wie Stephen D. Finnegan alias Sean Howie überhaupt aussieht. Das weiß nur Peter McFerrer, und das ist die einzige Schwachstelle in ihrem Plan. Er muß deshalb Peter hier am Flughafenausgang abpassen und mit ihm zum Mietwagenzentrum fahren, bevor Sean Howie dort eintrifft. Also möglichst schnell. Ein schwitzender Fettsack mit einer umgehängten Computertasche als einzigem Gepäck nähert sich dem Dodge und klopft an die Scheibe. Mit einer Handbewegung scheucht ihn Riley weg, er wartet auf einen ganz bestimmten Passagier, und der sieht dem nicht mal ähnlich. Der Mann grinst nur und steigt einfach ein. »Hallo, Denis«, sagt Peter McFerrer und genießt das erstaunte Gesicht seines Freundes, »willst du gar nicht wissen, wie mein Flug war?«

Eine Stunde später beginnt die Jagd. Sie verfolgen Sean Howie mit zwei verschiedenen Autos. Denis Riley immer drei, vier Wagen hinter dem angeblichen englischen Professor, der auf der U.S.1 Richtung Homestead fährt, McFerrer in einem größeren Abstand. Peter trägt eine Baseballmütze, die seine Glatze verbirgt, er ist wieder schlank, die Decke, die einen Bauch vortäuschte, liegt im Kofferraum, unter seinem weißen T-Shirt sind nur Muskeln zu erkennen. Für ihn hat Riley einen Chevrolet gemietet, und untereinander sind sie per Mobilphone in Verbindung. Kann sein, daß ihr Opfer gar nicht erwartet, verfolgt zu werden, denn dafür gibt es eigentlich ja nicht den geringsten Anlaß. Aber für den Fall, daß er trotzdem überraschend abbiegt und in einer der zahlreichen Ausfahrten verschwindet, soll McFerrer genügend

Zeit haben, ihm dennoch zu folgen und Riley entsprechend zu informieren. Es ist inzwischen Abend geworden, allerdings ist der Freeway Richtung Süden so hell erleuchtet, daß sie Howies Limousine im Auge behalten können.

Schwer wird es erst auf der zweispurigen Straße, die von Homestead aus in dann bereits pechschwarzer Nacht Richtung Key West führt. Aber es ist der einzige Weg durch die Mangrovensümpfe bis zum südlichsten Zipfel der USA. Eine lange Schlange von Autolichtern bewegt sich in diese Richtung, und wer dabei wen verfolgt oder ob alle keinen, wäre selbst für einen prinzipiell immer mißtrauischen Mann wie Howie nicht zu erkennen. Unsichtbar am Nachthimmel schweben Spionagezeppeline, auch *Fat Albert* genannt, aber die sind nur hinter Drogenschmugglern her. Alle drei, vier Kilometer tauchen aus dem Dunkeln Straßenschilder auf und weisen darauf hin, daß gleich überholt werden darf. Konzentrieren müssen sie sich erst wieder in Key Largo, falls der Lincolnfahrer sich entschließen sollte, dort in einem der zahlreichen und mit greller Beleuchtung um Gäste werbenden Motels zu übernachten. Aber Sean Howie fährt weiter und die beiden in gebührendem Abstand hinter ihm.

Trotz sporadischer Wellen von Müdigkeit will der Mann, den sie verfolgen, heute unbedingt noch bis zum Ende der U.S.1 fahren, nach Key West. So haben sie es im Zentralen Leitungsausschuß der IRA bei der Einsatzplanung vor einigen Wochen besprochen. Am Sonntag soll er eventuellen Beobachtern, an die er nicht glaubt, aber solche Vorsichtsmaßnahmen sind nach zehn Jahren im Untergrund instinktives Verhalten, das übliche Programm eines Touristen vorführen: Hemingway-Haus, Stadtrundfahrt im *Old Town Trolley,* Schnappschuß am buntbemalten Steinblock, auf dem quasi als subtile Aufforderung an den real existierenden Kapitalismus steht, daß es von hier aus nur noch neunzig Meilen bis zu Castros Kuba sind. Key West gehört außerdem zu den Orten, die er in den Vereinigten Staaten besichtigen will, denn er glaubt nicht, daß er noch einmal hierherfliegen wird, dies ist wohl die letzte Gelegenheit in seinem Leben. Und die Blue Mountains will er sehen, von denen er als Kind gelesen hat, und einmal will er auch in Nashville die Musik hören, die für ihn typisch amerikanisch ist, so wie die Balladen seiner Heimat typisch für Irland sind.

Darüber hat er selbstverständlich bei den Reisevorbereitungen mit seinen Gesinnungsgenossen in Belfast nicht geredet. Terroristen haben ausschließlich für große Ideen zu funktionieren, private Träume sind in ihrer Weltordnung nicht vorgesehen. Die anderen hatten ihn im Gegenteil sogar für seine Weitsicht gelobt, fast durchs halbe Land zu fahren und seine Spuren zu verwischen, bevor er da ankommen würde, wo er in Wirklichkeit hinwollte. Die Reise überhaupt anzutreten war ein verdammtes Risiko. Aber die IRA brauchte dringend Geld, und er war der einzige, der das besorgen konnte, denn Stephen D. Finnegan ist für die Iren, die in den USA angebettelt werden sollten, auf Grund seiner blutigen Biographie eine bewunderte und legendäre Figur. In Wahrheit liegt sein Ziel in der entgegengesetzten Richtung. Er will der irischen Gemeinde in Chicago seine Aufwartung machen, weil ihre üblichen Big Spender in Boston und New York zu gut vom FBI überwacht werden. Chicago ist eine amerikanische Großstadt mit irischer Tradition. Mitte des vergangenen Jahrhunderts mußten Zehntausende von Iren aus ihrer Heimat auswandern, weil die britischen Herren ihnen buchstäblich nicht mal mehr die Kartoffeln auf den Feldern ließen und weil ihre Kinder verhungerten. Amerika war nicht das verheißene Land, das würde immer Irland bleiben, es war aber ihre einzige Hoffnung. Alle, die es schafften zu überleben, hatten nichts vergessen und nichts verziehen und Generation um Generation ihre Geschichten weitergegeben, bis heute. Der kollektive Haß auf die Briten war nie gestorben.

Bürgermeister Richard J. Daley, der jahrzehntelang trickreich die Stadt regierte und die korrupte Herrschaft der Demokratischen Partei festigte, war irischer Abstammung.

Einer der berüchtigtsten Gangster von Chicago aus den zwanziger Jahren war Ire, der ehrwürdige Ministrant und Chorknabe Dion O'Banion, auch Taschen-O'Banion genannt, weil er in allen erreichbaren Taschen seiner speziell geschneiderten Anzüge Pistolen versteckt hatte. Wenn er den Hosenschlitz öffnete, war darunter nicht etwa die übliche Waffe des Mannes verborgen, sondern eine echte, die etwas ganz anderes ausspuckte, tödliche Kugeln. Was ihm nichts half, als ihn seine Mörder besuchten. Die waren nämlich zu dritt. Zwei hielten ihn fest, während ihm einer sechsmal in den Kopf schoß.

In dieser von irischen Mythen und Legenden erfüllten Stadt sitzt den ganz besonderen Nachkommen der armen Einwanderer das Geld locker in der Tasche, wenn einer den richtigen Ton bei ihnen trifft. Und das traut sich Sean Howie zu. Er hofft auf freiwillige Spenden von ein paar Millionen Dollar, mit denen die Terroristen bei den üblichen Dealern Waffen für ihren anachronistischen Kampf gegen die Briten kaufen wollen. Alles dafür Nötige ist auf dem üblichen Weg vorbereitet worden, der nicht bewaffnete Arm der IRA – so hieß es in ihrer Terminologie – wurde zwar manchmal überwacht, aber selten abgehört. Was auch daran lag, daß zum Beispiel ein Spaziergang von zwei alten Männern im Hyde Park in London oder im Central Park in New York selbst bei ausgewiesenen Experten vom FBI keinen Verdacht erregte. Auf einem solchen Spaziergang war Finnegans Reise organisiert worden.

Bargeld ist gefragt, darum braucht es einen ganz speziellen Geldboten wie ihn, der mit einem Koffer voller Tausenddollarscheine nicht etwa auf Nimmerwiedersehen abhaut, sondern ihn durch alle Kontrollen bringt und sicher abliefert, also mit dem Schiff von San Francisco aus nach Europa zurückkehrt. Banktransfers auf scheinbar harmlose Konten in England sind heutzutage selbst dann nachvollziehbar, wenn sie mühsam über die Bahamas oder Liechtenstein geleitet werden. Insofern ist der Umweg über Key

West doch ein Teil seines ausgeklügelten Plans, mögliche Verfolger lange vor seiner Endstation zu orten und wenn nötig auszuschalten. Dieser Umweg wird nicht der einzige sein auf der letzten Reise im Leben des Stephen D. Finnegan. Von diesen Überlegungen, von diesen Plänen ahnen Riley und McFerrer nichts. Sie warten nur auf die beste Gelegenheit, Finnegans Tod zu improvisieren.

»Er hat sich endlich hingelegt«, sagte Riley, der im dunklen Zimmer stand und über den Innenhof in den Raum schauen konnte, den Howie in den Sheraton Suites für eine Nacht gemietet hatte. Um diese Jahreszeit außerhalb der Hauptsaison war keines der großen Hotels von Key West ausgebucht. McFerrer nickte mechanisch, denn er konzentrierte sich gerade auf den Bildschirm seines Computers. Die beiden hatten im gebührenden Abstand zu Howie ebenfalls ein Doppelzimmer genommen, dabei ungeniert miteinander geschäkert und sich deshalb in den Augen der beiden Mädchen am Empfang normal verhalten. Schwule Paare waren hier selbstverständlich und keine üble Nachrede wert. »Freund Sean fliegt morgen am frühen Nachmittag nach Jacksonville. Zwischenlandung in Miami«, stellte McFerrer nach einem letzten Blick auf seinen Screen fest und drückte dann eine andere Zahlenreihe. »Dort gibt es auf seinen Namen wieder eine Reservierung für einen Leihwagen.«

»Also müssen wir uns trennen, Liebling«, scherzte Riley und hauchte Peter einen Kuß auf die Glatze, »aber eine Nacht bleibt uns noch.« McFerrer schüttelte sich angewidert, aber dann mußte er lachen. »Ich fliege mit ihm«, ergänzte Denis, »weil er mich noch nie gesehen hat, dich wird er wahrscheinlich genausowenig erkennen, selbst mich hast du ja getäuscht, aber so ist es sicherer. Tut mir leid für dich, die Autofahrt von hier nach Jacksonville ist nur bis Miami ein Vergnügen, danach stinklangweilig, sieben bis acht Stunden mußt du rechnen. Was bedeutet ...«

»... daß ich morgen früh um sieben Uhr losfahren muß, um rechtzeitig am Flughafen zu sein, wenn ihr da landet.«

Die kleine Propellermaschine von Key West nach Miami ist spärlich besetzt, erst am späten Sonntagnachmittag werden alle Flüge wieder ausgebucht sein. Howie hat automatisch die wenigen Passagiere gemustert, die den Abflug erwarten, und Riley hat dabei seinen Blick ungerührt erwidert. Er ist sogar so frech, mit dem Iren ein Gespräch anzufangen, als sie über das Rollfeld gehen. Wie üblich in Amerika mit der Frage, wohin es denn gehen soll. Miami? »Jacksonville«, antwortet Howie und macht eine vage Handbewegung über den Horizont hinaus, »und dann mal sehen, einfach rumfahren.« Riley gibt sich als Lokalpatriot, schwärmt von South Carolina und von North Carolina, biedert sich mit Hoteltips an, weil er sich in der Gegend auskenne, und erwähnt nebenbei, daß man bis Jacksonville noch viel Zeit habe, gemeinsam zu plaudern.

Genau das überzeugt Howie von Rileys Harmlosigkeit. So etwa hat man ihm die durchschnittlichen Amerikaner geschildert. Er gibt vor, durch den langen Flug von Europa noch müde zu sein. Um sich dem oberflächlichen Geplapper seines neuen Bekannten zu entziehen, schließt er die Augen schon beim Start. Zur Bestätigung seiner Unbedarftheit beginnt Riley mit einem anderen Fluggast ein ähnlich banales Gespräch, immer wieder unterbrochen durch laute Rufe, wie schön die Keys doch seien, wenn sie gerade wieder ein Stück Insel und Meer überfliegen. Den habe ich so genervt, stellt Riley mit einem Blick auf den dösenden Terroristen befriedigt fest, daß der auf keine anderen Gedanken mehr kommt. Und ist sich erst recht seiner Sache sicher, als Sean Howie nach der Zwischenlandung in Miami sorgfältig jeder weiteren Begegnung mit ihm ausweicht und als erster in die jetzt wieder große Maschine steigt, die sie nach Jacksonville bringen wird. Nur kurz winkt Howie dem Amerikaner zu, aber der scheint beleidigt zu sein und reagiert nicht.

Peter McFerrer hatte am frühen Morgen seinen Chevrolet abgegeben und war mit Rileys Mietwagen weitergefahren. Eine nicht registrierte Waffe mit Schalldämpfer lag zwischen dem üblichen Werkzeug im Kofferraum des Dodge versteckt, sorgfältig in einen ölgetränkten Lappen gewickelt. Sie wußten noch nicht, wo sie Howie ins Jenseits befördern würden, es kam auf die passenden Umstände an, die beste Gelegenheit. Verlangt war die Kunst der Improvisation, aber daß es den nachweisbar mindestens zehnfachen Mörder erwischen würde, stand fest. Kleopatra hatte ihn schließlich zum Tode verurteilt.

Der Highway Richtung Savannah, Charleston, Wilmington geht am Airport Jacksonvillle praktisch direkt hinter der riesigen Garage los, man kann sich also nicht verfahren. Wieder sitzen McFerrer und Riley in zwei verschiedenen Autos, und wieder hat sich Finnegan für einen Lincoln entschieden. Er hält sich strikt an die Geschwindigkeitsbegrenzung. »Es scheint seine Taktik zu sein, möglichst erst bei Dämmerung zu fahren«, sagt Denis Riley, der die Verfolgung anführt, zu Peter McFerrer am Handy. »Kommt uns entgegen«, antwortet McFerrer, »dann sieht er uns erst am Schluß in ganz neuem Licht.«

Floriane Ment hatte den ganzen Sonntag über ihre Wohnung nicht verlassen. Der Anrufbeantworter blieb zwar ausgeschaltet, aber es rief niemand an. Sie selbst versuchte, Susanne Hornstein zu erreichen, um ihr so ganz nebenbei noch ein paar Fragen über Lionel Zartmann zu stellen, denn die neueste Entwicklung im Fall Freypen interessierte sie nur noch am Rande. Aber sie erreichte nur die Mailbox des Handys. Offensichtlich war die Beamtin nicht in der Stadt. Eine richtige Vermutung. Susanne Hornstein war schon nach Bonn gefahren, dort wollte sie bei der Beerdigung von Bernhard Nochtel dabei sein. Schuldig, wie sie sich fühlte, glaubte sie ihm wenigstens das, schuldig zu sein.

Als die Reporterin aus dem Fenster auf die Straße schaute, fiel ihr ein BMW auf, den sie gestern schon an dieser Stelle gesehen hatte. Sie registrierte das nur nebenbei, es weckte nicht ihre übliche journalistische Neugier, und schon gar nicht brachte sie das Auto oder die Männer, die da drin saßen, mit sich in Verbindung. Was vielleicht daran lag, daß sich ihre Gedanken noch woanders herumtrieben. Zum Beispiel in Lyon, wo sie fast in die uralte Gefühlsfalle getappt wäre und ihre stets geübte emotionale Distanz vergessen hatte. Die mit Zartmann verbrachte Nacht war abgehakt, das war wirklich ein perfektes Dessert nach einem guten Essen, und für ihn nicht weniger oder gar mehr als für sie. Keiner von beiden mußte sich vorwerfen, dem anderen etwas vorgemacht zu haben. Sie hatten einander benutzt, mehr nicht. Gleichberechtigung, wie Floriane sie liebte. Über ihren blöden Verdacht, ihre blöden Fragen, nur wegen einer grünen Sporttasche, konnte sie jetzt, im Abstand, lachen. Floriane atmete tief durch die Nase ein, als brauche sie dringend frische Luft im Gehirn. Öffnete die Fenster, weil sie das absurde Gefühl hatte, ihre Wohnung habe einen fremden Geruch angenommen. In genau diesem Augenblick fiel ihr ein, wo und bei wem sie schon einmal das Rasierwasser gerochen haben könnte, von dem immer noch ein Hauch an ihrem Körper war.

Eberhart Schwarzkoff saß in seiner Bibliothek und grübelte. Die Meldung über den Unfalltod des hohen Beamten Bernhard Nochtel hatte ihn verstört. Konnte zwar alles Zufall sein, erst Joachim, dann Bernhard, aber falls es kein Zufall gewesen war und das Ganze doch irgend etwas – von wem inszeniert? – mit der alten Geschichte am Bodensee zu tun hatte, falls doch die Vergangenheit der gemeinsame Nenner war, dann würde er der nächste sein. Er war der letzte Überlebende der damaligen Bootsbesatzung. Nur er wußte genau, wie das Mädchen Susanne gestorben war, und vor allem, wer sie so lange unter Wasser festgehalten hatte, bis kein Leben mehr in ihr war. Wer noch außer ihm konnte es wissen? Die Angst, die ihn auf einmal überfiel, blockierte ihn, sonst wäre er vielleicht darauf gekommen. Und er trank sich mit zwei, drei hastig gekippten Cognacs diese Angst von der Seele. Als Julia Schwarzkoff an diesem Sonntagabend in ihr Schlafzimmer ging, hörte sie, wie sich ihr Mann stöhnend und unruhig auf einer Couch in seinem Arbeitszimmer wälzte, als würde ihn etwas Furchtbares bedrücken. Einen Augenblick blieb sie zögernd an der Tür stehen, dann fiel ihr rechtzeitig ein, wie viele Nächte sie schlaflos gelegen hatte, und der Anfall von Mitgefühl war schnell wieder vorbei. Auch Fritz Seifert war noch wach, ihn ließ die Hoffnung auf hunderttausend Mark und damit eine zweite Chance in seinem Leben, nicht zur Ruhe kommen. Noch hatte er nicht die geringste Ahnung, wie er sich die Belohnung sichern könnte.

In Lyon las Lionel Zartmann in seinem Arbeitszimmer deutsche Sonntagszeitungen, die er sich vom Flughafen hatte schicken lassen. Nichts Neues über das Hamburger Attentat, nur die üblichen Spekulationen zu den üblichen Vermutungen ausgewalzt. Die These mit dem angeblichen Mörder aus den eigenen rechtsradikalen Reihen hatte man schon wieder fallenlassen. Susanne Hornstein war beim Verlassen des Polizeipräsidiums fotografiert worden, er betrachtete lange die Großaufnahme von ihrem Gesicht. Sie sah ein bißchen verdrießlich aus, also war das Foto wohl gestern kurz nach seinem Anruf aufgenommen worden. Damit lag er falsch. Woher sollte Zartmann wissen, daß Susanne Hornsteins Ausdruck nichts mit dem ungelösten Fall Freypen oder seinem mageren Bericht aus Lyon zu tun hatte, sondern mit ihr selbst und vor allem mit Georg Krucht. Neben Zartmanns Telefonapparat lag Floriane Ments Nummer. Die Anwandlungen, sie einfach mal anzurufen, ohne einen besonderen Grund, denn die gemeinsam verbrachte Nacht an sich galt auch ihm nicht als besonderer Grund, unterdrückte er und rauchte dabei mehr als sonst. Eine Meldung im Innenteil der Zeitung weckte sein Interesse. Er las, dann riß er sie aus und befestigte sie an seiner Pinnwand:

Drogenkartelle kooperieren mit der Russen-Mafia

Washington (AP) – Kolumbianische Drogendealer haben sich nach Erkenntnissen der *Washington Post* mit russischen Verbrecherbanden verbündet, um den Rauschgiftschmuggel nach Europa zu intensivieren. Wie das Blatt in seiner Samstagausgabe schreibt, versorgen russische Banden die kolumbianischen Drogenkartelle mit - Waffen, an die Rauschgifthändler sonst nicht herankommen würden. Genannt wurden Luftabwehrraketen, Kampfhubschrauber und sogar ein U-Boot.

Die *Washington Post* beruft sich in ihrem Artikel auf Drogenexperten der US-Regierung und Rußlands. Gemeinsam würden beide Gruppen von Verbrechern Banken und Unternehmen in der Karibik eröffnen, wo das Geld aus Drogenhandel und anderen kriminellen Geschäften gewaschen werde.

Anschließend warf Zartmann die Zeitungen in den Papierkorb und zwang sich zur Konzentration. Vor ihm lag eine zehnseitige Auflistung mit vielen Zahlen, und oben im Briefkopf des Begleitschreibens war im Schattenriß das Squirrel Tree zu erkennen. Er vergaß die Zeit, und er vergaß sogar Floriane, und außerdem vergaß er, warum ihn die Meldung so interessiert hatte. Weil die dort geschilderten Geschäfte nach einem eventuellen Fall für Kleopatra klangen. Er schlief an seinem Schreibtisch ein. Als mitten in der Nacht sein Telefon klingelte, hob er deshalb schon nach dem zweiten Läuten ab.

»Ja?«

»Klingt sehr sanft, und das morgens um drei Uhr. Hast du jemand anders erwartet?« fragte Alain Renoit spöttisch und fügte hinzu: »Tut mir leid, aber ich bin es nur. Peter hat sich gemeldet. War schwer zu verstehen, weil es so laut war. Sie sind in einem Hotel am Strand irgendwo an der Grenze zu North Carolina. Ich mach gleich die Leitung wieder frei, falls dich noch jemand anrufen will. Bis morgen.«

Alain Renoit hatte sich bei IKPO krank gemeldet. Er war aber nicht krank, er hatte nur keine Zeit, sich um den normalen Kripoalltag zu kümmern, er wollte die Lösung des geheimnisvollen Kodes, nur ein Fehlschlag würde ihn krank machen. Wer außer mir, spornte er sich an, könnte das schaffen? Nach dem Gespräch mit Lionel beugte er sich wieder über die auf dem Teppich verstreuten Papiere.

Die Stimme des Terroristen hatte vor ein paar Tagen bei der elektronischen Überwachung in Washington den üblichen Impuls ausgelöst, weil Howie den Fehler gemacht hatte, von London aus zu telefonieren, wo alle Telefonate aufgezeichnet wurden, und nicht aus seinem Versteck in Nordirland. Das dann folgende Gespräch war mitgeschnitten worden. Der Mann am anderen Ende der Leitung hatte aber in Rätseln und Chiffren gesprochen, die wohl nur Howie hatte verstehen können. So wußten sie zwar, daß Finnegan alias Howie ein paar Anweisungen für seine US-Tour bekommen hatte, aber die Einzelheiten hatten sie nicht verstanden. Kleopatra baute auf die Talente von Alain, der würde es schon schaffen. Der große Notizblock, der vor ihm lag, war vollgeschmiert, daneben leuchtete sein Computer. Auf dem Bildschirm der Kode, den er knacken mußte: **CHE CA GOU FORS DEI SHE 21 SCHOB DEANIE.** Diese Buchstaben und Zahlen in genau dieser Reihenfolge waren an Finnegan duchgegeben worden. Nur der Terrorist hatte die nötigen Schlüsselwörter, um aus diesen seltsamen Silben und Ziffern Klartext zu machen. Solche Herausforderungen aber liebte Alain Renoit. Noch mehr als Frauen. Er nahm seine Brille ab und rieb sich die rotgeränderten Augen. Kleopatra maute, und er kraulte ihn unter dem Kinn: »Erst denken, dann essen.« Beleidigt kratzte der Kater an Renoits bestem Sessel. Aber der war schon wieder in seiner Welt der Rätsel und bekam es nicht mit.

In der Nacht zum Montag wechseln sich McFerrer und Riley alle vier Stunden bei der Wache ab. Sie wissen zwar, in welchem Hotel Sean Howie abgestiegen ist, aber sein Zimmer können sie von ihrem Raum aus nicht sehen. Statt dessen behält immer einer von beiden den Lincoln im Auge, während der andere döst, denn ohne ein Auto würde Howie von hier nicht wegkommen. Außer den Resorts gibt es hier an der Atlantikküste meilenweit nur private Ferienhäuser, von denen salzverkrustete Holztreppen direkt an den Strand führen. Um diese Jahreszeit sind viele bereits für die kommenden Stürme winterfest gemacht. Die beiden Hotels sind aber trotzdem gut besucht, denn zu Nachsaisonpreisen können sich auch Großfamilien einen Abglanz vom normalerweise unerschwinglichen Sommer in North Carolina leisten.

»Die übliche Frage«, sagt Peter leise und verstummt sofort wieder.

»Die übliche Antwort«, sagt Denis und macht mit den Lippen ein Geräusch, das wie Plopp klingt. »Zwischen die Augen, aus.«

»Hast du eigentlich seit damals, du weißt schon, mal an dem gezweifelt, was wir tun?« setzt Peter McFerrer nach. Bisher hat er noch nie mit dem Amerikaner darüber geredet, aber eine gemeinsam durchwachte Nacht zwischen Spannung und Erschöpfung hat es auch noch nicht gegeben. Jeder hat in der Vergangenheit für sich allein gemordet. Riley antwortet nicht sofort. Dann spricht er, ohne dabei den Blick von dem halb im Schatten einer blinkenden Seven-Up-Reklame parkenden Lincoln zu nehmen, und dadurch sieht es aus, als würde er zu sich selbst sprechen: »Ja, natürlich habe ich gezweifelt, jeder von uns hat schon mal gezweifelt, nehme ich an. Was wir machen, ist schließlich, wende es, wie du willst, eine Art von Mord. Wir haben getötet, und wir beide werden in den nächsten Tagen wieder töten. Du kannst das zwar immer neu begründen, und du kannst es gut begründen, das will ich gar nicht bestreiten. Aber Mord bleibt Mord. Hier an der Küste fällt mir das besonders auf. Hier wirkt doch alles so friedlich. Wie kann da jemand auf die Idee kommen, zur Waffe zu greifen? In Washington, da sieht alles ganz anders aus. Da verdeckt nur der abgehobene Blick vom Capitol den Dreck, den Unrat, die Gewalt. Wir aber sind jeden Tag mittendrin. Und verlieren jede Schlacht gegen die Verbrecher. Gegen die Dealer in ihren Luxusschlitten. Gegen die korrupten Anwälte. Gegen die Anlagebetrüger. Gegen die feigen Politiker. Also, was zum Teufel soll daran unmoralisch sein, solche Verbrecher wie diesen Finnegan auszuschalten für immer? Falls einem schon mal von wem auch immer, wahrscheinlich sogar vom lieben Gott, die Chance geboten wird, sie zur Hölle zu schicken, muß man die einfach nützen. Zumal sich der IRA-Typ das Geld für seine Morde von den feinen Herrschaften besorgt, die bei der St.-Patrick-Parade alljährlich ihren verlogenen Scheißpatriotismus raushängen lassen.«

McFerrer ist zunächst verblüfft über diese für Rileys Verhältnisse geradezu philosophische und ungewohnt lange Erklärung, setzt dann trotzdem nach: »Aber du mußt doch zugeben, daß es mit jedem Mord ein bißchen schwerer wird für uns. Ich meine nicht, schwerer im Sinne von sauberer Erledigung, das ist nur Handwerk, das haben wir gelernt. Schwerer im Sinne von Skrupeln und Schuldbewußtsein und, sagen wir mal so, einer immer größeren Überwindung, die es braucht, wieder mal töten zu müssen.«

»Nein, geht mir nicht so. Du mußt ja nicht töten, Peter, verstehst du? Du mußt nicht. Keiner zwingt dich dazu. Wir ganz bestimmt nicht. Die Gruppe insgesamt nicht. Niemand. Es ist immer wieder deine freie Entscheidung oder meine oder die von Lionel oder die von Alain. Bei jeder neuen Geschichte könnte einer von uns nein sagen, und ein Nein reicht, und damit wäre die Sache, entschuldige, ich meine das wirklich nicht komisch, dann wäre sie gestorben.«

Er bricht plötzlich ab. Horcht angestrengt in die Dunkelheit draußen. Im monotonen Rauschen der Wellen hat etwas Rileys Aufmerksamkeit erregt. Ein Geräusch wie von einer vorsichtig geöffneten Autotür. Er nimmt ein Nachtglas mit infraroter Aufhellung, wie es auch die FBI-Agenten an der Grenze zwischen Kalifornien und Mexiko seit Jahren benutzen, und sieht damit Sean Howie direkt ins Gesicht. Der hat sich inzwischen angepaßt und trägt statt des dreiteiligen englischen Anzugs die üblichen Jeans und das übliche Sweatshirt. Er lädt eine Reisetasche auf den Rücksitz des Lincoln. Dann setzt er sich hinters Steuer und startet den Motor, der sofort anspringt und leise surrt. Scheinwerfer schaltet er nicht an.

»Er will abhauen«, flüstert Denis Riley, »nicht schlecht, der Kerl. Nicht schlecht.« Das klingt nach professioneller Anerkennung, und so ist es auch gemeint. Denn jetzt, mitten in der Nacht, können sie ihm nicht einfach hinterherfahren, ohne aufzufallen. Deshalb hat sich der Ire entschlossen, noch vor der ersten Dämmerung aufzubrechen. Falls ihm bei dieser Finte keine Autolichter im Rückspiegel auffallen, kann er für den Rest seiner Reise sicher sein, nicht verfolgt zu werden. Sich in den nächsten drei Tagen ganz auf sein privates Amerika konzentrieren, bevor es dann in Chicago ernst wird. Erst auf der Mitte der Brücke, die über das von einem schmalen Fluß durchschnittene Tümpelgebiet führt und die Strandhäuser mit dem Festland verbindet, macht Sean Howie endlich Licht an. Riley und McFerrer sehen die roten Rückstrahler in der Dunkelheit verschwinden.

Peter steckt sich auf dem Balkon eine Zigarette an, jetzt muß er nicht mehr befürchten, daß ihn die Glut verraten wird. Denis klopft ihm kurz auf die Schulter: »War eine gute Idee von dir, Peter, sehr gut.« Der Engländer hatte das Warten auf Riley am Flughafen von Jacksonville dazu benutzt, am Lincoln im Hohlraum der hinteren Stoßstange unauffällig einen Peilsender anzubringen. Der gilt in den entsprechenden Fachkreisen als das beste, was derzeit auf dem Markt zu haben ist, und kann von einem der Satelliten empfangen werden, die unablässig die Erde umkreisen. Durch die geknackte Reservierungsliste kannte McFerrer das Kennzeichen des für Howie bestimmten Autos, der Rest war ein Kinderspiel für ihn. Auf der virtuellen Landkarte in seinem PowerBook, denn der hochgerüstete Computer holt sich von einem Satelliten die entsprechenden Impulse auf den Bildschirm, ist der Lincoln bald nur noch ein blinkender Punkt, der sich Richtung Osten bewegt. Das begleitende Piepen hat McFerrer ausgeschaltet. Sogar die Nummer der Nebenstraße, die der Fahrer benutzt, taucht auf dem Screen auf. Sie warten die zwei Stunden ab, bis es hell wird, und dann fahren sie ihm nach. In Wilmington bekommen beide im Java Café in der Front Street zu Eiern mit Speck sogar einen richtigen Kaffee, nicht die amerikanische Brühe, die unter diesem Namen ausgeschenkt wird. »Er müßte bald in Charlotte sein«, stellt Peter fest, bevor sie wieder in ihre Autos steigen. Erneut fährt er voraus, neben sich auf dem Beifahrersitz den aufgeklappten Laptop, Denis Riley folgt ihm sozusagen blindlings.

Susanne Hornstein wäre nach Nochtels Beerdigung, die sie in Gedanken an das ermordete Mädchen Susanne ohne Tränen und deshalb ohne weitere Schuldgefühle überstand – der Minister übrigens war verhindert und hatte nur einen Kranz geschickt –, am liebsten endgültig in Bonn geblieben. Dafür gab es sogar objektive Gründe, denn inzwischen wurden sie und die Sonderkommission der Abteilung Terrorismus in Hamburg nicht mehr gebraucht. Von welchem Ort aus sie die weiteren Ermittlungen führen würden, war egal. Zwar war Joachim Freypen in Hamburg ermordet worden, doch gab es keinen lokalen Bezug zum Attentat. Das Phantombild hatte, wie erwartet, keinen Hinweis ergeben. Die wenigen konkreten Spuren, die sie hatten, führten entweder in die Vergangenheit von Schwarzkoff, Nochtel und Freypen nach Salem oder in den üblichen rechtsradikalen Sumpf. Und um Hintergründe konnte sie sich auch von ihrem Büro im Bundeskriminalamt aus kümmern. Über ihre subjektiven Motive, lieber am Rhein bleiben zu wollen, dachte Susanne Hornstein nicht lange nach, die lagen schlicht in der Person Georg Krucht und dem begründet, was sie auf Grund ihrer nie überwundenen Höhere-Tochter-Erziehung immer noch als Sündenfall bezeichnen würde. Sie entschloß sich zu einem Kompromiß. Ihre Leute beorderte sie zurück nach Bonn. Bei dieser Entscheidung wurde ihr klar, daß sie keinen im Amt hatte, den sie in solchen Fällen um Rat hätte fragen können. Wie zum Beispiel Bernhard Nochtel.

Die alte Polizistenregel, daß in neunzig Prozent aller Fälle die Täter in den ersten achtundvierzig Stunden ermittelt werden oder nie, war ihr noch nie schlüssig erschienen. Susanne Hornstein fuhr mit dem Intercity nach Hamburg zurück. Sie wollte sich noch einmal mit Floriane Ment unterhalten, deren Nachricht sie abgehört hatte, denn bei der Trauerrede des Pfarrers war ihr wieder Florianes offensichtliche Lüge bei der Frage eingefallen, ob bei der Rückkehr nach Hause vor zehn Tagen irgend etwas anders gewesen war als sonst. Dabei hatte sie sich auch daran erinnert, daß sie immer noch nicht Schwarzkoffs Alibi nach zweiundzwanzig Uhr überprüft hatte. Vielleicht solltest du nicht Freypens Mörder suchen, sondern dir einen anderen Job? dachte sie und merkte dabei, daß ihr der Gedanke gar nicht so abwegig vorkam. Was sie einigermaßen verstörte.

Schwarzkoff hatte behauptet, nach Hause gefahren zu sein, aber das ließ sich einfach feststellen. Hatte er nicht selbst seine Frau erwähnt? Sogar Nochtel könnte sie postum noch einen Gefallen tun und Schwarzkoff mit ihrem Wissen um die Ereignisse vor vierzig Jahren in Panik versetzen, allein das war die erneute Reise nach Hamburg wert. Susanne Hornstein hatte nicht vergessen, wie arrogant sich der Verleger beim ersten Verhör aufgespielt hatte. Kurz hinter Dortmund schlief sie ein. Der Schaffner, ein älterer Mann, der die frischgedruckte Zeitung *ICE-Press* in der Ersten Klasse verteilte, zögerte ein wenig, als er an ihren Platz trat. Aber dann beschloß er, die blonde Frau nicht zu wecken und legte nur vorsichtig das Blatt auf ihren Schoß. Von dieser flüchtigen Berührung ließ sie sich nicht stören.

Der Schaffner hatte nicht gemerkt, daß sie automatisch mit der rechten Hand in ihre Tasche gefahren war, wo ihre Dienstwaffe steckte. Ihre antrainierten Reflexe klappten noch. Nur in der Nacht mit Krucht hatten sie ihre Instinkte verlassen. Bei dem Gedanken war Susanne Hornstein endgültig wach.

Peter McFerrer und Denis Riley fahren nacheinander in die gepflegte ruhige Straße, die zum Albemarle Inn führt. In dem kleinen Hotel wollen sie die kommende Nacht verbringen, und sie brauchen dringend Schlaf. Denis hat die Adresse in einem Bed & Breakfast-Führer gefunden und von unterwegs aus angerufen. Kein Problem, zwei Zimmer zu bekommen, nur an Wochenenden ist es schwierig. Heute würden sie die einzigen Gäste sein, sagte die Frau am Telefon. Diese beiläufige Erwähnung war entscheidend. Sie hatten keine Sehnsucht nach einer Begegnung mit Howie, noch nicht.

Riley rief erst nach Einbruch der Dunkelheit an, nachdem sich der leuchtende Punkt auf McFerrers Bildschirm direkt in Asheville schon eine Stunde lang nicht mehr bewegt hatte. Dann erst waren sie überzeugt, daß Sean Howie offensichtlich vorhatte, im berühmten Luftkurort die Nacht zu verbringen, falls er nicht überraschend das Auto gewechselt und sie damit ausgetrickst hatte. Eher unwahrscheinlich, welchen Anlaß sollte er gehabt haben? »Er übernachtet sicher im Grosvenor Inn«, sagte Riley, »das wird jedem Touristen empfohlen. Und ein Tourist ist er schließlich.«

Sie hatten sich die Zeit in einem der riesigen *Antique Malls* direkt neben dem Highway vertrieben, wo zwischen fürchterlichem Schund ganz erstaunliche Dinge verkauft wurden. Uniformen von ostdeutschen Volkspolizisten zum Beispiel, wie Peter McFerrer mit Erstaunen bemerkte. Er verzichtete aber darauf, sich eine Majorsuniform als Geschenk für Lionel Zartmann einpacken zu lassen. Denis hatte eine viel bessere Idee gehabt, als er ein paar Geweihe längst verblichener Hirsche entdeckte, hatte zwei davon gekauft und eines draußen am Parkplatz lachend seinem Freund gegeben, bevor sie wieder in ihre Autos stiegen: »Damit du später in Lyon auch beweisen kannst, wie erfolgreich du bei deinem Jagdausflug gewesen bist. Aber denk dran, es zu polieren, es muß aussehen wie frisch geschossen.«

Sie halten vor den großen Bäumen an der Einfahrt und mustern zunächst sorgfältig die Umgebung. Im Haus, das von großen weißen Säulen getragen wird, brennen einige Lichter, die meisten Fenster sind dunkel. Man spürt die Nähe der Berge. Es ist empfindlich kalt. Keine Spur von einem Lincoln Town Car. Denis Riley winkt Peter zu, der daraufhin wieder in sein Auto steigt und weiterfährt. Selbst wenn Sean Howie ihm an der nächsten Ecke entgegenkommen würde, kann nichts passieren. Diesen Peter McFerrer hat der IRA-Mann noch nie gesehen. Die fünf Minuten hinauf zum Grosvenor bleibt der Engländer noch unter den vorgeschriebenen fünfundzwanzig Meilen Höchstgeschwindigkeit, um auch die am Straßenrand abgestellten Autos erkennen zu können. Auf dem Parkplatz vor dem einer Schweizer Berghütte nachempfundenen Luxusresort entdeckt er dann den Wagen, den sie den ganzen Tag über auf ihrer Fahrt als leuchtenden Punkt auf dem Bildschirm gehabt haben, und dreht um. Falls der Ire nicht überraschend zu Fuß in die Berge gewandert ist, muß er im Hotel sein.

»Morgen?« fragt er kauend seinen amerikanischen Freund, als sie später in seinem Zimmer sitzen. Denis Riley hat in einem vom Besitzer des Albemarle empfohlenen Delikatessenladen ein paar Salate und frisches Brot geholt. Was er auf dem Weg dorthin gesehen hat, gefällt ihm. Die kleine Universitätsstadt Asheville ist berühmt wegen ihrer sauberen Luft, niedrigen Kriminalitätsrate und ihrer reizvollen Umgebung – das zur Besichtigung freigegebene riesige Renaissanceschloß *Biltmore Estate* liegt in der Nähe, die andere Touristenattraktion *Chimney Rock* mit dem Blick in die Wälder von North Carolina ist nur eine halbe Stunde

Autofahrt entfernt. Alles inmitten der Blue Mountains, der Blauen Berge, die der legendäre Blue Ridge Parkway durchquert.

Sie müssen auf dem Zimmer essen, weil sie nicht wissen, ob Howie den gleichen Trick wie in der vergangenen Nacht noch einmal anwenden und wieder vor Morgengrauen aufbrechen wird. Deshalb bleibt McFerrers Computer eingeschaltet, und diesmal auch der Lautsprecher. »Warum nicht morgen?« fragt Peter noch einmal, aber Riley schüttelt den Kopf: »Wir sind in einem friedlichen kleinen Ort mit friedlichen Touristen und friedlichen Bürgern. Wenn hier jemand umgebracht wird, fällt das auf. Und wie. Nein, wir brauchen eine Großstadt, in der ein Toter in einem Hinterhof nichts Besonderes ist.«

Peter McFerrer wird durch ein quakendes Geräusch aus seinem Computer geweckt, aber auf dem Bildschirm ist der Punkt, der Howies Auto darstellt, nach wie vor in Asheville und rührt sich nicht. Das kann es also nicht sein. In der elektronischen Mailbox wartet eine Nachricht. Absender Alain Renoit, Lyon. Er schaut auf seine Uhr, kurz vor fünf Uhr morgens, drückt auf eine Taste und liest, dann pfeift er fast unhörbar zwischen seinen Zähnen und das hört sich eindeutig bewundernd an. Peter schleicht leise auf den Flur, klopft an Rileys Tür. Der öffnet nach wenigen Sekunden und blickt ihn fragend an. McFerrer macht eine Handbewegung in Richtung seines Zimmers, und kurz darauf sitzen beide vor dem bläulich flimmernden Screen.

»Guten Morgen. CHE CA GOU muß man laut sprechen, dann ist es einfach. Es handelt sich um Chicago. CHECAGOU war mal der indianische Name. FORS DEI ebenfalls laut gesprochen bedeutet fourth day, also vierter Tag. Das bedeutet: Donnerstag. Hilfreich danach der APA Guide Chicago. Empfehle ich euch auch. Also: SHE rückwärts gelesen ist EHS, das heißt East Hubbard Street. 21 ist die Hausnummer. In 21 East Hubbard Street gibt es

ein berühmtes altes Restaurant, früher schon Treffpunkt der reichen Iren. Das steckt hinter SCHOB und ist die Abkürzung für den Namen Shaw's Crab House & Oyster Bar. Das Restaurant hat nur abends geöffnet, also hat aller Wahrscheinlichkeit nach am kommenden Donnerstag abend unser Freund dort sein Treffen. DEANIE war ein bißchen schwerer, aber Lektüre hilft – habe ich euch schon immer gesagt. Bücher lesen, Freunde, Bücher lesen! Banausen! – DEANIE war der Spitzname des irischen Gangsters und Sängers Dion O'Banion, der in den zwanziger Jahren von Auftragskillern umgelegt wurde. Wahrscheinlich das Passepartout für Howie, damit er nicht die falschen Leute trifft. Euch zum Beispiel. Loben könnt ihr mich nach der Rückkehr. Kleopatra und ich gehen jetzt schlafen.«

McFerrer tippt als Antwort nur »Chapeau Alain« ein und löscht dann alles. Die Adresse werden sie nicht vergessen. Denis Riley ist erst so verblüfft, daß er gar nichts sagt. Dann murmelt er leise vor sich hin: »Unglaublich, dieser Franzose, unglaublich«, als würde er eine solche Leistung nur Amerikanern zutrauen. Beide legen sich wieder hin, und jetzt schlafen sie tief und ruhig, bis ein weiteres Piepen anzeigt, daß sich ihr Opfer wieder in Bewegung gesetzt hat. Was sie nicht weiter beeindruckt, denn nun kennen sie Finnegans Ziel. Sie lassen sich Zeit mit dem Frühstück und folgen ihm dann in gehörigem Abstand bei der Weiterfahrt durch Tennessee nach Nashville.

Der Punkt, der sie leitet, hört in der Stadt Nashville auf zu blinken, genauer im Opryland Hotel: Knapp zweitausend Gästezimmer, doppelt so viele Angestellte, Dutzende von Restaurants und Pools, Wasserfälle, Kanäle, Boutiquen. Die gesamte Anlage ist mit riesigen Glasdächern gegen jede Witterung geschützt, darum herrscht für die Pflanzen stets die richtige Temperatur. Klimaanlagen sorgen für angenehme Wärme, und das Hotel hat sogar eine eigene Radiostation.

Mit Shuttlebussen werden die Gäste, die schon an der Rezeption einen Lageplan bekommen, um ihre Unterkunft überhaupt zu finden, in die *Grand Ole Opry* gefahren, wo Abend für Abend Countrymusic live geboten wird. Ein amerikanischer Alptraum, deshalb meist ausgebucht. »Der macht ein richtiges Touristenprogramm«, staunt Riley, der so etwas wie diese Hotelanlage noch nicht erlebt hat, und fügt dann zynisch hinzu: »Eigentlich schade, daß er zu Hause nichts mehr davon erzählen kann.« McFerrer und er bleiben wieder auf ihren Zimmern, bestellen sich ihr Abendessen per Roomservice, denken beim Kauen sehnsüchtig an ein paar Restaurants in Lyon, aber meiden sogar die Balkons, die zu jedem Raum gehören. So kurz vor dem Final Countdown wollen sie nichts mehr riskieren. Am nächsten Morgen wird der Amerikaner nach Chicago fliegen, um sich mit der Umgebung von Shaw's Crab House vertraut zu machen, bevor Sean Howie in der Stadt am Lake Michigan eintrifft. Peter soll ihm auf dem verbleibenden Rest der Strecke mit dem Dodge folgen und Rileys Leihwagen vorher im Hotel abgeben.

Susanne Hornstein vermied jede Begegnung mit Georg Krucht unter vier Augen, bis sie sicher war, daß auch er kein Interesse mehr hatte, sie noch einmal ganz privat zu sehen. Das beruhigte sie und gleichzeitig war sie ein bißchen beleidigt. Aber da sie solche Erfahrungen nicht zum ersten Mal machte, zog sie sich wie immer aus Enttäuschung zurück auf ihren Job. Da waren die Bedingungen klar und unmißverständlich, ein Mörder mußte gefunden werden. Wie gut oder wie schlecht – schlecht? Lag das vielleicht an ihrem hohen IQ? – sie im Bett war, sozusagen nur bedingt aufnahmebereit, hatte keinerlei Bedeutung für ihren Beruf. Aus Bonn hörte sie nichts, doch war sie klug genug, dies nicht etwa als nachlassendes Interesse am Fall Freypen zu interpretieren. Man gab ihr Zeit, aber nicht mehr lange, wie sie aus Erfahrung wußte.

Mit Floriane Ment traf sie sich am Mittwoch noch einmal in deren Wohnung, die Reporterin schien ihr seltsam abwesend zu sein. Mitten im Zimmer stand das Schreibpult, der schwarze Computer war aufgeklappt. Sein dunkler Bildschirm wirkte wie ein feindliches Auge. Auf dem Boden lagen zerknüllte Seiten. »Ich schreibe am liebsten im Stehen. Wie Goethe«, erklärte Floriane das ungewöhnliche Chaos. Sie wiederholte eher maulig und unkonzentriert ihre ursprüngliche Aussage und konnte sich überhaupt nicht daran erinnern, bei der Frage gezögert zu haben, ob ihr etwas aufgefallen sei in der Mordnacht. »Das muß wohl Zufall gewesen sein«, sagte sie gelangweilt, um dann zu erklären, warum sie der Fall eigentlich schon nicht mehr interessierte. »Wissen Sie, ich muß mich jetzt auf das Buch konzentrieren. Ich weiß einfach nicht, wie ich anfangen soll, und bevor ich das nicht weiß, werde ich für alle ungenießbar sein, tut mir leid.«

»Hat Ihnen Zartmann denn helfen können?« fragte Susanne Hornstein. Die Antwort auf diese Frage wiederum interessierte sie nicht, es war nur ein müder Versuch, das Gespräch in Gang zu halten. Darum wunderte sie sich, daß Floriane Ment nur ausweichend antwortete: »Nein, gar nicht. Der war genauso zugeknöpft wie Sie.« Dabei allerdings wurde sie ein wenig rot, denn beim Wort zugeknöpft war ihr bewußt geworden, daß eigentlich das Gegenteil richtig war. »Egal«, fügte sie hastig hinzu, »ich schaffe es auch ohne die Hilfe von Zartmann oder von Ihnen. Bei Thrillern ist es vor allem wichtig, daß die Dialoge funktionieren, habe ich mir sagen lassen. So etwa wie zwischen uns beiden, haha. Wie weit sind Sie denn im Fall Freypen?« Susanne Hornstein zuckte nur mit den Schultern. Die Geschichte von Schwarzkoff und seinen Freunden und deren gemeinsamer Vergangenheit konnte sie seiner Reporterin nun wirklich nicht erzählen.

Beim Verlassen des Hauses fiel ihr automatisch der BMW auf, weil sie ihn schon vor zwei Stunden gesehen hatte, als sie bei Floriane Ment klingelte. Sie gab im Polizeipräsidium das Kennzeichen in den Behördencomputer und kurz darauf bekam Mulder geballt ihren ganzen Frust ab. »Hornstein hier, Herr Mulder. Haben Sie immer noch nicht genug? Reicht Ihnen das Erlebnis von Lyon nicht? Tun Sie nicht so blöde, ich weiß Bescheid. Wenn Ihre Männer nicht in zehn Minuten verschwunden sind, Sie wissen schon von wo, lasse ich sie einlochen. Mir wird schon eine passende Begründung einfallen. Und Sie dürfen die dann begleiten.« Legte ohne weitere Erklärung auf. Danach fühlte sie sich zum ersten Mal seit zwei Tagen richtig gut. Rief über die interne Leitung Krucht an und bat ihn zu sich. »Was wissen Sie über Julia Schwarzkoff?« fragte sie ohne lange Vorrede, »ich habe da nämlich eine Idee.« Er hörte ihr schweigend zu und nickte dann langsam. »Ist zumindest einen Versuch wert«, sagte er dann, »ich werde Sie begleiten.« Als sie ihn stirnrunzelnd anschaute, fügte er erklärend hinzu: »Weil ich mich in der Stadt besser auskenne als Sie.«

Vom Hyatt Regency, wo Sean Howie in Chicago wohnt, sind es nur knapp zehn Minuten Fußweg zu Shaw's Crab House. Darum hat er nach dem Studium des Stadtplans dieses Hotel gewählt. Die Lobby gefällt ihm, weil sie eher der Wandelhalle eines großen Bahnhofs gleicht. Alleinreisende gehen in der Menge unter, Howie würde nur dann auffallen, wenn er kein Namensschild an seinem Jackett befestigte wie die meisten anderen, die hier übernachten. Er hat sich selbst eines gebastelt, allerdings seine ganz besondere Firma nicht verzeichnet. Große amerikanische Unternehmen pflegen hier zu einem günstigen Pauschaltarif ihre jährlichen Meetings abzuhalten. Je mehr Angestellte sie heranschaffen, desto geringer die Übernachtungskosten für den einzelnen. Das prägt die Einstellung des Hotelpersonals zu seinen Gästen. Individualtouristen werden geduldet, zahlen dafür aber den normalen Zimmerpreis.

An diesem Donnerstagabend, dem letzten in seinem

Leben, geht Stephen D. Finnegan kurz nach zwanzig Uhr über die Michigan Bridge Richtung Michigan Avenue, die ab hier Magnificent Mile genannt wird. Die Auslagen der teuren Geschäfte, denen die Straße diesen Namen verdankt, interessieren ihn nicht. Er hat sich gestern auf dem Stadtplan den genauen Weg zu Shaw's Crab House angesehen und die Strecke daraufhin bei Tageslicht getestet. Hinter dem Wrigley Building biegt er deshalb zielsicher links ab, läuft eine stählerne Treppe hinunter. Die Hubbard Street liegt auf Flußhöhe sozusagen zwei Stockwerke unter der Michigan Avenue. Finnegan sieht wieder aus wie der englische Professor, der vor ein paar Tagen das Flugzeug in London bestiegen hat. Ab und zu bleibt er stehen, nestelt an seinen Schnürsenkeln herum und prüft dabei unauffällig die Umgebung. Niemand geht hinter ihm. Die leere Straße wirkt wie eine Kulisse aus einem der schwarzweißen Gangsterfilme der Nachkriegszeit. Jeden Moment könnte Al Capone um die Ecke biegen oder die Jungs von Dillinger, mit Schlapphüten und Maschinenpistolen bewaffnet. Aber soviel Phantasie hat Howie nicht. Er konzentriert sich auf seinen Termin. Deanie, sagt er leise, Deanie. Das ist sein Losungswort. Wie es Renoit vermutet hat. Eine finstere Gestalt mit einem riesigen Hund an der Leine kommt ihm auf der nur spärlich beleuchteten Straße entgegen, er weicht aus und blickt dem Paar nach. Nur ein Nachtwächter. Selbst die wirken in dieser Umgebung wie Gangster. Ein paar hundert Meter entfernt sieht er die Neonschrift eines Restaurants, davor ein paar Menschen und Autos. Das wird es wohl sein. Er geht aber nicht schneller.

Peter McFerrer und Denis Riley haben ihn wie geplant auf getrennten Wegen am Mittwoch unauffällig von Nashville nach Chicago »begleitet«, der eine im Auto, der andere im Flugzeug. Nachdem sie herausgefunden hatten, daß der Lincoln in der Hotelgarage des Hyatt abgestellt war, verbrachten sie die Nacht im Sheraton gegenüber. Sie konzentrierten sich nur auf diesen Donnerstagabend, blieben deshalb den Vormittag über im Art Institute of Chicago, weil sich Howie wohl kaum bei Beuys und Lichtenstein und de Kooning herumtreiben würde, entschlossen sich anschließend zu einer Stadtrundfahrt im Bus. Da konnten sie mit dem Einsteigen so lange warten, bis sie sicher waren, nicht etwa überraschend neben Sean Howie Platz nehmen zu müssen.

Jetzt, nach Einbruch der Dunkelheit, beobachtet McFerrer die beiden Ausgänge des Hyatt. Gegen den kalten Wind vom Lake Michigan hat sich der Engländer dick vermummt und über seine Glatze eine Pudelmütze gezogen. Als im Eingang des Hotels der Mann auftaucht, auf den er wartet und nach einem prüfenden Blick die Straße überquert, dreht er ab und joggt los. Er sitzt schon wieder neben Denis im Dodge, den er in einer Seitenstraße vor dem Restaurant geparkt hat, als zwanzig, dreißig Meter entfernt von ihrem Standort Howie langsam und wie suchend über die Kreuzung geht. Sie rühren sich nicht. Auf dem Rücksitz liegt ihr Gepäck, der Computer ist ebenfalls verpackt, dessen piepsende Signale brauchen sie jetzt nicht mehr. Rileys rechte Hand ruht auf der Smith & Wesson mit dem Schalldämpfer, die er unter seinem Sitz verstaut hat. Beide sind zwar angespannt, aber jeder weiß, was er tun muß. Aus Rücksicht auf Denis kaut Peter nur am Filter einer nicht angesteckten Zigarette.

Sie wollen nach dem Mord sofort die Stadt verlassen und die ganze Nacht durchfahren, so daß sie am anderen Morgen in Denis Rileys Haus in Washington eintreffen. Denis hatte seine Frau angerufen, als nach Renoits Nachricht der Zeitpunkt für den Mord feststand, und seine Heimkehr angekündigt. Peter wird am Freitagabend von Washington direkt nach Paris zurückfliegen und von dort dann mit dem TGV nach Lyon weiterreisen. Den Amerikaner hätte es natürlich gereizt, zusammen mit Howie gleich dessen Geldgeber zu erledigen, zumindest den Kollegen vom FBI in Chicago einen Tip zu geben, auf wen sie achten sollten. Aber

McFerrer hatte ihn davon überzeugt, daß sie ihren Mann erledigen mußten, bevor der in dem Restaurant eintraf: »Wenn der wieder rauskommt, hat er viel Geld bei sich, und wahrscheinlich werden ihn seine Kumpane zum Hotel begleiten, damit ihm unterwegs bloß nichts passiert, oder mit dem Auto hinbringen, und dann haben wir keine Chance mehr«, hatte ihm sein Freund erklärt. Deshalb hatten sie einen ganz simplen Plan ausgearbeitet. Für einen ganz simplen Mord an einem ganz simplen Touristen in einer nicht ganz so simplen Gegend.

Sie steigen aus. Haken sich gegenseitig unter. Rileys rechte Hand mit der Waffe hängt an seiner Seite. Beide singen »Its a Long Way to Tipperary« und wanken offensichtlich schwer angetrunken auf Sean Howie zu. Der wittert wie ein Wolf, sein antrainierter Instinkt sagt ihm, daß irgend etwas nicht stimmt mit den beiden Betrunkenen, die so plötzlich aus dem Nichts hinter ihm aufgetaucht sind. Das ist sein letzter Gedanke. Die beiden Männer sind bereits an seiner Seite und umarmen ihn wie einen lang vermißten Kumpel. Das Plopp aus dem Schalldämpfer, mit dem Denis Riley das Leben des irischen Terroristen beendet, ist so leise, daß man es kaum hört. Sie nehmen den Toten in die Mitte und ziehen grölend mit ihm weiter.

Hinter einer Rampe, an der erst morgen früh wieder ein Lastwagen vorfahren wird, lassen sie Sean Howie liegen. Nehmen ihm zuvor Uhr und Brieftasche und Paß ab. Es soll aussehen wie ein ganz gewöhnlicher Raubmord. Genau das wird zehn Stunden später auch im Polizeibericht stehen: Raubmord. In den Rücken geschossen. Mit einer Smith & Wesson. Überprüfung der üblichen Verdächtigen. Keine Augenzeugen. Erst als die *Chicago Tribune* ein Foto von dem Mordopfer mit der Überschrift **WER KENNT DIESEN MANN?** veröffentlicht, meldet sich ein Zimmermädchen aus dem Hyatt Regency Hotel. Nachforschungen im angeblichen Wohnort des Sean Howie, in Londonderry, wiederum ergeben, daß ein Mann dieses Namens dort unbekannt ist.

Nach zwei Wochen Zwischenlagerung im Leichenschauhaus wird Howie schließlich auf dem irischen Teil des größten Friedhofes von Chicago begraben. Der Verein »Ireland Forever« kommt für die Kosten der Beerdigung auf, ein Pfarrer spricht ein Gebet. Auf dem Grabstein steht der Name, den er im Hotel angegeben hat: Sean Howie. Am anderen Morgen liegt ein riesiger Kranz mit grüner Schleife und der Aufschrift »Only In God We Trust« auf dem frischen Erdhügel.

Stephen D. Finnegan bleibt für immer verschwunden, aber die IRA weiß offensichtlich, wo ihr Bluthund begraben ist.

II

Seit jener Nacht, in der sie ihn laut hatte stöhnen hören, kam Eberhart Schwarzkoff seiner Frau merkwürdig zerrissen und geistesabwesend vor. Sie ahnte, daß es mit dem Tod von Joachim Freypen zu tun haben mußte. Er war zwar ein Freund gewesen, doch traute sie ihrem Mann ein Gefühl wie tiefen Schmerz nicht zu. Der hatte keine Gefühle oberhalb seiner Gürtellinie, davon war sie bisher überzeugt gewesen. Nun war sie nicht mehr so sicher. Selbst seine sonst so kalten hellblauen Augen lebten plötzlich, allerdings zeigten die nicht etwa Menschlichkeit oder gar Seelentiefe. Vor seinem mitunter kinskihaft wahnsinnigen Blick konnte man im Gegenteil sogar Angst bekommen. Sie natürlich nicht. Sie hatte keine Angst mehr vor ihm. Sie haßte ihn nur. Es hatte lange gedauert, bis sie diesen Haß als ihr Überlebensmittel entdeckte. Nun wärmte er sie. So wie andere die Liebe.

Julia Moser war gerade neunzehn geworden, als sie bei einem Semesterabschlußball im Münchner Regina-Hotel zum ersten Mal diesen großen, blendend aussehenden Jungen traf, der sich ihr als Eberhart Schwarzkoff vorstellte. Schon in dieser Nacht schlief sie mit ihm. Er war ihr Märchenprinz und der Mann ihres Lebens, der erste und der letzte. Heute würde sie, aus Erfahrung zynisch und deshalb klug, diese Jungmädchenschwärmerei ein wenig variieren, aber nur ein einziges Wort verändern: Eberhart Schwarzkoff war der erste und das letzte. Der reiche Jurastudent spiegelte sich vor allem in ihrer bedingungslosen Anbetung, aber auch er zeigte sich damals hingerissen von ihr. Für ihn hatte sie die durchsichtige Schönheit einer italienischen Gräfin, was gar nicht bloß kitschig oder weit hergeholt war, denn Julias frühverstorbene Mutter stammte aus Mailand. Die beiden durchliebten einen unendlich scheinenden Münchner Sommer, und danach hatte Eberhart Schwarzkoff genug von ihr. Bevor er aber den richtigen Moment für seinen Absprung fand, was ihm nie schwergefallen war bei seinen bisherigen Affären, starb sein Vater. Er mußte zurück nach Hamburg und als knapp vierundzwanzigjähriger Erbe die *Abendpost* übernehmen. Julias Familie gehörte der Adalbert-Stifter-Verlag, und der wiederum paßte ideal zur *Abendpost*. Deshalb paßte auch seine eigentlich schon abgehakte Geliebte wieder in Schwarzkoffs Pläne.

Statt sich von ihr zu trennen, was Julia Moser damals das Herz gebrochen, aber ein Leben an seiner Seite erspart hätte, hat er sie geheiratet. In den ersten Jahren der Ehe glaubte sie noch, selbst schuld zu sein an ihrem wachsenden Unglück. Zum Beispiel, weil sie keine Kinder bekam. Bis sie erfuhr, daß nicht sie, sondern ihr Mann unfruchtbar war, daß sich ihr Märchenprinz längst mit anderen Frauen vergnügte und sie abgeschrieben hatte wie eine Druckmaschine. Da sie katholisch war und sich mit ihren Depressionen wieder im dunklen Schoß von Mutter Kirche verkrochen hatte, kam eine Scheidung nie in Frage. Was ihrem Mann sogar recht schien, denn die, mit denen Schwarzkoff lieber schlief, hätte er in der Hamburger Gesellschaft nicht vorführen können. Julia dagegen machte eine gute Figur. So nannte man das in diesen Kreisen. Geschäftlich war die Verbindung allerdings erfolgreich. Das aus Schwarzkoff + Moser entstandene Medienunternehmen mit allen Aktivitäten war inzwischen über eine Milliarde wert. Die Ehefrau gehörte auf die Haben-Seite, seit nunmehr sechsunddreißig Jahren.

Julia Schwarzkoff hatte der Beamtin vorgeschlagen, sich im Golfclub zu treffen. Ihr Mann war zwar im Verlag, aber in den letzten Tagen kam er zu immer seltsameren Zeiten nach Hause, manchmal schon nachmittags, und schloß sich dann in seinem Arbeitszimmer ein. Sie konnte also nicht vorhersagen, wie es heute sein würde. Er mußte nicht unbedingt erfahren, daß sie sich mit der Beamtin unterhielt, die den Mordfall Freypen untersuchte. Zumal er beim Frühstück, wo sich manchmal ein Gespräch nicht vermeiden ließ, böse über diese »blonde Emanze« Susanne Hornstein hergezogen war. Julia Schwarzkoff hatte sich daran erinnert, denn eine Frau, die ihr Mann schrecklich fand, war ihr von vornherein sympathisch.

Die ganze Fahrt über sagt Georg Krucht nichts. Was seine Beifahrerin keineswegs stört. Sie weiß nicht, worüber sie mit ihrem seltsamen Liebhaber reden soll. Liebhaber. Wie sich das anhört. Es war eine einzige Nacht gewesen, und mit liebhaben hatte die nichts zu tun. Unpassend zweideutig, aber eindeutig nicht zu ihr passend. Soll sie ihn etwa fragen, ob er heute abend schon was vorhat? Warum eigentlich nicht, würde ihre Mutter jetzt kontern, du bist doch noch nicht ausgetrocknet, mein Kind. Auch wenn sie die Hoffnung längst aufgegeben hat, daß sich Susanne doch noch entschließen könnte zu heiraten. Frauen im Alter ihrer Tochter waren kaum mehr an den Mann zu bringen. Für Enkel, die sie sich immer gewünscht hatte, war es ohnehin zu spät. Krucht hat keine Ahnung, warum ihn seine Kollegin so forschend anschaut, er kann ja nicht wissen, woran Susanne Hornstein gerade denkt. Sie raucht und schert sich nicht darum, daß er demonstrativ die Seitenfenster öffnet. Als sie vor dem Clubhaus vorfahren, bleibt der Kommissar sitzen. Er wird im Auto warten. Dann könnte er sie rechtzeitig warnen, bemerkt er lakonisch, falls es überraschenden Besuch geben sollte. Von dem Mann zum Beispiel, dessen Alibi sie gerade überprüfen wollen.

»Frau Schwarzkoff?« fragt sie die schlanke Frau, die auf einen Schläger gestützt am Putting Green steht. »Ich bin Susanne Hornstein, wir haben telefoniert.« Dabei mustert sie ihr Gegenüber unverhohlen. Teuer angezogen, ohne modischen Schnickschnack, schmales Gesicht, Mitte Fünfzig etwa, dunkle Haare, traurige Augen. So wenigstens wirken die. Sie wird von Julia Schwarzkoff ebenso ungeniert von oben bis unten angeschaut, bevor diese mit einer Handbewegung auf einen leeren Tisch auf der Terrasse weist: »Stört es Sie, wenn wir draußen bleiben? In der Sonne ist es noch ganz angenehm.« Susanne Hornstein nickt, obwohl ihr klar ist, daß Julia Schwarzkoff aus ganz anderen Gründen nicht mit ihr ins Haus gehen will. Hinter den Fensterscheiben sind neugierige Gesichter zu erkennen.

»Wie kann ich Ihnen helfen?« fragt die Golfspielerin, nachdem sie ihren rechten Lederhandschuh ausgezogen und beim Kellner zwei Kännchen Kaffee bestellt hat. Sie schaut die Kriminalbeamtin neugierig an. Susanne Hornstein entschließt sich spontan zu einer Taktik, die Bernhard Nochtel immer die *Direttissima* genannt und mit dem warnenden Hinweis verbunden hatte, diesen direkten Weg zum Gipfel nur dann zu wählen, wenn es keine Alternative und nichts mehr zu verlieren gab. Sie hat nichts mehr zu verlieren.

»Wann ist Ihr Mann in der Nacht von Freypens Tod nach Hause gekommen?« Julia Schwarzkoff lehnt sich zurück und schließt für einen Moment die Augen, als würde sie sich auf die Antwort konzentrieren. In Wirklichkeit will sie ihre plötzliche Freude verbergen. Die Hoffnung, daß es soweit ist. Die Stunde der Abrechnung. Mein ist die Rache, spricht der Herr. Heißt es nicht so? Lieber Gott, betet sie, du hast mich lange genug geprüft, und ich habe alle Prüfungen und Demütigungen ertragen, wird nun endlich alles ausgeglichen? Muß er büßen für alles, was er mir angetan hat? Sie weiß, daß mehr hinter der Frage der Beamtin stecken muß als nur die simple Überprüfung eines Alibis. Als sie sich vorbeugt, hat sie ihre Gedanken wieder unter Kontrolle: »Das war so gegen halb vier Uhr morgens. Warum fragen Sie?«

»Ist das eine normale Zeit für ihn? Kommt das öfter vor? Oder eher selten?« fährt Susanne Hornstein fort, ohne die Gegenfrage zu beachten. »Mein Mann kommt und geht, wann er will«, antwortet Julia Schwarzkoff ungerührt, als sei das völlig normal, »ich will Ihnen keine Märchen erzählen, die Sie mir wahrscheinlich eh nicht abnehmen würden. Wir führen, wie man so sagt, eine offene Ehe. Das bedeutet, mein Mann ist offen für andere Frauen oder die für ihn, je nachdem, aus wessen Sicht man das betrachtet, und ich habe das akzeptiert.« Selbst Susanne Hornstein, die eine klare Sprache zu schätzen weiß, ist ein bißchen konsterniert nach dieser deutlichen Erklärung.

Dann erzählt Frau Schwarzkoff präzise und ohne weitere boshafte Spitzen, in welchem Zustand ihr Mann in dieser Nacht gewesen ist. Daß er erst durch sie vom Mord an Joachim Freypen erfahren habe, sie aber trotzdem den Eindruck hatte, daß irgend etwas nicht stimmte mit ihm. Es war nicht die übliche Heimkehr nach dem üblichen Seitensprung mit den üblichen Erklärungen, das konnte sie sehr wohl unterscheiden: »Er wirkte auf mich so, als ob etwas Schlimmes mit ihm geschehen war, etwas, was ihn zutiefst verstört hat. Er hatte zum Beispiel Kopfschmerzen, und die kamen nicht nur vom Alkohol. Ich weiß schließlich am besten, wie er ist, wenn er getrunken hat. Nein, er wirkte ganz anders als sonst.«

»Können Sie das präzisieren, dieses Anderssein? Lassen Sie sich ruhig Zeit.«

»Wie soll ich das definieren?« überlegt sie. »Niedergeschlagen? Aus der Bahn geworfen? Geschockt? Als Kinder hätten wir früher gesagt, er hat im Wald den bösen Wolf getroffen.« Susanne Hornstein scheint trotzdem zu begreifen, was Julia Schwarzkoff mit diesem Bild sagen will. Denn es paßt zu ihrer Vermutung, daß Eberhart Schwarzkoff von der Nacht des Attentats noch lange nicht alles erzählt hat.

War der böse Wolf, den er getroffen haben könnte, vielleicht nur ein böser Mann, der Mörder?

»Entschuldigen Sie, wenn ich das so ungeschminkt frage, aber hat Ihr Mann eine bestimmte Freundin?«

»Keine Ahnung, aber Sie müssen sich dafür nicht entschuldigen. Das trifft mich nicht mehr, schon lange nicht mehr. Ich habe mir die Namen seiner Freundinnen nie gemerkt, wozu auch. Sie haben mir übrigens nicht geantwortet, Frau Hornstein, warum Sie das alles wissen wollen. Glauben Sie etwa, mein Mann hat etwas mit dem Attentat zu tun?«

Die Beamtin registriert verblüfft, daß Julia Schwarzkoff diese Möglichkeit nicht etwa für lächerlich hält oder gar empört ist über eine solche Unterstellung. Ihre Frage hat einen hoffnungsvollen Unterton. Diese Ehe muß ein wahrer Horror sein, denkt Susanne Hornstein. Hat vielleicht doch etwas Gutes, alleine zu leben so wie sie. Aber bevor sie in ihr eigenes Leben abschweift, konzentriert sie sich lieber auf das der anderen. Wie üblich: »Genauso offen gesagt, ich weiß es nicht. Wir wissen, mit wem er unterwegs war an diesem Abend, denn das haben wir inzwischen überprüft. Ihr Mann hat Frau ... äh, diese Frau so etwa gegen 21.15 Uhr zu Hause abgesetzt, aber nach unseren Erkenntnissen war Freypen kurz nach einundzwanzig Uhr bereits tot.« Julia Schwarzkoff ergänzt: »Freypen hat mich genau um einundzwanzig Uhr angerufen, aber das habe ich bereits einem Ihrer Kollegen gesagt. Also wollen Sie herausbekommen, wo mein Mann war, bevor er nach Hause gekommen ist? Das weiß ich natürlich nicht. Vielleicht sollten Sie mal die einschlägigen Bordelle abklappern, ich meine, die besseren. Trotzdem verstehe ich Sie nicht ganz. Wenn dieses Nazischwein – Entschuldigung, aber ich hielt ihn dafür – Joachim Freypen starb, als mein Mann ganz woanders war, dann kann er doch nichts damit zu tun haben. Dann hat Eberhart doch ein Alibi.« Das wiederum hört sich eindeutig enttäuscht an. »Es sei denn ...«

»... es sei denn«, nimmt Susanne Hornstein den abgebrochenen Satz auf und redet ungeschützt weiter, weil sie merkt, daß Julia Schwarzkoff das durchaus vertragen kann, »es sei denn, er hat jemanden beauftragt, Freypen zu erschießen. Halten Sie das für möglich?«

»Für möglich halte ich das, ja. Ich traue ihm alles zu. Aber eher für unwahrscheinlich. Welches Motiv sollte er gehabt haben? Freypen war ein rechtsradikaler Kotzbrocken, aber deshalb hätte ihn mein Mann bestimmt nicht umbringen lassen. Mein Mann ist, wie soll ich sagen, ein unpolitischer Mensch. Ja, so könnte man das nennen, ein unpolitischer Mensch. Deshalb wahrscheinlich als Verleger so erfolgreich, weil er sich nicht für irgendwelche Ideen engagiert und nie festgelegt hat.« Abermals staunt die Kriminalistin, denn das klingt nun auf einmal so, als ob Julia Schwarzkoff ihren Mann, den sie doch haßt, gleichzeitig immer noch bewundert. »Joachim war einer seiner besten und ältesten Freunde, sie trafen sich regelmäßig. Die paßten wunderbar zusammen. Die gingen zwar gemeinsam auf die Jagd, nicht nur im Wald, aber die haben nie aufeinander geschossen. Ich fürchte, Sie liegen falsch mit Ihrer Vermutung.« Das leichte Bedauern in ihrer Stimme ist dabei nicht zu überhören.

Susanne Hornstein dagegen kennt ein mögliches und durchaus handfestes Motiv für den Mord, sie weiß ja, was damals am Bodensee passiert ist. Erpressung war schon für so viele Morde das Motiv. Es ist offensichtlich, daß Schwarzkoffs Frau nie von dieser Geschichte gehört hat. Falls Susanne Hornstein aber mit ihrem Verdacht recht hat, wird sie es früh genug erfahren, also muß sie es ihr nicht jetzt erzählen. Sie erhebt sich und streckt Julia Schwarzkoff ihre Hand entgegen: »Vielen Dank, das war's, ich will Sie nicht länger von Ihrem Spiel abhalten. Vielen Dank vor allem für Ihre Offenheit. Sie haben mir sehr geholfen.« Dabei fällt ihr noch eine Frage ein: »Wissen Sie, wie Ihr Mann nach Hause gekommen ist? Mit seinem Auto?«

»Nein, er muß mit einem Taxi gekommen sein. Sein Bentley stand am anderen Vormittag, das war der Sonnabend, jedenfalls nicht in der Garage, als ich wegfuhr.«

Georg Krucht braucht nur bis zum nächsten Morgen, um den Taxifahrer aufzutreiben, der in der Nacht zum vierten Oktober Eberhart Schwarzkoff vom Stadtpark in seine Villa gebracht hat. Das ist normale Polizeiarbeit. Er fragt seine Kollegin, ob sie bei der Vernehmung dabeisein will, aber die winkt nur ab. Susanne Hornstein erwartet den angekündigten Anruf des Innenministers.

»Ja?«

»Ich wollte Sie vorwarnen, weil es eine neue Entwicklung im Fall Freypen gibt. Es könnte sein – ich sage: könnte, denn noch sind wir nicht sicher –, daß der Verleger Eberhart Schwarzkoff in der Tat etwas mit dem Attentat zu tun hat. Ich hatte Ihnen ja schon mal so was angedeutet. Der hat sich mir gegenüber mit seinen Verbindungen in höchste Kreise nach Bonn gebrüstet. Hat mich zwar nicht beeindruckt, aber ich halte es für fair, Sie zu informieren, bevor er sich über mich beschwert.«

»Sehr aufmerksam, Frau Doktor Hornstein, ich weiß Ihre Weitsicht zu schätzen. Vielleicht meinte er mit höchsten Kreisen die FDP und nicht uns. Aber das ist nicht unser Problem. Wie ich Ihnen schon bei unserem letzten Gespräch sagte, tun Sie einfach nur Ihre Pflicht, tun Sie einfach genau das, was Sie für richtig halten. Vor dem Gesetz sind alle gleich.« Er meint das offenbar so, bleibt zumindest ernst dabei und macht sich eine Notiz für die in einer halben Stunde beginnende Kabinettssitzung. Das war eine Information für ein Gespräch unter vier, höchstens sechs Augen, nichts für die Große Runde.

Der Taxifahrer gab zu Protokoll, daß er Sonnabend früh, also in der Nacht zum vierten Oktober, kurz vor drei Uhr über die Zentrale einen Auftrag bekommen hatte. Er sollte einen Mann am Stadtpark abholen, der dort angeblich eine

Panne gehabt hatte. Stichwort: silberner Bentley. Als er ankam, wartete ein älterer weißhaariger Herr, so jedenfalls drückte er sich aus, vor einem geparkten Auto. Der erzählte allerdings nichts von einer Panne, sondern nur von zuviel Alkohol und daß er deshalb nicht mehr selbst fahren könne. Was ihn, den Fahrer, einen Dreck interessiert habe. Hauptsache, eine gute Fuhre. Und gut war sie dann ja auch. Der Mann drückte ihm schon beim Einsteigen zweihundert Mark für die Fahrt in die Hand und ließ sich an eine Adresse an der Elbe fahren. So gegen halb vier Uhr etwa habe er ihn dort abgeliefert. Nein, geredet hat der unterwegs nichts, nur ab und zu gestöhnt und sich an den Kopf gefaßt, als ob er Schmerzen hätte. Na ja, dicken Kopf halt, wohl vom Saufen. Krucht legte ihm ein paar Fotos vor, darunter auch eines von Eberhart Schwarzkoff. Der Taxifahrer identifizierte ihn ohne Zögern als seinen nächtlichen Fahrgast.

Der Chef der Mordkommission schickte mehr routinemäßig als in der Hoffnung, knapp vierzehn Tage nach der Mordnacht noch etwas zu finden, vier Schutzpolizisten an die angegebene Stelle. In einem Gebüsch nahe dem Parkplatz fielen denen ein paar Autoschlüssel mit einem teuer aussehenden Anhänger auf. »Hatten Sie etwa erwartet, wir würden die Tatwaffe entdecken?« fragte Krucht die BKA-Beamtin, als er mit seinem Bericht fertig war, und Susanne Hornstein konnte ihm zum ersten Mal seit jener verdammten Nacht wieder unbefangen in die Augen sehen. Fand nichts darin, worüber sie sich Gedanken machen müßte. Nur professionelle Neugier. Sie grinste verschwörerisch: »Ihnen kann ich es ja sagen. Nee, erwartet hatte ich es nicht. Aber erhofft.« Da lachten beide.

Der Verleger empfängt die Kriminaldirektorin am Sonntagvormittag in seiner Bibliothek. Die Terrassentüren zum Garten sind geöffnet, er weiß, daß sie raucht, und er haßt den Geruch von Zigaretten. Um Aufsehen im Verlag zu vermeiden, war er mit einem Termin bei sich zu Hause einverstanden gewesen. Seine nervösen Fragen, was sie denn schon wieder von ihm wolle, hat Susanne Hornstein mit der vagen Andeutung beantwortet, daß sie noch einmal seine Hilfe als langjähriger Freund Freypens brauche. Julia Schwarzkoff ist auf dem Golfplatz, der Butler soll sich bereithalten, falls außer Kaffee noch andere Getränke gewünscht werden. Fritz Seifert nimmt der Beamtin den Mantel ab und führt sie in die Bibliothek. Dann zieht er sich zurück, diskret, wie es den Anschein hat, in Wirklichkeit verläßt er das Haus durch den Vordereingang und schleicht sich durch den Garten wieder in Richtung Terrasse. Er kann die beiden nicht sehen, aber hören.

»Herr Schwarzkoff, Sie haben uns nicht alles erzählt aus der Mordnacht«, beginnt Susanne Hornstein ohne lange Vorrede und legt den Autoschlüssel, den Kruchts Männer im Stadtpark gefunden haben, auf den Schreibtisch. »Bevor Sie antworten, sollte ich Ihnen noch sagen, daß wir die Aussage eines Taxifahrers vorliegen haben, der Sie als seinen Fahrgast in dieser Nacht identifiziert hat.«

Schwarzkoff hat nach ihrem ersten Satz etwas ganz anderes befürchtet, deshalb ist er zunächst erleichtert: »Na und? Was heißt nicht alles erzählt? Hätte ich Ihnen denn alles erzählen müssen? Ich dachte, Sie suchen einen Mörder. Das alles hat nichts mit Freypen zu tun, aber meinetwegen können Sie es gerne wissen. Ich habe eine Dame besucht, fragen Sie gar nicht erst, wie die heißt, den Namen werde ich Ihnen nicht nennen, weil sie verheiratet ist. Habe mein Auto in der Nähe am Stadtpark abgestellt, und als ich zurückfahren wollte, meine Schlüssel nicht mehr gefunden. Vielleicht hatte ich auch schon ein bißchen zuviel getrunken. Und deshalb auf dem Weg zum Wagen die Schlüssel verloren, als ich, Entschuldigung, ins Gebüsch gepinkelt habe. Ich habe mir per Handy ein Taxi bestellt und bin dann so gegen vier Uhr etwa zu Hause gewesen. Nicht sehr dramatisch, was? Hat nichts mit dem Attentat zu tun, davon habe ich erst erfahren, als ich wieder nach Hause kam. Und deshalb haben Sie den weiten Weg hierher gemacht?« Er greift nach dem Schlüssel. »Immerhin, den habe ich wieder, vielen Dank.«

»Nein«, erwidert Susanne Hornstein kühl, »deshalb bin ich nicht gekommen. Kann Ihre Frau bestätigen oder einer Ihrer Dienstboten, wann Sie nach Hause gekommen sind? Oder vielleicht die geheimnisvolle Dame genau mitteilen, wann Sie von ihr weggegangen sind?«

»Lassen Sie bitte meine Frau aus dem Spiel. Es wäre mir peinlich, wenn sie davon erfahren würde. Sie glaubt, daß ich bei dieser Buchparty in der Heinrich-Heine-Villa versackt bin, sie weiß nicht, wo ich war und wann ich wirklich nach Hause kam.« Er lügt gut, denkt Susanne Hornstein, sehr gut. Wenn ich nicht selbst mit seiner Frau gesprochen hätte, würde ich ihm diese Lügen sogar abnehmen. Aber ich weiß ein bißchen mehr, mein Lieber. »Dann vielleicht Ihre Freundin? Floriane Ment?«

»Erstens ist die nicht meine Freundin, das haben Sie schon einmal auf unverschämte Weise angedeutet, und zweitens, selbst wenn sie es wäre, ginge Sie das gar nichts an.«

Sie ist es in der Tat nicht, stellt die Polizistin fest, diese Reaktion von ihm sagt alles. *Selbst wenn sie es wäre* – das klang eindeutig bedauernd, und sogar eine Spur von ... nein, nicht Enttäuschung, fast von Haß hört sie heraus. Hat er es bei Floriane mal probiert und ist abgeschmettert worden? Insgeheim leistet sie der Reporterin eine Art von Abbitte, sozusagen von Frau zu Frau, sie hat Floriane Ment wohl doch falsch eingeschätzt.

»Dann versuchen wir es einmal anders, Herr Schwarzkoff. Es stimmt zwar, wie Sie uns erzählt haben, daß Freypen ein alter Freund von Ihnen war. Sie haben uns aber nicht erzählt, was für eine besondere Freundschaft das zwischen Ihnen war. Schon seit der gemeinsamen Schulzeit in Salem. Also seit gut vierzig Jahren. Da gab es doch diese merkwürdige Geschichte mit dem ertrunkenen Mädchen. Erinnern Sie sich?« Draußen schleicht Seifert näher an die offenen Terrassentüren. Merkwürdige Geschichten interessieren ihn aus gegebenem Anlaß besonders.

Schwarzkoff sinkt bei der Erwähnung Salems in seinem Stuhl zusammen, als habe einer die Luft aus ihm herausgelassen. Er schweigt und schlägt die Hände vors Gesicht. So wie er da hockt, wirkt er wie ein gebrochener alter Mann, doch er spielt das nur, er will nur Eindruck machen. Was ihm bei Susanne Hornstein nicht gelingt, die hat genausowenig Mitleid mit Schwarzkoff, wie sie vor ein paar Tagen Mitleid mit Nochtel hatte. Eher weniger, denn Bernhard Nochtel ist tot, der hat für seine eher indirekte Schuld auf seine Art gebüßt. Der hier hofft, noch irgendwie davonzukommen. Wieder mal, und da alle anderen tot sind, diesmal endgültig. Sie läßt sich nicht täuschen: »Das Mädchen Susanne. Siebzehn Jahre alt. Schwanger im zweiten Monat. Deren Tod im Bodensee nie geklärt wurde. Weil drei Freunde sich in ihrer Aussage abgesprochen haben. Sie und Nochtel und Freypen. Nochtel ist tot, Freypen ist tot, nur Sie leben noch. Außer Ihnen kennt keiner mehr die Wahrheit. Meinen Sie nicht, Sie hätten mir doch noch was zu erzählen?« Scheinbar mühsam richtet sich der Verleger wieder auf und gibt seiner Stimme einen empörten Unterton, allerdings mehr aus Gewohnheit: »Wollen Sie damit andeuten, daß ich mit dem Tod dieses Mädchens etwas zu tun hatte?«

»Etwas zu tun hatte, Herr Schwarzkoff? Etwas zu tun hatte? Ich bin sogar überzeugt davon, daß Sie Susanne ermordet haben, aber das werde ich wohl nicht mehr beweisen können nach so langer Zeit. Außerdem wäre ein Mord nach vierzig Jahren ohnehin verjährt. Bevor Sie sich zu früh freuen: Nehmen wir einmal an, ich hätte trotzdem recht mit dieser Vermutung. Nehmen wir weiter an, auch Freypen ging davon aus, daß Sie ein Mörder sind. Nehmen wir einmal an, daß er Sie erpreßt hat mit der Drohung eines öffentlichen Skandals, so wie er zum Beispiel Nochtel erpreßt hat. Tun Sie nicht so, als ob Sie das nicht wüßten. Nochtel hat mir gestanden, daß er Ihnen alles erzählt, Sie sogar um Hilfe gebeten hat. Also, angenommen, Joachim Freypen erpreßte Sie, seinen alten Freund. Was wollte er denn von Ihnen als Gegenleistung für sein Schweigen? Informationen? Wohl kaum, was hätten Sie ihm denn bieten können. Unterstützung? Da kommen wir der Sache schon näher. Er brauchte mit seiner Partei öffentliches Wohlwollen, er mußte raus aus der Naziecke, er brauchte ein Forum für sich und seine Ideen. Eine Zeitung zum Beispiel. Einen Sender. Alles, was sein guter Freund Schwarzkoff besaß. Und ...«

Eberhart Schwarzkoff ist aufgestanden und hat sich mit jetzt doch zitternden Händen einen Whisky eingeschenkt, den er auf einen Zug herunterstürzt: »Sie spinnen ja. Als nächstes werden Sie noch behaupten, ich hätte ihn deswegen umgelegt.«

»Nein, das werde ich nicht behaupten, Herr Schwarzkoff. Sie haben für die Tatzeit eindeutig ein Alibi. Sie ganz persönlich. Aber der Mörder, den wir suchen, der könnte zum Beispiel von Ihnen beauftragt worden sein, das Problem Freypen zu lösen, ihn für Sie zu erledigen, denn Sie konnten sich einen Rechtsschwenk in Ihrer Zeitung schon aus geschäftlichen Gründen nicht leisten. Ein Mord also, egal, wie teuer, würde billiger gekommen sein. Nach der Tat haben Sie sich mit dem Killer am Stadtpark getroffen und ihn ausbezahlt.« Dabei merkt sie natürlich, daß sich ihr Schlußsatz verdammt unlogisch anhört, verzieht aber keine Miene und wartet seine Reaktion ab. Fritz Seifert hält es kaum noch aus auf seinem Horchposten. Am liebsten würde er sofort Karl Mulder anrufen. Die hunderttausend Mark Belohnung schwirren in seinem Kopf herum wie bunte Schmetterlinge. Er hat das Netz in der Hand, um sie einzufangen.

Eberhart Schwarzkoff wirkt plötzlich wieder ganz ruhig, ganz überlegen. Was auch Susanne Hornstein bemerkt. »Ach, die kluge Frau Polizistin«, sagt er höhnisch, »haben Sie denn irgendeinen Beweis für den Blödsinn, den Sie da gerade von sich geben? Ich fahre also ausgerechnet mit meinem eigenen Wagen nachts in einen öffentlichen Park, treffe dort einen Mörder, übergebe dem ein Paket mit Geld – klar, Scheck konnte ich ihm ja nicht geben, und diese Mordstypen nehmen gemeinerweise keine Kreditkarten, haha –, dann werfe ich meine Autoschlüssel weg, weil ich den besonders klugen Einfall habe, nicht etwa unauffällig mit meinem Auto zu verschwinden, nein, ich lasse mich mit einem Taxi nach Hause bringen. Wie würde sich eine solche Geschichte unter normalen Umständen für Sie anhören?«

Ziemlich unwahrscheinlich, denkt Seifert draußen, aber da ihn keiner fragt, ist das unerheblich. Susanne Hornstein denkt das auch, aber sie will diesen Zweikampf gewinnen, und wer gewinnen will, muß etwas riskieren. Auch so ein Lehrsatz von Nochtel. Sie wagt einen Befreiungsschlag: »So kann man es sehen, klar. Ich sehe es anders. So zum Beispiel, Herr Schwarzkoff: Sie bringen Floriane Ment nach Hause, damit haben Sie ein Alibi. Sie wissen, daß der von Ihnen engagierte Mörder nicht mehr in der Wohnung ist. Hat er Sie nach dem Mord gleich angerufen? Daß er überhaupt die Wohnung benutzen konnte, haben Sie geschickt vorbereitet. Für diesen Abend Floriane Ment eingeladen und ihm damit freie Schußbahn aus deren Appartement verschafft. Waren Sie eigentlich vorher schon mal mit ihr unterwegs? Sie müssen nicht antworten, das kriegen wir auch ohne Sie heraus. Wir brauchen nur Frau Ment zu fragen. Also, Sie wissen, daß von Freund Freypen, dem Erpresser, keine Gefahr mehr droht. Der schweigt für immer. Und damit müssen Sie auch keine Angst mehr haben wegen dieser anderen Geschichte am Bodensee. Jetzt nur noch den Killer bezahlen, und dann ist dieser Alptraum endlich vorbei. Sie treffen sich nicht in der Nähe des Tatorts, das wäre zu riskant. Sie haben sich verabredet am Stadtpark. Sagen wir mal: Um Mitternacht, man konnte nicht voraussehen, wann der zum Schuß kommen würde. Wo waren Sie bis dahin? Im Bordell? Nein? Mitternacht also. Alles dunkel, still. Sie fahren vor. Der Mann wartet. Es kommt zu einem Streit, um die Summe vielleicht? Wollte er plötzlich mehr? Oder wollten Sie weniger bezahlen? Er schlägt Sie nieder, was Ihre Kopfschmerzen erklären würde, wirft Ihre Schlüssel weg, damit Sie ihm nicht folgen können, nimmt Ihnen das Geld ab. Oder er zwingt Sie, ihm zu helfen, die Waffe verschwinden zu lassen. Ist nicht nur ein kleiner Revolver, ist immerhin ein großes Gewehr. Wie gefällt Ihnen denn diese Variante, Herr Schwarzkoff?«

Gar nicht, hat sie den Eindruck, gar nicht. Deshalb hat er nicht reagiert, als sie von seinen Kopfschmerzen sprach. Von wem außer von seiner Frau hätte sie das wissen sollen? Oder die Andeutung mit dem Bordell, auch knapp an der Grenze des Erlaubten. Ich muß aufpassen, nimmt sie sich vor, und zwar sehr gut aufpassen. Der hat sicher gute Anwälte.

Schwarzkoff murmelt etwas von Wahnsinn und verrückt, aber eher fassungslos als empört. Deshalb legt sie nach und wagt sich noch einmal auf ungesichertes Gelände: »Weil Ihnen Ihre Polizeireporterin mal von gewissen Typen auf St. Pauli erzählt hat und weil die eins und eins zusammenzählen kann und dabei darauf gekommen ist, daß es kein Zufall ist, wenn aus heiterem Himmel ausgerechnet aus ihrer Wohnung und ausgerechnet an dem Abend, an dem sie mit Ihnen verabredet ist, ein Mord begangen wird, hat die ebenfalls ihre Chance genutzt. Hat Sie auf ihre Art zur Kasse gebeten, was allerdings strafrechtlich nicht relevant ist. Zum Beispiel für ihr erstes Buch hunderttausend Vorschuß bekommen statt der von Ihnen zunächst angebotenen fünfzigtausend. So schließt sich der Kreis, Herr Schwarzkoff. Ich fürchte ...«

»Sie fürchten was?« unterbricht Schwarzkoff und starrt sie an. Woher weiß die das mit dem Vorschuß? Er kommt nicht auf den Gedanken, daß sein Gespräch mit der Reporterin abgehört worden ist. Für ihn steht in diesem Moment nur fest, daß Floriane Ment ihm das eingebrockt hat, daß sie sich auf ihre Art gerächt hat, daß sie der Beamtin diesen ganzen Schwachsinn eingeredet hat. Weil sie sicher war, daß er sich auf Grund der versuchten Vergewaltigung nicht wehren kann, ohne sich selbst zu belasten. Blinder Haß auf Floriane vernebelt ihm den Verstand, denn sonst hätte er erkannt, daß Susanne Hornstein zwar ganz nette Theorien, aber keinen einzigen handfesten Beweis hat. Er hört kaum hin, als die noch einmal nachlegt: »Ich fürchte, ich muß Sie bitten, sich von Ihrem Butler einen kleinen Koffer packen zu lassen und uns zu begleiten.«

Beim Stichwort Butler löst sich draußen Fritz Seifert von der Wand und geht lautlos zurück ins Haus. Er will nicht etwa packen, sondern keine Zeit verlieren, möglichst schnell Karl Mulder erreichen und ihm alles erzählen, seine Belohnung verdienen. Nicht am Telefon, man weiß ja nicht, wer mithört. Natürlich niemand, aber Seifert hat zu viele schlechte Krimis gesehen. Er vergißt in seiner Aufregung, daß er die hunderttausend Mark nur dann bekommt, wenn die Vaterländler vor der Polizei erfahren, wer der Mörder ihres Vorsitzenden gewesen ist, und sich den schnappen können, bevor er verhaftet wird. Er geht in Richtung seiner Wohnung, und deshalb bekommt Fritz Seifert nicht mit, welche Wendung das Gespräch nimmt. Wahrscheinlich hätte er seinem Arbeitgeber das Leben retten können, wenn er auf seinem Horchposten geblieben wäre.

Eberhart Schwarzkoff überlegt fieberhaft. Es ist schon immer eine seiner Stärken gewesen, in scheinbar ausweglosen Situationen die richtige, die befreiende Idee zu haben. Früh geübt. Schon damals auf dem Bodensee. Was hätte er denn anderes machen sollen, als sich dieses Mädchen für immer vom Leib zu schaffen? Die hatte ihn doch erpreßt mit der Drohung, ihren Eltern zu beichten, daß sie von ihm ein Kind bekam. Die hatte doch verlangt, daß er sie heiraten sollte, und das Geld abgelehnt, das er ihr geboten hatte für die Reise nach England und die Abtreibung in London. Was wäre denn das für ein Leben für ihn gewesen, verheiratet mit einer Dorfschönheit aus kleinen Verhältnissen und in seinem Alter noch vor dem Abitur plötzlich Vater? Alle Karriereträume dahin, alles verpfuscht. Er mußte doch etwas unternehmen. Nein, Gewissensbisse hatte er nie gehabt wegen dieses Mordes. War es denn überhaupt ein Mord? Er hatte Susanne doch eigentlich nur helfen wollen, weil sie plötzlich unter Wasser neben ihm so erschreckt geschaut, Angst vor der Tiefe bekommen hatte. Sie in den Arm genommen, und dabei mußte er sie zu stark gedrückt haben. Diese Version hatte er nicht nur seinen Freunden erzählt, er hatte sich das so lange eingeredet, bis er selbst daran glaubte, daß es eine Verkettung unglücklicher Umstände gewesen war. Er ist kein Mörder. Er doch nicht, er, Eberhart Schwarzkoff. Der große Eberhart Schwarzkoff. Der berühmte Verleger. Mörder sind doch ganz andere Typen, Verbrecher eben. Das haben sogar Susannes Eltern eingesehen, nachdem sein Vater ihnen beim Umzug in die Schweiz finanziell so geholfen hatte, daß sie bis an ihr Ende ohne Sorgen und vor allem ohne zu arbeiten leben konnten.

»Also gut«, sagt er entschlossen und setzt sich wie zum Schutz hinter seinen großen Schreibtisch, »ich will Ihnen erzählen, was wirklich passiert ist in dieser Nacht.« Und er berichtet, erst stockend, dann immer schneller und den Blick der Beamtin vermeidend, daß er mit Floriane Ment in die Tiefgarage ihres Hauses gefahren sei, und plötzlich habe es ihn überkommen, was sonst wirklich nicht seine Art sei, das müssen Sie mir glauben, Frau Hornstein, plötzlich habe es ihn überkommen – Medikamente vielleicht? Gemischt mit Alkohol? – und er sei über die Frau, ja, also er habe versucht, sie zu küssen.

»Sie haben versucht, Sie zu vergewaltigen, wollen Sie sagen?« unterbricht ihn Susanne Hornstein tonlos.

»Also, so kann man das nicht sagen, ich bin doch kein Frauenschänder, ich meine...« Er hört auf mit seinem Gestammel und nimmt wieder einen Schluck Whisky. Nein,

nein, er sei kein Vergewaltiger. Kann sein, daß es so gewirkt hat auf Floriane. Kann sein, daß die diesen Eindruck hatte von seiner Attacke. Andererseits wisse man bei Frauen nie, wie sie es meinen und ob sie wirklich nicht wollen oder nur erobert werden wollen und ...

»... und wenn die sich nicht klar ausdrücken, dann muß der Mann halt zu anderen Mitteln greifen, wollten Sie das sagen, Herr Schwarzkoff? Mal so kurz in einer Tiefgarage unter den Rock grabschen, oder? Einen Quickie auf der Motorhaube? War ja nicht irgendein billiges Auto, nein, war immerhin ein Bentley«, haut Susanne Hornstein grob dazwischen und schaut ihn angewidert an. Kein Wunder, denkt sie, daß Floriane Ment so gezögert hat bei der Frage nach besonderen Vorkommnissen. Kein Wunder, daß der feine Herr da vor ihr freiwillig die doppelte Summe bezahlt hat für den Erstling seiner Reporterin. Ihr Eindruck bei der Lektüre des abgehörten Gespräches war also richtig gewesen, die Journalistin hatte ihren Chef schlichtweg erpreßt. Was allerdings dafür sprechen würde, daß Schwarzkoffs Geschichte stimmt und sie mit ihren Recherchen von vorne beginnen muß.

»Und weiter?«

»Nichts weiter«, antwortet Schwarzkoff, ohne auf das einzugehen, was Susanne Hornstein gerade gesagt hat, »nichts weiter.« Scheint sich wieder auf sicherem Terrain zu fühlen, denn nun wird seine Stimme wieder fester, nun ist er der seriöse weißhaarige Herr im Blazer, der im passenden Ambiente sitzt, in seiner Bibliothek, der nur mal vor ein paar Wochen kurz aus der Rolle des Gentleman gefallen ist, aber passiert ist dabei letztlich ja nichts. Er wagt, als er weitererzählt, sogar schon wieder eine gewisse Empörung nach dem Motto: Wofür bezahlen wir braven Bürger eigentlich die Polizei, wenn man nirgends mehr sicher ist? Denn in dieser Tiefgarage, da sei er auf einmal von hinten niedergeschlagen worden. Bewußtlos am Boden gelegen. Er greift mit einer Hand hinter sein rechtes Ohr. Genau hier, genau hier wurde er getroffen. Da ist nichts mehr zu spüren, wie er feststellt, aber das ist jetzt unwichtig. Mehr als diesen einen Schlag hat er nicht mitbekommen. Aufgewacht sei er in seinem eigenen Auto irgendwann in der Nacht. Mit Kopfschmerzen und ohne Autoschlüssel und ohne überhaupt zu wissen, wo er war. Mußte sich mühsam an die nächste Ecke schleppen, um das Straßenschild zu erkennen. »Den Rest kennen Sie«, beendet er seine Erklärung.

»Falls es stimmt, ich sage falls, denn wir werden das natürlich nachprüfen, falls Ihre Geschichte stimmt und nicht wieder eine Lüge ist«, erwidert Susanne Hornstein, und sie sagt das so kalt, daß ihn das Gefühl, wie so oft in seinem Leben wieder mal gewonnen zu haben, gleich verläßt, »dann müßte Floriane Ment den Mann, der Sie niedergeschlagen hat, ja eigentlich gesehen haben.« Sie fügt nicht hinzu, den Mörder, obwohl das die naheliegende Schlußfolgerung wäre. Die außerdem zu Julia Schwarzkoffs Erzählungen von dieser Nacht paßte. Ihr Mann, hatte die ihr doch berichtet, habe erst durch sie von Freypens Ermordung erfahren. Wenn sie recht hatte mit ihrer Beobachtung, konnte er nicht der Auftraggeber für das Attentat gewesen sein. Ihr Mann hatte auf sie verstört, niedergeschlagen, geschockt gewirkt. Hornstein hatte das bezogen auf den Mord, den er befohlen hatte. So etwas kam ja nicht alle Tage vor, selbst ein harter Knochen wie Schwarzkoff könnte dabei Wirkung zeigen. Paßte jetzt allerdings auch auf seine Geschichte, diese Verstörtheit. Wenn er beim Versuch einer Vergewaltigung bewußtlos geschlagen worden war und nicht ahnte, wer das war, mußte das in der Tat zu Verstörungen geführt haben. Eigentlich konnte er doch eine solche Geschichte nicht erfunden haben, wer würde denn auf solche Ideen kommen? Einer zum Beispiel, fällt ihr spontan ein, der mit solchen und anderen abenteuerlichen Geschichten Geld verdiente – in Büchern, in Zeitungsserien, in Fernsehfilmen. Einer wie Schwarzkoff.

Sie vergißt, daß sie nicht alleine ist im Raum, sondern von

Eberhart Schwarzkoff genau beobachtet wird. »Ich kann mir vorstellen, worüber Sie jetzt nachdenken«, sagt der fast väterlich, um sich wieder ein Stückchen mehr als braver Bürger zu geben, weit weg von irgendwelchen dunklen Machenschaften, weit weg von Erpressung und Mord. »Floriane Ment hat den Mörder von Freypen gesehen. Und warum hat sie nichts davon erzählt?« Zu spät bemerkt er seinen Fehler. »Weil es ihr vielleicht peinlich war, Herr Schwarzkoff? Weil sie zwangsläufig auch hätte erzählen müssen, daß ihr großartiger Chef versucht hat, sie zu vergewaltigen? Daß sie nur zufällig vor dessen Attacken gerettet worden ist, weil Sie niedergeschlagen wurden?« holt Susanne Hornstein sofort das gerade verlorene Terrain zurück. »Bisher kenne ich nur Ihre Version der Geschichte. Mal sehen, was uns Frau Ment erzählt.«

Sie drückt auf einen Knopf an dem kleinen Funkgerät, das sie an der Hüfte trägt. »Hornstein hier. Ich komme gleich. Können Sie mich bitte ablösen?« Dann macht sie dem Verleger klar, daß er zwar selbstverständlich seinen Anwalt anrufen, ansonsten aber keine weiteren Gespräche führen dürfe, bevor sie nicht wieder zurückgekehrt ist. Ein Kollege werde ihn hier in seinem Haus bewachen. Schwarzkoff protestiert, aber das interessiert sie nicht weiter. Ob es ihm lieber sei, wenn sie ihn gleich aufs Präsidium bringen lasse, um ihn dort mit Floriane Ment zu konfrontieren? Das ist ihm nicht lieber.

Weil es Sonntag ist, braucht Susanne Hornstein für den Weg zurück in die Stadt nur knapp zwanzig Minuten. Georg Krucht hat ihren Platz eingenommen, er sitzt jetzt mit Schwarzkoff in der Bibliothek und läßt sich durch dessen Schweigen nicht stören. Schweigen ist für Krucht Erholung. Vor dem Haus steht ein beigefarbener Audi mit zwei Zivilfahndern. Eher gelangweilt lassen die das Quäken des angeschalteten Funkgeräts von sich abprallen. In Höhe der Landungsbrücken muß die BKA-Beamtin an der Ampel warten. Neben ihr hält ein roter Golf. Das Gesicht des Fahrers kommt ihr zwar bekannt vor, aber bevor sie ihn noch einmal genauer anschauen kann, springt das Signal auf Grün, und sie muß Gas geben, um dem Gehupe der Autos hinter sich zu entkommen.

Wieder wartet Mulder unten am Parkhaus auf seinen Parteigenossen, der umständlich rangierend seinen Wagen abstellt. Diesmal hat er es noch eiliger, mit ihm nach oben zu fahren, denn am Telefon hat ihm Seifert nur gesagt, er habe was ganz Entscheidendes für ihn. In seinem Büro drückt er ihn förmlich auf einen Stuhl und schaut ihn geradezu gierig an: »Also los, Mann, reden Sie.« Fritz Seifert berichtet von dem Verhör, das er belauscht hat, und ist dabei ähnlich umständlich wie kurz zuvor beim Einparken. Mulder würde ihn am liebsten schütteln, nur mühsam hält er sich zurück. Der andere schildert im Detail die Theorie der Polizistin, daß Freypen von einem bezahlten Mörder erschossen worden ist. Von einem Mörder, den Schwarzkoff beauftragt hat. Erzählt, wie sie Schwarzkoff damit konfrontiert hat. Nein, er hat sein Gesicht dabei nicht sehen können. Er hat sie nur gehört. Blickt dabei immer wieder auf einen Zettel, auf dem er sich einzelne Stichworte gemacht hat. Wohnung Floriane Ment. Die ist vielleicht die Geliebte des Verlegers. Kontakt Unterwelt. Motiv ein unaufgeklärter Todesfall eines jungen Mädchens vor vierzig Jahren. Die hatte Schwarzkoff offenbar ertränkt. Damit wiederum hat ihn Freypen erpreßt, denn der war damals dabei, und deshalb hat Schwarzkoff ihn umbringen lassen.

Was Seifert berichtet, ist der Durchbruch, die Lösung, die Sensation. Und er, Mulder, hat als erster den Verdacht gegen Schwarzkoff gehabt, zwar kein Motiv erkennen können, aber das gab es jetzt ja auch quasi auf dem Tablett mitgeliefert. Am liebsten hätte er Seifert umarmt, doch das vergeht ihm gleich wieder. Denn als Seifert mit dem Satz von Susanne Hornstein schließt, den er gerade noch mitbekommen hatte, nämlich daß er, der Butler, die Koffer mit den nötigen Sachen packen solle, weil sie den Verleger als Mordverdächtigen festnehmen wollte, ist es schlagartig vorbei mit Karl Mulders Euphorie: »Sie Idiot, und warum sind Sie nicht dageblieben und haben mich telefonisch informiert?« Seifert ist beleidigt, weil er diesen plötzlichen Ausbruch nicht begreift. Er hat doch alles richtig gemacht. Er hat ihnen doch seinen Chef ans Messer geliefert. Wie versprochen. »Ich will jetzt mein Geld«, sagt er schließlich und steht auf, »ich will meine Belohnung.«

»Die können Sie sich in die Haare schmieren, Mann. Haben Sie denn noch immer nicht begriffen? Das Geld gibt es dann, wenn wir – wir heißt: die Partei – den Mörder unseres Vorsitzenden *vor* der Polizei in die Hände bekommen. Verstehen Sie, *vor* der Polizei!« Mulder weiß, was er dann mit Schwarzkoff machen wird. Langsam totschlagen, mit jedem Schlag sich selbst befreien von seinem Versagen, nicht an das Panzerglas gedacht zu haben. Ja, sagt er sich, totschlagen werde ich ihn und dann erst Helga Freypen anrufen. Doch er zwingt sich zu ruhigem Nachdenken, während Seifert wie ein Häufchen Elend auf seinen Stuhl zurückgesunken ist. Eine winzige Chance gibt es noch. Könnte doch sein, daß die Beamtin den Verleger nur erschrecken wollte. Daß sie nur geblufft hatte. So einfach war es ja nun nicht, wie er aus seinem früheren Leben wußte, nur auf Grund eines Verdachts einen bisher unbescholtenen Bürger zu verhaften. Einen mit festem Wohnsitz und einen mit solchen Beziehungen wie Schwarzkoff. Er reißt Seifert hoch: »Hören Sie zu. Sie fahren jetzt zurück ins Haus. Ich hoffe für Sie, daß Schwarzkoff noch da ist. Und Sie sollten das auch hoffen, denn Sie wollen sich doch Ihre Hunderttausend verdienen, oder? Und wenn Sie angekommen sind und er noch da sein sollte, dann rufen Sie mich an. Hören Sie? Einfach anrufen, mehr nicht. Dann holen wir ihn uns. Und dann, erst dann, Seifert, sind Sie ein reicher Mann.«

Susanne Hornstein hatte sich nicht lange überlegt, mit welcher Taktik sie Floriane Ment überfallen sollte. Es schien ihr nach Schwarzkoffs Geständnis eine eher leichte Übung. Zwar fühlte sie sich getäuscht von ihr, weil sie den Zwischenfall verschwiegen hatte, andererseits wußte sie aus ihrer beruflichen Erfahrung, wie schwer es Frauen fiel, über eine Vergewaltigung zu reden. Interessiert war sie mehr an einer Beschreibung des Mannes, der Schwarzkoff niedergeschlagen hatte. So ganz nebenbei war auch der leise Verdacht ausgeräumt, den Floriane Ment allerdings durch ihr Zögern selbst ausgelöst hatte. Der Verdacht, daß sie in indirekter Weise am Mord beteiligt war, also eventuell dem Verleger die nötigen Kontakte in der Unterwelt geknüpft hatte. Der wiederum hatte zwar eine versuchte Vergewaltigung zugeben müssen, sich dadurch aber von jedem Verdacht befreien können, mit dem Mord an Joachim Freypen etwas zu tun zu haben. Blieb der alte Mord am Bodensee, den Susanne Hornstein zufällig entdeckt hatte. Aber vierzig Jahre nach der Tat, das wußte auch Schwarzkoff, würde sie nichts mehr beweisen können. Zumal die beiden einzigen Zeugen tot waren.

Sie klingelte unten an der Haustür, und als sich die Stimme der Reporterin über die Gegensprechanlage meldete, sagte sie nur kurz: »Ich bin's, Hornstein«, ohne sich für den überraschenden Besuch zu entschuldigen. Oben in der Wohnung sah es aus wie bei ihrem letzten Treffen. Chaotisch. Floriane Ment empfing sie wie eine lang vermißte Freundin, bot ihr Kaffee an und stellte diesmal sogar lächelnd einen Aschbecher neben die Tasse. Die Beamtin hätte eine ganz andere Reaktion erwartet, eher Ärger über die sonntägliche Störung, aber sie konnte nicht wissen, daß die Journalistin jeden anderen auch so begrüßt hätte. In diesem Stadium des Schreibens wurde selbst die kleinste Unterbrechung als willkommener Anlaß benutzt, nicht weiterarbeiten zu müssen. Wie schon beim Gespräch mit Schwarzkoff wählte Susanne Hornstein den direkten Weg:

»Warum haben Sie mir nicht erzählt, was in der Tiefgarage passiert ist, Frau Ment?«

»Was soll da passiert sein?« fragte die kühl zurück, und es gelang ihr, sich nichts von dem plötzlichen Schock anmerken zu lassen. Lionel Zartmann? Hatte der seiner Kollegin etwas von ihrem seltsamen nächtlichen Geplänkel über die Tiefgarage berichtet? Hatte der vielleicht nur mit ihr geschlafen, um sie auszuhorchen? War die Hornstein deshalb auf die Idee gekommen, sie danach zu befragen? Sehr viel wissen konnte die aber nicht, denn sie hatte Lionel nur das Stichwort Tiefgarage als Köder hingeworfen und weiter nichts gesagt, als der nicht anbiß.

»Was soll da passiert sein, was soll da passiert sein, halten Sie mich doch bitte nicht für blöde«, fauchte Susanne Hornstein wütend, denn mit einer solchen Antwort hatte sie nun wirklich nicht gerechnet, war eher auf peinliches Gestammel und die üblichen Ausflüchte vorbereitet. »Schwarzkoff hat mir vor einer Stunde gestanden, daß er Sie vergewaltigen wollte da unten. So etwas vergißt man doch nicht.«

»Vergewaltigen? Mich? Ausgerechnet Schwarzkoff? Wäre ihm zwar zuzutrauen, Frau Hornstein, aber eigentlich müßte ich es doch wissen, wenn es denn so gewesen wäre. Man wird ja nicht alle Tage vergewaltigt. Meinen Sie nicht?« Sie blieb unbewegt und wirkte dabei geradezu arrogant sicher. Denn in dem Moment, als ihr klar wurde, daß sie Lionel Unrecht getan hatte, daß der nicht hinter der Frage steckte, sondern Schwarzkoff aus welchem Grund auch immer geredet hatte, war sie zu einer ganz anderen Variante entschlossen. Zu einem bösen Spiel, aber das Schwein hatte es nicht besser verdient. Schwarzkoff konnte doch nur unter Druck geplaudert haben, aus irgendwelchen Gründen mußte der ganz schön in der Patsche sitzen, bevor der einen Vergewaltigungsversuch freiwillig beichtete. Sie würde alles abstreiten, schlichtweg leugnen, daß jemals eine Attacke stattgefunden hatte. Ihre Art von Rache, eine ganz besondere. Hat was Perverses, dachte sie, sonst waren es immer Männer, die sich angeblich nicht erinnern konnten, wenn ihnen eine Vergewaltigung zur Last gelegt wurde. Sonst waren es immer die Frauen, die beweisen mußten, daß es wirklich geschehen war und nicht nur in ihrer von Männern stets als verworren bezeichneten Phantasie. Diesmal war es umgekehrt. Eine Idee, auf die bestimmt noch niemand vor ihr gekommen war, und unwillkürlich mußte sie laut lachen.

»Was gibt es da zu lachen?«

»Ganz einfach, ich habe mir gerade die Szene zum Beispiel vor Gericht vorgestellt, und Sie müssen zugeben, es ist wirklich lächerlich komisch, sich vorzustellen, daß ein Mann, ausgerechnet ein Mann, beweisen muß, daß er eine Frau vergewaltigt hat, während die alles leugnet. Können Sie sich so etwas vorstellen?« Susanne Hornstein gelang es nicht, ihre Verblüffung zu verbergen. Sie war nach dem Geständnis von Schwarzkoff ganz sicher gewesen, daß er sie nicht angelogen hatte. Er war ihre letzte Hoffnung im Fall Freypen, andere Spuren gab es nicht. Allerdings hatte die Frau, die sie gerade verhörte, wahrlich Grund zu lachen bei der absurden Vorstellung einer möglichen Konfrontation zwischen Täter und Opfer, in der das Opfer dem Täter widersprach. Normalerweise, unter anderen Voraussetzungen, hätte sie mitgelacht.

Statt dessen stieg in ihr wieder die Spannung. Der Jagdinstinkt erwachte. Ein neuer Gedanke krallte sich im Hinterkopf fest: Falls diese versuchte Vergewaltigung nicht stattgefunden hatte, falls Floriane Ment die nicht bestätigte, falls Schwarzkoff schon wieder gelogen hatte und diesmal wirklich raffiniert, dann gab es nur eine logische Erklärung: Er war doch schuld am Tod von Joachim Freypen. Sie ermahnte sich selbst, jetzt bloß keine Fehler mehr zu machen.

»Es war also alles so, wie Sie uns das bereits erzählt haben? Es gab keinen Versuch von Schwarzkoff, Sie in der

Tiefgarage zu vergewaltigen? Es gab, wie er behauptet, auch keinen unbekannten Dritten, der ihn niedergeschlagen hat, um Sie zu retten?«

»Einen unbekannten Dritten? Was soll das bedeuten?«

»Das würde bedeuten, daß der Mann, der Schwarzkoff ausgeschaltet hat, der Mörder Freypens war. Der hat ihn angeblich bewußtlos geschlagen und dann mitsamt seinem feinen Schlitten am Stadtpark abgestellt. Dort ist er erst mitten in der Nacht wieder aufgewacht.« Susanne Hornstein merkt, daß sie der Reporterin schon viel zuviel erzählt hat und fügt hastig hinzu, um davon abzulenken: »Es würde vor allem bedeuten, daß Sie ihn gesehen haben müssen. Verstehen Sie mich jetzt?«

Floriane Ment verstand sehr gut. Und ob sie den Mörder gesehen hatte. Sie hatte ihn vielleicht sogar gerochen, wie ihr einfiel. Dachte sofort wieder an den Geruch, den Zartmann auf ihr hinterlassen hatte. Und daran, daß der sich wie übrigens auch der Mann aus der Tiefgarage bis heute nicht mehr gemeldet hatte bei ihr. Was sie im Fall Lionel so und nicht anders gewollt hatte, was sie aber gleichzeitig irgendwie ärgerte, weil sie offenbar so wenig Eindruck auf ihn gemacht hatte.

»Klar verstehe ich Sie. Aber es tut mir leid, Ihre schöne Theorie zerstören zu müssen. Wie ich Ihnen schon sagte: Schwarzkoff hat mich an der Haustür abgesetzt, kurz nach neun Uhr, ich bin allein in meine Wohnung gefahren, habe mich allein ausgezogen, falls Sie das auch wissen wollen, habe die Nacht allein verbracht. Keine Tiefgarage, keine Vergewaltigung, kein unheimlicher Dritter, kein Mörder.«

»Das würden Sie so unterschreiben?«

»Da es die Wahrheit ist: Kein Problem. Wann immer Sie wollen.«

Wie zufällig trat Floriane Ment bei diesem Satz ans Fenster, und wie zufällig sah sie nach drüben in Richtung der Zentrale der Vaterlandspartei. Das Büro von Freypen war leer, nur die Deutschlandfahne konnte sie sogar auf diese

Entfernung erkennen. Als sie ihre Gesichtszüge wieder unter Kontrolle glaubte, drehte sie sich um. Susanne Hornstein saß mit geschlossenen Augen vor ihrem Kaffee, aber daß sie nicht etwa eingeschlafen war, konnte man am Rauch der Zigarette erkennen, die in ihrem Mundwinkel hing.

»Also, Frau Hornstein. Wie es immer so schön blöde heißt: von Frau zu Frau. Diese Geschichte von der Tiefgarage ist zwar so absurd, daß man sie fast schon wieder glauben könnte. Eigentlich kann das keiner erfinden. Aber ich versichere Ihnen, von Frau zu Frau: Es gab keinen Versuch von Herrn Schwarzkoff, mich zu vergewaltigen. Vielleicht hat er sich das gewünscht, Männer haben manchmal solche perversen Vorstellungen. Falls er das bei mir versucht hätte, dann würden ihm, Entschuldigung, seine Eier heute noch weh tun. Sie müssen wissen, ich habe in meiner Studentenzeit in einer Peep-Show gearbeitet, und das erste, was wir dort gelernt haben, war, sich zu wehren gegen etwaige Annäherungsversuche nach Ende der Dienstzeit. Mit allen Tricks, die es so gibt. Wirklich mit allen.«

Die Beamtin öffnete ihre Augen, vergaß für einen Augenblick das, was sie wirklich bewegte, und schaute Floriane neugierig an: »In einer Peep-Show haben Sie gearbeitet? So richtig in einer Peep-Show? Nackt und ...«

»So richtig nackt«, bestätigte die rothaarige Reporterin, »so richtig nackt. War gut bezahlt, und wenn man nicht auf diese dunklen Fenster achtete, konnte man sich mit genügend Phantasie sogar vorstellen, irgendwo ausgezogen an einem Strand zu liegen. Da stören einen die neugierigen Blicke ja auch nicht. Nur klatschen konnten die Zuschauer nicht, weil sie immer nur eine Hand frei hatten.« Susanne Hornstein brauchte einen Moment, bis sie begriff, was gemeint war. Dann grinste sie.

Womit sie wieder bei dem anderen Mann war. »Wenn Schwarzkoff lügt, und wenn er keinen Grund hat, sich vor Ihnen zu fürchten, warum hat er dann so ohne Gegenwehr für Ihr Buch hunderttausend Vorschuß bezahlt statt nur fünfzigtausend? Und warum hat er Ihnen für die Zeit des Schreibens Ihr volles Gehalt garantiert und nicht wie üblich das halbe?«

»Hat er Ihnen das erzählt?« fragte Floriane Ment zurück und schaltete schnell, als die Beamtin mit der Antwort zögerte. »Nein, hat er nicht. Lassen Sie mich raten: Sie haben unser Gespräch abgehört. Wie denn? Fand doch in Schwarzkoffs Büro statt, und da war bestimmt keine Wanze.« Ihr Blick blieb hängen auf ihrem Handy, das neben dem eingeschalteten Computer auf dem Schreibpult lag. Sie wies nur wortlos auf den Apparat, und Susanne Hornstein nickte ebenso wortlos mit einer Art entschuldigenden Geste. »Immer noch?« fragte die Reporterin verblüfft.

»Ich weiß zwar nicht, was Sie meinen, aber die Antwort lautet nein. Und falls Sie mich fragen würden, ob wir Sie, sagen wir mal so, auch in Lyon begleitet haben, dann lautet die Antwort auch nein. Wie gesagt, das ist alles Theorie, denn ich weiß ja nicht, wovon Sie sprechen.«

Daß sie in Lyon nicht abgehört worden war, schien Floriane Ment am wichtigsten zu sein, und sie ging nicht weiter auf das Thema ein. Außerdem war es ihr durch dieses seltsame Spiel mit versteckten Andeutungen gelungen, eine Frage nicht zu beantworten, nämlich die nach der wundersamen Vermehrung des Buchvorschusses. Bis sich die Beamtin wieder daran erinnerte, würde sie sich was ausgedacht haben. Im Moment wäre ihr eine Erklärung schwergefallen. Aber sie unterschätzte Susanne Hornstein: »Also? Warum hat er so viel bezahlt für etwas, was es noch gar nicht gibt. Ihr Buch?«

»Weil er wußte«, log Floriane Ment frech und spontan, »daß ich über meinen Anwalt das Angebot eines anderen Verlages in der Tasche hatte, ein besseres.« Die blonde Frau ihr gegenüber gab sich damit zufrieden, was sicher daran lag, daß sie von den Gepflogenheiten in der Buchbranche keine Ahnung hatte, also solche Geschichten glaubte und außerdem bereits ihren nächsten Schritt überlegte. Die Verhaftung Eberhart Schwarzkoffs. Dafür brauchte sie einen Haftbefehl. Sie verabschiedete sich hastig. Zunächst informierte sie den Staatsanwalt, mit Hinweis auf mögliche Verdunklungsgefahr stimmte der zu und unterrichtete seinerseits telefonisch den an diesem Sonntag zuständigen Beamten. Der diensthabende junge Richter hörte sich Susanne Hornsteins Argumente schweigend an. Gegen einen Haftbefehl sprach die Stellung Eberhart Schwarzkoffs in der Hamburger Gesellschaft, es schien absolut und im Wortsinne unglaublich, daß der auf die Idee kommen würde, sich mal eben einen Mörder zu mieten. Für einen Haftbefehl sprachen allerdings auch einige Tatsachen: Er hatte kein überzeugendes Alibi, er hatte offensichtlich gelogen, was den angeblichen Vergewaltigungsversuch und den anschließenden Überfall betraf, und vor allem, er hatte ein Motiv. Der Richter gab Susanne Hornstein recht, diesen Fall würde sie vierzig Jahre nach dem Ereignis nicht mehr beweisen können, aber er blätterte doch interessiert in dem Tagebuch des Dorfpolizisten, das die Beamtin von Martin Gundlach, dem pensionierten Lehrer, bekommen hatte. Schließlich beugte er sich vor und unterschrieb mit der Begründung Verdunklungsgefahr den Haftbefehl.

Susanne Hornstein ist kurz vor halb drei Uhr nachmittags wieder in der Villa Schwarzkoffs. Als ihr der Butler öffnet, fällt ihr ein, wo sie das Gesicht des Mannes schon mal gesehen hat: Der hatte in seinem roten Golf vor zwei, drei Stunden neben ihr gehalten. Fritz Seifert führt sie erneut in die Bibliothek, und er fühlt sich unwohl unter dem forschenden Blick der Polizistin. Dort sitzt Schwarzkoffs Anwalt neben seinem Mandanten auf der Couch, beide flüstern miteinander, denn Krucht wirkt zwar schläfrig, aber davon lassen sie sich nicht täuschen. Als Susanne Hornstein den Raum betritt, stehen die drei Männer auf, einer von ihnen sogar aus anerzogener Höflichkeit einer Frau gegenüber. Der Anwalt stellt sich vor, vermeidet aber einen Händedruck.

»Herr Schwarzkoff«, sagt die Beamtin ohne lange Vorrede und ohne spürbare Erregung, denn die jetzt folgende Floskel hat sie in dieser und jener Form schon oft gesprochen, »ich muß Sie bitten, mit uns zu kommen. Ich habe hier einen Haftbefehl gegen Sie.« Legt das Formular auf Schwarzkoffs Schreibtisch. Der Verleger wird rot und fängt an zu brüllen, bevor ihn sein Anwalt stoppen kann: »Sind Sie verrückt geworden? Mich zu verhaften? Sie wissen wohl immer noch nicht, wen Sie vor sich haben? Was glauben Sie, was ich mit Ihnen machen werde! Sie sind hier nicht am Hauptbahnhof bei irgendwelchen Dealern! Ich bin Eberhart Schwarzkoff, verstehen Sie, Eberhart Schwarzkoff. Warum verhaften Sie nicht diese Schlampe, diese Floriane Ment, diese ...« Bevor er weiterbrüllen kann, gelingt es seinem Anwalt, ihn dadurch zu bremsen, daß er ihm einfach eine Hand auf den Mund legt. »Mein Mandant ist verständlicherweise ein bißchen aufgeregt«, sagt er, »er hat mir berichtet, was er Ihnen erzählt hat. Von dieser, ähem, von diesem durch Alkohol bedingten, ähem, Ausrutscher in der Tiefgarage, und wie er dort niedergeschlagen worden ist. Den Mann, der ihn angegriffen hat, den sollten Sie verhaften, Frau Hornstein, nicht Herrn Schwarzkoff.« Er blickt sie bedeutungsvoll an und zieht langsam die Hand von Schwarzkoffs Gesicht zurück. Auch der starrt auf die Beamtin.

Sie fischt eine Zigarette aus der Schachtel, ihre letzte wieder mal, und der Tag ist noch lange nicht zu Ende, läßt sich von Krucht Feuer geben und genießt das plötzliche Schweigen wie einen Sieg. Sie nimmt den ersten Zug. »Selbstverständlich haben Sie völlig recht, Herr Anwalt«, antwortet sie dann, ohne die Stimme zu heben, »den Mann müßte ich in der Tat verhaften, denn der Schluß liegt nahe, daß der mit dem Mord zu tun hat. Müßte ich wirklich.« Der Anwalt läßt sich von dieser scheinbaren Nachgiebigkeit nicht täuschen. Er hat zu oft in seiner Karriere die sprichwörtlichen Pferde vor der Apotheke kotzen sehen.

»Müßte ich«, fährt Susanne Hornstein fort, und nun

erhebt sie die Stimme, »wenn es diesen Mann geben würde. Wenn das alles stimmen würde, was Ihr Mandant erklärt hat. Stimmt aber alles nicht. Ich war bei Frau Ment, dem angeblichen Opfer dieser Attacke. Sie weiß von nichts, sie kann sich beim besten Willen nicht daran erinnern, daß ihr Chef sie vergewaltigen wollte. Im Gegenteil: So etwas kann sie sich bei Herrn Schwarzkoff gar nicht vorstellen, das paßt, wie sie sagte, wirklich nicht zu einem Gentleman wie ihm. Es gab deshalb auch keinen Überfall in der Tiefgarage, zumindest keinen, bei dem sie dabei war, nichts. Tut mir leid.« Bevor Schwarzkoff erneut losbrüllen kann, gibt sie Krucht ein Zeichen, und der geht auf den Verleger zu, holt Handschellen aus seiner Manteltasche und hält die auffordernd hoch: »Brauchen wir die, oder kommen Sie freiwillig mit?« Schwarzkoff ist wie paralysiert, schüttelt immer wieder den Kopf, als könne er das alles nicht fassen, begleitet aber ohne weitere Gegenwehr die Beamten. Sein Anwalt folgt ihm.

»Willst du ausgehen?« fragt Julia Schwarzkoff, die gerade ankommt, als die Gruppe das Haus verläßt, und sie gibt nicht zu erkennen, daß sie Susanne Hornstein schon einmal gesehen hat. Tut so, als würde ihr Mann nur von ein paar Bekannten abgeholt, die er ihr nicht vorgestellt hat. Fritz Seifert steht fassungslos in der Tür, weil ihm klar ist, daß es nichts wird mit den hunderttausend Mark Belohnung. Weil ihm die Polizei zuvorgekommen ist. »Wirst du zum Abendessen wieder dasein?« will Julia Schwarzkoff von ihrem Mann wissen, aber der schaut durch sie hindurch, als hätte er sie noch nie im Leben gesehen. Da zuckt sie mit den Schultern und geht mit ihrem Golfbag ins Haus, ohne sich noch einmal nach ihm umzudrehen.

Schwarzkoff und Krucht fahren in dem Audi der beiden Zivilfahnder, Susanne Hornstein hat dem Anwalt angeboten, ihn in ihrem BMW mitzunehmen, aber der hat dankend abgelehnt. Er folgt den beiden Pkw in seinem schwarzen Porsche. Die von Mulder geschickten Männer, die mit einem VW-Pritschenwagen an der Ecke stehen und auf Mulders

Anruf zum Einsatz warten, ducken sich, als die Autos an ihnen vorbeipreschen. Seifert geht in seine Wohnung über der Garage und wählt die Nummer, die er schon auswendig weiß. Der Sicherheitschef der Vaterlandspartei hebt schon beim ersten Klingeln ab. »Schwarzkoff ist gerade festgenommen worden. Ich konnte nichts mehr tun«, sagt Seifert und hält den Hörer ein paar Zentimeter vom Ohr entfernt, als Mulder am anderen Ende zu brüllen beginnt. Plötzlich scheint der Butler einen Entschluß zu fassen. »Arschloch«, sagt er laut und deutlich in den Hörer, »Arschloch. Halt's Maul. Ich scheiß auf dein Geld.« Danach fühlt er sich so gut wie schon lange nicht mehr, geht wieder ins Haus und bittet Julia Schwarzkoff um ein kurzes Gespräch. Er habe ihr einiges zu erzählen.

Floriane Ment wählt Zartmanns Nummer in Lyon, will ihn von der neuesten Entwicklung informieren. Mehr nicht, das macht sie sich zumindest vor. Liegt doch nahe, nachdem sie ihn verdächtigt hatte, vielleicht ein Mörder zu sein. Das würde ihn doch bestimmt interessieren als IKPO-Beamten. Es läuft nur eine Ansage auf dem Anrufbeantworter. Die Reporterin zögert, dann legt sie auf, ohne sich zu melden und ohne eine Nachricht zu hinterlassen und geht ins Bad. Sie läßt gerade Wasser einlaufen, als sie die Stimme Lionel Zartmanns auf dem lautgestellten Anrufbeantworter hört, läßt alles fallen und meldet sich atemlos. »Ich habe deine Nachricht erhalten und ...« will Zartmann gerade seinen Satz vollenden, als sie ihn unterbricht. Es fällt ihr gar nicht auf, daß er sie wie selbstverständlich geduzt hat, und ebenso selbstverständlich antwortet sie: »Welche Nachricht meinst du?«

»Die von vorhin, dieses kurze Atmen«, sagt Lionel, und sie kann sich vorstellen, wie er dabei grinst.

»Ach, und du glaubst, daß ich das gewesen bin? Dir einfach mal, weil Sonntag ist, aufs Band geatmet habe? Mich nicht getraut habe, dir etwas zu sagen?«

»Ich bin sicher, daß du es gewesen bist. Dein Atmen kann ich von allen anderen unterscheiden.«

Ein paar Sekunden lang hat sie das Gefühl, gerade eine Art von Liebeserklärung gehört zu haben. Sofort wird sie wieder geschäftig, professionell. Nichts mit Gefühlen, denkt sie, bloß nichts mit Gefühlen. Das hatten wir uns doch vorgenommen. »Ich hatte deinen Beruf vergessen. Ich hatte vergessen, wie klug du doch bist. Ich hatte ...«

»... du hattest mich schon vergessen, wolltest du das sagen?« fragt Lionel Zartmann nach und läßt sich überhaupt nicht beeindrucken durch ihre scheinbare schnippische Gelassenheit: »Ich übrigens habe dich nicht vergessen, Frau Ment, ich meine, ich habe dein Buch nicht vergessen, Floriane. Ich habe dir doch versprochen, mich noch einmal zu melden, falls du Fragen hast. Und hiermit melde ich mich.«

»Wie kommst du auf die Idee, daß ich Fragen habe?«

»Nur so eine Idee. Vielleicht haben wir ja doch etwas gemeinsam. Die Fragen?«

Floriane Ment ist froh, daß er sie nicht sehen kann. Sie geht mit dem Apparat zurück ins Badezimmer, stellt das Wasser ab und schaut in den Spiegel. Irgendwie siehst du gerade aus wie eine glückliche Kuh, denkt sie. Kuh streichen wir. Glücklich ist schlimm genug. Lionel ist ebenfalls froh, daß sie ihn nicht sehen kann, aber er grinst nicht etwa blöde vor sich hin wie sie. Er ist ganz ernst. Als habe er gerade einen Heiratsantrag gemacht und von der Antwort hinge sein Leben ab. Weil er die Antwort eigentlich aber doch nicht hören will, gibt auch er sich wieder professionell und nur an Tatsachen interessiert, nicht an irgendwelchen Gefühlen.

»Kommst du denn voran mit deinem Buch?«

»Es geht so. Ich wollte dir eigentlich was ganz anderes erzählen. Mich hat eben deine Kollegin besucht, die Susanne Hornstein. Es sieht wohl so aus, als hätte sie eine Spur vom Mörder Freypens. Eine ziemlich heiße Spur sogar. Interessiert dich das?«

»Ich bin Polizist, Mord interessiert mich immer«, antwortet er kühl. Eine Spur vom Mörder Freypens ist allerdings vor allem interessant für den Mörder Freypens. Aber das ahnt Floriane Ment nicht. Oder etwa doch?

»Also, sie hat meinen Verleger in Verdacht. Nicht als Schützen, das geht ja wohl schlecht, weil der für die Tatzeit mich als Alibi hat. Er war nämlich mit mir an diesem Abend bei einer Party. Hatte ich dir das erzählt? Sie vermutet aber, daß er doch etwas mit dem Mord zu tun hat, vielleicht in Auftrag gegeben hat, so jedenfalls habe ich ihre Andeutungen verstanden.« Zartmann schweigt, aber das nimmt Floriane Ment nur als Aufforderung, ihre Geschichte weiterzuerzählen: »Offenbar hat er versucht, sich herauszureden, und man glaubt es nicht, was ihm dabei eingefallen ist.«

Sie wartet. Wenn Lionel jetzt auch nur die geringste Andeutung macht, nur den geringsten Fehler, indem er etwas sagt, was er nicht wissen kann, weil das nur der Mann wissen kann, der in der Tiefgarage war, dann hat sie ihn doch noch an der Angel. Dann war die grüne Sporttasche in seiner Wohnung doch kein Zufall.

»Du sagst gar nichts, hat es dir die Sprache verschlagen?« fordert sie ihn heraus.

»Ich warte auf die Geschichte, Floriane, ich warte nur auf dich.« Wieder hat er seine Antwort so formuliert, daß man sie auch anders interpretieren kann. Das versteht sie sogar jetzt, wo sie eigentlich nur gespannt ist auf einen Fehler. Ein Mann, fällt ihr dabei ein, der keine Fehler macht, den gibt es doch gar nicht. Zumindest hat sie bisher noch keinen getroffen.

»Er hat behauptet, in der Tiefgarage hier im Haus niedergeschlagen worden zu sein, als er in der Mordnacht versucht hat, mich auf der Motorhaube seines Bentleys zu vergewaltigen. Mich zu vergewaltigen, man stelle sich das vor. Auf der Motorhaube. Und er behauptet, nur der Mörder könne ihn niedergeschlagen haben.«

»Ich stelle mir das gerade vor, aber stimmt die Geschichte denn?« unterbricht Lionel sie.« Kann man so etwas erfinden?«

Wieder mal ist sie sicher, daß er keine Ahnung hat. Daß er nicht in der Tiefgarage war. Daß er wirklich nicht ihr Mörder ist. So kann sich niemand verstellen. »Natürlich stimmt das nicht. Alles frei erfunden. Ich werde doch nicht vergessen, daß mich einer vergewaltigen wollte. Daran würde selbst ich mich erinnern«, lügt sie schamlos, und er lauscht auf ihren Tonfall. Auch nicht anders als sonst. So klingt das also, wenn du lügst, denkt er.

»Aber warum hat er sich das alles ausgedacht?«

»Er brauchte wohl dringend ein Alibi für die Zeit nach dem Mord. Angeblich habe er sich an nichts mehr erinnern können, nachdem er niedergeschlagen wurde. Sei erst viele Stunden später in seinem Auto wieder aufgewacht, das an einem Park in Hamburg stand. Kein Wunder, daß Susanne Hornstein das nicht glaubt, das würde ich auch nicht glauben, wenn ...«

»Wenn?«

Aber auch sie fällt nicht auf ihn herein. Wenn ich nicht so genau wüßte, daß alles stimmt, was er erzählt, hätte sie eigentlich den Satz beenden müssen.

»Wenn ich an ihrer Stelle den Fall aufklären müßte.«

Lionel Zartmann scheint es auf einmal eilig zu haben, denn er beendet das Gespräch so abrupt, daß Floriane Ment glaubt, sich alles nur eingebildet zu haben, was sie zwischen seinen Sätzen unausgesprochen gehört hatte. Wenn er nicht nur an ihrem Buch, sondern auch an ihr interessiert wäre, hätte er doch die Chance genutzt, über ganz andere Sachen mit ihr zu reden. »War schön, mal wieder dein Atmen zu hören«, sagt er und legt gleich auf.

Kriminalrat Lionel Zartmann hatte es in der Tat eilig. Zum ersten Mal in den sieben Jahren ihres Bestehens gab es ein richtiges Problem für Kleopatra. Eines, mit dem sie nie gerechnet hatten, weil so etwas gar nicht vorgesehen war in ihren selbstbestimmten Regeln. Falls wirklich in Hamburg dieser Verleger als Drahtzieher des Attentats auf Freypen verhaftet werden würde, und so sah es nach den Erzählungen Florianes aus, dann mußten sie sich schnell was einfallen lassen. Daß die falsche Spur, die er und Renoit im Telefongespräch mit ihrer Kollegin aus Lyon gelegt hatten, auf so groteske Weise Wirklichkeit geworden war, hörte sich an wie eine von Alains seltsamen Kleopatra-Obsessionen. Aber Schwarzkoff war unschuldig, und er, der Mörder, wußte das. Aber außer dem Mörder konnte das keiner wissen, also wie kam man aus dieser Zwickmühle heraus?

Es war eben doch ziemlich blöde von dir, sagte der alte Lionel, damals in der Tiefgarage nicht sofort zu verschwinden und das Mädchen seinem Schicksal zu überlassen. Das Mädchen, antwortete der junge Lionel, ist nicht irgendein Mädchen. Für dich vielleicht, aber nicht für mich. Wenn ich deinem Rat wirklich gefolgt wäre, dann hätte ich sie nie kennengelernt. Dann würde ich mich jetzt noch viel beschissener fühlen. Nämlich schuldig. Das Geschehen in der Tiefgarage war eine moralische Herausforderung, dies hier ist nur eine Herausforderung an den Verstand. Er wählte die Nummer von Susanne Hornstein und hatte sie sofort in der Leitung. »Ach, Sie sind es, Herr Kollege. Ein wunderbarer Zufall. Gerade wollte ich Sie anrufen und Ihnen erzählen, daß wir die erste Verhaftung im Fall Freypen gemacht haben. Einen gewissen Eberhart Schwarzkoff, Verleger in Hamburg, ein alter Schulfreund des Opfers. Er hat wohl den Mord in Auftrag gegeben.«

»In Auftrag gegeben? Und aus welchem Grund?« fragte Zartmann zurück und war froh, daß Susanne Hornstein offensichtlich nicht auf die Idee kam, sich zu wundern, daß er gar nicht überrascht war von ihrer eigentlich doch sensationellen Mitteilung.

»Eine seltsame Geschichte. Vor vierzig Jahren waren er und Freypen und ...« Sie stoppte, weil es ihr plötzlich wie Verrat an Bernhard Nochtel vorkam, den auch nach seinem Tod noch mit dieser Affäre in Verbindung zu bringen. Mußte nicht unbedingt bekannt werden, denn Zartmann hatte ihren Chef ebenfalls gekannt: »Schwarzkoff ging ins Internat in Salem, hatte als Freundin ein Mädchen aus dem Dorf. Siebzehn Jahre jung. Er hatte sie geschwängert und wollte sie loswerden. Hat sie aller Wahrscheinlichkeit nach, aber das ist heute nicht mehr endgültig zu beweisen, im Bodensee ertränkt. Ermordet also. Die anderen haben ihn gedeckt und seine Aussage, daß es ein Unfall gewesen ist, durch ihre Aussagen bestätigt. Wie gesagt, vierzig Jahre her, längst verjährt. Alles schien wohl vergessen, bis Freypen ein Jahr vor der Bundestagswahl plötzlich erkannte, was er mit dem Wissen von damals anfangen konnte. Nach unserer Meinung hat er Schwarzkoff erpreßt, der sollte für seine Scheißpartei in seiner Zeitung eintreten und in seinem Sender. Andernfalls würde er ihn hochgehen lassen. Schwarzkoff hat wohl keinen anderen Ausweg mehr gesehen, als den Erpresser zu töten.«

»Er hat den Erpresser getötet? Schwarzkoff selbst?«

»Töten lassen, muß ich wohl besser sagen, denn er selbst kann es nach unseren Ermittlungen nicht gewesen sein. Deshalb wollte ich Sie gerade anrufen, Herr Zartmann. Sie haben doch dieses Phantombild des mutmaßlichen Mörders, das wir Ihnen gefaxt haben. Könnten Sie morgen noch einmal durch alle Dateien gehen und diesmal nur in Richtung Berufskiller und Auftragsmörder prüfen? Schwarzkoff hat sich höchstwahrscheinlich seinen Mörder in den entsprechenden Kreisen besorgt.«

Zartmann versprach, sich darum zu kümmern. Fast erleichtert und fröhlich kam er Susanne Hornstein dabei vor, aber sie konnte sich ebensogut auch täuschen. Der hatte bestimmt einen ganz anderen Grund, so fröhlich zu sein, sagte sie sich und dachte im nächsten Moment, als Georg Krucht ins Zimmer trat, schon nicht mehr daran.

»Bis morgen früh sitzt der erst einmal«, sagte der Kommissar, »aber dann müssen wir ihn wohl erneut dem Richter vorführen. Sein Anwalt hat bereits Haftbeschwerde eingelegt.« Susanne Hornstein zuckte nur mit den Schultern:

»Die Haftgründe werden dieselben sein wie heute«, antwortete sie.

»Die Haftgründe ja«, erwiderte Krucht und blieb dabei ungerührt, »aber der Richter wird ein anderer sein. Einer, den Schwarzkoff gut kennt. Aus seinem Club. Unter uns: Überhaupt habe ich kein gutes Gefühl bei der Geschichte. Wie kommt der Mann auf diese geradezu wahnsinnige Idee, eine Fast-Vergewaltigung zu erfinden, also sozusagen eine strafbare Handlung zuzugeben, einen öffentlichen Skandal zu riskieren, wo er doch damit rechnen mußte, daß wir in kürzester Frist alles herausbekommen? Er konnte sich doch vorstellen, daß wir das angebliche Opfer befragen würden. Ich hätte geschworen, daß diese Geschichte von ihm stimmt, ganz einfach deshalb, weil man so etwas gar nicht erfinden kann.«

»Und welchen Grund würde es Ihrer Ansicht nach für Floriane Ment geben, uns zu belügen?«

»Eigentlich nur einen einzigen: Sie hat den Mörder doch gesehen. Ich gebe zu, das ist auch nicht sehr überzeugend, denn warum sollte sie den schützen?«

»Weil sie ihn kennt? Weil er sie gerettet hat vor Schwarzkoff vielleicht? Aber sie hat nichts davon, wenn sie lügt. Er schon. Der feine Herr Schwarzkoff war schon einmal in einen Mord verwickelt und ist schon einmal damit durchgekommen, eine Geschichte zu erfinden und stur an dieser Geschichte festzuhalten. Vielleicht versucht er so etwas wieder. Es gibt, da haben Sie recht, allerdings ein paar Ungereimtheiten in Florianes Erzählungen. Warum zum Beispiel ging sie mit Schwarzkoff so um, als würde sie sich vor ihm ekeln? Obwohl ... er ist schließlich ekelhaft, in jeder Beziehung.«

»Wenn wir den Schützen nicht finden, wird er mit Hilfe seiner Anwälte mit seiner Geschichte durchkommen. Aussage steht dann gegen Aussage. Mehr haben Sie nicht.«

Susanne Hornstein registrierte genau, daß er gerade zum erstenmal nicht mehr wir sagte, als er von den Ermittlungen sprach. Krucht roch wohl ein Scheitern, und scheitern sollte das Bundeskriminalamt, nicht er. »Entschuldigung«, unterbrach er ihre nicht sehr freundlichen Gedanken, und wie schon öfter glaubte sie, er könne in ihr lesen, »ich meinte natürlich wir. Mehr haben wir nicht.«

Zartmann saß noch lange vor der Pinnwand mit den seltsamen Meldungen in seinem Arbeitszimmer und dachte intensiv nach. Er war tatsächlich erleichtert, insofern hatte sich Susanne Hornstein nicht getäuscht. Unschuldig war Schwarzkoff wirklich nicht. Zwar unschuldig im Fall Freypen, aber immerhin schuldig am Tod eines siebzehnjährigen Mädchens. Selbst wenn dieser Mord schon vor vierzig Jahren passiert war. Mord verjährte nicht. Wenigstens sah Zartmann das so. Aber: Wer sagte denn, daß Schwarzkoff wirklich der Mörder gewesen war? Nach vierzig Jahren war das doch gar nicht mehr aufzuklären. Er merkte, daß es ihm darum schon gar nicht mehr ging. Er hatte keine Angst davor, daß ihr Kleopatra-Komplott entdeckt werden könnte, das war wirklich seine geringste Sorge. Er hatte viel eher das Gefühl, das Ganze würde so langsam außer Kontrolle geraten. So fein säuberlich wie in der Theorie ließ sich die Frage von Schuld oder Unschuld doch nicht trennen. Er war sich über die Konsequenz im klaren. Wenn sie auch nur einmal einen Unschuldigen auf dem Gewissen hätten, dann waren sie nicht besser als irgendeiner von den Verbrechern, die sie im Namen einer höheren Moral verurteilten. Er wählte die Nummer von Alain.

Mulder blieb erstaunlich kühl nach dem Gespräch mit Seifert. Er rief zunächst seine Männer zurück in die Zentrale, dann informierte er Helga Freypen, die in Günzburg war, über die neuesten Entwicklungen. Er verzichtete auf jede Form von Höflichkeit, sondern sagte ihr nur grob und mit klammheimlicher Freude, daß ausgerechnet der angeblich beste Freund ihres Mannes gerade als Auftraggeber des Mordes an Freypen verhaftet worden war. Erzählte ihr von dem möglichen Motiv, dem Mord am Bodensee, so wie er es von Schwarzkoffs Butler erfahren hatte. Benutzte allerdings nicht das Wort Erpressung, denn daran glaubte er nicht so recht. Falls Schwarzkoff wirklich von Freypen erpreßt worden wäre, dann hätte er das gewußt. Dann hätte ihn sein Chef sicher eingeweiht. Er bezweifelte nicht, daß der Hamburger Verleger von Freypen gebeten worden war, ihn im kommenden Wahlkampf zu unterstützen, gebeten auf Freypens Art. Daß dessen nachhaltige Bitten als Erpressung hatten mißverstanden werden können, wollte er nicht ausschließen. Das hatte er oft genug selbst erlebt. »Den eigentlichen Mörder suchen sie noch, Schwarzkoff hat aber den Auftrag für den Mord erteilt, Frau Freypen«, schloß er seinen Bericht.

»Ich glaube kein Wort«, antwortete Helga Freypen und blieb so kalt dabei wie immer, »das ist alles eine politische Verschwörung, um von den wahren Tätern abzulenken. Eberhart wäre nie auf die Idee gekommen, meinen Mann umzubringen. Diese Bodenseegeschichte ... wer will denn nach vierzig Jahren noch beurteilen können, was da wirklich passiert ist? Irgendein Mädchen, das ertrunken ist. Na und, was heißt das schon? Badeunfälle gibt es doch immer wieder. Nein, Mulder, verschonen Sie mich mit solchen Ammenmärchen. Wahrscheinlich steckt diese frigide feine Dame dahinter, Eberharts Ehefrau Julia, die war schon immer gegen uns. Die wollte ihren Mann schon lange loswerden. Die Polizei spinnt, und Sie spinnen auch, wenn Sie das alles glauben. Ich verlange von Ihnen, daß Sie sich was einfallen lassen.« Dann brüllte sie plötzlich: »Hören Sie, Mulder, den Mörder will ich von Ihnen, tot oder lebendig, den Mörder.«

Das war der Moment, in dem Karl Mulder die eine Million Belohnung abschrieb und beschloß, ihr den Mörder frei Haus zu liefern. Nicht tot oder lebendig, sondern tot statt lebendig. Allerdings nicht ihr, sondern seinem ermordeten Chef zuliebe. Er malte sich seinen Entschluß selbst schön. Es war, so sagte er sich, seine vaterländische Pflicht, Joachim Freypen zu rächen. Wie schon vor ihm ganz andere in Bonn benutzte er zunächst eine gute Verbindung in eine ganz bestimmte Redaktion und versprach Informationen für eine Schlagzeile in der Montagausgabe. Exklusiv, selbstverständlich. Der Jurist dieser Zeitung riet dem Chefredakteur wenige Stunden später allerdings dringend davon ab, die übliche Masche zu stricken. Es ging bei diesem Mörder nicht um irgendein armes Schwein, das man fertigmachen konnte, weil es eh nicht wußte, wie man sich wehrte. Es ging um Eberhart Schwarzkoff, einen Mann mit Einfluß, um einen Verleger zudem. Bekannt auch mit dem eigenen Verleger. Deshalb entstand ein Artikel mit vielen Fragezeichen, so vielen Fragezeichen, wie die Zeitung sonst im ganzen Monat verbrauchte:

MORDFALL FREYPEN
POLIZEI VERHAFTET HAMBURGER MILLIONÄR
BEZAHLTE ER DEN MÖRDER SEINES BESTEN FREUNDES?

Hamburg (Eig. Ber.) – In seiner Villa am Elbstrand wurde gestern der Hamburger Großverleger Eberhart Schwarzkoff verhaftet. Die Polizei wirft ihm vor, in den Mordfall Joachim Freypen verwickelt zu sein. Wie berichtet, wurde der rechtsradikale Politiker vor mehr als zwei Wochen an seinem Schreibtisch erschossen. Hatte Schwarzkoff damit etwas zu tun? Hat er den Mörder seines Freundes bezahlt? War Schwarzkoff vor vierzig Jahren am Bodensee schuld am Tod eines jungen Mädchens? Hat Freypen ihn mit diesem Wissen erpreßt? Welche Rolle spielt die angebliche Schwarzkoff Gelicbte Floriane M.? Hat sie dem Millionär für die Mordnacht ein Alibi verschafft? Besorgte sie den Killer? Hauptkommissar Georg Krucht von der Hamburger Mordkommission lehnt mit Verweis auf die Zuständigkeit des Bundeskriminalamtes jeden Kommentar ab, bestätigt noch nicht einmal die Verhaftung. BKA-Kriminaldirektorin Susanne Hornstein, die seit dem Attentat die Ermittlungen leitet: »Kein Kommentar.« Julia Schwarzkoff, 55 – Foto links –, Gattin des bekannten Hamburger Millionärs und Großverlegers (*Abendpost*, *Action TV*, Adalbert-Stifter-Verlag): »Mein Mann ist auf einer Geschäftsreise, ich weiß nichts von einem Haftbefehl.« Lesen Sie mehr über die mysteriöse Geschichte auf den Seiten 3 und 4.

Mulder freute sich, als er in der Nacht zum Montag diesen Artikel in der druckfrischen Zeitung las, die wie üblich in allen Kneipen verkauft wurde. Besser, und das bedeutete in dem Fall schlechter, hätte er es auch nicht schreiben können, und deshalb lobte er sich selbst, von anderen konnte er schließlich kein Lob erwarten. Vor allem der gemeine und kaum verschlüsselte Hinweis auf Floriane Ment gefiel ihm. Zumindest in ihrer Branche würden alle wissen, wer mit der Geliebten Floriane M. gemeint war. Er nahm sich vor, morgen früh für seine Leute ein paar Anweisungen zu hinterlegen, was nach einer gewissen Schamfrist mit der Reporterin geschehen sollte. Seiner Meinung nach war sie zumindest die Komplizin des Verlegers, und sie sollte nicht ungeschoren davonkommen. Vielleicht eine Vergewaltigung und anschließend in den großen trägen Fluß? Mulder selbst wollte sich nur um den Verleger kümmern und ging davon aus, daß er sich zu stellen hatte nach der Tat. Wie es sich für einen Vaterländler von selbst verstand, aber so ehrenvoll war das auch wieder nicht, denn eine Alternative wie zum Beispiel Flucht war deshalb ausgeschlossen, weil keine Chance auf Flucht bestehen würde.

Julia Schwarzkoff hatte am Sonntagnachmittag dem Chefredakteur der *Abendpost* die Anweisung gegeben, nur in ein paar dürren Zeilen auf der zweiten Seite über die Verhaftung ihres Mannes zu berichten. Selbstverständlich würde es sich um ein Mißverständnis handeln, wurde sie zitiert, und dieses Zitat war korrekt. Fritz Seiferts Erzählungen fand sie viel spannender, aber noch konnte man die nicht veröffentlichen. Der Butler hatte ihr auch die Geschichte des im Bodensee ertränkten – und wahrscheinlich nicht ertrunkenen – Mädchens erzählt. Julia Schwarzkoff konnte sich in der Tat vorstellen, daß ihr Mann damals seine Freundin umgebracht hatte.

Die Pressekonferenz, die Eberhart Schwarzkoff nach seiner Freilassung geben wird, ist für vierzehn Uhr am Montagnachmittag im Hotel Atlantic angesetzt. Sein Anwalt hat den *Salon Bismarck* schon am Vormittag bestellt, denn nach einem ersten Vier-Augen-Gespräch mit dem zuständigen Untersuchungsrichter war er sicher, daß sein Mandant bald freikommen würde. Alle Fernsehstationen sind per Rundruf eingeladen worden, nicht nur der Schwarzkoff-eigene *Action TV*-Sender soll die Veranstaltung aufnehmen dürfen. Der Verleger will diesmal keine Exklusivität für seine Medien, er will für sich die totale Öffentlichkeit, um die Attacke der Konkurrenzzeitung von diesem Morgen erfolgreich zu kontern. Sein Auftritt soll so medienwirksam wie möglich inszeniert werden, deshalb hat er aus der Zelle heraus über den Anwalt seine Frau Julia gebeten, mit ihm gemeinsam zu erscheinen. Sie hat nicht vor, diese Bitte zu erfüllen.

Sie sitzt im leeren Wohnzimmer ihres großen Hauses und schaltet den Fernsehapparat an, als die Live-Übertragung auf dem Sender ihres Mannes beginnt. Die anderen Stationen wollen zeitversetzt berichten. Eberhart kommt ihr vor wie der Ministerpräsident von Schleswig-Holstein bei seiner damals vor zehn Jahren ebenfalls live übertragenen Ehrenwort-Erklärung: Ein bißchen wirr, ein bißchen verstört, nicht sehr überzeugend, aber wild entschlossen, um seinen guten Ruf zu kämpfen. Guten Ruf? Sie lacht bitter. Aber eigentlich ist ihr alles egal, die kurzfristige Hoffnung auf Rache nach dem Gespräch mit Susanne Hornstein war schon wieder tot. Wieder mal hat er gewonnen, wieder mal hat sie verloren.

Als die Übertragung begann, hatten die Gärtner in Gut Kaden an Loch neun gerade das Wasser abgelassen und mit ihren Mistgabeln im Schlamm herumgestochert. Sie sollten sich beeilen, damit nach fünfzehn Uhr wieder gespielt werden konnte. Die Mittagszeit bot sich an für ihre Säuberungsaktion, denn am Montag kamen eigentlich nur die ganz alten Mitglieder oder die hochgestylten Hausfrauen. Beiden Gruppen war es zuzumuten, ausnahmsweise auf einen Abschlag zu verzichten und siebzehn statt achtzehn Löcher zu spielen. Ein Gast hatte angeblich an genau diesem Loch gestern beim Einputten ein Etui mit seinen gesamten Kreditkarten verloren und einen Finderlohn von fünfhundert Mark ausgesetzt.

Was sie fanden, war viel mehr wert als fünfhundert Mark, aber das konnten sie auf den ersten Blick natürlich nicht erkennen. Sie brachten das Gewehr auf einer Schubkarre vorsichtig zur Clubleitung, und die war genauso verblüfft wie die Gärtner. Bis die herbeigerufene Polizei eintraf, verging fast eine Stunde. So erfuhren Susanne Hornstein und Georg Krucht vom Fund eines G36-Gewehrs ausgerechnet auf einem Golfplatz erst nach dem Tod von Eberhart Schwarzkoff. Hätten sie es früher gewußt, zum Beispiel bei dem Haftprüfungstermin am Montagvormittag, würde der Verleger noch leben, denn dann hätte ihn nicht mal sein Freund, der Richter, auf freien Fuß setzen können. Die Tatwaffe des Freypen-Mords auf einem Golfplatz und ausgerechnet ein begeisterter Golfspieler wie er, der sich auf Gut Kaden mindestens so gut auskannte wie auf Falkenstein, sollte nichts damit zu tun haben? Nur Schwarzkoff konnte die Tatwaffe für den Mörder in Loch neun versteckt haben. Aber als sie gefunden war, gab es Schwarzkoff schon nicht mehr.

Daß ihn der Richter auf Grund einer Kaution, die er gestellt, und auf Grund seines guten Leumunds auf freien Fuß gesetzt hat, ist Schwarzkoff bei seiner Pressekonferenz nur einen Satz wert. Eine Selbstverständlichkeit, an der er nie gezweifelt hat: »Schließlich leben wir immer noch in einem Rechtsstaat.« Das wiederum bezweifeln Susanne Hornstein und Georg Krucht, die gemeinsam mit dem Staatsanwalt vergeblich ihre Argumente für eine Verlängerung der Untersuchungshaft vorgetragen haben und jetzt niedergeschlagen im Polizeipräsidium sitzen und ebenfalls die Übertragung auf *Action TV* anschauen.

Den letzten Satz im Leben des Eberhart Schwarzkoff, sozusagen eine Art Bekenntnis zur deutschen Demokratie, hört auch Helga Freypen live in ihrem Büro in der Parteizentrale. Sie hatte dem Verleger über seinen Anwalt ein Telegramm geschickt und darin versichert, daß sie niemals daran geglaubt habe, daß ausgerechnet er, der beste Freund ihres Joachim, am Tod ihres Mannes schuld sein könnte. Als er dieses Telegramm triumphierend in die Runde der mitschreibenden Journalisten und Kameraleute hält, weil er es gleich als letzten durchschlagenden Beweis seiner Unschuld vorlesen will, fällt ihm ein glatzköpfiger aufgeschwemmter Mann auf. Der grinst ihn herausfordernd an, zieht dann langsam einen Revolver aus dem Hosenbund und schießt dreimal auf ihn. Schon der erste Schuß ist tödlich.

Die Ermordung des Eberhart Schwarzkoff und die anschließende Verhaftung des Mörders, der sich widerstandslos überwältigen läßt, erinnerte die älteren Zuschauer an die Ermordung des Lee Harvey Oswald, des angeblichen Kennedy-Attentäters, durch den Nachtclubbesitzer Jack Ruby. Für die Jüngeren war es einfach spannende TV-Unterhaltung, und deshalb wurde die Szene mit den drei Schüssen und dem verblutenden Opfer ein dutzendmal auf allen Fernsehkanälen wiederholt. Ein besonders kaltblütiger Reporter hatte, während sich seine Kollegen lieber auf den Boden warfen, sogar daran gedacht, dem Schützen ein Mikrofon unter die Nase zu halten, bevor der überwältigt wurde, und deshalb war Karl Mulders Begründung für seine Tat auch auf allen Kanälen zu hören: »Schwarzkoff hat den deutschen Patrioten Joachim Freypen umbringen lassen. Er wäre nie dafür verurteilt worden. Deshalb habe ich ihn hingerichtet.«

12

Der alte Mann ging behutsam, als wolle er die Ruhe der vielen Toten nicht stören. Er hatte einen einsamen Weg vor sich, denn in die hinterste Ecke des Friedhofes verirrte sich seit vielen Jahren niemand mehr. Auch die Angehörigen der dort Begrabenen waren längst tot. Immer wieder stützte er sich auf seinen schweren Eichenstock. Mit der linken Hand umklammerte er einen Strauß Astern. Die Namen auf den verwitterten Steinen konnte er selbst aus der Nähe kaum noch lesen, aber er kannte sein Ziel. An einem Grab schließlich blieb der Mann stehen und benutzte die Spitze seines Stocks, um das Moos von der zugewachsenen Granittafel zu kratzen. Über den Datumszeilen **6.9.1940 – 29.9.1957** tauchte schließlich wie aus ferner Vergangenheit **SUSANNE** auf. Mehr nicht. Kein Nachname, kein Kreuz, keine Ornamente. Martin Gundlach legte die Blumen ab und faltete die Hände. Dann dankte er Gott, daß der trotz seiner an sich unendlichen Güte den Mörder endlich bestraft hatte.

»Heißt das, wir haben aus dieser Ecke keine Enthüllungen mehr zu fürchten?« wurde der Innenminister von einem seiner Parteifreunde gefragt, der bei der morgendlichen Runde in Bonn neben ihm saß, und wies dabei auf das Zeitungsfoto, das den zusammenbrechenden Schwarzkoff in dem Moment zeigte, als ihn Mulders Schüsse gerade getroffen hatten.

»Aus dieser Ecke?«

»Aus dieser Ecke, ja. Ich denke da an diesen Artikel, in dem spekuliert wurde, wer wohl hinter dem Mord an Freypen stecke und wer ein Interesse daran haben könnte, daß der im kommenden Wahlkampf keine Rolle mehr spielt. Das klang doch sehr danach, als gebe es einen ganz bestimmten Verdacht.«

»Den letzten Ermittlungsstand kenne ich noch nicht, weil mir Frau Hornstein, so heißt die zuständige Beamtin, erst heute abend den Abschlußbericht vorlegen wird. Aber so wie es aussieht, hatte Schwarzkoff einen dunklen Fleck in seiner Vergangenheit, von dem wiederum sein Schulfreund Freypen wußte. Was der im passenden Moment ausgenutzt hat, um ihn unter Druck zu setzen. Insofern war das zwar kriminell, aber auch eine politische Angelegenheit, die letztlich unsere Interessen berührt. Denn wie ich höre, wollte Freypen für sein Schweigen über die Vergangenheit Schwarzkoffs publizistische Unterstützung der Vaterlandspartei. Was uns hätte – ich sage ausdrücklich hätte – stören können im Wahlkampf. Schwarzkoff hat Freypen angeblich umbringen lassen, so die Begründung des Haftbefehls, weil er einen Skandal fürchtete. In jeder Beziehung: Entweder wäre er persönlich aufgeflogen oder aber gesellschaftlich abgestürzt, weil er für die Vaterländler Partei ergriffen hätte. Als er auf Kaution freigelassen wurde, ist gestern dieser Freypen-Vertraute durchgedreht und hat den Mann erschossen, den er für den Mörder seines Chefs hielt. Aber das hat ja wohl jeder hier am Tisch in den Nachrichten gesehen.«

»Soviel weiß ich bereits aus dem Fernsehen und aus den Zeitungen. Ich meinte, haben *wir* noch etwas zu befürchten?«

»Wir haben damit nichts zu tun, also müssen wir auch nichts befürchten«, erklärte der Innenminister förmlich, und auch er betonte das Wort wir, denn er haßte diese doppeldeutigen Anspielungen, die so klangen, als würde er sich am liebsten in der Grauzone zwischen Recht und Staatsraison herumtreiben und dabei vor allem die Staatsraison beachten: »Habt ihr vielleicht was damit zu tun?« Seit der Plutoniumaffäre verfolgte er in angewiderter Distanz die Aktivitäten des Geheimdienstes, für den der andere zuständig war. Jede Bitte um Amtshilfe von denen, hatte er seine Untergebenen angewiesen, müßte ganz oben im Ministerium entschieden werden. Von ihm persönlich.

Das blutige Ende der Affäre Freypen beherrschte an diesem Dienstag sogar die Schlagzeilen der bürgerlichen Zeitungen. Seit Mitte der neunziger Jahre war auch die *taz* seriös geworden, aber an Tagen wie diesem brach ihr anarchistischer Wortspieltrieb wieder durch. **FREY-SCHÜTZ** wurde Karl Mulder hier genannt. Noch wußte keiner mehr als das, was schon am Montag in dem berühmten Fragezeichen-Artikel der größten deutschen Zeitung gestanden hatte, das wiederum stammte pikanterweise vom Täter höchstpersönlich. Was wiederum außer dem Polizeireporter der bewußten Zeitung keiner wußte und dem deshalb auch noch die zweite Exklusivgeschichte verschaffte, denn keiner kannte Mulder so gut wie er, und da der in Zukunft als Informant offenbar ausfallen würde, konnte er ihn ebensogut auch gleich schlachten. Mulder wurde als schießwütiger, leicht gestörter ehemaliger Polizist geschildert, der seinen Chef hatte rächen wollen, und das fett gedruckte Zitat einer mit schwarzer Blende über den Augen unkenntlich gemachten Dame aus einem St.-Pauli-Etablissement gab dem Ganzen noch die richtige Würze:

BEI DER LIEBE SCHRIE DER MÖRDER IMMER MUTTER.

Julia Schwarzkoff hatte den Chefredakteur der *Abendpost* angewiesen, sich ausschließlich auf die Schilderung des Tathergangs zu beschränken, keinesfalls zum Beispiel auf die Idee zu kommen, indirekt dem Bundeskriminalamt oder Susanne Hornstein die Schuld am Tod des Verlegers zu geben, weil die am Sonntag Schwarzkoff verhaftet habe.

Zunächst hatte er protestiert, denn er sah die einmalige Chance, auf die Schnelle mit exklusivem Wissen und exklusiven Privatfotos ein bißchen Auflage zu machen, bevor die, wie er sich ausdrückte – allerdings nicht in Gegenwart der Witwe –, nächste Sau durchs Dorf getrieben würde. Nach einem intensiven Hintergrundgespräch unter vier Augen war er ziemlich bleich in sein Büro zurückgekehrt und hatte die Anweisungen seiner neuen Verlegerin befolgt.

Alle Anfragen mit der Bitte um einen Kommentar zur Ermordung ihres Mannes lehnte Julia Schwarzkoff ab. Ihr Butler Fritz Seifert, der seine neue Rolle sichtlich genoß, durfte den vor der Villa des Toten herumlungernden Journalisten den einzigen Satz von ihr verlesen, den sie freigegeben hatte: »Ich bin überzeugt davon, daß mein Mann nicht der Mörder Joachim Freypens war.« Das war nicht gelogen. Sie war schließlich nur überzeugt davon, daß er den Mörder beauftragt und deshalb nicht selbst geschossen hatte. Selbst als ein guter Nachbar, der Verleger der größten Illustrierten des Landes, zu dessen Verlag auch eine Hamburger Boulevardzeitung gehörte, bei ihr direkt anrief und sein Beileid ausdrückte, blieb Julia Schwarzkoff bei diesem einen Satz.

Sie konnte damit allerdings nicht verhindern, daß von der *Abendpost*-Konkurrenz voller Lust die einmalige Chance genutzt wurde, das ganz private Leben des Eberhart Schwarzkoff auszubreiten. Alte Rechnungen wurden beglichen, denn zu seinen Lebzeiten hatte der Verleger, vor allem mit seinem Sender *Action TV*, auch vor keiner Gemeinheit zurückgeschreckt. Ein dutzendmal wurde der Golfkurs von Gut Kaden gefilmt, und Loch neun, wo die Tatwaffe gefunden worden war, stand immer im Mittelpunkt. Es dauerte nur wenige Stunden, bis die ersten Fernsehteams auf dem Friedhof am Bodensee auftauchten und das Grab des Mädchens Susanne filmten. In Schwarzkoffs Schule Salem wurden sie selbstverständlich nicht vorgelassen, und Martin Gundlach ließ über seine Schwester ausrichten, daß er keinen Anlaß sehe, mit der Presse über Ereignisse zu reden, die vor vierzig Jahren ja auch keinen ihrer Kollegen interessiert hätten. Weil Gundlach schwieg, blieb den angereisten Spürnasen die Verbindung zu Nochtel verborgen.

Der Live-Mord von Hamburg war ein Renner, das Prinzip, die Toten bringen Quoten, wieder mal eindrucksvoll bestätigt, und deshalb mußte der verblutende Schwarzkoff bis zur letzten Zeitlupe ausgeweidet werden. War fast so gut wie der tödliche Unfall der Prinzessin von Wales vor einigen Wochen im Tunnel von Paris. Die Ermordung des rechtsradikalen Populisten Joachim Freypen brachte keiner der Reporter mehr in Zusammenhang mit politischen Verschwörungen, die angeblich in Bonn ausgeheckt worden waren. Bei allen stand jetzt fest, daß Schwarzkoff für das Attentat verantwortlich war, daß ein von ihm bezahlter Killer die tödlichen Schüsse auf Freypen abgegeben hatte, daß es dabei aber nicht um Politik, sondern nur um eine gemeinsame Leiche im Keller gegangen war. Eben das Mädchen Susanne. Das Phantombild des Mannes, der den Schlüssel zur Wohnung von Floriane Ment abgeholt hatte, wurde jetzt mit der schlichten Überschrift versehen: **DER AUFTRAGSKILLER**, worüber im fernen Lyon immerhin zwei lächeln konnten, Lionel Zartmann und Alain Renoit.

Die plötzliche Ermordung des Verlegers und Millionärs Eberhart Schwarzkoff samt passendem Hintergrund war eine Geschichte, die man besser gar nicht hätte erfinden können: Ein nie aufgeklärter Mord unter Freunden vor vierzig Jahren, eine Erpressung in höchsten Gesellschaftskreisen, wieder unter Freunden, ein Auftragsmord und schließlich die Ermordung des Drahtziehers durch einen treuen Vasallen des ersten Toten. Außerdem jede Menge schöner Frauen, eine schon lange tot, die anderen höchst lebendig. Wahrscheinlich saßen seit heute morgen die branchenintern als »*Schnellficker*« bezeichneten Drehbuchschreiber bereits an ihren Computern und machten ein sogenanntes Dokudrama daraus, wie man die verfilmten Groschenromane, die angeblich das Leben schrieb, neudeutsch heute nannte. Da sich in den meisten privaten Fernsehanstalten Österreicher an den entscheidenden Positionen breitmachten, war die Chance, solchen Schmäh auf besten Sendeplätzen unterzubringen, naturgemäß groß.

Die Frage am runden Tisch in Bonn, ob man es denn hinter sich habe, war trotzdem ernst gemeint. Hier ging es nicht um einen simplen Mord, sondern um Macht, und ein Sprung der Rechtsradikalen über die Fünf-Prozent-Hürde würde die herrschende Koalition im kommenden Jahr selbst dann die Macht kosten, wenn es die ostdeutsche Volkspartei PDS nicht in den Bundestag schaffen sollte. Die Rote Armee Fraktion brauchte man nach der jüngsten blutigen Entwicklung nicht mehr, denn selbst als Popanz war die jetzt gestorben. Die Hardliner in der Koalition, die rechts von sich nur noch die Wand duldeten, hatten bis zu den tödlichen Schüssen auf Schwarzkoff befürchtet, daß es den Rechten von der Vaterlandspartei gelingen könnte, ihren erschossenen Führer Joachim Freypen als Märtyrer aufzubauen und mit dem Toten an der Spitze in den Wahlkampf zu ziehen. So etwas konnten die Rechtsradikalen, wie man aus der Geschichte wußte, immer schon gut, und es hatte ihnen jedesmal Stimmen gebracht. Der Deutsche an sich liebte Märtyrer und deren Witwen, falls sie blond waren. Helga Freypen übrigens hatte nach der Live-Übertragung des Mordes an Eberhart Schwarzkoff geweint, und diesmal waren ihre Tränen echt.

»Hochmut kommt vor dem Knall«, wandelte der Mann an der Spitze, dem das Gespräch seiner beiden Minister nicht entgangen war, ein deutsches Sprichwort ab, und wie schon oft in anderen Fällen, hielt er auch diese Bemerkung für ein Bonmot. Es wurde wieder kräftig gelacht. Nur einer blieb ungerührt und gab nicht einmal pro forma die Andeutung eines Grinsens von sich. Seit sein Konkurrent als möglicher Nachfolger ausgelobt worden war, fühlte sich der

Mann, den sie »Fighter« nannten, überrollt und hielt sich nicht mehr an den abgemachten Waffenstillstand. Pflegte statt dessen seine guten Drähte zur anderen Volkspartei. Dort hoffte man zwar, nach der nächsten Bundestagswahl selbst den Nachfolger im Kanzleramt stellen zu können. Aber falls es wieder mal nicht reichen würde, war zumindest einer der beiden möglichen Kandidaten bereit, mit dem politischen Gegner von heute ins nächste Jahrtausend zu schreiten, Seit' an Seit'.

»Currywurst« ließ an Julia Schwarzkoff eines der Standardschreiben in Sachen Beileid – unter diesem Stichwort war eine Form in seinem Vorzimmer gespeichert, in der nur die jeweiligen Namen geändert werden mußten – abschicken und machte auch vor den Fernsehkameras ein ernstes Gesicht. Wichtig war ihm aber nur der politische Aspekt der Hamburger Bluttat, denn die Ermordung des Verlegers durch das Mitglied einer rechtsradikalen Partei würde zunächst einmal dieser Partei schaden. Die Genossen hatten in den vergangenen Jahren darauf gehofft, daß sich das Problem mit den Volksgenossen von selbst erledigen würde, so wie es sich mit der NPD in den siebziger Jahren ja auch durch bloßes Aussitzen erledigt hatte. Deshalb hatten sie sich keine Gedanken darüber machen wollen, warum die Braunen plötzlich in Hochburgen der Roten so stark geworden waren. Was ihnen jeder Student nach dem zweiten Semester Politische Wissenschaften hätte erklären können, denn der hätte gewußt: Wer auf der sozialen Leiter nach unten abrutscht, braucht einen Sündenbock, um zu überleben.

»Endlich mal ein gutes Ergebnis aus Hamburg«, lästerte »Currywurst« in der Routinesitzung des Parteivorstandes, »damit können wir die Vaterländler für 1998 abhaken und uns auf das Wesentliche konzentrieren. Also, ich war ja gerade bei Tony, der dich übrigens grüßen läßt.« Dabei wandte er sich »Nase« zu, der wieder mal zu spät in die Sitzung gekommen war, weil er wußte, daß sie ohne ihn nicht anfangen konnten. »Falls wir wollen, ist er gerne bereit, als Gast an unserem Wahlparteitag teilzunehmen.«

»Tony?« fragte der Parteivorsitzende grinsend, was ihm diesen typischen spitzbübischen Anstrich gab. »Ach so, du meinst dein großes Vorbild Blair. War wohl ein spontaner Entschluß von dir, ihn zu besuchen? Firmenjet wie sonst oder nur Lufthansa? Ich habe erst aus der kleinen Meldung in den Zeitungen erfahren, daß du bei ihm warst. Wie habt ihr euch denn unterhalten? Spricht Tony denn so gut deutsch, daß du ihn verstehst?« Auch in dieser Runde galt die Regel, daß man bei gewissen Scherzen des Chefs pflichtschuldig zu lachen hatte. Und wie bei denen von der anderen Straßenseite gab es ebenfalls einen, der nur Scherze auf Kosten anderer witzig fand. Dieser Scherz gerade ging gegen ihn, das hatte er sehr wohl begriffen. Alle anderen, die so laut lachten, übrigens auch.

Susanne Hornsteins Abschlußbericht liegt offen auf dem Schreibtisch des Innenministers, als er sie bittet, Platz zu nehmen. »Sehr gut«, sagt er, »Sie haben wieder mal hervorragende Arbeit geleistet, Frau Doktor Hornstein.«

»Was ist daran hervorragend?« sagt sie bitter. »Im Gegenteil, in Wirklichkeit habe ich versagt. Ich habe den Mörder von Freypen nicht gefunden und werde ihn wahrscheinlich auch nicht mehr finden. Der mutmaßliche Auftraggeber ist tot, mutmaßlich wie gesagt, bewiesen ist nichts, und wir können aus ihm nichts mehr herausholen. Mitwisser dürfte es nach unseren Erfahrungen in solchen Fällen wohl kaum geben. Also bleibt der Killer unbestraft. Was also sollte hervorragend sein?«

»Aber ich bitte Sie, mehr können Sie nun wirklich nicht erwarten. Einer klugen Frau wie Ihnen muß ich ja auch nicht erklären, daß es zwischen Recht und Gerechtigkeit einen gewaltigen Unterschied gibt und nur in den seltensten Fällen beides übereinstimmt. Natürlich wäre es schön gewesen, wenn man auch noch den Schützen verhaftet hätte, aber der

Killer ist sicher längst wieder dort, wo er hergekommen ist. In Moskau zum Beispiel. Oder in Berlin. Oder in Sarajewo. Dort kann man derzeit schon für tausend Mark einen Mörder kaufen, habe ich gerade erfahren. Die Tatwaffe haben Sie gefunden, oder? Sehen Sie. Wer außer Schwarzkoff sollte die auf einem Golfplatz versteckt haben? Das Erpressungsmotiv ist einleuchtend, dieser Mord damals an dem armen Mädchen. Das haben Sie selbst herausgebracht. Daß nun dieser Freypen-Mann verrückt gespielt und den Verleger erschossen hat, ja, ich bitte Sie, dafür können Sie doch nichts.«

Er verschluckt die Bemerkung, daß die blutige Lösung des Falles Freypen in Bonn beifällig aufgenommen worden ist und kein Interesse mehr daran besteht, mehr zu erfahren. Nach seinen Informationen war das die vorherrschende Meinung in allen Parteien. Der asketisch gewordene Vordenker der Grünen war sogar besonders dankbar, denn der gerade aufgebrochene Streit um das fundamentalistische Wahlprogramm seiner Partei ging unter in den Schlagzeilen von Hamburg.

Susanne Hornstein hatte in ihrem Resümee, das sich nur auf Indizien stützte, nichts schreiben dürfen von ihren erneut gewachsenen Zweifeln an der offiziellen Version. Aus dem Abstand von zwei Tagen betrachtet, blieb die entscheidende Frage offen, selbst wenn sie mit keinem mehr darüber sprechen konnte: Warum zum Teufel hat sich Schwarzkoff als Alibi ausgerechnet eine so leicht nachzuprüfende Geschichte wie eine versuchte Vergewaltigung ausgedacht? Darauf gab es eigentlich nur eine einzige logische Antwort: Weil die Geschichte eben doch stimmte. Und warum hatte dann Floriane Ment gelogen? Weil sie sich rächen wollte an Schwarzkoff. So simpel klang das zwar überzeugend, aber das half Susanne Hornstein nicht weiter. Sie machte sich Vorwürfe, daß sie indirekt schuld war am Tod von zwei Menschen, am Tod von Nochtel und am Tod von Schwarzkoff. Beide könnten ohne ihre Ermittlungen noch leben. Was um Gottes willen war daran gerecht?

Erstaunlicherweise hatte Georg Krucht mit ihr genau darüber gesprochen, als sie sich heute morgen in Hamburg von ihm verabschiedete. Die Sonderkommission in Sachen Freypen war aufgelöst worden. Für die Verhöre von Karl Mulder brauchte er nicht mehr das BKA, gegen den Sicherheitschef der Vaterlandspartei waren die Beweise seiner Schuld, die zu bestreiten er nicht vorhatte, sogar optisch dokumentiert, und bis zum Prozeß würde der ehemalige Polizist in Untersuchungshaft bleiben. Selbst wenn er mit Totschlag im Affekt davonkommen sollte – die nächsten Jahre würde Mulder ganz sicher im Knast verbringen. Die Vaterlandspartei, vertreten durch ihre neue Vorsitzende Helga Freypen, hatte es zunächst abgelehnt, ihrem Parteimitglied einen Anwalt zu stellen. Sich dann aber vom juristischen Berater der Partei überzeugen lassen, daß dies keine so gute Idee sei in Anbetracht der Tatsache, daß Mulder dem ermordeten Joachim Freypen doch sehr, sehr nahegestanden hatte. So nahe, daß er über alle Aktivitäten genau berichten könnte. Daraufhin bekam Mulder den besten Anwalt, und der hatte zum ersten Gespräch mit seinem Mandanten die Zusage mitgebracht, daß selbstverständlich während einer möglichen Haftzeit sein Gehalt von der Partei weiterbezahlt würde. Mulder rechnete realistisch mit mindestens zehn Jahren Haft, was bei seinem Einkommen mehr als die eine Million Belohnung ausmachte, die es im anderen Fall gegeben hätte. Er stimmte deshalb dem Stillhalteabkommen zu, denn draußen gab es eh keinen Menschen, den er vermissen würde. Auch keinen, der ihn vermissen würde. Nur Mulders Männer sandten ihrem Chef Glückwünsche ins Gefängnis. Für sie wenigstens war er ein Held. Und sie hatten ihn durch die Blumen, die sie schickten, wissen lassen, daß sie sich um Floriane Ment zu kümmern gedachten. Auf die besprochene Art.

»Susanne«, hatte Krucht beim Abschied am Flughafen gesagt, was sie im ersten Moment befürchten ließ, nun wollte er vielleicht doch wieder auf die Nacht anspielen, in der er sie so hatte nennen dürfen, aber wieder war es dem Hamburger Kommissar gelungen, seine Kollegin zu verblüffen, denn er meinte gar nicht sie, sondern die andere. »Susanne hätte damals auch gern weitergelebt. Sie war siebzehn. Und die sie nicht haben leben lassen, hatten immerhin danach noch vierzig Jahre, so oder so, bevor sie sterben mußten. Die haben also ein Leben gehabt. Sehen Sie die Geschichte doch mal aus diesem Blickwinkel. Sie haben nicht etwa Unschuldige ans Messer geliefert, denn unschuldig war in dieser ganzen Affäre nur eine, das Mädchen Susanne.« Seine kühle Analyse hatte Susanne Hornstein geholfen, und sie hatte es sogar gewagt, sich mit einem leisen Kuß auf die bärtige Wange von Krucht zu verabschieden. Der hatte gespürt, daß es Dankbarkeit war, und nicht mehr.

»Wollen Sie nicht mal ein paar Tage ausspannen, Frau Doktor Hornstein?« unterbricht gerade der Minister ihre Gedanken und legt ihren Abschlußbericht zur Seite. »Die letzten Wochen nach dem Attentat waren selbst für eine Frau wie Sie vielleicht ein bißchen viel.« Er macht nicht den Eindruck, daß ihn ihre Antwort wirklich interessiert, aber sie nützt die Gelegenheit. Wer weiß, wann sie ihn wieder unter vier Augen sprechen kann.

»Vielen Dank. Sie haben sicher nichts dagegen, wenn ich zum Beispiel in Wiesbaden Urlaub mache und mich da mal ein bißchen umsehe? Dachte ich mir. Hätten Sie denn auch nichts dagegen, wenn ich mich da mal ganz offiziell erkundige, ob die mich brauchen könnten? Nochtels Selbst ... Nochtels Tod ist vielleicht der richtige Anstoß dafür, daß ich noch einmal was ganz anderes mache.« Der Minister schaut seine seltsame Parteifreundin lange an, bevor er antwortet, wie immer vorsichtig und jedes Wort abwägend: »Gehen Sie davon aus, daß ich nichts dagegen haben würde.«

Das Farbfoto von der Beerdigung Eberhart Schwarzkoffs erschien am Mittwoch auf der ersten Seite seiner Zeitung.

Die Witwe hat die Leiche, die bereits vierundzwanzig Stunden nach der Tat freigegeben worden war, einäschern lassen und dann kurz hinter Cuxhaven auf dem Meer verstreut. Das sei der Wunsch ihres Mannes gewesen, erklärte sie Freunden, die sich konsterniert bei ihr meldeten, nachdem sie das Bild mit der einsam schwimmenden Rose und kaum erkennbaren Rußflocken auf grau-grünen Wellen gesehen hatten. In Wirklichkeit hatte ihr Mann nie über den Tod mit ihr gesprochen. Sie wollte die angesichts der Prominenz des Verlegers voraussehbare offizielle Trauerfeier mit den üblichen Heerscharen von Kameraleuten und Fotografen vermeiden, vor allem sich selbst das Defilee der verlogenen Beileider ersparen, und das war ihr gelungen. Das Foto auf hoher See hatte sie selbst aufgenommen und auch dabei keinen Schmerz empfunden. Was verständlich war, denn verloren hatte Julia Schwarzkoff ihren Mann im Leben und nicht erst im Tod. Verlassen hatte er sie vor sechsunddreißig Jahren, wenn auch nicht physisch, aber das machte schon lange keinen Unterschied mehr für sie. Sie hatte im Gegenteil das Gefühl einer Freiheit, an die sie nicht mehr geglaubt hatte.

Floriane Ment ging es ähnlich wie Susanne Hornstein, sie fühlte sich mitschuldig am Tod Schwarzkoffs. Und im Gegensatz zu der Beamtin gab es bei ihr Anlaß zu Selbstvorwürfen. Ihre Aussage war es schließlich, die zu seiner Verhaftung geführt hatte, und letztlich zu den tödlichen Schüssen. Er hatte für eine versuchte Vergewaltigung mit seinem Leben bezahlt. So brutal ließen sich die Tatsachen in einem Satz zusammenfassen. Da sie gelernt hatte, zwar allen anderen, aber nie sich selbst etwas vorzumachen, suchte sie nicht nach Ausflüchten, die ihr Gewissen beruhigen konnten. Ihre Wohnung hatte sie seit Montag nicht mehr verlassen, denn die Verbindung zwischen der im Artikel genannten geheimnisvollen Floriane M. und der wirklichen Floriane Ment hatte selbst der dümmste Reporter, und dumm waren die meisten, herausbekommen. Einige standen vor der Tür und warteten auf einen Abschuß, also ein Foto, wenn sie das Haus verlassen sollte. Sie ließ sich deshalb alles liefern, was sie brauchte. Da sie die üblichen Tricks in solchen Fällen kannte, als Lieferanten verkleidete Journalisten, bat sie die pensionierten *Stern*-Redakteure, die auf ihrem Flur wohnten, um kollegiale Hilfe. Eine Bitte, die von denen gern erfüllt wurde. Die kauften ein für sie und fühlten sich so jung wie einst, als Tarnung und geheime Treffen ihren journalistischen Alltag spannend gemacht hatten. Das dauernde Telefongeklingel hatte sie trotz Anrufbeantworter genervt, aber ihre Handynummer kannten nur wenige. Der Chefredakteur ihrer Zeitung zum Beispiel, aber der hatte sich erstaunlicherweise gar nicht gemeldet. Daß sie diese für ihn atypische Diskretion ausgerechnet Julia Schwarzkoff zu verdanken hatte, ahnte sie nicht.

Mit wem sollte ich sonst reden? entschuldigte sie sich selbst, als sie Lionels Nummer in Lyon drückte. Wieder nur die Stimme vom Band und die Aufforderung, eine Nachricht zu hinterlassen. Sie versuchte es in seinem Büro. Die Sekretärin konnte sich an ihren Namen erinnern – Sie haben doch diesen Brief an den Herrn Kriminalrat geschrieben? –, aber sie bedauerte, nicht durchstellen zu können. Er habe außer Haus ein wichtiges Meeting mit Kollegen, und sie werde ihm morgen früh ausrichten, daß sich Frau Ment gemeldet habe.

Anfangs hat Denis Riley noch ein wenig mürrisch gemurmelt, er sei wirklich sehr gespannt, ob das von Lionel einberufene Treffen wirklich so dringend sein würde. So dringend, daß er schon zum zweiten Mal innerhalb von vierzehn Tagen von Washington nach Lyon hat fliegen müssen. Nach dem ersten Glas Wein aus den Vorräten Zartmanns, die er nur zu ganz besonderen Gelegenheiten aus dem gemieteten Höhlenkeller an der Rhône holt, vergißt der Amerikaner seine schlechte Laune. Er hebt fragend den Blick zu ihrem

Gastgeber. »Ein Hermitage von Chave«, sagt Lionel Zartmann und macht die Geste des Nachschenkens, »bedient euch bitte selbst, ich habe zu tun.« Er prüft die Temperatur im Backofen, sticht mit einer Gabel vorsichtig in eine fettglänzende Kartoffel und nimmt dann auch selbst einen Schluck aus seinem Glas.

Peter McFerrers Glatze, über die sie gebührend gelästert hatten, ziert inzwischen wieder ein leichter roter Flaum, was ihm etwas Mönchisches gibt. Er sitzt zusammen mit Alain Renoit auf dem Boden vor dem Stapel von Jazz-Schallplatten, die ihr Gastgeber gerade aus dem Nachlaß eines Sammlers erworben hat. Ab und zu hört man bewunderndes Raunen, wenn sie wieder eine Kostbarkeit entdeckt haben, die sie dann auf der Stereoanlage kurz anspielen.

»Gab es denn noch irgendwelche Spekulationen in Richtung IRA?« fragt Lionel beiläufig den Amerikaner, der ihm interessiert beim Kochen zuschaut. Riley schüttelt den Kopf: »Nichts, rein gar nichts. Die Kollegen vor Ort suchen immer noch Leute, die diesen armen Touristen in Chicago mal lebend getroffen haben und ihnen weiterhelfen können.«

»In New York oder in Boston hätte es vielleicht ein paar Untersuchungen mehr gegeben und ein paar unangenehme Fragen,« sagt Lionel, »aber wer rechnet schon in Chicago damit, daß da ein IRA-Mann erledigt wird?«

Während des Essens herrscht fast andächtiges Schweigen, im Hintergrund läuft eine knisternde Live-Aufnahme aus dem *Cotton Club*. Zartmann hat seinen Freunden zunächst einen Langustinensalat mit Olivenöl und Trüffeln vorgesetzt und danach eine regionale Spezialität: Kartoffeln mit Schweinsfüßen und Foie Gras gefüllt.

»Zur Sache, Leute«, beginnt dann ihr Gastgeber, nachdem sie ihm für seine Kochkunst zugetoastet haben, »warum ich euch zu diesem Abend gebeten habe. Vor allem für dich, Denis, war die Anreise ja kein reines Vergnügen.«

»Für ein solches Essen wäre ich noch weiter geflogen.«

»Danke. Also: Ich muß nicht die ganze Geschichte noch

einmal erzählen, die kennt ihr ja. Vor zwei Tagen ist der Hauptverdächtige im Mordfall Freypen nach seiner Entlassung aus der Untersuchungshaft erschossen worden. Einer von Freypens Leuten, Karl Mulder, ist der Schütze, er sitzt bereits. An seiner Verurteilung dürfte kein Zweifel bestehen.« Er macht eine kleine Pause, in der er sich ganz ruhig eine Zigarette ansteckt: »Worauf ich hinaus will: Unsere Regeln besagen, daß eine vorbereitete Aktion dann nicht durchgeführt werden darf, wenn Unschuldige darunter leiden könnten. Schwarzkoff ist, wie ihr wißt, unschuldig. Er hat Freypen nicht ermordet.«

»Aber Schwarzkoff wurde erschossen, nachdem du ... nachdem Freypen gestorben ist. Es bestand kein Anlaß, während der Vorbereitung oder während der Ausführung die Aktion abzubrechen. Da ging es nur um diesen Schreibtischmörder, um niemand sonst. Da gab es überhaupt keine Unschuldigen, also konnte von dir auch keine Regel verletzt werden«, erwidert Denis und lehnt sich in seinem Stuhl zurück. Für ihn ist das alles logisch, kein Grund für Selbstvorwürfe. Wo liegt das Problem? Alain dagegen spürt sehr genau die Gefahr, die seiner geliebten Kleopatra droht. »Wer die Schlechten verschont, verletzt die Guten«, sagt er, und als ihn die anderen fragend anschauen, verzichtet er sogar auf seine üblichen Anspielungen, daß sie alle zu ungebildet seien, um ihm folgen zu können: »Publilius Syrus, römischer Dichter, vor Christus.«

Es ist ausgerechnet Peter McFerrer, der damals in den Vogesen als letzter dem Komplott zugestimmt hat, von dem Kleopatra und damit vor allem Renoit, ihr Erfinder, erste Hilfe bekommt: »Bevor wir hier philosophisch werden, oder alles wiederkäuen, bleiben wir wenigstens einmal noch bei den harten Fakten, so wie ich sie inzwischen kenne, so wie wir sie eigentlich alle kennen. Richtig, Schwarzkoff ist unschuldig im Fall Freypen. Richtig ist aber auch, daß er nach allem, was wir wissen, vor vierzig Jahren in diesem See da – Bodensee? – ein junges Mädchen ertränkt hat.

Schwarzkoff also war ein Mörder. Nicht in unserem Fall Freypen, aber ohne Frage ein Mörder, der sich der gerechten Strafe entzogen hat. Also hätte er, wenn wir davon gewußt hätten, zwar nicht die hohen Ansprüche erfüllt, die Kleopatra zu stellen pflegt. Aber die Voraussetzungen grundsätzlich hätte er erfüllt. Sein Tod ist kein Verlust für die Guten, um dich zu variieren, Alain. Sein Tod ist vielleicht nicht gerechtfertigt, andererseits auch nicht unverdient. Mulder wiederum, Mulder. Ich sage das jetzt mal ganz neutral, aber der hat sich eindeutig der Selbstjustiz schuldig gemacht.«

»Der Selbstjustiz?« fragt Riley verblüfft. Und Zartmann fügt zynisch hinzu: »Das wäre in der Tat ein Anlaß, ihn zu bestrafen. Auf eine so wahnsinnige Idee wie Selbstjustiz würden *wir* ja nie kommen.« Peter McFerrer geht nicht auf die Bemerkung ein und bleibt in seiner Argumentation streng logisch. »Ich habe noch einmal mit meinem Computer ein bißchen recherchiert. Dieser Informant, dieser Pornohändler, ihr wißt schon, der Franzose. Der ist in der Elbe ganz bestimmt nicht zufällig ertrunken, sondern höchstwahrscheinlich ermordet worden. War zwar ein schmieriger Typ und sicher kriminell, hatte aber nichts getan, was einen solchen Tod rechtfertigen würde. Und sein Mörder ...«

»... sein Mörder ist Karl Mulder, auch daran besteht inzwischen wohl kein Zweifel mehr«, ergänzt Alain.

»Dieser Karl Mulder wäre also, wiederum rein theoretisch, auch ein Fall für Kleopatra. Mulder ist ein Mörder, der jetzt zufällig wegen eines ganz anderen Mordes vor Gericht gestellt wird. In dem Fall stimmen Recht und Gerechtigkeit ausnahmsweise mal überein.«

Denis Riley nickt bestätigend. »Und dann sollten wir wohl auch nicht vergessen, daß dieser Mann wahrscheinlich noch mehr Dreck am Stecken hat. Sagt man das so? Er war doch der engste Vertraute dieses Politikers. Ich erinnere mich sehr genau an Lionels Erzählung von dem abgehörten Gespräch in der Jagdhütte. Da ging es doch darum, welche Ausländerwohnheime man abbrennen sollte, oder?« Diesmal nickt Zartmann.

»Und zwischen wem fand der Dialog statt, Lionel?«

»Zwischen Freypen und Mulder«, antwortet der so nachdenklich, als habe ihn die bisherige Argumentation überzeugt.

»Und wie viele Menschen sind gestorben bei dieser Brandstiftung?«

»Zehn Menschen sind verbrannt.«

»Dann weiß ich eigentlich nicht«, beschließt Denis Riley für sich die Debatte, »worüber wir hier eigentlich reden. Das heißt, ich weiß es doch. Wir reden nicht über zwei Unschuldige, die leider zufällig in unsere Schußbahn geraten sind. Wir reden über zwei Mörder, die es außer der Reihe auch noch erwischt hat. Sozusagen nebenbei. Einen Package Deal würde man das in anderen Branchen nennen. Ich halte das für einen Erfolg.«

»Und nicht für einen Anlaß, sich Gewissensbisse zu machen«, ergänzt Alain Renoit, der die dunkle Wolke über Kleopatra schwinden sieht und deshalb ein weiteres Glas Wein verlangt. Schließlich ist er der Gründer des Komplotts. Schließlich ist er der eigentliche Schuldige, wenn es um Schuld ginge. Alles, was sie taten, ließ sich moralisch begründen. Jeder einzelne Mord war gerechtfertigt. Aber das änderte nichts an der Feststellung, daß sie selbst auch Mörder waren. Renoit war trotz seiner seltsamen Obsessionen in Sachen Kleopatra klug genug, um die Fragwürdigkeit und Unmenschlichkeit aller reiner Lehren zu erkennen. Er lebt mit seinen Brüchen allerdings schon so lange, daß sie ihm selbstverständlich erscheinen. »Hätte ich sie nie gesehen, dann hätte ich ein wundervolles Meisterwerk nie gesehen. Sie ließ des großen Caesars Schwert zu Bette gehen, er pflügte sie, sie erntete«, zitiert er wie selbstverständlich aus »Antonius und Cleopatra«, das Weinglas in der Hand, und geht ans Fenster. Riley und McFerrer halten ihn für angetrunken und machen sich deshalb keine Gedanken über den Sinn seiner Bemerkung. Zartmann versteht ihn zwar, er fühlt sich nach der Diskussion um Freypen und Mulder und Schwarzkoff aber einfach nur von einer moralischen Schuld befreit, und in dieser Stimmung von wundervoller Leichtigkeit will er von Shakespeare-Zitaten nichts hören.

Noch weiß keiner, daß es ihm längst nicht mehr um den Fall Freypen geht und sein Unbehagen tiefere Ursachen hat. Er ist des Mordens müde und diese Müdigkeit ist stärker als die Überzeugung, im Namen der Gerechtigkeit zu handeln. Er hat einen Entschluß gefaßt, und typisch für den so kühlen deutschen Juristen, begründet er diesen Entschluß mit allen Pro und Contra wie bei einem Plädoyer vor Gericht. Nachdem er eine weitere Flasche geöffnet und seinen Freunden eingeschenkt hat, geht er dozierend auf und ab: »Was die Philosophie von Kleopatra betrifft, Peter, jenseits des aktuellen Falles von Hamburg, habe ich noch ein paar Anmerkungen zu machen.« Er läßt sich nicht beirren durch fröhliche Zwischenrufe der anderen, »Bravo« und »Hört, hört« und »Zugabe«, die auch sofort verstummen, als er weiterspricht. Sie merken rasch, daß er keinesfalls vorhat, eine launige Nachtischrede zu halten: »Ich bin sicher, daß jeder von uns und jeder für sich schon darüber nachgedacht hat, was wir da eigentlich seit acht Jahren tun und ob das richtig ist. Ihr wißt genau, was ich meine. Gott ins Handwerk zu pfuschen. Oder wem auch immer. Dieses Gefühl, trotz aller einleuchtenden Argumente eben doch eine moralische Schuld auf sich zu laden. Das läßt sich nicht einfach abschütteln. Ich bin sicher, daß Selbstjustiz manchmal am Ende noch schlimmer sein kann als Ungerechtigkeit.« Denis und Peter erinnern sich an ihre Unterhaltung an der Atlantikküste vor ein paar Nächten, und Alain ist schlagartig wieder nüchtern. »Ich habe deshalb lange darüber nachgedacht, ob es vielleicht an der Zeit ist, unser Kleopatra-Komplott zu beenden und Gott mit seiner Welt wieder allein zu lassen.«

»Und?« fragt Alain Renoit scheinbar kühl, »zu welchem Ergebnis bist du gekommen?«

Zartmann läßt seinen Freunden keine Chance. Sein Fazit kommt sofort und angesichts seiner Vorrede wieder überraschend: »Ich glaube, daß nach wie vor und mehr denn je etwas wie Kleopatra nötig ist. Ich glaube nach wie vor, daß diese Art von Selbstjustiz die einzig mögliche Antwort auf gewisse Verbrechen ist, vorausgesetzt natürlich, man vertraut nicht auf das Jüngste Gericht oder hat keine Lust, so lange zu warten. Ich bin also überzeugt, daß die Idee von Alain immer noch richtig ist. Aber ...« Nun schauen ihn alle drei gespannt an, nicht nur Alain.

»Aber ich steige aus. Ich ganz persönlich steige aus. Der Mord an Freypen war mein letzter Mord. Ich steige deshalb aus, weil ich überhaupt aus meinem bisherigen Leben aussteige. Wie hieß das schöne Lied? *Stop The World I Want To Get Off*. Bevor ihr nun denkt, ich hätte eine Meise und sei reif für die Anstalt: Ich werde IKPO verlassen und Europa verlassen und mir einen Lebenstraum erfüllen. Ein kleines Hotel, ein gutes Restaurant. Das wollte ich schon seit Jahren, wie ihr wißt, nun endlich kann ich es mir leisten, und wer weiß, wie lange ich noch Gelegenheit dazu habe. So jung bin ich ja nicht mehr, wie Alain neulich auf seine nette Art nach einem Tennismatch festgestellt hat. Ich werde in ein paar Wochen einige Millionen auf meinem Konto haben, mit denen ich nicht gerechnet habe. Mark und nicht Francs. Entschädigung aus enteignetem Familienbesitz in der DDR. Hat zwar sieben Jahre gedauert, bis alles klar war, aber jetzt ist es soweit. Da ich der einzige bin, der für die Wiedergutmachung in Frage kommt, meine Eltern sind ja tot, erbe ich alles. Der Bescheid ist am Montag gekommen.«

»Hat dein Entschluß vielleicht etwas mit diesem Mädchen zu tun?« fragt Alain Renoit, der auf Grund eigener Erfahrungen immer an das Naheliegende denkt, bevor er sich mit anderen Möglichkeiten beschäftigt. Peter McFerrer und

Denis Riley blicken Zartmann neugierig an, welches Mädchen?, doch Alain bleibt diskret und verrät nichts weiter. Wartet auch die Antwort von Lionel nicht ab, der eh nicht weiß, was er darauf hätte sagen sollen.

»Gibt es in unserer Satzung eigentlich überhaupt Ausstiegsklauseln?« fragt Peter in einem krampfhaften Versuch, die Situation zu entspannen und hebt wieder mal sein leeres Glas Richtung Lionel. »Ich wußte doch, daß wir heute nacht ganz viele Flaschen brauchen würden. Hatte ich irgendwie im Gefühl, mein Lieber. Ich hoffe, du bist darauf vorbereitet.« Alain Renoit hat seine Augen geschlossen, und Denis Riley steht am Fenster und starrt hinunter auf die Straße. Als er sich wieder umdreht, grinst auch er: »Ich nehme die Kündigung an. Wir bleiben ja immerhin noch zu dritt. Das reicht für diesen oder jenen Mord. So Gott will. Aber eines möchte ich schon wissen, Lionel, wohin willst du gehen? Was wirst du konkret machen?«

Wieder antwortet Zartmann nicht auf eine direkte Frage, sondern konzentriert sich ganz auf Alain Renoit, dessen mögliche Reaktion ihn am meisten beschäftigt hat. Der dürfte sich persönlich verraten fühlen durch den plötzlichen Abschied seines besten Freundes. Aber wie schon so oft, verblüfft ihn der Franzose auch jetzt wieder, denn Renoit hat sehr wohl begriffen, daß es für Kleopatra gefährlicher gewesen wäre, wenn Zartmann sie von innen in Frage gestellt hätte. Deshalb betrachtet Alain den Ausstieg Zartmanns als die eigentliche Rettung ihrer Idee.

»Einverstanden, mon ami. Unter zwei Bedingungen: Erstens bleibst du beratendes Mitglied, denn wer einmal Kleopatra gehört hat, der gehört ihr auf Lebenszeit. Insofern, Peter, stimme ich dir zu, es gibt in der Tat keine Ausstiegsklauseln. Wir werden also dein Wissen anzapfen, Lionel, wann immer wir es brauchen. Du darfst aus dem aktiven Dienst ausscheiden, behältst aber Sitz und Stimme bei Entscheidungen. Bis wir ein neues Mitglied gefunden haben. Bevor ihr mich fragt, das war ein Scherz. Und zweitens bist du in Zukunft zuständig für die Jahrestreffen unseres Vereins in angenehmer Umgebung in angenehmen Restaurants. Wer so viel Geld hat wie du, muß abgeben. Alles andere wäre nämlich ungerecht, und wir sind nun mal gegen Ungerechtigkeit, egal wo.« Dann blickt er die anderen fragend an: »Will uns noch jemand verlassen und in Rente gehen? Keiner? Dann bitte ich hiermit den Gastgeber um Wein.« Drei Stunden später weinen sie alle. Weil sie zu betrunken sind, um noch lachen zu können. Weil ihre sentimentalen Geschichten von früher sie selbst zu Tränen rühren. »Sag ihm, mein letztes Wort war Antonius«, lallt irgendwann Alain, aber keiner hört ihm zu.

Zartmanns Gespräch mit Floriane Ment am anderen Morgen litt deshalb ein wenig unter der Tatsache, daß er über fürchterliche Kopfschmerzen klagte. Als ihn seine Sekretärin mit ihr verbunden hatte, mußte er sogar erst nachfragen, wer denn in der Leitung war. Was der Reporterin nicht gefiel. Sie hielt seine knurrigen kurzen Antworten für offenkundiges Desinteresse am Fall Schwarzkoff, und damit war Floriane Ment klar, daß er mit dem Mann in der Tiefgarage wirklich nichts zu tun haben konnte. Da er sich aber für sie offenbar genausowenig interessierte, vergaß sie schnell wieder die Anwandlung von gestern, mit ihm über mögliche Gewissensbisse wegen ihrer Aussage zu reden. Alles andere, was sie vor sich selbst nie zugegeben hätte, vergaß sie auch. Zum Beispiel ihr Lächeln, weil sie aus seinen Sätzen etwas herausgehört hatte, was normale Menschen als Liebeserklärung verstanden hätten. Schön blöde gewesen, beschimpfte sie sich selbst. Als Lionel Zartmann wieder klar denken konnte und ihm klar wurde, daß er in dem kurzen Gespräch einen falschen Eindruck bei ihr hinterlassen hatte, deshalb am Abend erneut anrief, hörte sie sich nur seine Stimme auf dem Anrufbeantworter an, nahm den Hörer aber nicht ab. Seine Bitte um Rückruf erfüllte sie auch an den folgenden Tagen nicht. Von wegen, dachte sie, mit mir nicht mehr. Du hattest deine Chance, du hast sie nicht genutzt, und außerdem bin ich auch ganz froh, daß es so zu Ende geht.

Daß Susanne Hornstein in der folgenden Woche in Wiesbaden ausgerechnet ihren Kollegen Lionel Zartmann auf dem Flur traf, war reiner Zufall. Sie hatte beim Präsidenten des Bundeskriminalamtes ihr Interesse an einem Wechsel von Bonn-Meckenheim in die Zentrale angemeldet, Zartmann hatte sich mit dem überzeugenden Hinweis auf eine überraschende späte Erbschaft zum Jahresende ganz offiziell aus dem Dienst abgemeldet. Vorgezogener Ruhestand hieß das im Verwaltungsdeutsch. So etwas wurde eigentlich wegen der möglichen finanziellen Konsequenzen lange geprüft, aber Zartmann hatte das Verfahren beschleunigen können, weil er den schriftlichen Verzicht auf alle Ansprüche, auch die ihm irgendwann zustehende Pension, gleich mitbrachte. Deshalb trug er eine Zusage auf Entlassung zum 1. Januar 1998 bereits in der Tasche. Da der Präsident die unterschrieben hatte, kurz bevor Susanne Hornstein in sein Büro geführt wurde, kam dem eine spontane Idee, als sie ihre Wünsche auf einen Wechsel vortrug. Er bot ihr Zartmanns Planstelle bei der IKPO in Lyon an, denn die Voraussetzungen – Single, Sprachkenntnisse, Erfahrungen mit Strukturen der organisierten Kriminalität, hohe Intelligenz, gleicher Dienstgrad – erfüllte sie perfekt. Schnelle saubere Lösungen liebte er, und zufällig würde diese Lösung auch noch jemanden mit dem richtigen Parteibuch treffen. Das war natürlich keine Bedingung für den Job, aber auch kein Nachteil. »Habe ich denn Bedenkzeit?« fragte Kriminaldirektorin Dr. Susanne Hornstein ihren Vorgesetzten, und der zeigte sich, von der eigenen Idee noch begeistert, erstaunlich großzügig: »Selbstverständlich, bis morgen früh.«

Sie saß mit Zartmann auf einer Bank im Kurpark. Er hatte auf dem Weg durch die Fußgängerzone eine Flasche Champagner gekauft und sich gleich zwei Gläser einpacken lassen. Nicht mal jetzt verschwendete er einen Gedanken an

Pappbecher. »Also, Frau Doktor, einen Schluck müssen Sie mit mir auf meine Freiheit trinken. Wir wirken zwar wie Alkoholiker, die sich schon am Vormittag vollaufen lassen, aber ein solcher Eindruck kann nur noch Ihnen schaden, mir nicht mehr.« Susanne Hornstein schaute sich bei seinen Sätzen automatisch um, aber außer ein paar Kurschatten war niemand zu sehen. Die musterten sie sehnsüchtig, weil die beiden auf der Bank nicht nur tranken, sondern auch noch rauchten.

»Was werden Sie denn in Zukunft machen?« fragte sie neugierig, aber Lionel Zartmann schüttelte nur lächelnd den Kopf: »Ist noch ein Geheimnis, gönnen Sie es mir. Und Sie? Nehmen Sie das Angebot an?« Wie versprochen, erzählte er ihr von den gesetzlich definierten IKPO-Aufgaben, aber das schien sie nicht besonders zu interessieren. Susanne Hornstein hatte sich aus Vorschriften noch nie etwas gemacht. Sie hörte erst aufmerksam zu, als er von der lockeren Atmosphäre bei IKPO berichtete, von den spannenden grenzüberschreitenden Aktionen gegen das organisierte Verbrechen, von der modernen elektronischen Ausstattung, kein Vergleich zu den oft geradezu mittelalterlich anmutenden Bedingungen hierzulande. Daß es nicht die übliche Beamtenhierarchie zu beachten gelte, daß es keine Intrigen gebe, weil jeder genügend zu tun habe, daß es also nach Leistung ginge und nicht nach der Breite des Arsches wie hier in Deutschland: »Machen Sie es, Sie werden es nicht bereuen. Meine Kollegen, besonders die aus Frankreich und aus England und aus den USA werden Ihnen gefallen. Spannende Typen, hervorragende Spezialisten. Ganz abgesehen von allem anderen ist die Lebensqualität auch nicht zu verachten. Lyon hat an jeder Ecke ein gutes Restaurant, und die Umgebung ist noch schöner als Ihr Rheintal da bei Bonn. Ach, was ich Sie fragen wollte, haben Ihre Pläne denn etwas mit dieser Hamburger Geschichte zu tun?«

Das genau wollte er eigentlich wissen.

Susanne Hornstein, verleitet durch die ungewöhnliche Situation auf der Parkbank und durch den ungewohnten Schluck Champagner um diese Tageszeit, erzählte ganz offen von ihren Zweifeln im Fall Freypen. Die Aussage des Verlegers mit der angeblichen Vergewaltigung in der Tiefgarage hatte die Journalistin zwar dementiert, aber das könnte ja auch aus Rache geschehen sein, um Schwarzkoff zu bestrafen. Brillante Kombinationsgabe, bewunderte Zartmann sie an dieser Stelle, aber hinter der dunklen Sonnenbrille waren seine Augen nicht zu erkennen. Was schlichtweg bedeuten würde, fuhr sie fort, daß Mulder den falschen Mann erschossen hatte und der wahre Mörder frei herumlief »Ich meine, das tut der eh, der wahre Mörder, denn Schwarzkoff hat auf keinen Fall selbst geschossen«, schloß sie.

»Und diese Bodenseegeschichte?« fragte Zartmann, wartete ihre Antwort aber nicht ab, sondern benutzte fast wörtlich die Argumentation seiner Freunde, mit der die ihn in Lyon von seinen moralischen Skrupeln in Sachen Schwarzkoff befreit hatten. Sie nickte dabei immer wieder, aber er wußte, daß er sie nicht wirklich erreicht hatte. »Stimmt alles, Sie haben recht. Doch irgendwie bleibt ein mieses Gefühl. Eigentlich müßte ich die nächsten Monate Floriane Ment überwachen lassen, bis sie einen Fehler macht und uns doch zum richtigen Mörder führt. Aber kein Mensch will das mehr wissen, habe ich den Eindruck. Alle sind zufrieden mit dieser Lösung. Auch in Bonn. Und deshalb ...«

»Und deshalb?«

»Deshalb werde ich morgen früh das Angebot annehmen. Vive la France.«

Auf dem Weg nach Hamburg macht sich Zartmann vor, daß er nur deshalb Floriane Ment treffen will, um sie zu schützen. Das hätte er auch am Telefon mit ihr besprechen können, aber nach wie vor erreicht er sie nicht persönlich. Renoit, der Stratege, hat die Idee gehabt. »Geht mich zwar nichts an«, hatte sein Freund ihm erklärt, »aber ich glaube, daß deine neue Freundin«, wobei Zartmann nur unwillig abwinkte, »jetzt tatsächlich in Gefahr ist. Diese Dumpfbacken denken verquer. Der angebliche Drahtzieher des Mordes an ihrem geliebten Führer ist tot. Ihr Chef sitzt im Knast, und den wird er lange nicht verlassen. Den eigentlichen Mörder Freypens werden sie nicht bekommen, wie du weißt. Sie glauben aber den Mist, der in diesem Artikel stand. Daß Schwarzkoff Kontakte in die Unterwelt gehabt hat, wo er sich den Killer besorgte, und so weiter. Und wenn die das glauben, besteht die Gefahr, daß sie sich die einzige schnappen, die ihnen das genau sagen kann. Bis sie von ihr das wissen, was sie wissen wollen. Was für das Mädchen tödlich ausgehen könnte. Dann hätten wir in der Tat ein moralisches Problem, denn sie ist wirklich unschuldig im Gegensatz zu allen anderen. Also, paß auf.« Was Renoit dann auf seinem großen Block aufmalte, hatte Zartmann, den Mörder im vorzeitigen Ruhestand, überzeugt.

Daß sein Freund Alain die richtige Vorahnung gehabt hat, merkt Zartmann, als er langsam vom Madison zu Florianes Haus schlendert. Er kann sich gerade noch in einen Hauseingang drücken, bevor ihn die Männer im BMW sehen. Er hat sie sofort erkannt, und auch sie hätten sich sofort an den erinnert, der sie in Lyon verhörte. Wie immer in Streßsituationen besinnt sich der Kriminalrat auf seine Stärken. In der Ruhe liegt die Kraft. Zunächst wählt er auf seinem Handy die Telefonnummer der Reporterin: »Ich weiß, daß du da bist und nicht rangehst. Aber ich weiß von deiner Freundin Susanne Hornstein …«

»Was weißt du von Susanne Hornstein?« hört er plötzlich Florianes Stimme.

»Dachte ich mir, daß der Trick funktioniert. Erzähle ich dir nachher. Jetzt geht es nur darum, daß du in deiner Wohnung bleibst. Daß du mich reinläßt, wenn ich klingle. Ich stehe hier unten ganz in deiner Nähe, aber ich muß mir was einfallen lassen, damit mich diese Typen nicht sehen, die dein Haus bewachen. Nein, das ist ganz bestimmt nicht die Polizei, und das sind auch nicht ein paar Kollegen von dir. Das sind Schläger von der Vaterlandspartei, und die kennen mich. Bis gleich.«

Eine halbe Stunde später beobachten die drei ehemaligen Leibwächter Freypens eher desinteressiert einen Handwerker im Blaumann mit Werkzeugkasten, einer gegen den kalten Wind tief in die Stirn gezogenen Pudelmütze und schwarzer Hornbrille, der sich dem Haus nähert. Ein Bein zieht der Mann nach. Den Eingang kennt Lionel Zartmann, er hätte nicht damit gerechnet, daß er jemals wieder hier auftauchen würde. Er blickt offensichtlich prüfend auf die Namensschilder, scheint die mit dem zu vergleichen, was er von einem Zettel abliest, und drückt dann schließlich auf einen Klingelknopf. Hören können ihn die Kerle da drüben ja nicht. »Ich bin's.« Oben klopft er kurz an Floriane Ments Tür, die daraufhin einen Spalt geöffnet wird. Schnell drückt er dagegen und tritt ein. Sie weicht an die Wand zurück. Er nimmt die Brille ab und die Pudelmütze und grinst: »Ich bin es wirklich, erkennst du mich denn nicht mehr?« Er stellt seinen Werkzeugkasten in den Flur und bleibt dann wartend vor ihr stehen.

Floriane Ment sieht ein wenig müde aus, ihr rotes Haar ist ungekämmt, der graue Pullover hängt fast bis an die Knie ihrer abgeschabten Jeans. Nicht unbedingt der Aufzug, in dem sie einen Liebhaber empfangen würde. Aber dieser seltsame Besucher ist nicht ihr Liebhaber, sondern ein Polizist. Oder doch der Mann aus der Tiefgarage? Wieder steigt ihr der Geruch nach Rasierwasser in die Nase, den sie so gut zu kennen glaubt. »Willst du nicht erst einmal ins Bad gehen und diesen komischen Anzug wechseln?« fragt sie scheinbar unschuldig, und um zu unterstreichen, daß sie ganz andere Hintergedanken hat, streift sie leicht mit den Fingerkuppen seine Wange, was man allerdings auch als Begrüßung interpretieren könnte. Sie geht einen Schritt zur Seite. Falls er jetzt direkt und ohne sie zu fragen den Weg in ihr Badezimmer findet, hätte sie den Beweis. Den Beweis, daß er schon einmal in ihrer Wohnung war. Uneingeladen. Vor etwa drei Wochen, in jener Nacht, als Freypen starb.

Doch Zartmann fällt nicht darauf herein. Sie kann nicht wissen, daß er sich während der Fahrt von Wiesbaden genau auf eine solche Situation innerlich vorbereitet hat. Bloß keinen Fehler zu machen, der ihr verraten könnte, daß er dieses Appartement bereits kennt. Er hat erwartet, daß sie ihn in Versuchung führen würde. Entweder so wie jetzt oder so wie in Lyon. »Gern, wenn du mir sagst, wo es ist?« antwortet er deshalb höflich.

Im großen Zimmer, das er damals nachts auf seinem Weg zum Fenster durchquert hat, sitzen sie sich dann am Glastisch gegenüber, und Zartmann gibt sich geschäftig, um nicht auf andere Gedanken zu kommen. Fragt nicht nach, warum sie seine vielen Anrufe nicht beantwortet hat. Er will nicht hören, daß sie zum Beispiel Wichtigeres vorgehabt hat, als mit ihm zu reden.

»Also, warum ich hier bin und dich wieder mal überfalle …« Sie schaut ihn schweigend an. Hält seinen Blick fest mit ihrem. Aus welchem Grund du hier bist, denkt sie, ist mir egal. Du bist hier. Nimmt sich dann zusammen und schenkt Zartmann eine Tasse Kaffee ein, achtet aber darauf, ihn nicht zu berühren.

»Ja?«

Lionel scheint weit weg zu sein, denn er antwortet nicht. Weit weg heißt andererseits wieder ganz nahe. Aber er kommt zurück in die Gegenwart. »Diese ganze Freypen-Affäre und die Schüsse auf Schwarzkoff und das Ende der Geschichte haben wir bei IKPO natürlich auch mitbekommen. Ich habe in Wiesbaden mit Susanne Hornstein gesprochen, auch über dich. Du hast zwar eindeutig nichts mit der Sache zu tun, außer dem Zufall, daß von diesem Fenster da die Schüsse gefallen sind.« Er vermeidet selbst jetzt nicht ihren forschenden Blick und erwidert ihn ganz unschuldig.

»Die Schüsse, ja. Aber das stand nun mal alles in dieser Zeitung, und da könnte jemand auf die Idee kommen, daß du doch mehr vom Mord weißt, als bisher bekannt. Diesen ganzen Blödsinn da, du habest deinem Verleger die Kontakte in die Unterwelt besorgt. Für uns und das Bundeskriminalamt ist der Fall abgeschlossen. Aber für die von der anderen Seite ganz sicher nicht, sonst würden die nicht da unten stehen und ausgerechnet das Haus beobachten, in dem du wohnst. Wäre nicht das erste Mal, daß die jemanden für immer aus dem Verkehr ziehen.« Und ihm fällt dabei der Mann ein, den seine Kollegen damals nach der Kinderporno-Razzia verhört haben und wieder laufen ließen und der dann tot in der Elbe wieder aufgetaucht ist.

»Du machst dir also Sorgen um mich«, unterbricht ihn Floriane Ment, und das klingt nicht etwa wie eine Frage oder nach ihrer üblichen Art abwehrend spöttisch. Es hört sich fast erstaunt an, stellt Zartmann irritiert fest, und diese Irritation wächst, als sie hinzufügt: »Es hat sich, glaube ich, noch nie jemand um mich Sorgen gemacht.«

»Wahrscheinlich hast du es noch nie jemandem erlaubt«, erwidert er ruhig, »kann das der Grund sein?«

In dem Moment klingelt das Telefon, und der Anrufbeantworter schaltet sich automatisch ein. Beide lauschen auf die Stimme von Susanne Hornstein, die sich bei der Journalistin entschuldigt, daß sie ohne Abschied Hamburg verlassen hat, und um einen gelegentlichen Rückruf bittet unter ihrer Bonner Nummer. Es gebe etwas Neues zu erzählen. Floriane Ment blickt fragend Zartmann an. Der ist wieder ganz kühl, als habe ihn das Klingeln nur in einer Situationsanalyse unterbrochen und nicht bei einer möglichen Annäherung der ganz anderen Art. »Sie geht nach Lyon. Zu IKPO. Da wird eine Stelle frei. Wahrscheinlich will sie dir das erzählen. Sie weiß übrigens nicht, daß ich in Hamburg bin. Und daß ich bei dir bin. Nicht, daß wir etwas zu verbergen hätten, schließlich bin ich ein wichtiger Informant für dein Buch ... Was ich eigentlich sagen wollte: Du solltest vielleicht für eine gewisse Zeit verschwinden, untertauchen. Ist doch egal, wo du schreibst.«

»Hast du etwa ein Zimmer frei in deiner Wohnung?« gibt sie zurück und lacht schnell und ein bißchen hysterisch, damit es wie ein Scherz wirkt. Zartmann scheint zu zögern, aber nicht etwa, wie sie sofort wieder vermutet, um eine möglichst freundliche Absage zu formulieren. Er fragt sich nur, wieso er nicht selbst auf diese naheliegende Idee gekommen ist. Gibt sich auch selbst die Antwort: Eben weil die Idee so verführerisch naheliegend war. »Ich fürchte«, sagt er dann leise, als müßte er sich zu jedem Wort zwingen, »ich fürchte, dann kommst du nicht zum Schreiben.« Beide schweigen einander an, bis sich Lionel ein paarmal räuspert und sich noch einmal rettet, indem er in die Rolle des vorsichtigen Kriminalbeamten schlüpft.

»Folgende Strategie habe ich mir überlegt. Zunächst müßte dieser öffentliche Verdacht gegen dich genauso öffentlich dementiert werden. Kein Mensch wird die simple Wahrheit glauben, weil die nicht gut genug ist für eine Schlagzeile. Wenn es aber neue Erkenntnisse geben würde und wenn die zum Beispiel ein Blatt wie deine Zeitung exklusiv und groß verkaufen würde, dann sieht es schon ganz anders aus.«

Sofort sitzt wieder die Polizeireporterin Floriane Ment vor ihm. Gespannt. Aufrecht. »Gibt es denn neue Erkenntnisse?«

»Natürlich nicht. Der Fall ist abgeschlossen, so oder so. Aber du könntest aus einer ungenannt bleibenden Quelle zitieren«, und weist dabei auf sich selbst, »und diese Quelle könnte dir verraten haben, daß IKPO eine Spur verfolgt, die Spur des Mörders nämlich, die zu einer autonomen Kampfgruppe führt, den Namen denken wir uns gleich aus, und diese Kampfgruppe operiert von Libyen aus. Beispielsweise. Oder von Algerien aus, egal, also aus Ländern, denen man alles zutraut. Der Mörder hat nicht aus deiner Wohnung geschossen, wie man bisher vermutet hat, sondern aus einem benachbarten Bürogebäude, wie neue Untersuchungen ergeben haben. Ölspuren eines Gewehres zum Beispiel oder so etwas in der Art. Also eine Geschichte, die weit weg führt von dir.«

»Aber es stimmt doch kein Wort davon?«

»Klar, aber es wird auch keiner dementieren. Wir nicht in Lyon. Das kann ich arrangieren. Meine Kollegin Hornstein nicht, wenn ich sie vorher anrufe und erkläre, warum wir eine solche Geschichte erfunden haben, nämlich um dich zu schützen, und aus Bonn wird erst recht kein Dementi kommen. Denen ist alles recht, was wegführt von den üblichen Verdächtigen. Oder hast du etwa die Geschichte mit den Rechtsradikalen aus den neuen Bundesländern in eurer Konkurrenzzeitung geglaubt und dem Märchen von dem Waffenlager einer Neonazibande? Vom Attentat, das ein Konkurrent Freypens angestiftet hat? Das war reine Politik, nichts davon ist tatsächlich passiert, aber keiner hat es dementiert, und keiner hat es nachrecherchiert. Sonst hätte man zum Beispiel darauf kommen müssen, daß es gar keinen Konkurrenten gibt, oder?«

Sie blickt ihn bewundernd an und findet sogar ihren üblichen Spott wieder, aber auch das ist für sie nur ein kurzfristiger Rollenwechsel. »Du wärest eine Verstärkung für unsere Redaktion, Lionel. Willst du nicht meinen Job, solange ich mein Buch schreibe? Dann könntest du meine Wohnung hier übernehmen und ich deine in Lyon, und dann hätten wir auch unser anderes Problem gelöst.«

»Welches Problem?« fragt Zartmann zurück und tut so, als könne er sich nicht vorstellen, wovon sie spricht. »Erkläre ich dir später, Herr Kriminalrat«, antwortet Floriane Ment sehr entschlossen, aber der Entschluß hat nichts mit Mord zu tun und nichts mit seinem Plan. »Wenn wir das Problem gelöst haben. Darf ich dir dafür mal den Rest meiner Wohnung zeigen?« Sie erhebt sich ganz langsam und geht dann rückwärts zum Schlafzimmer, ohne ihn aus den Augen zu lassen. Er scheint den Weg zu kennen, aber das fällt ihr nicht mehr auf. Es kann auch daran liegen, daß plötzlich die Zeit stehenbleibt.

»Man könnte sich daran gewöhnen«, flüstert sie ein paar Stunden später in sein Ohr, als das Problem gleich mehrfach gelöst worden ist, »und das gefällt mir eigentlich gar nicht.«

Als Lionel mit noch nassen Haaren aus der Dusche kommt, sieht er Floriane Ment nackt und rauchend an ihrem Computer sitzen. Sie grinst ihn frech an, während sie in ihr Handy spricht: »Ja, ich habe exklusive Informationen. Eine richtige Sensation. Habe ich euch schon einmal zuviel versprochen? Na also. Wichtig ist, mein Name darf nicht in die Autorenzeile, sonst könnte mein Informant in Schwierigkeiten kommen.« Sie hält die Muschel zu und flüstert in Richtung Lionel: »Jetzt geht es um dich, hör zu«, bevor sie weiterspricht. Und schaut ihn unentwegt an, als sie ihrem unsichtbaren Chefredakteur den Hintergrund erklärt: »Ich glaube, der hat sich ein bißchen verliebt in mich.« Lionel bleibt verblüfft im Türrahmen stehen, als wäre er auf diese Idee noch gar nicht gekommen. Sie lächelt. »Und deshalb hat er mir mehr erzählt, als er durfte.« Diesmal lächelt Lionel und kommt auf sie zu, sie spricht hastig weiter: »Ich schreib jetzt mal alles auf und gebe dann dem diensthabenden Polizeireporter – wer ist eigentlich dran? – die nötigen Einzelheiten, damit der was draus machen kann. Ich muß die Leitung frei machen, falls mein Informant noch was von mir will.«

Zartmann erreicht Susanne Hornstein in ihrem Elternhaus in Bonn. Er nimmt das Telefon mit ins Schlafzimmer, um Floriane nicht zu stören, die alles für die morgige Ausgabe der *Abendpost* zusammenschreiben muß und nur noch eine halbe Stunde Zeit dafür hat. Die künftige IKPO-Beamtin hört schweigend zu, als er ihr den Plan mit den frei erfundenen neuen Untersuchungsergebnissen erzählt. Ihre spontane Reaktion ist empörter Protest, denn was Zartmann ihr vorschlägt, ist eindeutig Betrug. Doch das verdrängt sie schnell, als sie sich ausmalt, was Floriane Ment passieren kann, falls sie den Vaterländlern in die Hände fällt. Und wer sich dann Vorwürfe machen muß, sie nämlich. Reichten nicht Nochtel und Schwarzkoff? Andererseits ist sie inzwischen sicher wie nie zuvor, daß die Reporterin sie angelogen hat. Vergiß es endlich, befiehlt sie sich selbst, du hast den Fall doch abgeschlossen. Selbst wenn die den Mörder wirklich gesehen hat, du hast die Pflicht, sie zu schützen. Nicht dich an ihr zu rächen und sie ins Messer laufen zu lassen. Sie schaut während des Gesprächs aus dem Fenster, und als ein flacher Frachter auf dem Rhein vorbeifährt, der ausgerechnet *Rhône* heißt, deutet sie das als Wink des Schicksals. »Einverstanden, Herr Kollege. Falls man mich fragen sollte, werde ich einfach jeden Kommentar ablehnen. Darauf können wir uns einigen.«

»Und wie ist es mit den Hamburger Ermittlern? Können Sie da noch ein entsprechendes Hintergrundgespräch führen mit diesem, wie hieß er noch mal, diesem ...«

»Krucht, Georg Krucht. Ja, werde ich machen.« Dann grinst sie, weil ihr etwas eingefallen ist. Wer sie nicht kennt, würde dieses Grinsen als ein bißchen dreckig bezeichnen, aber dreckige Gedanken passen nicht zu Susanne Hornstein. »Wo kann ich Sie denn erreichen, falls ich noch Fragen habe? Bei Frau Ment vielleicht?« Als sie sich Zartmanns Gesicht bei der Bemerkung vorstellt, geht es ihr zum ersten Mal seit ein paar Tagen gut. Sie lacht noch, als der Hörer längst schon aufgelegt ist.

»Sie ist einverstanden«, sagt er, als er in den großen Raum zurückkehrt, und dann überlegt er laut: »Wie nennen wir denn diesen Geheimbund? Müßte etwas zu tun haben mit Islam und mit Naher Osten und mit Arabern, warte mal, wie wäre es denn mit Allahs Jünger? Nicht? Na gut, dann nicht. Dann lassen Sie sich doch selbst was einfallen, Frau Ment, Sie sind doch hier die Journalistin.« Wird plötzlich ernst, das alles ist kein Spiel: »Ich bleibe heute nacht hier, damit dir nichts passiert. Du brauchst Schutz vor diesen Typen da unten.« Floriane Ment schaut ihn spöttisch an: »Vielen Dank, das ist nett von Ihnen, Herr Kriminalrat. Wie kann ich das bloß wieder gutmachen?« Er setzt sich mit dem Rücken zum Fenster, raucht und schaut ihr beim Schreiben zu. Daran könnte man sich gewöhnen, denkt Lionel. Aber die Betonung liegt auf könnte. Auf einmal fällt ihm der richtige Name ein – einer, den damals bei ihrer Wanderung in den Vogesen Peter scherzhaft für Kleopatras Männer vorgeschlagen hatte. Für diese Geschichte ist er ideal. »Nenne diesen Geheimbund doch Assassinen, die Assassinen, das paßt und klingt auch noch gut.« Die *Abendpost* am kommenden Morgen verzichtet auf das Wort Assassinen in der Überschrift, weil ihre Leser mit einem solchen Fremdwort nichts anfangen können, versucht ansonsten aber alles, um das durch erzwungene Diskretion im Fall ihres erschossenen Verlegers verlorene Terrain wieder zu besetzen:

EXKLUSIV! NEUE SPUREN IM FALL FREYPEN: NEONAZI VON RELIGIÖSEM GEHEIMBUND ERMORDET!

Hamburg (Eig. Ber.) – Nach neuesten Informationen ist der Führer der rechtsradikalen Vaterlandspartei Joachim Freypen von einem islamistischen Geheimbund erschossen worden. Grund: Geschäfte, die Freypens Günzburger Maschinenfabrik im Nahen Osten mit gewissen Regierungen gemacht hat, die den Friedensprozeß in Israel unterstützen. Die religiösen Fanatiker nennen sich DIE ASSASSINEN (Die Mörder) und sollen schon seit fast tausend Jahren im Namen des sogenannten Alten vom Berge politisch motivierte Attentate begangen haben. Die tödlichen Schüsse wurden auch nicht wie bisher vermutet aus dem Appartement der Hamburger Journalistin Floriane M. (30) abgegeben, sondern aus einem benachbarten Bürogebäude. Das beweisen Ölspuren, die jetzt erst gefunden wurden und eindeutig von der Tatwaffe stammen. Die war vor kurzem – wie berichtet – auf einem Golfplatz in der Nähe Hamburgs entdeckt worden. Die zuständige Kriminaldirektorin im Bundeskriminalamt Susanne Hornstein: »Kein Kommentar.« Damit ist die abenteuerliche Theorie geplatzt, daß der am Montag erschossene Verleger Eberhart Schwarzkoff hinter dem Mord an Freypen stecken könne. Der Chef der Mordkommission IV, Georg Krucht, zur *Abendpost*: »Wir ermitteln in alle Richtungen.« (Siehe auch S. 2)

Helga Freypen hatte die Zeitung nachts gelesen und sich bei Julia Schwarzkoff sofort beschwert, weil in der Schlagzeile unterstellt worden war, daß ihr Mann ein Neonazi gewesen sei. »Ich entschuldige mich hiermit«, hatte die nur kühl geantwortet, »dein Mann war natürlich kein Neonazi, sondern ein alter Nazi«, und das Gespräch ohne Gruß beendet. Dann ließ sie den Chefredakteur der *Abendpost* wecken und beglückwünschte ihn zu seinem Scoop. Auf dringenden Rat ihres neuen Sicherheitschefs berief die Chefin der Vaterlandspartei noch in dieser Nacht eine Krisensitzung ein. Alles, was die Partei in irgendeinen Zusammenhang mit Nazis brachte, mußte offensiv bekämpft werden. Sonst könnten sie die nächste Wahl jetzt schon abhaken. Das mußte auf einer Strategiekonferenz besprochen werden. Grund für die nächtliche Aktion war eine unmittelbare Gefahr für Helga Freypen, sie mußte sofort und vor allem professionell beschützt werden, denn vielleicht steckte wirklich ein Geheimbund hinter dem Attentat auf ihren Mann. Und solange die Mörder nicht gefaßt waren, lag es auf der Hand, daß sie die nächste auf deren Todesliste sein würde. Die Männer, um die sich nach Mulders Verhaftung keiner gekümmert hatte und die deshalb untereinander beschlossen hatten, sich die Reporterin zu schnappen, wurden ab sofort für die neue Rund-um-die-Uhr-Bewachung von Freypens Witwe eingeteilt. Mulder las in seiner Zelle die Sensationsgeschichte, er glaubte kein Wort und bewunderte insgeheim den Unbekannten, der so genial diese falsche Spur gelegt hatte. Aber wer würde ihm noch zuhören, wenn er seine Zweifel äußerte?

Lionel Zartmann bemerkte am anderen Morgen, wieder in der Verkleidung des Handwerkers, daß der BMW verschwunden war. Offensichtlich hatte sein Plan schneller funktioniert als gedacht. Die Macht der Presse, dachte er spöttisch, war manchmal doch kein Mythos. Eigentlich hätte er jetzt abreisen und sich aus dem Leben von Floriane Ment verabschieden können. Es gab keinen Grund mehr, sie zu beschützen, weil keine unmittelbare Gefahr mehr bestand. Zur Sicherheit könnte sie für ein paar Wochen doch noch untertauchen, das würde nicht weiter auffallen, weil sie sich eh auf ihr Buch zu konzentrieren hatte. Als er wieder in ihrer Wohnung war, wollte er ihr genau das vorschlagen und alles andere offenlassen. Aber sie kam ihm zuvor.

»Was hältst du von der Idee, wenn ich für ein paar Monate zum Beispiel nach Portugal gehe oder in die Toskana oder in die Provence, und dort mein Buch zu Ende schreibe? Provence wäre vielleicht am schönsten, denn dann ist es für dich von Lyon nicht so weit, falls ich hin und wieder eine ganz besondere Frage habe, die man am Telefon nicht besprechen kann.«

»Eine verlockende Idee. Allerdings werde ich nur noch ein paar Wochen in Lyon sein. Ich habe meinen Abschied eingereicht, und meine Nachfolgerin wird Susanne Hornstein sein. Hatte ich gestern vergessen, dir zu erzählen. Aber die Hornstein kannst du ja auch fragen, wenn es nötig sein sollte.« Du Idiot, beschimpfte er sich sofort, als er die augenblickliche Enttäuschung in ihrem Gesicht las. Du Vollidiot. Du hast wirklich nichts begriffen. Sie hat dir ein wunderbares Angebot gemacht, ausgerechnet dir, ein Angebot auf ihre Art, und du hast reagiert wie ein spießiger Beamter, der sie schnell loswerden und an die zuständige Stelle weiterreichen will. »Ich meine, natürlich kannst du auch mich direkt ...«

»Vergiß es«, antwortete sie mit flacher Stimme, »vergiß es ganz einfach. Es war nur so ein Gedanke. Und nun entschuldige bitte, wenn ich dich ganz unverblümt rauswerfe, aber ich muß schreiben. Übrigens, vielen Dank. Für alles.« Sie stand auf und ging einladend zur Tür. »Willst du gar nicht wissen, warum ich IKPO verlasse?« fragte Lionel scheinbar beleidigt, aber in Wirklichkeit, um Zeit zu gewinnen. »Wahrscheinlich heiratest du eine englische Landadlige, das paßt doch auch besser zu dir, und die ist reich, und du brauchst den Job nicht mehr und so weiter. Was weiß ich, geht mich nichts an.«

»Was du weißt?« sagte Zartmann plötzlich wütend, aber wütend immer noch mehr auf sich selbst, »nichts hast du begriffen, Floriane, gar nichts. Schon gut, ich lass' dich allein, damit du schreiben kannst und nicht so abgelenkt wirst von den wirklich wichtigen Dingen in deinem Leben, abgelenkt wie in den letzten vierundzwanzig Stunden. So kann man das auch nennen. Wenn das so weiterginge, würdest du ja nie fertig mit deinem Bestseller. Falls es soweit ist, kannst du mir ja vom Verlag ein Buch senden lassen, die in Lyon schicken mir alles nach, und wenn du besonders guter Laune bist, sogar eins mit einer Widmung. Ich werde es auch ganz bestimmt lesen.« Bevor sie antworten kann, hat er die Wohnung verlassen. Aber der Gedanke, daß es für beide besser sein würde, wenn es so endete, und für ihn in jeder Beziehung sicherer, tröstete ihn nicht lange.

»Was ist denn das für ein neuer Geheimbund, die Assassinen?« fragt in Bonn bei der Kleinen Morgenlage ausgerechnet der Arbeitsminister, der als volksnaher Witzbold gilt und in dessen Dialekt sich das Wort Assassinen wie der Name eines rheinischen Karnevalsvereins anhört. Der Innenminister antwortet ihm ganz ernsthaft, was sicher daherrührt, daß auch er keine Ahnung hat, wer diese Assassinen sind. Entsprechende Nachfragen beim Verfassungsschutz waren negativ geblieben, und die BKA-Beamtin hat ihm sogar vorgeschlagen, umgehend diese abenteuerliche neue Verschwörungstheorie zu dementieren. Nach ihren Erkenntnissen, so Susanne Hornstein, und sie hatte dabei ganz bewußt hoch gepokert, sei absolut nichts davon wahr. Sie hatte ihm sogar angeboten, noch einmal nach Hamburg zu fahren und sich erneut um Freypen und Schwarzkoff zu kümmern. Was der Minister ablehnte, denn dieser Artikel war nicht schädlich, wie er dank politischer Erfahrung erkannte, nur verlogen. »Wir wissen es nicht, wir wissen es wirklich nicht«, antwortet er seinem Kollegen, dessen große Zeit als Retter der Rentner vorbei ist, »keiner hat von denen je etwas gehört, ich meine, in der Jetztzeit. Historisch natürlich.« Bevor er zu einem längeren Exkurs darüber ansetzen kann, wird er von dem unterbrochen, der den Mantel der Geschichte für einen festen Bestandteil seines ganz persönlichen Kleiderschranks hält und deshalb Ausflüge in die Historie bei anderen nicht duldet.

»Weil das so schön verwirrend ist«, sagt er, während er wie üblich seine Fische füttert, »werden wir nicht mal dementieren, meine Herren. Wir lassen das einfach unkommentiert so stehen. Das paßt geradezu ideal in unsere Strategie. Wie ich immer sage, wichtig ist, was am Ende hinten rauskommt. In so unsicheren Zeiten sind wir die einzige stabile Kraft. Diese Botschaft wird unterschwellig ankommen, das habe ich im Gefühl. Assassinen oder wie die heißen, sollen mir dabei recht sein, auch wenn es die nicht gibt. Als ob alles von dir erfunden worden ist, mein Lieber. Oder hast du es vielleicht tatsächlich erfunden?« Dabei lächelt er seinen Lieblingsnachfolger an, der gerade seine Pfeife stopft. »Nein«, sagt der, »das habe nicht ich erfunden. Das ist alles Unsinn, Satz für Satz. Aber mich würde interessieren, wer es erfunden hat, und vor allen Dingen, warum?« Dabei blickt er prüfend seinen Konkurrenten an, den »Fighter«, aber da der auch keine Ahnung hat, und, ebenfalls vergeblich, seinen Militärischen Abschirmdienst auf die Assassinen angesetzt hat, bleibt seine Miene unbewegt. Er tut nur so, als habe er damit was zu tun, um den anderen zu verunsichern. Die politische Reaktion in Bonn ist genauso, wie Lionel Zartmann es vorausgesagt hat.

Daran denkt er allerdings nicht mehr, als er nach der Landung in Lyon immer wieder die Nummer von Floriane Ment wählt. Das Klingeln kommt zwar an, aber sie nimmt nicht ab.

13

Daß Karl Mulder zu vierzehn Jahren Haft verurteilt worden war, erfuhr Lionel Zartmann durch einen Anruf seines Freundes Alain. Die Höhe der Strafe schien ihm angemessen, der Fall Schwarzkoff an sich interessierte ihn nicht mehr. Offiziell endete seine Dienstzeit bei IKPO zwar erst in zwei Wochen, am 1. Januar 1998, aber er war bereits da, wo er seine Zukunft sah, und da gab es keine Zeitungen, die Meldungen über Mörder aus einem fernen Land druckten. Überhaupt endete das Interesse der Zeitungsleser seiner neuen Heimat an der Grenze zum nächsten Bundesstaat.

»Wie geht es deiner Katze?« fragte er statt dessen neugierig, und Renoit verstand sofort, daß Zartmann etwas ganz anders wissen wollte. »Kleopatra geht es sehr gut«, antwortete er, »sie hat gerade erst eine besonders dicke Maus gefangen. Sie vermißt dich und deine kleinen gebratenen Zuwendungen, also muß sie jetzt selbst auf die Jagd gehen.«

Was Renoit damit meinte, hatte wiederum Lionel sofort verstanden. In den vergangenen Wochen hatte irgendwo auf der Welt die Gerechtigkeit dank Kleopatra einen ihrer bescheidenen Siege errungen. War die ganz dicke Maus jener mysteriöse Autounfall des russischen Bankers, der früher beim KGB für Gegenspionage zuständig war? Oder waren es vielleicht die tödlichen Schüsse auf den schwedischen

Geschäftsmann, der vor mehr als zehn Jahren den Mord an Olof Palme organisiert haben sollte? In beiden Fällen, von denen er durch *CNN World News* erfahren hatte, gab es nicht die geringsten Hinweise auf den oder die Täter. Das Muster paßte also auf die Methode Kleopatra. Zartmann fühlte sich ausgeschlossen und verraten, denn keiner der anderen Verschwörer im Zeichen Kleopatras, keiner der anderen Skarabäen, hatte ihn vorher um seinen Rat gefragt oder gar auf seine Stimme bei einer anstehenden Entscheidung Wert gelegt. Du wolltest es nicht anders, wies er sich selbst zurecht. Du wolltest aufhören, niemand hat dich dazu gezwungen. Um so besser, wenn dich die restlichen Mistkäfer so schnell schon nicht mehr brauchen. Trotzdem kam er sich ein bißchen so vor wie ein alt gewordener Firmeninhaber, den das neue Management zwar noch als Berater auf der Payroll hatte, das aber um Himmels willen nichts mehr von ihm wissen wollte.

Da sie es untereinander immer vermieden hatten, am Telefon mehr zu sagen als das, was jeder zufällige Lauscher hätte erfahren dürfen, behielt er seine Gedanken für sich. Alain merkte aber an Lionels knapper nächster Frage – »Und sonst irgendwelche Post für mich?« –, daß sein Freund beleidigt war. Das freute ihn.

»Nein, nichts«, sagte er genüßlich langsam, »nur die üblichen Einladungen zu Vorträgen oder Fortbildungskursen, aber das brauchst du ja nicht mehr. Du interessierst dich sicher eher für die neueste Ausgabe von *Gourmet* und Gregor S. Schlemms Kolumnen. Ach, fast hätte ich es vergessen, da war dieses Fax einer Journalistin, die noch Fragen an dich hatte wegen einer deutschen Attentatsserie Anfang der achtziger Jahre, warte mal, Nachfragen zum Fall Karry. Und dann wollte sie noch was wissen zum Fall Rohwedder und über Uwe Barschel. Peter hat in seinem Computer etwas gefunden, und das haben wir ihr mit ein paar unverbindlichen Zeilen in deinem Namen geschickt.«

»Bist du wahnsinnig, das ...«

»Ich weiß, wer das war, Lionel, wir haben ihr natürlich nichts geschickt, und erst recht nicht in deinem Namen, sondern nur deine neue Adresse mitgeteilt. Wir können schließlich nicht entscheiden, ob du diese oder ganz andere Fragen von ihr beantworten willst oder nicht. Das ist deine private Angelegenheit.« Dabei lachte er so wissend frech, daß auch Lionel nicht anders konnte und in das Lachen einstimmte.

Zartmann hatte seinen Entschluß zum Ausstieg nie bereut, im Gegenteil, er fühlte sich befreit, es fehlte ihm also nicht der Reiz des unverhofften Abenteuers, aber manchmal fehlten Lionel seine Freunde. Der Abschied von IKPO war ihm schwergefallen. Am letzten Abend vor seinem Abflug in der bis auf die Küche und den großen Eßtisch schon leergeräumten Wohnung in Lyon hatte er noch einmal für alle gekocht, und sich selbst dabei übertroffen: Knusprige Makrelen und Rotaugen in Gemüseschaum, leicht gesalzene, in Rhabarber pochierte Ente, zum Nachtisch Quarkkuchen auf Rosenblättern. Für ihn roch es trotzdem säuerlich nach Rente und nach Altenteil. Was natürlich Einbildung war, denn genau das Gegenteil hatte er vor: ein neues und auf andere Art spannendes Leben zu beginnen. Er hatte Alain und Peter und Denis vorher schon im Detail und voller Begeisterung erzählt, was er vorhatte, und da sie seit jenem Treffen vor einigen Monaten seinen künftigen Arbeitsplatz kannten, konnten sie seiner Sehnsucht zumindest einen konkreten Namen geben. Die aktiven Mitglieder von Kleopatra vermittelten ihm in ihrer typischen Spottlust, die er früher phantasievoll gekontert hätte, durch verschiedene einstudierte Sketche dennoch ganz bewußt die Botschaft, daß er mehr verlieren würde als sie. Das war ihre Art von subtiler Rache an seinem Ausstieg, um den sie ihn in Wahrheit jedoch beneideten. Peter McFerrer, der es geschafft hatte, nicht nur seine Frau, sondern sogar seine vier Töchter in den Auftritt einzubauen, sang nach der Vorspeise im Chor mit seiner Familie wie am Grab eines zu früh

Verstorbenen *Amazing Grace*. Denis Riley erzählte nach dem Hauptgang von einem ganz bestimmten alten Weintrinker, der in den Höhlen oberhalb der Rhône mit seinen Flaschen eingeschlossen war, sich langsam und glücklich durch die besten Jahrgänge soff und plötzlich in einem fernen Land als Küchenjunge bei Kentucky Fried Chicken aufwachte. Alain Renoit war sich selbst treu geblieben. Während er sonst mit der geklauten Lyrik toter Dichter sperrige Frauen betörte, nahm der intellektuelle Träumer diesmal ein Gedicht von Ernesto Cardenal, das er auf ein Liebespaar namens Lionel und Kleopatra umgeschrieben hatte. Als er es vortrug, lachte nach der ersten Zeile keiner mehr, und am Ende tranken sie schweigend ein paar unsichtbare Tränen weg. Danach versprachen sie feierlich, Lionel spätestens im kommenden Frühjahr zu besuchen, aber Peter nahm das Pathos aus der Ankündigung, weil er ihn an die Bedingungen erinnerte, unter denen sie seinem Abschiedsgesuch zugestimmt hatten: »Das Motto lautet: Alle zu einem, und da dann einer für alle. Und einer für alle heißt: Du zahlst alles für alle.« Denis wollte vorher, auf eigene Rechnung, wie er betonte, vielleicht an Weihnachten vorbeischauen, denn von Washington nach Charleston war es nicht weiter als von Paris nach Lyon. Das Original des Gedichtes übrigens fand Zartmann am anderen Tag in seinem Gepäck mit einem Zusatz in Alains Handschrift: »Vielleicht kannst du es noch mal in dieser ursprünglichen Form brauchen?!«

Zartmann mußte an diese Zeilen denken, als das Gespräch mit seinem Freund beendet war, und er wieder an seinem Schreibtisch saß. Der stand im obersten Stockwerk eines in englischer Tradition gebauten reetgedeckten Cottages am Rande eines Parks, verborgen hinter struppigen, dichten Hecken, die auch dann Schutz vor unerwünschten Blicken boten, wenn sie bereits alle Blätter verloren hatten. Zum Haupthaus und zum Pool, wo sie vor einigen Monaten gesessen hatten, waren es nur knapp hundert Meter. Die ging Lionel Zartmann, der sich in das Squirrel Tree eingekauft hatte, jeden Tag. Kriminalrat Lionel Zartmann, einer der Topexperten der internationalen Polizei, wie bekannt, Mörder aus Überzeugung, wie nicht bekannt, war Mitbesitzer und gleichzeitig zweiter Koch eines Hotelrestaurants in South Carolina geworden. Er plante nicht mehr den perfekten Mord, er plante statt dessen das perfekte Menü, das er zum Beispiel am Neujahrstag zubereiten wollte. Dachte darüber nach, wie man die Amerikaner unter seinen Gästen endlich davon überzeugen konnte, daß nicht jeder Wein trinkbar war, auf dessen Etikett Chardonnay stand. Er und Charles Polesmith, der seinen neuen Partner als ideale Ergänzung empfand, auch wegen der gemeinsamen Schwäche für britische Lebensart, brauchten zum Überleben in ihrem Hotel europäisches Publikum. Vor nicht allzu langer Zeit hatte Zartmann noch Strategien entwickelt, die sogenannten Kunden auf den Fahndungslisten von IKPO einzufangen. Jetzt benutzte er seinen kühlen Verstand für ganz andere Strategien, aber um Kunden ging es letztlich auch.

Alle Versuche, mit Floriane Ment vor seinem Wechsel wenigstens noch zu reden, waren gescheitert. Sie war einfach nicht erreichbar gewesen. Selbst ihre E-Mail-Nummer existierte scheinbar nicht mehr, die Nachrichten wurden nicht versandt. Er machte sich vor, daß er sich nur für seine kindisch-beleidigte Reaktion bei ihrer letzten Begegnung entschuldigen wollte, mehr nicht. Er hatte schließlich unter einem naheliegenden Vorwand seinen Kollegen Georg Krucht in Hamburg angerufen und sich erkundigt, ob sie bei IKPO sich im Fall Freypen noch weiter bemühen sollten? Und ob es überhaupt neue Erkenntnisse gebe? Diese Reporterin zum Beispiel, diese Frau Ment, die mal bei ihm in Lyon gewesen sei, schrieb die wirklich ihren angekündigten Politthriller? Nein, war die Antwort, man brauche die Hilfe von IKPO nicht mehr und falls doch, könne er sich, wie er erfahren hatte, ab Januar ja an Susanne Hornstein wenden. Darauf schien sich Georg Krucht zu freuen. Nach wie vor gab es außer dem Phantombild keine Hinweise auf den eigentlichen Freypen-Killer. Was diese Floriane Ment betraf, die sei angeblich untergetaucht. Irgendwo an der Algarve, hatte ihm jemand von der *Abendpost* erzählt. Um ungestört zu schreiben, vielleicht aber auch aus Angst vor diesen seltsamen Schlägertypen der Vaterlandspartei. Der Brief, den Zartmann dann an die Redaktion geschickt hatte mit der Bitte um Weiterleitung, war nach vielen Wochen ungeöffnet zurückgesandt worden, wie er von seiner ehemaligen Sekretärin erfuhr, denn er war bereits in den USA. Danach hatte er es endgültig aufgegeben und war jetzt eigentlich froh, daß sie seine Zeilen nie bekommen hatte. Aus denen hätte sie entnehmen können, daß er sie vermißte. Heute war Floriane Ment nur noch eine Erinnerung, an jedem Tag wurde sie ein bißchen blasser. Kleopatra war ihm da immer noch viel näher.

Das glaubst auch nur du, sagte sein anderes Ich, der alte Zartmann, und freute sich, daß er letztlich recht behalten hatte. Ich habe dich immer gewarnt vor dieser Frau, mein Sohn. Die wirst du nicht mehr los, Lionel. So oder so. Warten wir's ab, sagte der, warten wir's ab. Jetzt hat sie durch Alain meine Adresse, jetzt liegt es an ihr, sich zu melden. Er drückte spontan die Intercom-Leitung und bekam die Reservierung des Squirrel Tree. Nein, Mr. Zartmann, keine Post für Sie. Ja, Mr. Zartmann, wir sagen Ihnen sofort Bescheid. Have a nice day, Sir.

Helga Freypen begann schon im Januar, früher als alle anderen Parteien, mit ihrem Wahlkampf. Die teuer eingekauften Redenschreiber achteten darauf, ihr in die Texte keine komplizierten Themen einzubauen, weil sie von denen nichts verstand. Ihre Auftritte wurden sorgfältig inszeniert und liefen immer gleich ab: Deutschlandflagge auf einer riesigen Videoleinwand. Nationalhymne. Die angeblich letzte Rede des Parteigründers Joachim Freypen. Bilder von seiner Beerdigung. Ein Übergang, der ihr erlaubte zu sagen: »Mein von Fanatikern ermordeter Mann.« Womit geklärt war, daß die Fanatiker auf der anderen Seite standen und nicht etwa bei den Anhängern der Vaterlandspartei zu finden sein würden. Sie vergaß nie mit entsprechender Geste den Hinweis auf ihre Leibwächter, die grimmig blickend einen Kreis um sie bildeten: »Ohne diese Männer wäre ich wahrscheinlich schon tot. Ermordet wie mein Joachim.« Einem Mörder wäre es tatsächlich schwergefallen, sie ohne Schutz zu erwischen, denn die Bodyguards ließen sie auch nachts nicht allein.

Im Mittelteil ihrer Standardrede folgten die üblichen Angriffe auf Linke und andere Randgruppen, die höhnische Beschimpfung des Staates wegen seiner Unfähigkeit, den anständigen Deutschen vor ausländischen Kriminellen zu schützen, und am Ende dann die Generalabrechnung mit den von „ausgelaugten Bonzen« beherrschten bürgerlichen Parteien der Mitte. Zu denen zählte sie auch die SPD. Bei Wählern der demokratischen Parteien nämlich und nicht nur bei den Ewiggestrigen mußte sie die nötigen Stimmen holen, um bundesweit mit den Vaterländlern über fünf Prozent zu kommen. Das bedeutete, denen Themen wegzunehmen, die wirklich das Volk beschäftigen, und diese Themen selbst zu besetzen. Das waren nun mal die Arbeitslosigkeit, die Helga Freypen durch ein neues staatliches Straßenbauprogramm zu bekämpfen versprach, und wer dabei an Hitlers Autobahnen dachte, lag nicht falsch, denn so war es von ihren Redenschreibern gemeint.

Einladungen zu Fernsehdiskussionen nahm Helga Freypen nur dann an, wenn vorher die Themen feststanden. Dann ließ sie sich von ihren Experten mit Zahlen so präparieren, daß ihre Kompetenz für eine Stunde auf dem Bildschirm reichte. So machten es die anderen schließlich auch, und den Intelligenzquotienten des verkniffenen Generalsekretärs der regierenden großen Volkspartei erreichte selbst sie allemal spielend.

Anfang Februar 1998 zeigten Meinungsumfragen, daß Helga Freypens Rechnung aufgegangen war, sie lag mit der Vaterlandspartei bei über sechs Prozent in der Gunst der Wähler. Die in Bonn Regierenden waren deshalb wieder so nervös wie in den Wochen nach dem Attentat. Arbeitsgruppen für Gegenstrategien wurden gebildet, und es häuften sich die diskreten Anrufe bei diesem und jenem Minister, ob es vielleicht doch noch irgendwo Material geben würde gegen die Rechten? Nicht irgendwelche intellektuellen Streifschüsse waren gefragt, also politische Auseinandersetzung oder gar eine zündende Idee, die Ursachen zu ändern, aus denen die anderen ihre Wirkung erzielten. Gefragt war ein Blattschuß. Im übertragenen Sinne, selbstverständlich.

Fritz Seifert, der noch an jenem Sonntag im vergangenen Oktober seine Mitgliedschaft bei der Vaterlandspartei aufgekündigt hatte, klopft an der Tür des Frühstückszimmers und wartet auf das Ja? seiner Chefin. »Ich habe hier ein Päckchen ohne Absender für Sie, Frau Schwarzkoff«, sagt er und blickt mißtrauisch auf den Umschlag, »das muß direkt in den Kasten am Tor gesteckt worden sein. Keine Briefmarken, kein Stempel, nichts.« Julia Schwarzkoff legt die *Abendpost* zur Seite und reißt den Umschlag auf. Eine Tonbandkassette. Ein weißer Papierbogen, ohne Anrede, ohne Unterschrift, nur ein Satz in der Mitte, in Versalien: **DAS GESPRÄCH AUF DEM BAND FAND STATT AM 26. JULI 1997. ABDRUCK HONORARFREI.** Ein Witzbold? Sie wartet, bis ihr Butler das Zimmer wieder verlassen hat, und legt dann die Kassette in die Stereoanlage ein. Sie hört zwei Stimmen, eine davon kommt ihr bekannt vor, und nach ein paar Sätzen weiß sie, daß es die Stimme Joachim Freypens ist. Die des anderen Mannes kennt sie nicht. Beide sind deutlich zu verstehen, und was sie besprechen, ist auch deutlich. Es geht um Brandstiftung, und es geht um Mord, und es geht darum, wie man mögliche Spuren verwischt, die zur

Vaterlandspartei führen könnten. Abdruck honorarfrei, überlegt Julia Schwarzkoff. Wunderbar. Damit wäre Helga Freypens Partei erledigt. Aber wer sagt mir, ob dies auch alles echt ist? Sie denkt lange nach, und dann telefoniert sie mit ihrem Beichtvater, denn er ist zum Schweigen verpflichtet, und erzählt ihm davon. Der lebt in einem berühmten Kloster in der Eifel, hat als geistlicher Berater die besten Verbindungen zu den Konservativen und verspricht, sich diskret mal umzuhören. Nach einigen Telefonaten ist er erstaunt, wie groß das Interesse ist, auf das er mit seiner Geschichte aus Hamburg stößt.

In Bonn hatten sich nämlich bei einem vertraulichen Abendessen vier Männer getroffen, man hätte an ihrem Gespräch nicht feststellen können, daß sie vier verschiedenen Parteien angehörten. Sie duzten sich, was sie bei öffentlichen Begegnungen tunlichst vermieden. Ein gemeinsames Interesse führte sie zusammen, das Interesse, etwas gegen die Vaterlandspartei in die Hand zu bekommen. Wenn das gelingen sollte, mußten alle nur denkbaren Quellen angezapft werden, nicht nur die offiziellen. Falls es gelingen würde, dann hätten alle vier etwas davon. Wer auch immer im September die Wahl gewinnt: ohne den Faktor Rechts würde jede Koalitionsverhandlung einfacher. Unter den vier Gentlemen galt als abgemacht, daß ein eventueller Erfolg nicht parteipolitisch ausgeschlachtet würde, daß also die Frage nach der Herkunft eines möglichen Sprengsatzes, egal, wie geheim das Material auch sein mochte, nicht gestellt werden sollte.

Susanne Hornstein zum Beispiel bekam danach in Lyon einen Anruf mit der Bitte um diskrete Nachforschungen, was sie dem Parteifreund am anderen Ende der Leitung versprach. Georg Krucht wurde von den Grünen angelaufen, erstaunlicherweise hatten die bei der Polizei Sympathisanten. Was oben im Norden durch Atomtransporte zu erklären war, die von den Grünen bekämpft und von den anderen Grünen, denen in Uniform und deren Kollegen in Zivil, mit wachsendem Widerwillen und innerem Widerstand beschützt worden waren. Dabei war man sich nähergekommen. Die Liberalen ließen über einen rechten Flügelmann, der früher mal Generalstaatsanwalt gewesen war, bei der FPÖ im Nachbarland nachfragen, deren gute Verbindung zu den Vaterländlern war bekannt. Über zwei, drei Umwege war eine Anfrage bei Ex-Kriminalrat Lionel Zartmann gelandet, den die Sozialdemokraten zu ihren Anhängern zählten. Ob ihm vielleicht in Sachen Vaterländler noch etwas in Erinnerung sei, das eventuell den gewünschten Effekt haben könnte? Der hatte etwas ganz anderes erhofft, als er eines Morgens seine Mailbox im Computer öffnete und eine Nachricht in Sachen Freypen fand. Hatte aufgeregt auf Empfang gedrückt und dann ziemlich enttäuscht geantwortet, er werde sich mal bei alten Freunden umhören.

Wie in Bonn abgemacht, will keiner wissen, wer die Abhöraktion eigentlich befohlen hatte, und vor allem warum. Eine ziemlich große Koalition der diskret Eingeweihten prüft deshalb die Kassette, die Julia Schwarzkoff von einem Unbekannten bekommen hat: Auf Anweisung seiner Verlegerin trifft sich der *Abendpost*-Chefredakteur mit dem Hamburger Hauptkommissar Georg Krucht und übergibt dem das Tonband. Eine Abschrift liegt in seinem Panzerschrank in der Redaktion. Krucht läßt die Stimme des zweiten Mannes mit den Aufnahmen der Mulder-Verhöre vergleichen. Eindeutig dieselbe Stimme. Anschließend bittet er die IKPO-Kollegin Susanne Hornstein um Amtshilfe, und die wiederum setzt einen französischen Kollegen daran, der zweifelsfrei feststellt, daß es sich bei der Aufnahme um ein Original und nicht um zusammengeschnipseltes Material handelt. Was Alain Renoit nicht schwerfällt, denn erstens kennt er das Original, und zweitens war er vor kurzem auf Bitten von Lionel in Hamburg, um ein kleines Paket abzugeben. Wie von Julia Schwarzkoff bereits vermutet, ist die Stimme des einen Gesprächspartners die von Joachim Freypen, was Vergleiche mit Aufzeichnungen verschiedener Fernsehsendungen beweisen, in denen er aufgetreten ist. Am Schliersee reicht dem einzigen Landrat, der sich in Bayern zur FDP bekennt, ein Skiausflug mit einem alten Schulfreund, den auf dem Briefbogen angegebenen Termin 26. Juli 1997 zu verifizieren. Ja, da habe er Brot geliefert an die Jagdhütte Joachim Freypens, und zwar eine große Menge.

Alle Informationen laufen wieder bei Georg Krucht in Hamburg zusammen, und der bestätigt daraufhin bei der *Abendpost* die Echtheit des Materials. »Wann haben Sie vor, diese Geschichte zu drucken?« fragt Krucht und bietet an, falls gewünscht, noch aus den Ermittlungsakten Fotos von den Opfern herauszusuchen, die besonders abschreckend wirken und die Entsetzen und Wut gegen die Verantwortlichen erzeugen würden. Das sei ja wohl der Sinn der ganzen Geschichte, und das gefällt ihm. »Natürlich ohne Copyright, ohne Fotozeile«, fügt er hinzu. »Am kommenden Sonnabend wollen wir die Bombe platzen lassen«, antwortet der Mann von der *Abendpost,* »ach, und können Sie mir noch einen Tip geben, wohin wir unsere Kameraleute schicken sollen? Wir wollen am Sonntagabend in unserem Sender nachlegen. Wäre natürlich schön, wenn wir nicht nur die Parteizentrale zeigen und das alte Material von Freypen und der Beerdigung und von Mulder bei den Schüssen auf unseren Verleger. Sondern auch was Neues. Also vielleicht den Ort, an dem dieses Gespräch stattfand. In Hamburg war es wohl nicht, einmal hört man so etwas wie eine Kuhglocke im Hintergrund, könnte also Bayern gewesen sein oder Österreich oder die Schweiz.« Gar nicht blöde, denkt Krucht und nennt ihm den Ort. Daß der Mann sein Handwerk versteht, sieht nicht nur Krucht am 21. Februar 1998, als er sich an diesem Morgen die *Abendpost* kauft:

Das Protokoll des Todes: Die Mörder von der Vaterlandspartei. So verbrannten sie zehn Menschen

Hamburg (Eig. Ber.) – Das geheime Protokoll eines abgehörten Gespräches zwischen dem damaligen Chef der Vaterlandspartei Joachim Freypen und seinem Sicherheitschef Karl Mulder am 26. Juli 1997 in Freypens Jagdhütte am Schliersee (Oberbayern) zeigt das wahre Gesicht der angeblich demokratischen Partei, die derzeit in Umfragen bei sechs Prozent liegt. Freypen befiehlt darin seinem Mitarbeiter, ein Asylbewerberheim anzuzünden und billigend in Kauf zu nehmen, daß es keine überlebenden Augenzeugen gibt. Auszüge:

Freypen: Ich will, daß dieses Ding brennt wie eine Fackel. Die sollen Angst bekommen. Das ist die einzige Sprache, die diese Neger und diese Kosaken verstehen.

Mulder: Wenn wir das Haus anzünden, könnte es Tote geben. Ich meine, nichts dagegen, ich wollte es nur vorher gesagt haben.

Freypen: So ist das nun mal im Krieg. Wir führen Krieg gegen diese Asylanten, macht ja keiner außer uns. Wenn ein paar draufgehen, haben die anderen wenigstens Angst, zu uns zu kommen. Außerdem kräht nach ein paar Tagen kein Hahn mehr danach. Und denk dran, es muß so aussehen, als ob sich die gegenseitig angezündet haben.

Mulder: Nach der üblichen Methode?

Freypen: Nach der üblichen Methode.

Mulder: Also nehme ich am besten eigene Leute, die hat man anschließend unter Kontrolle.

Freypen: Ich sagte doch, wie immer. Mehr will ich gar nicht wissen. (lachend) Das könnte mein Gewissen belasten. (Das gesamte skandalöse Gespräch im Wortlaut auf den folgenden Seiten.) Wenige Tage nach diesem Mordkomplott kamen beim Brand eines Asylbewerberheimes in Lübeck zehn Menschen auf grauenvolle Weise ums Leben (siehe Fotos). Sie verbrannten, weil die Fluchtwege versperrt waren. Von den Tätern, die zunächst, wie von Freypen und Mulder initiiert, unter den Ausländern in dem Heim und erst später in rechtsradikalen Kreisen vermutet wurden, fehlt bis heute jede Spur. Durch die heutige Veröffentlichung der Abendpost liegen neue Tatsachen vor, das Bundeskriminalamt wird den Fall wieder aufnehmen müssen. Da Freypen inzwischen selbst einem Attentat zum Opfer gefallen ist und sein Kumpan Karl Mulder wegen der tödlichen Schüsse auf den Hamburger Verleger Eberhart Schwarzkoff in Haft sitzt, konzentrieren sich die Ermittlungen auf die Mulder und Freypen treu ergebene Garde der Leibwächter als mögliche Brandstifter. Erste Reaktionen in Bonn zeigen Einigkeit über alle Parteigrenzen hinweg: Die Vaterlandspartei sollte eigentlich sofort verboten werden, weil sie dem Ansehen Deutschlands in der ganzen Welt schadet. (Interviews im Innenteil dieser Ausgabe) In einer Sondersendung von *Action TV* wird morgen abend das Gespräch zwischen Freypen und Mulder, ein Dokument des Grauens, auch zu hören sein. *Abendpost*-Verlegerin Julia Schwarzkoff, deren Mann von Mulder erschossen wurde: »Wer jetzt noch die Vaterlandspartei wählt, der wählt Mörder und Brandstifter.«

Julia Schwarzkoff bekam noch in der Nacht von Freitag auf Sonnabend, als bereits die ersten Andrucke der Zeitung von fliegenden Händlern verkauft wurden, massiven Polizeischutz. Auch das Verlagsgebäude an der Alster wurde bewacht. Bei der Durchsuchung der Parteizentrale durch die Kollegen vom Staatsschutz, die am Samstagmorgen begann, durfte Georg Krucht dabeisein. Er strahlte eine für ihn untypische grimmige Fröhlichkeit aus. Helga Freypen war für niemanden zu sprechen, laut Attest ihres Arztes war sie mit einem Nervenzusammenbruch in die Klinik ihres Bruders eingeliefert worden und brauchte vollkommene Ruhe. Die vorläufig festgenommenen Leibwächter leugneten jede Beteiligung an der Tat, und der Sprecher der Partei erklärte, daß es sich bei dem abgedruckten Gespräch um eine plumpe Fälschung handele, das Ganze von Gegnern der Vaterländler inszeniert sei. Außerdem wohl kaum ein Zufall, daß es ausgerechnet die Zeitung veröffentlicht habe, deren Besitzer den Mord an Joachim Freypen befohlen hatte. Da es dafür nach wie vor keine Beweise gab, wurde ihm von Julia Schwarzkoff per Einstweiliger Verfügung verboten, diese Behauptung zu wiederholen. Die Einschaltquoten der sonntäglichen Magazinsendung von *Action TV* brachen die Rekorde, die bislang die Trauerfeier für Prinzessin Diana hielt, knapp gefolgt von den Schüssen auf Schwarzkoff. Kaum war die Sendung vorbei, bestätigte in den *Tagesthemen* der ARD eine Tochter von Freypen, daß sie die Stimme ihres Vaters zweifelsfrei erkannt habe. Gegen Morgen brach einer der Leibwächter während des Verhörs zusammen und gestand, daß er und seine Kumpane im Auftrag von Mulder das Heim in Lübeck angezündet hatten. Auch diese Nachricht hatte die *Abendpost* exklusiv: **Das Geständnis: Ja, wir haben sie angezündet.**

Drei Tage später ist die Vaterlandspartei tot. Eine aktuelle Meinungsumfrage belegt den Absturz in Zahlen. Nur noch 1,7 Prozent der Bevölkerung wollen bei der nächsten Wahl ihr Kreuzchen bei den Vaterländlern machen. Selbst an Stammtischen mag sich keiner dazu bekennen, eine offensichtliche Bande von Mördern zu unterstützen. In Bonn treffen sich vier Männer zum parteiübergreifenden Gedankenaustausch. Man beglückwünscht sich gegenseitig, weil keiner mehr weiß als der andere. Und keiner mehr wissen will. Zum Beispiel, wer eigentlich im vergangenen Sommer die Überwachung der Vaterländler angeordnet hat, auf der dieses Tonband offensichtlich beruht. Julia Schwarzkoff läßt sich von Seifert zum ersten Mal seit der Seebestattung auf den Friedhof fahren, von dem aus man weit über die Elbe ins Alte Land blicken kann. Sie steht am Stein, der mitten auf dem Familiengrab der Schwarzkoffs an ihren Mann erinnert, und betet das Vaterunser. Laut und deutlich, als müßte sie sich von dieser Botschaft des Verzeihens zunächst einmal selbst überzeugen.

Floriane Ment hatte sich zum Schreiben tatsächlich an die Algarve zurückgezogen, aber nachdem bei den ersten starken Regenfällen Ende Oktober ihr gemietetes Haus in Corveilho fast weggeschwemmt worden wäre, kurz entschlossen einen Flug über Lissabon nach London gebucht. Ihr fehlten die Lichter der Großstadt. Der nachgeschickte Brief von Zartmann traf erst nach ihrer Abreise ein. In Queens Gardens nahe dem Hydepark lebte sie in einem winzigen Hotel, wo sie täglich zehn Stunden an ihrem Computer saß, und dann in einem Appartement, dessen Besitzer ein Staudammprojekt in China zu betreuen hatte. Kennengelernt hatte sie ihn zufällig bei einem Abendessen in einem Restaurant an der Ecke, er war allein wie sie, und sie waren über die Vorteile des Single-Daseins ins Gespräch gekommen. Es wartete niemand irgendwo, der am anderen Tag fragte, wo man denn gewesen sei. Lionel zum Beispiel wäre sicher so ein Typ, dachte sie, aber dann schob sie jede Erinnerung an ihn beiseite. Sie vertrieb sich auf und unter ihrem Engländer die Weihnachtszeit bis zum Neujahrstag, doch sie hatte keine Lust auf eine längere Affäre und war froh, als er Richtung Peking starten mußte. Immerhin kamen sie sich auf ganz andere Art näher, denn ihr vorübergehender Liebhaber überließ Floriane Ment die Wohnung für die Zeit seiner Abwesenheit. Sie sah ihn nie wieder. Als sie London verließ, gab sie den Schlüssel mit ein paar lapidaren Dankeszeilen beim Portier ab.

An einem bitterkalten Morgen Ende Februar trifft die Reporterin mit dem fertigen Manuskript in Hamburg ein. Die Vaterlandspartei hat gerade ihre Zukunft hinter sich. Die Leser brauchen neuen Stoff. Freypen und Schwarzkoff und Mulder und irgendwelche unbekannten Mörder sind die Schlagzeilen von gestern. Sie fährt zuerst in ihre Wohnung, die ihr so fremd vorkommt wie ihr Leben. Keine Post außer Rechnungen, abgestandenen Neujahrsglückwünschen und ein bißchen Werbung. Dann meldet sie sich telefonisch in der Redaktion zurück. Der Chefredakteur will gar nicht wissen, was mit ihrem Thriller ist, das war ein Auftrag von Schwarzkoff, und den hat er inzwischen fast vergessen. Nur in der Eingangshalle hängt ein Ölbild des ermordeten Verlegers, und davor brennt immer eine Kerze, auf Anweisung von Julia Schwarzkoff. Er gibt Floriane Ment mit einer entsprechenden Bemerkung, nun werde es wohl langsam wieder Zeit, daß sie für ihr Geld auch arbeite, gleich den ersten Auftrag: Mythos Russenmafia. Große Serie. Am besten mit Schwerpunkt Moskau und dann natürlich die deutschen Verbindungen beschreiben. Berlin vor allem, da muß es ja nur so wimmeln vor Mafiosi. Ihr Buch soll sie beim zuständigen Marketingmann des Adalbert-Stifter-Verlages abgeben, der Inhalt interessiert ihn nicht so brennend, er pflege nur einmal pro Jahr zu lesen, und dieser Termin ist schon vorbei. Nachdenklich legt sie auf. Dann wählt sie die alte Nummer von Zartmann in Lyon und verlangt nach Susanne Hornstein. Nur so, um zu hören, wie es ihr geht bei IKPO.

»Ja, Hornstein?«

»Erinnern Sie sich an mich, Frau Kriminaldirektorin?«

Im ersten Moment ist Susanne Hornstein versucht, sie zu fragen, wie es damals im Oktober wirklich gewesen war mit der Vergewaltigung in der Tiefgarage, aber sie bremst sich rechtzeitig. Diese Geschichte ist nun wirklich beerdigt, erst recht nach den neuesten Enthüllungen vom vergangenen Wochenende.

»Natürlich erinnere ich mich an Sie. Hat denn alles geklappt mit Ihrem Buch? Konnten Sie mit meinem Material etwas anfangen?«

»Ich bin fertig, ja. Keine Ahnung, ob es gut geworden ist oder schlecht. Ich habe nicht den nötigen Abstand, klar. Jetzt muß es noch lektoriert werden, und im Herbst wird sich zeigen, ob es ankommt. Was sagen Sie übrigens zum Ende der Vaterlandspartei?«

»Wieso fragen Sie? Wollen Sie das noch einbauen?«

»Gute Idee, aber wahrscheinlich paßt das doch nicht in meine Geschichte. Außerdem muß ich in den nächsten Tagen los, nach Moskau. Die Zeitung will eine Serie über die Russenmafia von mir haben. Könnten Sie mir irgendwann vielleicht darüber etwas erzählen? Wie IKPO mit der umgeht und wie die Zusammenarbeit mit der russischen Polizei ist? Natürlich unter den üblichen Bedingungen, Informantenschutz und so weiter.«

Susanne Hornstein reagiert eher gelangweilt: »Ich denke darüber nach. Sie können sich ja melden, wenn Sie soweit sind. Darf ich mir eine ganz persönliche Bemerkung erlauben, Frau Ment?« Die Reporterin vermutet im ersten Moment das Naheliegende. Die Frage nach Schwarzkoff und dessen Alibi. Aber sie täuscht sich.

»Ja, bitte, selbstverständlich.«

»Es geht mich zwar nichts an, aber ich sage es mal so ungeschützt. Wahrscheinlich fällt mir das nur auf, weil ich gerade alles so plötzlich hinter mir gelassen habe und hier arbeite, ich meine, nicht mehr in Deutschland, sondern hier in Lyon. Kommt Ihnen Ihr Auftrag nicht vor wie schon tausendmal geübt in irgendeiner Form? Gestern waren es die Kosovo-Albaner, vorgestern die Mafiosi aus Neapel, davor vielleicht kurdische Dealer, und jetzt sind es die Russen. Morgen, wer weiß, die korsischen Waffenhändler. Ich meine, hatten Sie noch nie den Wunsch, mal was ganz anderes zu machen als diese ewig gleichen Serien? Ich stelle mir gerade vor, ich würde Zeit meines Lebens nur noch, sagen wir mal, Autoknacker jagen müssen. Oder Bankräuber. Entschuldigung, geht mich wirklich nichts an, fiel mir nur auf«, und dann ein bißchen lahm, als wollte sie dem vorher Gesagten die Spitze nehmen, »und natürlich helfe ich Ihnen, wenn Sie etwas brauchen.« Den Schluß spricht sie schon in eine tote Leitung, die Reporterin hat aufgelegt. Auch gut, denkt die Polizistin achselzuckend, ihr Problem, nicht meins, wenn sie keine Kritik verträgt.

Aber die Frau in Hamburg hat nicht etwa deshalb das Gespräch grußlos beendet, weil sie beleidigt ist und sich nicht länger anhören will, was ihr Susanne Hornstein zu sagen hat. Im Gegenteil. Der ist sie eher dankbar, und deshalb hat sie es plötzlich eilig, als fürchte sie, ihrem spontanen Entschluß nicht lange trauen zu können. Zunächst wählt sie erneut die Durchwahlnummer ihres Chefs, der ziemlich ungnädig reagiert: »Was ist, Floriane? Wir haben doch alles besprochen. Was wollen Sie noch? Wann fahren Sie?« Im Hintergrund hört sie die vertrauten Geräusche einer Redaktion, Stimmen, Rufe, leises Klappern der Tasten von Computern, Telefongeklingel: »Ich fahre bald, hoffentlich sehr bald. Aber nicht nach Moskau. Ich rufe nur an, um hiermit zu kündigen. Fristlos. Nein, ich bin nicht verrückt. So normal wie jetzt war ich wahrscheinlich noch nie, darum muß ich das Gefühl ausnützen, bevor es wieder vergeht. Gerade habe ich gemerkt, daß ihr das alles leicht ohne mich schafft. Ging die letzten Monate über ja auch ohne Probleme. Und ich habe festgestellt, daß ich es auch ohne euch schaffe. Also: Das war's. Nichts mit Russenmafia. Meine Sachen könnt ihr mir schicken, alte Adresse. Alles Gute.« Sie pfeift fröhlich mitten in sein verblüfftes Schweigen hinein und beendet so das Gespräch. Dabei fällt ihr ein, wie unhöflich sie sich Susanne Hornstein gegenüber benommen hat. Ruft noch einmal in Lyon an. Aber die Sekretärin, deren Stimme sie kennt, bedauert sehr, sie nicht verbinden zu können. Frau Doktor sei gerade losgefahren und würde erst in ein paar Tagen wieder in Lyon sein: »Darf ich etwas ausrichten?«

»Sagen Sie ihr bitte nur vielen Dank für den guten Rat. Sie wird schon wissen, was ich meine.«

Zartmann kommt in dieser Nacht spät aus dem Restaurant zurück in sein Haus. Er ist todmüde. Die vergangenen Wochen hatten erste Erfolge gebracht, die Hotelbuchungen für das kommende Frühjahr waren angestiegen, und zum erstenmal hatte es auch Anfragen eines Golfclubs ausgerechnet aus Hamburg gegeben, der für seine Mitglieder eine besondere Reise arrangieren wollte. Lionel erinnerte sich dabei kurzfristig an einen ganz bestimmten Samstagmorgen und an die Aktion bei Loch neun. Kochen kann manchmal anstrengender sein als morden, denkt er und beschließt, diese Erkenntnis mit dem Hinweis auf die mögliche Buchung der Golfer von Gut Kaden als kleinen Gruß seinem Freund Alain zu mailen, bevor er sein eigenes Bonmot wieder vergißt. Schließlich würde nur der den besonderen Witz dieser Nachricht verstehen. Gähnend schaltet er seinen Computer an und drückt auf die elektronische Mailbox. Eine Nachricht wartet. Er ist schlagartig hellwach, als er den Absender liest.

»Mein lieber Assassin«,

beginnt der Brief von Floriane Ment, und im ersten Moment glaubt er, nun habe sie endgültig herausbekommen, wer sie in der Tiefgarage gerettet hat, bis ihm die gemeinsam erfundene Geheimgruppe der Assassinen einfällt und er erleichtert weiterliest,

»hier meldet sich Deine Vergangenheit. Falls Du Dich an die erinnerst. Ich weiß nicht, was Du machst und wo Du bist, ich habe nur Deine E-Mail-Nummer und eine postlagernde Adresse in South Carolina. Aber vielleicht gilt die auch schon nicht mehr. Falls Du diese Nachricht also je empfangen solltest: Ich bin's, die Reporterin, die Rothaarige. Mein Buch ist fertig, und Du hast bei Deinem lauten Abgang aus meinem Leben versprochen, alles zu lesen, um eventuelle Fehler aufzuspüren. Du warst doch mal Polizist?! Hast Du inzwischen reich geheiratet? Eine Gutsherrin, wie sie zu Dir altem Engländer paßt? Was bedeutet Squirrel Tree? Eine Eichhörnchenfarm? Der Name Eures Hauses? Wo bist Du überhaupt? Ich habe gerade meinen Job gekündigt und will endlich mal nichts tun. Reisen durch die USA zum Beispiel. Keine Angst, ich werde Dich nicht besuchen. Ich sende das Manuskript per Datei, falls Du antwortest. Wie findest Du den Anfang, ist der spannend genug: ›Der Mörder hatte grüne Augen, und als sie ihn umarmte, glaubte sie sekundenlang, ihn

schon einmal getroffen zu haben.‹ Schickst Du, falls Du Zeit hast, Deine Anmerkungen per Datei zurück? Du kannst mich aber auch noch ein paar Tage lang in Hamburg erreichen. Die Nummer hast Du sicher vergessen, hier ist sie: 47 84 71. Floriane. PS: Falls Du nicht verheiratet sein solltest, und falls Du zufällig gerade alleine lebst: Ist schon Frühling da, wo Du bist?«

Lionel Zartmann lehnt sich zurück und zündet eine Zigarette an. Das Licht vom Bildschirm malt Schatten auf sein Gesicht. Es gibt zwei Möglichkeiten, überlegt er und ist ganz ruhig dabei. Keine Spur mehr von jener nervösen Spannung, mit der er fast jeden Morgen bei der Reservierung gefragt hatte, ob Post für ihn angekommen sei. Zwei Möglichkeiten. Die eine ist ganz simpel: Nachricht löschen und nicht antworten. Auch nicht telefonieren. Sich totstellen. Einfach totstellen. Offenlassen, ob er die versteckte Botschaft begriffen hat, die in Florianes Anfangssatz verborgen ist. Die Botschaft, daß sie nun doch zu wissen glaubt, wer sie vor Schwarzkoff in der Tiefgarage gerettet hat. Er steht auf und öffnet die Fenster, schaut in die Nacht. Er hat keine Angst vor einer Enthüllung, denn er weiß, daß es keine Beweise gibt gegen ihn. Aus der Ferne dröhnt das, was Poeten den Klang des Südens nennen, das langgestreckte Heulen eines Güterzuges. Danach wieder Stille, nur hin und wieder ein Rascheln von Eichhörnchen, denen das Squirrel Tree seinen Namen verdankt.

Und es gibt die zweite Möglichkeit. Ihre letzte Frage zu beantworten. Eigentlich ist es ganz einfach. Entweder er drückt auf seinem Computer *Löschen* oder er drückt *Antworten.* Lionel verharrt und wartet auf den Rat des alten Zartmann, aber der schweigt. Der Junge und der Alte sind wieder verschmolzen zu einer Person. Lionel Zartmann muß sich selbst entscheiden. Er dreht sich um, öffnet die Schreibtischschublade und sucht einen ganz bestimmten Zettel. Dann setzt er sich hin und drückt auf eine Taste.

Floriane Ment prüfte immer wieder, ob der Telefonhörer auch richtig lag. Ob ihr Mac funktionierte. Ob das Modem nicht kaputt war. Ob jemand eine Nachricht geschickt hatte. Nicht jemand, einer. Nichts. Die Nacht war so tot und ruhig wie die dunklen Fenster gegenüber. Die verlassene Zentrale der Vaterlandspartei. Sie versuchte zu lesen, nichts Eigenes, aber ihre Gedanken waren auf Reisen. Sie schaute sich eine blöde Comedy-Show an, aber sie konnte nicht lachen. Irgendwann schlief sie erschöpft ein. Als sie am anderen Morgen ihr Gesicht im Spiegel erblickte, war sie froh, daß sie keiner so sehen mußte. Die spontane Idee vom vergangenen Abend, die E-Mail an Zartmann, schien ihr plötzlich ein besonders schwachsinniger Einfall gewesen zu sein. Eigentlich peinlich, sich so anzubieten. Sie war wütend auf sich selbst. Bevor sie ihren Laptop zuklappte, schaltete sie noch einmal den dunklen Bildschirm ein, mehr automatisch, aus Gewohnheit, als in der Hoffnung, etwas zu finden. Die winzige Zahl 1 zeigte an, daß eine Nachricht wartete. Als sie aufklickte, erschien das Stichwort *Assassin,* unter dem sie ihren Brief verschickt hatte. Wahrscheinlich habe ich vergessen, dachte sie, meinen Brief zu löschen, und ging mit dem Pfeil auf *Löschen*, zögerte aber im letzten Moment und öffnete mit einem Doppelklick den Ordner unter dem Stichwort Assassin.

»Liebe unbewältigte Vergangenheit«,

begann Lionel Zartmanns Antwort, und nachdem sie bis zum Ende gelesen hatte, saß sie für eine Weile fast verloren in dem großen Raum, bis sie zu erwachen schien,

»liebe rothaarige Reporterin! 1: Ich vermag Manuskripte nur zu beurteilen, wenn sie mir von der Verfasserin persönlich vorgelesen werden. 2: Der Frühling hier, sagt man, soll wunderbar sein und beginnt in etwa drei Wochen, genau am einundzwanzigsten März mit der Landung der

Nachmittagsmaschine aus Atlanta. 3: Für besondere Gäste bietet mein Hotel einen Abholservice am Flughafen. PS: Als ich dich verlor, haben wir beide verloren. Ich, weil du warst, was ich am meisten liebte, und du, weil ich es war, der dich am meisten liebte. Doch von uns beiden verlierst du mehr als ich, weil ich andere lieben kann, wie ich dich liebte, aber dich wird niemand so lieben wie ich ... Kannst Du mir dieses Gedicht interpretieren? Lionel.«

Ja, dachte Floriane Ment, das werde ich zumindest versuchen. Dann rief sie im Reisebüro an und buchte für den einundzwanzigsten März einen Flug über Atlanta nach Charleston, South Carolina. »Wann wollen Sie zurückfliegen?« fragte das Mädchen mit unpersönlicher Stimme. »Lassen Sie den Rückflug einfach offen«, antwortete sie, »vielleicht bleibe ich für länger.«

14

Alles ist wie in jener merkwürdigen Nacht, als der Mord beschlossen worden war. Das dunkle Wasser des Pools spiegelt die wenigen Lampen. Die hölzernen Liegestühle stehen wie zufällig im Kreis vor den zusammengefalteten Sonnenschirmen. Der Himmel ist sternenklar, nicht mal der Mond wird von Wolken beschattet. Ein paar Grillen zirpen im Gebüsch, und aus der Ferne schwillt immer wieder in Abständen das monotone Geräusch von Eisenbahnwaggons auf Schienen. Es ist nicht so wie damals im September, aber immerhin an diesem ersten Wochenende im März schon warm genug, um nachts draußen sitzen zu können. Vom nahen Hauptgebäude des Squirrel Tree dringt Geschirrgeklapper aus geöffneten Küchenfenstern, ab und zu weht ein leichter Windstoß das satte Lachen der letzten Gäste von der Veranda.

Und doch ist alles anders. Das Attentat auf Joachim Freypen hatten sie hier am Pool vor einem halben Jahr diskutiert und nach Zartmanns Plädoyer ohne Gegenstimme beschlossen. Lionel aber, im Herbst noch Mörder vom Dienst, gehört nicht mehr zum Kleopatra-Komplott. Er hat heute abend Dienst am Herd und hängt gerade nach einer letzten Anweisung für den morgigen Montag, den 2. März 1998, seine weiße Jacke auf, über die Denis und Peter und Alain vorhin beim Abendessen erwartungsgemäß gelästert hatten: »Der Weißheit letzter Schluß« war als nicht zu unterbietender Kalauer besonders gefeiert worden. Nach jedem Gang ließen sie von einem der Ober eine Art Punktewertung in die Küche reichen, auf der jeder sein Votum über die jeweilige Runde des Essens abgegeben hatte. Wie üblich voller feiner und nicht so feiner Anspielungen, die nur Zartmann verstehen konnte. Beispielsweise: »Loup de mer: Umwerfend wie ein Gewehrschuß.« (Alain) »Die krosse irische Ente: Volltreffer zwischen die Augen.« (Peter). »Das Tiramisu: Eine richtige Bombe.« (Denis).«

An den gläsernen Türen des Flughafens von Charleston, wo vor ein paar Monaten der blonde Amerikaner auf seine drei Freunde aus Europa gewartet hatte, war Zartmann erst aufgetaucht, als Peter McFerrer und Alain Renoit bereits mit ihrem Gepäck in der Halle standen. Er hatte sich verfahren, was beide entsprechend hämisch kommentierten. Das war ihm doch früher nie passiert. In dieser Beziehung konnte man sich eben nur auf Denis Riley verlassen, der wollte übrigens mit seinem eigenen Auto direkt aus Washington kommen, würde also erst in ein paar Stunden im Squirrel Tree sein. Aber rechtzeitig zum Abendessen. Zartmann mochte ihnen nicht erklären, warum er so in Gedanken gewesen war, daß er die Ausfahrt zum Flughafen übersehen hatte.

Das erste Kleopatra-Treffen nach seinem Abschied in Lyon war von ihm sorgfältig vorbereitet worden, wie es seiner neuen Rolle als Gastgeber angemessen war. Die richtigen Weine standen bereit, schließlich kannte er ihren Geschmack besser als jeder andere. Die Abschlagzeiten auf dem Golfplatz waren gebucht und die Stunden für das übliche Match auf der hauseigenen Tennisanlage. Sie hatten Zeit bis Dienstag, dann würde Peter den FBI-Beamten nach Washington begleiten, und Alain Renoit wollte eine alte Freundin in Boston besuchen. Auf entsprechende Nachfrage von Lionel mußte er zugeben, daß sie so alt nicht war, ihn aber an eine uralte Liebe erinnerte, du weißt schon, wen ich meine. Zartmann hatte sich deshalb eine besondere Anspielung überlegt und das Zimmer, in dem er Alain unterbrachte, statt der üblichen Blumennamen mit dem Schild *Kleopatra* versehen lassen. Was sein Partner Charles Polesmith mit hochgezogenen Augenbrauen registrierte, doch mehr Mißvergnügen zu zeigen erlaubte er sich nicht. Lionel hatte es dennoch bemerkt und gleich eine Erklärung hinterhergeschickt: »Charles, nur für ein paar Tage, solange meine Freunde da sind. Alains große Liebe hieß Kleopatra, deshalb das Schild.« Das wiederum hatte Polesmith verstanden, denn große Lieben und wahnsinnige Affären waren seine stille Leidenschaft.

Nun stehen wie damals die Stühle am Pool. Zwischen Riley und Renoit ist ein Platz frei geblieben, wahrscheinlich für Lionel, der jeden Moment aus der Küche zu ihnen stoßen wird. Peter McFerrer wartet im Schatten einer Badehütte und raucht dort, aber nicht etwa aus Rücksicht auf die beiden Nichtraucher Denis und Alain, die diesmal auf Zigarren zur Tarnung dankbar verzichten dürfen. Er scheint gerade etwas versteckt zu haben. Vielleicht eine Überraschung für ihren Gastgeber. Vor ihnen auf einem kleinen Tisch sind die Begleiter der Nacht aufgebaut, einige Flaschen eisgekühlten Weißweins, natürlich in Anspielung auf das letzte Treffen Sauvignon von Duckhorn, Gläser und Aschbecher. Daneben liegen gefaltete Decken bereit, falls es ihnen doch zu kalt werden sollte.

»Meinst du, er ahnt etwas?« fragt Renoit den Amerikaner, aber der schüttelt nur den Kopf: »Ich habe sie am Pavillon aussteigen lassen und Lionel abgelenkt, bis sie ins Haus huschen konnte. Dann dem Zimmermädchen gesagt, die Dame dürfe erst geweckt werden, wenn wir Bescheid sagen. Sie müsse sich ausschlafen wegen des langen Fluges und würde deshalb auf das gemeinsame Abendessen mit uns verzichten. Anschließend Mr. Polesmith verdonnert, sich nicht etwa im letzten Moment zu verquatschen, weil es eine ganz besondere Überraschung für Lionel werden sollte. Er war sofort begeistert und hat versprochen, mitzuspielen. Nein, unser lieber Koch ahnt nichts.«

»Er kommt«, sagt Peter in dem Moment leise und bewegt sich von der Badehütte auf seinen Stuhl zu, der direkt neben dem Pool steht. Alle drei Männer richten sich in ihren Liegen auf und blicken erwartungsvoll zum kleinen Eingangstor. Was Lionel Zartmann sofort auffällt, als er, lässig gekleidet und ohne Krawatte, Zigarette im Mundwinkel, eine Flasche Champagner unter dem Arm, in den Lichtschein tritt: »Ihr habt irgend etwas auf dem Herzen, Leute, oder warum schaut ihr mich so erwartungsvoll an? Ich bin nicht euer Hamlet, also erwartet keinen Monolog von mir.«

»Läßt sich nicht verleugnen«, antwortet Alain Renoit, »daß du mal ein Bulle gewesen bist. Siebter Sinn, das ist tief drin, und den verliert man nicht. Übrigens, mein Zimmer gefällt mir besonders gut, ich weiß soviel Entgegenkommen zu schätzen, mon ami. Danke.« Auf Renoits Nachtschrank hatte Polesmith aus seiner Bibliothek Shakespeares *Antony and Cleopatra* legen lassen. Als kleine Geste des Hauses.

»Wie läuft es denn überhaupt für dich, Lionel?« unterbricht Denis Riley das Geplänkel, und Zartmann ist überzeugt, daß es seinen amerikanischen Freund wirklich interessiert. Der aber will nur Lionels Aufmerksamkeit auf sich lenken, damit er nicht auf die Idee kommt, aus alter Gewohnheit die Umgebung zu prüfen oder auf fremde Geräusche zu achten, bevor er sich zu ihnen setzt.

»Die beiden Tage mit euch werden meine ersten freien Tage sein, seit ich hier richtig eingestiegen bin, also seit fast drei Monaten. Antwort eins: Es ist anstrengend, aber auf eine andere Art als die Anstrengungen von früher. Antwort zwei: Es gibt kleine Fortschritte, weil wir zum ersten Mal Reservierungen aus Europa haben. Antwort drei: zu kochen macht mir so viel Spaß wie, sagen wir mal, wie ...«

»Zu vögeln?« unterbricht Alain, was als Assoziation für ihn typisch ist, denn gutes Essen ist für ihn nun einmal wie guter Sex, und die anderen sind deshalb nicht überrascht.

»Wie eine Jagd?« fragt Peter McFerrer und schaut dabei so unschuldig aus, daß Lionel lachen muß: »Nicht ganz. Eher wie ein Sieg gegen dich im Tennis. Aber das täglich.«

Ein paar Minuten lang reden sie wie Klassenkameraden, die einander lange nicht gesehen haben und sich nun gegenseitig überschütten mit Weißt-du-noch-Erzählungen. Die Themen sind allerdings andere. Keine Anekdoten von jugendlichen Streichen, keine albernen Sentimentalitäten. Der Fall, der Lionel aus einst gegebenem Anlaß am meisten interessiert, wird im Schnelldurchlauf abgehakt. Das beschäftigt nur noch ihn. Die Vaterlandspartei erledigt. Todesschütze Mulder und Freypens Bodyguards bald erneut vor Gericht, diesmal wegen Brandstiftung und mindestens zehnfachen Mordes. Die eine Witwe hat sich zurückgezogen, es gibt Gerüchte, daß sie in ein Kloster eintreten und ihren Verlag an den Nachbarn in Blankenese verkaufen will. Kinder hat sie ja keine. Und das Geld? Erbt sicher irgendwann die katholische Kirche. Die andere Witwe immer noch in Behandlung, sie scheint wirklich nachhaltig gestört zu sein.

»Und diese Journalistin, aus deren Wohnung geschossen worden ist?« fragt Zartmann ganz unschuldig und vermeidet selbst jetzt im Kreise seiner Freunde jeden Hinweis auf den, der geschossen hat. »Keine Ahnung«, antwortet Peter McFerrer, bevor Alain Renoit etwas sagen kann, der nichts von dem damaligen Telefongespräch mit Lionel wegen Floriane Ment erzählt hatte, »einmal gab es noch ein Fax von ihr, erinnere ich mich. Sie wollte was zu einem Attentat in Deutschland wissen.«

»Du hast wirklich nie wieder was von ihr gehört?« unterbricht Alain und tut ebenso unschuldig, aber von seinem unschuldigen Blick läßt sich Lionel nicht täuschen, »du hattest doch eigentlich einen ganz guten Kontakt zu ihr. Beruflich, meine ich.« Lionel tappt nicht in die Falle, sein Gefühl sagt ihm allerdings, daß Renoit nicht von ungefähr nachfragt. Kann es sein, daß der so mal zum Spaß seine E-Mails mitgelesen hat? Zuzutrauen wäre es ihm allemal. Er wechselt das Thema: »Und diese Fälle in Stockholm und in Moskau, wie lief das denn ab?«

Diesmal ist es Denis Riley, der ihn mit großen unschuldigen Augen anschaut: »Ich weiß nicht, wovon du sprichst, Lionel. Sei froh, daß du mit solchen Dingen nichts mehr zu tun hast. Würde dich nur bei deiner Arbeit belasten.« Was Zartmann so versteht, wie es gemeint ist, als Bestätigung seiner Vermutung, daß Kleopatra für beide Morde verantwortlich ist.

»Wie kommt ihr eigentlich mit meiner Nachfolgerin zurecht, mit Susanne Hornstein?« setzt er deshalb in unverbindlichem Ton nach und wundert sich, daß die anderen drei grinsen, als habe er gerade einen besonders guten Witz erzählt. Vor allem Alain gluckst vor sich hin, bevor er mit leisem Plopp die Champagnerflasche öffnet.

»Was sollen sie darauf in meiner Gegenwart schon antworten?« fragt Susanne Hornstein und tritt aus dem Schatten der Badehütte. Sie nimmt die Flasche und füllt Glas für Glas, auch das von Lionel Zartmann, der sie dabei verblüfft mit offenen Mund verfolgt.

Dann prostet sie den Männern zu: »Auf Kleopatra.«

Danksagung

»Wenn ihr alten Journalisten auf Romane umsteigt, schreibt ihr immer zu kurz. Kurze Absätze, kurze Sätze, kurze Kapitel. Ihr seht das Ganze in schmalen Kolumnen, anstatt quer über die Seite. In die Breite gehen, sage ich.«

John Le Carré in seinem Roman »Eine Art Held«

DANK
meiner Frau Nikola, weil sie mich ertragen hat, obwohl ich neben ihr in einer anderen Welt lebte.

DANK
für Hilfe in allen verspannten Lagen: Georg Althammer, Alexandra von Alvensleben, Hans Bluhm, Petra Helms, Peter Hess, Lionel von dem Knesebeck, Sönke Knickrehm, Gerhard Krug, Klemens Roth, Heinrich Senfft, Dieter Weihser, Hans Heinrich Ziemann.

DANK
vor allem meiner unerbittlichen Lektorin Dr. Doris Janhsen.